GÊNESE

KARIN SLAUGHTER

GÊNESE

Tradução de
Gustavo Mesquita

4ª edição

EDITORA RECORD
RIO DE JANEIRO • SÃO PAULO
2021

CIP-BRASIL. CATALOGAÇÃO NA PUBLICAÇÃO
SINDICATO NACIONAL DOS EDITORES DE LIVROS, RJ

S64g
4ª ed.
Slaughter, Karin, 1971–
  Gênese / Karin Slaughter; tradução de Gustavo Mesquita. – 4ª ed. –
Rio de Janeiro: Record, 2021.

  Tradução de: Undone
  ISBN: 978-85-01-11111-1

  1. Romance americano. I. Mesquita, Gustavo. II. Título.

17-42300

CDD: 813
CDU: 821.111(73)-3

Título original:
UNDONE

Copyright © 2009 by Karin Slaughter

Todos os direitos reservados. Proibida a reprodução, no todo ou em parte, através de quaisquer meios. Os direitos morais da autora foram assegurados.

Texto revisado segundo o novo Acordo Ortográfico da Língua Portuguesa.

Direitos exclusivos de publicação em língua portuguesa para o Brasil adquiridos pela
EDITORA RECORD LTDA.
Rua Argentina, 171 – 20921-380 – Rio de Janeiro, RJ – Tel.: (21) 2585-2000, que se reserva a propriedade literária desta tradução.

Impresso no Brasil

ISBN 978-85-01-11111-1

Seja um leitor preferencial Record.
Cadastre-se em www.record.com.br e receba informações sobre nossos lançamentos e nossas promoções.

Atendimento e venda direta ao leitor:
sac@record.com.br

Aos meus leitores... Obrigada
por confiarem em mim.

Prólogo

Eles estavam completando quarenta anos de casados naquele dia, e Judith ainda tinha a sensação de não saber tudo a respeito do marido. Quarenta anos preparando o jantar de Henry, quarenta anos passando suas camisas, quarenta anos dormindo em sua cama, e ele ainda era um mistério. Talvez por isso continuasse a fazer todas essas coisas por ele com pouca ou nenhuma queixa. Muito podia ser dito a favor de um homem que, depois de quarenta anos, ainda conseguia prender sua atenção.

Judith abaixou o vidro da janela do carro, deixando entrar um pouco do ar frio da primavera. O centro de Atlanta ficava a apenas trinta minutos, mas ali, em Conyers, ainda era possível encontrar áreas sem construções, e, às vezes, algumas pequenas fazendas. Era um lugar tranquilo, e Atlanta ficava a uma distância suficiente para que se pudesse desfrutar de paz. Ainda assim, Judith suspirou ao ver de relance os arranha-céus da cidade no horizonte e pensou, *lar*.

Ficou surpresa com aquele pensamento, por achar que Atlanta agora fosse o lugar que considerava seu lar. Sua vida, até recentemente, havia sido no subúrbio, quase a de alguém do interior. Ela preferia os espaços abertos às calçadas de concreto da cidade, mesmo quando admitia que era bom morar em uma área tão central que era possível caminhar até a loja da esquina ou até um pequeno café quando sentisse vontade.

Os dias se passavam sem que ela sequer precisasse entrar em um carro — o tipo de vida com que nunca sonharia dez anos antes. E ela sabia que Henry se sentia da mesma forma. Ele tinha a cabeça enterrada nos ombros enquanto dirigia o Buick pela estreita estrada secundária. Depois de décadas percorrendo praticamente todas as rodovias federais e estaduais do país, ele instintivamente conhecia todos os caminhos alternativos, desvios e atalhos.

Judith confiava nele para levá-los para casa em segurança. Ela se recostou no banco, semicerrando os olhos para que as árvores na beira da estrada parecessem uma mata fechada. Fazia a viagem até Conyers ao menos uma vez por semana, e toda vez tinha a impressão de ver algo novo — uma casinha que passara despercebida, uma ponte que eles atravessaram muitas vezes, mas à qual ela nunca dera atenção. A vida era assim. Você não se dá conta do que fica pelo caminho até desacelerar um pouco para ver melhor.

Eles vinham de uma festa, organizada pelo filho em homenagem a eles. Bem, era mais provável que houvesse sido organizada pela esposa de Tom, que administrava sua vida como assistente executiva, empregada, babá, cozinheira e — provavelmente — concubina. Tom havia sido uma surpresa feliz, e seu nascimento, um evento que os médicos disseram ser impossível. Judith amou cada pedacinho dele à primeira vista, aceitara-o como um presente ao qual dedicaria sua vida. Ela fizera tudo por ele, e agora que Tom estava com seus trinta e tantos anos, ainda parecia precisar muito que cuidassem dele. Talvez Judith tivesse sido uma esposa convencional demais, uma mãe subserviente demais, para que o filho tivesse se tornado o tipo de homem que precisa — espera — que a esposa faça tudo por ele.

Judith certamente não se escravizara a Henry. Eles se casaram em 1969, uma época em que as mulheres podiam de fato ter outros interesses além de preparar a refeição perfeita e descobrir o melhor método para tirar manchas do tapete. Desde o começo, Judith estivera determinada a fazer com que sua vida fosse o mais interessante possível. Foi voluntária na escola de Tom. Trabalhou em um abrigo para sem-teto e ajudou a criar um grupo de reciclagem no bairro. Quando Tom ficou mais velho, Judith trabalhou fazendo escrituração para uma empresa local e se juntou a um grupo de corrida da igreja, treinando para maratonas. Esse estilo de vida ativo estava em flagrante contraste com o de sua própria mãe, uma mulher que no fim da vida encontrava-se tão acabada depois de criar nove filhos, tão esgotada pelas constantes exigências físicas de ser esposa de um fazendeiro, que alguns dias estava deprimida demais até mesmo para falar.

No entanto, Judith precisava admitir que, de certa forma, ela mesma havia sido uma mulher típica daqueles tempos. Era constrangedor, mas foi uma dessas garotas que cursou a faculdade apenas para encontrar um marido. Havia crescido nos arredores de Scranton, Pensilvânia, em uma cidade tão pequena que não merecia um ponto no mapa. Os únicos homens disponíveis eram fazendeiros, e eles raramente estavam interessados em Judith. Ela não podia culpá-los. O espelho não mente. Ela era um pouco cheinha demais, um pouco dentuça demais e um pouco demais em todo o resto para ser o tipo de mulher que um homem de Scranton escolheria como esposa. E havia o pai dela, um sujeito severo e disciplinador que nenhum homem em sã consciência iria querer como sogro, pelo menos não em troca de uma garota dentuça e roliça sem algum talento algum para a vida no campo.

A verdade era que Judith sempre tinha sido a estranha da família, aquela que nunca havia se encaixado. Ela lia demais. Odiava trabalhar na fazenda. Mesmo quando menina, não gostava muito de animais e não queria ser responsável por cuidar deles ou alimentá-los. Nenhum dos seus irmãos ou irmãs fez curso superior. Dois deles largaram a escola no último ano do ensino fundamental, e uma irmã mais velha se casou às pressas e deu à luz o primeiro filho sete meses depois. Não que ninguém tenha se importado em fazer as contas. Envolta em constante estado de negação, sua mãe, no dia em que morreu, disse a ela que o primeiro neto sempre havia sido grande, mesmo quando bebê. Por sorte, o pai de Judith pensou que o mesmo poderia acontecer com a filha do meio. Não haveria um casamento de conveniência com nenhum dos rapazes locais, sobretudo porque nenhum deles a achava remotamente conveniente. A faculdade de teologia, ele decidiu, não era apenas a última chance de Judith, mas a única.

Aos seis anos, Judith estava correndo atrás de um trator quando um pedrisco atingiu seu olho. Desde então, sempre usou óculos. As pessoas presumiam que ela era intelectual por causa deles, quando a verdade era exatamente o oposto. Sim, ela amava ler, mas seu gosto estava mais para romances baratos que alta literatura. Ainda assim, o rótulo de CDF pegara. O que era mesmo que diziam? "Os homens não dão em cima de mulheres que usam óculos." Então, foi surpreendente — não, talvez chocante seja a palavra — que, na primeira aula do primeiro dia de faculdade, o professor assistente tenha piscado para ela.

Judith achou que ele estivesse com um cisco no olho, mas não houve como confundir as intenções de Henry Coldfield quando, depois da aula, ele a puxou de lado e perguntou se ela gostaria de ir até o centro para tomar um refrigerante. A piscada, ao que parecia, era onde começava e terminava sua sociabilidade. Henry era um homem muito tímido; o que era estranho, considerando que mais tarde se tornaria o principal vendedor de uma distribuidora de bebidas — um emprego que desprezava com todas as forças, mesmo três anos após a aposentadoria.

Judith supunha que a capacidade de socialização Henry vinha do fato de ser filho de um coronel do Exército que se mudou diversas vezes, sem nunca passar mais de alguns poucos anos na mesma base. Não houve amor à primeira vista — isso viria depois. Inicialmente, Judith se sentiu atraída apenas pelo fato de Henry ter se sentido atraído por ela. Era uma novidade para ela, mas Judith sempre esteve no espectro oposto da filosofia de Marx — Groucho, não Karl: estava mais que disposta a se juntar a qualquer clube que a aceitasse como integrante.

Henry era um clube por si só. Não era bonito nem feio; não era ousado nem reticente. Com seu cabelo impecavelmente dividido ao meio e o sotaque neutro, *comum* seria a melhor forma de descrevê-lo, como depois o faria Judith numa carta à irmã mais velha. A resposta de Rosa foi algo na linha de "bem, suponho que isso é o melhor que você pode esperar". Em sua defesa, Rosa estava grávida do terceiro filho na época, e o segundo ainda usava fraldas, mas Judith nunca a perdoaria pela desfeita — não a si mesma, mas a Henry. Se Rosa não conseguia perceber o quanto Henry era especial, era porque Judith não escrevia bem; Henry era um homem com nuances demais para meras palavras numa folha de papel. Talvez fosse melhor assim. A observação rude de Rosa deu a Judith um motivo para romper com a família e adotar aquele estranho introvertido e inconstante.

A timidez gregária de Henry foi apenas a primeira de muitas dicotomias que Judith observou no marido com o passar dos anos. Ele tinha pavor de altura, mas tirou o brevê de piloto na adolescência. Vendia álcool, mas não bebia. Era caseiro, mas passou a maior parte da vida adulta viajando pelo Noroeste e, em seguida, pelo Meio-Oeste, na medida em que o trabalho o levara a rodar o país da mesma forma que o Exército fizera quando ele era criança. Sua vida, ao que parecia, resumia-se a obrigar-se a fazer coisas que não queria fazer. E, apesar disso, com frequência dizia a Judith que sua companhia era a única coisa de que gostava de verdade.

Quarenta anos, e tantas surpresas.

Com pesar, Judith duvidava de que o filho desse tantas surpresas à esposa. Quando Tom era criança, Henry passava três de cada quatro semanas na estrada, e seu lado paternal brotava em arroubos que não necessariamente destacavam seu lado mais compassivo. Portanto, mais tarde, Tom se tornou tudo aquilo que o pai o mostrou naqueles anos de formação: rígido, inflexível, determinado.

Porém, havia algo mais. Judith não sabia se era porque Henry via o trabalho de vendedor como um dever com sua família e não uma paixão ou porque odiava passar tanto tempo longe de casa, mas parecia que cada interação que tinha com o filho era permeada por uma tensão subjacente. *Não cometa os mesmos erros que eu cometi. Não fique preso a um trabalho que despreza. Não abra mão do que acredita para botar comida na mesa.* A única coisa positiva que recomendou ao filho foi que se casasse com uma boa mulher. Ah, se tivesse sido mais específico... Se não tivesse sido tão duro...

Por que os homens são tão severos com os filhos homens? Judith acreditava que isso acontecia porque queriam que seus filhos tivessem sucesso onde eles não tiveram. Quando Judith ficou grávida, o pensamento de ter uma filha espalhava calor pelo seu corpo, seguido por um frio cortante. Uma menina como Judith, lá fora, desafiando a mãe, desafiando o mundo. Aquilo a fazia compreender o desejo de Henry de que Tom conseguisse mais, de que fosse melhor, de que tivesse tudo o que quisesse.

Tom sem dúvida teve sucesso no trabalho, apesar de a esposa insignificante ter sido uma decepção. Toda vez que ficava frente a frente com a nora, Judith tinha vontade de dizer a ela que levantasse a cabeça, que abrisse a boca, e que, pelo amor de Deus, criasse coragem. Uma das voluntárias da igreja certa vez disse que os homens se casam com suas mães. Judith não discutiu com a mulher, mas desafiava qualquer um a achar um pingo de semelhança entre ela e a nora. Exceto pelo desejo de passar tempo com os netos, Judith jamais seria capaz de vê-la e ficar totalmente feliz.

Os netos foram o único motivo para que se mudassem para Atlanta, afinal de contas. Ela e Henry haviam abandonado a vida de aposentados no Arizona e foram para aquela cidade quente com alertas de *smog* e com gangues assassinas, a mais de três mil quilômetros de distância, só para ficarem perto das coisinhas mais mimadas e ingratas daquele lado dos Apalaches.

Judith olhou para Henry, que tamborilava os dedos no volante, murmurando uma melodia desafinada ao dirigir. Eles nunca falavam dos netos em termos que não fossem lisonjeiros, talvez porque um arroubo de honestidade pudesse revelar que, na verdade, não gostavam muito das crianças — e então fariam o quê? Viraram a vida de cabeça para baixo por duas crianças que seguiam uma dieta sem glúten, tinham horários de dormir inflexíveis e uma agenda apertada para brincar com os amigos, e apenas com "crianças com ideias afins, que compartilhassem os mesmos objetivos".

Até onde Judith sabia, o único objetivo que seus netos tinham era de ser o centro das atenções. Ela imaginava que era impossível espirrar sem encontrar uma criança egocêntrica e "com os mesmos objetivos", mas, de acordo com a nora, era algo quase inexistente. Não era disso que se tratava a juventude, ser egocêntrico? E não era a função dos pais arrancar isso de você? Certamente, estava claro para todos os envolvidos que essa não era uma tarefa dos avós.

Quando o pequeno Mark derramou seu suco não pasteurizado nas calças de Henry, e Lilly comeu tantos Kisses da bolsa da avó que lhe lembrou uma sem-teto que ela vira no abrigo no mês anterior, tão louca de metanfetamina que urinou nas calças, Henry e Judith apenas sorriram — riram, até —, como se essas coisas fossem só pequenas maravilhosas esquisitices que as crianças logo abandonariam.

Esse logo estava demorando, no entanto, e agora que estavam com sete e nove anos, Judith começava a perder a esperança de que um dia seus netos se tornassem jovens educados e amáveis, sem a necessidade de constantemente interromper a conversa dos adultos e correr pela casa gritando tão alto que os animais a dois condados de distância começavam a uivar. O único consolo de Judith era que Tom os levava à igreja todo domingo. Ela, é claro, queria que os netos tivessem uma vida em Cristo, porém, o mais importante, queria que aprendessem as lições ensinadas na escola dominical. *Honra teu pai e tua mãe. E como vós quereis que os homens vos façam, da mesma maneira fazei-lhes vós também. Não penseis que ides desperdiçar vossa vida, largar a escola e morar com a vovó e o vovô tão cedo.*

— Ei! — gritou Henry quando o carro que vinha na pista contrária passou tão perto que sacudiu o Buick. — Jovens — resmungou, agarrando o volante com força.

Quanto mais se aproximava dos setenta, mais Henry parecia abraçar o papel de velho ranzinza. Às vezes isso era amável. Outras vezes, Judith se perguntava quanto tempo levaria para que ele brandisse o punho no ar, botando a culpa das desgraças do mundo nos "jovens". A idade desses jovens parecia variar dos quatro aos quarenta, e a irritação aumentava exponencialmente quando Henry os via fazendo algo que ele próprio costumava fazer, mas que agora não podia mais desfrutar. Judith temia pelo dia em que tirariam o brevê dele, algo que deveria acontecer a qualquer momento, tendo em vista que o seu último checkup com o cardiologista havia apresentado algumas irregularidades. Esse foi um dos motivos pelos quais se mudaram do Arizona, onde não havia neve para tirar com a pá ou grama para cortar.

— Parece que vai chover — disse ela. Henry esticou o pescoço para ver as nuvens. — Uma boa noite para começar o meu livro.

Os lábios dele se curvaram num sorriso. Henry dera à esposa um grosso romance histórico de presente no aniversário de casamento. Judith dera a ele um novo cooler para o campo de golfe.

Ela estreitou os olhos para fitar a estrada à frente, concluindo que precisava ir ao oftalmologista. Também não estava longe dos setenta, e sua vista parecia pior a cada dia. O anoitecer era especialmente ruim para ela, e objetos a distância tendiam a ficar borrados. Por isso, ela piscou diversas vezes até ter certeza do que via, e abriu a boca para alertar Henry apenas quando o animal estava na frente deles.

— Jude! — gritou Henry, estendendo o braço em frente ao peito dela ao mesmo tempo que dava uma guinada para a esquerda com o volante, tentando desviar da pobre criatura. Judith pensou, estranhamente, em como os filmes estão certos. Tudo desacelerou, o tempo se arrastou devagar, de modo que cada segundo parecia uma eternidade. Ela sentiu o braço forte de Henry pressionar seus seios, o cinto de segurança espremendo os ossos do quadril. Sua cabeça sacudiu, batendo na porta quando o carro rodou. O para-brisa estilhaçou quando o animal bateu no vidro; em seguida, atingiu o teto do carro e o porta-malas. Apenas quando o carro derrapou até parar, dando uma volta de 180 graus na pista, os sons voltaram para Judith: o *crack*, *pum*, *pum*, sobreposto por um grito esganiçado que ela percebeu que vinha da própria boca. Devia estar em choque, porque Henry precisou falar diversas vezes, "Judith!", "Judith!", antes que ela parasse de gritar.

A mão de Henry apertava seu braço, lançando pontadas de dor pelo ombro. Ela esfregou a mão do marido, dizendo "estou bem, estou bem". Os óculos estavam tortos, a visão desfocada. Ela levou os dedos à lateral da cabeça, sentiu algo molhado e pegajoso. Quando afastou a mão, viu sangue.

— Deve ter sido um veado, ou... — Henry levou a mão à boca, interrompendo as palavras. Ele parecia calmo, a não ser pelo revelador subir e descer do peito enquanto tentava respirar. O airbag havia sido acionado. Uma poeira branca e fina cobria seu rosto.

Ela prendeu a respiração quando olhou para a frente. O sangue manchara o para-brisa como uma chuva súbita e violenta.

Henry abriu a porta, mas não saiu do carro. Judith tirou os óculos para limpar os olhos. As duas lentes estavam quebradas, faltava a parte de baixo da bifocal direita. Ela percebeu que os vidros tremiam, e se deu conta de que o tremor vinha das próprias mãos. Henry finalmente desceu do carro, e ela se forçou a colocar os óculos e segui-lo.

A criatura estava na estrada, mexendo as pernas. A cabeça de Judith doía no local da pancada na porta. Havia sangue em seus olhos. Essa era a única explicação para o fato de o animal — sem dúvida um veado — parecer ter as pernas brancas curvilíneas de uma mulher.

— Meu Deus — sussurrou Henry. — Judith, é... é...

Judith ouviu um carro às suas costas. Pneus cantaram no asfalto. Portas se abriram e se fecharam. Dois homens se juntaram a eles na estrada, um deles correndo na direção do animal.

— Liguem para a emergência! — gritou, ajoelhando-se ao lado do corpo. Judith se aproximou um pouco, então um pouco mais. As pernas voltaram a se mexer — as pernas perfeitas de uma mulher. Ela estava completamente nua. Hematomas cobriam a parte interna das coxas — hematomas escuros. Feridas antigas. Havia manchas de sangue seco nas pernas e no tronco, além de uma laceração lateral revelando o osso branco. Judith olhou para o rosto. O nariz estava torto. Os olhos estavam inchados, os lábios, ressecados e feridos. Sangue empapava o cabelo escuro da mulher e se acumulava ao redor de sua cabeça como um halo.

Judith deu mais alguns passos, incapaz de parar — subitamente uma voyeuse, depois de uma vida inteira desviando educadamente o olhar. Vidro estalou sob seus pés, e os olhos da mulher se abriram em pânico. Ela olhou para algum lugar além de Judith, um embotamento inerte no olhar. Suas pálpebras se fecharam de repente, mas Judith não conseguiu suprimir o tremor que percorreu seu corpo. Era como se alguém caminhasse sobre seu túmulo.

— Meu Deus — murmurou Henry, quase em oração. Judith se voltou e viu o marido apertando a mão contra o peito. Os nós dos dedos estavam brancos. Ele olhava para a mulher, parecia estar passando mal. — Como isso aconteceu? — murmurou, o horror contorcendo seu rosto. — Como isso aconteceu?

DIA 1

1

Sara Linton se recostou na cadeira, murmurando baixinho ao celular.

— Sim, mamãe.

Ela pensou por um instante se um dia isso chegaria ao ponto de parecer normal de novo, se uma conversa ao telefone com sua mãe traria a felicidade de antes, em vez da sensação de que parte de seu coração era arrancada do peito.

— Filha — consolou-a Cathy. — Está tudo bem. Você está se cuidando, e é isso que eu e seu pai precisamos saber.

Sara sentiu lágrimas nos olhos. Aquela não era a primeira vez que chorava na sala dos médicos do Hospital Grady, mas estava farta de chorar — farta de sentir, na verdade. Não foi essa a razão de ter deixado a família, de ter deixado a vida no interior da Geórgia e se mudado para Atlanta — para não ter um lembrete constante do que havia acontecido?

— Prometa que vai tentar ir à igreja na semana que vem.

Sara murmurou algo que deve ter soado como uma promessa. Sua mãe não era tola, e as duas sabiam que a possibilidade de Sara acabar num banco de igreja naquele domingo de Páscoa era mínima, mas Cathy não insistiu.

Sara olhou para a pilha de prontuários à sua frente. Estava no fim do plantão e precisava fazer o relatório.

— Mamãe, sinto muito, mas preciso desligar.

Cathy arrancou dela a promessa de que ligaria na próxima semana, e então desligou. Sara ficou com o celular na mão por alguns minutos, olhando para os números gastos, correndo o polegar sobre o sete e o cinco, discando um número conhecido sem completar a ligação. Ela colocou o telefone no bolso e, mais uma vez, sentiu o roçar da carta nas mãos.

A Carta. Pensava naquilo como uma entidade.

Sara normalmente conferia a correspondência depois do trabalho para não precisar ficar andando com ela, mas certa manhã, por algum motivo desconhecido, ela conferiu a caixa do correio antes de sair. Sentiu um suor frio ao reconhecer o endereço de devolução no envelope branco. Colocou o envelope no bolso do jaleco sem abri-lo ao sair para o trabalho; leria a carta durante o almoço. A hora do almoço chegou, passou, e a carta permaneceu fechada, e também na volta para casa e quando saiu para trabalhar no dia seguinte. Meses se passaram, e a carta ia para todo lado com Sara, às vezes no bolso do casaco, às vezes na bolsa quando ia ao supermercado ou resolver coisas na rua. Tornou-se um talismã, e ela frequentemente levava a mão ao bolso e a tocava, apenas para lembrar a si mesma de que estava ali.

Com o tempo, os cantos do envelope lacrado ficaram amassados e o carimbo do correio do condado de Grant começou a desbotar. A cada dia ela ficava mais longe de abrir a carta e descobrir o que a mulher que matara seu marido tinha a dizer.

— Dra. Linton? — Mary Schroeder, uma das enfermeiras, bateu à porta. Ela falou no jargão da emergência. — Mulher, trinta e três anos, desmaiou antes de dar entrada no hospital, está abatida e com pulso fraco.

Sara olhou para os prontuários e então para o relógio. Uma mulher de trinta e três anos que dá entrada depois de desmaiar é um quebra-cabeças que leva tempo para desvendar. Já eram quase sete horas. O plantão de Sara acabaria em dez minutos.

— Krakauer não pode atendê-la?

— Krakauer *já* a atendeu — retorquiu Mary. — Ele pediu um perfil metabólico completo e saiu para tomar um café com a nova namoradinha. — Ela estava claramente contrariada, e acrescentou: — A paciente é policial.

Mary era casada com um policial, o que não era de se estranhar, considerando que ela trabalhava na emergência do Hospital Grady havia quase vinte anos. Mas, independentemente disso, era consenso em qualquer hospital do mundo que agentes de segurança pública recebiam o melhor atendimento possível. Ao que parecia, Otto Krakauer não havia sido informado disso.

Sara aquiesceu.

— Por quanto tempo ela ficou inconsciente?

— Cerca de um minuto, foi o que ela disse. — Mary fez que não, já que os pacientes raramente eram os porta-vozes mais honestos quando o assunto era a própria saúde. — Ela não parece estar bem.

Essa última parte foi o que fez Sara se levantar. O Grady era o único centro de trauma Tipo 1 da região e um dos poucos hospitais públicos na Geórgia. Seus enfermeiros viam vítimas de acidentes de carro, tiroteios, facadas, overdoses e uma infinidade de crimes contra a humanidade quase diariamente. Tinham olhos treinados para identificar problemas sérios. E, é claro, policiais geralmente não vão por conta própria a um hospital, a não ser que estejam à beira da morte.

Sara correu os olhos pelo prontuário da mulher enquanto caminhava pela emergência. Otto Krakauer não foi muito além de levantar o histórico médico e pedir os exames de sangue de praxe, o que dizia a Sara que não havia um diagnóstico óbvio. Faith Mitchell era uma mulher de trinta e três anos saudável, sem doenças preexistentes ou traumas recentes. Com sorte, os resultados dos exames deviam dar uma ideia melhor do que estava acontecendo.

Sara murmurou desculpas ao trombar com uma maca no corredor. Como sempre, os leitos estavam lotados e havia pacientes espalhados pelos corredores, alguns em camas, outros em cadeiras de rodas, todos aparentando estar sofrendo mais do que quando haviam chegado em busca de tratamento. A maioria deles provavelmente dera entrada após o expediente por não poderem arcar com um dia a menos de pagamento. Viam o jaleco branco de Sara e a chamavam, mas ela os ignorava enquanto lia todo o prontuário.

— Vou já. Ela está na três — disse Mary antes de se afastar para atender uma senhora deitada numa maca.

Sara bateu à porta da sala 3 — privacidade: outro privilégio dado aos policiais. Uma loira mignon estava sentada na beirada da cama, completamente vestida e claramente irritada. Mary era boa no seu trabalho, mas até um cego poderia ver que Faith Mitchell não estava bem. Estava pálida como o lençol da cama; e, mesmo a distância, sua pele parecia pegajosa.

O marido não parecia ajudar muito, andando de um lado para o outro. Ele era um homem atraente, tinha bem mais de um metro e oitenta e cinco e cabelos loiros escuros e curtos. Uma cicatriz irregular descia pela lateral do seu rosto, talvez deixada por um acidente na infância, um tombo de bicicleta ou uma queda no chão de terra batida ao chegar à base no jogo de beisebol. Era magro e esguio, provavelmente um corredor, e seu terno de três peças destacava o peitoral e os ombros largos de quem passa bastante tempo na academia.

Ele parou de andar, o olhar indo de Sara para a esposa e de volta para Sara.

— Onde está o outro médico?

— Ele precisou atender uma emergência. — Sara foi até a pia e lavou as mãos. — Sou a Dra. Linton. Podem me atualizar para adiantarmos aqui? O que aconteceu?

— Ela desmaiou — disse o homem, girando a aliança no dedo. Pareceu se dar conta de que estava soando meio desesperado e moderou o tom. — Ela nunca desmaiou antes.

Faith Mitchell pareceu ficar irritada com aquela preocupação.

— Eu estou bem — insistiu, então se voltou para Sara — É como eu já falei para o outro médico. Acho que estou pegando um resfriado. Só isso.

Sara pressionou os dedos no pulso de Faith, checando a frequência cardíaca.

— Como está se sentindo agora?

Ela olhou para o marido.

— Irritada.

Sara sorriu, apontou a caneta-lanterna para os olhos de Faith, deu uma olhada em sua garganta e concluiu o exame de praxe sem encontrar nada alarmante. Concordava com a avaliação inicial de Krakauer: Faith provavelmente estava um pouco desidratada. O coração estava bem, e ela não parecia ter sofrido uma convulsão.

— Você bateu a cabeça quando caiu?

Ela abriu a boca para responder, mas o homem se antecipou.

— Foi no estacionamento. Ela bateu com a cabeça no chão.

— Mais algum problema? — perguntou Sara.

— Só algumas dores de cabeça — respondeu Faith, que parecia esconder alguma coisa, apesar de ter continuado a falar. — Não comi quase nada hoje. Eu estava com um pouco de dor de estômago essa manhã. E ontem de manhã.

Sara abriu uma gaveta, pegou o martelo de reflexos e fez os exames, mas não havia nada fora do comum.

— Você perdeu ou ganhou peso recentemente?

— Não — respondeu Faith, ao mesmo tempo que o marido dizia "sim".

Ele estava com a expressão contrita, mas tentou remediar.

— Ficou bem em você.

Faith inspirou fundo e soltou o ar lentamente. Sara voltou a estudar o homem, concluindo que provavelmente era contador ou advogado. Estava com a cabeça voltada para a esposa, e Sara viu outra cicatriz, mais fina, no lábio superior — obviamente não de uma incisão cirúrgica. A pele havia sido costurada torta, de modo que a cicatriz que corria na vertical entre o lábio e o nariz era ligeiramente irregular. Ele provavelmente havia lutado boxe na faculdade, ou talvez tenha simplesmente levado pancadas demais na cabeça, já que obviamente não parecia saber que a única forma de sair de um buraco é parar de cavar.

— Faith, eu acho que uns quilinhos a mais ficam bem em você. Você poderia ganhar...

Ela o calou com um olhar.

— Muito bem. — Sara abriu o prontuário e começou a escrever algumas requisições. — Precisamos de uma radiografia da cabeça, e eu gostaria de fazer mais alguns exames. Não se preocupe, podemos usar o sangue que tiraram mais cedo, então nada de agulhas por enquanto. — Ela fez mais algumas anotações e marcou mais algumas opções na ficha antes de olhar para Faith. — Prometo que faremos isso o mais rápido possível, mas você pode ver que estamos com a casa cheia hoje. As radiografias estão atrasando pelo menos uma hora. Vou fazer o que puder para acelerar isso, mas você pode ler um livro ou uma revista enquanto espera.

Faith não respondeu, mas algo mudou em sua atitude. Ela olhou para o marido, então de novo para Sara.

— Você precisa que eu assine isso? — Ela apontou para o prontuário.

Não havia nada para assinar, mas Sara entregou a prancheta à paciente. Faith anotou algo no rodapé da página e a devolveu. Sara leu as palavras *Estou grávida*.

Ela assentiu enquanto preenchia a requisição da radiografia. Obviamente, Faith ainda não havia contado ao marido, mas agora Sara precisava fazer novas perguntas, e não poderia fazê-las sem dar a notícia.

— Quando foi a última vez que você fez o Papanicolau?

Faith pareceu entender.

— No ano passado.

— Então vamos cuidar disso enquanto você está aqui. — Ela se voltou para o homem. — O senhor pode esperar lá fora.

— Ah. — Ele pareceu ficar surpreso, mesmo ao assentir. — Tudo bem. Estarei na sala de espera se você precisar de mim — disse à esposa.

— Ok. — Faith o viu sair, os ombros visivelmente relaxados quando a porta fechou. — Você se incomoda se eu deitar? — perguntou a Sara.

— Claro que não. — Sara a ajudou a se acomodar melhor, pensando que Faith parecia mais jovem que seus trinta e três anos. Mas ainda assim tinha atitude de policial, a firmeza prática do tipo "não me venha com conversa fiada". O marido-advogado parecia uma combinação incomum, mas Sara já vira outras mais estranhas.

— Você está grávida de quanto tempo? — perguntou à mulher.

— Umas nove semanas.

Sara fez uma anotação no prontuário e voltou às perguntas.

— É uma suposição ou você foi ao médico?

— Fiz um teste de farmácia — disse ela, e se corrigiu. — Na verdade, fiz três testes de farmácia. Minha menstruação nunca atrasa.

Sara acrescentou um teste de gravidez às requisições de exames.

— E quanto ao ganho de peso?

— Quatro quilos e meio — admitiu Faith. — Meio que me descontrolei com a comida desde que fiquei sabendo.

Segundo a experiência de Sara, quatro quilos e meio geralmente significavam sete ou oito.

— Você já tem filhos?

— Um, Jeremy, ele tem dezoito.

Murmurando, Sara fez uma anotação no prontuário.

— Dezoito meses? Bom para você. A caminho dos "terríveis dois anos".

— Está mais para "terríveis vinte anos". Meu filho tem dezoito anos.

Sara deu uma segunda olhada no prontuário, voltando algumas páginas até o histórico de Faith.

— Deixe que eu faço as contas para você — ofereceu Faith. — Fiquei grávida aos quatorze. Tive Jeremy aos quinze.

Pouca coisa surpreendia Sara nos últimos tempos, mas Faith Mitchell conseguia fazer isso.

— Houve alguma complicação na primeira gravidez?

— Além de ter virado um roteiro de série da Lifetime? — Ela balançou a cabeça. — Problema nenhum.

— Ok — respondeu Sara, que colocou a prancheta na mesa, dando toda a sua atenção a Faith. — Vamos falar do que aconteceu hoje à noite.

— Eu estava andando até o carro, fiquei um pouco tonta e, quando vi, Will estava me trazendo para cá.

— Você viu tudo girando ou sentiu a cabeça leve?

Ela pensou antes de responder.

— A cabeça leve.

— Você viu luzes ou sentiu um gosto estranho na boca?

— Não.

— Will é seu marido?

Faith soltou uma gargalhada.

— Meu Deus, não! — Ela conteve o riso de incredulidade. — Will é meu parceiro, Will Trent.

— O detetive Trent está aqui, para que eu possa falar com ele?

— Agente especial. Você já falou com ele. Ele acabou de sair.

Sara tinha certeza de que entendera errado.

— O homem que estava aqui nesta sala é policial?

Faith riu.

— É o terno. Você não é a primeira pessoa a achar que ele é um agente funerário.

— Achei que fosse advogado — admitiu Sara, pensando que nunca na vida conhecera alguém que se parecesse menos com um policial que ele.

— Vou ter que contar a ele que você pensou que ele fosse advogado. Ele vai ficar contente por você ter achado que ele era um homem instruído.

Pela primeira vez, Sara notou que a mulher não usava aliança.

— Então, o pai...

— Entrou e saiu de cena. — Faith não pareceu ficar constrangida com a informação, mas Sara supunha que pouca coisa pudesse constranger alguém depois de ter um filho aos quinze anos. — Prefiro que Will não saiba — disse Faith. — Ele é muito... — Ela deixou a frase no ar. Fechou os olhos e comprimiu os lábios. Uma gota de suor escorreu em sua testa.

Ela pressionou os dedos no pulso de Faith outra vez.

— O que está acontecendo?

Faith travou os dentes, sem responder.

Sara já havia sido alvo de vômitos o bastante para reconhecer os sinais de alerta. Foi até a pia, molhou um punhado de papel toalha e se voltou para Faith.

— Inspire fundo e solte o ar devagar.

Faith fez o que ela mandou, os lábios trêmulos.

— Você está irritável ultimamente?

Apesar do seu estado, Faith tentou responder com bom humor.

— Mais do que o comum? — Faith colocou a mão na barriga, subitamente séria. — Sim. Nervosa. Irritada. — Ela engoliu em seco. — Estou com um zumbido na cabeça, como se tivesse abelhas no meu cérebro.

Sara pressionou o papel toalha molhado na testa da mulher.

— Tem sentido náusea?

— Pela manhã — Faith conseguiu dizer. — Achei que fosse enjoo matinal, mas....

— E quanto às dores de cabeça?

— São bem ruins, principalmente à tarde.

— Tem sentido mais sede que o comum? Está urinando muito?

— Sim. Não. Não sei. — Ela abriu os olhos com esforço. — Então, o que é isso... Gripe, câncer no cérebro ou o quê?

Sara se sentou na beirada da cama e segurou a mão da mulher.

— Meu Deus, é ruim assim? — Antes que Sara pudesse responder, Faith voltou a falar. — Médicos e policiais só se sentam quando têm más notícias.

Sara se perguntou como deixara aquilo passar. Em todos os seus anos com Jeffrey Tolliver, achava que havia percebido todos os seus tiques, mas aquele passara despercebido.

— Fui casada com um policial por quinze anos — disse ela a Faith. — Nunca havia notado, mas você está certa: meu marido sempre se sentava quando tinha más notícias.

— Sou policial há quinze anos — disse Faith. — Ele traiu você ou virou alcoólatra?

Sara sentiu um nó na garganta.

— Ele foi morto há três anos e meio.

— Ah, não. — Faith suspirou, levando a mão ao peito. — Sinto muito.

— Tudo bem — disse Sara, perguntando a si mesma por que dissera àquela mulher algo tão pessoal. Sua vida nos últimos anos havia sido dedicada a não falar sobre Jeffrey, e ali estava ela, compartilhando-o com uma estranha. Ela tentou aliviar a tensão. — Você está certa. Ele também me traiu. — Pelo menos na primeira vez que Sara se casou com ele.

— Sinto muito — repetiu Faith. — Ele estava em serviço?

Sara não queria responder. Sentia-se nauseada e aturdida, provavelmente como Faith se sentira antes do desmaio no estacionamento.

Faith percebeu.

— Você não precisa...

— Obrigada.

— Espero que tenham pegado o canalha.

Sara levou a mão ao bolso, envolvendo a carta. Aquela era a pergunta para a qual todos queriam resposta: *Eles o pegaram? Pegaram o canalha que matou o seu marido?* Como se fizesse diferença. Como se a prisão do assassino de Jeffrey pudesse de alguma forma aliviar a dor de sua morte.

Felizmente, Mary entrou na sala.

— Desculpe — disse a enfermeira. — Os filhos daquela senhora acabaram de abandoná-la aqui. Eu tive que ligar para a assistência social — Ela entregou uma folha de papel a Sara. — O perfil metabólico completo.

Sara franziu as sobrancelhas ao ler os números do exame.

— Você está com o seu medidor de glicose?

Mary tirou um aparelho do bolso e o entregou para a médica. Sara passou um cotonete com álcool na ponta do dedo de Faith. O perfil metabólico completo é um exame incrivelmente preciso, mas o Grady era um hospital grande, e não era impossível que amostras de pacientes fossem trocadas no laboratório.

— Quando foi a sua última refeição? — perguntou a Faith.

— Passamos o dia todo no fórum. — Faith murmurou "merda" quando a lanceta perfurou seu dedo. — Por volta do meio-dia, eu comi metade de um folhado doce que Will comprou numa máquina de venda.

Sara tentou outra vez.

— A última refeição *de verdade*.

— Lá pelas oito, ontem à noite.

Pelo olhar de culpa de Faith, Sara concluiu que provavelmente havia sido algo comprado para viagem.

— Você bebeu café essa manhã?

— Talvez meia xícara. O cheiro foi demais para mim.

— Com creme e açúcar?

— Puro. Costumo comer bem no café da manhã; iogurte, fruta. Logo depois da minha corrida. Tem algo de errado com o açúcar no meu sangue?

— Veremos — disse Sara, espremendo um pouco de sangue na tira reagente. Mary arqueou a sobrancelha, como se perguntasse se Sara queria uma estimativa. Sara fez que não: *nada de aposta*. Mary insistiu, usando os dedos para indicar um, cinco, zero.

— Achei que o teste vinha depois — disse Faith, parecendo insegura. — Depois que fazem a gente beber aquela coisa doce.

— Você já teve problemas com sua glicemia? Há um histórico na sua família?

— Nao. Nada.

O aparelho apitou, e o número 152 piscou na tela. Mary soltou um assobio baixinho, impressionada com o próprio palpite. Sara certa vez lhe perguntara por que ela não havia feito medicina, apenas para ser informada de que eram as enfermeiras que praticavam a medicina de verdade.

— Você tem diabetes — anunciou Sara.

A boca de Faith se mexeu antes que ela conseguisse soltar uma resposta débil.

— O quê?

— Meu palpite é que você esteve pré-diabética por algum tempo. As taxas de colesterol e triglicerídeos estão extremamente elevadas. Sua pressão está um pouco alta. A gravidez e o ganho rápido de peso, pois quatro quilos e meio é muita coisa para nove semanas, junto com os maus hábitos alimentares, levaram seu organismo ao limite.

— Na minha primeira gravidez foi tudo bem.

— Você está mais velha agora. — Sara deu a ela uma folha de papel toalha para que estancasse o sangramento no dedo. — Quero que você vá ao seu médico amanhã cedo. Precisamos garantir que não haja nada mais de errado. Até lá, você precisa manter sua glicemia sob controle. Se não fizer isso, desmaiar no estacionamento será o menor dos seus problemas.

— Talvez seja só... Eu não estou comendo direito e...

Sara cortou a negação pela raiz.

— Qualquer coisa acima de cento e quarenta é um diagnóstico positivo para diabetes. A taxa na verdade aumentou desde que seu sangue foi testado pela primeira vez.

Faith se permitiu algum tempo para absorver aquilo.

— Isso é reversível?

Essa pergunta só poderia ser respondida por um endocrinologista.

— Você precisará conversar com seu médico, e ele pedirá mais exames — aconselhou Sara, mas, se pedissem sua opinião, ela diria que Faith estava numa situação complicada. Independentemente da gravidez, ela já apresentaria um quadro de diabetes. Sara olhou para o relógio. — Eu a internaria essa noite para observação, mas, até que façamos o registro e consigamos um quarto, o consultório do seu médico já estará aberto, e algo me diz que você não ficaria no hospital de qualquer forma. — Ela já convivera o bastante com policiais para saber que Faith sumiria dali na primeira oportunidade. — Você precisa me prometer que a primeira coisa que fará pela manhã será ligar para o seu médico. Estou falando sério, a primeira coisa. Mandarei uma enfermeira vir até aqui para ensinar a testar o sangue e explicar como e onde você deve aplicar a injeção, mas você precisa ter uma consulta com o seu médico imediatamente.

— Eu vou precisar dar injeções em mim mesma? — A voz de Faith se elevou com a surpresa.

— Medicação oral não é aprovada para gestantes. Por isso você precisa falar com o seu médico. Há muita tentativa e erro. Seu peso e seus níveis hormonais mudarão com o avanço da gestação. Seu médico será seu melhor amigo nas próximas oito semanas, pelo menos.

Faith ficou constrangida.

— Eu não tenho um médico regular.

Sara pegou o receituário e anotou o nome de uma mulher com quem fizera residência anos atrás.

— Delia Wallace trabalha no hospital da Emory. Ela é especialista em ginecologia e endocrinologia. Ligarei para ela hoje à noite e direi que você vai telefonar e marcar uma consulta.

Faith ainda não parecia convencida.

— Como posso ter ficado com isso de repente? Sei que ganhei peso, mas não sou gorda.

— Não é preciso ser gorda. Você está mais velha agora. O bebê afeta seus hormônios, a sua capacidade de produzir insulina. Você não tem comido bem. O universo conspirou contra você.

— É culpa do Will — murmurou Faith. — Ele come como um menino de doze anos. Donuts, pizza, hambúrgueres. Não consegue ir a um posto de gasolina sem comprar nachos e um cachorro-quente.

Sara voltou a se sentar na beira da cama.

— Faith, não é o fim do mundo. Você está em boa forma. Tem um ótimo plano de saúde. Você pode cuidar disso.

— E se... — Ela empalideceu, evitou os olhos de Sara. — E se eu não estivesse grávida?

— Não estamos falando aqui de diabetes gestacional. Isso é diabetes tipo dois. Um aborto não acabaria com o problema — respondeu Sara. — Olhe, isso provavelmente é algo que vem se desenvolvendo há um bom tempo. A gravidez só acelerou o processo. Vai deixar as coisas mais complicadas no início, mas não impossíveis.

— É que... — Faith não parecia capaz de terminar a frase.

Sara deu alguns tapinhas na mão dela e se levantou.

— A Dra. Wallace é uma excelente médica. E tenho certeza absoluta de que aceita o plano médico da prefeitura.

— Eu trabalho para o estado — explicou Faith. — No GBI.

Sara suspeitava de que o plano do Georgia Bureau of Investigation fosse parecido, mas não discutiu. Faith estava obviamente tendo dificuldade para digerir a notícia, e Sara não facilitou as coisas. No entanto, não era possível voltar atrás. Sara deu alguns tapinhas no braço dela.

— Mary vai te dar uma injeção. Você se sentirá melhor em dois tempos. — Ela começou a sair. — Falei sério sobre ligar para a Dra. Wallace — acrescentou com firmeza. — Quero que ligue para o consultório dela amanhã de manhã, e você vai precisar comer mais do que folhados doces. Refeições saudáveis e regulares com poucos carboidratos e pouca gordura, está bem?

Faith assentiu, ainda atordoada, e Sara deixou a sala se sentindo acabada. Sua empatia com os pacientes sem dúvida havia se deteriorado com os anos, mas aquilo representava uma recaída. Não foi pelo anonimato que ela foi trabalhar no Grady, para início de conversa? Com exceção de um punhado de moradores de rua e algumas prostitutas, raramente via um paciente mais de uma vez. Aquele havia sido o fator determinante para Sara: o absoluto distanciamento. Não estava em condições de estabelecer conexão com as pessoas. Cada novo prontuário era uma oportunidade de recomeçar. Se Sara tivesse sorte e Faith Mitchell tivesse cuidado, elas provavelmente nunca mais voltariam a se ver.

Em vez de voltar para a sala dos médicos e terminar de preencher os prontuários, Sara passou pelo posto de enfermagem e pela porta dupla, atravessou a sala de espera lotada e finalmente saiu do hospital. Havia dois terapeutas respiratórios fumando perto da porta, então ela seguiu caminhando até os fundos do prédio. A culpa por Faith

Mitchell ainda pesava em seus ombros, e ela procurou o telefone de Delia Wallace no celular antes que esquecesse. A recepcionista anotou o recado sobre a paciente, e Sara se sentia um pouco melhor ao encerrar a ligação.

Ela havia topado com Delia Wallace alguns meses antes, quando Delia foi ao hospital visitar uma de suas pacientes ricas, que tinha sido levada ao Grady de helicóptero depois de um acidente de carro. Delia e Sara eram as únicas mulheres que estavam entre os cinco melhores alunos de sua turma de medicina na Universidade Emory. Na época, uma regra tácita ditava que as médicas tinham duas opções: ginecologia ou pediatria. Delia escolheu a primeira especialidade; Sara, a segunda. Ambas chegariam aos quarenta no próximo ano. Delia parecia ter tudo. Sara sentia que não tinha nada.

A maioria dos médicos é, de certa forma, arrogante, inclusive Sara, mas Delia sempre se autopromoveu com avidez. Enquanto bebiam café na sala dos médicos, Delia rapidamente apresentou um resumo de sua vida: a carreira próspera com dois consultórios, o marido corretor de ações e os três filhos com desempenho acima da média em tudo. Ela mostrou a Sara fotos de sua família perfeita, que parecia ter saído de um anúncio da Ralph Lauren.

Sara não contou nada a Delia sobre sua vida depois da faculdade, que havia voltado para o condado de Grant, sua terra natal, para atender crianças da área rural. Não falou sobre Jeffrey, tampouco o motivo de ter se mudado para Atlanta ou de trabalhar no Grady, quando poderia montar um consultório e ter um simulacro de vida normal. Sara apenas deu de ombros e disse "acabei aqui", e Delia a olhou com uma expressão que sugeria ao mesmo tempo decepção e desforra; ambas as emoções suscitadas pelo fato de Sara sempre ter estado à frente dela na Emory.

Sara enfiou as mãos nos bolsos e apertou o jaleco fino contra o corpo, lutando contra o frio. Sentiu a carta roçar na mão ao passar pela área de carga e descarga. Havia se oferecido para fazer um turno extra naquela manhã; trabalharia direto por quase dezesseis horas para ter uma folga no dia seguinte. A exaustão a atingiu com a mesma força do ar noturno, e ela ficou com as mãos fechadas nos bolsos, desfrutando do ar relativamente limpo nos pulmões. Sara sentiu cheiro de chuva sob a fumaça de escapamento e o fedor que subia da caçamba de lixo. Talvez conseguisse dormir aquela noite. Sempre dormia melhor quando chovia.

Ela olhou para os carros na rodovia. A hora do rush já chegava ao fim: homens e mulheres a caminho de casa, para suas famílias, para suas vidas. Sara estava no lugar que chamavam de Curva Grady, um arco na estrada usado como marco pelos repórteres quando falavam de problemas no trânsito que seguia para o centro. Todas as lanternas traseiras brilhavam vermelhas naquela noite quando um guincho saiu levando um SUV do acostamento da esquerda. Viaturas da polícia isolavam a área, luzes azuis giravam, lançando-se lúgubres na escuridão. Elas a lembraram da noite em que Jeffrey morreu; o vaivém de policiais, a chegada da polícia estadual, a cena periciada por dezenas de pessoas vestindo roupas e sapatos brancos.

— Sara?

Ela se virou. Mary segurava a porta, acenando para que voltasse ao prédio.

— Rápido!

Sara se apressou até a porta, e Mary passou a informar os detalhes.

— Atropelamento, um carro e uma pedestre. Krakauer ficou com o motorista e a passageira, o homem provavelmente está infartando. Você ficará com a mulher que foi atropelada. Fraturas expostas no braço e na perna direitos, perda de consciência no local. Possível violência sexual e tortura. Por sorte, um passante era socorrista. O homem fez o que pôde, mas o quadro é bem ruim.

Sara tinha certeza de que não havia entendido direito.

— Ela foi estuprada e atropelada por um carro?

Mary não explicou. Sua mão apertava o braço de Sara como um torno enquanto elas desciam apressadas o corredor. A porta da sala de triagem da emergência estava aberta. Sara viu a maca, três paramédicos ao redor da paciente. Todos na sala eram homens, inclusive Will Trent, que estava curvado sobre a mulher, tentando fazer perguntas.

— Você consegue dizer o seu nome? — perguntou ele.

Sara parou ao pé da maca, com Mary ainda segurando seu braço. A paciente estava deitada de lado, em posição fetal. Fita cirúrgica a mantinha presa à maca, talas pneumáticas envolviam a perna e o braço direitos. Estava acordada, tiritava os dentes, murmurando algo ininteligível. A cabeça estava apoiada em uma jaqueta dobrada, um colar cervical mantinha o pescoço alinhado. A lateral do seu rosto estava suja de terra e sangue; fita isolante pendia da bochecha, colada a seus cabelos escuros. A boca da mulher estava aberta, seus lábios cortados sangravam. O lençol que usaram para cobri-la estava puxado e havia uma laceração na lateral do seio, uma ferida tão profunda que era possível ver a gordura amarelada.

— Senhora? — disse Will. — A senhora tem consciência do seu estado?

— Afaste-se — ordenou Sara, empurrando-o para trás com mais força do que pretendia. Ele tropeçou, perdendo momentaneamente o equilíbrio. Sara não se importou. Viu o pequeno gravador digital na mão do agente e não gostou do que ele estava fazendo.

Sara calçou um par de luvas enquanto se agachava, falando com a mulher.

— Sou a Dra. Linton. Você está no Hospital Grady. Vamos cuidar de você.

— Socorro... socorro... socorro... — repetia a mulher, seu corpo tremendo tanto que sacudia a maca. Seus olhos fitavam o vazio, desfocados. Ela era dolorosamente magra, tinha a pele pálida e seca. — Socorro...

Sara puxou seus cabelos para trás com toda delicadeza.

— Temos bastante gente aqui e todos nós vamos ajudá-la. Só aguente firme, está bem? Você está segura agora. — Sara ficou de pé, colocando a mão de leve no ombro da mulher para que soubesse que não estava sozinha. Outras duas enfermeiras entraram na sala, à espera de ordens. — Alguém me faça um resumo da situação.

Ela se dirigia aos dois socorristas uniformizados, mas o homem à sua frente começou a falar, informando em rápido *staccato* os sinais vitais da mulher e a triagem realizada no caminho. Ele vestia roupas comuns, cobertas de sangue. Provavelmente era o passante que a atendera no local do acidente.

— Ferida penetrante entre a décima primeira e a décima segunda costelas. Fraturas expostas na perna e no braço direitos. Trauma contuso na cabeça. Ela estava inconsciente quando chegamos, mas retomou a consciência quando iniciei os procedimentos. Não conseguimos fazer com que se deitasse de costas — explicou, a voz tomada de pânico. — Ela não parava de gritar. Precisávamos colocá-la na ambulância, então a prendemos na maca. Não sei o que há de errado com... Não sei o que...

Ele engoliu o choro. Sua angústia era contagiosa. O ar parecia estar carregado de adrenalina, o que era compreensível, considerando o estado da vítima. Sara sentiu um momento de pânico, incapaz de compreender os danos infligidos ao corpo, as múltiplas feridas, os sinais óbvios de tortura. Mais de uma pessoa na sala tinha os olhos marejados.

Sara tentou manter o tom de voz o mais calmo possível, tentando arrefecer a histeria para um nível controlável. Ela dispensou os socorristas e o passante.

— Obrigada, senhores. Vocês fizeram tudo que era possível só para trazê-la até aqui. Vamos esvaziar a sala para termos espaço para ajudá-la. Coloque-a no soro e prepare um cateter central, por via das dúvidas — disse a Mary. — Traga uma máquina de raio X portátil, ligue para a sala de tomografia e deixe uma sala de cirurgia de prontidão — falou com outra enfermeira, e se dirigiu a mais outra. — Quero uma gasometria arterial, exame toxicológico, perfil metabólico completo, hemograma e um coagulograma.

Com cuidado, Sara pressionou o estetoscópio nas costas da mulher, tentando não se concentrar nas marcas de queimadura nem nos cortes que ziguezagueavam pelo corpo. Auscultou os pulmões da mulher, sentindo o relevo das costelas contra os dedos. A respiração estava regular, mas não tão forte quanto Sara gostaria, provavelmente em função das altas doses de morfina que deram a ela na ambulância. O pânico geralmente turvava a linha entre ajudar e atrapalhar.

Sara voltou a se agachar. Os olhos da mulher ainda estavam abertos, seus dentes ainda tiritavam.

— Se você tiver dificuldade para respirar, diga, e eu vou ajudá-la imediatamente. Tudo bem? Você pode fazer isso? — Sara não teve uma resposta, mas continuou a falar, informando cada passo que dava e por quê. — Estou conferindo as suas vias aéreas para garantir que você continue respirando — disse, gentilmente pressionando a mandíbula. Os dentes da mulher estavam rosados, indicando que havia sangue na boca; Sara suspeitava de que ela havia mordido a língua. Seu rosto tinha marcas profundas, como se alguém a tivesse arranhado. Sara acreditava que talvez precisasse entubá-la, imobilizá-la, e essa poderia ser a última chance que a mulher teria de falar.

Por isso Will Trent não ia embora. Ele havia perguntado à mulher sobre o seu estado porque, de acordo com a lei, a vítima precisaria saber que estava morrendo para que suas últimas palavras fossem aceitas num tribunal, e não consideradas apenas um delírio. Até agora Trent estava encostado na parede, ouvindo cada palavra que era dita na sala, para o caso de precisar testemunhar.

— Senhora? — perguntou Sara. — Pode me dizer o seu nome? — Sara parou quando os lábios da mulher começaram a se mover, mas não saiu nenhuma palavra. — Só o primeiro nome, tudo bem? Vamos começar com algo fácil.

— Hã... hã...

— Anne?

— Nã... nã...

— Anna?

A mulher fechou os olhos, assentiu de leve. Sua respiração ficou mais fraca com o esforço.

— E um sobrenome? — tentou Sara.

A mulher não respondeu.

— Tudo bem, Anna. Está ótimo. Fique comigo. — Sara olhou para Will Trent, que assentiu em agradecimento. Ela voltou para a paciente, examinou as pupilas, tateou o crânio à procura de fraturas. — Você tem um pouco de sangue nos ouvidos, Anna. Você levou uma pancada forte na cabeça. — Sara pegou um cotonete umedecido e o esfregou no rosto da mulher para limpar parte do sangue seco. — Eu sei que você ainda está aí, Anna. Só aguente firme.

Com cuidado, Sara correu os dedos pelo pescoço e pelo ombro, sentindo o movimento da clavícula. Continuou a descer gentilmente, conferindo as partes anterior e posterior dos ombros, depois as vértebras. A mulher estava dolorosamente subnutrida, seus ossos claramente visíveis, o esqueleto à mostra. Havia rasgos na pele, como se farpas ou ganchos houvessem sido enfiados na carne, e então arrancados. Cortes superficiais cobriam o corpo de cima a baixo, e a longa incisão no seio já cheirava a septicemia; ela estava daquele jeito havia dias.

— Ela já está no soro — disse Mary.

— Está vendo a lista com os números dos médicos ao lado do telefone? — perguntou Sara a Will Trent. Ele assentiu. — Bipe Phil Sanderson. Diga que precisamos dele aqui imediatamente.

Will hesitou.

— Eu vou procurá-lo.

— É mais rápido bipar. Ramal 392 — aconselhou Mary. Ela prendeu o tubo do soro na mão da mulher com fita adesiva e se voltou para Sara. — Você quer mais morfina?

— Antes vamos ver o que está acontecendo com ela.

Sara tentou examinar o tronco da mulher, evitando mover o corpo até que soubesse exatamente com o que estava lidando. Havia um buraco aberto no lado esquerdo, entre a décima primeira e a décima segunda costelas, o que explicava o fato de a mulher ter gritado quando tentaram imobilizá-la. Os puxões e espasmos dos músculos e da cartilagem rasgados devem ter sido excruciantes.

Os socorristas haviam colocado bandagens de compressão na perna e no braço direitos junto com as duas talas pneumáticas para manter os membros estabilizados. Sara levantou o curativo estéril na perna e viu o osso. Sentiu a pélvis instável quando a tocou. Esses eram ferimentos recentes. O carro deve ter se chocado com o lado direito do corpo de Anna.

Sara tirou uma tesoura do bolso e cortou a fita que mantinha a mulher imóvel na maca.

— Anna, vou virar você de costas — explicou ela, então apoiou o pescoço e os ombros da mulher enquanto Mary cuidava da pélvis e das pernas. Vamos manter as suas pernas dobradas, mas precisamos...

— Não, não, não! — implorou a mulher. — Não, por favor! Não, por favor! — Elas continuaram a movê-la, e a mulher escancarou a boca, seus gritos lançando um calafrio pela espinha de Sara. Ela nunca ouvira nada tão aterrorizante na vida. — Não! — gritou a mulher, com a voz embargada. — Não! Por favor! *Nãããão!*

Anna começou a ter convulsões violentas. Instantaneamente, Sara se curvou sobre a maca e a segurou, para que não caísse no chão. Ela a ouvia gemer a cada convulsão, como se cada movimento fosse uma facada.

— Cinco miligramas de Ativan — ordenou, esperando controlar as convulsões. — Fique comigo, Anna — insistiu com a mulher. — Fique comigo.

As palavras de Sara não fizeram diferença. A mulher perdeu a consciência, por causa das convulsões ou da dor. Muito tempo depois que a medicação já deveria ter produzido efeito, ela ainda tinha espasmos musculares por todo o corpo; as pernas balançavam, a cabeça sacudia.

— O raio X portátil chegou — anunciou Mary, fazendo sinal para que o técnico entrasse. — Vou procurar Sanderson e verificar a sala de cirurgia — disse ela a Sara.

— Macon — apresentou-se o técnico de raio X, levando a mão ao peito.

— Sara. Vou ajudar.

O homem entregou a ela um avental de chumbo e passou a preparar o aparelho. Sara mantinha a mão na testa de Anna, acariciava seus cabelos escuros. Os músculos da mulher ainda tinham espasmos quando Sara e Macon por fim conseguiram virá-la de costas, as pernas dobradas para ajudar a amenizar a dor. Sara percebeu que Will Trent ainda estava na sala.

— Você precisa sair para fazermos isso.

Sara ajudou Macon a tirar as radiografias, ambos trabalhando o mais rápido que conseguiam. Ela esperava que a paciente não acordasse e voltasse a gritar. Os gritos de Anna ainda ecoavam nos ouvidos da médica, quase como um animal preso numa armadilha. Por si só, aquele barulho já sugeria que a mulher sabia que ia morrer. Ninguém grita daquele jeito a não ser que tenha perdido toda a esperança na vida.

Macon ajudou Sara a colocar Anna de novo de lado, depois saiu para revelar os filmes. Sara tirou as luvas e voltou a se ajoelhar ao lado da maca. Colocou a mão no rosto de Anna, afagando seu rosto.

— Sinto muito por ter te empurrado — disse Sara, não para Anna, mas para Will Trent. Ela se virou e o viu parado no pé da maca, olhando para as pernas da mulher, as solas dos pés. Tinha os dentes trincados, mas ela não sabia se era de raiva, horror ou ambos.

— Nós dois temos um trabalho a fazer — disse ele.

— Ainda assim.

Gentilmente, ele se curvou e passou os dedos na sola do pé direito de Anna, provavelmente pensando que não havia outro lugar em que pudesse tocá-la sem provocar dor. Sara ficou surpresa com o gesto. Parecia quase terno.

— Sara? — Phil Sanderson estava parado na porta, usando roupas cirúrgicas limpas e passadas.

Ela se levantou e tocou com as pontas dos dedos no ombro de Anna.

— Temos duas fraturas expostas e uma pélvis esmagada. Há uma laceração no seio direito e uma ferida profunda no lado esquerdo do tronco. Não tenho certeza quanto ao estado neurológico; as pupilas não reagem, mas ela estava falando de modo coerente.

Phil foi até a maca e começou a examinar a paciente. Não comentou o estado da vítima, o abuso evidente. Seu foco estava nas coisas que podia consertar: as fraturas expostas, a pélvis estraçalhada.

— Você não a entubou?

— As vias aéreas estão desbloqueadas.

Phil obviamente discordava da decisão, mas cirurgiões ortopedistas geralmente não se importavam se o paciente poderia ou não falar.

— Como está o coração?

— Forte. A pressão está boa. Ela está estável. — A equipe de Sanderson entrou para preparar a paciente para a transferência. Mary voltou com as radiografias e as entregou a Sara.

— Só a anestesia já pode matá-la — observou o cirurgião.

Sara colocou as chapas no quadro de luz.

— Acho que ela não estaria aqui se não fosse uma guerreira.

— O seio está infeccionado. Parece que...

— Eu sei — interrompeu Sara, colocando os óculos para analisar as radiografias.

— Essa ferida lateral está bem limpa. — O cirurgião deteve a equipe por um instante e se abaixou para examinar o longo rasgo na pele. — Ela foi arrastada pelo carro? Alguma coisa de metal abriu essa ferida?

— Até onde eu sei — respondeu Will Trent —, ela foi atingida em cheio. Estava de pé no meio da estrada.

— Havia algo no local que pudesse ter aberto essa ferida? Está bem limpa.

Will hesitou, talvez se perguntando se o homem se dava conta do que a mulher havia passado antes de ser atropelada.

— A área tem bastante mata e é basicamente rural. Ainda não falei com as testemunhas. O motorista se queixou de dores no peito no local.

Sara voltou a atenção à radiografia do tórax. Ou algo estava errado ou estava mais exausta do que pensava. Ela contou as costelas, sem acreditar direito no que estava vendo. Will pareceu notar sua confusão.

— O que foi?

— A décima primeira costela — disse Sara. — Foi removida.

— Removida como? — perguntou Will.

— Cirurgicamente é que não foi.

— Não seja ridícula — repreendeu Phil. — Ele foi até o quadro de luz a passos largos e se inclinou diante da radiografia. — Ela provavelmente... — O cirurgião colocou a segunda chapa do tórax no quadro de luz, a anteroposterior e então a lateral. Aproximou-se mais, estreitando os olhos como se pudesse ajudar. — A maldita costela não pode simplesmente ter caído do corpo. Onde está?

— Olhe. — O dedo de Sara percorreu a sombra irregular onde antes a cartilagem sustentava o osso. — A costela não caiu. Foi retirada.

2

Will dirigiu até o local do acidente no Mini de Faith Mitchell. Tinha os ombros curvados, a cabeça pressionada contra o teto do carro. Ele não quis perder tempo tentando ajustar o banco — nem quando levou Faith para o hospital e, especialmente, não agora, quando seguia até a cena de um dos crimes mais terríveis que já vira. O carro encarava bem a Rota 316 enquanto Will seguia acima do limite de velocidade. Com chassi largo, o Mini entrava bem em todas as curvas, mas ele pegou leve no combustível quando se afastou da cidade. As matas ficaram mais fechadas, a estrada, mais estreita, e de repente ele se viu em uma área onde não era incomum que um veado ou um gambá perambulassem pela pista.

Will pensava na mulher — a pele rasgada, o sangue, as feridas que tinha pelo corpo. No momento em que viu os socorristas empurrando-a na maca pelo corredor do hospital, ele soube que aquilo era obra de alguém com uma mente muito doentia. A mulher havia sido torturada. Alguém dedicara tempo a ela — alguém bem versado na arte da dor.

Ela não surgira do nada na estrada. As solas dos seus pés tinham feridas recentes, que ainda sangravam da caminhada pela mata. Uma agulha de pinheiro estava enterrada em um dos pés, e terra escurecia suas solas. Fora mantida em algum lugar, e então, de alguma forma, conseguira escapar. O cativeiro devia ficar próximo à estrada, e Will encontraria esse lugar nem que fosse preciso procurar pelo resto da vida.

Will percebeu que vinha usando "ela" quando a vítima tinha nome. Anna, parecido com Angie, nome de sua esposa. Como Angie, a mulher tinha cabelos escuros, olhos escuros. Sua pele era morena e havia uma verruga em sua panturrilha, logo abaixo do joelho, assim como Angie. Will especulou se mulheres de pele morena tendiam a ter verrugas na parte posterior da perna. Talvez fosse algum tipo de marcador genético, junto com cabelos e olhos escuros. Podia apostar que aquela médica saberia responder a essa pergunta.

Lembrou-se das palavras ditas por Sara Linton enquanto ela examinava os rasgos na pele, os arranhões em volta do buraco aberto na lateral do tronco da vítima. "Ela devia estar consciente quando a costela foi removida."

Will teve um calafrio àquele pensamento. Já vira muitos sádicos em sua carreira, mas nada tão doentio quanto aquilo.

O celular tocou, e Will se esforçou para enfiar a mão no bolso sem bater no volante e mandar o Mini para a vala na margem da estrada. Com cuidado, abriu o telefone. O aparelho havia sido destruído meses atrás, mas ele conseguira remontar as partes de plástico com cola instantânea, fita adesiva e cinco pedaços de fio que funcionavam como dobradiça. Ainda assim, precisava ter cuidado, ou aquela coisa toda desmontaria na sua mão.

— Will Trent.

— É Lola, amor.

Ele sentiu que franzia a testa. A voz tinha a rouquidão aveludada de quem fuma dois maços por hora.

— Quem?

— Você é o irmão da Angie, certo?

— Marido — corrigiu ele. — Quem está falando?

— É Lola. Sou uma das garotas dela.

Angie trabalhava como freelancer para diversas agências de detetives agora, mas havia trabalhado no Departamento de Combate à Prostituição por mais de dez anos. Will ocasionalmente recebia ligações de algumas das mulheres com quem ela havia andado nas ruas. Todas queriam ajuda, e todas acabavam de volta à cadeia, de cujo telefone público ligavam para ele.

— O que você quer?

— Não precisa ser grosso assim comigo, amor.

— Escute, não falo com Angie há oito meses. — Coincidentemente, o relacionamento deles tinha se desmantelado na mesma época que o celular. — Não posso ajudá-la.

— Eu sou inocente. — Lola riu com a própria piada, então tossiu. Tossiu um pouco mais. — Me pegaram com uma substância branca desconhecida que eu só estava guardando para uma amiga.

Aquelas garotas conheciam a lei melhor do que a maioria dos policiais, e eram especialmente cautelosas com o telefone público da cadeia.

— Arrume um advogado — aconselhou Will, acelerando para ultrapassar um carro na sua frente. Um raio cortou o céu, iluminando a estrada. — Não posso ajudá-la.

— Tenho informações.

— Então diga isso ao seu advogado. — O telefone apitou, e ele reconheceu o número da chefe. — Preciso desligar. — Ele aceitou a outra ligação antes que a mulher pudesse dizer qualquer coisa. — Will Trent.

Amanda Wagner inspirou fundo, e Will se preparou para uma saraivada de repreensões.

— No que diabos você estava pensando quando deixou a sua parceira no hospital e saiu feito um idiota para investigar um caso sobre o qual não temos jurisdição e para o qual não pediram nossa ajuda? E em um condado, devo acrescentar, com o qual não temos exatamente um bom relacionamento?

— Eles vão pedir a nossa ajuda — garantiu Will.

— Sua intuição feminina não está me impressionando hoje, Will.

— Quanto mais tempo deixarmos a polícia local à frente disso, mais frias ficarão as pistas. Não é a primeira vez desse sequestrador, Amanda. Isso aqui não foi um amistoso.

— Rockdale tem isso sob controle — disse ela, referindo-se ao condado que tinha jurisdição sobre a área onde ocorrera o atropelamento. — Eles sabem o que estão fazendo.

— Eles estão parando carros e procurando por veículos roubados?

— Eles não são completos imbecis.

— Sim, eles são — insistiu Will. — Isso não foi uma desova. Ela estava em cativeiro e conseguiu fugir.

Amanda ficou em silêncio por um instante, talvez tentando conter o fogo que saía por suas ventas. No alto, o brilho de um relâmpago iluminou o céu, e o trovão que veio em seguida não deixou Will ouvir o que Amanda disse por fim.

— O quê? — perguntou.

— Qual é o estado da vítima? — repetiu ela, curta e grossa.

Will não pensou em Anna. Em vez disso, ele se lembrou do olhar de Sara Linton quando levaram a paciente para a cirurgia.

— Não é dos melhores.

Amanda soltou outro suspiro, mais profundo.

— Faça um resumo para mim.

Will descreveu os pontos principais, o estado da mulher, a tortura.

— Ela deve ter saído da mata. Deve haver uma casa em algum lugar, um barracão ou coisa parecida. Ela não parece ter ficado ao relento. Alguém a manteve em cativeiro por algum tempo, a fez passar fome, a estuprou, abusou dela.

— Você acha que algum caipira a pegou?

— Acho que alguém a raptou — respondeu Will. — Ela tem um cabelo bem-cuidado, dentes bem brancos. Não tem marcas de agulha. Não tem sinais de desleixo. Tem duas pequenas cicatrizes cirúrgicas nas costas, provavelmente de uma lipo.

— Então não é moradora de rua nem prostituta.

— Os pulsos e os tornozelos sangravam, ela foi amarrada. Algumas das feridas espalhadas pelo corpo estavam sarando, outras eram recentes. Ela estava magra, muito magra. Isso durou mais do que apenas alguns dias; talvez uma semana, duas, no máximo.

Amanda praguejou entre os dentes. Aquilo estava ficando sério. O GBI era para o estado o que o FBI era para o país. O GBI trabalhava com a polícia local quando crimes atravessavam as divisas dos condados, mantendo o foco no caso, não em disputas territoriais. O estado tinha oito laboratórios criminais, além de centenas de peritos e agentes especiais em serviço, todos prontos para servir quem quer que pedisse ajuda. O detalhe era que a solicitação de ajuda tinha de ser formalmente feita. Havia meios de garantir que isso acontecesse, mas favores precisavam ser trocados, e, por razões jamais comentadas na frente de pessoas educadas, Amanda perdera as costas quentes no condado de Rockdale alguns meses antes, durante um caso envolvendo um pai instável que raptou e assassinou os próprios filhos.

— Amanda... — Will tentou outra vez.

— Vou fazer algumas ligações.

— A primeira pode ser para Barry Fielding? — perguntou ele, referindo-se ao especialista em cães farejadores do GBI. — Não tenho certeza se a polícia local sabe com o que está lidando. Eles não viram a vítima nem falaram com as testemunhas. O detetive deles ainda não tinha sequer chegado ao hospital quando eu saí. — Amanda não respondeu, então ele cutucou um pouco mais. — Barry mora no condado de Rockdale.

Um suspiro profundo soou na linha.

— Está bem. Apenas tente não irritar ninguém mais do que de costume — disse ela por fim. — Me informe quando tiver algo que nos permita avançar na investigação.

Amanda encerrou a ligação.

Will fechou o celular e o colocou no bolso do paletó no instante em que o estrondo de um trovão ecoou no ar. Outro raio iluminou o céu, e ele desacelerou o Mini, os joelhos pressionados contra o painel. O plano era subir a Rota 316 até encontrar o local do acidente, e então implorar para que o deixassem entrar na área restrita. Estupidamente, ele não antecipara uma barreira policial. Duas viaturas da polícia de Rockdale estavam atravessadas na estrada, fechando as duas pistas, com dois policiais uniformizados parados em frente aos carros. Cerca de vinte metros adiante, grandes refletores de xênon iluminavam um Buick com a frente amassada. Havia peritos por todo lado, executando o cansativo trabalho de coletar todos os fragmentos de terra, pedra e vidro que seriam levados ao laboratório para análise.

Um dos policiais foi até o Mini. Will procurou o botão para descer o vidro, esquecendo que ficava no painel. Quando conseguiu abrir a janela, o outro policial se juntara ao colega. Ambos sorriam. Will percebeu que devia estar cômico no carrinho, mas não havia nada que pudesse fazer agora. Quando Faith desmaiou no estacionamento do fórum, o único pensamento de Will foi que o carro dela estava mais próximo do que o seu e que seria mais rápido usá-lo para levá--la ao hospital.

— O circo fica pra lá — disse o segundo policial, apontando o polegar na direção de Atlanta.

Will sabia que não era uma boa ideia tirar a carteira do bolso traseiro enquanto ainda estava no carro. Ele abriu a porta e desceu desajeitadamente. Todos olharam para o céu quando o estrondo de um trovão ressoou no ar.

— Agente especial Will Trent — disse ele aos policiais, mostrando a identificação.

Os dois homens ficaram desconfiados. Um deles se afastou, falando no rádio que trazia no ombro, provavelmente com o chefe. Às vezes, os policiais locais ficavam satisfeitos por ver o GBI no seu território. Outras vezes, queriam atirar neles.

O homem à sua frente fez perguntas.

— Qual é a desse terno, meu chapa? Está vindo de um enterro?

Will ignorou a provocação.

— Eu estava no hospital quando a vítima deu entrada.

— Nós temos várias vítimas — respondeu o policial, obviamente determinado a dificultar as coisas.

— A mulher — esclareceu Will. — A que estava na estrada e foi atropelada pelo Buick do casal de idosos. Acreditamos que o nome dela é Anna.

O segundo policial estava de volta.

— Preciso pedir que volte para o seu carro, senhor. De acordo com o meu chefe, vocês não têm jurisdição aqui.

— Posso falar com o seu chefe?

— Ele achou que você fosse dizer isso. — O homem deu um sorriso irônico. — Disse para você ligar amanhã de manhã, lá pelas dez, dez e meia.

Will olhou para a cena do acidente, além das viaturas.

— Você pode me dizer o nome dele?

O policial não estava com pressa. Lentamente, tirou o bloco de anotações do bolso, encontrou a caneta, levou a caneta ao papel, escreveu as letras. Com extremo cuidado, destacou a folha e a entregou a Will.

Will olhou para os garranchos acima dos números.

— Isso é inglês?

— Fierro, imbecil. É italiano. — O homem olhou para a folha de papel e adotou um tom defensivo. — Eu escrevi direito.

Will dobrou o papel e o colocou no bolso do colete.

— Obrigado.

Ele não era idiota a ponto de achar que os policiais educadamente voltariam aos seus postos quando ele entrasse no Mini. Will não estava com pressa agora. Ele se agachou e encontrou a alavanca que abaixava o banco do motorista, então empurrou-o todo para trás. Abaixou a cabeça, entrou no carro, fez uma saudação para os policiais enquanto manobrava e foi embora.

A Rota 316 nem sempre foi uma estrada vicinal. Antes da construção da I-20, ela era a principal ligação entre o condado de Rockdale e Atlanta. Agora, a maioria dos viajantes preferia a interestadual, mas ainda havia quem a usasse como atalho e para outras atividades nefastas. Nos anos 1990, Will estivera envolvido em uma operação para evitar que prostitutas levassem seus clientes para lá. Mesmo então, a estrada não era muito usada. O fato de dois carros terem passado por ali na mesma hora que a mulher, naquela noite, era uma coincidência absurda. E o fato de ela ter conseguido andar até a estrada e ficar na frente de um dos carros era ainda mais esquisito.

A não ser que Anna estivesse esperando por um carro. Talvez tenha entrado na frente do Buick de propósito. Will aprendera havia muito tempo que, às vezes, escapar é mais fácil que sobreviver.

Will seguia bem devagar com o Mini enquanto procurava uma estradinha transversal. Ele avançou por cerca de quinhentos metros até encontrar uma. O asfalto era irregular, e o carro baixo sacudia em todos os buracos. Ocasionalmente, alguns lampejos iluminavam a mata para ele. Não havia casas que ele pudesse ver da estrada, nenhum barracão abandonado ou celeiro antigo. Nenhum alpendre que abrigasse um velho alambique. Ele seguiu em frente, usando as luzes fortes da cena do crime como guia, de modo que, quando parou, estava próximo à ação. Will puxou o freio de mão e se permitiu um sorriso. O local do acidente estava a cerca de duzentos metros, e as luzes e a movimentação faziam com que parecesse um campo de futebol no meio da floresta.

Will pegou uma pequena lanterna no porta-luvas e desceu do carro. O ar mudava rapidamente e a temperatura caía. No telejornal daquela manhã, o homem do tempo previra um dia parcialmente nublado, mas Will achava que em breve cairia um dilúvio.

Ele abriu caminho a pé pela mata fechada, os olhos percorrendo cuidadosamente o chão à procura de qualquer coisa fora de lugar. Anna poderia ter passado por ali, ou poderia ter vindo do outro lado da estrada. A questão é que a cena do crime não deveria estar limitada à estrada. Eles deviam estar vasculhando a floresta, em um raio de pelo menos um quilômetro e meio. O trabalho não seria fácil. A mata era fechada, com galhos baixos e arbustos bloqueando a passagem, árvores caídas e buracos que deixavam o terreno ainda mais perigoso à noite. Will tentou se situar, especulando em qual direção ficava a I-20, onde ficavam as áreas mais residenciais, mas desistiu quando a bússola em sua cabeça passou a girar para lugar nenhum.

O terreno inclinava-se para baixo e, apesar de ainda estar distante, Will conseguia ouvir os sons normais de uma cena de crime: o ruído elétrico do gerador, o zumbido dos refletores, o pipocar de flashes, os resmungos de policiais e peritos ocasionalmente interrompidos por risadas.

Acima, as nuvens se abriram, e o luar iluminou o chão em meio às sombras. Com o canto do olho, Will viu uma área com folhas que pareciam ter sido reviradas. Ele se agachou, mas a luz fraca da lanterna não ajudava muito. As folhas estavam mais escuras ali, mas não era possível dizer se era de sangue ou da chuva. Will teve certeza de que algo havia se deitado ali. A questão era: esse algo teria sido um animal ou uma mulher?

Ele tentou se situar outra vez. Estava a meio caminho entre o carro de Faith e o Buick batido na estrada. As nuvens voltaram a se mover, e a escuridão retornou. A lanterna que Will trazia na mão escolheu aquele momento para falhar; a lâmpada ficou amarelada e depois preta. Will bateu o tubo plástico na palma da mão, tentando invocar o que restava de energia nas pilhas.

De repente, o feixe brilhante e poderoso de uma Maglite iluminou tudo num raio de dois metros.

— Você deve ser o agente Trent — disse um homem. Will colocou as mãos diante dos olhos para não queimar as retinas. O sujeito não teve pressa de abaixar a lanterna para o peito de Will. Ao brilho distante das luzes na cena do crime, ele parecia um dos balões do desfile de Ação de Graças, redondo em cima e estreito embaixo. A cabecinha do homem flutuava acima de seus ombros, a pele do seu pescoço grosso transbordava do colarinho da camisa.

Considerando sua corpulência, ele se movia com leveza. Will não o ouviu se aproximar pela floresta.

— Detetive Fierro? — supôs Will.

O homem apontou a lanterna para o próprio rosto, para que Will o visse.

— Pode me chamar de Babaca, porque é isso que você vai pensar a meu respeito durante todo o seu trajeto solitário de volta a Atlanta.

Will ainda estava agachado. Ele olhou para a cena do crime.

— Por que não me deixa dar uma espiada antes?

A luz estava de volta aos olhos de Will.

— Carinha insistente, não?

— Você acha que a largaram aqui, mas não foi isso o que aconteceu.

— Você lê pensamentos?

— Você emitiu um alerta para pararem qualquer carro suspeito na área, e seus peritos estão passando pente-fino naquele Buick.

— O código do alerta é 10-38, o que você saberia se fosse um policial de verdade, e a casa mais próxima é a de um velhote de cadeira de rodas a uns três quilômetros daqui. — Fierro falava isso com um desdém que era mais do que familiar para Will. — Não vou ter essa conversa com você, meu chapa. Saia da minha cena de crime.

— Eu vi o que fizeram com ela — insistiu Will. — Ela não foi colocada num carro e largada aqui. Ela sangrava por todo lado. Quem fez isso é inteligente. Ele não a colocaria num carro. Não correria o risco de deixar provas. E com toda a certeza não a deixaria viva.

— Duas opções — Fierro ergueu os dedos roliços. — Saia com os seus próprios pés ou vamos arrastá-lo para fora daqui.

Will se levantou, estufando o peito para ficar no alto do seu um metro e noventa, e encarou Fierro com firmeza.

— Vamos tentar dar um jeito nisso. Estou aqui para ajudar.

— Eu não preciso da sua ajuda, Gomez. Agora eu sugiro que você dê meia-volta, entre no seu carrinho de mulherzinha e dê o fora numa boa. Quer saber o que aconteceu aqui? Leia o jornal.

— Acho que você estava querendo dizer Tropeço — corrigiu Will. — Gomez era o pai.

Fierro franziu a testa.

— Escute, a vítima, Anna, provavelmente ficou deitada aqui. — Will apontou para a depressão nas folhas. — Ela ouviu os carros se aproximando e foi até a estrada à procura de ajuda. — Fierro não o deteve, então ele continuou. — Eu tenho uma equipe de cães farejadores a caminho. O rastro ainda está fresco, mas vai sumir com a chuva. — Como numa deixa, um relâmpago iluminou o céu, seguido por um trovão.

Fierro deu um passo à frente.

— Você não está me ouvindo, *Gomez*. — Ele cutucou o peito de Will com a lanterna, empurrando-o e afastando-o da cena do crime. O detetive continuou a fazer isso ao falar, pontuando cada palavra com uma cutucada forte. — Seu merda do GBI, vá com esse seu terno de *papa-defunto* de volta para o seu carrinho de brinquedo vermelho e dê o *fora* da minha...

O salto do sapato de Will bateu em algo sólido. Os dois homens ouviram, e ambos pararam.

Fierro abriu a boca, mas Will fez um sinal para que ficasse quieto e se ajoelhou no chão. Will usou as mãos para afastar a folhagem e descobriu os contornos de uma grande folha de compensado. Duas pedras nos cantos marcavam o local.

Um som baixo perpassou o ar, quase um crepitar. Will se abaixou mais, e o barulho se transformou em algumas palavras abafadas. Fierro também ouviu. Ele sacou a arma, mantendo a lanterna junto ao cano de modo a enxergar no que iria atirar. Subitamente, o detetive não parecia mais se importar com a presença de Will; em vez disso, parecia encorajá-lo a puxar o compensado e colocar a cara na linha de tiro.

Quando Will olhou para ele, Fierro deu de ombros, como que dizendo "você quis participar da investigação".

Will passara o dia no fórum. Sua arma estava em casa, na gaveta do criado-mudo. Ou Fierro tinha um edema de bócio no tornozelo ou carregava uma arma reserva. O homem não a ofereceu, e Will não a pediu. Precisaria das duas mãos se fosse puxar a madeira e sair da linha de tiro em tempo hábil. Will inspirou ao afastar as pedras, então enterrou os dedos cuidadosamente na terra macia, segurando a borda da tábua com firmeza. A folha de compensado era do tamanho padrão, cerca um metro e meio por dois metros e quinze milímetros de espessura. Sentiu a madeira úmida por baixo dos dedos, o que significava que estaria ainda mais pesada.

Will olhou na direção de Fierro para confirmar que ele estava pronto e, então, num movimento ágil, puxou o compensado e recuou, levantando terra e pedriscos.

— E então? — A voz de Fierro era um sussurro rouco. — Você está vendo alguma coisa?

Will esticou o pescoço para ver o que havia descoberto. O buraco era fundo e cavado de forma grosseira, uma abertura de cerca de um metro quadrado que mergulhava na terra. Will se manteve agachado enquanto se aproximava do buraco. Ciente de que voltaria a oferecer a cabeça como alvo, rapidamente espiou lá dentro, tentando identificar com o que estavam lidando. Não conseguiu ver o fundo. O que ele descobriu foi uma escada cuja ponta estava encostada a alguns centímetros da borda, uma coisa improvisada com degraus tortos pregados em duas tábuas apodrecidas.

Um raio cortou o céu, revelando a cena em toda a sua glória. Era como um desenho animado: a escada para o inferno.

— Me dê a lanterna — sussurrou ele para Fierro. O detetive estava mais que solícito agora, e colocou a Maglite na mão de Will. Ele olhou para o homem. Fierro estava com as pernas afastadas e ainda apontava a arma para a abertura no chão. O medo arregalava seus olhos.

Will apontou a lanterna para baixo. A caverna parecia ter a forma de um L, descia por cerca de dois metros e então virava para o que parecia ser a área principal. Pedaços de madeira que sustentavam o teto se projetavam pela abertura. Havia suprimentos na base da escada. Latas de comida. Corda. Correntes. Ganchos. O coração de Will disparou quando ouviu movimento lá embaixo, o som de algo se arrastando, e teve de se forçar a não recuar.

— O que... — começou Fierro.

Will levou um dedo aos lábios, apesar de ter praticamente certeza de que o elemento surpresa não estava ao lado deles. Quem quer que estivesse lá embaixo vira o feixe da lanterna vasculhando o espaço. Como que para reforçar essa ideia, Will ouviu um som gutural vindo de baixo, quase um gemido. Haveria outra vítima ali? Ele pensou na mulher no hospital, Anna. Will sabia como era uma queimadura provocada por eletricidade. Elas marcam a pele como um pó escuro que jamais é lavado. Ficam com você a vida toda; isso é, se você tiver a vida toda pela frente.

Will tirou o paletó e o jogou para trás. Levou a mão ao tornozelo de Fierro e tirou o revólver do coldre. Antes que pudesse se conter, girou as pernas para dentro do buraco.

— Jesus Cristo — sussurrou Fierro entre os dentes. Ele olhou sobre o ombro para as dezenas de policiais que estavam a cem metros de distância, sem dúvida percebendo que havia uma forma melhor de fazer aquilo.

Will ouviu outra vez o som vindo de baixo. Talvez fosse um animal, talvez um ser humano. Desligou a lanterna e a colocou no cós da calça. Deveria ter dito algo, como "diga à minha esposa que eu a amo", mas não queria dar aquele fardo — ou satisfação — a Angie.

— Espere — sussurrou Fierro. Ele queria chamar reforços.

Will o ignorou e colocou o revólver no bolso da frente. Com cuidado, apoiou o peso na escada vacilante, com o salto dos sapatos nos degraus, para que ficasse voltado para o interior da caverna quando chegasse ao chão. O espaço era estreito, e seus ombros, largos demais. Tinha de manter um braço erguido para caber no buraco. Porções de terra caíam à sua volta e raízes arranhavam o rosto e o pescoço. A parede do fosso estava a apenas alguns centímetros do seu nariz, despertando uma claustrofobia que Will nunca soube ter. Toda vez que inspirava, sentia gosto de terra na garganta. Ele não conseguia olhar para baixo, porque não havia nada para ver, e tinha medo de que, se olhasse para cima, pudesse mudar de direção.

A cada passo, o cheiro ficava pior: fezes, urina, suor, medo. Talvez o medo viesse de Will. Anna escapara dali. Talvez ela tivesse ferido o agressor. Talvez o homem estivesse ali embaixo à espreita com uma arma, uma navalha ou uma faca.

O coração de Will batia tão forte que ele o sentia sufocar sua garganta. Suor escorria pelo corpo, e seus joelhos tremiam à medida que ele ia descendo passo após passo interminável. Por fim, seu pé tocou na terra macia. Ele tateou em volta com a ponta do sapato, encontrando a corda na base da escada e ouvindo a corrente chacoalhar. Precisaria se agachar para entrar, ficando completamente exposto a quem quer que o estivesse esperando.

Will ouvia a respiração arfante, murmúrios. Estava com o revólver de Fierro na mão. Não sabia bem como acabara ali. O espaço era estreito demais para levar a mão às costas e pegar a lanterna, que de qualquer forma estava deslizando para dentro das calças. Will tentou dobrar os joelhos, mas o corpo não obedecia. A respiração ofegante ficou mais alta, e ele percebeu que vinha de sua própria boca. Olhou para cima, vendo nada além de escuridão. Suor embaçava sua visão. Ele prendeu a respiração e se agachou.

Nenhuma arma foi disparada. Sua garganta não foi cortada. Ganchos não foram enterrados em seus olhos. Ele sentiu uma brisa vinda do fosso ou havia algo em frente ao seu rosto? Havia alguém na sua frente? Alguém acabava de passar a mão pelo seu rosto? Ele ouviu um movimento, vozes.

— Não se mexa — conseguiu dizer. Apontava a arma de um lado para o outro, para o caso de haver alguém na sua frente. Com a mão trêmula, pegou a lanterna. A respiração arfante estava de volta, um som embaraçoso que ecoava na caverna.

— Nunca... — murmurou um homem.

A mão de Will estava suada, escorregadia, mas ele segurava com firmeza o corpo de metal com ranhuras da lanterna. Apertou o botão com o polegar, ligando-a.

Ratos se dispersaram; três ratazanas pretas, com barrigas roliças e garras afiadas. Duas foram em sua direção. Instintivamente, ele recuou, trombou com a escada e enrolou o pé na corda. Cobriu o rosto com os braços e sentiu garras afiadas se enterrando em sua pele quando os ratos dispararam escada acima. Will entrou em pânico, percebendo que havia soltado a lanterna, e a pegou num movimento rápido. Passou a vasculhar a caverna em busca de outros ocupantes.

Estava vazia.

— Droga... — Will expirou, desmoronando no chão. Suor escorria em seus olhos. Seus braços latejavam onde as ratazanas o haviam arranhado. Precisou lutar contra o impulso enorme de fugir dali logo atrás delas.

Ele usou a lanterna para examinar o lugar, afugentando baratas e outros insetos. Não havia como dizer para onde tinha ido a outra ratazana, e Will não a procuraria. A parte principal da caverna era mais profunda, cerca de um metro abaixo de onde Will estava. Quem quer que tenha projetado aquilo sabia o que estava fazendo. A área mais baixa lhe dava uma vantagem estratégica.

Will se agachou lentamente, mantendo a luz apontada à sua frente para não ter mais surpresas. O espaço era maior do que ele esperava. Deve ter levado semanas para escavar aquilo, retirando baldes e mais baldes de terra, escorando as paredes com pedaços de madeira para evitar que tudo desmoronasse.

Ele estimou que a área principal tinha pelo menos três metros e meio de extensão por dois de largura. O teto tinha cerca de um metro e oitenta de altura, o bastante para que Will ficasse de pé um pouco encurvado, mas ele não confiava em seus joelhos para se levantar. A lanterna não iluminava tudo ao mesmo tempo, de modo que o espaço parecia mais apertado do que na verdade era. Some isso ao aspecto macabro e ao fedor de argila da Geórgia misturado com sangue e excrementos e tudo parecia ser menor e mais escuro.

Numa parede, estava encostada uma cama baixa que tinha sido montada com o que parecia ser um amontoado de madeira. Numa prateleira acima, havia mantimentos: canecos de água, latas de sopa, aparelhos de tortura que Will vira apenas em livros. O colchão era fino, a espuma ensanguentada se revelando pelo forro preto rasgado. Havia pedaços de carne humana na superfície, alguns já em putrefação. Vermes se mexiam como águas revoltas. Pedaços de corda estavam amontoados no chão em frente à cama, havia o bastante para enrolar alguém dos pés à cabeça, quase como uma múmia. Riscos fundos feitos à unha marcavam as laterais da cama. Havia agulhas de costura, anzóis, fósforos. No chão de terra, havia sangue empoçado, que escorria pelo estrado da cama como goteira numa pia.

— Disse... — começou uma voz, apenas para ser engolida pela estática. Havia uma pequena televisão/rádio em cima de uma cadeira de plástico branca nos fundos da caverna. Will se manteve agachado enquanto caminhava até lá. Ele olhou para os botões e apertou alguns antes de conseguir desligar o rádio, lembrando tarde demais que devia ter colocado as luvas.

Ele acompanhou o cabo de força da televisão com os olhos, encontrando uma grande bateria náutica. O plugue havia sido cortado, um fio preto e outro vermelho estavam ligados aos terminais. Havia outros fios, com as pontas desencapadas revelando o cobre. Estavam escurecidos, e Will sentiu o cheiro comum de uma queimadura por choque elétrico.

— Ei, Gomez — bradou Fierro. Sua voz evidenciava os nervos à flor da pele.

— Não há ninguém aqui — disse Will.

Fierro respondeu com um som hesitante.

— É sério — disse Will. Ele voltou até a abertura do fosso e esticou o pescoço para ver o detetive. — Está vazio.

— Cristo. — A cabeça de Fierro sumiu de vista, mas não antes que Will o visse fazer o sinal da cruz.

Will também faria uma oração se não saísse dali bem rápido. Iluminou a escada com a lanterna e viu que as marcas de seus sapatos haviam borrado pegadas ensanguentadas nos degraus. Will olhou para seus sapatos sujos, para o chão de terra, e viu outras pegadas borradas. Ele se espremeu dentro do fosso e colocou o pé no degrau, esperando não estragar mais nada. Os peritos não ficariam felizes com ele, mas agora não havia nada que ele pudesse fazer além de se desculpar.

Will se deteve. Os pés de Anna estavam cortados, mas davam a impressão de ser arranhões provocados por pisadas em objetos pontiagudos: agulhas de pinheiro, galhos, espinhos. Por isso concluíra que a mulher havia caminhado pela floresta. Ela não sangrava o suficiente para deixar pegadas ensanguentadas tão definidas a ponto de se verem os sulcos das solas na terra. Will ficou ali imóvel, com uma mão erguida sobre a cabeça, um pé na escada, pensando.

Ele soltou um suspiro contrariado, então se agachou para voltar à caverna, a luz percorrendo cada canto do espaço. A corda o perturbava, a forma como havia sido enrolada ao redor da cama. Veio-lhe à mente uma imagem de Anna amarrada, a corda enrolada na cama, atando seu corpo. Will puxou um dos pedaços da parte de baixo da cama. A superfície do corte era lisa, assim como nos outros pedaços. Ele olhou em volta. Onde estaria a faca?

Provavelmente junto com a última maldita ratazana.

Will puxou o colchão, tendo ânsia de vômito com o cheiro, tentando não pensar no que sua mão estava tocando. Manteve o pulso sobre o nariz ao puxar as ripas que sustentavam o colchão, pedindo a Deus que o rato não pulasse dali e arranhasse seus olhos. Ele fez o máximo de barulho possível, largando as ripas em uma pilha no chão. Ouviu um guincho às suas costas, voltou-se e viu a ratazana encolhida num canto, seus olhos brilhantes refletindo a luz. Will tinha um pedaço de madeira na mão e pensou em atirá-lo no bicho, mas temeu que sua mira não fosse boa o bastante naquele espaço apertado. Também temia que isso irritasse a ratazana.

Ele largou a tábua na pilha, mantendo o olhar atento no bicho. Algo mais chamou sua atenção. Havia marcas de unha no fundo das ripas, arranhões ensanguentados profundos que não pareciam ter sido feitos por um animal. Will apontou a lanterna para a abertura abaixo da cama. A terra havia sido escavada cerca de quinze centímetros abaixo do nível do piso, acompanhando o comprimento e a largura da cama. Will estendeu a mão e pegou um pedaço de corda curto. Assim como os outros, aquele também havia sido cortado. Ao contrário dos outros, tinha um nó intacto.

Will puxou o restante das ripas. Havia quatro ferrolhos de metal sob a cama, um em cada canto. Um pedaço de corda estava amarrado em um ferrolho. Sangue rosado manchava a trama. Ele sentiu a corda com os dedos. Estava molhada. Algo afiado arranhou seu polegar. Will se aproximou mais, tentando ver o que era. Ele puxou o objeto com a unha para examiná-lo mais de perto à luz da lanterna. E sentiu gosto de bile na garganta quando viu o que segurava.

— Ei! — berrou Fierro. — Gomez? Você vai subir ou não?

— Mande uma equipe de busca para cá! — disse Will.

— Mas que conver...

Will olhou para o pedaço de dente quebrado em sua mão.

— Há outra vítima!

3

Faith estava na cantina do hospital, pensando que se sentia da mesma forma que se sentira no baile de formatura: desprezada, gorda e grávida. Ela olhava para o detetive magricela do condado de Rockdale sentado à sua frente na mesa. Com seu nariz comprido e os cabelos ensebados que caíam sobre as orelhas, Max Galloway tinha o olhar rabugento e confuso de um weimaraner. E pior, era mau perdedor. Toda frase que dizia a Faith aludia ao fato de o GBI ter tirado o caso de suas mãos, a começar pela primeira saraivada que deu quando Faith pediu para participar da entrevista com duas das testemunhas: "Aposto que aquela vadia para quem você trabalha já está ajeitando o cabelo para as câmeras de TV."

Faith mordeu a língua, apesar de não conseguir imaginar Amanda Wagner ajeitando nada. Afiando as garras, talvez, mas seu cabelo era uma estrutura que desafiava qualquer arrumação.

— Então — disse Galloway aos dois homens que eram testemunhas. — Vocês estavam apenas passando de carro por lá, não viram nada, e então lá estavam o Buick e a garota na estrada?

Faith se esforçou para não revirar os olhos. Ela havia trabalhado na divisão de homicídios da polícia de Atlanta por oito anos antes de se tornar parceira de Will Trent. Sabia como era ser o detetive do outro lado da mesa, ver um sacana arrogante do GBI dar as caras e dizer que podia cuidar do seu caso melhor que você. Ela entendia a raiva e a frustração de ser tratado como um provinciano ignorante que não sabe onde fica a abertura de um saco de papel, mas agora que Faith era agente do GBI, tudo em que conseguia pensar era no prazer que sentiria quando tirasse aquele caso das mãos daquele provinciano ignorante.

Quanto ao saco de papel, Max Galloway bem que poderia estar com um na cabeça. Ele já conversava com Rick Sigler e Jake Berman, os dois homens que haviam topado com o acidente de carro na Rota 316, por pelo menos meia hora e ainda não tinha percebido que os dois eram muito, mas muito gays.

Galloway se dirigia a Rick, o socorrista que ajudara a mulher no local.

— O senhor disse que sua esposa é enfermeira?

Rick olhava para as mãos. Ele usava uma aliança de ouro rosa e tinha as mãos mais bonitas e delicadas que Faith já vira num homem.

— Ela trabalha à noite no Crawford Long.

Faith se perguntou como a mulher se sentiria se soubesse que o marido saía para afogar o ganso enquanto ela encarava o turno da noite.

— Que filme vocês foram ver? — perguntou Galloway.

Ele fez aquela mesma pergunta aos dois homens pelo menos três vezes, apenas para obter a mesma resposta. Faith era totalmente a favor da tática de tentar confundir um suspeito, mas era preciso ser mais inteligente que uma batata para fazer esse tipo de coisa. Infelizmente, era esse tipo de perspicácia que Max Galloway não possuía. Do ponto de vista de Faith, parecia que as duas testemunhas apenas tiveram o azar de estar no lugar errado, na hora errada. O único aspecto positivo do envolvimento deles no acidente era que o socorrista havia cuidado da vítima até a chegada da ambulância.

— Você acha que ela vai ficar bem? — perguntou Rick a Faith.

Ela achava que a mulher ainda estava na sala de cirurgia.

— Não sei — admitiu. — Mas você fez tudo que pôde para ajudá-la. Você sabe disso.

— Já estive em muitos acidentes de carro. — Rick voltou a olhar para as mãos. — Nunca tinha visto nada como aquilo. Foi... foi simplesmente terrível.

Em sua vida pessoal, Faith não era uma pessoa cheia de dedos, mas, como policial, sabia quando uma abordagem mais sutil era necessária. Ela sentiu vontade de se curvar sobre a mesa e colocar as mãos sobre as de Rick para consolá-lo e estimulá-lo a falar, mas não estava certa de como Galloway reagiria e não queria acirrar ainda mais os ânimos entre eles.

— Vocês se encontraram no cinema ou foram no mesmo carro?

Jake, o outro homem, se ajeitou na cadeira. Ele estava muito quieto desde o começo, falava apenas quando uma pergunta lhe era feita diretamente. Olhava para o relógio o tempo todo.

— Preciso ir — disse. — Preciso me levantar para o trabalho daqui a menos de cinco horas.

Faith olhou para o relógio na parede. Ela não se dera conta de que já era quase uma da manhã, provavelmente porque a injeção de insulina lhe dera uma energia estranha. Will saíra havia duas horas, depois de lhe dar um resumo do caso e sumir de vista antes que ela pudesse se oferecer para acompanhá-lo. Ele era persistente, e Faith sabia que acabaria encontrando um jeito de pegar aquele caso. Apenas gostaria de saber por que ele estava demorando tanto.

Galloway empurrou um bloco e uma folha de papel na direção dos homens.

— Anotem os números dos seus telefones.

A cor sumiu do rosto de Rick.

— Liguem apenas para o meu celular. Por favor. Não liguem para o meu trabalho. — Ele olhou para Faith, nervoso, então de volta para Galloway. — Eles não gostam quando recebemos ligações pessoais. Eu passo o dia todo na ambulância. Tudo bem?

— Claro. — Max se recostou na cadeira, as mãos cruzadas sobre o peito, olhando para Faith. — Ouviu isso, abutre?

Faith retribuiu com um sorriso tenso. Ela conseguia lidar tranquilamente com o ódio, mas já estava farta daquela baboseira passivo-agressiva.

Ela pegou dois cartões de visita e entregou um para cada homem.

— Por favor, me liguem se vocês se lembrarem de mais alguma coisa. Mesmo que seja algo que não pareça importante.

Rick assentiu e colocou o cartão no bolso de trás da calça. Jake segurou o dele, e ela imaginava que ele fosse jogá-lo na primeira lixeira que aparecesse. Faith tinha a impressão de que os dois homens não se conheciam muito bem. Haviam sido vagos quanto aos detalhes sobre a amizade, mas ambos apresentaram o canhoto dos ingressos do cinema quando solicitados. Provavelmente foi lá que se conheceram, e depois decidiram ir para algum lugar mais discreto.

Um celular começou a tocar o "Hino de Batalha da República". Faith reconsiderou a suposição inicial, pensando que era mais do que provável que fosse o hino do time da Universidade da Geórgia, quando Galloway atendeu o telefone.

— Sim?

Jake fez menção de se levantar, e Galloway assentiu, como se uma permissão para sair houvesse sido solicitada e concedida.

— Obrigada — disse Faith aos dois. — Por favor, liguem para mim se vocês se lembrarem de qualquer coisa.

Jake já estava a caminho da porta, mas não Rick.

— Sinto muito por não ter ajudado mais. Muita coisa aconteceu, e... — Os olhos dele ficaram marejados. Obviamente, ainda estava perturbado com o que havia acontecido.

Faith colocou uma mão no braço dele e passou a falar em voz baixa.

— Não me importo nem um pouco com o que vocês estavam fazendo. — Rick corou. — Não é da minha conta. Só o que me importa é encontrar quem feriu aquela mulher.

Ele virou o rosto. Imediatamente, Faith soube que o havia pressionado da forma errada. Rick fez um gesto de cabeça sutil, ainda evitando os olhos dela.

— Sinto muito por não ter ajudado mais.

Faith o observou sair, desejando dar um soco em si mesma. Às suas costas, ouviu Galloway praguejando. Ela se virou, e o homem se levantou de forma tão abrupta que derrubou a cadeira em que estava sentado com estardalhaço.

— Seu parceiro é louco, porra. Cem por cento.

Faith concordava; Will nunca fazia nada pela metade, mas ela só falava mal do parceiro se fosse na cara dele.

— Isso é apenas uma observação ou você está tentando dizer alguma coisa?

Galloway arrancou a página com os números de telefone e a bateu sobre a mesa.

— Vocês conseguiram o caso.

— Que reviravolta surpreendente! — Faith sorriu para o policial e entregou a ele um cartão de visita. — Por favor, envie um fax com todas as declarações das testemunhas e os relatórios preliminares para o meu escritório. O número está aí embaixo.

Galloway pegou o cartão e esbarrou na mesa ao sair.

— Sorria mesmo, sua vaca — murmurou.

Faith se abaixou e colocou a cadeira no lugar, sentindo um pouco de tontura ao voltar a ficar de pé. As explicações da enfermeira não haviam sido das mais claras, e ela ainda não sabia direito o que fazer com todas as provisões que ela lhe entregara. Tinha notas, formulários, um relatório, exames e papéis de todos os tipos para entregar à médica na manhã seguinte. Nada daquilo fazia sentido. Ou talvez estivesse chocada demais para processar tudo. Sempre fora muito boa em matemática, mas a simples ideia de dosar a comida e calcular a insulina fazia sua cabeça girar.

O golpe de misericórdia foi o resultado do teste de gravidez, gentilmente anexado aos outros exames de sangue. Faith se agarrara à possibilidade de os testes de farmácia serem imprecisos — todos os três. Quão avançada poderia ser a tecnologia de uma coisa na qual você precisa urinar para ter o resultado? Ela oscilava diariamente entre os pensamentos de que estava grávida e de que tinha um tumor no estômago, sem saber ao certo qual das duas notícias seria melhor. Quando, sorridente, a enfermeira disse "Você vai ter um bebê!", Faith achou que fosse desmaiar outra vez.

Não havia nada que pudesse fazer a esse respeito agora. Ela se sentou à mesa e olhou para os números de Rick Sigler e Jake Berman. Podia apostar que o de Jake era falso, mas ela não era uma novata naquele jogo. Max Galloway ficara irritado quando ela pedira as carteiras de habilitação dos dois e anotara as informações. Mas talvez

Galloway não fosse um completo imbecil. Ela o vira fazer uma cópia para si dos números de telefone enquanto falava ao celular. Abriu um sorriso ao pensar em Galloway vindo até ela para pedir os dados pessoais de Jake Berman.

Ela olhou para o relógio outra vez, perguntando-se por que os Coldfield estariam demorando tanto. Galloway informara a Faith que o casal havia sido instruído a ir até a cantina assim que ambos fossem liberados da emergência, mas eles não pareciam estar com muita pressa. Faith também estava curiosa para saber o que Will fizera para levar Max Galloway a chamá-lo de louco. Ela era a primeira pessoa a admitir que o parceiro não era um sujeito nada convencional. Will Trent sem dúvida tinha um jeito bem particular de fazer as coisas, mas era o melhor policial com quem Faith já trabalhara — mesmo que tivesse as habilidades sociais de um bebê desajeitado. Por exemplo, Faith gostaria de ter sabido pelo próprio parceiro que haviam conseguido o caso, e não por um weimaraner do condado de Rockdale.

Talvez fosse melhor que tivesse algum tempo antes de falar com Will. Ela não fazia ideia de como explicaria a ele o desmaio no estacionamento do fórum sem contar a verdade.

Faith abriu a sacola plástica cheia de suprimentos para diabetes e pegou o panfleto que a enfermeira lhe dera, esperando que dessa vez fosse capaz de se concentrar naquilo. Não foi muito além de *"Então, você tem diabetes"* antes de, mais uma vez, dizer a si mesma que devia ter sido algum erro. A injeção de insulina a fizera se sentir melhor, mas talvez tenha sido o fato de ter se deitado por alguns minutos. Pelo menos havia algum caso de diabetes na sua família? Ela devia ligar para a mãe, mas ainda não havia nem contado a Evelyn que estava grávida. Além disso, a mãe estava de férias no México, suas primeiras férias em anos. Faith queria ter certeza de que ela tinha serviços médicos de qualidade à sua disposição quando recebesse a notícia.

A pessoa para quem Faith devia mesmo ligar era o irmão. O capitão Zeke Mitchell era cirurgião da Força Aérea, servia em Landstuhl, Alemanha. Como médico, saberia tudo sobre a doença, e talvez por isso Faith hesitasse diante da ideia de entrar em contato com ele. Quando, aos quatorze anos, Faith disse que estava grávida, Zeke acabara de começar o último ano do colegial. Seu desgosto e sua humilhação duravam vinte e quatro horas por dia, sete dias por semana. Em casa, via a irmã vadia inflar como um dirigível, e, na escola, ouvia as piadas cruéis dos colegas sobre ela. Não era de surpreender que ele tenha se alistado assim que terminou o colegial.

E havia Jeremy. Faith não fazia ideia de como diria ao filho que estava grávida. Ele tinha dezoito anos, a mesma idade de Zeke quando ela arruinou a vida dele. Se os rapazes não querem saber que as irmãs fazem sexo, com toda a certeza não vão querer saber que as mães fazem o mesmo.

Faith amadureceu com Jeremy e, agora que o filho estava na faculdade, o relacionamento deles estava se assentando num ponto confortável, no qual conseguiam conversar como adultos. Claro, ela às vezes tinha lampejos do filho quando criança — o cobertor que costumava arrastar por todo lado, a forma como constantemente perguntava quando ficaria pesado demais para que ela o carregasse —, mas Faith finalmente se acostumara à ideia de que seu menino agora era um homem. Como poderia puxar o tapete do filho agora que ele finalmente se estabilizara? E agora ela não apenas estava grávida. Também tinha uma *doença*. Algo que podia ser transmitido geneticamente. Jeremy poderia estar sujeito a ela. Ele tinha uma namorada séria agora. Faith sabia que estavam fazendo sexo. Os filhos de Jeremy poderiam ficar diabéticos por sua causa.

— Meu Deus — murmurou. Não era a diabetes, mas a ideia de que poderia acabar sendo avó antes dos trinta e quatro anos.

— Como você está se sentindo?

Faith ergueu o olhar e viu Sara Linton de pé à sua frente, segurando uma bandeja com comida.

— Velha.

— Só por causa do panfleto?

Faith esquecera de que o panfleto ainda estava em suas mãos. Indicou que Sara deveria se sentar.

— Na verdade, estava questionando as suas habilidades médicas.

— Você não seria a primeira. — Ela falou com amargura e, não pela primeira vez, Faith se perguntou qual seria a história de Sara. — Eu poderia ter tido mais tato com você.

Faith não discordou. Ainda na emergência, quis odiar Sara Linton à primeira vista por nenhum motivo além de ela ser o tipo de mulher que você quer odiar à primeira vista: alta e magra, com ótima postura, longos cabelos castanho-avermelhados e aquele tipo incomum de beleza que fazia os homens caírem de quatro no instante em que ela entrava no ambiente. Não ajudou o fato de a mulher ser claramente inteligente e bem-sucedida, e Faith sentiu a mesma antipatia automática que sentira na escola quando as líderes de torcida entravam em cena. Ela gostaria de pensar que uma nova força de caráter, um aumento de maturidade, lhe permitira superar a reação mesquinha, mas a verdade é que era difícil para Faith odiar uma viúva, principalmente a viúva de um policial.

— Você comeu alguma coisa depois que conversamos? — perguntou Sara.

Faith fez que não, olhando para a escolha de comida da médica: um pedacinho mínimo de frango assado, uma folha de alface murcha e algo que talvez fosse um legume. Sara usou os talheres de plástico para cortar o frango. Ao menos tentou. No fim das contas, era mais como rasgar. Ela tirou o pão do prato de sobremesa e passou o frango para Faith.

— Obrigada — disse Faith, pensando que os brownies que tinha visto ao entrar eram bem mais apetitosos.

— Vocês estão oficialmente no caso? — perguntou Sara.

Faith ficou surpresa com a pergunta, mas, enfim, Sara cuidara da vítima; tinha todo o direito de estar curiosa.

— Will deu um jeito de pegar o caso. — Ela conferiu o sinal do celular, perguntando-se por que ele ainda não havia ligado.

— Tenho certeza de que a polícia local ficou muito feliz em sair de cena.

Faith riu, pensando que o marido de Sara provavelmente havia sido um bom policial. Faith também era uma boa policial e se deu conta de que já era uma da manhã e que, seis horas atrás, Sara dissera que estava no fim do plantão. Faith estudou a médica. Sara tinha o brilho indiscutível de uma viciada em adrenalina. A mulher estava ali em busca de informações.

— Procurei me informar sobre Henry Coldfield, o motorista — ofereceu Sara. Ela ainda não havia comido nada, mas fora até a cantina para encontrar Faith, não para engasgar com um pedaço de frango que saiu do ovo na época da renúncia de Nixon. — O airbag provocou escoriações no peito dele, e a esposa levou alguns pontos na cabeça, mas os dois estão bem.

— Estou esperando por eles. — Faith olhou mais uma vez para o relógio. — Eles tinham que vir até aqui para falar comigo.

Sara pareceu confusa.

— Eles foram embora há pelo menos meia hora com o filho.

— O quê?

— Vi os dois falando com aquele detetive de cabelo ensebado.

— Filho da puta! — Não era se de estranhar que Max Galloway parecesse tão presunçoso ao sair da cantina. — Desculpe — disse a Sara. — Um dos policiais locais é mais esperto do que eu pensava. Ele me enrolou direitinho.

— Coldfield é um nome incomum — comentou Sara. — Tenho certeza de que estão na lista telefônica.

Faith esperava que sim, porque não queria rastejar até Max Galloway e lhe dar o gostinho de transmitir a informação.

— Posso pegar o endereço e o telefone na ficha do hospital para você — ofereceu Sara.

Faith ficou surpresa com a oferta; aquilo geralmente exigia uma autorização judicial.

— Seria ótimo.

— Sem problema.

— É que... — Faith se deteve, mordendo a língua para não dizer à mulher que ela estaria infringindo a lei. Mudou de assunto. — Will me disse que você atendeu a vítima quando ela deu entrada.

— Anna — informou Sara. — Pelo menos eu acho que foi o que que ela disse.

Faith sondou o terreno. Will não lhe dera os detalhes escabrosos.

— Quais foram as suas impressões?

Sara se recostou, com os braços cruzados.

— Ela tem sinais de subnutrição e desidratação severas. As gengivas estavam brancas e tinham vasos rompidos. Dadas a natureza da cicatrização e a forma como o sangue estava coagulado, eu diria que os ferimentos foram feitos no decorrer de algum tempo. Os pulsos e os tornozelos pareciam ter sido amarrados. Ela foi penetrada na vagina e no ânus; havia indicações de que foi usado um objeto contundente. Não tive como colher material antes da cirurgia, mas a examinei da melhor forma que consegui. Tirei algumas farpas debaixo das unhas para o seu laboratório; a madeira não parecia ser tratada, mas isso precisará ser confirmado pelo seu pessoal.

Ela soava como se estivesse testemunhando num tribunal. Todas as observações eram sustentadas por provas, todos os palpites eram apresentados como conjecturas.

— Quanto tempo você acha que ela ficou presa? — perguntou Faith.

— Pelo menos quatro dias. Mas, tendo em vista o quanto está subnutrida, possivelmente de uma semana a dez dias.

Faith não queria pensar na mulher sendo torturada por dez dias.

— Como você tem tanta certeza dos quatro dias?

— O corte no seio, aqui — respondeu Sara, indicando a lateral de seu seio. — É profundo e já está séptico, com sinais de atividade de insetos. Você precisará falar com um entomologista para identificar a pupação, o estágio de desenvolvimento do inseto, mas considerando que ela ainda está viva, que o corpo estava relativamente quente e que havia um suprimento de sangue fresco, quatro dias é uma estimativa sólida. Não acredito que eles consigam salvar o tecido — acrescentou.

Faith comprimiu os lábios, resistindo ao impulso de levar a mão ao próprio seio. Quantas partes do corpo uma pessoa é capaz de perder e ainda seguir em frente?

Sara continuou a falar, apesar de Faith não ter feito outra pergunta.

— A décima primeira costela, aqui. — Ela tocou seu abdome. — Aquilo foi recente, provavelmente hoje cedo ou ontem bem tarde, e feito com precisão.

— Precisão cirúrgica?

— Não. — Sara fez que não. — Confiança. Não havia hesitação nas marcas ou nos cortes de teste. A pessoa estava confiante no que fazia.

Faith pensou que a médica, ela própria, também parecia bem confiante.

— Como você acha que foi feito?

Sara pegou o receituário e passou a desenhar várias linhas curvas que só fizeram sentido quando ela explicou.

— As costelas são numeradas em pares de cima para baixo, doze de cada lado, esquerda e direita. — Ela bateu nas linhas com a ponta da caneta. — A número um fica logo abaixo da clavícula e a doze é a última, aqui. — Ele ergueu os olhos para garantir que Faith estava acompanhando. — Agora, as costelas onze e doze, aqui embaixo, são consideradas "flutuantes", porque não têm conexão anterior. Elas são ligadas apenas na parte de trás do corpo, não na da frente. — Sara desenhou uma linha reta para indicar a espinha. — As sete costelas superiores são ligadas à espinha e ao esterno, como um grande crescente. Grosso modo, as três fileiras seguintes são ligadas às costelas acima. São chamadas de costelas falsas. Tudo isso é muito elástico para permitir a respiração, e por isso também é difícil quebrar uma costela com um golpe direto.

Faith estava curvada para a frente, absorvendo cada palavra.

— Então isso foi feito por alguém com conhecimento médico?

— Não necessariamente. Você pode sentir as costelas com os dedos. Sabe onde elas estão no seu corpo.

— Mas, ainda assim...

— Olhe. — Ela deixou as costas retas, ergueu o braço direito e pressionou o tronco com os dedos da outra mão. — Corra os dedos para baixo pela linha axilar posterior até sentir a ponta da costela, onze, com a doze um pouco atrás. — Ela pegou a faca de plástico. — Você enfia a faca e corta ao longo do osso, usando-a como guia. Puxa a gordura e os músculos, desarticula a costela da vértebra, quebra o osso, enfim, então segura-o com firmeza e o arranca.

Faith se sentiu enjoada ao pensar naquilo.

Sara colocou a faca de lado.

— Um caçador faria isso em menos de um minuto, mas qualquer pessoa pode descobrir como fazer. Não é uma cirurgia. Tenho certeza de que, se buscar no Google, encontrará uma explicação melhor que a minha.

— É possível que a costela não estivesse lá, que a mulher tenha nascido sem ela?

— Uma pequena parcela da população nasce com um par a menos, mas a maioria de nós tem vinte e quatro.

— Achei que os homens tivessem uma a menos.

— Como Adão e Eva, você quer dizer? — Os lábios de Sara se curvaram num sorriso, e Faith teve a nítida impressão de que a mulher se esforçava para não rir dela. — Eu não acreditaria em tudo que dizem na escola dominical, Faith. Nós todos temos o mesmo número de costelas.

— Bem, eu devo me sentir idiota. — Não foi uma pergunta. — Mas você tem certeza disso, de que a costela foi removida?

— Arrancada. A cartilagem e o músculo foram rompidos. Foi uma puxada violenta.

— Você parece ter pensado bastante a respeito.

Sara deu de ombros, como se aquilo fosse apenas produto de uma curiosidade natural. Então pegou novamente o garfo e a faca, passou a cortar o frango. Faith a observou lutar com a carne por alguns segundos antes de colocar os talheres de lado. Ela deu um sorriso estranho, quase constrangido.

— Fui legista na minha vida anterior.

Faith sentiu a boca abrir com a surpresa. A médica disse aquilo da mesma forma que você confidenciaria um talento acrobático ou um delito na adolescência.

— Onde?

— Condado de Grant. Fica a umas quatro horas daqui.

— Nunca ouvi falar.

— É, fica mesmo onde Judas perdeu as botas — admitiu Sara. Ela colocou os cotovelos sobre a mesa, e falou em tom de confidência quando fez mais uma revelação. — Aceitei o emprego para comprar a parte da minha sócia no nosso consultório de pediatria. Ao menos pensei que fosse esse o motivo. A verdade é que eu estava entediada. Há um limite de vacinas e de Band-Aids em joelhos ralados antes de a mente começar a entregar os pontos.

— Imagino — murmurou Faith, mas na verdade ela se perguntava o que era mais alarmante: o fato de a médica tê-la diagnosticado com diabetes ou de ser pediatra ou legista.

— Fico feliz que vocês estejam no caso — disse Sara. — Seu parceiro é...

— Esquisito?

Sara dirigiu a Faith um olhar estranho.

— Eu ia dizer "intenso".

— Ele é muito determinado — concordou Faith, pensando que era a primeira vez desde que conhecia Will Trent que a primeira impressão de alguém a seu respeito era tão elogiosa. Ele geralmente crescia no conceito das pessoas com o tempo, como catarata ou herpes.

— Ele me pareceu um homem compassivo. — Sara levantou a mão para deter qualquer protesto. — Não que policiais não sejam assim, mas eles geralmente não demostram isso.

Faith pôde apenas assentir. Will raramente demonstrava emoções, mas ela sabia que vítimas de tortura tocavam-no profundamente.

— Ele é um bom policial.

Sara olhou para a bandeja.

— Pode ficar com isso se quiser. Na verdade, não estou com fome.

— Não achei que você tivesse vindo aqui para comer.

Ela corou, surpreendida.

— Tudo bem — garantiu Faith. — Mas se ainda estiver oferecendo a informação sobre os Coldfield...

— É claro.

Faith pegou um cartão de visita.

— O número do meu celular está atrás.

— Certo. — Ela leu o número, os lábios contraídos de forma determinada, e Faith viu que Sara não apenas sabia que estaria infringindo a lei, como obviamente não se importava com isso. — Outra coisa... — Sara parecia hesitar. — Os olhos dela. As escleras tinham petéquias, mas não havia sinais visíveis de estrangulamento. As pupilas não focavam. Pode ter sido o trauma ou algo neurológico, mas tenho certeza de que ela não consegue enxergar nada.

— Isso pode explicar por que ela andava no meio da estrada.

— Considerando o que ela passou... — Sara não terminou a frase, mas Faith sabia exatamente o que ela queria dizer. Não é preciso ser médico para entender que uma mulher que passou por aquele tipo de inferno possa querer entrar deliberadamente na frente de um carro em alta velocidade.

Sara colocou o cartão de visita de Faith no bolso.

— Ligo daqui a alguns minutos.

Faith a viu sair, se perguntando como diabos Sara Linton havia acabado no Hospital Grady. Ela não poderia ter mais de quarenta anos, mas a emergência é o território dos médicos jovens, o tipo de lugar de onde se foge gritando antes dos trinta.

Ela olhou para o telefone outra vez. Todas as seis barras estavam acesas, o que significava que o sinal estava ótimo. Tentou dar a Will o benefício da dúvida. Talvez o telefone dele tivesse desmontado outra vez. Mas qualquer policial na cena do crime teria um celular, então talvez ele fosse mesmo um babaca.

Ao se levantar da mesa e seguir para o estacionamento, Faith pensou em ligar para Will, mas havia um motivo para ela estar grávida e solteira pela segunda vez em menos de vinte anos, e não era por ser boa em se comunicar com os homens em sua vida.

4

Will estava em frente à abertura da caverna, abaixando refletores com uma corda para que Charlie Reed tivesse algo melhor que uma lanterna para ajudá-lo a coletar provas. Will estava ensopado até os ossos, apesar de a chuva ter parado havia meia hora. À medida que o amanhecer se aproximava, o ar ficava mais frio, mas ele preferiria o convés do *Titanic* a descer naquele buraco de novo.

Os refletores chegaram ao fundo, e ele viu duas mãos puxando-os para o interior da caverna. Will coçou os braços. Sua camisa branca tinha gotículas de sangue onde os ratos haviam enterrado as garras ao subir, e ele se perguntava se coceira era sinal de raiva. Era o tipo de pergunta que normalmente faria a Faith, mas não queria incomodá-la. A parceira estava com uma aparência péssima quando ele saiu do hospital, e não havia nada que ela pudesse fazer ali a não ser ficar ao seu lado na chuva. Ele a atualizaria pela manhã, depois que ela tivesse uma boa noite de sono. Aquele caso não seria solucionado em uma hora. Pelo menos um deles devia estar descansado quando avançassem na investigação.

Um helicóptero passou no alto, o som ritmado das hélices vibrando em seus ouvidos. Estavam fazendo varreduras com infravermelho à procura da segunda vítima. As equipes de busca já trabalhavam havia horas, passando pente-fino na área em um raio de três quilômetros. Barry Fielding chegara com os cães farejadores, e os animais enlouqueceram na primeira meia hora, então perderam o rastro. Policiais do condado de Rockdale faziam buscas à procura de mais cavernas subterrâneas, mais pistas que indicassem que a outra mulher havia escapado.

Talvez ela não tivesse conseguido escapar. Talvez o agressor a tivesse encontrado antes que ela conseguisse ajuda. Talvez ela tenha morrido dias ou mesmo semanas atrás. Ou talvez ela nunca tivesse existido, para início de conversa. À medida que as buscas se arrastavam, Will tinha a impressão de que os policiais se voltavam contra ele. Alguns nem mesmo acreditavam que havia uma segunda vítima. Alguns achavam que Will os mantinha debaixo da chuva gelada apenas porque era idiota demais para ver que estava enganado.

Uma pessoa poderia esclarecer aquilo, mas ela ainda estava numa sala de cirurgia do Hospital Grady, lutando pela vida. Normalmente, a primeira coisa que se faz em um caso de sequestro ou assassinato é analisar a vida da vítima. Além de presumir que o nome dela era Anna, eles não sabiam nada sobre a mulher. Pela manhã, Will levantaria todas as ocorrências de pessoas desaparecidas na região, mas deviam ser centenas, e isso excluindo a cidade de Atlanta, onde, em média, duas pessoas desapareciam por dia. Se a mulher fosse de outro estado, a papelada aumentaria de forma exponencial. Mais de duzentos e cinquenta mil casos de pessoas desaparecidas eram reportados ao FBI por ano. Para piorar o problema, esses casos dificilmente eram encerrados quando os desaparecidos eram encontrados.

Se Anna não tivesse acordado pela manhã, Will mandaria um datiloscopista ao hospital. Era um tiro no escuro para descobrir sua identidade. A não ser que ela tivesse ficha criminal, suas impressões digitais não estariam nos registros. No entanto, mais de um caso já ganhara fôlego com base nesse procedimento. Will aprendera havia muito tempo que uma chance remota ainda assim era uma chance.

A escada na abertura da caverna sacudiu, e Will a segurou para que Charlie Reed subisse. As nuvens haviam se dispersado com o fim da chuva, revelando um pouco de luar. Apesar de o dilúvio ter passado, ainda havia chuviscos ocasionais. Tudo na floresta estava com uma estranha tonalidade azul, e havia luz suficiente agora para que Will não precisasse de uma lanterna para ver Charlie. A mão do perito apareceu na abertura, e ele colocou um grande saco de provas no chão, ao lado do pé de Will, antes de subir à superfície.

— Merda — praguejou Charlie. Seu macacão branco estava sujo de lama. Ele o abriu assim que saiu do fosso, e Will viu que ele suava tanto que a camiseta estava colada ao corpo.

— Você está bem? — perguntou Will.

— Merda — repetiu Charlie, limpando a testa com o braço. — Não consigo acreditar... Meu Deus, Will. — Ele se curvou para a frente, apoiando as mãos nos joelhos. Ofegava, apesar de estar em boa forma e a subida não ser difícil. — Não sei por onde começar.

Will entendia a sensação.

— Havia instrumentos de tortura... — Charlie limpou a boca com as costas da mão. — Só vi aquele tipo de coisa na televisão.

— Havia uma segunda vítima — disse Will, levantando a voz no final para que Charlie entendesse suas palavras como algo que precisava de confirmação.

— Não consigo ver sentido em nada daquilo lá embaixo. — Charlie se agachou, levou as mãos à cabeça. — Nunca vi nada parecido.

Will se ajoelhou ao seu lado e pegou o saco de provas.

— O que é isso?

Charlie balançou a cabeça.

— Encontrei isso enrolado numa lata perto da cadeira.

Will esticou o saco e usou a lanterna portátil do kit de Charlie para estudar o conteúdo. Eram pelo menos cinquenta folhas de caderno. Todas estavam cobertas de letras cursivas escritas a lápis na frente e no verso. Will estreitou os olhos, tentando entendê-las. Nunca conseguiu ler bem. As letras sempre tendiam a se misturar e a girar. Às vezes, ficavam tão borradas que ele sentia enjoo ao tentar decifrar seu significado.

Charlie não sabia de seu problema. Will tentou arrancar alguma informação fazendo perguntas.

— O que você acha dessas anotações?

— É coisa de doido, né? — Charlie cofiava o bigode com o indicador e o polegar, um tique nervoso que aflorava apenas em circunstâncias extremas. — Acho que não consigo voltar lá. — Ele fez uma pausa, engolindo em seco. — Parece... maligno, sabe? Pura e simplesmente *maligno*.

Will ouviu o farfalhar de folhas, galhos estalando. Ao se voltar, viu Amanda Wagner vindo pela mata. Ela já era uma senhora, provavelmente na casa dos sessenta. Gostava de tailleurs monocromáticos com saia abaixo dos joelhos e meias que revelassem as panturrilhas definidas, as quais, Will precisava admitir, eram incrivelmente bonitas para uma mulher que ele frequentemente considerava ser o Anticristo. Os saltos altos deviam atrapalhar o equilíbrio, mas, como fazia com a maioria dos obstáculos, Amanda avançava pelo mato com uma determinação de aço.

Os dois homens se levantaram quando ela se aproximou. Como de costume, Amanda não perdeu tempo com gentilezas.

— O que é isso? — Ela estendeu a mão para o saco plástico de provas. Além de Faith, Amanda era a única que sabia sobre os problemas de leitura de Will, algo que ambas aceitavam ao mesmo tempo que o criticavam por não buscar ajuda. Will apontou a lanterna portátil para as páginas, e ela leu em voz alta. — *"Eu não me negarei. Eu não me negarei."* — Amanda sacudiu o saco, conferindo o restante das páginas. — Frente e verso, todas com a mesma frase. Letra cursiva, provavelmente de mulher. — Ela devolveu as provas para Will com um olhar incisivo de reprovação. — Então o nosso suspeito ou é um professor raivoso ou um guru de autoajuda. O que mais você encontrou? — perguntou ela a Charlie.

— Pornografia. Correntes. Algemas. Acessórios sexuais.

— Isso são provas. Preciso de pistas.

Will pegou a deixa.

— Acho que a segunda vítima foi presa debaixo da cama. Encontrei isso na corda. — Ele tirou um pequeno saco de provas do bolso do paletó. Continha um dente quebrado com parte da raiz. — É um incisivo. A vítima no hospital está com todos os dentes intactos. — disse a Amanda.

Ela olhou mais para Will do que para o dente.

77

— Você tem certeza?

— Falei bem de perto com a mulher, tentando conseguir informações — respondeu. — Os dentes dela tiritavam. Faziam um estalo.

Ela pareceu aceitar o argumento.

— O que faz você pensar que esse dente foi perdido recentemente? E não me diga que é intuição, Will, porque eu estou com toda a polícia de Rockdale aqui, na chuva e no frio, pronta para linchar você por tê-los colocado numa busca sem sentido no meio da noite.

— A corda foi cortada bem embaixo da cama — disse ele. — A primeira vítima, Anna, estava amarrada em cima da cama. A segunda vítima estava embaixo. Anna não conseguiria cortar a corda sozinha.

— Você concorda com isso? — perguntou Amanda a Charlie.

Ainda abalado, o perito não teve pressa em responder.

— As pontas cortadas ainda estavam debaixo da cama. Faria sentido que as cordas caíssem daquela forma se tivessem sido cortadas dessa forma. Se os cortes tivessem sido feitos em cima da cama, as pontas estariam no chão ou ainda em cima da cama, não embaixo.

Amanda ainda tinha suas dúvidas.

— Prossiga — disse ela a Will.

— Havia mais pedaços de corda amarrados às argolas debaixo da cama. Alguém as cortou. Essa pessoa ainda teria corda nos tornozelos e em pelo menos um pulso. Anna não tinha.

— Os paramédicos podem tê-la cortado — destacou Amanda. — DNA? Fluidos?

— Por todo lado. Devemos ter os resultados em quarenta e oito horas. A não ser que o sujeito esteja no sistema... — Charlie olhou para Will. Todos eles sabiam que DNA era um tiro no escuro. Não haveria como identificar o criminoso caso ele não tivesse cometido um delito no passado que levasse à coleta de amostras de DNA e a seu registro no sistema.

— E quanto aos dejetos? — perguntou Amanda.

A princípio, Charlie não pareceu entender a pergunta, mas por fim respondeu.

— Não há latas ou frascos vazios. Acho que foram levados. Há um balde com tampa num canto, que foi usado como latrina, mas até onde eu sei, a vítima, ou as vítimas, passou a maior parte do tempo amarrada e não tinha escolha a não ser fazer suas necessidades onde estava. Não posso dizer se isso aponta para uma ou duas vítimas. Depende de quando foram levadas, o quanto estavam desidratadas, esse tipo de coisa.

— Havia qualquer coisa fresca debaixo da cama? — perguntou Amanda.

— Sim — respondeu Charlie, soando surpreso com a pergunta. — De fato, uma área deu positivo para urina. Seria condizente com uma pessoa deitada de costas.

— Não demoraria mais para o líquido evaporar debaixo da terra? — pressionou Amanda.

— Não necessariamente. A alta acidez reagiria com o pH da terra. Dependendo do conteúdo mineral e da...

Amanda o interrompeu.

— Não quero uma aula, Charlie, apenas me dê fatos.

Ele lançou um olhar de desculpas para Will.

— Não sei se havia duas reféns ao mesmo tempo. Alguém foi mantido debaixo da cama, sem sombra de dúvida, mas o sequestrador pode ter mudado a mesma vítima de lugar. Os fluidos corporais também podem ter vazado de cima. — Ele se voltou para Will. — Você esteve lá embaixo. Viu do que esse cara é capaz. — Charlie voltou a ficar pálido. — É terrível — murmurou. — Simplesmente terrível.

Amanda falou com a empatia de sempre.

— Honre suas calças, Charlie. Desça de novo e encontre alguma prova que eu possa usar para pegar esse canalha. — Ela lhe deu um tapinha nas costas, mais um safanão para que se mexesse, e se voltou para Will. — Venha comigo. Precisamos encontrar aquele detetive pigmeu que você irritou e amaciar o sujeito, para ele não chorar as pitangas com Lyle Peterson. — Peterson era o chefe de polícia de Rockdale e não tinha a menor simpatia por Amanda. Por lei, apenas chefes de polícia, prefeitos e procuradores podiam solicitar que o GBI assumisse um caso. Will imaginava quantos pauzinhos Amanda mexera para conseguir aquilo e o quanto Peterson estaria furioso.

— Bem. — Ela estendeu as mãos para se equilibrar ao passar por cima de um galho caído. — Você despertou alguma simpatia ao se oferecer para descer naquele buraco, mas, se voltar a fazer algo tão estúpido, vou garantir que tome conta do banheiro masculino do aeroporto pelo resto da vida. Está me ouvindo?

Will assentiu.

— Sim, senhora.

— Sua vítima não está nada bem — disse ela, quando passavam por um grupo de policiais que fazia uma pausa para fumar. Os homens encararam Will. — Houve algumas complicações. Falei com o cirurgião. Sanderson. Ele não soou otimista. A propósito, confirmou a sua observação sobre os dentes. Estão intactos.

Aquilo era típico de Amanda, fazer com que ele batalhasse por qualquer informação. Will não via isso como um insulto, mas como um sinal de que ela poderia estar do seu lado.

— As solas dos pés dela têm cortes recentes — disse ele. — Ela não estava com os pés ensanguentados quando saiu da caverna.

— Explique a sua linha de pensamento.

Will já relatara a ela os pontos principais ao telefone, mas voltou a falar sobre a descoberta do compensado, a descida pelo buraco. Dessa vez, entrou em mais detalhes ao descrever a caverna, dando cuidadosamente uma ideia do ambiente enquanto tentava não revelar que ficara ainda mais petrificado que Charlie Reed.

— As ripas do estrado estavam arranhadas por baixo. A segunda vítima; suas mãos precisavam estar desamarradas para fazer aquelas marcas. O homem não deixaria as mãos dela soltas quando estava sozinha, já que podia se libertar e fugir.

— Você acha mesmo que ele mantinha uma em cima e outra embaixo da cama?

— Acho que era exatamente o que ele fazia.

— Se as duas estivessem amarradas e uma conseguisse uma faca, faria sentido que a mulher de baixo a mantivesse escondida enquanto esperavam que o sequestrador fosse embora.

Will não respondeu. Amanda podia ser sarcástica e mesquinha, simplesmente má, mas também era justa à sua maneira, e ele sabia que, por mais que ela desprezasse os seus instintos, a chefe aprendera a confiar nele com o passar dos anos. Também sabia que não devia esperar por nada remotamente parecido com um elogio.

Eles haviam chegado à estrada onde Will deixara o Mini horas atrás. O amanhecer chegava rápido, e as luzes azuladas tinham dado lugar a tons de sépia. Dezenas de viaturas do condado de Rockdale isolavam a área. Mais homens circulavam nos arredores, mas o sentimento de urgência se fora. A imprensa também estava por ali, em algum lugar, e Will viu dois helicópteros rodeando a área. Estava escuro demais para fazer imagens, mas isso provavelmente não os impedia de reportar cada movimento que viam no solo, ou ao menos o que achavam que viam. Rigor não faz parte da equação quando é preciso dar notícias vinte e quatro horas por dia.

Will ofereceu a mão a Amanda e a ajudou a descer para o acostamento quando passaram para o lado oposto da floresta. Centenas de homens faziam buscas na área, alguns de outros condados, todos espalhados em grupos. A Agência de Gestão de Emergências da Geórgia, ou AGEG, chamara a unidade civil de cães farejadores, com animais treinados para farejar cadáveres. Os cães tinham parado de latir havia horas, e a maioria dos voluntários tinha ido para casa. Havia praticamente só policiais agora, pessoas que não tinham escolha. O detetive Fierro estava por ali em algum lugar, provavelmente xingando Will.

— Como está Faith? — perguntou Amanda.

Ele ficou surpreso com a pergunta, mas a ligação de Amanda com Faith era antiga.

— Ela está bem — disse Will, automaticamente dando cobertura à parceira.

— Ouvi dizer que ela desmaiou.

Will fingiu surpresa.

— Ouviu?

Amanda arqueou as sobrancelhas.

— Ela não parece estar muito bem ultimamente.

Will suspeitava de que ela falava do ganho de peso, que estava um pouco demais para o biótipo mignon de Faith, mas no dia anterior havia descoberto que não se pode falar do peso de uma mulher, principalmente com outra mulher.

— Ela parece estar bem para mim.

— Parece irritadiça e distraída.

Will ficou calado, incerto se Amanda estava mesmo preocupada ou apenas jogando a isca. A verdade era que Faith *estava* irritadiça e distraída ultimamente. Já trabalhavam juntos há tempo suficiente para que ele conhecesse o temperamento da parceira. Faith era equilibrada na maior parte do tempo. Uma vez por mês, por volta da mesma época, carregava a bolsa consigo por alguns dias. Ela ficava com a língua afiada e parecia preferir rádios que tocassem músicas de cantoras com violão. Will sabia que devia simplesmente se desculpar por tudo que dissesse até que Faith parasse de carregar a bolsa. Não que fosse dizer isso a Amanda, mas precisava admitir que, nos últimos tempos, todos os dias com Faith pareciam dias de bolsa.

Amanda estendeu a mão e ele a ajudou a passar por cima de um tronco caído.

— Você sabe que eu odeio trabalhar em casos que não podemos resolver — disse ela.

— Eu sei que você adora desvendar casos que ninguém mais consegue resolver.

Ela deu uma risada desanimada.

— Quando você vai se cansar de eu roubar de você todas as atenções, Will?

— Eu sou infatigável.

— Está usando aquele calendário, pelo jeito.

— Foi o presente mais carinhoso que você já me deu. — Deixe a cargo de Amanda dar no Natal um calendário com uma palavra por dia a um analfabeto funcional.

Adiante, Will viu Fierro vindo na direção deles. A mata desse lado da estrada era mais fechada, e havia galhos e arbustos por todo lado.

Will o ouviu soltar um palavrão quando prendeu a perna da calça em um arbusto espinhento. Ele deu um tapa no pescoço, provavelmente matando um inseto.

— Simpático da sua parte se juntar a essa maldita perda de tempo, Gomez.

Will fez as apresentações.

— Detetive Fierro, essa é a Dra. Amanda Wagner.

Fierro ergueu o queixo num cumprimento.

— Já vi a senhora na TV.

— Obrigada — retrucou Amanda, como se ele tivesse pretendido fazer um elogio. — Estamos lidando aqui com detalhes bem obscenos, detetive Fierro. Espero que a sua equipe saiba ficar de bico fechado.

— A senhora acha que somos um bando de amadores?

Obviamente, ela achava.

— Como está indo a busca?

— Estamos achando exatamente o que há para achar: nada. Nadinha. Zero. — Ele encarou Will. — É assim que vocês fazem as coisas no GBI? Vêm até aqui e estouram a porra do nosso orçamento em uma busca inútil no meio da noite?

Will estava cansado e frustrado, e isso transpareceu em seu tom.

— Geralmente pilhamos os suprimentos e estupramos as mulheres primeiro.

— Ha-ha-ha — murmurou Fierro, dando outro tapa no pescoço. Ele olhou para a mão e viu um inseto ensanguentado. — Você vai se cagar de rir quando eu pegar o meu caso de volta.

— Detetive Fierro — interrompeu Amanda —, o chefe Peterson nos pediu para intervir. Você não tem autoridade para reassumir o caso.

— Peterson, hein? — O policial deu um sorriso irônico. — Isso quer dizer que a senhora andou caindo de boca nele outra vez?

Will puxou o ar com tanta força que seus lábios soltaram uma espécie de assobio. Amanda, por sua vez, parecia impassível, mas estreitou os olhos e assentiu, como que dizendo a Fierro que a hora dele chegaria. Will não se surpreenderia se, num futuro próximo, Fierro acordasse e visse uma cabeça de cavalo decepada em sua cama.

— Ei! — gritou alguém. — Aqui!

Os três ficaram onde estavam, em estados variados de choque, raiva e fúria em estado bruto.

— Encontrei uma coisa!

As palavras levaram Will a reagir. Ele correu até a investigadora, uma mulher que agitava os braços violentamente. Ela usava o uniforme da polícia de Rockdale e um gorro de crochê, e estava cercada de mato alto.

— O que foi? — perguntou Will.

Ela apontou para uma touceira de árvores baixas. Ele viu que as folhas abaixo estavam remexidas, revelando terra em alguns pontos.

— Alguma coisa refletiu a luz da minha lanterna — disse ela, apontando a Maglite para as sombras embaixo da árvore. Will não viu nada. Quando Amanda se juntou a eles, ele se perguntou se a policial não estaria um pouco cansada demais, um pouco ansiosa demais por encontrar alguma coisa.

— O que é? — perguntou Amanda, na mesma hora em que um reflexo brotou da escuridão. Era um brilho tênue e não durou mais de um segundo. Will pestanejou, pensando que talvez seu cérebro cansado também tivesse criado aquilo, mas a policial encontrou a coisa outra vez, um brilho breve.

Will tirou um par de luvas de látex do paletó. Pegou a lanterna e passou a cuidadosamente afastar os galhos para abrir caminho. Arbustos espinhosos dificultavam o avanço, e ele se agachou para seguir em frente. Will apontou a lanterna para o chão, à procura do objeto. Talvez fosse um espelho quebrado ou uma embalagem de chiclete. Todas as possibilidades cruzavam sua mente durante a procura: uma joia, um caco de vidro, minerais numa pedra.

Uma carteira de motorista da Flórida.

O documento estava a cerca de meio metro da árvore. Ao lado, havia um canivete de bolso, a lâmina fina tão suja de sangue que se fundia às folhas escuras em volta. Os galhos rareavam mais perto do tronco. Will se abaixou e passou a afastar as folhas para tirá-las de cima do documento. O plástico rígido estava dobrado em dois.

As cores e o contorno do estado da Flórida no canto informavam onde a habilitação fora emitida. Havia um holograma no verso para dificultar falsificações. Deve ter sido aquilo que refletira a luz.

Will se agachou mais, esticou o pescoço para ver melhor, sem querer contaminar a cena. Bem no meio do documento, havia uma das impressões digitais mais perfeitas que ele já vira. Impressa em sangue, com sulcos que praticamente saltavam do plástico liso. A fotografia era de uma mulher: cabelos escuros, olhos escuros.

— Achei um canivete e uma carteira de motorista — falou ele, levantando a voz para que Amanda o ouvisse. — Há uma impressão digital de sangue na carteira.

— Você consegue ler o nome? — Ela levou as mãos à cintura, soando furiosa.

Will sentiu a garganta apertar. Ele se concentrou nas letras pequenas e reconheceu um *J*, talvez um *I*, antes que tudo se tornasse um emaranhado.

A fúria da chefe cresceu exponencialmente.

— Apenas traga essa maldita coisa.

Havia então um grupo de policiais ao redor dela, e todos pareciam confusos. Mesmo a uns seis metros de distância, Will os ouviu murmurar sobre os procedimentos. A pureza de uma cena de crime era sagrada. Os advogados de defesa deitavam e rolavam com irregularidades. Fotografias e medidas precisavam ser tiradas, esboços feitos. As normas não podiam ser desrespeitadas, ou as provas seriam anuladas.

— Will?

Ele sentiu uma gota de chuva na nuca. Era quente, quase como uma queimadura. Mais policiais chegavam, tentando ver o que havia sido encontrado. Eles se perguntariam por que Will não gritou o nome escrito na habilitação, por que não mandou alguém consultar o nome no sistema imediatamente. Era assim que tudo terminaria? Will precisaria sair daquela mata fechada e anunciar a um grupo de estranhos que, em seus melhores dias, lia como uma criança da segunda série? Se aquilo vazasse, era melhor ir para casa e enfiar a cabeça no forno, já que nenhum policial da cidade trabalharia com ele.

Amanda começou a abrir caminho até ele, prendendo a saia nos arbustos e soltando vários palavrões.

Will sentiu outra gota de chuva no pescoço e passou a mão. Olhou para a luva. Havia uma mancha fina de sangue nos dedos. Talvez tivesse se cortado em um galho, pensou, mas sentiu outra gota no pescoço. Quente, úmida, viscosa. Ele levou a mão ao lugar. Mais sangue.

Will olhou para cima e se viu cara a cara com uma mulher de cabelos e olhos escuros. Ela estava de cabeça para baixo, cerca de cinco metros acima dele. Tinha o tornozelo preso num emaranhado de galhos, a única coisa que a impedia de cair no chão. Não havia caído em linha reta, e quebrara o pescoço. Seus ombros estavam contorcidos, os olhos abertos, fitando o chão. Um braço pendia, como que buscando Will. Havia uma marca em carne viva ao redor do pulso, a pele queimada. Um laço de corda apertado envolvia o outro pulso. A boca estava aberta. Um dente da frente estava visivelmente quebrado, faltando um terço.

Outra gota de sangue pingou dos seus dedos, dessa vez acertando Will no rosto, logo abaixo do olho. Ele tirou a luva e tocou o sangue. Ainda estava morno.

Aquela mulher tinha morrido havia menos de uma hora.

DIA 2

5

Pauline McGhee seguiu com seu Lexus LX direto para a vaga de deficientes em frente ao supermercado City Foods. Eram cinco da manhã. Todos os deficientes provavelmente ainda estavam dormindo. E o mais importante: era cedo demais para que ela andasse mais que o necessário.

— Vamos, gatinho dorminhoco — disse ela ao filho, gentilmente sacudindo seu ombro. Felix se mexeu, sem querer acordar. Ela acariciou o rosto do menino, pensando, não pela primeira vez, no milagre que era algo tão perfeito ter saído de seu corpo imperfeito.

— Venha, docinho — disse, cutucando as costelas do filho até que ele se contorcesse como uma minhoca gorducha.

Pauline desceu do SUV e ajudou Felix a descer do banco de trás. Os pés do menino ainda não haviam tocado o chão quando ela começou o discurso de rotina.

— Viu onde estacionamos? — O menino fez que sim. — O que fazemos se nos perdermos um do outro?

— A gente se encontra no carro. — Felix lutava para não bocejar.

— Bom menino. — Ela o puxou para si enquanto caminhavam para a loja. Na infância, ensinaram a Pauline que ela deveria procurar um adulto caso se perdesse, mas hoje em dia nunca se sabe quem esse adulto pode ser. O segurança podia ser pedófilo. A senhorinha podia ser uma bruxa doida que passa as horas livres escondendo lâminas de barbear em maçãs. Era triste constatar que a opção mais segura para uma criança de seis anos perdida fosse recorrer a um objeto inanimado.

A iluminação da loja estava um pouco forte demais para aquela hora do dia, mas a culpa era de Pauline, por não ter comprado antes os cupcakes para a festa da escola. Ela recebera o aviso havia uma semana, mas não previu que nesse meio-tempo tudo viraria de cabeça para baixo no trabalho. Um dos maiores clientes da agência de design de interiores encomendara um sofá de couro italiano marrom de sessenta mil dólares que não coube no maldito elevador, e a única forma de levá-lo até a cobertura era um guindaste alugado a dez mil dólares por hora.

O cliente culpava a agência de Pauline por não ter identificado o problema, a agência culpava Pauline por projetar um sofá grande demais, e Pauline culpava o estofador de merda, que ela claramente instruíra a ir até o prédio na Peachtree Street e medir o elevador antes de fazer a droga do sofá. Confrontado com a perspectiva de pagar a conta de dez mil dólares por hora do guindaste ou precisar refazer um sofá de sessenta mil dólares, o estofador, é claro, convenientemente esqueceu a conversa que eles tiveram, mas Pauline não o deixaria se safar.

Haveria uma reunião com todos os envolvidos às sete em ponto, e ela seria a primeira a expor sua versão da história. Como seu pai costumava dizer, a corda sempre arrebenta para o lado mais fraco. Não seria Pauline McGhee quem cairia ao final daquele dia. Havia uma carta na manga — a cópia de uma troca de e-mails com o chefe, na qual lhe pedia que lembrasse o estofador de tirar as medidas. A parte crítica era a resposta de Morgan: *Vou cuidar disso.* O chefe fazia de conta que a troca de e-mails não acontecera, mas Pauline não iria assumir a culpa. Alguém perderia o emprego hoje, e não restava dúvida de que não seria ela.

— Não, amor — disse ela, afastando Felix do pacote de Gummi Bears em uma das prateleiras. Pauline podia jurar que colocavam aquelas coisas ao alcance das crianças para que os pais fossem coagidos a comprá-las. Ela já vira mais de uma mãe ceder aos gritos de uma criança só para ela calar a boca. Pauline não entrava naquele jogo, e Felix sabia bem disso. Se o filho tentasse, ela o pegava no colo e saía da loja, mesmo que isso significasse deixar para trás um carrinho pela metade.

Ela entrou no corredor da padaria, quase trombando com um carrinho. O homem que o empurrava deu uma risada bem-humorada, e Pauline retribuiu com um sorriso forçado.

— Bom dia — disse o homem.

— Para você também.

Aquela, pensou Pauline, era a última vez que seria simpática com alguém naquela manhã. Ela se revirara na cama a noite toda, levantara às três da madrugada para ter tempo de correr na esteira, maquiar-se, preparar o café da manhã de Felix e arrumar o filho para a escola. Foram-se os tempos em que passava a noite na balada, ia para casa com quem quisesse e então se levantava vinte minutos antes de sair para o trabalho.

Pauline afagou o cabelo de Felix, pensando que não sentia a menor falta. Se bem que uma transa de vez em quando seria um presente dos céus.

— Cupcakes — disse ela, aliviada por encontrar pilhas deles em frente ao balcão da padaria. O alívio rapidamente se foi quando ela viu que todos eram decorados com coelhinhos da Páscoa e ovos multicoloridos. O aviso da escola especificava cupcakes sem orientação religiosa, mas Pauline não tinha certeza do que isso significava, só que a escola particular caríssima de Felix era cheia de besteiras politicamente corretas. Nem mesmo chamavam o evento de Festa de Páscoa; era a Festa da Primavera, que calhava de cair alguns dias antes do domingo de Páscoa. Que religião não celebra a Páscoa? Ela sabia que os judeus não tinham Natal, mas, pelo amor de Deus, a Páscoa era a cara deles. Até mesmo os pagãos tinham o coelhinho.

— Muito bem — disse Pauline, entregando a bolsa para Felix. Ele a colocou no ombro exatamente como ela, e Pauline sentiu uma pontada de ansiedade. Ela trabalhava com design de interiores. Quase todos os homens na sua vida eram bichas loucas. Precisava fazer um esforço para conhecer alguns heterossexuais.

Havia seis bolinhos em cada caixa, então Pauline pegou cinco caixas, pensando que as professoras iriam querer alguns. Não suportava a maioria das professoras da escola, mas elas amavam Felix, e Pauline amava o filho, então que mal haveria em gastar outros quatro e setenta e cinco para alimentar as vacas gordas que tomavam conta do seu bebê?

Ela levou as compras até o caixa, o cheiro deixando-a com fome e nauseada ao mesmo tempo, como se pudesse comer todos os bolinhos um a um até ficar enjoada o bastante para passar a próxima hora no banheiro. Era cedo demais para cheirar qualquer coisa com cobertura, disso não restava dúvida. Ela se virou para ver Felix, que se arrastava atrás dela. Ele estava exausto, e era culpa sua. Pensou em pegar o pacote de Gummi Bears que o menino queria, mas o celular começou a tocar assim que ela colocou os cupcakes na esteira do caixa, e ela esqueceu todo o resto quando reconheceu o número.

— Sim? — perguntou, olhando as caixas de cupcake lentamente seguirem pela esteira até a operadora de ombros caídos. A mulher era tão grande que suas mãos mal se encontravam no meio do corpo, como um tiranossauro rex ou um bebê de foca.

— Paulie. — Morgan, o chefe, parecia desvairado. — Você acredita nessa reunião?

Ele agia como se estivesse do lado dela, mas Pauline sabia que a esfaquearia pelas costas no instante em que abaixasse a guarda. Seria bom vê-lo arrumar as coisas no escritório depois que ela apresentasse o e-mail na reunião.

— Eu sei. É terrível.

— Você está no supermercado?

Morgan deve ter ouvido os apitos da leitora. A tiranossauro rex passava as caixas uma de cada vez, apesar de serem todas iguais. Se não estivesse ao telefone, Pauline teria pulado por cima do balcão e passado as caixas ela mesma. Ela se adiantou e pegou duas sacolas para acelerar o processo. Apoiando o telefone no ombro, perguntou:

— O que você acha que vai acontecer?

— Bem, claramente não foi culpa sua — disse Morgan, mas ela apostava que o safado tinha dito a mesma coisa para o chefe dele.

— Também não foi culpa sua — retrucou ela, apesar de ter sido Morgan quem havia recomendado o estofador para início de conversa, provavelmente porque o cara parecia ter uns treze anos e depilava as pernas torneadas de academia. Ela sabia que o moleque se valia da conexão gay com Morgan, mas estava muitíssimo enganado se achava que Pauline ficaria para escanteio. Ela trabalhara duro por dezesseis anos para subir de secretária a assistente e então a designer. Passou incontáveis noites na Faculdade de Arte e Design de Atlanta até conseguir o diploma, arrastando-se para o trabalho pela manhã para pagar o aluguel antes de finalmente chegar a um ponto em que podia respirar um pouco e trazer um filho ao mundo do jeito certo, para dizer o mínimo. Felix tinha todo tipo de roupa, bons brinquedos e estudava em uma das escolas mais caras da cidade. E Pauline não parou no menino. Ela arrumou os dentes e corrigiu os olhos a laser. Fazia massagem toda semana, tratamento facial a cada quinze dias e não tinha uma maldita raiz no cabelo que não fosse castanha, graças à cabeleireira em Peachtree Hills que visitava a cada mês e meio. Nem no inferno ela abriria mão de nada daquilo. De um centímetro que fosse.

Morgan faria bem se lembrasse onde Pauline começou. Ela havia trabalhado como secretária bem antes das transferências eletrônicas e do internet banking, quando guardavam os cheques num cofre na parede antes que fossem depositados no fim do dia. Na última reforma do escritório, Pauline escolhera uma sala menor para ficar com o cofre só para si. Por precaução, até mesmo chamou um serralheiro depois do expediente para trocar o segredo, que agora apenas ela conhecia. Morgan ficava louco por não saber a combinação, o que veio bem a calhar, já que uma cópia do maldito e-mail que livrava a cara de Pauline estava trancada atrás daquela porta de aço. Por dias a fio, ela se imaginou incontáveis vezes abrindo o cofre com um floreio, esfregando o e-mail na cara de Morgan, desmascarando-o diante do chefe e do cliente.

— Que confusão! — disse Morgan com um suspiro, optando pelo tom dramático. — Simplesmente não consigo acreditar...

Pauline pegou a bolsa com Felix e passou a procurar a carteira. O menino lançava um olhar comprido para os chocolates quando ela colocou o cartão na máquina e digitou a senha.

— Ahã — respondia ela enquanto Morgan choramingava no seu ouvido, queixando-se do quanto o cliente era sacana, dizendo que não ficaria calado ao ver o nome de Pauline ser atirado na lama. Se houvesse alguém ali por perto, ela teria fingido que estrangulava a si mesma em um gesto de desespero.

— Vamos, filho — disse, empurrando Felix com delicadeza na direção da porta. Ela apoiou o telefone no ombro para pegar as sacolas, então se perguntou por que se dera ao trabalho de colocar as caixas naquelas sacolas. Caixas plásticas, sacolas plásticas; as mulheres na escola de Félix ficariam horrorizadas com o dano ao meio ambiente. Pauline empilhou novamente as caixas de cupcakes, prendendo a de cima com o queixo. Jogou as sacolas no lixo e usou a mão livre para procurar a chave do carro na bolsa enquanto passavam pelas portas automáticas.

— Essa é a coisa mais horrível que já aconteceu comigo em toda a minha carreira — choramingou Morgan. Apesar das pontadas no pescoço, Pauline esqueceu que ainda estava ao telefone.

Ela apertou o botão para abrir a mala do SUV. A tampa subiu com um suspiro, e Pauline pensou em como gostava daquele som, no luxo que era ganhar bastante dinheiro para não precisar nem mesmo abrir a mala do próprio carro. Não perderia aquilo tudo por causa de um bonitinho que depila a bunda e não se dá ao trabalho de medir uma porra de um elevador.

— É mesmo... — disse ao telefone, apesar de não ter prestado atenção ao que Morgan jurava por Deus ser verdade. Ela colocou as compras na mala e apertou o botão para fechar a tampa. Já estava dentro do carro quando percebeu que Felix não estava com ela.

— Merda — sussurrou, fechando o telefone. Ela desceu do carro como um raio e correu os olhos pelo estacionamento, que havia enchido consideravelmente desde que chegaram.

— Felix? — Pauline deu a volta no carro, pensando que o filho devia estar escondido do outro lado.

— Felix? — gritou ela, correndo de volta para a loja, e quase trombou com as portas automáticas, que não se abriram rápido o bastante. — Você viu o meu filho? — perguntou à operadora de caixa. A mulher pareceu confusa, então Pauline repetiu com mais calma. — Meu filho. Estava aqui comigo agora mesmo. Tem cabelos pretos, é mais ou menos dessa altura, tem seis anos. — Ela desistiu, murmurando "puta que pariu", então correu de volta para a padaria.

— Felix? — chamou ela, o coração batendo tão alto que não conseguia ouvir a própria voz. Pauline percorreu todos os corredores a passos largos e então começou a correr como uma louca pela loja. Terminou na padaria, prestes a surtar. O que tinha vestido nele hoje? Os tênis vermelhos. O filho sempre queria usar os tênis vermelhos porque tinham o Elmo nos solados. Estava vestindo a camisa branca ou a azul? E a calça? Vestira a calça jeans ou a cargo no filho aquela manhã? Por que não conseguia se lembrar daquilo?

— Eu vi uma criança lá fora — disse alguém, e Pauline disparou para a saída.

Ela viu Felix contornando o SUV para o lado do passageiro. O menino vestia a camisa branca, a calça cargo e os tênis vermelhos do Elmo. Ainda tinha os cabelos úmidos atrás, onde havia um redemoinho que ela afagara naquela manhã.

Pauline reduziu o passo para um andar rápido, batendo a mão no peito como se pudesse acalmar o coração. Não gritaria com Felix, porque o menino não entenderia e isso apenas o deixaria assustado. Iria abraçá-lo e beijar cada centímetro de seu corpo até ele começar a querer se desvencilhar, e então diria a ele que, se voltasse a sair do seu lado, ela torceria seu pescocinho precioso.

Ela limpava as lágrimas ao contornar a traseira do carro. Felix estava no Lexus, com a porta aberta, as pernas para fora. O menino não estava sozinho.

— Ah, obrigada — disse ela emocionada ao estranho, indo em direção ao filho. — Ele se perdeu no supermercado e...

Pauline sentiu uma explosão na cabeça e desmoronou no asfalto como uma boneca de pano. A última coisa que viu ao olhar para cima foi Elmo rindo para ela do solado do tênis de Felix.

6

Sara acordou num sobressalto. Teve um momento de desorientação antes de se dar conta de que estava na UTI, sentada numa cadeira ao lado da cama de Anna. Não havia janelas ali. A cortina de plástico que funcionava como porta bloqueava toda a luz do corredor. Sara se curvou e conferiu o relógio à luz dos monitores; viu que eram oito da manhã. Trabalhara dois turnos na véspera para ter o dia livre e colocar a vida em dia: a geladeira estava vazia, contas precisavam ser pagas e a roupa suja formava uma pilha tão alta no chão do closet que era impossível fechar a porta.

No entanto, ali estava ela.

Sara esticou as costas, apertando as pálpebras enquanto a coluna se ajustava a uma posição que não lembrava um C. Seus dedos pressionaram o pulso de Anna, apesar de as batidas ritmadas de seu coração, além da respiração, serem anunciadas pelas máquinas. Sara não fazia ideia se Anna sentia seu toque ou mesmo se sabia que ela estava ali, mas se sentiu melhor com o toque.

Talvez fosse melhor que Anna não estivesse acordada. Seu corpo lutava contra uma infecção brutal que mandou a contagem de glóbulos brancos para uma zona perigosa. Tinha uma tala aberta no braço, o seio direito havia sido removido. A perna estava suspensa, e pinos de metal mantinham no lugar o que o carro despedaçara. O quadril estava imobilizado com gesso, para que os ossos ficassem alinhados enquanto se consolidavam. A dor seria inimaginável, apesar de, levando-se em conta a tortura que aquela pobre mulher sofreu, isso talvez não importar mais.

O que Sara não conseguia deixar de lado era o fato de, mesmo no atual estado, Anna ser uma mulher atraente — provavelmente, uma das qualidades que chamou a atenção do sequestrador. Não era uma beleza de estrela de cinema, mas havia algo de marcante em seus traços. Sara provavelmente assistira a muitos casos sensacionalistas na televisão, mas não fazia sentido que alguém como Anna desaparecesse sem que ninguém notasse. Quer fosse Laci Peterson ou Natalee Holloway, o mundo parecia prestar mais atenção quando mulheres bonitas desapareciam.

Sara não sabia por que pensava naquelas coisas. Descobrir o que tinha acontecido era trabalho de Faith Mitchell. Sara não estava envolvida no caso, e não havia de fato nenhum motivo para que passasse a noite no hospital. Anna estava em boas mãos. As enfermeiras e os médicos estavam logo ali no corredor. Dois policiais estavam de prontidão na porta. Sara devia ter ido para casa e deitado na cama, ouvindo o som dos chuviscos, esperando o sono chegar. O problema era que o sono raramente era tranquilo; ou, pior ainda, às vezes era profundo demais e ela se via presa num sonho, vivendo num passado em que Jeremy estava vivo e sua vida era tudo o que sempre quis.

Três anos e meio haviam se passado desde o assassinato do marido, e Sara não conseguia se lembrar de um momento desde então em que ele não povoasse sua mente. Nos dias seguintes à sua morte, Sara ficou apavorada com a ideia de que esqueceria algo importante sobre Jeffrey. Fez listas intermináveis de tudo o que amara nele. Seu cheiro quando saía do banho. A forma como se sentava às suas costas e penteava seus cabelos. Seu gosto quando o beijava. Ele sempre tinha um lenço no bolso de trás. Usava hidratante de aveia para manter as mãos macias. Era um bom dançarino. Um bom policial. Cuidava da mãe. Amava Sara.

Ele *amou* Sara.

As listas ficaram exaustivas, e às vezes se tornavam enumerações sem fim: músicas que ela não podia mais ouvir, filmes aos quais não podia mais assistir, lugares aos quais não podia mais ir. Havia páginas e mais páginas de livros que eles leram e viagens que eles fizeram e longos fins de semana passados na cama e quinze anos de uma vida que ela sabia que jamais teria de volta.

Sara não fazia ideia do que acontecera com as listas. Talvez sua mãe as tivesse colocado numa caixa e levado para o depósito do pai, ou talvez ela jamais as tivesse escrito. Talvez naqueles dias após a morte de Jeffrey, quando estava tão perturbada que se sentia aliviada por estar sedada, ela tivesse simplesmente sonhado com as listas, sonhado que passava horas a fio sentada na cozinha escura, registrando para a posteridade todas as coisas maravilhosas sobre seu amado marido.

Xanax, Valium, Ambien, Zoloft. Ela havia quase se envenenado tentando suportar cada dia. Às vezes se deitava na cama, semiconsciente, e se lembrava das mãos de Jeffrey, a boca dele, no seu corpo. Sonhava com a última vez que ficaram juntos, a forma como olhava nos seus olhos, tão seguro de si ao levá-la lentamente ao clímax. Sara acordava e deparava consigo mesma se contorcendo, lutando contra o impulso de acordar, na esperança de ter mais alguns momentos naquele outro tempo.

Passava horas acalentando memórias do sexo com ele, lembrando cada sensação, cada centímetro do corpo dele, em vívidos detalhes. Por semanas, não conseguiu pensar em outra coisa além da primeira vez que fizeram amor — não a primeira vez que fizeram sexo, o que foi um ato frenético e libidinoso de paixão que a levou a sair envergonhada da própria casa na manhã seguinte —, mas a primeira vez que se envolveram de verdade, que se acariciaram, tocaram e saborearam o corpo um do outro como os amantes fazem.

Ele era gentil. Era terno. Sempre a escutava. Abria a porta para ela. Confiava em suas decisões. Construiu a vida ao redor dela. Sempre estava por perto quando precisava dele.

Costumava estar por perto.

Depois de alguns meses, ela passou a se lembrar de coisas triviais: uma briga que tiveram sobre como o rolo de papel higiênico devia ser colocado no suporte. Um desentendimento sobre a hora que deveriam se encontrar num restaurante. Seu segundo aniversário de casamento, quando Jeffrey achou que dirigir até Auburn para ver um jogo de futebol americano era um fim de semana romântico. Uma viagem para a praia, quando ela ficou com ciúmes da atenção que uma mulher deu a ele num bar.

Ele sabia como consertar o rádio do banheiro. Adorava ler para ela em viagens longas. Suportava seu gato, que urinou no sapato dele na primeira noite em que se mudou para a casa dela. Estava ficando com linhas de expressão em torno dos olhos, e ela costumava beijá-las e pensar em como era maravilhoso envelhecer ao lado daquele homem.

Agora, quando olhava no espelho e via uma nova linha no próprio rosto, uma nova ruga, tudo o que conseguia pensar era que estava envelhecendo sem ele.

Sara não tinha certeza de quanto tempo durara seu luto — ou se, de fato, havia terminado. A mãe dela sempre fora a mais forte, e era mais forte do que nunca quando as filhas precisavam dela. Tessa, a irmã de Sara, passara dias com ela, às vezes abraçando-a, balançando-a para a frente e para trás, como se ela fosse uma criança que precisasse de consolo. O pai consertava coisas pela casa. Colocava o lixo para fora, levava os cachorros para passear e ia ao correio pegar a correspondência dela. Uma vez ela o encontrou chorando na cozinha, sussurrando "meu filho... meu filho querido". Jeffrey, afinal, havia sido o filho que ele nunca teve.

— Ela simplesmente se desmantelou — sussurrara a mãe ao telefone com tia Bella. Era um coloquialismo antigo, o tipo de coisa que não se pensa que as pessoas ainda falem. A frase combinava tanto com Sara que ela acabou se rendendo àquilo, imaginando seus braços, suas pernas, se desprendendo do corpo. Que diferença fazia? Para que precisaria de braços, pernas, mãos ou pés se não podia mais correr para ele, se não podia mais abraçá-lo nem tocá-lo? Sara nunca pensara em si mesma como o tipo de mulher que precisava de um homem para completar sua vida, mas, de alguma forma, Jeffrey passou a defini-la, de modo que, sem ele, ela se sentia desnorteada.

Quem ela era sem Jeffrey, então? Quem era aquela mulher que não queria mais viver sem o marido, que simplesmente desistiu? Talvez fosse essa a verdadeira gênese do pesar que sentia — não apenas ter perdido Jeffrey, mas ter perdido a si mesma.

Todos os dias, Sara dizia a si mesma que deixaria de tomar as pílulas, que não usaria o sono para suportar os dolorosos minutos que se arrastavam tão devagar que ela podia jurar que semanas haviam se passado, quando na verdade eram apenas horas. Quando conseguiu deixar de lado as pílulas, ela parou de comer. Não era uma escolha. A comida em sua boca tinha um gosto pútrido. Bile subia pela garganta independentemente do que sua mãe preparasse. Sara deixou de sair de casa, parou de se cuidar. Queria deixar de existir, mas não sabia como fazer isso sem comprometer tudo aquilo em que sempre acreditou.

Por fim, sua mãe implorou:

— Decida-se. Viva ou morra, mas não nos force a ver você definhar dessa forma.

Sara considerou suas alternativas com frieza. Pílulas. Corda. Uma arma. Uma faca. Nenhuma delas traria Jeffrey de volta, nenhuma delas mudaria o que aconteceu.

Mais tempo se passou, o relógio avançando com seu tique-taque, quando na verdade Sara queria que os ponteiros voltassem no tempo. Quando se aproximava da data do seu aniversário de casamento, Sara concluiu que, se ela se fosse, as lembranças de Jeffrey também iriam embora. Eles não tiveram filhos. Não tinham um monumento duradouro de sua vida de casados. Havia apenas Sara, e as lembranças trancadas em sua mente.

Então, ela não teve opção a não ser se recompor, desfazer o processo de desmoronamento. Lentamente, uma sombra de Sara passou a seguir em frente com a maré. Ela levantava pela manhã, saía para correr, trabalhava meio expediente, tentava levar sua vida de antes, mas sem Jeffrey. Com valentia, tentou se arrastar naquela cópia malfeita de sua antiga vida, mas simplesmente não conseguia. Não podia morar na casa onde se amaram, na cidade onde viveram juntos. Não conseguia nem ao menos ir a um típico jantar de domingo na casa dos pais, porque sempre haveria aquela cadeira vazia ao seu lado, aquele vazio que jamais seria preenchido.

O anúncio do emprego no Hospital Grady havia sido mandado por e-mail por um ex-colega de faculdade, que não tinha a menor ideia do que acontecera com Sara. Ele o enviou como uma piada, algo como "quem é louco de voltar para esse inferno?", mas Sara ligou para a administração do hospital no dia seguinte. Fizera residência na emergência do Grady. Conhecia a enorme besta que era o sistema público de saúde. Sabia que trabalhar numa emergência sugava sua vida, sua alma. Ela alugou a casa, vendeu o consultório, doou a maior parte dos móveis e se mudou para Atlanta um mês depois.

E lá estava. Outros dois anos se passaram, e Sara ainda estava estagnada. Não tinha muitos amigos fora do trabalho, mas nunca foi mesmo uma pessoa sociável. Sua vida sempre girou em torno da família. A irmã, Tessa, sempre foi sua melhor amiga; a mãe, sua confidente mais próxima. Jeffrey era chefe de polícia do condado de Grant. Sara, a legista. Trabalhavam juntos boa parte do tempo, e agora ela se perguntava se o relacionamento deles teria sido tão próximo se cada um tivesse seguido seu caminho todos os dias e só se vissem à noite, na mesa do jantar.

O amor, como a água, sempre fluía pelo caminho de menor resistência. Sara crescera numa cidade pequena. Da última vez que teve um relacionamento sério, as garotas não podiam telefonar para os rapazes, e os rapazes precisavam pedir permissão ao pai da moça para sair com sua filha. Esses costumes eram antiquados agora, quase risíveis, mas Sara se pegou desejando aquilo. Não entendia as nuances do namoro entre adultos, mas forçou-se a tentar, para ver se aquela parte sua também morrera com Jeffrey.

Houve dois homens desde que se mudou para Atlanta, ambos com encontros arranjados pelas enfermeiras do hospital e ambos exaustivamente pouco interessantes. O primeiro era bonito, inteligente e bem-sucedido, mas não havia nada além do sorriso perfeito e dos bons modos, e ele não ligou mais depois que Sara caiu no choro na primeira vez que se beijaram. O segundo, ela havia conhecido três meses atrás. A experiência foi um pouco melhor, ou talvez ela estivesse enganando a si mesma. Ela dormiu com ele uma vez, mas só depois de quatro taças de vinho. Sara comprimia os lábios o tempo todo, como se o ato fosse um teste pelo qual estivesse determinada a passar. O sujeito terminou com ela no dia seguinte, o que Sara só percebeu uma semana depois, quando conferiu as mensagens de voz.

Se tivesse um único arrependimento em sua vida com Jeffrey, seria o fato de não tê-lo beijado mais. Por que não fez isso? Como a maioria dos casais casados, eles haviam desenvolvido uma linguagem secreta de intimidade. Um beijo longo geralmente sinalizava o desejo por sexo, não simples afeição. Havia os beijos no rosto e os beijinhos rápidos na boca antes de saírem para o trabalho, mas nada parecido com o começo do namoro — quando beijos apaixonados eram presentes excitantes e exóticos que nem sempre os levavam a arrancar as roupas um do outro.

Sara queria voltar àquele começo, desfrutar daquelas longas horas no sofá com a cabeça de Jeffrey no colo, beijando-o longamente, correndo os dedos por seu cabelo macio. Sentia saudade daqueles momentos roubados no carro, antes de se despedirem, e no cinema, quando deixaria de respirar se não sentisse a boca dele na sua. Queria aquela surpresa de vê-lo no trabalho, aquela acelerada no coração quando o via passando pela rua. Queria aquele frio na barriga de quando o telefone tocava e ela ouvia a voz de Jeffrey. A excitação de quando estava sozinha no carro ou caminhando pelo corredor da farmácia e sentia o cheiro dele em sua pele.

Ela queria o seu amante.

A cortina de vinil foi puxada, rangendo no trilho. Jill Marino, uma das enfermeiras da UTI, sorriu para Sara ao colocar o prontuário de Anna na cama.

— Dormiu bem? — perguntou Jill. Ela percorreu a sala, conferindo os aparelhos e se o soro estava correndo. — A oxigenação do sangue está normalizada.

Sara abriu o prontuário e conferiu os números. Na noite passada, o oxímetro no dedo de Anna indicava baixa concentração de oxigênio no sangue. Os níveis pareciam ter se normalizado sozinhos naquela manhã. Sara não cansava de se surpreender com a capacidade do corpo humano de se curar.

— Isso faz a gente se sentir supérfluo, não é mesmo?

— Talvez os médicos — provocou Jill. — Mas as enfermeiras, não.

— Verdade. — Sara levou a mão ao bolso do jaleco, sentindo a carta. Trocara o uniforme depois de cuidar de Anna na noite anterior e colocara automaticamente a carta no bolso do jaleco limpo. Talvez devesse abri-la. Talvez devesse se sentar, abrir o envelope a acabar com aquilo de uma vez.

— Algo errado? — perguntou Jill.

Sara fez que não.

— Não. Obrigada por me aturar ontem à noite.

— Você facilitou um pouco o meu trabalho — admitiu a enfermeira. Como de costume, a UTI estava completamente abarrotada.

— Ligo se tiver novidades. — Jill passou a mão no rosto de Anna, sorrindo para a mulher. — Talvez a nossa garota acorde hoje.

— Tenho certeza que sim.

Sara não acreditava que Anna pudesse ouvir, mas se sentia bem ao ouvir as palavras.

Os dois policiais na porta da sala levaram a mão ao quepe quando Sara saiu. Ela sentia seus olhos acompanhando-a pelo corredor — não porque pensassem que fosse atraente, mas porque eles sabiam que ela era viúva de um policial. Sara nunca falou sobre Jeffrey com ninguém no Grady, mas todo dia entravam e saíam tantos policiais da emergência que a notícia se espalhou. Rapidamente se tornou um desses segredos dos quais todo mundo fala, mas não na frente de Sara. Ela não tinha intenção de se tornar uma figura trágica, mas isso evitava que fizessem perguntas a ela, então não se queixava.

O grande mistério era a razão pela qual havia falado sobre Jeffrey com Faith Mitchell com tanta facilidade. Sara preferia pensar que Faith era simplesmente uma ótima detetive a admitir o que provavelmente estava mais próximo da verdade: que estava solitária. Sua irmã morava do outro lado do mundo, seus pais, a quatro horas e uma vida de distância, e os dias de Sara eram preenchidos com pouco mais que trabalho e o que encontrasse na televisão quando chegava em casa.

E o pior, Sara tinha uma suspeita irritante de que não fora Faith que a atraiu, mas o caso. Jeffrey sempre pedia a opinião de Sara em suas investigações, e ela sentia falta de estimular aquela parte do cérebro.

Na noite passada, pela primeira vez em séculos, a última coisa na cabeça de Sara antes de dormir não havia sido Jeffrey, mas Anna. Quem a raptara? Por que ela fora escolhida? Que pistas haviam sido deixadas em seu corpo que pudessem explicar as motivações do animal que a feriu? Ao falar com Faith na cantina, na noite anterior, Sara finalmente sentiu que seu cérebro fazia algo mais útil do que simplesmente mantê-la viva. E provavelmente seria a última vez que se sentiria assim em um bom tempo.

Sara esfregou os olhos, tentando despertar. Ela sabia que a vida sem Jeffrey seria dolorosa. Mas não estava preparada para que fosse tão irrelevante.

Estava chegando aos elevadores quando o celular tocou. Deu meia--volta e já retornava ao quarto de Anna quando atendeu o telefone.

— Estou a caminho.

— Sonny deve chegar daqui a uns dez minutos — disse Mary Schroeder.

Sara parou, o coração afundando no peito ao ouvir as palavras da enfermeira. Sonny era o marido de Mary, um policial que trabalhava no turno da madrugada.

— Ele está bem?

— Sonny? — perguntou. — Claro que sim. Onde você está?

— Estou aqui em cima, na UTI. — Sara mudou de curso, de volta aos elevadores. — O que houve?

— Sonny recebeu um chamado sobre um menino abandonado no City Foods da Ponce de Leon. Seis anos. O coitadinho foi deixado no banco de trás do carro por pelo menos três horas.

Sara apertou o botão do elevador.

— Onde está a mãe?

— Desaparecida. A bolsa estava no banco da frente, as chaves, na ignição, e há sangue no chão perto do carro.

Sara sentiu o coração voltar a acelerar.

— O menino viu alguma coisa?

— Está perturbado demais para falar, e Sonny é o mesmo que nada. Ele não sabe como lidar com crianças dessa idade. Você está descendo?

— Estou esperando o elevador. — Sara conferiu as horas. — Sonny tem certeza das três horas?

— O gerente da loja viu o carro quando chegou. Disse que a mãe esteve lá mais cedo, que surtou quando não conseguiu encontrar o menino.

Sara apertou o botão de novo, sabendo que era um gesto inútil.

— Por que ele demorou três horas para ligar para a polícia?

— Porque as pessoas são imbecis — respondeu Mary. — As pessoas são pura e simplesmente imbecis.

7

O Mini vermelho estava estacionado em frente à entrada da garagem de Faith quando ela acordou naquela manhã. Amanda devia ter seguido Will até lá, depois devia tê-lo deixado em casa. Ele provavelmente achava que tinha feito um favor a Faith, mas ela ainda queria assá-lo num espeto. Quando Will ligou mais cedo dizendo que a pegaria às oito e meia, como de costume, ela disparou um "certo" que parecia uma espada pendendo da cabeça dele.

A raiva dela se dissipou um pouco quando Will relatou os acontecimentos daquela noite — a investida idiota caverna adentro, a descoberta da segunda vítima, o suplício com Amanda. A última parte soava especialmente difícil; Amanda nunca facilitava as coisas. Will pareceu exausto, e Faith se compadeceu do parceiro quando ele descreveu a mulher pendurada na árvore, mas, assim que desligou o telefone, estava furiosa outra vez.

O que ele achou que estava fazendo ao descer naquela caverna sozinho, com mais ninguém além do idiota do Fierro dando cobertura? Por que diabos não ligou para ela para que ajudasse na busca pela segunda vítima? Por que ele achou que estava lhe fazendo um favor ao impedi-la de realizar seu trabalho? Por acaso achava que ela não era capaz, que não era tão boa? Faith não era uma inútil. Sua mãe foi policial. Faith foi promovida da patrulha a detetive de homicídios mais rápido do que qualquer outro colega. Não estava colhendo margaridas quando Will cruzou seu caminho. Ela não era um maldito Watson, nem ele era Sherlock Holmes.

Faith se forçou a respirar fundo. Ainda tinha sanidade suficiente para se dar conta de que aquele nível de fúria talvez fosse desproporcional. Apenas quando se sentou à mesa da cozinha e mediu a glicemia foi que entendeu o motivo. Estava na casa dos cento e cinquenta outra vez, o que, de acordo com *A sua vida com diabetes*, podia deixar uma pessoa nervosa e irritável. E seu nervosismo e sua irritabilidade não ajudaram nem um pouco quando tentou injetar insulina em si mesma.

Suas mãos estavam estáveis quando Faith girou a escala de graduação da caneta de insulina até o que esperava serem as unidades certas, mas sua perna começou a tremer quando ela tentou enfiar a agulha, de modo que parecia um cachorro se coçando. Devia haver alguma parte inconsciente do cérebro que pudesse manter sua mão firme acima da coxa trêmula, incapaz de deliberadamente infligir dor a si mesma. Provavelmente era uma parte próxima da que impedia Faith de entrar em um relacionamento sério com um homem.

— Foda-se — disse ela, quase como um espirro, antes de abaixar a caneta e apertar o botão. A agulha queimou como fogo do inferno, embora a bula afirmasse que era praticamente indolor. Talvez depois de injetar em si mesma seis zilhões de vezes por semana uma agulha na perna ou no abdome fosse relativamente indolor, mas Faith ainda não havia chegado a esse ponto e não conseguia se imaginar nele um dia. Suava tanto quando puxou a agulha que suas axilas estavam úmidas.

Ela passou a hora seguinte se dividindo entre o telefone e o laptop, entrando em contato com várias organizações governamentais para dar prosseguimento à investigação enquanto estava cheia de medo de pesquisar diabetes tipo 2 no Google. Passou os dez primeiros minutos esperando na linha do Departamento de Polícia de Atlanta e pesquisando um diagnóstico alternativo para o caso de Sara Linton estar enganada. Aquilo mostrou-se bastante improvável e, enquanto esperava na linha para falar com o laboratório de Atlanta do GBI, deparou-se com o primeiro blog de um diabético. Encontrou outro, então mais outro — milhares de pessoas desabafando sobre as provações de viver com uma doença crônica.

Faith leu sobre bombas de insulina e glicosímetros e retinopatia diabética e má circulação e perda de libido e todas as outras coisas maravilhosas que a diabetes poderia trazer para a sua vida. Havia curas milagrosas, análises de equipamentos e até mesmo um louco que afirmava que a diabetes era um plano governamental para arrancar bilhões de dólares da população desavisada e financiar a guerra pelo petróleo.

Ao avançar na teoria conspiratória, Faith estava pronta para acreditar em qualquer coisa que a livrasse de passar o resto da vida em constante monitoramento. Uma vida seguindo todas as dietas da moda que a *Cosmo* era capaz de esfregar na sua cara fez com que Faith aprendesse a contar carboidratos e calorias, mas a ideia de se tornar uma almofada de alfinetes ambulante era difícil de suportar. Deprimida — e aguardando na linha da Equifax —, ela voltou às páginas farmacêuticas com imagens de diabéticos sorridentes e saudáveis andando de bicicleta, praticando ioga, brincando com cachorrinhos, gatinhos, crianças ou pipas e, às vezes, uma combinação dos quatro. A mulher que abraçava uma criança adorável com certeza não sofria de ressecamento vaginal.

Com certeza, depois de passar a manhã ao telefone, Faith poderia ter ligado para o consultório da médica e marcado uma consulta para aquela tarde. Estava com o número que Sara lhe dera — é claro que havia feito uma busca sobre Delia Wallace, conferindo se ela havia sido processada por erro médico ou se tinha histórico de embriaguez ao volante. Faith pesquisou todos os detalhes da formação da médica, além do seu registro no departamento de trânsito, mas ainda assim não conseguia fazer a ligação.

Faith sabia que enfrentaria algum tempo de trabalho burocrático por causa da gravidez. Amanda havia namorado o tio de Faith, Ted, até que o relacionamento deles esfriou, na época em que Faith ainda estava no ginásio. A chefe Amanda era muito diferente da tia Amanda. Ela tornaria a vida de Faith o inferno na terra, como só uma mulher seria capaz de fazer com outra apenas por ela tomar as mesmas atitudes que a maioria das mulheres. Faith estava preparada para isso, mas seria permitido a ela voltar ao trabalho mesmo com diabetes?

Poderia ir para as ruas, portar uma arma e prender os bandidos se a glicemia não estivesse normal? Exercícios físicos podiam provocar uma queda súbita. E se estivesse perseguindo um suspeito e desmaiasse? As emoções também podiam interferir no nível de açúcar no sangue. E se estivesse entrevistando uma testemunha e não percebesse que estava agindo como uma louca até que a corregedoria fosse chamada? E quanto a Will? Será que confiaria nela para lhe dar cobertura? Apesar de todas as queixas contra o parceiro, Faith nutria profunda devoção por ele. Às vezes era sua comandante, seu escudo contra o mundo, sua irmã mais velha. Como poderia proteger Will se não conseguia proteger a si mesma?

Talvez nem mesmo tivesse escolha.

Faith olhava para a tela do computador, pensando em fazer outra busca sobre a política padrão em relação a diabéticos na segurança pública. Eram relegados a uma mesa até que atrofiassem ou pedissem demissão? Eram demitidos? As mãos foram até o laptop, os dedos sobre o teclado. Como aconteceu com a caneta de insulina, o cérebro paralisou seus músculos, não permitindo que pressionasse as teclas. Ela bateu levemente o dedo sobre o "H" em um tique nervoso, sentindo a volta do maldito suor. Quando o telefone tocou, ela quase teve um troço.

— Bom dia — disse Will. — Estou aqui fora à sua disposição.

Faith fechou o laptop. Pegou as anotações feitas ao telefone, colocou a parafernália de diabetes na bolsa e saiu pela porta sem olhar para trás.

Will estava num Dodge Charger preto sem identificação, o que chamavam de "G-ride", gíria para os carros apreendidos pelo governo. Aquela belezura em especial tinha um arranhão de chave acima da roda traseira e uma grande antena com suporte de mola para que o scanner captasse todos os sinais num raio de cento e cinquenta quilômetros. Até uma criança cega de três anos perceberia que era um carro da polícia.

— Estou com o endereço de Jacquelyn Zabel em Atlanta — disse Will assim que ela abriu a porta.

Ele se referia à segunda vítima, a mulher pendurada de cabeça para baixo na árvore. Faith entrou no carro e afivelou o cinto.

— Como?

— O xerife de Walton Beach me ligou hoje pela manhã. Conseguiram com os vizinhos dela lá na Flórida. Ao que parece, a mãe acabou de ir para uma casa de repouso, e Jacquelyn estava aqui empacotando as coisas para vender a casa.

— Onde fica a casa?

— Inman Park. Charlie vai nos encontrar lá. Pedi reforço à polícia de Atlanta. Eles disseram que podem me oferecer duas viaturas por algumas horas. — Will deu ré, olhando de relance para Faith. — Você está com uma cara melhor. Dormiu bem?

Faith não respondeu a pergunta. Pegou a caderneta e passou a revisar a lista de coisas que havia conseguido ao telefone naquela manhã.

— Providenciei que as farpas de madeira tiradas debaixo das unhas de Anna fossem transferidas para o nosso laboratório. Mandei um técnico tirar as impressões digitais dela no hospital hoje cedo. Emiti um alerta para todo o estado solicitando informações sobre qualquer mulher desaparecida que se encaixe na idade e na descrição de Anna. Eles vão tentar mandar um artista forense para desenhar seu retrato. O rosto dela está bem machucado. Não tenho certeza se alguém a reconheceria numa fotografia.

Ela virou a página, em busca de informações relevantes.

— Conferi casos semelhantes no Centro Nacional de Informações Criminais e no Programa de Captura de Criminosos Violentos. O FBI não está de olho em ninguém com um *modus operandi* parecido, mas eu inseri os detalhes no sistema, para o caso de surgir algo. — Faith virou outra página. — Emiti um alerta sobre os cartões de crédito de Jacquelyn Zabel, então saberemos se alguém tentar usá-los. Liguei para o necrotério; a necropsia está marcada para começar às onze. Liguei para os Coldfield, o casal do Buick que atropelou Anna. Eles disseram que poderíamos falar com eles no abrigo onde Judith trabalha como voluntária, apesar de já terem dito tudo o que sabiam ao simpático detetive Galloway. E, por falar naquele cretino, acordei

Jeremy na universidade agora de manhã e pedi que deixasse uma mensagem no celular de Galloway dizendo que era da Receita e que precisava conversar com ele sobre algumas irregularidades.

Will deu uma risada ao ouvir essa última parte.

— Estamos aguardando a polícia de Rockdale mandar os faxes da perícia da cena do crime e dos testemunhos que tiverem. Fora isso, é tudo o que eu tenho. — Faith fechou a caderneta. — E você, o que fez agora de manhã?

Ele fez um gesto de cabeça para o porta-copos.

— Trouxe um chocolate quente para você.

Faith lançou um olhar demorado para o copo descartável, louca para lamber a espuma de chantili que saía pela abertura da tampa. Ela mentira a Sara Linton sobre sua dieta usual. A última vez que havia feito exercício foi quando saiu correndo do carro até a Zesto's na esperança de comprar um milk-shake antes que fechassem. Seu café da manhã geralmente era um folhado doce e uma Coca Diet, mas naquela manhã ela havia comido um ovo cozido e uma torrada, o tipo de coisa que serviam no presídio do condado. O açúcar do chocolate quente, no entanto, provavelmente a mataria, e ela disse um "Não, obrigada" antes que mudasse de ideia.

— Olhe só — começou Will —, se você estiver tentando emagrecer, eu posso...

— Will — interrompeu ela —, passei os últimos dezoito anos da minha vida de dieta. Quando eu quero relaxar, eu relaxo.

— Eu não disse...

— Além do mais, só engordei três quilos — mentiu. — Não é como se eu precisasse de um letreiro da Goodyear para cobrir a bunda.

Will olhou para a bolsa no colo de Faith com uma expressão contrariada.

— Desculpe — disse por fim.

— Obrigada.

— Se você não vai beber... — Ele deixou a frase no ar ao tirar o copo do console. Faith ligou o rádio para não precisar ouvi-lo beber. O volume estava baixo, e o murmúrio indistinto de um noticiário saía dos alto-falantes. Ela apertou o botão até encontrar uma estação que tocasse algo suave e inócuo, que não a irritasse.

Ela sentiu o cinto de segurança tensionar quando Will freou ao ver um pedestre atravessar a rua correndo. Faith não tinha desculpa para ser grosseira, e ele não era idiota — obviamente, sabia que algo estava errado, mas, como de costume, não queria pressioná-la. Ela sentiu uma pontada de culpa por manter segredos, mas também não era exatamente uma característica de Will contar as coisas. Ela havia concluído que ele era disléxico apenas por acidente. Ao menos achava que fosse dislexia. Sem dúvida havia algum problema de leitura, mas só Deus sabia o quê. Por observá-lo, Faith descobrira que Will conseguia juntar algumas palavras, mas demorava uma vida para isso, e costumava errar mais do que acertar. Quando ela tentou lhe perguntar a respeito do diagnóstico, Will a repeliu de forma tão incisiva que ela sentiu o rosto corar de vergonha.

Faith odiava admitir que o parceiro estava certo por esconder o problema. Ela trabalhava na polícia havia tempo suficiente para saber que a maioria dos policiais era ignorante, para dizer o mínimo. Tendiam a ser conservadores, e não exatamente abraçavam o incomum. Talvez lidar com o que os elementos mais bizarros da sociedade tinham a oferecer os levasse a rejeitar qualquer anormalidade em suas fileiras. Qualquer que fosse o motivo, Faith sabia que, se a dislexia de Will viesse à tona, nenhum policial deixaria isso passar em branco. Ele já tinha problemas para ser aceito. Aquilo o transformaria para sempre num intruso.

Will entrou à direita na Moreland Avenue, e Faith se perguntou como ele sabia por onde ir. Direções eram um problema para ele, direita e esquerda, barreiras intransponíveis. Apesar disso, Will era extremamente hábil em esconder a deficiência. Nas vezes em que sua memória surpreendentemente boa não bastava, ele recorria ao gravador digital que mantinha no bolso, da mesma forma que a maioria dos policiais fazia com uma caderneta. Às vezes cometia um deslize, mas, na maior parte do tempo, Faith ficava perplexa com seus feitos. Will passara pela escola e pela faculdade sem que ninguém percebesse que tinha um problema. Crescer em um orfanato não lhe dera exatamente um bom pontapé inicial na vida. Seu sucesso era fonte de orgulho, o que tornava o fato de precisar esconder sua deficiência algo de cortar ainda mais o coração.

Estavam em Little Five Points, uma parte eclética da cidade que unia bares pés-sujos e butiques chiques e caras, quando Will por fim abriu a boca.

— Você está bem?

— Só estava pensando... — começou Faith, que, no entanto, não compartilhou suas elucubrações. — O que sabemos sobre as vítimas?

— Ambas têm cabelos escuros. Ambas são magras, atraentes. Achamos que o nome da mulher no hospital é Anna. A habilitação diz que a mulher pendurada na árvore se chamava Jacquelyn Zabel.

— E quanto às digitais?

— Encontramos uma no canivete que pertencia a Zabel. A da habilitação não foi identificada: não é de Zabel e não consta do sistema.

— Devemos comparar com a de Anna e ver se é dela. Se Anna tocou na habilitação, isso coloca as duas juntas na caverna.

— Boa ideia.

Faith sentia que estava fazendo as coisas do jeito mais difícil, mas não podia culpar Will por ser tão hesitante, considerando o quanto seu temperamento vinha sendo imprevisível.

— Você descobriu algo mais sobre Zabel?

Ele deu de ombros, como se não fosse grande coisa.

— Jacquelyn Zabel tinha trinta e oito anos, era solteira, sem filhos. O Florida Law Enforcement Bureau está nos ajudando; vão revistar a casa dela, levantar os registros telefônicos, tentar encontrar outro parente além da mãe, que vivia em Atlanta. O xerife disse que ninguém na cidade era próximo de Zabel. Ela tinha uma espécie de amiga-vizinha que tem regado suas plantas, mas que não sabe nada a respeito dela. Houve um desentendimento com outros vizinhos sobre latas de lixo que deixavam na rua. O xerife disse que Zabel fez algumas queixas nos últimos seis meses sobre barulho em *pool parties* e carros estacionados em frente à sua casa.

Faith conteve o impulso de perguntar por que ele não dissera aquilo antes.

— O xerife conheceu Zabel?

— Disse que atendeu pessoalmente algumas das queixas e não a achou uma pessoa das mais agradáveis.

— O cara disse que ela era uma vaca, você quer dizer — esclareceu Faith. Para um policial, Will tinha um vocabulário surpreendentemente polido. — O que ela fazia da vida?

— Era corretora de imóveis. O mercado está em baixa, mas ela não parecia ter do que reclamar: casa na praia, BMW, um barco na marina.

— A bateria que você encontrou na caverna não era náutica?

— Pedi permissão ao xerife para conferir o barco. A bateria estava lá.

— Valeu a tentativa — murmurou Faith, pensando que ainda pisavam em ovos.

— Charlie disse que a bateria que encontramos na caverna tem ao menos dez anos de uso. Todos os números foram raspados. Ele vai tentar encontrar mais alguma informação nela, mas as chances são mínimas. Você pode comprar uma daquelas coisas em vendas de garagem. — Will deu de ombros. — A única coisa que a bateria nos diz é que o cara sabia o que estava fazendo.

— Como assim?

— As baterias de carro são projetadas para fornecer uma corrente forte e breve, como a necessária para dar partida no motor. Depois disso, o alternador entra em ação, e a bateria só será necessária na próxima vez que você ligar o carro. Uma bateria náutica, como a da caverna, é o que se chama de bateria de ciclo profundo, o que significa que fornece uma corrente estável por longos períodos. Você estragaria uma bateria automotiva bem rápido se a usasse como o nosso homem. Uma bateria náutica duraria horas.

Faith deixou as palavras dele no ar, seu cérebro tentando captar o significado delas. Mas não havia como; o que tinha sido feito com aquelas mulheres não era produto de uma mente sã.

— Onde está a BMW de Jacquelyn Zabel?

— Não está na garagem dela na Flórida. E não está na casa da mãe.

— Você emitiu um alerta para a busca do carro?

— Na Flórida e na Geórgia. — Will levou a mão ao banco de trás e pegou algumas pastas. Tinham cores diferentes, e ele passou por elas até encontrar a laranja, entregando-a a Faith. Dentro, havia cópias de documentos do Departamento de Trânsito da Flórida. Jacquelyn Alexandra Zabel olhava para ela da habilitação, a fotografia mostrando uma mulher muito atraente com cabelos escuros compridos e olhos castanhos.

— Ela era bonita — disse Faith.

— Anna também é — acrescentou Will. — Cabelos castanhos, olhos castanhos.

— O nosso homem tem um tipo. — Faith virou a página e passou a ler em voz alta os registros da mulher. — O carro de Zabel é uma BMW 540i vermelha, modelo 2008. Levou uma multa por excesso de velocidade há seis meses por trafegar a cento e trinta numa avenida com limite de oitenta por hora. Avançou um sinal vermelho perto de uma escola no mês passado. Tentou fugir de uma blitz há dois meses, recusou-se a fazer o teste do bafômetro; a data da audiência está pendente. — Faith folheou as páginas. — O registro dela era limpo até bem pouco tempo.

Will coçava o braço, distraído, enquanto esperava o sinal abrir.

— Talvez tenha acontecido algo.

— E quanto às anotações que Charlie encontrou na caverna?

— "Eu não me negarei" — lembrou ele, pegando a pasta azul. — As páginas estão no laboratório para coleta de digitais. São de um caderno espiral, as anotações foram feitas a lápis, provavelmente por uma mulher.

Faith olhou para a cópia, a mesma frase escrita vezes a fio, como ela própria fizera muitas vezes no ensino fundamental como punição.

— E a costela?

Will ainda coçava o braço.

— Não havia sinal da costela na caverna ou nos arredores.

— Uma lembrança?

— Talvez. Jacquelyn não tinha cortes no corpo. Quer dizer, não tinha cortes profundos como o de Anna, no ponto onde a costela foi removida. As duas, no entanto, parecem ter passado pelo mesmo tipo de coisa.

— Tortura. — Faith tentou se colocar na mente do criminoso. — Ele mantém uma mulher na cama e outra embaixo. Talvez reveze; faz uma coisa terrível com Anna, então a troca por Jacquelyn e faz outra coisa terrível com ela.

— E troca outra vez — continuou Will. — Então talvez Jacquelyn tenha ouvido o que aconteceu com Anna, a remoção da costela. Ela sabia o que estava por vir e passou a roer com os dentes a corda dos pulsos.

— Ela deve ter encontrado o canivete, ou estava com ela debaixo da cama.

— Charlie examinou as ripas do estrado. Ele as colocou de volta na ordem. A ponta de uma faca muito afiada marcou o centro das ripas no ponto em que alguém cortou a corda, no sentido da cabeça para os pés.

Faith suprimiu um calafrio e constatou o óbvio.

— Jacquelyn estava debaixo da cama quando Anna foi mutilada.

— E provavelmente estava viva enquanto fazíamos a busca na floresta.

Faith abriu a boca para dizer algo nos moldes de "não é culpa sua", mas sabia que as palavras eram inúteis. Ela mesma se sentiu culpada por não estar lá durante a busca. Não conseguia imaginar como Will estava se sentindo, considerando que vagava pela floresta enquanto a mulher morria. Em vez disso, perguntou:

— Qual é o problema com o seu braço?

— Como assim?

— Você não para de se coçar.

Ele parou o carro e estreitou os olhos, tentando ler a placa com o nome da rua.

— Hamilton — disse Faith.

Will olhou para o relógio, um artifício que usava para diferenciar a esquerda da direita.

— Ambas as vítimas provavelmente eram bem-sucedidas — disse, entrando à direita na Hamilton. — Anna estava subnutrida, mas seus cabelos estavam bem-cuidados, a cor, quero dizer, e ela fez as unhas recentemente. O esmalte estava descascado, mas parecia ser coisa feita em salão.

Faith não o pressionou para saber como ele conseguia distinguir unhas pintadas no salão ou em casa.

— Essas mulheres não eram prostitutas. Tinham casa e, provavelmente, emprego. É incomum um assassino escolher vítimas cuja falta será sentida. Motivo, meios, oportunidade — enumerou, destacando os alicerces de qualquer investigação. — A motivação é sexo e tortura, e talvez remoção da costela.

— Meios — disse Faith, tentando pensar em como o assassino podia ter raptado as vítimas. — Será que ele sabota os carros das mulheres para que quebrem? Ele pode ser mecânico.

— As BMWs têm assistência técnica. Você aperta um botão, então eles ligam para você e mandam um reboque.

— Legal — disse Faith. O Mini era uma BMW de pobre, o que significava que você precisava se virar se ficasse na mão. — Jacquelyn estava empacotando a mudança da mãe. Então ela provavelmente contratou uma empresa de mudança ou vendeu os móveis para alguém.

— Ela precisou de um atestado de controle de pragas para vender a casa — acrescentou Will. Não é possível financiar uma casa na maior parte do Sul sem antes provar que não há infestação de cupins nas fundações. — Então, o nosso suspeito pode trabalhar numa dedetizadora, numa loja de móveis usados, numa transportadora...

Faith pegou uma caneta e começou a fazer uma lista no verso da pasta laranja.

— A licença de corretora de Jacquelyn não tem validade aqui, então ela precisaria de uma imobiliária de Atlanta para vender a casa.

— A não ser que o imóvel seja vendido "direto com o proprietário" e, nesse caso, ela marcaria algumas visitas, com estranhos entrando e saindo o tempo todo.

— Por que ninguém notou que ela estava desaparecida? — perguntou Faith. — Sara disse que Anna foi raptada há pelo menos quatro dias.

— Quem é Sara?

— Sara Linton — disse Faith. Will deu de ombros, e ela o estudou atentamente. Will nunca esquecia nomes. Nunca esquecia nada. — A médica de ontem.

— Esse é o nome dela?

Faith se segurou para não dizer "ah, qual é".

— Como ela pode saber há quanto tempo Anna ficou em cativeiro? — perguntou ele.

— Ela era legista em um condado do sul do estado.

Will arqueou as sobrancelhas, então reduziu para ver outra placa.

— Legista? Que estranho! Ela era legista *e* pediatra — disse, chegando sozinho à conclusão. Ele murmurou ao tentar a ler a placa. — Achei que fosse dançarina.

— Woodland. — Faith leu. — Dançarina? Ela tem dez metros de altura!

— Dançarinas podem ser altas.

Faith trincou os dentes para não rir em voz alta.

— Enfim... — Ele não acrescentou nada, usou a palavra apenas para indicar o fim daquela parte da conversa.

Ela estudou o perfil do parceiro enquanto ele girava o volante, a forma como olhava concentrado para a rua à sua frente. Will era um homem atraente, bonito até, mas tinha a vaidade de uma lesma. Sua esposa, Angie Polaski, parecia enxergar além das suas esquisitices, entre elas a dolorosa incapacidade de jogar conversa fora e os anacrônicos ternos de três peças que insistia em vestir. Em contrapartida, Will parecia fazer vista grossa ao fato de Angie ter dormido com metade da força policial de Atlanta, incluindo — se fosse possível confiar nas pichações do banheiro feminino do terceiro andar — duas mulheres. Os dois se conheceram no orfanato estadual de Atlanta, e Faith supunha que era isso que os unia. Eram ambos órfãos, provavelmente abandonados por pais imprestáveis. Como acontecia em outras áreas de sua vida pessoal, Will não compartilhava os detalhes. Faith só soube que os dois estavam oficialmente casados quando, uma bela manhã, ele apareceu usando aliança.

E nunca tinha visto Will dar a menor atenção a outra mulher até aquele momento.

— É aqui — disse ele, entrando à direita numa rua estreita ladeada de árvores. Faith viu o furgão branco da perícia estacionado em frente a uma casa pequena. Charlie Reed e dois assistentes já reviravam o lixo na calçada. Quem quer que tivesse levado o lixo para fora, era a pessoa mais organizada do mundo. Havia caixas empilhadas, três fileiras de duas, todas etiquetadas com o conteúdo. Ao lado delas, havia sacos de lixo pretos arrumados como uma fileira de sentinelas. Do outro lado da caixa de correio, estavam uma cama box com o colchão precisamente alinhado e alguns móveis que os catadores de lixo locais ainda não tinham visto. Atrás do furgão de Charlie, estavam estacionadas duas viaturas vazias da polícia de Atlanta, e Faith concluiu que os policiais requisitados por Will já estavam batendo às portas da vizinhança.

— O marido dela era policial — comentou Faith. — Parece que foi morto em serviço. Espero que fritem o filho da puta.

— O marido de quem?

Ele sabia muito bem de quem ela estava falando.

— Sara Linton. A médica dançarina.

Will colocou a alavanca de câmbio na posição *park* e desligou o motor.

— Eu pedi a Charlie que segurasse a revista da casa. — Ele tirou dois pares de luvas de borracha do bolso do colete e entregou um a Faith. — Acho que está tudo empacotado para mudança, mas nunca se sabe.

Faith desceu do carro. Charlie precisaria isolar a casa como cena de crime assim que começasse a coletar provas. Deixar que Will e Faith entrassem primeiro significava que não precisariam esperar até que tudo fosse periciado para ir atrás de pistas.

— Ei, pessoal — disse Charlie, com um aceno quase jovial. — Chegamos bem a tempo. — Ele apontou para os sacos de lixo. — O pessoal do Exército de Salvação estava aqui e já ia carregar tudo no caminhão.

— O que nós temos?

Charlie mostrou as etiquetas meticulosas nos sacos.

— Principalmente roupas. Coisas de cozinha, liquidificadores velhos, esse tipo de coisa. — Ele sorriu. — Dá de mil a zero naquele buraco imundo.

— Quando você acha que receberemos as análises da caverna? — perguntou Will.

— Amanda pediu urgência. Tinha muita merda lá embaixo, literal e figurativamente. Priorizamos o que achamos ser mais importante. Você sabe que o DNA dos fluidos levará quarenta e oito horas. As digitais são consultadas no sistema assim que são reveladas. Se houver algo importante lá embaixo, saberemos no máximo até amanhã de manhã. — Ele usou os dedos para imitar um telefone. — Você vai ser o primeiro a ser avisado.

Will apontou para os sacos de lixo.

— Encontrou algo útil?

Charlie entregou a ele um maço de correspondência. Will tirou o elástico e olhou para cada envelope antes de entregá-los a Faith.

— Os carimbos são recentes — observou. Apesar de não ler palavras, Will não tinha dificuldade com números, o que ajudava a esconder o distúrbio. Também reconhecia os logos de empresas com facilidade. — Contas de gás, luz, TV a cabo...

Faith leu o nome da destinatária.

— Gwendolyn Zabel. Um nome antigo e adorável.

— Como Faith — disse Charlie, e ela ficou surpresa por ouvi-lo dizer algo tão pessoal. Mas o perito logo deu um jeito de disfarçar — E ela morava numa casinha antiga e adorável.

Faith não chamaria o bangalô de adorável, mas certamente era singular, com seu telhado cinza e molduras vermelhas nas janelas. Não houve qualquer esforço para modernizar a casa, ou mesmo para mantê-la em ordem. As calhas pendiam sob o peso de anos de folhas, e o telhado mais parecia a corcova de um camelo. A grama estava cortada, mas não havia os canteiros de flores ou os arbustos esculpidos típicos das casas de Atlanta. Todas as demais casas da rua, exceto uma, tinham recebido um segundo andar ou haviam sido demolidas para dar lugar a mansões. A casa de Gwendolyn Zabel devia ser uma das últimas remanescentes e a única com dois quartos e um banheiro. Faith se perguntava se os vizinhos haviam ficado felizes por ver a velha ir embora. A filha deve ter ficado satisfeita ao receber o cheque da venda. Uma casa como aquela provavelmente havia custado uns trinta mil dólares quando foi construída. Agora, apenas o terreno valeria cerca de meio milhão.

— Você destrancou a porta? — perguntou Will a Charlie.

— Estava destrancada quando cheguei. Eu e os rapazes demos uma olhada. Nada saltou aos olhos, mas ela é toda sua. — O perito apontou para o lixo à sua frente. — Isso é apenas a ponta do iceberg. O lugar está uma zona.

Will e Faith se entreolharam ao caminharem para a casa. O Inman Park não era nenhum Mayberry. Ninguém por ali deixa as portas destrancadas, a não ser que espere receber um cheque da seguradora.

Faith abriu a porta e voltou aos anos 1970 ao passar pela soleira. O tapete verde era felpudo o bastante para engolir seus tênis, e o papel de parede espelhado, simpático o bastante para lhe lembrar que engordara quase oito quilos no último mês.

— Uau — disse Will, olhando para a sala à sua volta. O espaço estava abarrotado com pilhas e mais pilhas de coisas inúteis: jornais, livros de bolso, revistas. — Não pode ser seguro viver aqui.

— Imagine como estava com todas aquelas coisas lá na rua aqui dentro. — Faith pegou um mixer enferrujado em cima de uma pilha de revistas *Life*. — Às vezes os velhos começam a colecionar coisas e não conseguem parar.

— Isso é muito doido — disse Will, passando a mão por uma pilha de discos de quarenta e cinco rotações e levantando poeira no ar azedo.

— A casa da minha avó estava pior que isso — comentou Faith. — Levamos uma semana para chegar à cozinha.

— O que leva uma pessoa a fazer isso?

— Não sei — admitiu Faith. O avô morreu quando ela era criança, e vovó Mitchell viveu sozinha quase até o fim da vida. Ela passou a colecionar coisas aos cinquenta e tantos anos, e quando foi para a casa de repouso, sua casa estava tomada por coisas inúteis até o teto. O fato de entrar na casa de outra velhinha solitária e ver um acúmulo semelhante levou Faith a pensar se um dia Jeremy diria a mesma coisa a seu respeito.

Ao menos ele teria um irmão ou irmã para ajudá-lo. Faith levou a mão à barriga, pensando pela primeira vez na criança que crescia dentro dela. Seria menino ou menina? Teria seus cabelos loiros ou as feições latinas do pai? Jeremy não parecia nada com o pai dele, graças a Deus. O primeiro amor de Faith foi um caipira desengonçado com a compleição do Spike, das tirinhas do *Peanuts*. Quando bebê, Jeremy era quase delicado, como uma peça de porcelana. Tinha os pezinhos mais fofos do mundo. Naqueles primeiros dias, Faith passava horas olhando para seus dedinhos, beijando as solas dos seus pés. Achava que ele era a coisa mais incrível na face da terra. Foi seu bonequinho.

— Faith?

Ela largou o mixer, perguntando-se o que estava acontecendo com ela. Tomara insulina suficiente naquela manhã. Talvez sentisse apenas as variações hormonais típicas da gravidez, que fizeram dos seus quatorze anos um prazer tão grande para ela e todos à sua volta. Como diabos iria passar por tudo aquilo de novo? E como ia fazer isso sozinha?

— Faith?

— Não precisa ficar repetindo o meu nome, Will. — Ela indicou os fundos da casa. — Vá conferir a cozinha. Eu fico com os quartos.

Will dirigiu a ela um olhar cauteloso antes de ir para a cozinha.

Faith seguiu pelo corredor até os quartos, desviando de liquidificadores, torradeiras e telefones quebrados. Ela se perguntava se a velha havia garimpado aquelas coisas ou se as acumulara ao longo da vida. As fotografias emolduradas nas paredes pareciam antigas, algumas em sépia e em preto e branco. Faith olhou para elas, perguntando-se quando as pessoas passaram a sorrir nas fotografias, e por quê.

Ela guardava algumas fotos dos avós de sua mãe, pelas quais nutria apreço especial. Eles moravam numa fazenda nos tempos da Grande Depressão, e um fotógrafo itinerante havia tirado uma foto de sua pequena família e uma mula, que se chamava Big Pete. Apenas a mula estava sorrindo.

Não havia nenhum Big Pete na parede de Gwendolyn Zabel, mas em algumas das fotografias coloridas havia não uma, mas duas garotas, ambas com cabelos castanho-escuros que escorriam até suas cinturas finas. Tinham poucos anos de diferença, mas sem dúvida eram irmãs. Não posavam juntas em nenhuma das fotografias mais recentes. A irmã de Jacquelyn parecia preferir cenários desertos nas fotos que mandava para a mãe, enquanto as fotos de Jacquelyn tendiam a mostrá-la na praia, com um biquíni baixo, na altura de seu quadril estreito de menino. Faith não conseguiu deixar de pensar que, se estivesse tão bem aos trinta e oito anos, também tiraria fotos de biquíni. Havia muito poucas fotos recentes da irmã, que parecia ter ganhado peso com a idade. Faith esperava que ainda mantivesse contato com a mãe. Fariam uma busca nos registros telefônicos para tentar encontrá-la.

O primeiro quarto não tinha porta. Pilhas de coisas preenchiam o ambiente: mais jornais e revistas. Havia algumas caixas, mas, no geral, o pequeno quarto estava tão atulhado de lixo que era impossível dar mais do que alguns poucos passos nele. Um cheiro bolorento tomava conta de tudo, e Faith se lembrou de uma reportagem que vira na TV muitos anos antes, sobre uma mulher que cortou o dedo na página de uma revista velha e acabou morrendo de uma doença rara. Ela voltou ao corredor e olhou para o banheiro. Mais entulho, porém alguém havia limpado o caminho até o vaso e esfregado o chão. Uma escova de dentes e alguns produtos de higiene estavam arrumados sobre a pia. Havia pilhas de sacos de lixo na banheira. A cortina do chuveiro estava quase preta de mofo.

Faith precisou virar de lado para passar pela porta do quarto de casal. Ela viu o porquê quando entrou. Havia uma cadeira de balanço velha ali, tão cheia de roupas que teria virado se não estivesse apoiada na porta. Mais roupas estavam espalhadas pelo quarto, o tipo de coisa que seria chamada de vintage e vendida por centenas de dólares nas butiques descoladas de Little Five Points.

A casa estava quente, e foi difícil calçar as luvas de borracha nas mãos suadas. Faith ignorou o pontinho de sangue seco na ponta do dedo, sem querer pensar em nada mais que a deixasse ridícula e melosa.

Ela começou pela cômoda. Todas as gavetas estavam abertas, de modo que foi preciso apenas afastar as roupas e procurar por cartas ou uma agenda de endereços que pudessem dar informações sobre parentes. A cama estava arrumada, sem uma ruga sequer na colcha, a única coisa na casa que podia ser descrita como "limpa". Não havia como dizer se Jacquelyn Zabel havia dormido na cama da mãe ou se ficara em um hotel no centro.

Talvez estivesse errada. Faith viu uma sacola de viagem aberta ao lado de uma capa de laptop no chão. Devia ter notado aquilo de imediato, já que obviamente os objetos estavam fora de contexto, com seus logos de grife e couro refinado. Faith abriu a capa do laptop e encontrou um MacBook Air, do tipo que seu filho mataria para ter. Ela o ligou, mas a tela inicial pedia um usuário e senha. Charlie precisaria mandar o computador para o laboratório, mas Faith sabia que era impossível decodificar Macs protegidos por senha, mesmo pelo fabricante.

Em seguida, Faith abriu a sacola de viagem. As roupas eram todas de grife: Donna Karan, Jones New York. Os Jimmy Choos eram incríveis, especialmente para Faith, que usava uma saia que mais parecia uma barraca de camping, já que não conseguia mais encontrar em seu guarda-roupa nenhuma calça que fechasse. Ao que parecia, Jacquelyn Zabel não enfrentava esse tipo de problema, e Faith se perguntou por que alguém que, sem dúvida, podia bancar coisa melhor ficaria naquela casa asquerosa.

Então, tudo indicava que Jacquelyn tinha dormido no quarto. A cama arrumada, o copo com água e os óculos de leitura no criado--mudo indicavam um habitante recente. Também havia um frasco gigantesco de aspirina. Faith abriu a tampa e viu que estava pela metade. Provavelmente ela também precisaria de aspirina se fosse arrumar a casa da mãe. Faith presenciara o sofrimento do pai quando ele precisou colocar a mãe numa casa de repouso. Ele tinha morrido havia anos, mas Faith sabia que nunca superara o trauma de ter colocado a mãe num asilo.

De repente, Faith sentiu os olhos marejarem. Ela soltou um gemido, enxugou os olhos com as costas da mão. Desde o resultado positivo do teste de gravidez, não se passara um só dia sem que seu cérebro evocasse alguma história que a levasse às lágrimas.

Ela voltou à bolsa. Tateava o interior em busca de pedaços de papel — um caderno, uma agenda, uma passagem aérea —, quando ouviu gritos vindos do outro lado da casa. Faith encontrou Will na cozinha. Uma mulher muito grande e muito nervosa gritava com ele.

— Seus porcos, vocês não têm o direito de entrar aqui!

Faith pensou que a mulher parecia exatamente o tipo de hippie de meia-idade que usaria a palavra "porcos". Ela usava uma trança que descia pelas costas e uma manta como blusa. Faith supunha que a mulher agora era oficialmente a única remanescente do antigo bairro, e sua casa logo seria a mais acabada da rua. Não parecia ser uma das mães praticantes de ioga que provavelmente moravam nas mansões reformadas.

Will estava surpreendentemente calmo, encostado na geladeira com uma mão no bolso.

— Senhora, preciso que se acalme.

— Vá se foder — disparou ela. — Vá se foder você também — acrescentou ao ver Faith entrar na cozinha. De perto, Faith estimou que a mulher estivesse se aproximando dos cinquenta. Era difícil dizer, no entanto, já que seu rosto estava contorcido numa máscara verme-lha e irritada. Ela parecia ter o tipo de feição que favorece a fúria.

— A senhora conhecia Gwendolyn Zabel? — perguntou Will.

— Você não tem o direito de me interrogar sem um advogado.

Faith revirou os olhos, desfrutando do simples prazer infantil do gesto. Will foi mais maduro em sua abordagem.

— A senhora pode me dizer o seu nome?

— Por quê? — A mulher ficou reticente de imediato.

— Eu gostaria de saber como chamá-la.

Ela pareceu avaliar suas opções.

— Candy.

— Está bem, Candy. Eu sou o agente especial Trent, do Georgia Bureau of Investigation. Essa é a agente especial Mitchell. Sinto dizer que a filha da senhora Zabel se envolveu num acidente.

Candy apertou mais a manta contra o corpo.

— Ela tinha bebido?

— Você conhecia Jacquelyn?

— Jackie. — Candy deu de ombros. — Ela passou algumas semanas por aqui para vender a casa da mãe. Nós conversamos.

— Ela contratou algum corretor ou ela mesma vendeu a casa?

— Contratou um corretor daqui. — A mulher se mexeu, tirando Faith do seu campo de visão. — Jackie está bem?

— Infelizmente, não. Ela morreu no acidente.

Candy levou a mão à boca.

— Você viu mais alguém nessa casa? Alguém suspeito?

— É claro que não. Eu teria ligado para a polícia.

Faith conteve um riso debochado. Aqueles que gritavam "porcos" eram os primeiros a ligar para a polícia pedindo ajuda ao menor sinal de perigo.

— Jackie tem algum parente que possamos contatar? — perguntou Will.

— Porra, você é cego? — retrucou Candy. Ela fez um gesto de cabeça para a geladeira. Faith viu uma lista de nomes e telefones colada na porta em que Will estava encostado. As palavras "NÚMEROS DE EMERGÊNCIA" estavam escritas em negrito acima, a menos de quinze centímetros do seu rosto. — Cristo, eles não ensinam vocês a *ler*?

Will ficou completamente mortificado, e Faith teria esbofeteado a mulher se estivesse perto o bastante dela. Em vez disso, falou:

— Senhora, precisarei que vá até o centro da cidade dar um depoimento.

Os olhares dos dois se cruzaram, e Will fez que não. Faith estava tão furiosa que lutou para não ser traída pelo tremor na voz.

— Uma viatura a levará ao City Hall East. Vai levar apenas algumas horas.

— Por quê? — perguntou a mulher. — Por que eu preciso...

Faith pegou o celular e discou o número do antigo parceiro na polícia de Atlanta. Leo Donnelly lhe devia um favor, muitos, na verdade, e ela pretendia usá-los para dificultar ao máximo a vida daquela mulher.

— Eu falo com vocês aqui — disse Candy. — Não precisa me mandar para o centro.

— A sua amiga Jackie está morta — disse Faith, num tom cortante, tamanha era a sua raiva. — Ou você ajuda a investigação ou a obstrui.

— Certo, certo — disse a mulher, erguendo as mãos num gesto de rendição. — O que vocês querem saber?

Faith olhou para Will, que tinha os olhos fixos nos sapatos. Ela apertou o botão de desligar, encerrando a ligação para Leo.

— Quando foi a última vez que a senhora viu Jackie?

— Na semana passada. Ela foi lá em casa em busca de companhia.

— Que tipo de companhia?

Candy hesitou, e Faith voltou a discar o número de Leo.

— Está bem — resmungou a mulher. — Jesus. A gente fumou um baseado. Ela estava surtada com essa merda toda. Não visitava a mãe havia um tempão. Nenhum de nós sabia que a coisa ia tão mal.

— *Nenhum de nós* significa quem?

— Eu e alguns outros vizinhos. Ficávamos de olho em Gwen. Ela é idosa. As filhas moram em outro estado.

Eles não deviam ficar tão de olho assim, já que não haviam percebido que a mulher morava em uma casa praticamente inflamável.

— Você conhece a outra filha?

— Joelyn — respondeu Candy, indicando com o queixo a lista na geladeira. — Ela não visitava a mãe. Ao menos não visitou nos dez anos em que moro aqui.

Faith lançou outro olhar para Will, que fitava algum ponto acima do ombro de Candy. Ela voltou às perguntas.

— A última vez que você viu Jackie foi há uma semana?

— Isso mesmo.

— E quanto ao carro?

— Estava estacionado aqui em frente até alguns dias atrás.

— Alguns, quanto?

— Acho que talvez uns quatro ou cinco. Tenho mais o que fazer. Não fico bisbilhotando a vida dos vizinhos.

Faith ignorou o sarcasmo.

— Você viu alguém suspeito pela vizinhança?

— Já disse que não.

— Quem era o corretor?

Candy deu o nome de um dos principais corretores de Atlanta, um sujeito que colocava seus anúncios em quase todos os pontos de ônibus da cidade.

— Jackie nem se encontrou com ele. Acertaram tudo por telefone. A casa foi vendida antes de colocarem a placa aí na frente. Uma construtora está fazendo ofertas por todos os terrenos, e eles pagam tudo em menos de dez dias, em dinheiro.

Faith sabia que aquilo não era incomum. Até sua pobre casa já fora alvo de muitas ofertas — nenhuma delas valia a pena, já que não teria dinheiro para comprar outra casa no mesmo bairro.

— E alguma empresa de mudança foi contratada?

— Olhe isso aqui. — Candy bateu em uma pilha instável de papéis. — A última coisa que Jackie me disse foi que ia alugar uma daquelas caçambas de entulho.

Will pigarreou. Ele não fitava mais a parede, mas também não olhava diretamente para a testemunha.

— Por que não deixar tudo aqui mesmo? — perguntou. — É basicamente lixo. A construtora vai derrubar a casa, de qualquer forma.

Candy pareceu chocada com a ideia.

— Essa era a casa da mãe dela. Jackie cresceu aqui. A infância dela está soterrada nisso tudo. Você não pode simplesmente jogar tudo fora.

Will pegou o celular, como se o aparelho tivesse tocado. Faith sabia que o modo de vibração não funcionava mais. Amanda quase o esfolou vivo na semana passada, quando o telefone começou a tocar numa reunião. Ainda assim, ele olhou para a tela e pediu licença antes de sair pela porta dos fundos, tirando uma pilha de revistas do caminho com o pé.

— Qual é o problema dele? — perguntou Candy.

— Ele é alérgico a vacas — retorquiu Faith, mas, se fosse verdade, Will estaria se coçando dos pés à cabeça. — Com que frequência Jackie visitava a mãe?

— Não sou secretária dela.

— Talvez se eu a levar para o centro, isso refresque sua memória.

— Meu Deus — murmurou a mulher. — Tá bom. Talvez umas duas vezes por ano, se muito.

— E você nunca viu Joelyn, a irmã, visitar a mãe?

— Não.

— Você passava muito tempo com Jackie?

— Não muito. Eu não diria que éramos amigas.

— E, quando vocês fumaram juntas na semana passada, Jackie disse qualquer coisa sobre a vida dela?

— Ela disse que a casa de repouso para onde mandou a mãe custava cinquenta mil por ano.

Faith conteve o impulso de assobiar.

— Lá se vai qualquer lucro com a venda da casa.

Candy não parecia concordar.

— Gwen não está bem há um bom tempo. Ela não vai durar até o fim do ano. Jackie disse que podia bancar algo bacana para a mãe no fim da vida.

— Onde fica a casa de repouso?

— Sarasota.

Jackie Zabel vivia na região de Panhandle, na Flórida, a cerca de cinco horas de carro de Sarasota. Nem muito perto, nem muito longe.

— As portas não estavam trancadas quando chegamos aqui — disse Faith.

Candy fez que não.

— Jackie morava num condomínio fechado. Ela nunca trancava as portas. Uma noite, deixou as chaves no carro. Eu não acreditei quando vi que estavam na ignição. Foi pura sorte não ter sido roubado — disse a mulher. — Mas Jackie sempre teve sorte — acrescentou, abatida.

— Ela estava saindo com alguém?

Candy voltou a ficar reticente, e Faith esperou.

— Jackie não era exatamente simpática, tá? Quer dizer, era até legal para fumar um baseado, mas ela era uma vaca o restante do tempo. Os homens queriam trepar com ela, mas não queriam papo depois. Entende o que eu quero dizer?

Faith não estava em posição de julgar.

— Por que você diz que ela era uma vaca?

— O melhor caminho para vir de carro da Flórida. O tipo certo de gasolina. O jeito certo de botar a porra do lixo para fora. — Candy gesticulou para a cozinha atulhada. — Por isso estava fazendo tudo sozinha. Jackie tem a maior grana. Ela podia pagar uma empresa para limpar essa casa em dois dias. Mas não confiava em ninguém além dela mesma para fazer isso do jeito certo. Esse era o único motivo para ela estar aqui. Ela era muito controladora.

Faith pensou nos sacos de lixo impecavelmente alinhados do lado de fora.

— Você disse que ela não estava saindo com ninguém. Havia homens na vida dela... Ex-maridos? Ex-namorados?

— Quem sabe? Ela não confiava muito em mim e já faz uns dez anos que Gwen não sabe nem qual é o dia da semana. Sinceramente, acho que Jackie só precisava dar uns dois ou três tapinhas para relaxar, e ela sabia que eu tinha o que ela precisava.

— E por que você deu isso a ela?

— Ela era legal quando baixava a guarda.

— Você perguntou se ela havia bebido quando falei do acidente.

— Eu sei que Jackie foi parada na Flórida. Ela ficou puta. Essas blitzes são uma palhaçada. — Candy fez questão de acrescentar. —

Uma tacinha de vinho e você é algemada como se fosse uma criminosa. Eles só querem cumprir a meta.

Faith já trabalhara em muitas blitzes do tipo. Sabia que tinha salvado muitas vidas com isso, da mesma forma que sabia que Candy provavelmente também tivera sua cota de problemas com a polícia.

— Então, você não gostava de Jackie, mas passava algum tempo com ela. Não a conhecia muito bem, mas sabia que ela respondia a um processo por dirigir embriagada. Que história é essa, afinal?

— É mais fácil seguir a maré, sacou? Não gosto de arrumar confusão.

Ela certamente parecia à vontade para arrumar confusão com outras pessoas. Faith pegou a caderneta.

— Qual é o seu sobrenome?

— Smith.

Faith a encarou com severidade.

— É sério. Meu nome é Candance Courtney Smith. Moro na única outra casinha de merda da rua. — Candy olhou pela janela para Will. Faith viu que o parceiro conversava com um policial. Pela forma como o homem balançava a cabeça, soube que não haviam descoberto nada de útil.

— Sinto muito por ter surtado. É que eu não gosto da polícia por aqui.

— Por quê?

Candy deu de ombros.

— Eu tive alguns problemas um tempo atrás.

Faith já suspeitava daquilo. Candy sem dúvida tinha o temperamento de uma pessoa que já passeou no banco de trás de uma viatura em mais de uma ocasião.

— Que tipo de problema?

Ela deu de ombros outra vez.

— Só estou dizendo isso porque você vai acabar descobrindo e voltar correndo como se eu fosse uma assassina com um machado.

— Continue.

— Fui presa por prostituição quando tinha vinte e poucos anos.

Faith não ficou surpresa.

— Você conheceu algum cara que a viciou em drogas? — especulou.

132

— Romeu e Julieta — confirmou Candy. — O filho da puta deixava a parada dele comigo. Disse que eu não ia rodar por aquilo.

Devia haver alguma fórmula matemática que calculasse com precisão de segundos quanto tempo levava até que uma mulher que havia entrado nas drogas por causa do namorado acabasse indo para a rua para sustentar o vício dos dois. Faith imaginava que a equação envolvia um número decimal com muitos zeros depois da vírgula.

— Quanto tempo você pegou?

— Porra. — Candy riu. — Dedurei o filho da puta *e* o traficante dele. Não passei um dia na prisão.

Ainda não estava surpresa.

— Parei com o bagulho pesado há muito tempo. A maconha me deixa tranquila — comentou Candy, que voltou a olhar para Will. Obviamente, algo nele a deixava nervosa. Faith chamou a atenção dela para isso.

— Com que você está tão preocupada?

— Ele não parece um policial.

— E ele parece o quê?

A mulher fez que não.

— Ele lembra o meu primeiro namorado, todo caladão e educado, mas que temperamento... — Candy deu um soco na mão espalmada. — Me batia com vontade. Quebrou meu nariz. Quebrou minha perna uma vez, quando não voltei com dinheiro. — Ela esfregou o joelho. — Ainda dói quando faz frio.

Faith percebeu o rumo que a conversa estava tomando. Não era culpa de Candy que ela tivesse se prostituído para ficar chapada ou sido pega em mais de um teste do bafômetro. A culpa era do maldito namorado, ou do idiota do policial que cumpria sua meta, e agora Will assumia o papel de vilão.

Candy era uma manipuladora hábil o bastante para saber quando perdia a atenção da plateia.

— Eu não estou mentindo.

— Não dou a mínima para os detalhes sórdidos do seu passado trágico — disse Faith. — Diga com que você está realmente preocupada.

A mulher refletiu por alguns segundos.

— Eu cuido da minha filha agora. Estou sóbria.

— Ah... — disse Faith. Ela temia que lhe tirassem a filha.

Candy fez um gesto de cabeça na direção de Will.

— Ele me lembra um daqueles canalhas do estado.

Will certamente combinava mais com um assistente social do que com um namorado abusivo.

— Quantos anos tem a sua filha?

— Quase quatro. Não achei que fosse capaz de... depois de tudo o que passei... — Candy sorriu, seu rosto mudando de um punho raivoso para algo que poderia ser descrito como uma bela ameixa. — Hannah é um amorzinho. Ela adorava Jackie, queria ser como ela, com o carrão e as roupas caras.

Faith não achava que Jackie fosse o tipo de mulher que quisesse as mãos de uma criança de três anos nos seus Jimmy Choos, especialmente porque as crianças tendem a ser pegajosas nessa idade.

— Jackie gostava dela?

Candy deu de ombros.

— Quem não gosta de crianças? — disse ela, e por fim fez a pergunta que uma pessoa menos egocêntrica teria feito dez minutos antes. — Afinal, o que aconteceu? Ela estava bêbada?

— Ela foi assassinada.

Candy abriu a boca, então a fechou.

— Assassinada?

Faith assentiu.

— Quem faria isso? Quem iria querer machucá-la?

Faith já vira o bastante daquilo para saber aonde ia chegar. Por isso não havia mencionado a verdadeira causa da morte de Jacquelyn Zabel. Ninguém gosta de falar mal dos mortos. Nem mesmo uma pseudo-hippie sequelada com problemas para controlar a raiva.

— Ela não era má pessoa — insistiu Candy. — Quer dizer, no fundo, era boa.

— Tenho certeza que sim — concordou Faith, apesar de ser mais provável que o contrário fosse verdade.

O lábio de Candy tremeu.

— Como vou contar a Hannah que ela morreu?

O telefone de Faith tocou, o que foi ótimo, porque ela não sabia como responder aquela pergunta. Pior, parte dela não se importava, agora que tinha a informação de que precisava. Candy Smith dificilmente era a número um na lista de péssimos pais, mas também não era um ser humano exemplar, e uma criança de três anos provavelmente estava pagando por isso.

— Mitchell.

— Você acabou de me ligar? — perguntou o detetive Leo Donnelly.

— Apertei o botão errado — mentiu Faith.

— Eu já ia ligar para você de qualquer forma. Foi você que emitiu aquele alerta, certo? — Donnelly falava do alerta que Faith emitira para todo o estado naquela manhã.

Faith olhou para Candy e levantou um dedo, pedindo um minuto, então foi ao quarto de casal.

— O que você tem?

— Não exatamente uma pessoa desaparecida. Um policial achou um menino num SUV hoje de manhã, a mãe não foi encontrada.

— E? — perguntou Faith, sabendo que tinha de haver mais. Leo era detetive de homicídios. Ele não foi chamado para auxiliar o Conselho Tutelar.

— O seu alerta. A mãe meio que se encaixa na descrição. Cabelos castanhos, olhos castanhos.

— O que o menino falou?

— Porra nenhuma — admitiu Leo. — Estou no hospital com ele agora. Você tem um filho. Quer ver se consegue arrancar alguma coisa dele?

8

Jornalistas se concentravam em frente à entrada do Hospital Grady, deslocando momentaneamente os pombos, mas não os sem-teto, que pareciam determinados a aparecer em todas as filmagens. Will estacionou em uma das vagas reservadas na frente do edifício, esperando que conseguissem entrar despercebidos. As chances pareciam remotas. As antenas parabólicas dos furgões dos canais de TV estavam apontadas para o céu, e jornalistas com roupas perfeitamente passadas falavam ofegantes em seus microfones, relatando a trágica história do menino que fora abandonado no City Foods naquela manhã.

Will desceu do carro e se voltou para Faith.

— Amanda achou que o menino tiraria as atenções da gente por um tempo. Ela vai ficar furiosa quando descobrir que pode haver alguma ligação com o nosso caso.

— Posso contar a ela se você quiser — ofereceu Faith.

Will enfiou as mãos nos bolsos enquanto caminhavam lado a lado.

— Se eu tiver direito a voto, prefiro que você seja grosseira comigo a sentir pena de mim.

— Eu posso fazer as duas coisas.

Ele riu, embora o fato de ter deixado passar despercebidos os telefones na geladeira fosse tão engraçado quanto sua incapacidade de ler o nome de Jacquelyn Zabel na habilitação enquanto a mulher pendia morta acima de sua cabeça.

— Candy está certa, Faith. Ela percebeu tudo de imediato.

— Você teria me mostrado a lista — defendeu Faith. — A irmã de Jackie Zabel nem estava em casa. Duvido que uma demora de cinco minutos para deixar uma mensagem na secretária eletrônica fizesse grande diferença.

Will ficou quieto. Os dois sabiam que ela estava distorcendo as coisas. Em alguns casos, cinco minutos fazem toda a diferença do mundo.

— E se você não tivesse ficado debaixo da árvore com a habilitação ontem à noite, o corpo talvez não tivesse sido encontrado até o amanhecer — prosseguiu Faith. — Isso se fosse encontrado.

Will viu que os repórteres estudavam cada pessoa que caminhava para a entrada principal do hospital, tentando determinar se eram ou não importantes para suas matérias.

— Um dia você vai ter que deixar de inventar desculpas para mim — disse ele a Faith.

— Um dia você vai ter que encarar os fatos.

Will continuou andando. Faith tinha razão sobre uma coisa: era capaz de ser grosseira e sentir pena dele ao mesmo tempo. A revelação não lhe trouxe qualquer conforto. Faith tinha o sangue azul da polícia, não o da nobreza, e ela apresentava as mesmas reações automáticas que foram entranhadas em Angie a cada dia na academia de polícia, a cada segundo nas ruas. Quando seu parceiro ou sua divisão são atacados, você os defende acima de qualquer coisa. Nós contra eles, e foda-se a verdade, foda-se o que é certo.

— Will... — Faith ficou para trás quando os jornalistas a rodearam. Viram que Faith era policial, enquanto Will, como de costume, recebeu um salvo-conduto.

Ele estendeu a mão e bloqueou uma câmera e usou o cotovelo para afastar um fotógrafo com a logo do *Atlanta Journal* nas costas da jaqueta.

— Faith? Faith? — chamou um homem.

Ela se virou, viu um jornalista e fez que não ao se afastar.

— Qual é, gata! — disse o homem. Will pensou que, com a barba desgrenhada e as roupas amarfanhadas, ele parecia ser exatamente o tipo de cara que consegue escapar impune ao chamar uma mulher de "gata".

Faith deu as costas para o sujeito, mas continuou a fazer que não ao caminhar rumo à entrada.

Will esperou até entrarem no prédio e passarem pelos detectores de metal para perguntar:

— De onde você conhece aquele cara?

— Sam trabalha para o *Atlanta Beacon*. Ele fez uma reportagem comigo e com meu parceiro, acompanhou uma de nossas rondas.

Will raramente pensava na vida de Faith antes dele, no fato de ela ter usado farda e dirigido uma viatura antes de se tornar detetive.

Faith deu uma risada que Will não conseguiu decifrar.

— Vivemos entre tapas e beijos por alguns anos.

— O que aconteceu?

— Ele não gostava do fato de eu ter um filho. E eu não gostava que ele fosse alcoólatra.

— Bem... — Will pensava em algo para dizer. — Ele parece ser legal.

— É, de fato, parece — respondeu ela.

Will observou os fotógrafos pressionarem as câmeras contra o vidro, tentando desesperadamente conseguir uma foto. O Grady era um hospital público, mas a imprensa precisava de permissão para fazer imagens dentro do prédio e, mais cedo ou mais tarde, todos acabavam aprendendo que os guardas não tinham pudor em distribuir alguns safanões se importunassem os pacientes ou, pior, os funcionários.

— Will — disse Faith, e pelo tom ele soube que a parceira queria voltar a falar da lista na geladeira, da sua incapacidade de ler.

Ele disse algo que a desviasse do assunto.

— Por que a Dra. Linton disse tudo aquilo a você?

— Aquilo o quê?

— Sobre o marido e ser legista no sul.

— As pessoas me contam as coisas.

Era verdade. Faith tinha o dom de ficar quieta de modo que as pessoas falassem apenas para preencher o silêncio.

— O que mais ela disse?

Faith sorriu como um gato.

— Por quê? Quer que eu bote um bilhetinho no armário dela?

Will se sentiu um idiota novamente, mas dessa vez era bem pior.

— Como vai Angie? — perguntou Faith.

— Como vai Victor? — disparou ele de volta.

E eles ficaram calados enquanto percorriam o restante do saguão.

— Ei! Ei! — Leo estendeu os braços ao caminhar na direção de Faith.

— Olha só, a dama do GBI! — O detetive lhe deu um abraço apertado que ela, surpreendentemente, retribuiu. — Você está ótima, Faith. Ótima.

Ela o afastou com um riso cético que teria parecido de uma garotinha se Will não a conhecesse tão bem.

— Bom te ver, cara — bradou Leo, estendendo a mão.

Will tentou não torcer o nariz ao fedor de cigarro que o detetive emanava. Leo Donnelly tinha altura e compleição medianas, e, infelizmente, era um policial bem abaixo de mediano. Era bom em seguir ordens, mas pensar por conta própria era algo que o cara simplesmente não queria fazer. Isso não era de se surpreender num detetive de homicídios na ativa desde os anos 1980, e Leo representava exatamente o tipo de policial que Will odiava: desleixado, arrogante e disposto a usar a força se um suspeito precisasse de incentivo para falar.

Ele tentou manter o clima agradável e apertou a mão do sujeito.

— Como vão as coisas, Leo?

— Não posso me queixar — respondeu ele, e então começou a fazer exatamente isso enquanto caminhavam para a emergência.

— Faltam dois anos para minha aposentadoria integral e eles estão tentando me chutar para fora. Acho que é por causa da assistência médica; vocês se lembram do meu problema de próstata. — Nenhum dos dois respondeu, mas isso não deteve Leo. — A porra do plano da prefeitura está se recusando a pagar por alguns dos meus remédios. Vou contar uma coisa, não fiquem doentes, ou eles fodem com vocês.

— Que remédios? — perguntou Faith.

Will se perguntou por que ela encorajava Leo a falar.

— A porra do Viagra. Seis paus uma pílula. A primeira vez na vida que eu precisei pagar por sexo.

— Acho difícil acreditar nisso — observou Faith. — Fale sobre o menino. Alguma pista sobre a mãe?

— Não. O carro está em nome de Pauline McGhee. Encontramos sangue no local; não muito, mas uma quantidade razoável, sabe? Não foi um sangramento no nariz.

— Alguma coisa no carro?

— Só a bolsa dela, a carteira... A habilitação confirma que é de McGhee. A chave estava na ignição. O menino, Felix, estava dormindo no banco de trás.

— Quem o encontrou?

— Uma cliente. Ela viu o menino dormindo no carro e chamou o gerente.

— Provavelmente estava exausto de medo — murmurou Faith. — E quanto às câmeras de segurança?

— A única câmera funcionando do lado de fora cobre apenas a frente do estabelecimento.

— O que aconteceu com as outras câmeras?

— Ladrões atiraram nelas. — Leo deu de ombros, já que aquilo era de se esperar. — O SUV está fora do alcance, então não temos imagens do carro. Temos McGhee entrando com o filho, saindo sozinha, correndo de volta para o supermercado, correndo novamente para o carro. Acho que só percebeu que estava sem o menino quando chegou lá no carro. Talvez alguém do lado de fora tenha escondido o garoto, usando-o como isca para atraí-la.

— A câmera pegou mais alguém saindo do supermercado?

— Ela se move da esquerda para a direita. O menino estava no supermercado, com certeza. Acho que quem o pegou estava de olho na câmera. Saiu de fininho quando ela girou para o outro lado do estacionamento.

— Você sabe onde Felix estuda? — perguntou Faith.

— Numa escola particular cara em Decatur. Já liguei para lá. — Ele pegou a caderneta e a mostrou a Faith, para que ela anotasse as informações. — Disseram que a mãe não deu nenhum contato de emergência. O pai bateu punheta num copo; fim do envolvimento. Os avós nunca deram as caras. Só para vocês saberem, uma observação pessoal, a galera do trabalho não é muito fã dela. Tive a impressão de que achavam que ela era uma vaca. — Leo tirou uma folha de papel dobrada do bolso e a entregou para Faith. — Uma cópia da carteira de motorista dela. Que espetáculo!

Will olhou a foto por sobre o ombro de Faith. Era preto e branca, mas ele tinha um palpite.

— Cabelos castanhos. Olhos castanhos.

— Como as outras — confirmou Faith.

— Já temos gente na casa de McGhee — disse Leo. — Nenhum dos vizinhos parece saber quem ela é nem dá a mínima para o seu desaparecimento. Dizem que ficava na dela, nunca cumprimentava ninguém, nunca foi às festas da vizinhança nem nada disso. Vamos tentar o trabalho dela. É uma firma de design esnobe na Peachtree.

— Você já fez uma verificação de crédito?

— Montada na grana — respondeu Leo. — Hipoteca em dia. Carro quitado. Ela tem dinheiro no banco, ações e uma previdência privada. Obviamente não vive com um salário de policial.

— Alguma atividade recente nos cartões de crédito?

— Estava tudo ainda na bolsa: carteira, cartões, sessenta pratas. Ela usou o cartão de débito pela última vez no City Foods, hoje de manhã. Emitimos um alerta, para o caso de alguém ter anotado os números. Entro em contato se surgir alguma coisa. — Leo olhou em volta. Abaixou a voz. — Isso está relacionado ao seu Assassino do Rim?

— Assassino do Rim? — Will e Faith perguntaram em uníssono.

— Vocês são uns amores — disse Leo. — Iguaizinhos aos gêmeos Bobbsey.

— Do que você está falando? Assassino do Rim? — Faith parecia tão confusa quanto Will.

— O condado de Rockdale está vazando mais que a minha prósta-ta — confidenciou Leo, obviamente deliciado por espalhar a notícia. — Estão dizendo que a primeira vítima teve o rim removido. Acho que deve ser tipo tráfico de órgãos. Um culto, talvez? Ouvi dizer que dá pra faturar alto com um rim, uns cem mil.

— Meu Deus — disse Faith entre os dentes. — Essa é a coisa mais idiota que eu já ouvi.

— O rim não foi removido? — Leo parecia decepcionado.

Faith não respondeu, e Will não daria a Leo Donnelly qualquer informação que o detetive pudesse espalhar no distrito.

— Felix disse alguma coisa? — perguntou ele.

Leo fez que não, mostrando o distintivo para que abrissem a porta da emergência.

— O garoto se fechou. Liguei para o Conselho Tutelar, mas eles não conseguiram porra nenhuma. Vocês sabem como eles são nessa idade. O moleque deve ser retardado.

Faith se empertigou.

— Ele provavelmente está assustado porque a mãe foi raptada. O que você esperava?

— Quem vai saber? Você tem um filho. Achei que você se sairia melhor falando com ele.

— Você não tem filhos? — Will precisava perguntar aquilo a Leo.

O detetive deu de ombros.

— Você acha que eu pareço o tipo de cara que tem um bom relacionamento com os filhos?

Aquela pergunta dispensava resposta.

— Fizeram alguma coisa com o menino?

— A doutora disse que ele está bem. — Leo enterrou o cotovelo nas costelas de Will. — Por falar na doutora, cara, que maravilha! Espetáculo. Ruiva, pernas compridas.

Os lábios de Faith se curvaram num sorriso, e Will teria perguntado outra vez sobre Victor Martinez se Leo não estivesse ali, com o cotovelo em seu fígado.

Apitos altos vieram de um dos quartos, e enfermeiras e médicos passaram correndo, com carrinhos de emergência e estetoscópios. Will sentiu um aperto no estômago com as visões e os sons familiares. Sempre teve medo de médicos, principalmente os médicos do Grady, que atendiam as crianças do orfanato no qual Will passara a infância. Toda vez que saía de uma casa de adoção, os policiais o levavam para lá. Cada arranhão, cada queimadura, cada corte e hematoma precisavam ser fotografados, catalogados e detalhados. As enfermeiras faziam aquilo havia tempo suficiente para saber que era necessário manter certo distanciamento no trabalho. Os médicos não eram tão calejados. Gritavam e berravam com as assistentes sociais e faziam você acreditar que, uma vez na vida, algo iria mudar, mas você se via de volta ao hospital um ano depois, com um novo médico ralhando e gritando as mesmas coisas.

Agora que trabalhava na segurança pública, Will entendia que eles não tinham o que fazer, mas isso não mudava a forma como suas entranhas se retorciam sempre que entrava na emergência do Grady.

Como se percebesse a capacidade de piorar a situação, Leo deu um tapinha no braço de Will e disse:

— Sinto muito por Angie ter caído fora, cara. Talvez tenha sido melhor assim.

Faith ficou calada, mas Will tinha sorte por ela não ser capaz de disparar raios laser pelos olhos.

— Vou ver onde está a doutora — disse Leo. — Estavam na sala com o garoto, tentando acalmá-lo.

Ele saiu, e o silêncio de Faith ao encarar Will já dizia tudo. Ele enterrou as mãos nos bolsos e encostou na parede. A emergência não estava tão movimentada quanto na noite anterior, mas ainda havia gente andando de um lado para o outro, o que dificultava uma conversa em particular. Faith não pareceu se importar.

— Há quanto tempo Angie foi embora?

— Pouco menos de um ano.

Ela ficou aturdida.

— Vocês só estavam casados há nove meses.

— Bem... — Ele olhou em volta, sem vontade de ter aquela conversa ali, nem em lugar nenhum. — Angie só se casou comigo para provar que podia fazer isso. — Ele se permitiu um sorriso, apesar da situação. — Foi mais para mostrar que ela estava certa do que para se casar de fato.

143

Faith balançou a cabeça, como se não conseguisse compreender aquilo. Will não tinha certeza se poderia ajudá-la. Ele nunca entendeu seu relacionamento com Angie Polaski. Ele a conhecia desde que tinha oito anos e não descobriu muita coisa nos anos que se seguiram, exceto que ela sempre ia embora quando se sentia próxima a ele. O fato de ela sempre acabar voltando era um padrão que Will passou a apreciar pela sua simplicidade.

— Ela já me deixou muitas vezes, Faith. Não foi uma surpresa.

Ela ficou calada, e ele não sabia se a parceira estava furiosa ou apenas chocada demais para falar.

— Quero ver como Anna está, lá em cima, antes de irmos embora — disse ele.

Faith assentiu, e ele fez outra tentativa.

— Amanda me perguntou como você estava ontem à noite.

Ela subitamente voltou toda a sua atenção a Will.

— E o que você disse?

— Que você está bem.

— Bom, porque estou.

Will lançou um olhar que dizia o que pensava: ele não era o único a omitir informações.

— Eu *estou* bem — insistiu ela. — Pelo menos vou ficar bem, certo? Então não se preocupe comigo.

Will forçou os ombros contra a parede. Faith ficou em silêncio, e o burburinho da emergência era como estática em seus ouvidos. Em alguns minutos, ele se viu lutando contra o impulso de fechar os olhos. Will caíra na cama por volta das seis naquela manhã, pensando que conseguiria ao menos duas horas de sono antes de ir buscar Faith. À medida que as horas iam passando, ele reformulava as atividades da manhã, pensando primeiro que deixaria de levar a cadela para passear, então riscou o café da manhã da lista e, por fim, o café em si, que sempre tomava. Aquelas horas passaram com uma lentidão excruciante, o que ele confirmava ao abrir os olhos a cada vinte minutos, com o coração na garganta, ainda pensando que estava preso naquela caverna.

Will sentiu outra comichão no braço, mas não o coçou, temendo atrair a atenção de Faith com o gesto. Sempre que pensava na caverna, naqueles ratos usando a carne de seus braços como escada, sentia a pele se arrepiar. Considerando a quantidade de cicatrizes que tinha no corpo, era tolice ficar obcecado com alguns arranhões que acabariam sarando sem deixar marca, mas aquilo insistia em perturbar sua mente e, quanto mais a mente ficava perturbada, mais o braço coçava.

— Você acha que essa coisa de Assassino do Rim já foi parar nos jornais? — perguntou ele a Faith.

— Espero que sim. Assim, quando a história de verdade sair, todo mundo vai saber que aqueles idiotas do condado de Rockdale são mesmo uns imbecis ignorantes.

— Já contei para você o que Fierro disse a Amanda?

Ela fez que não, e Will falou da acusação inoportuna que Fierro havia feito, envolvendo o chefe de polícia de Rockdale. A reação de Faith veio na forma de um sussurro chocado.

— O que ela fez com o cara?

— Ele simplesmente desapareceu — disse Will, pegando o celular. — Não sei para onde ele foi, mas nunca mais o vi. — Ele conferiu as horas no celular. — A necropsia vai começar daqui a uma hora. Se essa história do menino não der em nada, vamos até o necrotério para ver se conseguimos que Pete comece mais cedo.

— Tínhamos combinado de encontrar os Coldfield às duas. Posso ligar e ver se conseguimos mudar para mais cedo, por volta do meio-dia.

Will sabia que Faith odiava participar de necropsia.

— Prefere que a gente se divida?

Ela obviamente não gostou dessa proposta.

— Vamos ver se eles podem fazer mais cedo. A nossa parte da necropsia deve ser bem rápida.

Will esperava que sim. Ele não gostava da ideia de se demorar nos detalhes mórbidos da tortura infligida a Jacquelyn Zabel antes que ela conseguisse escapar, apenas para cair e quebrar o pescoço enquanto esperava por ajuda.

— Talvez consigamos algo mais. Uma conexão.

— Você quer dizer além de as duas serem solteiras, atraentes, bem-sucedidas e basicamente odiadas por todos que tinham contato com elas?

— Muitas mulheres bem-sucedidas são odiadas — disse Will, percebendo que soava como um porco machista assim que as palavras saíram de sua boca. — Quer dizer, muitos homens se sentem ameaçados por...

— Já entendi, Will. As pessoas não gostam de mulheres bem-sucedidas. Às vezes outras mulheres são piores que os homens — acrescentou ela com certa amargura.

Ele sabia que a parceira provavelmente falava de Amanda.

— Talvez seja essa a motivação do nosso assassino. Ele tem raiva do fato de essas mulheres serem bem-sucedidas e de não precisarem de homens em suas vidas.

Faith cruzou os braços, obviamente considerando todos os aspectos.

— Tem um pequeno detalhe: ele raptou duas mulheres das quais ninguém sentiria falta, Anna e Jackie Zabel. Na verdade, três, se contarmos Pauline McGhee.

— Ela tem cabelos castanhos compridos e olhos castanhos como as duas outras vítimas. Geralmente, esses caras têm um padrão, um tipo.

— Jackie Zabel era bem-sucedida. Você disse que Anna parecia estar bem de vida. McGhee tem um Lexus e criava um filho sozinha, o que, eu digo por experiência própria, não é fácil. — Ela ficou em silêncio por um instante, e Will se perguntou se estaria pensando em Jeremy. Faith não lhe deu tempo para perguntar. — Matar prostitutas é uma coisa; o cara precisa chegar na quarta ou na quinta vítima antes que alguém perceba. Mas ele tem como alvo mulheres que exercem certo poder no mundo. Então, podemos concluir que ele as vinha observando.

Will não havia pensado naquilo, mas Faith provavelmente estava certa.

— Talvez ele veja isso como parte da caçada — prosseguiu Faith —, fazer o reconhecimento, descobrir detalhes da vida delas. Ele as observa, depois as sequestra.

— Então do que estamos falando? Um sujeito que trabalha para uma mulher de quem não gosta nem um pouco? Um homem solitário que se sente abandonado pela mãe? Um homem traído? — Will parou de tentar traçar o perfil do suspeito, pensando que as características estavam um pouco próximas demais dele.

— Pode ser qualquer um — disse Faith. — Esse é o problema, pode ser qualquer um.

Will sentia a frustração na voz da parceira. Os dois sabiam que o caso chegava a um ponto crítico. Raptos por estranhos eram os crimes mais difíceis de desvendar. As vítimas costumavam ser escolhidas ao acaso, e o sequestrador era um caçador experiente que sabia como cobrir seus rastros. Achar a caverna na noite anterior havia sido um golpe de pura sorte, mas Will precisava torcer para que o sequestrador estivesse ficando descuidado; duas de suas vítimas haviam escapado. O homem podia estar ficando desesperado, fora de sua zona de conforto. A sorte tinha de estar do lado deles, se fossem pegá-lo.

Will colocou o telefone de volta no bolso. Com menos de doze horas no caso, eles já estavam quase em um beco sem saída. A não ser que Anna acordasse, a não ser que Felix oferecesse uma pista sólida ou uma das cenas de crime revelasse algum indício que pudessem investigar, ainda estariam empacados na primeira casa do jogo de tabuleiro, sem poder fazer nada até que outro corpo aparecesse.

Faith obviamente pensava nos mesmos problemas.

— Ele vai precisar de outro lugar para prender uma nova vítima.

— Duvido que seja outra caverna — disse Will. — Daria bastante trabalho para escavar. No verão passado, quase me matei cavando o buraco para aquele lago que fiz no meu quintal.

— Você tem um lago no quintal?

— Carpas — explicou ele. — Perdi dois fins de semana inteiros cavando.

Ela ficou em silêncio por alguns instantes, como que imaginando o lago.

— Talvez o nosso suspeito tenha tido ajuda para escavar a caverna.

— Assassinos em série geralmente trabalham sozinhos.

— E quanto àqueles dois caras na Califórnia?

— Charles Ng e Leonard Lake. — Will conhecia o caso, basicamente porque foi um dos mais longos e mais dispendiosos da história da Califórnia. Lake e Ng construíram um bunker com blocos de concreto nas montanhas e encheram a câmara com instrumentos de tortura e outros equipamentos para dar vazão às suas fantasias doentias. Filmavam um ao outro se revezando com as vítimas: homens, mulheres e crianças, algumas das quais nunca foram identificadas.

— Os Estranguladores da Colina também trabalhavam juntos — acrescentou Faith.

Os dois primos caçavam mulheres à margem da sociedade, prostitutas e jovens que haviam fugido de casa.

— Eles tinham um distintivo policial falso — lembrou Will. — Era assim que ganhavam a confiança das mulheres.

— Nem quero pensar nessa possibilidade.

Will se sentia da mesma forma, mas era algo que devia ter em mente. A BMW de Jackie Zabel não foi encontrada. A mulher sequestrada no City Foods, naquela manhã, estava ao lado do carro quando foi levada. Alguém se fazendo passar por policial não teria dificuldade para se aproximar dos veículos.

— Charlie não encontrou evidências de dois criminosos na caverna — disse Will. — Por outro lado, não estava exatamente disposto a ficar lá embaixo por mais tempo do que o necessário.

— Qual foi a sua impressão quando estava lá embaixo?

— De que eu precisava sair de lá antes que tivesse um infarto — admitiu Will, sentindo coçar de novo os arranhões que os ratos haviam feito no seu braço. — Não é o tipo de lugar onde você quer passar um tempo.

— Vamos olhar as fotos. Talvez haja algo que você e Charlie não tenham visto no calor do momento.

Will sabia que aquela era uma clara possibilidade. As fotos da caverna já deveriam estar em sua mesa quando voltassem ao escritório. Poderiam examinar a cena com calma, uma vez que a claustrofobia do lugar estaria mantida a uma distância segura.

— Duas vítimas, Anna e Jackie. Talvez dois sequestradores? — Faith fez a próxima conexão. — Se esse for o padrão deles e Pauline McGhee for mais uma vítima, então eles vão precisar raptar a segunda mulher.

— Ei — disse Leo, chamando-os com um aceno. Ele estava diante de uma porta com uma placa grande.

— "Sala dos médicos" — leu Faith, um hábito que adquirira e que Will detestava e apreciava ao mesmo tempo.

— Boa sorte — disse Leo, dando um tapinha no ombro de Will.

— Você está indo embora? — perguntou Faith.

— A doutora meio que me deu um pé na bunda. — Leo não aparentava estar muito incomodado com esse fato. — Vocês podem falar com o garoto, mas, a não ser que ajude no caso, preciso que fiquem de fora.

Will estava um pouco surpreso. Leo sempre esteve mais que disposto a deixar que os outros fizessem o seu trabalho.

— Acreditem — disse o detetive —, eu adoraria entregar isso pra vocês, mas os meus chefes estão fungando no meu cangote. Estão procurando um pretexto pra me jogar na rua. Preciso de uma conexão sólida antes de mandar isso pros mandachuvas, aí vocês ficam com o caso, certo?

— Pode ficar tranquilo — prometeu Faith. — Você pode continuar de olho nos casos de pessoas desaparecidas pra gente? Mulheres brancas, trinta e poucos anos, cabelos castanho-escuros, bem-sucedidas, mas que não tenham muitos amigos para darem falta delas.

— Cabelo castanho e bem-sucedidas. — Ele piscou para ela. — O que mais eu tenho pra fazer além de investigar o caso de vocês? — Leo não parecia contrariado. — Estarei no City Foods se surgir alguma novidade. Vocês têm os meus números.

Will o observou ir embora antes de se voltar para Faith.

— Por que estão colocando Leo para fora? Quer dizer, além dos motivos óbvios.

Faith foi parceira de Leo por alguns anos, e Will via que ela lutava contra o desejo de defendê-lo.

— Ele está no topo da escala salarial — disse por fim. — Sai mais barato colocar um moleque recém-saído das rondas para fazer o trabalho dele pela metade do salário. Além do mais, se Leo se aposentasse mais cedo, ele perderia vinte por cento da pensão. Junte a isso a assistência médica e fica ainda mais caro deixá-lo na ativa. Os chefes estudam esse tipo de coisa quando fazem seus orçamentos.

Faith fez menção de abrir a porta, mas parou quando o celular tocou. Ela conferiu o número na tela e olhou para Will.

— É a irmã de Jackie — disse antes de atender, e fez um gesto para que Will fosse logo na frente.

A mão de Will suava quando a pressionou na porta de madeira. O coração fez uma coisa estranha, quase uma batida dupla, que ele atribuiu à falta de sono e ao chocolate quente demais daquela manhã. Então ele viu Sara Linton e lá veio outra batida dupla.

Ela estava sentada numa cadeira ao lado da janela, com Felix McGhee no colo. Ele era quase grande demais para estar acomodado daquele jeito, mas Sara parecia confortável. Envolvia a cintura do menino com um braço, e seus ombros com o outro. Passava a mão nos cabelos dele e sussurrava palavras de conforto em seu ouvido.

Sara levantou o rosto quando Will entrou, mas não deixou que sua presença perturbasse aquele momento. Felix tinha o olhar perdido para o lado de fora da janela, os lábios levemente entreabertos. Sara indicou com a cabeça a cadeira à sua frente e, por estar a menos de quinze centímetros do joelho dela, Will suspeitou de que Leo havia se sentado ali. Ele puxou a cadeira um pouco para trás e se sentou.

— Felix. — A voz de Sara estava calma e controlada, o mesmo tom que usou com Anna na noite anterior. — Esse é o agente Trent. Ele é policial e vai ajudar você.

Felix continuou a olhar pela janela. A sala estava fria, mas Will podia ver que os cabelos do menino estavam molhados de suor. Uma gota rolou pelo seu rosto, e Will tirou o lenço do bolso para enxugá-la. Quando voltou a olhar para Sara, a médica o encarava como se ele tivesse tirado um coelho do bolso.

— É um velho hábito — balbuciou Will, constrangido ao dobrar o tecido em dois. Com o passar dos anos, ficou bem claro para ele que os únicos homens que carregavam lenços eram velhos e dândis, mas todos os meninos do orfanato de Atlanta tinham de usar um, e Will se sentia despido sem o seu.

Sara balançou a cabeça, como se dissesse que não tinha importância. Ela levou os lábios à cabeça de Felix. O menino não se mexeu, mas Will viu seus olhos se moverem para o lado, estudando-o, tentando ver o que ele estava fazendo.

— O que é isso? — perguntou Will, percebendo uma mochila ao lado da cadeira de Sara. Pelos personagens de quadrinhos e as cores vibrantes, concluiu que a mochila pertencia ao menino. Will a puxou para si, abriu o zíper e passou a ver o que havia ali dentro, tirando alguns confetes coloridos da frente.

Leo já devia ter conferido a mochila, mas Will tirou cada item como se os examinasse atentamente em busca de pistas.

— Que lápis legais! — Ele pegou uma caixa de lápis de cor. A embalagem da caixa era preta, não era o tipo de coisa que se costuma ver com crianças. — Esses são de gente grande. Você deve ser um artista muito bom.

Will não esperava por uma resposta, e Felix não lhe deu uma, mas os olhos do menino o observavam atentamente agora, como se ele quisesse ter certeza de que Will não ficaria com nada da mochila.

Depois Will abriu uma pasta. Havia um brasão ornamentado na frente, provavelmente da escola particular do garoto. Havia comunicados numa das divisórias; na outra, o dever de casa. Will não conseguiu decifrar os comunicados, mas, pelas folhas de linha dupla das lições, concluiu que Felix estava aprendendo a escrever em linha reta. Ele as mostrou a Sara.

— A letra dele é muito bonita.

— É sim — concordou Sara. Ela observava Will tão atentamente quanto Felix, e Will precisou afastar isso da cabeça para manter o foco no trabalho. Aquela mulher era bonita demais, inteligente demais, era demais em tudo que Will não era.

Ele colocou a pasta de volta na mochila e tirou três livros finos. Mesmo Will conseguiu ler as três primeiras letras na capa do primeiro. Os outros dois eram um mistério, e ele os levantou, olhando para Felix.

— Esses livros são sobre o quê?

Felix não respondeu. Will voltou a olhar para os livros, estreitando os olhos ao interpretar as imagens.

— Acho que esse porco trabalha no restaurante, porque ele está servindo panquecas para as pessoas. — Will passou para o próximo livro. — E esse rato está sentado numa lancheira. Acho que alguém vai comer ele no almoço.

— Não. — Felix falou tão baixo que Will não teve certeza de que o menino houvesse falado qualquer coisa.

— Não? — perguntou Will, olhando para o rato. A melhor coisa de se estar com crianças era que você podia ser totalmente honesto e elas acreditavam que você estava apenas provocando-as. — Não sei ler direito. O que está escrito aqui?

Felix se mexeu, e Sara o ajudou a ficar de frente para Will. O menino estendeu a mão e pegou os livros. Em vez de responder, Felix os segurou contra o peito. Seus lábios começaram a tremer, e Will achava que sabia o porquê.

— Sua mãe lê para você, não é?

O menino assentiu, lágrimas enormes rolando pelo rosto.

Will se curvou, apoiou os cotovelos nos joelhos.

— Eu quero encontrar a sua mãe.

Felix engoliu em seco, como se tentasse sufocar a dor que sentia.

— O homem grande levou ela.

Will sabia que, para uma criança, todo adulto é grande. Ele se acomodou na cadeira.

— Grande igual a mim?

Felix o olhou de verdade pela primeira vez desde que entrou na sala. O menino pareceu refletir sobre a pergunta, então fez que não.

— E quanto ao outro detetive que estava aqui, aquele fedido? O homem era grande como ele?

Felix assentiu.

Will tentou manter o ritmo lento, casual, para que o menino continuasse a responder as perguntas sem achar que estava sendo interrogado.

— Ele tinha cabelo igual ao meu ou era mais escuro?

— Mais escuro.

Will assentiu e coçou o queixo, como se pensasse nas possibilidades. As crianças são testemunhas notoriamente pouco confiáveis. Ou querem agradar os adultos que fazem as perguntas ou são tão influenciáveis que é possível plantar praticamente qualquer ideia em suas cabeças e ouvi-las jurar que aconteceu de verdade.

— E o rosto dele? Ele tinha pelo no rosto? Ou era liso como o meu?

— Ele tinha um bigode.

— Ele falou com você?

— Disse que minha mamãe mandou eu ficar no carro.

Will avançou com cautela.

— Ele estava de uniforme, como um zelador, um bombeiro ou um policial?

Felix fez que não.

— Só roupa normal.

Will sentiu o rosto esquentar. Sabia que Sara o observava. Seu marido era policial. Ela não gostaria que um deles estivesse envolvido.

— Qual era a cor das roupas dele?

Felix deu de ombros, e Will se perguntou se ele tinha parado de responder as perguntas ou se não se lembrava. Felix mexeu no canto de um dos livros.

— Ele usava um terno, igual o Morgan.

— Morgan é amigo da sua mãe?

O menino assentiu.

— É do trabalho dela. Mas a mamãe está zangada com ele porque ele está mentindo e está tentando botar a culpa nela, mas ela não vai deixar ele se safar por causa do cofre.

Will se perguntou se Felix ouvira a mãe conversar ao telefone ou se Pauline McGhee era o tipo de mulher que desabafava com um menino de seis anos.

153

— Você se lembra de mais alguma coisa do homem que levou a sua mãe?

— Ele disse que ia me machucar se eu falasse dele com alguém.

Will manteve o semblante sereno, assim como Felix.

— Você não está com medo do homem — disse, não uma pergunta, mas uma afirmação.

— Minha mãe diz que nunca vai deixar ninguém me machucar.

O menino soava tão confiante que Will não conseguiu deixar de sentir respeito por Pauline McGhee como mãe. Já entrevistara muitas crianças e, apesar de a maioria amar os pais, poucas demonstravam aquele tipo de confiança cega.

— Ela está certa. Ninguém vai machucar você.

— Minha mãe vai me proteger — insistiu Felix, e Will passou a reavaliar aquela certeza. Geralmente não é preciso garantir coisas para uma criança, a não ser que haja um medo real.

— Sua mãe tem medo de alguém machucar você?

Felix voltou a mexer na capa do livro. Ele assentiu de forma quase imperceptível. Will esperou, tentando não apressar a próxima pergunta.

— De quem ela tem medo, Felix?

Ele respondeu em voz baixa, pouco mais que um sussurro.

— Do irmão dela.

Um irmão. No final das contas, aquilo podia ser um problema familiar.

— Ela falou o nome dele para você? — perguntou Will.

Ele fez que não.

— Eu nunca vi ele, mas ele é mau.

Will olhava para o menino, pensando em como formular a próxima pergunta.

— Mau como?

— Malvado. Mamãe disse que ele é malvado, e que vai me proteger dele porque ela me ama mais do que qualquer coisa no mundo. — Havia um caráter definitivo em seu tom, como se aquilo fosse tudo o que quisesse falar sobre o assunto. — Posso ir pra casa agora?

Will teria preferido uma facada no peito a responder aquela pergunta. Ele olhou para Sara em busca de ajuda, e ela assumiu o controle da situação.

— Lembra-se daquela moça que você conheceu mais cedo? Tia Nancy?

Felix assentiu.

— Ela vai encontrar alguém para tomar conta de você até a sua mãe vir te buscar.

Os olhos do menino se encheram de lágrimas. Will não o culpava. Tia Nancy provavelmente era do Conselho Tutelar. Ela seria bem diferente das mulheres da escola particular de Felix e das amigas endinheiradas da mãe.

— Mas eu quero ir para casa — disse ele.

— Eu sei, querido — disse Sara com doçura. — Mas, se você for para casa, vai ficar sozinho. Precisamos garantir que você fique bem até a sua mãe vir te pegar.

Ele não pareceu convencido.

Will se ajoelhou para ficar cara a cara com o menino. Segurou os ombros de Felix, acidentalmente roçando os dedos no braço de Sara. Will sentiu um nó na garganta, e precisou engolir em seco antes de falar.

— Olhe para mim, Felix. — Ele esperou que o menino olhasse. — Vou garantir que a sua mãe volte para você, mas preciso que você seja corajoso enquanto eu faço o meu trabalho.

O rosto de Felix estava tão aberto e confiante que era doloroso de olhar.

— Quanto tempo vai levar? — Houve um tremor na voz dele enquanto fazia a pergunta.

— Talvez uma semana, no máximo — disse Will, lutando contra o impulso de quebrar o contato visual. Se Pauline McGhee ficasse mais de uma semana desaparecida, ela estaria morta, e Felix seria órfão. — Você pode me dar uma semana?

O menino continuou a olhar para Will, como se julgando se ele estava ou não lhe dizendo a verdade. Por fim, assentiu.

— Está bem — disse Will, sentindo como se uma faca tivesse sido colocada no seu peito. Viu Faith sentada numa cadeira ao lado da porta e se perguntou há quanto tempo ela estaria na sala. Ela se levantou, fazendo um gesto de cabeça para que ele a acompanhasse até lá fora. Will deu um tapinha na perna de Felix antes de se juntar a Faith no corredor.

— Vou contar a Leo sobre o irmão — disse Faith. — Está parecendo uma briga familiar.

— Provavelmente. — Will olhou de relance para trás, para a porta fechada. Queria voltar, mas não por Felix. — O que a irmã de Jackie disse?

— Joelyn. Ela não está exatamente arrasada com a morte da irmã.

— Como assim?

— Parece que ser uma vaca é uma característica familiar.

Will sentiu as sobrancelhas arquearem.

— Só estou tendo um dia ruim — disse Faith, mas aquilo não era uma explicação. — Joelyn mora na Carolina do Norte. Ela disse que vai levar umas cinco horas para vir de carro. Ah — acrescentou, quase como se tivesse esquecido —, e vai processar a polícia e pedir a nossa demissão se não descobrirmos quem matou a irmã dela.

— Ela é dessas. — Will não sabia o que era pior: parentes que ficavam tão devastados pela dor que queriam arrancar seu coração ou parentes que ficavam tão perturbados queriam arrancar algo um pouco mais embaixo. — Talvez você deva fazer mais uma tentativa com Felix.

— Acho que ele já disse tudo que tinha a dizer. Eu provavelmente não teria conseguido mais que você.

— Talvez conversando com uma mulher...

— Você é bom com crianças — interrompeu Faith, com um toque de surpresa na voz. — Mais paciente que eu nesse momento, de qualquer forma.

Will deu de ombros. Ele ajudava algumas crianças mais novas no orfanato, principalmente as recém-chegadas, para evitar que chorassem a noite toda e acordassem todo mundo.

— Você pegou o número do telefone do trabalho de Pauline com Leo? — Faith fez que sim. — Precisamos ligar e ver se há um Morgan por lá. Felix disse que o sequestrador se vestia como ele; talvez haja um tipo de terno em especial que Morgan goste. E o nosso homem tem cerca de um metro e setenta, cabelos escuros e bigode.

— O bigode pode ser falso.

Will admitiu que sim.

— Felix é esperto para a idade, mas não acho que saiba diferenciar um bigode verdadeiro de um falso. Talvez Sara tenha conseguido algo com ele.

— Vamos dar a eles mais alguns minutos sozinhos — sugeriu Faith.

— Você parece achar que Pauline é uma das nossas vítimas.

— O que você acha?

— Eu perguntei primeiro.

Will suspirou.

— Minha intuição aponta nessa direção. Pauline tem dinheiro, um bom emprego. Cabelos castanhos, olhos castanhos. — Ele deu de ombros. — Não é muita coisa em que possamos nos basear.

— É mais do que tínhamos quando acordamos hoje — destacou Faith, mas ele não sabia se ela concordava com o seu instinto ou se ela se agarrava ao que tinha em mãos. — Vamos ser cautelosos com isso. Não quero criar problemas para Leo, bisbilhotando o caso dele e depois deixando-o de mãos abanando se não der em nada.

— Concordo.

— Vou ligar para o trabalho de Pauline McGhee e perguntar sobre os ternos de Morgan. Talvez eu consiga informações com eles sem prejudicar o Leo. — Faith pegou o celular e olhou para a tela. — A bateria descarregou.

— Aqui. — Will ofereceu o dele. Ela pegou o aparelho cuidadosamente com as duas mãos e digitou um número anotado na caderneta. Will se perguntou se ficava tão ridículo quanto Faith quando segurava os dois pedaços do telefone contra o rosto e concluiu que talvez ficasse ainda mais. Faith não era o seu tipo, mas era uma mulher atraente, e mulheres atraentes se safam de muita coisa. Sara Linton, por exemplo, provavelmente se safaria de um assassinato.

— Desculpe — disse Faith ao telefone, erguendo o tom de voz. — Não estou conseguindo ouvir bem. — Ela olhou para Will como se isso fosse culpa dele antes de andar pelo corredor em busca de um lugar onde o sinal fosse melhor.

Will se encostou no umbral da porta. Conseguir outro telefone representava um problema quase insuperável; o tipo de coisa que Angie costumava resolver para ele. Ele tentou substituir o aparelho ligando para a operadora, mas foi informado de que teria de ir a uma loja e preencher alguns documentos. Presumindo que milagres acontecessem, Will teria então de decifrar os novos recursos do aparelho: como escolher um toque que não fosse irritante, como programar os números que precisava para o trabalho. Poderia pedir a Faith, mas seu orgulho o impedia. Sabia que a parceira ficaria feliz em ajudar, mas ela também iria querer conversar a respeito.

Pela primeira vez em sua vida adulta, Will se pegou desejando que Angie voltasse.

Ele sentiu uma mão no seu braço, então ouviu um "com licença" enquanto uma morena magra abria a porta da sala dos médicos. Devia ser Tia Nancy, do Conselho Tutelar, vindo para pegar Felix. Ainda estava cedo, e o menino talvez não fosse levado para um abrigo. Talvez uma família adotiva pudesse cuidar dele por algum tempo. Esperava que Tia Nancy estivesse naquele trabalho há tempo suficiente para conhecer algumas boas famílias que lhe devessem favores. Era difícil conseguir um lugar para crianças no limbo. Will estivera no limbo tempo suficiente para chegar à idade em que a adoção é quase impossível.

Faith estava de volta. Ela fez uma careta reprovadora ao devolver o telefone.

— Você precisa trocar isso.

— Por quê? — perguntou Will, colocando o celular no bolso. — Está funcionando bem.

Ela ignorou a mentira evidente.

— Morgan só veste Armani, e ele parece convencido de que é o único homem em Atlanta com estilo para isso.

— Então estamos falando de ternos entre dois mil e quinhentos e cinco mil dólares.

— Aposto que são de cinco mil para cima, a julgar pelo tom esnobe. Ele também me contou que Pauline McGhee não tem contato com a família há pelo menos vinte anos. Disse que ela fugiu de casa aos dezessete e nunca mais voltou. Ele nunca tinha ouvido falar de um irmão.

— Quantos anos Pauline tem agora?

— Trinta e sete.

— Morgan sabe como entrar em contato com a família?

— Ele não sabe nem de que estado ela é. Ela não falava muito do seu passado. Deixei uma mensagem no celular de Leo. Aposto que ele consegue localizar o irmão até o fim do dia. Provavelmente já está verificando todas as digitais encontradas no carro.

— Talvez ela tenha assumido um novo nome. Não se foge de casa aos dezessete anos sem um motivo. Pauline está se virando bem financeiramente. Talvez tenha precisado mudar de nome para que isso acontecesse.

— Obviamente, Jackie mantinha contato com a família e não havia mudado de nome. A irmã também usa o Zabel. — Faith deu uma risada. — Todos os nomes delas rimam: Gwendolyn, Jacquelyn, Joelyn. É meio estranho, não acha?

Will deu de ombros. Nunca fora capaz de reconhecer palavras que rimassem, um problema que acreditava estar relacionado às dificuldades de leitura. Felizmente, não era o tipo de coisa que aparecia muito.

— Não sei por que — continuou Faith —, mas, quando uma mulher espera um bebê, ela acha que os nomes mais ridículos são bonitos. — Ela estava bem-humorada. — Quase chamei Jeremy de Fernando por causa de um dos caras do Menudo. Graças a Deus, minha mãe bateu o pé.

A porta se abriu. Sara Linton se juntou a eles no corredor e tinha exatamente o semblante que se espera de alguém que acredita ter abandonado uma criança nas mãos do Conselho Tutelar. Will não costumava reclamar do sistema, mas a verdade era que não importava o quão simpáticas fossem as assistentes sociais ou o quanto elas se esforçassem, elas não existiam em número suficiente e nem de longe recebiam o suporte de que precisavam. Acrescente a isso o fato de os pais adotivos serem ou o sal da terra ou sádicos gananciosos que odeiam crianças, e fica fácil entender como tudo isso poderia ser um veneno para a alma. Infelizmente, era a alma de Felix McGhee que pagaria caro.

— Você se saiu bem lá dentro — disse Sara a Will.

Ele sentiu o impulso de sorrir como uma criança que acaba de receber um afago na cabeça.

— Felix disse mais alguma coisa? — perguntou Faith.

Sara fez que não.

— Como você está se sentindo?

— Muito melhor — respondeu Faith, num tom defensivo.

— Ouvi falar da segunda vítima que vocês encontraram ontem à noite — disse Sara.

— Will a encontrou. — Faith fez uma pausa, como que esperando a informação assentar. — Isso não deve ser de conhecimento público, mas ela quebrou o pescoço ao cair de uma árvore.

Sara franziu a testa.

— O que ela estava fazendo numa árvore?

Will assumiu a narrativa.

— Ela estava esperando que a encontrássemos. Ao que parece, não chegamos a tempo.

— Você não tem como saber há quanto tempo ela estava na árvore — disse Sara. — A hora da morte não é uma ciência exata.

— O sangue dela estava morno — retorquiu ele, sentindo aquela mesma escuridão voltar ao pensar no líquido quente pingando no seu pescoço.

— O sangue podia estar morno por outros motivos. Se a mulher estava numa árvore, as folhas podem ter agido como isolantes contra o frio. Ela pode ter sido drogada pelo sequestrador. Diversos medicamentos podem elevar a temperatura corporal e mantê-la elevada mesmo após a morte.

— O sangue não teve tempo de coagular — respondeu Will.

— Algo tão simples quanto duas aspirinas poderia retardar a coagulação.

— Havia um frasco grande de aspirina ao lado da cama de Jackie — lembrou Faith. — Estava pela metade.

Will não estava convencido, mas Sara prosseguiu.

— Pete Hanson ainda é o legista dessa região? — perguntou ela a Faith.

— Você conhece Pete?

— Ele é um bom legista. Fiz alguns cursos com ele depois que fui eleita.

Will havia esquecido que, em cidades pequenas, o cargo de legista é eletivo. Não conseguia imaginar o rosto de Sara em placas espalhadas pela cidade.

— Estamos indo até lá agora, para a necropsia da segunda vítima.

Sara pareceu assumir um ar hesitante.

— Hoje é a minha folga.

— Bem — disse Faith, mais uma vez prolongando o momento. — Espero que aproveite o seu dia. — Disse aquilo como se encerrasse a conversa, mas não fez menção de partir.

Will notou que o corredor havia ficado quieto a ponto de ouvir o som de saltos às suas costas. Amanda Wagner vinha apressada na direção deles. Parecia descansada, apesar de ter ficado na floresta até tarde, tanto quanto Will. Seus cabelos estavam arrumados no capacete imóvel de sempre, e seu terninho era de um roxo-escuro discreto.

Como sempre, foi direto ao assunto.

— A digital ensanguentada na habilitação de Jacquelyn Zabel pertence à nossa primeira vítima. Ainda a chamam de Anna? — Ela não lhes deu tempo de responder. — Esse rapto no supermercado está relacionado ao nosso caso?

— Pode estar — respondeu Will. — A mãe foi raptada por volta das cinco e meia da manhã de hoje. O menino, Felix, foi encontrado dormindo no carro da mãe. Ele nos deu uma descrição superficial, mas tem apenas seis anos. A polícia de Atlanta está cooperando. Até o momento, ainda não pediram ajuda.

— Quem está à frente do caso?

— Leo Donnelly.

— Inútil — resmungou Amanda. — Vamos deixá-lo ficar com o caso por enquanto, mas eu quero a rédea bem curta. Deixem que a polícia de Atlanta faça o trabalho braçal e pague pela perícia, mas, se Donnelly começar a fazer besteira, adeus.

— Ele não vai gostar disso — disse Faith.

— Eu tenho cara de quem dá a mínima? — Amanda não esperou pela resposta. — Ao que parece, nossos amigos do condado de Rockdale estão arrependidos de terem nos passado o caso — informou. — Convoquei uma coletiva de imprensa aqui fora em cinco minutos e quero você e Faith ao meu lado, parecendo confiantes, enquanto explico à população que seus fígados estão a salvo de traficantes de órgãos malvados. — Ela estendeu a mão para Sara. — Dra. Linton, suponho que não seja exagero dizer que dessa vez nos encontramos em melhores circunstâncias.

Sara retribuiu o cumprimento.

— Para mim, pelo menos.

— Foi uma cerimônia tocante. Um tributo à altura de um grande policial.

— Ah... — Sara ficou sem palavras, confusa. Lágrimas marejaram seus olhos. — Não notei que a senhora estava... — Ela pigarreou e tentou se recompor. — Aquele dia ainda é um borrão para mim.

Amanda lhe dirigiu um olhar intenso, e seu tom parecia surpreendentemente brando quando voltou a falar.

— Quanto tempo faz?

— Três anos e meio.

— Fiquei sabendo do que aconteceu na Coastal. — Amanda ainda segurava a mão de Sara, e Will notou que a chefe lhe deu um aperto reconfortante. — Nós cuidamos dos nossos.

Sara enxugou os olhos e olhou de relance para Faith, como se estivesse se sentindo ridícula.

— Na verdade, estava prestes a oferecer meus serviços aos seus agentes.

Will viu a boca de Faith abrir e fechar em um movimento rápido.

— Continue — disse Amanda.

— Eu atendi a primeira vítima, Anna. Não tive a oportunidade de fazer um exame completo, mas passei algum tempo com ela. Pete Hanson é um dos melhores legistas que já conheci, mas, se a senhora permitir que eu assista à necropsia da segunda vítima, talvez eu possa oferecer uma perspectiva sobre as diferenças e semelhanças entre as duas.

Amanda não perdeu tempo pensando na decisão.

— Aceitarei a sua oferta. Faith, Will, venham comigo. Dra. Linton, os meus agentes encontrarão a senhora no City Hall East daqui a uma hora. — Como ninguém se mexeu, ela bateu palmas. — Vamos.

— Já estava no meio do corredor quando Faith e Will conseguiram reagir e sair do lugar.

Will caminhava atrás de Amanda, dando passos curtos para não trombar com a chefe. Ela andava rápido para uma senhora pequena, mas a altura dele sempre fazia com que se sentisse um pouco como um gigante ao tentar manter uma distância respeitosa. Ao baixar os olhos para a nuca dela, ele pensou consigo mesmo se o assassino não trabalhava para uma mulher como Amanda. Will entendia que poderia haver um tipo diferente de homem, que, em vez do ódio puro e simples, sentia um misto de exasperação e desejo de agradar, que era o que Will sentia por aquela senhora.

Faith colocou a mão em seu braço, segurando-o.

— Você acredita nisso?

— Acredito em quê?

— Sara se intrometendo na nossa necropsia.

— Ela tem razão quanto a comparar as duas vítimas.

— Você *viu* as duas vítimas.

— Eu não sou legista.

— Nem ela — retrucou Faith. — Ela é pediatra. E que diabo foi aquilo que Amanda disse sobre a Coastal?

Will também estava curioso sobre o que acontecera na Penitenciária Estadual Coastal, mas principalmente se perguntava por que Faith estava tão irritada com aquilo.

Amanda falou com os dois por sobre o ombro.

— Vocês devem aceitar toda e qualquer ajuda que Sara Linton esteja disposta a oferecer. — Obviamente, ela havia escutado os dois sussurrando. — O marido dela foi um dos melhores policiais do estado, e eu confiaria qualquer investigação às habilidades médicas de Sara.

Faith não se deu ao trabalho de esconder a curiosidade.

— O que aconteceu com ele?

— Morreu em serviço — era só o que Amanda estava disposta a dizer. — Como você está se sentindo depois do desmaio, Faith?

Faith soou excepcionalmente vivaz.

— Perfeita.

— O médico a liberou?

Ela ficou ainda mais vivaz.

— Cem por cento.

— Precisaremos falar a respeito disso. — Amanda fez um gesto para os seguranças saírem da frente quando entraram no saguão. — Tenho uma reunião com o prefeito daqui a pouco, mas aguardo você no meu escritório no final do dia.

— Sim, senhora.

Will pensou que ou estava ficando mais idiota a cada minuto ou as mulheres em sua vida estavam cada vez mais obtusas. Aquele, no entanto, não era o momento de descobrir. Ele se adiantou e abriu a porta de vidro para Amanda. Havia uma tribuna do lado de fora, com um pequeno tapete atrás, onde ela ficaria de pé. Will ocupou o lugar de costume ao seu lado, seguro por saber que as câmeras pegariam seu peito e talvez o nó da gravata ao enquadrarem Amanda. Faith obviamente sabia que não teria a mesma sorte, e fez uma careta ao se posicionar atrás da chefe.

Flashes pipocaram. Amanda se aproximou dos microfones. Perguntas foram feitas aos gritos, mas ela esperou que o tumulto diminuísse para tirar uma folha de papel dobrada do bolso do terninho e alisá-la sobre o púlpito.

— Eu sou a Dra. Amanda Wagner, vice-diretora do departamento regional do Georgia Bureau of Investigation em Atlanta. — Ela fez uma pausa de efeito. — Alguns de vocês ouviram rumores espúrios sobre o assim chamado Assassino do Rim. Estou aqui para esclarecer a situação e afirmar que esses rumores são falsos. Não existe tal assassino entre nós. O rim da vítima não foi retirado, tampouco houve qualquer tipo de interferência cirúrgica. A polícia do condado de Rockdale negou ter iniciado os ditos rumores, e precisamos confiar que nossos colegas estejam sendo honestos quanto a isso.

Will não precisava olhar para Faith para saber que ela lutava contra o impulso de rir. O detetive Max Galloway certamente a havia tirado do sério, e Amanda acabava de dar uma bofetada em toda a polícia de Rockdale na frente das câmeras.

— O que a senhora pode nos dizer sobre a mulher que foi trazida ao Grady ontem à noite? — perguntou um dos repórteres.

Não era a primeira vez que Amanda sabia mais sobre o caso deles do que Will ou Faith haviam lhe informado.

— Devemos divulgar um esboço do rosto da vítima hoje, até uma hora da tarde.

— Por que não fotografias?

— A vítima sofreu ferimentos no rosto. Queremos dar ao público a maior chance possível de identificá-la.

— Qual é o prognóstico da vítima? — perguntou uma mulher da CNN.

— Ela está sendo bem-cuidada agora. — Amanda seguiu adiante e apontou para a próxima pessoa com a mão levantada. Era Sam, o sujeito que havia chamado Faith assim que eles chegaram ao hospital. Era o único repórter que Will via fazer anotações à moda antiga, em vez de usar um gravador digital.

— A senhora tem algum comentário a respeito da declaração da irmã de Jacquelyn Zabel, Joelyn Zabel?

Will sentiu que cerrava os dentes enquanto lutava para continuar impassível, olhando para a frente. Imaginava que Faith estivesse fazendo a mesma coisa, já que a multidão de jornalistas continuava concentrada em Amanda, não nos dois agentes chocados atrás dela.

— A família está obviamente muito abalada — respondeu Amanda. — Estamos fazendo tudo o que podemos para solucionar esse caso.

— A senhora não pode estar feliz com o fato de ela usar uma linguagem tão dura ao se referir à sua agência — pressionou Sam.

Will conseguia imaginar o sorriso de Amanda só pelo olhar de Sam. Ambos estavam jogando um com o outro, já que o repórter claramente sabia muito bem que Amanda não fazia ideia do que ele estava falando.

— Você precisará perguntar à senhora Zabel sobre as declarações dela. Não tenho mais comentários sobre esse assunto.

Amanda respondeu a outras duas perguntas, então encerrou a coletiva de imprensa com a usual solicitação de que qualquer pessoa que tivesse informações sobre o caso se apresentasse.

Os jornalistas começaram a se dispersar, prontos para escrever e editar suas matérias, mas Will tinha certeza de que nenhum deles assumiria a responsabilidade por não ter confirmado a credibilidade da fonte antes de espalhar os rumores sobre o Assassino do Rim.

— Vá — disse Amanda a Faith, um resmungo baixo que Will mal conseguiu ouvir.

Faith não precisava de explicações, tampouco de ajuda, mas, ainda assim, agarrou o braço de Will ao seguir rumo à multidão de jornalistas. Ela passou por Sam, e deve ter dito alguma coisa a ele, já que o homem começou a segui-la até um beco estreito entre o hospital e o estacionamento.

— Peguei o dragão desprevenido, não foi? — perguntou Sam.

Faith gesticulou para Will.

— Agente Trent, esse é Sam Lawson, idiota profissional.

Sam sorriu para ele.

— Prazer em conhecê-lo.

Will não respondeu, e Sam não pareceu se importar. O repórter estava mais interessado em Faith e olhava para ela de forma tão predatória que Will sentiu o impulso primitivo de socá-lo no queixo.

— Caramba, Faith, você está muito gostosa — disse Sam.

— Amanda está puta com você.

— E não está sempre?

— Não queira ser inimigo dela, Sam. Você se lembra do que aconteceu da última vez.

— O bom de beber tanto é que eu não lembro. — Ele voltou a sorrir, olhando-a de cima a baixo. — Você está ótima, gata. Quer dizer... simplesmente fantástica.

Ela fez que não com a cabeça, mas Will percebeu que ela estava amolecendo. Nunca a vira olhar para um homem como olhava para Sam Lawson. Sem dúvida, havia algo não resolvido entre os dois. Nunca na vida Will sentiu tanto que estava sobrando quanto naquele momento.

Por sorte, Faith pareceu se lembrar de que estava ali por um motivo.

— Foi Rockdale que deu a informação sobre a irmã de Zabel?

— As fontes de um jornalista são confidenciais — respondeu Sam, confirmando sua suspeita.

— Qual foi a declaração de Joelyn? — perguntou Faith.

— Em poucas palavras, ela disse que vocês ficaram chupando dedo por três horas, discutindo quem ficaria com o caso, enquanto a irmã dela estava morrendo trepada numa árvore.

Os lábios de Faith eram uma fina linha branca. Will se sentiu fisicamente nauseado. Sam deve ter falado com a irmã logo depois de Faith, o que explicava por que o repórter tinha tanta certeza de que Amanda não sabia de nada.

— Você deu essa informação a Zabel? — perguntou Faith por fim.

— Você sabe que eu não faria isso.

— Rockdale deu a informação, então você a entrevistou.

Ele deu de ombros, confirmando as suspeitas mais uma vez.

— Eu sou um jornalista, Faith. Estou apenas fazendo o meu trabalho.

— Que trabalhinho de merda; encurralar parentes de luto, criticar policiais, publicar o que você sabe que é mentira.

— Agora você sabe o motivo de eu ter sido um bêbado por tantos anos.

Faith colocou as mãos nos quadris e deu um suspiro longo de frustração.

— Não foi isso o que aconteceu com Jackie Zabel.

— Achei que não tivesse sido assim. — Sam pegou seu caderno e uma caneta. — Então me dê algo mais com que trabalhar.

— Você sabe que eu não posso...

— Fale sobre a caverna. Ouvi dizer que ele tinha uma bateria de barco lá embaixo para torturar as mulheres.

A bateria náutica era o que chamavam de "reconhecimento de culpa", o tipo de informação que apenas o assassino teria. Muitas pessoas na cena do crime viram as provas que Charlie Reed coletou no buraco, e todas usavam distintivo. Até então, pelo menos.

Faith disse o que Will estava pensando.

— Ou Galloway ou Fierro está fornecendo a você as informações confidenciais. Eles sacaneiam a gente e você consegue a sua primeira página. Todo mundo sai ganhando, certo?

O sorriso cheio de dentes de Sam confirmou sua suspeita. Ainda assim, ele argumentou:

— Por que eu falaria com Rockdale quando você pode ser minha informante no caso?

Will já tinha visto Faith explodir algumas vezes nas últimas semanas, e, só para variar, era bom não ser o alvo da sua fúria.

— Nunca vou ser nada sua, seu imbecil, e suas informações estão erradas — disse ela a Sam.

— Então esclareça tudo para mim, gata.

Faith pareceu a ponto de fazê-lo, mas sua sanidade pareceu voltar no último minuto.

— O GBI não tem nada a comentar sobre as declarações de Joelyn Zabel.

— Posso citar você?

— Cite isso, gato.

Will seguiu Faith até o carro, mas não antes de sorrir para o repórter. Tinha certeza de que o gesto que a parceira fez não era o tipo de coisa que se podia publicar num jornal.

9

Sara passou os últimos três anos e meio aperfeiçoando suas habilidades de negação, de modo que não foi surpresa ela ter levado uma hora inteira até se dar conta de que oferecer seus serviços a Amanda Wagner havia sido um erro terrível. Naquela hora, ela tinha conseguido dirigir até sua casa, tomar banho, trocar de roupa e ir até o subsolo do edifício City Hall East, antes que a verdade a atingisse como uma marreta. Ela levou a mão à porta com a placa "MÉDICO-LEGISTA — GBI" e parou, incapaz de abri-la. Outra cidade. Outro necrotério. Outra forma de sentir saudade de Jeffrey.

Era errado dizer que adorara trabalhar com o marido? Que olhava para ele por cima do corpo de uma pessoa morta a tiros ou de um motorista bêbado e sentia que sua vida era completa? Soava macabro e ridículo, como todas as coisas que Sara acreditou ter deixado para trás quando se mudara para Atlanta, mas lá estava ela outra vez, a mão espalmada numa porta que separava a vida da morte, incapaz de abri-la.

Ela se recostou na parede, olhando para as letras pintadas no vidro opaco. Não fora para lá que levaram Jeffrey? Não havia sido Pete Hanson que dissecara o belo corpo de seu marido? Sara havia guardado o laudo da necropsia em algum lugar. Na época, parecera-lhe de vital importância que tivesse todas as informações pertinentes à sua morte; exames toxicológicos, os pesos e as medidas dos órgãos, tecidos e ossos. Ela vira Jeffrey morrer no condado de Grant, mas fora ali, no subsolo da prefeitura, que tudo o que o tornava um ser humano havia sido removido, suprimido.

O que exatamente convencera Sara a ir àquele lugar? Ela pensou nas pessoas com quem teve contato nas últimas horas: Felix McGhee, o olhar perdido em seu rosto pálido, o lábio inferior trêmulo ao percorrer os corredores do hospital à procura da mãe, insistindo que ela nunca o deixaria sozinho. Will Trent, oferecendo seu lenço ao menino. Sara achava que seu pai e Jeffrey eram os dois últimos homens na face da Terra a carregarem um lenço. E então Amanda Wagner, comentando o enterro.

Ela estava tão sedada no dia do enterro de Jeffrey que mal conseguia ficar de pé. Um primo passava o braço pela sua cintura, literalmente amparando-a para que conseguisse caminhar até o túmulo de Jeffrey. Sara manteve a mão sobre o caixão que repousava na grama, os dedos se recusando a soltar o punhado de terra. Por fim, desistiu e levou a mão ao peito, querendo esfregar a terra no rosto, inalá-la, descer com Jeffrey e abraçá-lo até que seus pulmões ficassem sem ar.

Sara levou a mão ao bolso de trás da calça jeans e sentiu a carta. Dobrara o envelope tantas vezes que ele estava rasgando na dobra, revelando uma folha de papel amarelada. O que faria se, um dia, o envelope subitamente se abrisse? O que faria se olhasse para a carta uma bela manhã e visse a caligrafia elegante, as explicações pesarosas ou as desculpas esfarrapadas da mulher cujas ações levaram à morte de Jeffrey?

— Sara Linton! — bradou Pete Hanson quando pisou no último degrau da escada. Ele vestia uma camisa havaiana colorida, um gosto de longa data, lembrou Sara, e a expressão em seu rosto era um misto de prazer e curiosidade. — A que devo esse tremendo prazer?

Ela lhe disse a verdade.

— Acabei me intrometendo em um dos seus casos.

— Ah, a aluna assumindo o lugar do professor.

— Não acredito que você esteja pronto para abrir mão disso.

Hanson deu uma piscadela debochada.

— Você sabe que eu tenho o coração de um menino de dezenove anos.

Ela conhecia a piada.

— Sim, ele ainda está no vidro em cima da sua mesa?

Pete gargalhou como se ouvisse aquilo pela primeira vez.

Sara pensou que deveria se explicar.

— Atendi uma das vítimas no hospital ontem à noite.

— Ouvi falar dela. Tortura, agressão?

— Sim.

— Prognóstico?

— Estão tentando controlar a infecção. — Sara não entrou em detalhes, mas não precisava. Pete já vira a sua cota de pacientes que não respondiam ao tratamento com antibióticos.

— Você coletou evidências de estupro?

— Não houve tempo no pré-operatório, e o pós...

— Anula a cadeia de provas — disse o legista. Pete era um bom conhecedor da jurisprudência. Haviam espalhado antisséptico pelo corpo de Anna, e ela havia sido exposta a incontáveis ambientes diferentes. Qualquer bom advogado de defesa providenciaria um especialista para testemunhar que evidências de estupro coletadas após os rigores de uma cirurgia estão comprometidas demais para que sejam usadas como prova.

— Removi algumas farpas debaixo das unhas, mas achei que a melhor coisa que poderia oferecer seria uma comparação forense entre as duas vítimas — disse Sara.

— Um argumento um tanto dúbio, mas estou tão feliz por ver você que vou relevar as falhas na sua lógica.

Ela sorriu; Pete sempre foi direto naquele estilo polido do sul, um dos motivos que o tornavam um grande professor.

— Obrigada.

— O prazer da sua companhia é mais do que suficiente como recompensa. — Ele abriu a porta e a convidou a entrar. Sara hesitou, e o legista fez um comentário bem-humorado. — É difícil ver o corpo daí do corredor.

Sara forçou um semblante que acreditava ser impassível ao segui-lo necrotério adentro. O cheiro a golpeou primeiro. Sempre pensou que a melhor forma de descrevê-lo seria enjoativo. O odor predominante não era dos mortos, mas dos produtos químicos usados em torno deles. Antes que o bisturi tocasse o corpo, os mortos eram catalogados, radiografados, fotografados, despidos e lavados com desinfetante. Um produto diferente era usado para esfregar o chão, outro para lavar as mesas de inox; outro produto ainda limpava e esterilizava os instrumentos para a necropsia. Juntos, eles criavam um cheiro inesquecível, excessivamente doce, que permeava sua pele e vivia no seu nariz, de modo que se tornava imperceptível até que se ficasse afastado dali por algum tempo.

Sara acompanhou Pete até os fundos da sala, seguindo-o de perto. O necrotério era tão diferente da agitação constante do hospital Grady quanto o condado de Grant da estação Grand Central. Diferentemente da esteira interminável de casos de uma emergência, a necropsia era uma pergunta que quase sempre tinha resposta. Sangue, fluidos, órgãos, tecidos; cada componente constituía uma peça do quebra-cabeça. Um corpo não mentia. Os mortos nem sempre levavam seus segredos para o túmulo.

Quase dois milhões e meio de pessoas morrem nos Estados Unidos por ano. A Geórgia responde por cerca de setenta mil dessas mortes, e menos de mil delas são por homicídio. Uma lei estadual determina que qualquer morte não supervisionada, ou seja, que ocorra fora de um hospital ou asilo, deve ser investigada. Cidades pequenas onde não há mortes violentas com frequência ou comunidades tão carentes de recursos que o agente funerário acumule o cargo de legista geralmente permitem que o estado assuma as investigações criminais. A maioria desses corpos acaba no necrotério de Atlanta. O que explicava por que metade das macas estava ocupada com corpos em estágios variados de necropsia.

— Snoopy — disse Pete, chamando um senhor negro com roupas cirúrgicas. — Essa é a Dra. Sara Linton. Ela vai me ajudar no caso Zabel. Onde estávamos?

O homem não tomou conhecimento de Sara ao responder.

— As radiografias estão na tela. Posso trazê-la agora se o senhor quiser.

— Bom homem. — Pete foi até o computador e usou o teclado. Uma série de radiografias apareceu na tela. — Tecnologia! — exclamou Pete, e Sara não conseguiu deixar de ficar impressionada. No condado de Grant, o necrotério ficava no subsolo do hospital, uma coisa quase improvisada. A máquina de raio X era do tipo feito para pacientes vivos, ao contrário do que tinham ali, pois não importava quanta radiação fosse bombardeada no corpo de um cadáver. As radiografias eram impecáveis e analisadas num monitor de vinte e quatro polegadas, não num quadro de luz que piscava o suficiente para provocar um ataque epiléptico. A solitária mesa de porcelana que Sara usava no Grant não era páreo para as fileiras de macas de aço inox às suas costas. Ela conseguia ver legistas-assistentes e médicos-peritos indo e vindo no corredor fechado pelo vidro que percorria a parede do necrotério. E se deu conta de que ela e Pete estavam sozinhos, os únicos seres vivos na sala de necropsia principal.

— Interrompemos todos os outros casos quando o trouxemos para cá — disse Pete, e por um instante Sara não entendeu o que ele quis dizer com isso. O legista apontou para uma maca vazia, a última da fileira. — Foi ali que trabalhei nele.

Sara olhou para a maca vazia, perguntando-se por que a imagem não apareceu em sua mente, a terrível visão da última vez em que estivera com o marido. No lugar disso, tudo que via era uma maca vazia, com o brilho das luzes refletido no aço inox opaco. Foi ali que Pete coletou as provas que levaram ao assassino de Jeffrey. Ali foi feito o grande avanço no caso, ali foram encontradas as provas cabais de quem estava envolvido no assassinato.

Imóvel naquela sala, Sara esperava que suas lembranças a dominassem, mas havia apenas calma, uma certeza de propósito. Coisas boas eram feitas ali. Pessoas recebiam ajuda, mesmo na morte. Especialmente na morte.

Lentamente, Sara se voltou para Pete, ainda sem ver Jeffrey, mas sentindo-o, como se ele estivesse na sala com ela. Por que isso? Por que — depois de três anos e meio implorando ao seu cérebro que gerasse algo capaz de replicar a sensação de ter Jeffrey ao seu lado — estar no necrotério o trouxe de volta para ela?

A maioria dos policiais odiava assistir a necropsias, e Jeffrey não era exceção, mas ele considerava sua presença um sinal de respeito, uma promessa à vítima de que faria tudo para pegar o assassino. Por isso se tornara policial, não apenas para ajudar os inocentes, mas para punir os criminosos que roubavam a vida deles.

Com toda a sinceridade, havia sido por isso que Sara assumira o cargo de legista. Jeffrey nunca nem ao menos tinha ouvido falar do condado de Grant na primeira vez em que ela entrou no necrotério no subsolo do hospital, examinou uma vítima, ajudou a desvendar um caso. Anos atrás, Sara vira a violência com os próprios olhos, ela própria havia sido vítima de uma agressão terrível. Sempre que fazia uma incisão em Y, sempre que coletava uma amostra, sempre que testemunhava no tribunal sobre os horrores que havia documentado, ela sentia a vingança arder no peito.

— Sara?

Ela se deu conta de que ficara em silêncio. Precisou limpar a garganta antes de ser capaz de falar com Pete.

— Pedi ao pessoal do Grady que mandassem as radiografias da nossa vítima desconhecida de ontem à noite. Ela conseguiu falar antes de ficar inconsciente. Achamos que se chama Anna.

Ele clicou no arquivo, e as radiografias de Anna apareceram na tela.

— Ela está consciente?

— Liguei para o hospital antes de vir para cá. Ainda não.

— Algum dano neurológico?

— Ela resistiu à cirurgia, o que é mais do que qualquer um esperava. Os reflexos estão bons, as pupilas ainda não reagem. Há algum inchaço no cérebro. Ela tem uma tomografia marcada para hoje. A infecção é o principal problema. Estão fazendo algumas culturas, tentando determinar a melhor linha de tratamento. Sanderson entrou em contato com o CDC.

— Minha nossa! — Pete estudava uma radiografia. — Quanta força você acha que seria necessária para arrancar uma costela com a mão?

— Ela estava desnutrida, desidratada. Acho que isso facilitou as coisas.

— E, amarrada, não conseguiria reagir muito. Mas, ainda assim... meu Deus! Isso me lembra a terceira Sra. Hanson. Vivian era fisiculturista, sabe? Tinha bíceps da largura da minha perna. Uma mulher e tanto.

— Obrigada, Pete. Obrigada por cuidar dele.

Ele deu outra piscadela.

— Você conquista respeito quando respeita os outros.

Ela reconheceu a máxima de uma das palestras dele.

— Snoopy — disse Pete, quando o homem passou com uma maca pelas portas duplas. A cabeça de Jacquelyn Zabel estava visível por baixo do lençol branco, sua pele estava roxa por ter ficado pendurada de cabeça para baixo na árvore. A cor era ainda mais escura ao redor dos lábios, como se alguém tivesse esfregado um punhado de mirtilos em sua boca. Sara notou que a mulher era atraente, com apenas umas poucas rugas no canto dos olhos revelando sua idade. Mais uma vez, lembrou-se de Anna, de que ela também era uma mulher bonita.

Pete parecia estar pensando a mesma coisa.

— Por que, quanto mais bonita a mulher, mais horrendo é o crime?

Sara deu de ombros. Era um fenômeno que via como legista no condado de Grant. Mulheres bonitas tendiam a pagar mais caro quando o assunto era homicídio.

— Leve-a para o local de exame — disse Pete ao assistente.

Sara observou a impassibilidade de Snoopy, o cuidado metódico ao empurrar a maca até um espaço vazio. Pete era minoria ali; a maioria dos funcionários do necrotério era composta por negros ou mulheres. Acontecia o mesmo no Hospital Grady, o que fazia sentido; Sara já percebera que, quanto mais horrível o trabalho, maior a tendência a ser realizado por mulheres ou minorias. A ironia disso é que não lhe passava despercebido o fato de ela própria se incluir nesse grupo.

Snoopy acionou as travas das rodas com o pé e passou a organizar a infinidade de bisturis, facas e serras que Pete usaria nas próximas horas. Ele havia acabado de pegar uma tesoura de poda, do tipo que normalmente se encontra em lojas de jardinagem e ferramentas, quando Will e Faith entraram na sala.

Will não pareceu ficar impressionado quando eles passaram pelos corpos abertos. Faith, por sua vez, estava ainda pior do que quando Sara a vira pela primeira vez no hospital. Os lábios da mulher estavam brancos, e seu olhar estava fixo à frente ao passar por um homem com a face descolada do crânio, para que o legista procurasse por contusões.

— Dra. Linton — começou Will. — Obrigado por vir. Sei que hoje seria o seu dia de folga.

Sara conseguiu apenas sorrir e concordar, estranhando seu tom formal. Will Trent se parecia cada vez mais com um banqueiro. Ela ainda tinha dificuldade em situar aquele homem no seu trabalho.

Pete estendeu um par de luvas a Sara, mas ela declinou a oferta.

— Estou aqui apenas para observar.

— Não quer sujar as mãos? — Ele soprou dentro de uma luva para abri-la e a calçou na mão. — Quer almoçar depois? Tem um novo restaurante italiano ótimo na Highland. Posso imprimir um cupom da internet.

Sara estava prestes a agradecer e recusar o convite quando Faith fez um barulho que levou todos a olharem em sua direção. Ela agitou a mão na frente do rosto, e Sara desconfiou de que a palidez de Faith Mitchell era provocada por sua simples presença no necrotério.

Pete ignorou a reação e se voltou para Will e Faith.

— Encontrei bastante esperma e fluidos na pele antes de a lavarmos. Vou enviar todas essas evidências de estupro para o laboratório.

Will coçou o braço por baixo da manga do paletó.

— Duvido que o nosso suspeito já tenha sido preso, mas vamos ver o que encontramos no sistema — disse.

Seguindo os procedimentos, Pete ligou o ditafone, relatou a hora e a data e prosseguiu.

— Este é o corpo de Jacquelyn Alexandra Zabel, mulher subnutrida de trinta e oito anos, segundo consta. Foi encontrada numa mata próxima à Rota 316 em Conyers, no condado de Rockdale,

Geórgia, na madrugada de sábado, oito de abril. A vítima se encontrava pendurada numa árvore, de cabeça para baixo, com o pé direito preso nos galhos. O pescoço está claramente quebrado e há sinais de tortura. Este procedimento é realizado por Pete Hanson. Aqui presentes estão os agentes especiais Will Trent e Faith Mitchell e a inigualável Dra. Sara Linton.

Pete puxou o lençol, e Faith arfou. Sara se deu conta de que era a primeira vez que a agente via o trabalho do criminoso. Sob a luz do necrotério, todas as injustiças estavam à mostra: as escoriações e os hematomas escuros, as lacerações na pele, as queimaduras provocadas pela eletricidade, pretas, que pareciam pó, mas que nunca poderia ser removido. O corpo havia sido lavado antes do exame, o sangue esfregado, de modo que o branco ceráceo da pele criava um contraste flagrante com os ferimentos. Cortes finos ziguezagueavam pela pele da vítima, profundos o bastante para tirar sangue, mas não matar. Sara supunha que haviam sido feitos com uma navalha ou uma faca muito fina e afiada.

— Eu preciso... — Faith não terminou a frase. Apenas deu meia-volta e saiu. Will a observou ir embora, dando de ombros, num pedido de desculpas a Pete.

— Não é a parte do trabalho que ela mais gosta — reconheceu o legista. — Magra demais. A vítima, quero dizer.

Ele estava certo. Os ossos de Jacquelyn Zabel se destacavam sob a pele.

— Quanto tempo ela ficou em cativeiro? — perguntou Pete a Will. Ele deu de ombros.

— Esperamos que você possa nos dizer.

— Pode ser da desidratação — murmurou o legista, pressionando os dedos no ombro da mulher. — O que você acha? — perguntou ele a Sara.

— A outra vítima, Anna, estava nas mesmas condições físicas. O homem podia estar dando diuréticos às duas, privando-as de comida e água. Inanição não é uma forma incomum de tortura.

— Ele certamente tentou todos os outros tipos. — Pete suspirou, intrigado. — O sangue deve nos dizer mais.

O exame continuou. Snoopy colocava uma régua ao lado dos cortes e fotografava, enquanto Pete desenhava hachuras no esboço para o laudo da necropsia, tentando reproduzir os ferimentos. Por fim, colocou de lado a caneta e levantou as pálpebras para conferir a cor.

— Interessante — murmurou, indicando que Sara deveria olhar aquilo.

Em um ambiente sem umidade, os órgãos de um corpo em decomposição encolhem, a pele se contrai, abrindo os ferimentos. Sara viu diversos buracos na esclera ao examinar os olhos, pequenos pontos vermelhos que se abriam em círculos perfeitos.

— Agulhas ou alfinetes — conjecturou Pete. — Ele perfurou cada globo ocular ao menos doze vezes.

Sara examinou as pálpebras da mulher, viu que haviam sido transpassadas.

— As pupilas de Anna estavam fixas e dilatadas — disse ela ao legista, pegando um par de luvas da bandeja. Calçou-as e passou a inspecionar os ouvidos ensanguentados da mulher. Snoopy havia limpado os coágulos, mas os canais auditivos ainda estavam cobertos de sangue seco. — Você tem um...

Snoopy entregou-lhe um otoscópio. Sara colocou a ponta do aparelho no ouvido de Zabel, encontrando um tipo de dano que vira apenas em casos de abuso infantil. — O tímpano foi perfurado. — Virou a cabeça para examinar o outro ouvido, ouvindo a vértebra quebrada no pescoço estalar com o movimento. — Esse também. — Entregou o otoscópio para que Pete examinasse o local.

— Chave de fenda? — perguntou o legista.

— Tesoura — sugeriu Sara. — Está vendo como a pele na abertura do canal foi raspada?

— O padrão é inclinado para cima, mais fundo no alto.

— Isso, porque as tesouras são mais estreitas na ponta.

Pete assentiu, fez mais anotações.

— Surda e cega.

Sara chegou à conclusão óbvia e abriu a boca da mulher. A língua estava intacta. Ela pressionou os dedos na traqueia, então usou o laringoscópio oferecido por Snoopy para examinar a garganta. — O esôfago está em carne viva. Está sentindo esse cheiro?

Pete se curvou.

— Água sanitária? Ácido?

— Desentupidor de ralos.

— Esqueci que seu pai é encanador. — Ele apontou para manchas escuras ao redor da boca. — Está vendo isso?

O sangue sempre se acumula nos pontos mais baixos de um corpo, deixando marcas na pele chamadas de lividez cadavérica. O rosto tinha uma coloração arroxeada escura por ter ficado de cabeça para baixo. Era difícil distinguir as marcas em volta dos lábios, mas, quando Pete as indicou, Sara viu que o líquido despejado na garganta da mulher havia escorrido pelas laterais do rosto enquanto ela engasgava.

Pete apalpou o pescoço.

— Há muitos danos aqui. Sem dúvida, parece que ele a fez beber algum tipo de adstringente. Vamos ver o que isso fez com o estômago dela quando a abrirmos.

— Parecia que ela havia quebrado o pescoço na queda. Que tinha escorregado.

Sara teve um sobressalto quando ouviu a voz de Will. Tinha esquecido que ele estava ali. Lembrou-se da conversa que tiveram, de sua certeza de que Jacquelyn Zabel estava escondida na árvore enquanto a procuravam. Ele dissera que o sangue da mulher ainda estava morno.

— Foi você quem a tirou da árvore? — perguntou ela.

Will fez que não.

— Precisavam fotografá-la.

— Você conferiu a carótida para ver se tinha pulso?

Ele assentiu.

— O sangue pingava dos dedos dela. Estava quente — disse.

Sara examinou as mãos da mulher, viu que as unhas haviam sido quebradas, algumas arrancadas completamente. Por rotina, haviam tirado fotografias do corpo antes que Snoopy o lavasse. Pete sabia o que Sara estava pensando. Ele apontou para o computador.

— Snoopy, você se incomoda de abrir os arquivos das fotos que foram tiradas antes da lavagem?

O homem fez o que lhe foi pedido, Pete e Sara olhando sobre seus ombros. Estava tudo no sistema, das fotografias da cena do crime às mais recentes, tiradas no necrotério. Snoopy teve de passar por todas elas, e Sara viu a cena do crime em rápida sucessão; Jacquelyn Zabel pendurada na árvore, seu pescoço inclinado para o lado num ângulo estranho. O pé dela estava tão emaranhado nos galhos que deve ter sido preciso cortá-los para tirá-la dali.

Snoopy finalmente chegou à sequência da necropsia. Sangue coagulado cobria o rosto, as pernas, o tronco.

— Aqui — disse Sara, apontando para o peito. Os dois voltaram ao corpo, e ela se deteve antes de tocá-lo. — Desculpe — disse. Aquele caso era de Pete.

O ego do legista não parecia ter sido ferido. Ele levantou o seio, expondo outro ferimento com cortes cruzados. Era mais profundo no centro do X. Pete puxou o refletor cirúrgico, tentando enxergar melhor ao afastar a pele. Snoopy entregou-lhe uma lupa, e Pete se aproximou ainda mais.

— Você encontrou um canivete na cena do crime? — perguntou ele a Will.

— A única digital era da vítima, bem latente no corpo do canivete — respondeu Will.

Pete ofereceu a lupa para que Sara visse por si mesma.

— Da mão esquerda ou direita? — perguntou ele a Will.

— Eu... — Will parou, olhou para a porta, procurando por Faith. — Eu não me lembro.

— Era de um polegar, indicador?

Snoopy foi ao computador procurar a informação, mas Will tinha a resposta.

— Um polegar parcial, no cabo do canivete.

— Lâmina de sete centímetros?

— Por aí.

Pete fez um gesto de assentimento ao anotar a informação, mas Sara não deixaria que Will o esperasse terminar.

— Ela se esfaqueou — disse, segurando a lupa sobre o ferimento e gesticulando para que Will se aproximasse. — Está vendo como o ferimento tem a forma de V embaixo e é reto em cima? — Will fez que sim. — A lâmina estava de cabeça para baixo e se moveu numa trajetória ascendente. — Sara fez o movimento, esfaqueando o peito. — O polegar estava na ponta do cabo, empurrando a lâmina mais para dentro. Ela deve ter soltado o canivete, e então caído. Olhe o tornozelo. — Sara indicou as marcas tênues na base da fíbula. — O coração já havia parado de bater quando o pé ficou preso. Os ossos se quebraram, mas não há inchaço ou sinal de trauma. Um hematoma considerável teria se formado se o sangue ainda estivesse circulando pela região quando ela caiu.

Will balançou a cabeça.

— Ela não teria...

— Os fatos falam por si — interrompeu Sara. — O ferimento foi autoinfligido. Deve ter sido rápido. Ela não sofreu por muito tempo. Ou por muito mais tempo do que já havia sofrido. — Sara sentiu a necessidade de acrescentar.

Os olhos de Will se fixaram nos dela, e Sara precisou se esforçar para não desviar o olhar. Aquele homem podia não parecer um policial, mas certamente pensava como um. Sempre que um caso fica estagnado, qualquer policial que se preze não hesita em criticar a si mesmo por tomar uma decisão ruim, por deixar passar uma pista óbvia. Will Trent fazia exatamente isso naquele momento, buscava formas de culpar a si mesmo pela morte de Jacquelyn Zabel.

— Seu momento de ajudá-la é agora — disse Sara. — Não foi naquela floresta.

Pete colocou a caneta de lado.

— Ela está certa. — O legista pressionou as mãos no peito. — Parece haver bastante sangue aqui dentro, e a vítima adivinhou corretamente onde enterrar a lâmina. Provavelmente acertou o coração na hora. Concordo que as fraturas no tornozelo e no pescoço aconteceram *post-mortem*. — Ele tirou uma luva, foi até o computador e abriu as fotos da cena do crime. — Olhe como a cabeça dela parece estar repousada nos galhos, inclinada. Não é isso que acontece quando se quebra o pescoço numa queda. A cabeça estaria pressionada contra o objeto contundente. Quando se está vivo, os músculos se contraem para prevenir a lesão. É um evento violento, não uma torção suave. Muito bem, mocinha.

Pete sorriu para Sara, e ela sentiu que corava com um orgulho de aluna.

— Por que ela se mataria? — perguntou Will, como se a mulher torturada tivesse muitos motivos para viver.

— Ela provavelmente estava cega, com toda a certeza surda — esclareceu Pete. — Estou surpreso que tenha conseguido subir na árvore. Ela não teria como ouvir as equipes de busca, não fazia ideia de que a procuravam.

— Mas ela...

— As câmeras infravermelhas nos helicópteros não captaram qualquer sinal dela — interrompeu Pete. — E se você não estivesse lá, se não tivesse calhado de olhar para cima, aposto que o corpo só seria encontrado na temporada de caça aos cervos.

Pete se voltou para Sara.

— Você se importa? — perguntou, gesticulando com a cabeça para o saco com o material para coleta de evidências de estupro. Snoopy era um ótimo assistente, mas Sara entendeu a mensagem: voltara a ser uma observadora. Ela tirou as luvas, abriu o saco e organizou os cotonetes e ampolas. Pete pegou o espéculo e segurou as pernas abertas para conseguir inseri-lo na vagina.

Como acontece com alguns estupros violentos que resultam em homicídio, as paredes vaginais haviam permanecido contraídas no *post-mortem*, e o espéculo de plástico quebrou quando Pete tentou abri-las. Snoopy lhe entregou um espéculo de metal, e Pete tentou outra vez, suas mãos tremendo enquanto forçava a abertura do instrumento. Era duro de assistir, e Sara ficou feliz com o fato de Faith não estar ali quando o som de metal abrindo a carne invadiu a sala. Sara entregou um cotonete ao legista e ele inseriu a haste, apenas para encontrar resistência.

Pete se abaixou, tentando ver a obstrução.

— Santo Deus — murmurou, e tateou a bandeja de ferramentas até encontrar um fórceps de pontas finas. Sua voz estava desprovida de qualquer fascínio quando se dirigiu a Sara. — Calce as luvas... e me ajude com isso.

Sara calçou as luvas de borracha com estalos secos e segurou o espéculo enquanto Pete inseria o fórceps, que nada mais era que uma pinça bem comprida. As pontas seguraram algo, e o legista puxou o objeto com a mão. O que saiu foi um longo pedaço de plástico, como um pano de seda da manga de um mágico. Pete continuou a puxar, depositando o plástico numa tigela grande. Um após o outro, manchados de sangue escuro, quase preto, conectados por finas linhas picotadas.

— Sacos de lixo — constatou Will.

Sara não conseguia respirar.

— Anna — disse ela. — Precisamos examinar Anna.

10

O escritório de Will no terceiro andar do City Hall East era um pouco maior que uma salinha de almoxarifado com uma janela voltada para os trilhos de uma ferrovia abandonada e o estacionamento do supermercado Kroger, que parecia ser um ponto de encontro de gente de aparência suspeita e seus carros muito caros. O encosto da cadeira de Will ficava tão pressionado contra a parede que arrancava um pouco de tinta sempre que ele a girava. Não que precisasse girá--la. Ele podia ver todo o escritório sem mover a cabeça. Até mesmo sentar na cadeira era complicado, já que Will precisava se espremer entre a mesa e a janela, uma manobra que o deixava feliz por não estar planejando ter filhos.

Ele se apoiou no cotovelo ao observar o computador iniciar, a tela piscando, os pequenos ícones aparecendo. Will abriu o e-mail primeiro e colocou os fones de ouvido para escutar a narração do SpeakText, um programa que instalara alguns anos antes. Depois de deletar duas ofertas de aumento de potência sexual e o apelo de um presidente nigeriano deposto, ele viu uma mensagem de Amanda e um aviso de mudança no plano de saúde do estado, o qual enviou para o seu e-mail pessoal, a fim de poder explorar os detalhes da perda de cobertura no conforto de casa.

O e-mail de Amanda não exigia grande análise. Ela sempre escrevia tudo em letras maiúsculas e raramente se preocupava com a construção das frases. ME INFORME AS NOVIDADES estava estampado na tela, em letras garrafais grafadas em negrito.

O que diria à chefe? Que a vítima tinha onze sacos de lixo enfiados dentro dela? Que Anna, a vítima sobrevivente, tinha o mesmo dentro de si? Que doze horas haviam se passado e eles não estavam nem perto de descobrir quem raptou as mulheres, muito menos de identificar um padrão que ligasse as duas vítimas?

Cega, possivelmente surda, possivelmente muda. Will estivera na caverna onde as mulheres foram mantidas. Não conseguia imaginar os horrores que elas haviam sofrido. Ver os instrumentos do torturador já havia sido ruim, mas ele imaginava que não vê-los seria pior. Ao menos o fardo da morte de Jackie Zabel tinha sido tirado de suas costas; no entanto, saber que a mulher escolhera a morte quando a ajuda estava tão perto não lhe trazia consolo.

Will ainda ouvia o tom compassivo usado por Sara Linton ao explicar como Zabel havia tirado a própria vida. Não conseguia se lembrar da última vez em que uma mulher havia falado com ele daquela forma, tentando lhe jogar um colete salva-vidas, em vez de gritar para que nadasse mais rápido, como Faith fazia, ou pior, agarrar suas pernas e puxá-lo mais para o fundo, como Angie sempre tentava.

Will afundou na cadeira, sabendo que devia tirar Sara da cabeça. Havia um caso à sua frente que exigia atenção exclusiva, e ele se forçou a se concentrar nas mulheres para as quais ele de fato poderia ser importante.

Anna e Jackie provavelmente escaparam da caverna ao mesmo tempo, Jackie cega e surda, Anna muito provavelmente cega. Não haveria outra forma de as duas mulheres se comunicarem além do toque. Será que fugiram de mãos dadas, cambaleando juntas, às cegas, tentando encontrar uma saída da floresta? De alguma forma, elas se separaram, perderam-se uma da outra. Anna deve ter percebido que estava numa estrada ao sentir o asfalto frio sob os pés descalços, ao ouvir o ronco de um carro se aproximando. Jackie havia seguido para o outro lado; encontrou uma árvore, subiu para o que deve ter parecido sua segurança. Aguardou. Cada rangido da árvore, cada movimento dos galhos enviando ondas de pânico por seu corpo enquanto esperava que seu sequestrador a encontrasse e a levasse de volta para aquele lugar frio e escuro.

Ela segurava a carteira de motorista, sua identidade, em uma mão e um meio para a morte na outra. Uma escolha quase incompreensível. Descer, andar a esmo em busca de ajuda, arriscando uma possível captura? Ou enterrar a lâmina no peito? Lutar pela vida? Ou assumir o controle e dar cabo dela?

A necropsia testemunhava a decisão. A lâmina havia perfurado o coração e cortado a principal artéria, enchendo o peito de sangue. De acordo com Sara, Jackie provavelmente perdera a consciência quase instantaneamente, e seu coração já havia parado de bater quando caiu da árvore. Deixando cair a faca. Deixando cair a habilitação. Encontraram aspirina em seu estômago. O medicamento afinara o sangue, que ainda gotejava depois de sua morte. Então veio a gota quente no pescoço de Will. Ao olhar para cima e ver a mão que parecia querer alcançá-lo, ele havia pensado que a mulher tentava alcançar a liberdade, quando na verdade ela já conseguira encontrá-la por conta própria.

Ele abriu uma pasta grande sobre a mesa e retirou as fotografias da caverna. As ferramentas de tortura, a bateria náutica, as latas de sopa fechadas; Charlie documentara tudo, registrando as descrições numa lista. Will folheou as fotos até encontrar a melhor vista da caverna. Charlie havia se agachado na base da escada, da mesma forma que ele havia feito na noite anterior. Luzes de xênon arrancavam cada canto das sombras. Will encontrou outra foto, e essa expunha os acessórios sexuais como artefatos de uma escavação arqueológica. À primeira vista, concluiu como a maioria deles era usada, mas alguns eram tão complicados, tão assustadores, que sua mente não conseguia entender como funcionavam.

Will estava tão perdido em pensamentos que seu cérebro demorou a registrar o fato de que o celular estava tocando. Ele abriu o aparelho em pedaços.

— Trent.

— É Lola, amor.

— Quem?

— Lola. Uma das garotas da Angie.

A prostituta da noite anterior. Will tentou manter o tom controlado, já que estava mais furioso com Angie do que com a prostituta, que apenas tentava fazer o que os peixes pequenos sempre fazem: explorar uma oportunidade. No entanto, Will não era uma oportunidade de se chegar até Angie e estava farto daquelas mulheres se fazendo de boazinhas para se aproveitar dele.

— Escute, eu não vou te tirar da prisão. Se você é uma das garotas de Angie, peça ajuda a ela.

— Não estou conseguindo falar com ela.

— É, eu também não, então pare de me ligar pedindo ajuda quando eu nem sei o número dela. Entendeu?

Ele não deu à mulher tempo de responder. Encerrou a ligação e gentilmente colocou o telefone sobre a mesa. A fita adesiva começava a se soltar, o barbante estava folgado. Pedira a Angie que o ajudasse com o telefone antes de ela ir embora, mas, como muitas coisas relacionadas a Will, aquilo não foi uma prioridade.

Ele olhou para a mão, a aliança no dedo. Era idiota ou apenas patético? Não conseguia mais perceber a diferença. Podia apostar que Sara Linton não era o tipo de mulher que aprontava uma merda daquelas num relacionamento. Mas Will também apostava que o marido de Sara não havia sido o tipo de babaca que permitia que isso acontecesse.

— Meu Deus, odeio necropsias. — Faith irrompeu escritório adentro, ainda pálida. Will sabia que ela odiava necropsias, era uma aversão óbvia, mas era a primeira vez que a ouvia admitir isso. — Caroline deixou uma mensagem no meu celular. — Ela falava da assistente de Amanda. — Não podemos falar com Joelyn Zabel sem a presença de um advogado.

A irmã de Jackie Zabel.

— Ela vai mesmo processar o departamento?

Faith largou a bolsa sobre a mesa.

— Assim que encontrar um advogado nas páginas amarelas. Você está pronto?

Ele olhou as horas no computador. Deviam encontrar os Coldfield em meia hora, mas o abrigo ficava a menos de dez minutos dali.

— Vamos conversar um pouco mais sobre isso — sugeriu ele.

Havia uma cadeira dobrável encostada na parede, e Faith precisou fechar a porta antes de se sentar. O escritório dela não era muito maior que o de Will, mas pelo menos era possível esticar as pernas sem bater os pés na parede. Will não sabia por quê, mas eles sempre acabavam no seu escritório. Talvez porque o escritório de Faith de fato havia sido um almoxarifado. Não tinha janela e ainda mantinha o cheiro persistente de desinfetante e água sanitária. A primeira vez que fechou a porta, ela quase desmaiou.

Faith gesticulou com a cabeça para o computador.

— O que você tem aí?

Will girou o monitor para que Faith lesse o e-mail de Amanda.

Faith estreitou os olhos, franziu o nariz. Will mantinha o fundo rosa-choque e as letras azul-marinho, o que por algum motivo facilitava o processo de decifrar as palavras. Ela murmurou algo entre os dentes ao se ajustar às cores, então puxou o teclado para escrever uma resposta. Na primeira vez que ela fizera aquilo, Will reclamara, mas nos últimos meses havia chegado à conclusão de que Faith era simplesmente mandona, não importava com quem estivesse lidando. Talvez fosse reflexo de ter sido mãe aos quinze anos, ou talvez fosse uma inclinação natural, mas ela não se sentia à vontade se ela mesma não fizesse tudo.

Com Jeremy morando no alojamento da faculdade e Victor Martinez aparentemente fora de cena, Will era o alvo preferido da parceira. Ele supunha que era como ter uma irmã mais velha. Mas, por outro lado, Angie agia da mesma forma com Will, e ele dormia com ela. Quando ela estava presente.

— Amanda já deve ter recebido o laudo da necropsia de Jacquelyn Zabel a essa altura — disse Faith. Ela digitava e falava ao mesmo tempo. — O que nós temos? Nenhuma digital ou pista para seguir. Muito DNA no esperma e no sangue, mas não bate com nada nos registros até agora. Não sabemos a identidade de Anna nem mesmo seu sobrenome. Um criminoso que cega as vítimas, fura seus tímpanos, faz com que bebam Diabo Verde. Os sacos de lixo... puta merda, não faço a menor ideia do porquê disso. Ele as tortura com sabe Deus o quê. Uma costela foi removida... — Ela apertou a tecla da seta, voltou para acrescentar algo na linha anterior. — Zabel provavelmente seria a próxima.

— A aspirina — lembrou Will. Encontraram no estômago de Jacquelyn Zabel dez vezes mais aspirina do que uma pessoa normal tomaria.

— Simpático da parte dele dar a elas algo para a dor. — Faith foi até o fim da página. — Dá para imaginar? Estar presa naquela caverna e não poder ouvi-lo chegar, não poder ver o que ele está fazendo, não poder gritar por ajuda. — Faith clicou com o mouse, enviando o e-mail, e se recostou na cadeira. — Onze sacos de lixo. Como Sara deixou isso passar na primeira vítima?

— Não imagino que se pare para fazer um exame pélvico quando uma mulher chega com quase todos os ossos do corpo quebrados e o pé na cova.

— Não me venha com gracinhas — disse ela, mas Will nem de longe achava que estava fazendo gracinhas. — Ela não se encaixa nesse caso.

— Quem?

Faith revirou os olhos, usando o mouse para abrir o navegador.

— O que você está fazendo? — perguntou Will.

— Vou pesquisar sobre ela. O marido dela era policial quando morreu. Tenho certeza de que o que quer que tenha acontecido com ele foi parar nos jornais.

— Isso não é justo.

— Justo? — Os dedos de Faith corriam pelo teclado. — O que você quer dizer com *justo*?

— Faith, não se intrometa na vida pessoal...

Ela apertou enter. Will não soube o que mais fazer, então se abaixou e puxou o cabo do computador da tomada. Faith mexeu no mouse, apertou a barra de espaço. O prédio era velho, a energia sempre caía. Ela olhou para cima, viu as luzes acesas.

— Você desligou o computador?

— Se Sara Linton quisesse que você soubesse detalhes da própria vida, teria contado.

— Acho que você teria uma postura melhor com essa tomada enfiada no rabo. — Faith cruzou os braços, encarou-o com severidade. — Você não acha estranha a forma como ela está se intrometendo na nossa investigação? Quer dizer, ela não é mais legista. Ela é civil. Se ela não fosse tão bonita, você veria como isso tudo é estranho...

— E o que a beleza dela tem a ver com isso?

Faith foi indulgente o bastante para deixar as palavras dele pairarem sobre suas cabeças, como um letreiro de neon piscando *idiota*. Ela esperou quase um minuto inteiro antes de continuar. — Não se esqueça de que eu tenho um computador na minha sala. Posso muito bem pesquisar lá.

— Seja lá o que você descobrir, eu não quero saber.

Faith esfregou o rosto com as duas mãos. Olhou para o céu cinzento do outro lado da janela por mais um minuto.

— Isso é loucura. Não conseguimos sair do lugar. Precisamos de uma luz, uma pista a seguir.

— Pauline McGhee...

— Leo não conseguiu nada sobre o irmão. Disse que a casa está limpa; nenhum documento, nenhum contato dos pais, de parentes. Nenhum indício de um pseudônimo, mas isso é fácil de esconder se você der bastante dinheiro às pessoas certas. Os vizinhos de Pauline também não mudaram seus depoimentos: ou não a conhecem ou não gostam dela. Seja como for, não sabem nada da vida dela. Leo falou com as professoras da escola do menino. A mesma coisa. Quer dizer, Jesus, o menino está com o Conselho Tutelar agora porque a mãe não tem nenhum amigo disposto a cuidar dele.

— O que Leo está fazendo agora?

Ela conferiu o relógio.

— Provavelmente arrumando um jeito de encerrar o expediente mais cedo. — Faith esfregou os olhos outra vez, claramente cansada. — Ele está consultando as digitais de McGhee, mas é um tiro no escuro, a não ser que ela já tenha sido presa.

— Ele ainda está preocupado com a nossa interferência no caso dele?

— Ainda mais do que antes. — Faith comprimiu os lábios. — Aposto que é porque ele está doente. Eles fazem isso, sabe? Olham quanto custa o plano de saúde, tentam dar um pé na sua bunda se você estiver gastando muito o dinheiro deles. Deus o livre de ter uma doença crônica que precise de remédios caros!

Por sorte, aquele ainda não era o tipo de coisa com que Will ou Faith precisavam se preocupar.

— O rapto de Pauline pode não estar relacionado ao nosso caso — disse Will. — Pode ser algo tão simples quanto uma discussão que irritou o irmão ou um rapto por um estranho. Ela é uma mulher atraente.

— Se não estiver relacionado ao nosso caso, é mais provável que alguém que ela conheça esteja envolvido.

— O irmão, então.

— Ela não teria alertado o menino se não estivesse preocupada. E é claro, tem o tal de Morgan, aquele arrogante de merda. Quase dei uns sopapos no cara pelo telefone quando falei com ele. Talvez estivesse acontecendo algo entre ele e Pauline.

— Eles trabalhavam juntos. Ela pode ter pressionado demais, e ele surtou. Isso acontece com muitos homens que trabalham com mulheres mandonas.

— Ha, ha — desdenhou Faith. — Felix não reconheceria Morgan se ele fosse o sequestrador?

Will deu de ombros. Crianças podem ter bloqueios. Isso acontece com os adultos também.

— Nenhuma das nossas duas vítimas tem filhos — destacou Faith. — Nenhuma das duas foi dada como desaparecida, até onde sabemos. O carro de Jacquelyn Zabel sumiu do mapa. Não fazemos ideia se Anna tinha um carro, já que não sabemos nem o sobrenome dela. — Seu tom se tornava mais afiado à medida que ela enumerava cada beco sem saída. — Nem o nome. Pode ser outro, em vez de Anna. Quem vai saber o que Sara ouviu?

— Eu ouvi — defendeu Will. — Eu a ouvi dizer Anna.

Faith desconsiderou a resposta.

— Você ainda acha que podem ser dois sequestradores?

— Não tenho certeza de nada nesse momento, exceto que quem está fazendo isso não é amador. O DNA dele está por todo lado, o que significa que não tem uma ficha criminal com que se preocupar. Não temos pistas porque ele não deixou nenhuma. É bom nisso. Sabe como cobrir seus rastros.

— Um policial?

Will deixou a pergunta sem resposta.

— O sujeito deve fazer algo que leva as mulheres a confiarem nele — prosseguiu Faith. — Que permite que ele chegue perto o bastante para raptá-las sem que ninguém veja.

— O terno. As mulheres, os homens também, são mais propensas a confiar num estranho bem-vestido. É um julgamento de classe, mas é verdade.

— Ótimo. Só precisamos sair por aí e prender todos os homens de Atlanta que estavam usando terno hoje de manhã. — Ela ergueu os dedos, checando os itens da lista. — Nenhuma digital nos sacos de lixo encontrados nas mulheres. Nenhuma pista deixada nos itens encontrados na caverna. A digital ensanguentada encontrada na habilitação de Jacquelyn Zabel é de Anna. Não sabemos o sobrenome dela. Não sabemos onde morava ou trabalhava, nem se tem família. — Os dedos de Faith haviam chegado ao fim da lista.

— O sequestrador obviamente tem um método. Ele é paciente. Escava a caverna, prepara o buraco para as prisioneiras. Como você disse, ele provavelmente observa as mulheres antes de raptá-las. Já fez isso antes. Sabe-se lá quantas vezes.

— É, mas as vítimas dele não viveram para contar a história, ou teríamos encontrado algo na base de dados do FBI.

O telefone da mesa de Will tocou, e Faith atendeu.

— Mitchell. — Ela ouviu por alguns instantes, então tirou a caderneta da bolsa. Anotou algo em letras maiúsculas nítidas, mas Will foi incapaz de decifrar as palavras. — Você pode me dar um retorno sobre isso? — Pausa. — Ótimo. Ligue para o meu celular.

Ela colocou o fone no gancho.

— Era Leo. Ele já verificou as digitais encontradas no SUV de Pauline McGhee. O nome verdadeiro dela é Pauline Agnes Seward. Havia uma ocorrência registrando-a como pessoa desaparecida em 1989, em Ann Arbor, Michigan. Na época, tinha dezessete anos. De acordo com a ocorrência, os pais disseram que o estopim foi uma discussão. Que Pauline havia se perdido; usava drogas, era promíscua. As digitais dela foram inseridas no sistema depois de uma acusação de furto numa loja, em que alegou inocência. A polícia local fez uma busca, colocou-a nos registros de pessoas desaparecidas, mas esse é o primeiro êxito que eles tiveram em vinte anos.

— Isso bate com o que Morgan disse. Pauline contou que fugiu de casa aos dezessete anos. E quanto ao irmão?

— Nada. Leo vai fazer uma busca mais detalhada. Faith colocou a caderneta de volta na bolsa. — Ele está tentando localizar os pais. Se tivermos sorte, ainda moram em Michigan.

— Seward não parece ser um nome comum.

— Não é — concordou Faith. — Algo teria aparecido no sistema se o irmão estivesse envolvido em algum crime.

— Temos uma faixa etária? Um nome?

— Leo disse que entrará em contato conosco assim que descobrir alguma coisa.

Will se recostou na cadeira, apoiou a cabeça na parede.

— Pauline ainda não faz parte do nosso caso. Não temos um padrão no qual encaixá-la.

— Ela se parece com as outras vítimas. Ninguém gosta dela. Ela não é próxima de ninguém.

— Pode ser próxima do irmão — disse Will. — Leo disse que Pauline teve Felix com um doador de esperma, certo? Será que o doador foi o irmão?

Faith emitiu um som de repulsa.

— Meu Deus, Will.

O tom da parceira fez com que ele se sentisse culpado por sugerir uma coisa daquelas, mas o fato era que o trabalho deles consistia também em pensar nos piores cenários possíveis.

— Por qual outro motivo Pauline diria ao filho que o tio é um homem mau de quem ela precisa protegê-lo?

Faith relutou em responder.

— Abuso sexual — disse por fim.

— Eu posso estar redondamente enganado — admitiu ele. — O irmão pode ser ladrão, estelionatário, drogado. Pode estar preso.

— Se um Seward tivesse sido fichado em Michigan, Leo já o teria encontrado no sistema.

— Talvez o irmão tenha tido sorte.

Faith fez que não.

— Pauline estava com medo dele, não o queria por perto. Isso aponta para violência, ou medo de violência.

— Como você disse, se o irmão a estivesse ameaçando ou seguindo, haveria uma ocorrência em algum lugar.

— Não necessariamente. Ainda assim, ele é o irmão dela. As pessoas não correm para a polícia quando o assunto é familiar. Você sabe bem disso.

Will não tinha tanta certeza, mas ela estava certa quanto à busca de Leo no sistema.

— O que faria com que você alertasse Jeremy a ficar longe do seu irmão?

Ela refletiu sobre a pergunta.

— Não consigo pensar em nada que Zeke pudesse fazer que me levasse a proibir meu filho de falar com ele.

— E se ele batesse em você?

Faith abriu a boca para responder, mas pareceu mudar de ideia.

— Não se trata do que eu poderia suportar ou não, mas do que Pauline faria. — Faith ficou em silêncio, pensando. — Famílias são complicadas. As pessoas engolem muitos sapos por causa do sangue.

— Chantagem? — Will sabia que esse era um tiro no escuro, mas continuou. — Talvez o irmão soubesse de algo ruim sobre o passado de Pauline? Deve haver um motivo para ela ter mudado de nome aos dezessete anos. Agora Pauline tem um emprego que paga muito bem. Está em dia com a hipoteca. Tem um bom carro. Ela provavelmente estaria disposta a pagar bastante dinheiro para que tudo continuasse assim. — Em seguida, Will refutou a própria ideia. — Por outro lado, se o irmão a estivesse chantageando, precisaria que ela continuasse a trabalhar. Não haveria motivo para raptá-la.

— Ela não seria trocada por um resgate. Ninguém deu a mínima para o desaparecimento dela.

Will balançou a cabeça. Outro beco sem saída.

— Certo — disse Faith. — Talvez Pauline não esteja relacionada ao nosso caso. Talvez ela tenha um lance estranho, tipo O *jardim dos esquecidos*, com o irmão. O que devemos fazer agora? Vamos ficar sentados e esperar que uma terceira, ou quarta, mulher seja levada?

Will não sabia o que responder. Felizmente, não precisou.

— Vamos falar com os Coldfield — disse Faith depois de olhar o relógio.

* * *

Havia crianças no Abrigo para Mulheres da Fred Street — algo que Will não havia previsto, apesar de, claro, fazer sentido que mulheres sem-teto tenham filhos sem-teto. Uma pequena área em frente ao abrigo estava cercada para as crianças brincarem. As idades eram variadas, mas Will supunha que todas tivessem menos de seis anos, já que as mais velhas estariam na escola àquela hora do dia. Todas vestiam roupas descombinadas e surradas e tinham nas mãos brinquedos que já viram dias melhores: bonecas Barbie de cabelo cortado, carrinhos Tonka com rodas faltando. Will pensou que devia sentir pena delas, porque vê-las brincar o lembrava de sua infância, mas a exceção era que aquelas crianças tinham ao menos a mãe para cuidar delas, uma conexão com o mundo normal.

— Santo Deus — murmurou Faith, remexendo a bolsa. Havia um pote para doações no balcão logo na entrada, e ela depositou duas notas de dez. — Quem está cuidando dessas crianças?

Will olhou para o corredor. Nas paredes havia decoração de Páscoa e alguns desenhos infantis. Ele viu uma porta fechada com uma placa de banheiro feminino.

— Essa pessoa provavelmente está no banheiro.

— Qualquer um pode raptá-las.

Will não imaginava que muita gente quisesse aquelas crianças. Isso era parte do problema.

— Toque a campainha para ser atendido — disse Faith, e Will supôs que a parceira estivesse lendo a placa abaixo da campainha, a qual até mesmo um macaco entenderia.

Will se adiantou e tocou a sineta.

— Eles oferecem cursos de computação aqui — disse ela.

— O quê?

Faith pegou um dos panfletos no balcão. Will viu fotografias de mulheres e crianças sorridentes na frente, e as logomarcas das grandes empresas que patrocinavam o projeto no rodapé.

— Cursos de informática, aconselhamento, refeições. — Os olhos se moviam de um lado para o outro enquanto ela lia o texto. — Acompanhamento médico com foco cristão. — Ela largou o panfleto e o pôs de volta com os outros. — Suponho que digam que você vai para o inferno se fizer um aborto. Ótimo conselho para mulheres que já têm uma boca que não conseguem alimentar. — Ela tocou a sineta de novo, dessa vez com força suficiente para derrubá-la do balcão.

Will se abaixou e pegou a sineta no chão. Quando se levantou, viu uma mulher hispânica obesa atrás do balcão, com um bebê nos braços. Ela falou com um distinto sotaque texano arrastado, suas palavras dirigidas a Faith.

— Se vocês estão aqui para prender alguém, pedimos que não façam isso na frente das crianças.

— Estamos aqui para falar com Judith Coldfield — respondeu Faith, mantendo a voz baixa, ciente de que as crianças não apenas a observavam, como também haviam adivinhado o que ela era, a exemplo da mulher.

— Contornem o prédio até a loja na frente. Judith está trabalhando lá hoje. — Ela não esperou por um obrigado. Em vez disso, virou-se com a criança e voltou a sumir no corredor.

Faith abriu a porta, voltou à rua.

— Esses lugares me tiram do sério.

Will pensou que um abrigo de sem-teto era um lugar estranho para se odiar, mesmo para Faith.

— Por quê?

— Apenas os ajude. Não os faça rezar por isso.

— Algumas pessoas encontram alento na oração.

— E se não encontrarem? Não são dignas de receber ajuda? Você pode estar na rua e morrendo de fome, mas não pode ter uma refeição grátis ou um lugar seguro para dormir a não ser que concorde que o aborto é uma abominação e que outras pessoas têm o direito de dizer o que você deve fazer com o seu corpo?

Will não sabia o que responder, então apenas a seguiu pela lateral do prédio de tijolos, vendo-a colocar raivosamente a bolsa no ombro. Ela ainda resmungava quando dobraram a esquina e chegaram à loja. Havia uma placa grande na fachada, provavelmente com o nome do abrigo. A economia estava ruim para todo mundo, mas especialmente para instituições beneficentes, que dependiam de as pessoas se sentirem confortáveis o bastante para ajudar o próximo. Muitos abrigos locais vendiam doações recebidas para ajudar a custear as despesas básicas. Na vitrine, havia anúncios de diversos itens à venda. Faith os leu enquanto se dirigiam à entrada.

— "Artigos para o lar, roupas de cama e roupas, em geral, doações são bem-vindas, retirada gratuita para itens maiores."

Will abriu a porta, torcendo para que ela calasse a boca.

— "Abrimos diariamente, exceto aos domingos." "Não é permitida a entrada de cães."

— Já entendi — disse ele, olhando em volta. Liquidificadores estavam enfileirados numa prateleira, e torradeiras e pequenos micro-ondas, na de baixo. Havia algumas roupas em araras, a maior parte do estilo que era popular nos anos 1980. Latas de sopa e diversos potes de mantimentos estavam afastados do sol que entrava pelas janelas. O estômago de Will roncou, e ele se lembrou de quando separava os enlatados que chegavam ao orfanato para as festas de fim de ano. Ninguém doava coisa boa. Eram geralmente latas de presunto e beterraba em conserva, exatamente o tipo de coisa que qualquer criança ia querer na ceia de Natal.

Faith havia encontrado outra placa.

— "Todas as doações são isentas de impostos. Os valores são inteiramente usados para ajudar mulheres e crianças sem-teto. Deus abençoa aqueles que auxiliam o próximo."

Will percebeu que a mandíbula doía, tamanha era a força com que cerrava os dentes. Felizmente, não precisou pensar na dor por muito tempo. Um homem surgiu atrás do balcão, como o Sr. Drucker de *O fazendeiro do asfalto.*

— Tudo bem com vocês?

Faith levou a mão ao peito num reflexo.

— Quem diabos é você?

O homem corou tanto que Will quase conseguiu sentir o calor emanar de seu rosto.

— Desculpe, senhora. — Ele limpou a mão na camisa. Marcas escuras no tecido mostravam que fizera aquilo muitas vezes. — Tom Coldfield, estou ajudando a minha mãe com... — Ele indicou o piso atrás do balcão. Will viu que ele trabalhava num cortador de grama, desses de empurrar. O motor estava parcialmente desmontado. Parecia que ele estava tentando trocar a correia, o que dificilmente explicava por que o carburador estava no chão.

— Tem uma porca no... — começou a dizer Will, mas Faith o interrompeu.

— Sou a agente especial Faith Mitchell. Esse é o meu parceiro, Will Trent. Estamos aqui para falar com Judith e Henry Coldfield. Vocês são parentes?

— Meus velhos — explicou o homem, mostrando um par de dentes protuberantes ao sorrir para Faith. — Eles estão lá nos fundos. Meu pai está meio irritado por perder o jogo de golfe. — Ele imediatamente percebeu quanto aquilo havia soado imprudente. — Desculpem, eu sei que o que aconteceu com aquela mulher foi horrível. É só que... bem... eles já disseram tudo que aconteceu àquele outro detetive.

Faith continuou a transbordar simpatia.

— Tenho certeza de que não se incomodarão em dizer de novo.

Tom Coldfield parecia discordar, mas, de qualquer forma, fez um gesto para que o acompanhassem até a sala dos fundos. Will deixou que Faith fosse na frente, e os três se desviaram de caixas e pilhas de itens doados ao abrigo. Will imaginava que Tom Coldfield havia sido atlético em algum momento da vida, mas a chegada dos trinta cobrara seu preço, dando-lhe uma cintura arredondada e ombros caídos. Havia uma área calva no topo da cabeça, quase como a tonsura de um monge franciscano. Sem precisar perguntar, Will adivinhou que ele tinha filhos. Ele tinha a aparência típica de um pai do subúrbio. Provavelmente dirigia uma minivan e jogava futebol americano na internet.

— Desculpem a bagunça — disse Tom. — Estamos com poucos voluntários.

— Você trabalha aqui? — perguntou Faith.

— Ah, não. Eu enlouqueceria se trabalhasse aqui. — Ele deu uma risada, provavelmente ao notar a surpresa de Faith. — Sou controlador de tráfego aéreo. Minha mãe me convence a ajudar quando estão com pouca gente.

— Você foi militar?

— Força Aérea, seis anos. Como você adivinhou?

Faith deu de ombros.

— É o jeito mais fácil de receber o treinamento. — Então, provavelmente para criar empatia com o homem, acrescentou: — Meu irmão é da Força Aérea, está servindo na Alemanha.

Tom afastou uma caixa do caminho.

— Ramstein?

— Landstuhl. Ele é cirurgião.

— Aquilo é um caos. Seu irmão está fazendo um trabalho louvável.

Faith voltou ao modo policial, colocando as opiniões pessoais de lado.

— Certamente está.

Tom parou em frente a uma porta fechada e bateu. Will olhou para o fim do corredor e viu a outra extremidade do abrigo, o balcão no qual haviam estado minutos antes, esperando que a mulher saísse do banheiro. Faith fez o mesmo e revirou os olhos para Will enquanto Tom abria a porta.

— Mãe, esses são os detetives Trent e... desculpe, é Mitchell?

— Sim — confirmou Faith.

Tom apresentou os pais, embora aquilo fosse uma mera formalidade, já que havia apenas duas pessoas na sala. Judith estava sentada a uma mesa, com um livro contábil aberto à sua frente. Henry ocupava uma cadeira ao lado da janela. Tinha um jornal nas mãos, que balançou e dobrou cuidadosamente antes de voltar sua atenção a Will e Faith.

Tom não mentiu quando disse que o pai estava irritado por perder o jogo de golfe. Henry Coldfield parecia a paródia de um velho ranzinza.

— Devo pegar mais algumas cadeiras? — ofereceu Tom, mas não esperou a resposta, desaparecendo do campo de visão antes que alguém pudesse abrir a boca. O escritório não era pequeno; era grande o bastante para que quatro pessoas o ocupassem sem bater os cotovelos. Ainda assim, Will ficou de pé à porta enquanto Faith ocupava a única cadeira vazia. Normalmente, decidiam com antecedência quem ficaria à frente das perguntas, mas estavam fazendo aquele interrogatório de improviso. Quando Will olhou para Faith em busca de uma orientação, ela apenas deu de ombros. Aquela família era insondável. Teriam de decidir como proceder com o andar da carruagem. O primeiro passo em um interrogatório era fazer a testemunha se sentir à vontade. As pessoas não tendiam a se abrir e a ajudar até que você as fizesse perceber que não era o inimigo. Como estava mais perto do casal, Faith começou.

— Sr. e Sra. Coldfield, obrigada por nos receber. Sei que já falaram com o detetive Galloway, mas o que vocês passaram na noite passada foi muito traumático. Às vezes são necessários alguns dias até que se lembrem de tudo.

— Nunca passamos por nada assim na vida — disse Judith Coldfield, e Will se perguntou se a mulher acreditava que as pessoas atropelavam mulheres que haviam sido estupradas e torturadas numa caverna subterrânea todos os dias.

Henry pareceu perceber a mesma coisa.

— Judith.

— Ah, querido. — Judith levou a mão à boca, cobrindo o sorriso encabulado. Will notou de onde tinham vindo os dentões de Tom e sua facilidade para corar. — Quis dizer que nunca falamos com a polícia antes — explicou ela, e deu um tapinha na mão do marido. — Henry recebeu uma multa por excesso de velocidade uma vez, e só. Quando foi aquilo, querido?

— No verão de 1983 — respondeu Henry, sua carranca sugerindo que ainda não havia superado a experiência. Ele olhou para Will ao falar, como se apenas um homem fosse capaz de entender. — Dez quilômetros por hora acima do limite.

Will tentou pensar em algo que soasse simpático, mas nada veio à sua mente. Ele se voltou para Judith.

— Vocês são do norte?

— É assim tão óbvio? — Ela riu, levando a mão à boca outra vez, cobrindo o sorriso. Ela era dolorosamente consciente dos dentes protuberantes. — Pensilvânia.

— Vocês moravam lá antes de se aposentar?

— Ah, não — disse Judith. — Mudamos bastante por causa do trabalho de Henry. Principalmente pelo noroeste. Moramos no Oregon, em Washington, na Califórnia... mas não gostamos, né? — Henry soltou um resmungo. — E em Oklahoma, mas foi por pouco tempo. Vocês conhecem Oklahoma? É tão plano...

Faith foi direto ao assunto.

— E quanto a Michigan?

Judith fez que não, mas Henry intercedeu.

— Vi um jogo de futebol em Michigan em 1971. Michigan e Ohio State. Dez a sete. Quase morri congelado.

Faith aproveitou a oportunidade para tentar fazê-lo abaixar a guarda.

— O senhor gosta de futebol americano?

— Não suporto aquilo. — A carranca sugeria que ele ainda estava contrariado com a situação, enquanto a maioria das pessoas mataria para ver um jogo com tanta rivalidade.

— Henry era representante comercial — informou Judith. — Mas já viajou bastante antes disso. O pai dele passou trinta anos no Exército.

Faith assentiu, tentando encontrar uma forma de fazer o homem se abrir.

— Meu avô foi do Exército.

Judith interveio outra vez.

— Como estava na faculdade, Henry recebeu dispensa da guerra. — Will supôs que fosse o Vietnã. — Tivemos amigos que serviram nas Forças Armadas, é claro, e Tom serviu na Força Aérea, o que nos deu muito orgulho. Não é verdade, Tom?

Will não percebera que Tom tinha voltado. O filho dos Coldfield deu um sorriso encabulado.

— Desculpe, não temos mais cadeiras. As crianças estão construindo um forte com elas.

— Onde você serviu? — perguntou-lhe Faith.

— Keesler — respondeu ele. — Fiz o treinamento e cheguei a primeiro sargento da 334ª. Estavam falando em me mandar para Altus quando pedi dispensa.

— Já ia perguntar por que você deixou a Força Aérea, então lembrei que Keesler é no Mississippi.

O rubor voltou com força total, e Tom deu uma risada constrangida.

— Sim, senhora.

Faith voltou sua atenção a Henry, provavelmente pensando que não conseguiriam muito de Judith sem o aval do marido.

— Alguma vez saíram do país?

— Sempre ficamos nos Estados Unidos.

— O senhor tem sotaque de militar — observou Faith, o que Will sabia significar não ter sotaque algum.

A resistência de Henry parecia se desfazer lentamente sob a atenção de Faith.

— Você vai para onde eles dizem que você deve ir.

— Foi exatamente o que meu irmão disse quando o mandaram para fora. — Faith se curvou para a frente. — Sabe, acho que ele gosta de se mudar para cima e para baixo, sem nunca fincar raízes.

Henry começou a se abrir um pouco mais.

— Casado?

— Não.

— Uma mulher em cada porto?

— Meu Deus, espero que não. — Faith riu. — Para a minha mãe, era a Força Aérea ou o seminário.

Henry soltou uma risada.

— A maioria das mães pensa assim a respeito dos filhos. — Ele apertou a mão da esposa, e Judith sorriu para Tom, cheia de orgulho.

Faith se voltou para o filho.

— Você disse que é controlador de tráfego aéreo?

— Sim, senhora — respondeu ele, apesar de provavelmente ser mais velho que Faith. — Trabalho no Charlie Brown. — Tom se referia ao aeroporto a oeste de Atlanta. — Estou lá há cerca de dez anos É um bom emprego. Às vezes cuidamos do tráfego da Dobbins à noite. — A Dobbins era uma base da Força Aérea a poucos quilômetros da cidade. — Aposto que seu irmão já voou de lá.

— Aposto que sim — concordou Faith, mantendo contato visual com o homem por tempo suficiente para que se sentisse lisonjeado. — Você mora em Conyers agora?

— Sim, senhora. — Tom deu um sorriso franco, seus dentões saltando como presas de elefante. Estava mais relaxado agora, falante. — Eu me mudei para Atlanta quando pedi dispensa da Keesler. — Ele fez um gesto de cabeça em direção à mãe. — Fiquei muito feliz quando meus pais decidiram se mudar para cá.

— Eles moram na Clairmont Road, certo?

Tom fez que sim, ainda sorrindo.

— Perto o bastante para nos visitar sem precisar levar as malas.

Judith não parecia gostar da proximidade entre os dois. Ela rapidamente se intrometeu na conversa.

— A esposa de Tom adora o jardim dela. — Ela passou a procurar algo na bolsa. — Mark, o filho deles, é obcecado por aviação. Fica mais parecido com o pai a cada dia.

— Mãe, eles não precisam ver...

Tarde demais. Judith tirou uma fotografia e a entregou a Faith, que fez os devidos sons de aprovação antes de passá-la a Will, que manteve a expressão neutra ao olhar a foto de família. Os genes dos Coldfield sem dúvida eram fortes. A menina e o menino na foto eram cópias do pai. Para piorar as coisas, Tom não arrumara uma esposa atraente que amenizasse a carga genética da família. A mulher tinha cabelos loiros malcuidados e uma boca resignada que parecia sugerir que aquilo era o melhor que podia ser.

— Darla — informou Judith, nomeando a esposa. — Estão casados há quase dez anos. Não é isso, Tom?

Ele deu de ombros daquele jeito embaraçoso que os filhos fazem na companhia dos pais.

— Bem legal — disse Will, devolvendo a foto para Judith.

— Você tem filhos? — perguntou Judith a Faith.

— Um filho. — Faith não ofereceu mais informações. Em vez disso, voltou às perguntas.

— Tom é filho único?

— Isso mesmo. — Judith sorriu outra vez, cobrindo a boca. — Henry e eu achamos que não pudéssemos... — O resto da frase ficou no ar, e a mulher apenas olhou para Tom com orgulho evidente. — Ele foi um milagre.

Tom deu de ombros de novo, sem dúvida constrangido.

Faith sutilmente mudou o assunto para o real motivo da visita.

— E vocês tinham visitado Tom e a família no dia do acidente?

Judith assentiu.

— Ele quis fazer algo para o nosso aniversário de quarenta anos de casados. Não foi, Tom? — A voz da mulher adquiriu uma inflexão distante. — Que coisa terrível! Acho que em todos os aniversários nos lembraremos...

— Não entendo como uma coisa dessas pôde acontecer — falou Tom. — Como aquela mulher... — Ele balançou a cabeça. — Não faz sentido. Porra, quem faria uma coisa daquelas?

— Tom — repreendeu Judith. — Olha essa boca.

O olhar de Faith para Will sugeria que ela usava todas as suas forças para não revirar os olhos. Mas se recuperou rápido, dirigindo-se ao casal.

— Eu sei que vocês já disseram tudo ao detetive Galloway, mas vamos recomeçar bem do início. Vocês estavam de carro na estrada, viram a mulher e então...?

— Bem — começou Judith. — A princípio, eu pensei que talvez fosse um veado. Já vimos veados na beira da estrada muitas vezes. Henry sempre dirige devagar quando está escuro, para o caso de um deles atravessar a pista.

— Eles olham para os faróis, e isso os deixa paralisados — explicou Henry, como se um veado iluminado por faróis fosse um fenômeno obscuro.

— Ainda não estava totalmente escuro — continuou Judith. — Anoitecia, acho. E eu vi uma coisa na estrada. Abri a boca para alertar Henry, mas era tarde demais. Já havíamos batido na coisa. *Nela.* — Judith pegou um lenço de papel na bolsa e o pressionou contra os olhos. — Aqueles bons rapazes tentaram ajudá-la, mas eu acho que não... quer dizer, depois daquilo tudo...

Henry segurou a mão da esposa outra vez.

— Ela... a mulher está...?

— Ela ainda está no hospital — informou Faith. — Os médicos não sabem se retomará a consciência.

— Jesus — disse Judith num sussurro, quase uma oração. — Espero que não retome.

— Mãe... — disse Tom, surpreso.

— Eu sei que soa cruel, mas espero que ela nunca se lembre do que aconteceu com ela.

A família ficou em silêncio. Tom olhou para o pai. Henry engoliu em seco, e pareceu a Will que o homem começava a ser dominado pelas lembranças.

— Achei que estivesse tendo um infarto — ele conseguiu dizer, com um riso rouco.

Judith abaixou o tom de voz, confiando um segredo como se o marido não estivesse do seu lado.

— Henry tem problemas cardíacos.

— Nada de mais — retorquiu ele. — A porcaria do airbag me acertou bem no peito. Equipamento de segurança, eles dizem. Aquela droga quase me matou.

— Sr. Coldfield, o senhor viu a mulher na estrada? — perguntou Faith.

Henry assentiu.

— Foi como Judith disse. Era tarde demais para frear. Eu não estava correndo. Estava dentro do limite de velocidade. Vi alguma coisa... pensei que fosse um veado, como ela disse. Afundei o pé no freio. Ela simplesmente surgiu do nada. Do nada. Não achei que fosse uma mulher até descermos do carro e a vermos. Uma coisa terrível. Terrível.

— O senhor sempre usou óculos? — Will abordou o assunto com cuidado.

— Sou piloto amador. Faço exame de vista duas vezes por ano. — Ele tirou os óculos. Ficou irritado, mas manteve o tom controlado. — Posso ser velho, mas estou em condições de voo. Não tenho catarata, enxergo como um menino.

— E o seu coração?

Judith interveio.

— Não é nada grave. Só é preciso ficar de olho, manter o estresse sob controle.

Henry tomou a palavra, ainda indignado.

— Nada que preocupe os médicos. Tomo meus remédios. Não carrego peso. Estou bem.

Faith tentou acalmá-lo mudando de assunto.

— Um rapaz do Exército pilotando aviões?

Henry pareceu refletir se deixava ou não o assunto de saúde de lado.

— Meu pai pagou umas aulas para mim quando eu era adolescente — respondeu por fim. — Morávamos No Meio do Nada, Alasca. Ele achou que seria uma boa maneira de me manter longe de confusão.

Faith sorriu, ajudando a tranquilizá-lo novamente.

— As condições de voo eram boas?

— Se tivéssemos sorte. — Henry riu, bem-humorado. — Era preciso tomar cuidado no pouso... o vento frio podia acertar o avião como um mata-moscas. Alguns dias eu só fechava os olhos e rezava para tocar a pista, e não o gelo.

— Coldfield significa "campo gelado" — disse Faith, numa brincadeira com o sobrenome.

— Isso — concordou Henry, como se já tivesse ouvido aquilo muitas vezes. Ele colocou os óculos de volta, subitamente sério. — Escutem, quem sou eu para dizer às pessoas como fazer o seu trabalho, mas vocês não vão perguntar sobre o outro carro?

— Que outro carro? — perguntou Faith. — O que parou para ajudar?

— Não, o carro que passou por nós a toda velocidade na estrada, no sentido contrário. Deve ter sido uns dois minutos antes de atropelarmos aquela jovem.

Judith preencheu o silêncio aturdido dos dois.

— Com certeza vocês já sabem disso. Contamos tudo àquele outro policial.

11

A viagem até o distrito policial do condado de Rockdale foi um borrão que Faith preencheu com todos os impropérios que conhecia.

— Eu sabia que aquele cretino estava mentindo para mim — disse ela, xingando Max Galloway e toda a polícia de Rockdale. — Você devia ter visto o jeito convencido dele quando foi embora do hospital. — Faith deu um tapa no volante, desejando estar dando um murro no pomo de adão de Galloway. — Eles acham que isso é algum tipo de brincadeira? Não viram o que fizeram com aquela mulher? Pelo amor de Deus!

Ao seu lado, Will permanecia em silêncio. Como sempre, ela não tinha ideia do que se passava na cabeça do parceiro. Ele permaneceu calado a viagem inteira, falou apenas quando Faith entrou no estacionamento de visitantes, em frente ao distrito policial do condado de Rockdale.

— Já terminou o chilique? — perguntou ele.

— Terminei droga nenhuma. Eles mentiram para nós. Nem ao menos mandaram o fax do maldito laudo da perícia. Como podemos investigar o caso se eles insistem em reter informações que podem...

— Pense na razão pela qual eles fizeram isso — rebateu Will. — Uma mulher morreu, a outra está praticamente morta, e eles ainda escondem provas de nós. Não estão nem aí para as pessoas envolvidas, Faith. Só pensam no próprio ego e em nos expor. Estão vazando informações para a imprensa, se recusam a cooperar. Você acha que, se entrarmos aqui atirando para todo lado, vamos ter o que queremos?

Faith abriu a boca para responder, mas Will já estava descendo do carro. Ele deu a volta até o lado do motorista e abriu a porta para ela, como se estivessem num encontro.

— Confie em mim apenas nisso, Faith. Não temos controle nenhum aqui — argumentou ele.

Ela afastou a mão de Will.

— Não vou engolir nada desse Max Galloway.

— Eu engulo — garantiu Will, ainda estendendo a mão, como se ela precisasse de ajuda para descer do carro.

Faith pegou a bolsa no banco traseiro. Acompanhou-o até a calçada, pensando que não era de se estranhar que todos que conheciam Will Trent achavam que ele era contador. Não conseguia entender a falta de autoestima do cara. Naquele ano em que trabalhavam juntos, a emoção mais forte que o vira exibir foi irritação, geralmente com ela. Will podia ser carrancudo ou melancólico, e Deus sabia que se torturava por muita coisa, mas nunca o vira furioso de verdade. Certa vez, ficou numa sala sozinho com um suspeito que horas antes tinha tentado meter uma bala na sua cabeça, e a única emoção que Will demonstrou foi empatia.

O policial uniformizado atrás do balcão obviamente reconheceu Will. Sua boca se contorceu em um gesto de desprezo.

— Trent.

— Detetive Fierro — respondeu Will, apesar de o homem obviamente não ser mais detetive. Sua barriga volumosa forçava os botões do uniforme como um recheio que escorre de um donut de geleia. Considerando o que Fierro havia dito a Amanda sobre Lyle Peterson, Faith estava surpresa com o fato de ele não estar numa cadeira de rodas.

— Eu devia ter colocado a tábua de volta e deixado você naquela caverna — disse Fierro.

— Sou muito grato que não tenha feito isso. — Will indicou Faith. — Essa é a minha parceira, agente especial Mitchell. Precisamos falar com o detetive Max Galloway.

— Sobre o quê?

Faith já estava farta de papo furado. Ela abriu a boca para disparar chumbo grosso, mas Will a deteve com um olhar.

— Talvez possamos falar com o chefe Peterson se o detetive Galloway não estiver disponível.

— Ou podemos falar com o seu chapa Sam Lawson, do *Atlanta Beacon* — acrescentou Faith. — E dizer que essas histórias que você anda vazando para ele são apenas a sua forma de livrar essa sua cara gorda das trapalhadas que fez nesse caso.

— Você é mesmo uma vaca.

— Eu ainda nem comecei — garantiu Faith. — Chame Galloway agora mesmo, antes que a gente coloque a nossa chefe nisso. Ela já tirou o seu distintivo. O que acha que vai tirar depois disso? O meu palpite é que vai ser o seu pequeno...

— Faith — disse Will, mais um alerta que uma palavra.

Fierro pegou o telefone, digitou um ramal.

— Max, tem uns filhos da puta aqui querendo falar com você. — Ele colocou o fone de volta no gancho. — No corredor, entrem na primeira direita, primeira sala à esquerda.

Faith foi na frente, já que Will não saberia como seguir as instruções. A delegacia era um típico prédio governamental dos anos 1960, com muitos blocos de vidro e pouca circulação de ar. As paredes eram repletas de condecorações e fotografias de policiais em churrascos e eventos beneficentes. Como indicado, virou à direita e parou em frente à primeira porta à esquerda.

Faith leu a placa na porta.

— Cretino — murmurou. Fierro os mandara para uma sala de interrogatório.

Will se adiantou e abriu a porta. Ela o viu notar a mesa parafusada no chão, as barras nas laterais usadas para algemar os suspeitos durante as entrevistas.

— A nossa é mais aconchegante — foi tudo que ele disse.

Havia duas cadeiras, uma de cada lado da mesa.

Faith largou a bolsa na que estava de costas para o espelho duplo e cruzou os braços, não querendo estar sentada quando Galloway entrasse na sala.

— Isso é uma palhaçada. Devíamos ligar para Amanda. Ela não engoliria essa brincadeirinha de cabra-cega.

Will se recostou na parede, colocou as mãos nos bolsos.

— Se envolvermos Amanda nisso, eles não terão absolutamente nada a perder. Deixe que tentem salvar a própria reputação nos empurrando de um lado para o outro. Que diferença faz, se conseguirmos a informação de que precisamos?

Ela olhou para o espelho, perguntando-se se teriam uma plateia do outro lado.

— Vou entrar com uma denúncia formal quando isso acabar. Obstrução de justiça, interferência num caso ativo, mentir para um agente de segurança pública. Eles rebaixaram aquele bosta do Fierro de volta para o uniforme. Galloway terá sorte se acabar dirigindo uma carrocinha.

No corredor, ela ouviu uma porta se abrir, depois se fechar. Segundos depois, Galloway estava parado à porta, com a mesmíssima expressão da noite anterior.

— Fiquei sabendo que vocês queriam falar comigo.

— Acabamos de falar com os Coldfield — disse Faith.

Galloway fez um gesto de cabeça para Will, que devolveu o cumprimento ainda encostado à parede.

— Existe algum motivo para você não ter me falado do outro carro ontem à noite? — indagou Faith.

— Achei que tivesse falado.

— Conversa fiada. — Faith não sabia o que a irritava mais: o fato de estar sendo enrolada como se aquilo fosse uma brincadeira ou a vontade de usar o mesmo tom que usava quando ia colocar Jeremy de castigo.

Galloway ergueu as mãos, sorrindo para Will.

— A sua parceira é sempre histérica assim? Talvez seja aquele período do mês.

Faith sentiu que fechava os punhos. Aquele sujeito estava prestes a ver o pior tipo de histeria.

211

— Escute — interrompeu Will, posicionando-se entre os dois. — Apenas fale sobre o carro, e o que mais souber. Não vamos criar problemas para você. E não queremos conseguir as informações do jeito mais difícil. — Will foi até a mesa e pegou a bolsa de Faith antes de se sentar. Manteve a bolsa no colo, o que lhe dava uma aparência ridícula, como um sujeito que espera a esposa experimentar roupas fora do provador.

Ele gesticulou para que Galloway se sentasse à sua frente.

— Temos uma vítima no hospital que provavelmente está em coma irreversível. A necropsia de Jacquelyn Zabel, a mulher da árvore, não nos deu nenhuma pista. Agora outra mulher está desaparecida. Ela foi raptada no estacionamento de um supermercado. O filho foi deixado no banco de trás do carro. Felix, seis anos. Está com o Conselho Tutelar agora, com estranhos. Ele só quer a mãe dele de volta.

Galloway parecia impassível.

— Não lhe deram esse distintivo de detetive pelos seus lindos olhos azuis — continuou Will. — Houve barreiras policiais ontem à noite. Você sabia do segundo carro visto pelos Coldfield. Vocês estavam parando os motoristas. — Ele mudou de tática. — Não procuramos o seu chefe para falar disso. Não fizemos nossa chefe pedir a cabeça de ninguém. O tempo é um luxo que não podemos nos dar. A mãe de Felix está desaparecida. Ela pode estar em outra caverna, presa a outra cama, com outra vaga embaixo para a próxima vítima. Você quer isso na sua consciência?

Por fim, Galloway soltou um longo suspiro e se sentou. Ele se curvou na cadeira e tirou uma caderneta do bolso de trás da calça, gemendo como se aquilo lhe provocasse uma dor física.

— Eles disseram a você que era branco, provavelmente um sedã? — disse Galloway.

— Sim — respondeu Will. — Henry Coldfield não reconheceu o modelo. Disse que era um carro mais antigo.

Galloway assentiu. Estendeu para Will a caderneta. Will abaixou os olhos, folheou as páginas como se confirmasse a informação e a passou a Faith. Ela viu uma lista de nomes com um endereço do

Tennessee e um número de telefone. Pegou a bolsa do colo de Will para copiar as informações.

— Duas mulheres, irmãs, e o pai — disse o detetive. — Estavam voltando da Flórida a caminho de casa, no Tennessee. O carro deles quebrou e ficou no acostamento a cerca de dez quilômetros de onde o Buick atropelou a nossa primeira vítima. Viram um sedã branco se aproximando. Uma das mulheres fez sinal e o carro reduziu, mas não parou.

— Ela viu o motorista?

— Negro, de boné, com o som bem alto. Disse que ficou feliz que o sujeito não tenha parado.

— Eles viram a placa?

— Apenas três letras, alfa, foxtrot, charlie, o que nos dá uns trezentos mil carros, dos quais dezesseis mil são brancos, metade deles registrados nos arredores.

Faith anotou as letras, A-F-C, pensando que a placa era inútil, a não ser que acabassem topando com o carro. Ela folheou as anotações de Galloway, tentando descobrir o que mais o detetive estava escondendo.

— Gostaria de falar com eles três — disse Will.

— Tarde demais — retrucou Galloway. — Voltaram para o Tennessee hoje de manhã. O pai é idoso, não está muito bem. Parece que estavam levando o homem para morrer em casa. Você pode ligar, talvez ir até lá. Mas vou lhe dizer, conseguimos tudo que pudemos deles.

— Havia mais alguma coisa no local? — perguntou Will.

— Só o que vocês leram nos relatórios.

— Ainda não recebemos os relatórios.

Galloway pareceu ficar quase contrito.

— Desculpem. A menina devia ter passado o fax para vocês hoje cedo. Provavelmente ainda estão soterrados na mesa dela.

— Podemos pegá-los antes de ir embora — ofereceu Will. — Você pode só me dar um resumo?

— Nada fora do comum. Quando a viatura chegou, o cara que parou, o paramédico, já atendia a vítima. Judith Coldfield estava surtando, preocupada com a possibilidade de o marido estar tendo um infarto. A ambulância chegou e levou a vítima. O velho já estava melhor, então esperou pela segunda ambulância, que chegou alguns minutos depois. Nossos rapazes ligaram para os detetives, começaram a isolar o local. O de sempre. Estou sendo honesto. Não apareceu nada incomum.

— Gostaríamos de falar com o primeiro policial que chegou ao local, pegar suas impressões.

— Ele está pescando em Montana com o sogro neste momento. — Galloway deu de ombros. — Não estou enrolando vocês. O cara já tinha planejado as férias há um bom tempo.

Faith encontrou um nome conhecido nas anotações de Galloway.

— O que é isso aqui sobre Jake Berman? — Ela explicou para Will: — Rick Sigler e Jake Berman foram os dois homens que pararam para ajudar Anna.

— Anna? — perguntou Galloway.

— Foi o nome que ela deu no hospital — respondeu Will. — Rick Sigler é o socorrista, certo?

— Certo — confirmou Galloway. — A história deles sobre o cinema me pareceu um pouco suspeita.

Faith fez um som de repulsa, perguntando-se quantas vezes aquele cara precisava bater com a cabeça na parede antes de desmaiar de pura estupidez.

— Enfim — disse Galloway, fazendo questão de ignorar Faith. — Levantei os antecedentes dos dois. Sigler está limpo, mas Berman não.

Faith sentiu um aperto no estômago. Passara duas horas no computador aquela manhã e não lhe ocorrera pesquisar os antecedentes criminais dos dois homens.

— Atos obscenos. — Galloway sorriu ao notar o espanto de Faith. — O cara é casado, tem dois filhos. Foi pego trepando com outro cara no banheiro do Mall of Georgia seis meses atrás. Um adolescente entrou e deu de cara com os dois, um fungando no cangote do outro. Pervertido de merda. A minha esposa faz compras naquele shopping.

— Você falou com Berman? — perguntou Will.

— Ele me deu um número falso. — Galloway dirigiu outro olhar irônico para Faith. — Ainda por cima, o endereço da habilitação está desatualizado.

Faith percebeu um furo na história e voltou à carga.

— Como você sabe que ele é casado e tem dois filhos?

— Está no auto da prisão. Ele estava com eles no shopping. Estavam esperando que saísse do banheiro. — Os lábios de Galloway se contorceram em um gesto de aversão. — Se quiserem o meu conselho, ele é o cara que vocês deviam estar procurando.

— As mulheres foram estupradas — disse Faith, jogando a caderneta de volta. — Gays não vão atrás de mulheres. É o tipo de coisa que faz deles gays.

— E esse criminoso parece o tipo de pessoa que gosta de mulheres?

Faith não respondeu, basicamente porque ele tinha razão.

— E quanto a Rick Sigler? — perguntou Will.

Sem a menor pressa, Galloway fechou a caderneta, colocou-a de volta no bolso.

— Tem ficha limpa. Trabalha como paramédico há dezesseis anos. Estudou na Heritage High School, logo aqui em frente. — O detetive fez outra careta de aversão. — Jogou no time de futebol americano, se é que dá para acreditar.

Will não teve pressa para chegar à última pergunta.

— O que mais você está escondendo?

Galloway o olhou nos olhos.

— Isso é tudo que eu sei, *kemo sabe*.

Faith não acreditava nisso, mas Will parecia satisfeito. Ele estendeu a mão e cumprimentou o sujeito.

— Obrigado pelo seu tempo, detetive.

Faith acendeu as luzes ao entrar na cozinha de casa, deixou a bolsa sobre a bancada, largou o corpo na mesma cadeira em que ela havia começado o dia. Sua cabeça latejava, seu pescoço estava tão tenso que doía quando virava a cabeça. Pegou o telefone para conferir o correio de voz. A mensagem de Jeremy era curta e excepcionalmente

doce: "*Oi, mãe, só estou ligando para ver como você está. Te amo*".
Faith franziu a testa, pensando que ou ele havia tirado uma nota ruim
na prova de química ou precisava de dinheiro.

Ela discou o número do filho, mas desligou antes que a ligação
fosse completada. Faith ainda estava exausta, tão cansada que sua
vista era um borrão, e não queria nada além de um banho quente e
uma taça de vinho, e nada disso era recomendado no seu atual estado. Não precisava piorar ainda mais as coisas gritando com o filho.

O laptop ainda estava sobre a mesa, mas Faith não conferiu os
e-mails. Amanda ordenara que fosse ao seu escritório no final do dia
para falar do desmaio no estacionamento do fórum. Faith olhou para
o relógio do forno. Já passava bastante do horário comercial, eram
quase dez horas. Amanda provavelmente estava em casa sugando o
sangue dos insetos presos em sua teia.

Faith se perguntou se aquele dia poderia ficar ainda pior, então
decidiu que era uma improbabilidade matemática, considerando a
hora. Passara as últimas cinco horas com Will, entrando e saindo
do carro, tocando campainhas, falando com quaisquer homens,
mulheres ou crianças que atendessem a porta, isso quando alguém
atendia, à procura de Jake Berman. No total, havia vinte e três Jake
Bermans espalhados pela região metropolitana. Faith e Will haviam
falado com seis, descartado doze e não conseguiram encontrar os
outros cinco, pois não estavam nem em casa nem no trabalho, ou
não atenderam a porta.

Se encontrar o homem fosse mais fácil, talvez Faith não estivesse
tão preocupada com ele. Testemunhas mentiam para a polícia o tempo todo. Davam nomes falsos, telefones falsos, detalhes falsos. Isso
era tão comum que Faith dificilmente se irritava quando acontecia.
No entanto, Jake Berman era outra história. Todo mundo deixava
um rastro documental. Era possível levantar registros telefônicos ou
endereços antigos e, mais cedo ou mais tarde, você estaria olhando
na cara da testemunha, agindo como se não tivesse perdido metade
do dia para encontrá-la.

Jake Berman não tinha rastro. Ele nem ao menos tinha apresentado uma declaração de imposto de renda no ano anterior. Pelo menos não sob o nome Jake Berman — e isso invocava o fantasma do irmão de Pauline McGhee. Talvez Berman tivesse mudado de nome, como Pauline Seward. Talvez Faith tivesse sentado à mesa de frente para o assassino na cantina do Hospital Grady, na noite em que aquele caso havia começado.

Ou talvez Jake Berman evitasse a Receita e por isso nunca usava cartões de crédito ou celular, e Pauline McGhee tenha abandonado sua antiga vida porque às vezes era isso o que as mulheres faziam — elas simplesmente iam embora.

Faith começava a entender como essa opção tinha seus benefícios.

Entre uma batida na porta e outra, Will telefonara para Beulah, Edna e Wallace O'Connor, no Tennessee. Max Galloway não mentira sobre o pai idoso. O homem estava em casa, e pela parte de Will da conversa, Faith concluíra que não estava exatamente lúcido. As irmãs eram faladoras e obviamente queriam ajudar, mas não havia nada mais que pudessem acrescentar sobre o sedã branco que viram passar na estrada a poucos quilômetros da cena do crime, além do fato de que tinha lama no para-choque.

Encontrar Rick Sigler, foco do encontro amoroso de Jack Berman na Rota 316, foi um pouco mais produtivo. Faith fizera a ligação, e o homem pareceu prestes a ter um infarto no segundo em que ela se identificou. Rick estava na ambulância, levando um paciente para o hospital, e tinha outras duas buscas agendadas. Faith e Will o encontrariam às oito da manhã no dia seguinte, quando terminava o seu plantão.

Faith olhou para o laptop. Sabia que deveria incluir aquilo no relatório para que Amanda tivesse a informação, apesar de a chefe parecer ser bem capaz de descobrir as coisas por conta própria. Ainda assim, Faith fez o que tinha de fazer. Puxou o computador, abriu-o e apertou a tecla espaço do modo de economia de energia.

Em vez de entrar nos e-mails, ela abriu o navegador. Suas mãos pairavam sobre as teclas, então os dedos passaram a se mover por conta própria. SARA LINTON CONDADO GRANT GEÓRGIA.

O Firefox mostrou quase três mil resultados. Faith clicou no primeiro link, que a levou a uma página de pediatria que requeria usuário e senha para acessar um artigo de Sara sobre defeitos do septo ventricular em recém-nascidos subnutridos. O segundo link tratava de algo tão interessante quanto, então Faith rolou a tela até encontrar uma matéria sobre o tiroteio num bar em Buckhead, que relatava que Sara havia sido a médica de plantão a atender as vítimas no Grady.

Faith se deu conta de que estava sendo idiota. Não havia nada de errado em fazer uma pesquisa geral, mas mesmo as matérias de jornal contariam apenas metade da história. Em caso de morte de policiais, o GBI sempre era chamado. Faith poderia acessar os registros do caso na base de dados da agência. Ela abriu o programa e começou a busca. Mais uma vez, o nome de Sara estava por todo lado, em todos os casos que testemunhara como legista. Faith refinou a pesquisa, excluindo os testemunhos como especialista.

Dessa vez, apareceram apenas dois resultados. O primeiro era um caso de agressão sexual vinte anos atrás. Como acontece com a maioria dos navegadores, havia uma breve descrição do conteúdo abaixo do link, poucas linhas de texto que davam uma ideia do conteúdo do caso. Faith correu os olhos pela descrição, e moveu o cursor até o link, sem clicar. As palavras de Will lhe vieram à mente, seu discurso galante sobre a privacidade de Sara Linton.

Talvez ele tivesse alguma razão.

Faith clicou no segundo link e abriu o arquivo sobre Jeffrey Tolliver. Era um assassinato de policial. Os relatos eram extensos, detalhados, o tipo de narrativa que se faz de modo a garantir que cada palavra tenha sustentação num tribunal. Faith leu o histórico do homem, seus anos de serviço na polícia. Havia hyperlinks dos casos em que trabalhara, alguns deles Faith lembrava dos telejornais, enquanto outros, ela conhecia das conversas na delegacia.

Ela rolou página após página, lendo sobre a vida de Tolliver, tendo uma ideia do caráter do homem pela forma respeitosa como as pessoas o descreviam. Faith não parou até chegar às fotografias da cena do crime. Tolliver havia sido morto por uma bomba-tubo rudimentar.

Sara estava por perto, presenciara tudo, vira o marido morrer. Faith respirou fundo, abriu o laudo da necropsia. As fotografias eram chocantes, os danos, terríveis. De alguma forma, as fotografias da cena estavam misturadas: Sara com as mãos estendidas para que a câmera registrasse os espirros de sangue. Um close do rosto de Sara, com sangue escuro sobre a boca, os olhos tão vazios e sem vida quanto os do marido nas fotos do necrotério.

Todos os registros classificavam o caso como aberto. Nenhuma solução era informada. Nenhuma prisão. Nenhuma condenação. Estranho, num assassinato de policial. O que foi mesmo que Amanda disse sobre a Coastal?

Faith abriu uma nova janela do navegador. O GBI era responsável pela investigação de todas as mortes ocorridas nas propriedades do estado. Ela fez uma busca por mortes na Penitenciária Estadual Coastal nos quatro últimos anos. Eram dezesseis ao todo. Três homicídios — um supremacista branco magrela espancado até a morte na sala de recreação e dois negros golpeados quase duzentas vezes com o cabo afiado de uma escova de dentes. Faith examinou os outros treze: oito suicídios, cinco mortes por causas naturais. Ela pensou nas palavras de Amanda para Sara Linton: *nós cuidamos dos nossos.*

Os agentes penitenciários chamavam isso de "liberdade condicional para Jesus". A morte precisava ser silenciosa, discreta e plausível. Um policial sabia cobrir seus rastros. Faith suspeitava que um dos suicidas ou um dos mortos por overdose fosse o assassino de Tolliver — uma morte triste e patética, mas justa, de qualquer forma. Ela sentiu que tirava um peso do peito, um alívio pelo fato de o homem ter sido punido, poupando a viúva de um policial de um longo julgamento.

Faith fechou os arquivos, um a um, até que todos tivessem sumido, então reabriu o Firefox. Fez uma busca com os nomes Jeffrey Tolliver e Sara Linton. Apareceram matérias do jornal local. O *Grant Observer* não era exatamente um candidato ao Pulitzer. A primeira página trazia o cardápio de almoço diário da escola primária, e as principais matérias pareciam girar em torno das realizações do time de futebol americano da escola de ensino médio.

Munida das datas certas, não tardou para que Faith encontrasse as matérias sobre o assassinato de Tolliver. Elas dominaram as manchetes por semanas. Ela ficou surpresa ao ver quanto ele era bonito. Havia uma fotografia dele com Sara em algum evento formal. Ele estava de smoking, ela usava um vestido preto justo. Ela estava radiante ao lado dele, uma pessoa completamente diferente. Era estranho, mas foi aquela foto que fez Faith se sentir mal pela sua investigação clandestina sobre a vida de Sara Linton. A médica parecia plenamente feliz na fotografia, como se sua vida estivesse completa. Faith olhou a data. A foto havia sido tirada duas semanas antes da morte de Tolliver.

Com essa última revelação, ela fechou o computador, sentindo-se triste e com um pouco de nojo de si mesma. Will estava certo ao menos sobre aquilo — ela não devia ter bisbilhotado.

Como penitência por seus pecados, Faith pegou o glicosímetro. A glicemia estava alta, e ela precisou pensar por um segundo no que precisava fazer. Outra agulha, outra injeção. Ela abriu a bolsa. Restavam apenas três canetas de insulina, e ela não havia marcado ainda a consulta com Delia Wallace, como prometera.

Faith levantou a saia, expondo a coxa. Ainda podia ver a marca onde se injetara no banheiro, por volta da hora do almoço. Um pequeno hematoma rodeava o furo, e ela pensou que devia tentar a sorte na outra perna dessa vez. A mão não tremeu tanto quanto de costume, e foi preciso contar apenas até vinte e seis antes de enterrar a agulha na coxa. Ela se recostou na cadeira, esperando até se sentir melhor. Um minuto se passou, e Faith se sentia pior.

Amanhã, ela pensou. A primeira coisa que faria na manhã seguinte seria marcar uma consulta com Delia Wallace.

Ela ajeitou a saia ao se levantar. A cozinha estava uma zona, com louça empilhada na pia, o lixo transbordando. Faith não era uma pessoa organizada por natureza, mas sua cozinha era geralmente impecável. Fora chamada a várias cenas de homicídio nos quais mulheres eram encontradas esparramadas no chão de cozinhas imundas. A visão sempre motivava um julgamento precipitado em Faith, como se a mulher merecesse ser espancada até a morte pelo namorado, ou morta a tiros por um estranho, porque tinha deixado louça suja na pia.

Ela se perguntava o que Will pensava ao chegar a uma cena de crime. Já vira muitos cadáveres na companhia do parceiro, mas o rosto dele estava sempre insondável. O primeiro trabalho de Will na segurança pública havia sido com o GBI. Ele nunca tinha usado uniforme, nunca recebera uma chamada para conferir um cheiro estranho e acabara encontrando uma senhora morta no sofá de casa; nunca trabalhara numa viatura policial, parando motoristas acima do limite de velocidade sem saber se ao volante haveria um adolescente idiota ou um criminoso que preferia colocar uma arma na sua cara e puxar o gatilho a receber alguns pontos na carteira.

Droga, ele era *passivo* demais. Faith não conseguia entender. Apesar do jeitão contido, Will era um homem grande. Corria todo dia, fizesse chuva ou sol. Puxava ferro. Ao que parecia, havia cavado um lago no quintal. Havia tantos músculos embaixo daqueles ternos que ele usava que seu corpo poderia ser talhado em pedra. No entanto, lá estava ele aquela tarde, sentado com a bolsa de Faith no colo, enquanto implorava informações a Max Galloway. Se estivesse no lugar de Will, Faith teria empurrado o idiota contra a parede e espremido seus testículos até que cantasse cada detalhe do que sabia em falsete.

Mas ela não era Will, e Will não faria aquilo. Ele simplesmente apertaria a mão de Galloway e agradeceria pela sua cortesia profissional como um grande babaca.

Ela procurou o sabão da lava-louça no armário da pia e deparou com a caixa vazia. Deixou-a no armário e foi até a geladeira incluir uma anotação na lista de compras. Já havia escrito as três primeiras letras quando percebeu que o item já estava na lista. Duas vezes.

— Droga — murmurou, levando a mão à barriga. Como cuidaria de uma criança se não conseguia nem cuidar de si mesma? Ela amava Jeremy, adorava tudo no filho, mas havia esperado dezoito anos para que sua vida começasse, e agora vislumbrava outra espera de dezoito anos. Então, teria mais de cinquenta anos e descontos no cinema com a carteirinha da Associação Americana de Aposentados.

Queria aquilo? Seria capaz? Faith não poderia pedir a ajuda da mãe outra vez. Evelyn amava Jeremy e nunca se queixara por cuidar do neto — nem quando Faith estava na Academia de Polícia ou trabalhando dois turnos para pagar as contas —, mas ela não podia esperar que a mãe ajudasse daquele jeito de novo.

Mas, então, com quem mais poderia contar?

Certamente não com o pai do bebê. Victor Martinez era alto, moreno, bonito... e completamente incapaz de cuidar de si mesmo. Era reitor da Georgia Tech, responsável por cerca de vinte mil estudantes, mas não conseguia manter um par de meias limpas na gaveta nem que sua vida dependesse disso. Eles namoraram por seis meses antes que Victor se mudasse para a casa de Faith, o que pareceu romântico e impetuoso até que viesse a realidade. Em uma semana, Faith estava lavando a roupa de Victor, pegando seus ternos na lavanderia, cozinhando para ele, arrumando sua bagunça. Era como criar Jeremy outra vez, exceto que, no caso do filho, ela podia puni-lo por ser desleixado. A gota d'água foi quando ela havia acabado de lavar toda a louça e Victor largou uma faca suja de manteiga de amendoim dentro da pia. Se estivesse com uma arma, Faith teria atirado.

Ele foi embora na manhã seguinte.

Apesar de tudo isso, Faith não conseguia deixar de sentir o coração amolecer em relação a Victor ao fechar o saco de lixo. Essa era uma boa diferença entre o filho e o ex-amante: nunca precisou repetir seis vezes para Victor levar o lixo para fora. Era uma das tarefas domésticas que Faith mais odiava e, de maneira ridícula, sentiu os olhos marejarem ao pensar em ter de levantar o saco e carregá-lo escada abaixo, até a rua e a lata de lixo.

Alguém bateu à porta; três batidas rápidas seguidas pela campainha.

Faith enxugou os olhos enquanto andava pelo corredor, com as faces tão molhadas que precisou usar a manga da camisa. Ainda estava com a arma na cintura, então não se deu ao trabalho de conferir o olho mágico.

— Essa é novidade — disse Sam Lawson. — As mulheres geralmente choram quando eu vou embora, não quando eu apareço.

— O que você quer, Sam? Está tarde.

— Vai me convidar para entrar? — Ele franziu as sobrancelhas.
— Você sabe que quer.

Faith estava cansada demais para discutir, então apenas afastou-se, deixando que ele a acompanhasse até a cozinha. Sam Lawson foi uma comichão que ela teve por alguns anos, mas agora não conseguia lembrar por que se dera ao trabalho de coçá-la por tanto tempo. Ele bebia demais. Era casado. Não gostava de crianças. Era conveniente e sabia a hora certa de dar o fora, o que, Faith percebera, significava ir embora logo depois de alcançar o seu propósito.

Certo, agora ela lembrava por que se dera ao trabalho.

Sam tirou um chiclete da boca e o jogou no lixo.

— Fico feliz em vê-la. Preciso contar uma coisa.

Faith se preparou para más notícias.

— Está bem.

— Estou sóbrio agora. Há quase um ano.

— Você está aqui para se justificar?

Ele riu.

— Caramba, Faith, acho que você é a única pessoa na minha vida que eu não sacaneei.

— Só porque dei um pé na sua bunda antes que você tivesse essa oportunidade. — Faith puxou o fio de plástico do saco de lixo, amarrando bem apertado.

— O saco vai rasgar.

Dito e feito.

— Merda — murmurou ela.

— Se você quiser, eu posso...

— Não precisa.

Sam se encostou na bancada.

— Adoro ficar olhando uma mulher fazer trabalho braçal.

Faith lhe lançou um olhar cáustico.

Ele deu outro sorriso.

— Ouvi dizer que você quebrou umas cabeças em Rockdale hoje.

Faith se xingou mentalmente, lembrando que Max Galloway ainda precisava entregar os relatórios da cena do crime. Ela ficou tão furiosa que não se lembrou de pegá-los ao sair da delegacia, e por nada nesse mundo acreditaria na palavra do sujeito de que nada havia sido fora do comum.

— Faith?

Ela deu a resposta padrão.

— A polícia de Rockdale está cooperando inteiramente com a nossa investigação.

— É com a irmã que você precisa se preocupar. Já assistiu aos jornais? Joelyn Zabel está aparecendo em todos os canais, dizendo que o seu parceiro é o culpado pela morte da irmã.

Aquilo a irritou mais do que ela queria deixar transparecer.

— Leia o laudo da necropsia.

— Já li — disse ele. Faith suspeitava de que Amanda havia entregado cópias do laudo a algumas pessoas escolhidas a dedo para que ele se espalhasse pela mídia o mais rápido possível. — Jacquelyn Zabel se matou.

— Você disse isso à irmã? — perguntou Faith.

— Ela não está interessada na verdade.

Faith respondeu com um olhar penetrante.

— Poucas pessoas estão.

Sam deu de ombros.

— Ela já conseguiu o que queria comigo. Já passou para os canais de TV.

— O *Atlanta Beacon* não é grande o bastante para ela, hum?

— Por que você está sendo tão dura comigo?

— Não gosto do seu trabalho.

— Eu também não adoro o seu. — Ele foi até o armário da pia e pegou uma caixa de sacos de lixo. — Bote esse dentro de outro.

Faith pegou o saco e segurou o plástico branco, tentando não pensar no que Pete encontrara durante a necropsia.

Sam estava alheio a isso ao colocar a caixa de volta.

— Qual é a história daquele cara, afinal? Trent?

— Todas as perguntas devem ser apresentadas ao departamento de relações públicas.

Sam nunca foi do tipo que aceitava não como resposta.

— Francis tentou me passar algo sobre Trent ter sido feito de idiota por Galloway hoje. Fez parecer que o cara é algum tipo de palhaço.

Faith não se preocupava mais com o lixo.

— Quem é Francis?

— Fierro.

Ela sentiu um prazer infantil com o nome feminino.

— E você publicou cada palavra que aquele cretino disse sem se dar ao trabalho de consultar alguém que te dissesse a verdade.

Sam se recostou na bancada.

— Dá um desconto, gata. Só estou fazendo o meu trabalho.

— Eles deixam você dar desculpas no AA?

— Eu não publiquei o lance do Assassino do Rim.

— Só porque caiu por terra antes que o jornal saísse.

Ele riu.

— Nunca consegui levar você na conversa. — Ele a observou lutar para colocar um saco dentro do outro. — Meu Deus, eu senti saudade.

Faith lhe lançou outro olhar duro, mas, contra a sua vontade, sentia que cedia às palavras de Sam. Ele havia sido um bote salva-vidas para ela alguns anos antes; disponível o bastante para estar por perto quando precisasse dele de verdade, mas não a ponto de ficar grudento.

— Não publiquei nada sobre o seu parceiro — disse ele.

— Obrigada.

— Qual é a história com Rockdale, afinal? Eles estão mesmo com vocês na mira.

— Eles se importam mais em nos sacanear do que em descobrir quem raptou aquelas mulheres. — Faith não deu a si mesma tempo para pensar que fazia coro à opinião de Will. — Sam, é bem ruim. Vi uma delas. Esse assassino... seja ele quem for... — Quase tarde demais, ela se lembrou com quem estava falando.

— Fica entre nós — disse ele.

— Nada "fica entre nós" quando se fala com um jornalista.

— Claro que fica.

Faith sabia que ele tinha razão. No passado, contara a Sam segredos que nunca vieram à tona. Segredos sobre casos. Segredos sobre sua mãe, uma boa policial que fora forçada a se aposentar mais cedo porque alguns de seus detetives foram pegos embolsando drogas apreendidas. Sam nunca havia publicado nada que Faith lhe dissera, e devia confiar nele agora. Mas não podia. Não era apenas ela. Will estava envolvido. Ela podia odiar o parceiro por ser um idiota, mas se mataria antes de expô-lo a ainda mais escrutínio.

— O que está acontecendo com você, gata? — perguntou Sam.

Faith olhou para o saco de lixo rasgado, sabendo que ele veria tudo em seu rosto se erguesse os olhos. Ela se lembrou do dia em que descobriu que a mãe seria forçada a sair da polícia. Evelyn não quis ser consolada. Quis ficar sozinha. Faith sentia o mesmo até Sam aparecer. Ele a levara na conversa para entrar, como naquela noite. Sentir o contato do corpo dele a havia levado ao limite, e Faith chorara como uma criança em seus braços.

— Gata?

Ela abriu o novo saco de lixo.

— Estou cansada, estou mal-humorada e você parece não entender que eu não vou te dar uma história.

— Eu não quero uma história. — O tom dele havia mudado. Faith o fitou, surpresa por ver o sorriso brincando em seus lábios. — Você está...

A mente dela foi tomada por sugestões: *inchada, suada, morbidamente obesa.*

— Linda — disse Sam, o que surpreendeu os dois. Ele nunca foi dado a elogios, e Faith certamente não estava acostumada a recebê-los.

Ele se afastou da bancada, deu um passo à frente.

— Tem algo diferente em você. — Ele a tocou no braço, e a textura áspera de sua mão espalhou calor pelo corpo de Faith. — Você está tão... — Sam estava perto agora, olhava para os lábios dela como se quisesse beijá-los.

— Ah — disse Faith, e então: — Não, Sam. — Ela recuou. Aconteceu a mesma coisa na primeira gravidez; os homens a cantavam, diziam que estava linda mesmo quando sua barriga estava tão grande que não conseguia amarrar os próprios sapatos. Deviam ser os hormônios, feromônios ou coisa parecida. Aos quatorze, aquilo fora repulsivo, aos trinta e três era apenas irritante. — Estou grávida.

As palavras pairaram entre os dois. Faith se deu conta de que era a primeira vez que dizia aquilo em voz alta.

Sam tentou fazer graça da situação.

— Uau, e eu ainda nem tirei as calças.

— Estou falando sério. Estou grávida.

— E é... — Sam parecia sem palavras. — O pai?

Ela pensou em Victor, suas meias no cesto de roupa suja. — Ele não sabe.

— Você devia contar a ele. Ele tem o direito de saber.

— Desde quando você é o juiz da moralidade nos relacionamentos?

— Desde que descobri que a minha esposa fez um aborto sem me contar. — Sam se aproximou, voltou a colocar as mãos nos braços dela. — Gretchen achou que eu não fosse capaz de encarar. — Ele deu de ombros, mantendo as mãos nos braços de Faith. — E provavelmente tinha razão, mas mesmo assim.

Faith mordeu a língua. É claro que Gretchen tinha razão. Teria mais sorte se pedisse ajuda a um lobo para criar o bebê.

— Isso aconteceu quando você estava comigo? — perguntou ela.

— Depois. — Sam abaixou os olhos, observou sua mão acariciar o braço de Faith, os dedos acompanharem o contorno da gola da blusa. — Eu ainda não estava no fundo do poço.

— Você não estava exatamente em condição de tomar uma decisão ponderada.

— Ainda estamos tentando nos entender.

— É por isso que você está aqui?

Ele pressionou os lábios nos dela. Faith sentiu o pinicar da barba, o gosto de canela do chiclete que ele estava mascando. Sam colocou-a sobre a bancada, sua língua encontrando a dela. Não era desagradável, e quando as mãos dele deslizaram por suas coxas e levantaram sua saia, Faith não o deteve. Ajudou-o, na verdade, e, em retrospecto, talvez não devesse fazer isso, já que isso encerrou as coisas bem antes do que ela precisava.

— Desculpe. — Sam fez que não, ofegando de leve. — Eu não queria... eu só...

Faith não se importava. Apesar de ter bloqueado Sam dos seus pensamentos conscientes com o passar dos anos, seu corpo parecia se lembrar de cada parte dele. Foi bom demais sentir os braços de Sam envolvendo-a outra vez, sentir a proximidade de alguém que sabia sobre sua família, seu trabalho e seu passado, mesmo que aquele corpo em especial não fosse de grande utilidade para ela no momento. Faith o beijou com muita suavidade e com nenhuma outra intenção a não ser sentir-se conectada a ele outra vez.

— Não tem problema.

Sam se afastou, constrangido.

— Sammy...

— Ainda não me acostumei a estar sóbrio.

— Tudo bem — repetiu ela, tentando beijá-lo outra vez.

Sam se afastou ainda mais, olhando para algum ponto atrás dela, em vez dos olhos.

— Se você quiser que eu... — Ele fez um gesto apático para a saia dela.

Faith soltou um longo suspiro. Por que os homens em sua vida eram uma decepção constante? Por Deus, ela não era das mais exigentes. Sam olhou para o relógio.

— Gretchen deve estar me esperando. Tenho trabalhado até mais tarde esses dias.

Faith desistiu, recostou-se no armário da cozinha. Não seria nada mal tirar proveito de alguma coisa daquela situação.

— Você se incomoda de levar o lixo quando sair?

12

— Porra — sussurrou Pauline, e então se perguntou por que não gritava a plenos pulmões. — Porra! — berrou, sentindo a voz arranhar a garganta. Sacudiu as algemas nos pulsos, puxou-as, mesmo sabendo que o gesto era inútil. Era como uma maldita prisioneira numa cadeia, as mãos algemadas, firmemente atadas a um cinto de couro, de modo que, mesmo que se encolhesse em posição fetal, as pontas dos dedos mal roçariam o queixo. Os pés estavam acorrentados, os elos grossos tinindo uns contra os outros a cada passo que dava. Havia feito bastante ioga para ser capaz de levar os pés até a cabeça, mas do que adiantava? Que diabos ajudava a posição do arado quando a porra da sua vida estava em jogo?

A venda piorava as coisas, apesar de ela já ter conseguido levantá-la um pouco esfregando o rosto nos ásperos blocos de concreto em uma das paredes. O lenço estava apertado. Milímetro a milímetro, forçou-o para cima, arranhando um pouco de pele da bochecha no processo. Não havia diferença acima ou abaixo do tecido, mas Pauline sentia como se tivesse conseguido algo, podia estar preparada quando a porta fosse aberta e visse uma fresta de luz debaixo da venda.

Por ora, era escuridão. Era só o que via. Nenhuma janela, nenhuma luz, nenhuma forma de julgar a passagem do tempo. Se pensasse a respeito, se pensasse que não conseguia enxergar, que não sabia se estava sendo observada ou filmada ou pior, perderia o juízo. Droga, já estava quase perdendo o juízo. Estava ensopada, o suor revestia sua pele. Gotas faziam cócegas no seu nariz ao escorrerem pelo couro cabeludo. Era enlouquecedor, e tudo ficava ainda pior com a porra da escuridão.

Felix gostava do escuro. Gostava quando ela se deitava na cama com ele e o abraçava e contava histórias. Gostava de ficar debaixo das cobertas, com o cobertor sobre a cabeça. Talvez o houvesse mimado demais quando era bebê. Nunca o perdia de vista. Tinha medo de que alguém o tirasse dela, de que alguém suspeitasse de que na verdade ela não devia ser mãe, de que não tinha o que era necessário para amar uma criança como uma criança devia ser amada. Mas tinha. Ela amava o seu menino. Amava-o tanto que pensar nele era a única coisa que a impedia de se encolher num canto, enrolar as correntes no pescoço e se matar.

— Socorro! — gritou, sabendo que era inútil. Se tivesse medo de que a ouvissem, ele a teria amordaçado.

Ela havia medido o espaço com passos horas antes, calculando que tinha aproximadamente seis metros por quatro e meio. Paredes de blocos de concreto de um lado, reboco do outro, uma porta de metal trancada por fora. Um colchão de espuma num canto. Um balde com tampa. O concreto era frio contra seus pés descalços. Havia um zumbido no cômodo ao lado, um aquecedor, algo mecânico. Ela estava num porão. Estava no subterrâneo, o que a fazia sentir calafrios. Odiava estar debaixo da terra. Nem mesmo estacionava na maldita garagem do trabalho, de tanto que odiava.

Ela parou de andar, fechou os olhos.

Ninguém estacionava na sua vaga. Ficava bem perto da porta. Às vezes saía para respirar ar fresco, ia até a porta da garagem para ver se sua vaga estava desocupada. Conseguia ler seu nome da rua: PAULINE McGHEE. Jesus, a batalha que teve com a empresa de sinalização para conseguir o "c" minúsculo. Custara o emprego de alguém, o que foi bom, já que, pelo jeito, a pessoa não sabia trabalhar direito.

Quando alguém estacionava na sua vaga, ela ligava para o atendente e providenciava que o carro do cretino fosse guinchado. Porsche, Bentley, Mercedes... Pauline não dava a mínima. Conquistou a porra daquela vaga. Mesmo que não fosse usá-la, de jeito nenhum permitiria que alguém o fizesse.

— Me tirem daqui! — gritou ela, sacudindo as correntes, tentando afrouxar o cinto. Era grosso, o tipo de coisa que seu irmão usava nos anos 1970. Duas fileiras de buracos rebitados acompanhavam toda a circunferência, havia dois pinos na fivela. O metal parecia revestido de cera ao toque, e ela soube que os pinos haviam sido soldados. Não conseguia se lembrar de quando havia percebido isso, mas sabia como era a porra de um cinto com a fivela soldada. — Socorro! Socorro!

Nada. Nenhuma ajuda. Nenhuma resposta. O cinto mordia a pele, raspava o osso do quadril. Se não estivesse com uns quilos a mais, conseguiria deslizar para fora daquela coisa.

Água, pensou ela. Quando foi a última vez que bebeu água? Era possível sobreviver por semanas sem comida, às vezes até meses, mas água era outra história. Você aguentava três, talvez quatro dias antes que viesse com tudo — as cólicas, a ânsia. As dores de cabeça terríveis. Será que lhe dariam água? Ou deixariam que definhasse, então fariam o que quisessem com ela enquanto ficava deitada, indefesa como uma criança?

Criança.

Não. Não pensaria em Felix. Morgan ficaria com ele; nunca deixaria nada de mau acontecer com o seu bebê. Morgan era um sacana e um mentiroso, mas tomaria conta de Felix, já que, lá no fundo, não era má pessoa. Pauline sabia como era uma má pessoa, e Morgan Hollister não era.

Ela ouviu passos às suas costas, do outro lado da porta. Pauline parou, prendeu a respiração para conseguir ouvir. Escadas, alguém descia as escadas. Mesmo no escuro, ela conseguia ver as paredes se encolhendo à sua volta. O que era pior: estar sozinha ali embaixo ou estar presa com outra pessoa?

Porque ela sabia o que estava por vir. Sabia com tanta certeza quanto sabia dos detalhes da própria vida. Nunca havia apenas uma. Ele sempre queria duas: cabelos escuros, olhos escuros, corações escuros que ele pudesse estraçalhar. Ele as manteve afastadas pelo tempo que suportou, mas agora as queria juntas. Enjauladas, como dois animais. Lutando entre si. Como animais.

O primeiro dominó logo cairia, então os demais tombariam um depois do outro. Uma mulher sozinha, duas mulheres sozinhas, e então...

Ela ouviu palavras em sucessão, "não-não-não-não", e percebeu que saíam da sua própria boca. Recuou, pressionando o corpo contra a parede, os joelhos tremendo tanto que teria caído no chão não fosse a aspereza do reboco a segurando. As algemas chacoalharam com o tremor de suas mãos.

— Não — sussurrou, apenas uma palavra; para si mesma, para dominar o medo. Ela era uma sobrevivente. Não vivera os últimos vinte anos para morrer numa porra de um buraco debaixo da terra.

A porta se abriu. Ela viu um brilho de luz debaixo da venda.

— Aqui está a sua amiga — anunciou ele.

Ela ouviu algo cair no chão; um suspiro, o retinir de correntes, então silêncio. Houve um segundo som, mais baixo; uma pancada seca que ecoou no quarto.

A porta se fechou. A luz se foi. Havia um som assobiado, respiração difícil. Tateando, Pauline encontrou o corpo. Cabelos compridos, venda, rosto fino, seios pequenos, mãos algemadas à frente dela. Os assobios vinham do nariz quebrado.

Não era hora de se preocupar com aquilo. Pauline conferiu os bolsos da mulher, tentava achar algo que a ajudasse a sair dali. Nada. Nada além de outra pessoa que iria querer comida e água.

— Porra. — Pauline se sentou sobre os calcanhares, lutando contra o impulso de gritar. Seu pé bateu em algo duro, e ela tateou em volta, lembrando-se da segunda pancada que ouviu.

Correu os dedos por uma caixa de papelão, estimando que tinha quinze por quinze centímetros. Pesava pouco, talvez uns três quilos. Havia uma linha perfurada em um lado, e ela a pressionou com os dedos, rompendo o lacre. Tocou algo liso.

— Não — murmurou.

De novo não.

Ela fechou os olhos, sentiu lágrimas escorrerem debaixo da venda. Felix, seu trabalho, seu Lexus, sua vida... tudo se arrastou para longe quando ela sentiu o plástico liso dos sacos de lixo entre os dedos.

DIA 3

13

Will tinha se esforçado para levantar na hora de sempre, cinco da manhã. Sua corrida havia sido morosa, o banho nada estimulante. Estava em frente à pia da cozinha, o cereal empapado na tigela, quando Betty roçou em seu calcanhar e o tirou do estupor.

Ele pegou a guia de Betty ao lado da porta e se abaixou para prendê-la na coleira. A cadela lambeu sua mão e, apesar de tudo, ele acariciou sua cabecinha. Tudo naquela chihuahua era embaraçoso. Era o tipo de cachorro que uma modelo carregaria na bolsa de couro, não era nem um pouco o tipo de Will. Para piorar, o bicho mal tinha quinze centímetros de altura, e a única guia que encontrou no pet shop longa o bastante para que a segurasse de maneira confortável era rosa-choque. O fato de que combinava com a coleira cheia de cristais foi algo que muitas mulheres atraentes lhe disseram no parque — pouco antes de quererem marcar um encontro entre ele e seus irmãos.

Betty foi uma herança, por assim dizer, da vizinha de Will alguns anos atrás. Angie odiou a cadela à primeira vista, e puniu Will pelo que os dois sabiam ser verdade: um homem criado num orfanato não abandonaria um cachorro no canil municipal, não importava quão ridículo se sentisse com ele em público.

Havia aspectos ainda mais constrangedores de sua vida com a cadela que Angie não conhecia. Will trabalhava em horários pouco comuns, e às vezes, quando um caso pegava embalo, mal tinha tempo de ir em casa trocar a camisa. Ele cavara o lago no quintal para Betty, pensando que observar os peixes nadarem seria uma boa forma de ela passar o tempo. Ela latiu para os peixes por alguns dias, mas então voltou a ficar à toa no sofá até Will chegar em casa.

Ele suspeitava de que o animal o estava enrolando, de que pulava no sofá quando ouvia a chave na fechadura, fazendo de conta que havia esperado ali o dia todo quando, na verdade, entrava e saía a toda pela portinhola e latia para as carpas no quintal.

Will tateou os bolsos para se certificar de que estava com o telefone e a carteira, então prendeu o coldre no cinto. Saiu de casa, trancou a porta. O rabo de Betty estava apontado para o ar, balançando loucamente de um lado para o outro enquanto seguiam para o parque. Conferiu as horas no telefone. Ele se encontraria com Faith no café em frente ao parque dali a meia hora. Quando os casos estavam a toda, geralmente pedia a ela que o pegasse lá, e não em casa. Se Faith algum dia percebeu que o café ficava ao lado de uma creche para cães chamada Sr. Latemuito, foi simpática o bastante para não dizer.

Atravessaram a rua com o sinal aberto para os carros, ele reduzindo o passo para não pisar na cadela, da mesma forma como fizera com Amanda na véspera. Will não sabia o que o preocupava mais: o caso em si, no qual tinham muito pouco para avançar, ou o fato de Faith estar obviamente furiosa com ele. Deus sabia que Faith já ficara furiosa antes, mas aquele tipo específico de raiva tinha um quê de decepção.

Ele sentia que ela o pressionava, mas Faith nunca confirmaria isso. O problema é que ela era um tipo de policial diferente de Will. Há muito sabia que sua abordagem menos agressiva no trabalho era conflitante com a de Faith, mas, em vez de isso ser um motivo de discórdia, era o tipo de contraste que funcionava para ambos. Agora, não tinha tanta certeza. Faith queria que ele fosse como os policiais que desprezava — do tipo que usa os punhos e pensa nas consequências depois. Will odiava esses policiais; havia trabalhado com eles em mais de um caso e fizera com que fossem expulsos da corporação. Você não pode dizer que é um dos mocinhos se age como os bandidos. Faith devia saber disso. Ela era de uma família de policiais. Mas, por outro lado, a mãe dela tinha sido forçada a antecipar a aposentadoria por conduta imprópria, de modo que talvez Faith de fato soubesse disso e não se importasse.

Will não podia aceitar isso. Faith não era apenas uma policial competente; ela era uma boa pessoa. Ainda insistia em que a mãe era inocente. Ainda acreditava que existia uma linha distinta entre o bem e o mal, o certo e o errado. Will não podia simplesmente dizer que o seu jeito de ver as coisas era melhor — ela teria de ver por conta própria.

Ele nunca usara farda como Faith, mas havia trabalhado na sua cota de cidades pequenas e aprendera do jeito mais difícil que não se deve irritar os policiais locais. Por lei, o GBI era chamado pelos chefes, não pelos detetives ou policiais nas ruas. Eles invariavelmente continuavam trabalhando nos casos, acreditavam que ainda podiam solucioná-los por conta própria e se ressentiam da interferência externa. Era grande a probabilidade de precisar deles depois e, se os deixasse na sarjeta, se tirasse suas chances de manter a reputação, eles trabalhariam ativamente para sabotá-lo, e que se danassem as consequências.

O caso em questão era no condado de Rockdale. Amanda conquistara a inimizade de Lyle Peterson, o chefe de polícia, quando trabalharam juntos em outro caso. Agora que precisavam da cooperação dos policiais locais, Rockdale oferecia um obstáculo na pessoa de Max Galloway, que estava no limite entre a cretinice e a completa negligência.

O que Faith precisava entender era que os policiais nem sempre eram abnegados em suas ações. Eles têm ego. Têm jurisdição. São como animais que marcam um lugar: se você invade o espaço deles, não dão a mínima para os corpos se empilhando. Era apenas uma brincadeira para muitos deles, uma brincadeira que precisavam ganhar, independentemente de quem se ferisse no processo.

Como se conseguisse ler seus pensamentos, Betty parou perto da entrada do Parque Piedmont para fazer suas necessidades. Will esperou, então limpou a sujeira e jogou o saco em uma das latas de lixo do parque. Havia pessoas praticando corrida por todo lado, alguns com cães, outros sozinhos. Corriam bem agasalhados para enfrentar o frio, mas, pela forma como o sol dissolvia a neblina, Will suspeitava de que, por volta do meio-dia, estaria quente a ponto de seu colarinho arranhar o pescoço.

O caso já tinha vinte e quatro horas, e ele e Faith teriam um dia cheio — conversar com Rick Sigler, o paramédico que chegou ao local logo depois que Anna foi atropelada, encontrar Jake Berman, o amante de Sigler, então conversar com Joelyn Zabel, a irmã encrenqueira de Jacquelyn Zabel. Wil sabia que não devia fazer julgamentos precipitados, mas vira a mulher na TV na noite passada, tanto no jornal local quanto no nacional. Aparentemente, Joelyn gostava de falar. E, aparentemente, também gostava de encontrar culpados. Will estava feliz por ter estado na necropsia no dia anterior, por ter cortado o fardo da morte de Jacquelyn Zabel de sua longa lista de fardos; caso contrário, as palavras da irmã o teriam ferido como mil facas.

Ele queria revistar a casa de Pauline McGhee, mas Leo Donnelly provavelmente seria contra. Precisava existir uma forma de contornar isso e, se havia uma coisa que Will queria fazer naquele dia, era encontrar uma forma de trazer Leo a bordo. Em vez de dormir, Will passara a maior parte da noite pensando em Pauline McGhee. Toda vez que fechava os olhos, misturava a caverna e McGhee, de modo que ela estava na cama de madeira, amarrada como um animal, enquanto ele a observava, impotente. Sua intuição lhe dizia que algo estava acontecendo com McGhee. Ela já havia fugido uma vez no passado, vinte anos atrás, mas tinha raízes agora. Felix era um bom menino. A mãe dele não o abandonaria.

Will riu sozinho. Ele, mais do que ninguém, devia saber que mães abandonam os filhos o tempo todo.

— Vamos — disse, puxando a guia de Betty, afastando-a de um pombo quase tão grande quanto ela.

Ele enfiou a mão no bolso para esquentá-la, sem afastar seus pensamentos do caso. Will não era idiota a ponto de acreditar que merecia o crédito pela maioria das prisões que fez. O fato é que as pessoas que cometiam crimes tendiam a ser imbecis. A maioria dos assassinos cometia erros, já que em geral agiam no calor do momento. Estourava uma briga, uma arma estava à mão, os ânimos esquentavam, e a única coisa a descobrir quando tudo terminava era se a promotoria entraria com uma acusação por homicídio culposo ou doloso.

No entanto, sequestros perpetrados por estranhos eram diferentes. Eram mais difíceis de solucionar, principalmente quando havia mais de uma vítima. Por definição, os assassinos em série eram bons no que faziam. Eles sabiam que iam matar. Sabiam que iam tirar a vida de alguém e exatamente como o fariam. Praticavam sua arte vezes a fio, aperfeiçoando suas técnicas. Sabiam como evitar detecção, como ocultar provas ou simplesmente não deixá-las na cena do crime. Descobri-los tendia a ser uma questão de pura sorte dos investigadores ou presunção do assassino.

Ted Bundy havia sido preso numa blitz de rotina. Duas vezes. BTK — era assim que assinava as cartas que enviava para provocar a polícia, nas quais dizia que gostava de amarrar, torturar e matar suas vítimas — foi descoberto por causa de um disquete que entregara acidentalmente ao pastor de sua igreja. Richard Ramirez foi espancado por um homem cujo carro tentou roubar. Todos foram capturados graças ao acaso, todos com diversas mortes nas costas antes de serem detidos. Na maioria dos casos de assassinato em série, anos se passavam e a única coisa que a polícia podia fazer era esperar que mais corpos aparecessem, rezar para que o acaso levasse os assassinos à justiça.

Will pensou em tudo que tinham sobre o homem deles: um sedã branco que passou em alta velocidade na estrada, uma câmara de tortura no meio do nada, testemunhas idosas que não ofereceram nada de útil. Jake Berman podia ser uma pista, mas talvez nunca o encontrassem. Rick Sigler estava limpo, a não ser por algumas prestações da hipoteca atrasadas, o que não era de se surpreender na atual conjuntura econômica. Os Coldfield eram o típico casal de aposentados. Pauline McGhee tinha um irmão do qual ela morria de medo, mas talvez por motivos sem qualquer relação com o caso. Ela própria talvez não tivesse relação alguma com o caso.

As provas materiais eram igualmente escassas. Os sacos de lixo encontrados nas vítimas eram do tipo que se encontrava em qualquer supermercado ou loja de conveniência. Os itens na caverna, da bateria náutica aos instrumentos de tortura, não haviam deixado o menor rastro. Havia muitas impressões digitais e fluidos, mas não levaram a lugar algum, sem combinação. Predadores sexuais eram criativos, sorrateiros. Quase oitenta por cento dos crimes solucionados com DNA eram na verdade furtos, e não agressões. Um vidro quebrado, uma faca de cozinha usada com descuido, um hidratante labial caído do bolso — o que inevitavelmente apontava para o ladrão, que geralmente já tinha uma longa ficha criminal. Mas, nos casos de estupro em que a vítima nunca havia tido contato com o agressor, era como procurar uma agulha no palheiro.

Betty parou para farejar o mato alto perto da lagoa. Will ergueu os olhos e viu uma corredora se aproximando. Ela vestia uma calça justa preta e um casaco verde-limão. Os cabelos estavam presos num boné que combinava com o conjunto. Dois galgos corriam ao seu lado de cabeça erguida, rabo esticado. Eram belos animais, esguios, com pernas longas, musculatura definida. Assim como a dona.

— Merda — murmurou Will, pegando Betty com uma mão e segurando-a às suas costas.

Sara Linton parou a poucos metros dele, e os cães sentaram-se ao seu lado como soldados treinados. A única coisa que Will conseguira ensinar a Betty foi comer.

— Oi — cumprimentou Sara, em tom de surpresa. Como ele não respondeu, ela insistiu: — Will?

— Oi. — Ele sentia Betty lambendo a palma de sua mão.

Sara o estudou.

— Isso atrás de você é um chihuahua?

— Não, só estou feliz por ver você.

Sara deu um sorriso confuso e, relutante, ele mostrou Betty.

Então vieram os sons de costume, aah, ooh, e Will esperou pela pergunta de sempre.

— É da sua esposa?

— Sim — mentiu. — Você mora aqui perto?

— No Milk Lofts, na North Avenue.

Ela morava a menos de dois quarteirões de Will.

— Você não parece ser o tipo de pessoa que gosta de apartamento.

O olhar confuso estava de volta.

— Que tipo de pessoa eu pareço ser?

Will nunca foi dos mais hábeis na arte da conversação, e certamente não sabia expressar o tipo de pessoa que Sara Linton parecia ser para ele — ao menos não sem fazer papel de idiota.

Ele deu de ombros, colocou Betty no chão. Os cães de Sara se mexeram, e ela estalou a língua uma vez, colocando-os de volta em posição de sentido.

— É melhor eu ir andando — disse Will. — Vou me encontrar com Faith no café em frente ao parque.

— Você se incomoda se eu acompanhá-lo?

Ela não esperou pela resposta. Os cães se levantaram, e Will pegou Betty, sabendo que ela apenas os atrasaria. Sara era alta, tinha os ombros quase na mesma altura dos de Will, e ele tentou fazer seus cálculos sem ficar olhando para ela. Angie quase conseguia encostar o queixo no seu ombro se ficasse na ponta dos pés. Sara faria o mesmo sem o menor esforço. Sua boca alcançaria a orelha de Will se ela quisesse.

— Então. — Ela tirou o boné, apertou o rabo de cavalo. — Tenho pensado nos sacos de lixo.

Will olhou para ela.

— Exatamente o quê?

— É uma mensagem muito forte.

Will não pensara nos sacos como uma mensagem, apenas como um modo de aterrorizar as vítimas.

— Ele acha que as mulheres são lixo — disse.

— E o que faz com elas... arranca seus sentidos.

Will olhou para Sara outra vez.

— Não ouça o mal, não fale o mal, não veja o mal — prosseguiu ela.

Ele assentiu, perguntando-se por que não havia pensado naquilo da mesma forma.

— Tenho me perguntado se há algum tipo de viés religioso nisso — continuou Sara. — Na verdade, algo que Faith me disse naquela primeira noite me fez pensar nisso. Deus arrancou a costela de Adão para fazer Eva.

— Vesalius — murmurou Will.

Sara riu, surpresa.

— Não ouvia esse nome desde o primeiro ano na faculdade de Medicina.

Will deu de ombros, agradecendo em silêncio por ter assistido ao especial *Grandes homens da ciência*, no History Channel. Andreas Vesalius foi um anatomista que, dentre outras coisas, provou que homens e mulheres tinham o mesmo número de costelas. O Vaticano quase o prendeu pela descoberta.

— E ainda tem o número onze — prosseguiu Sara. Ela fez uma pausa, como se esperasse alguma reação de Will. — Onze sacos de lixo, décima primeira costela. Deve ter alguma relação.

Will parou de andar.

— O quê?

— As mulheres. Ambas tinham onze sacos de lixo dentro delas. A costela removida de Anna foi a décima primeira.

— Você acha que o assassino tem fixação pelo número onze?

Sara continuou a andar, e Will a acompanhou.

— Se você considerar como os comportamentos compulsivos se manifestam, como o abuso de drogas, os transtornos alimentares, a compulsão por checagem, que é quando alguém se sente compelido a verificar se a porta está aberta, se o forno está aceso, se o ferro está ligado, faz sentido que um assassino em série, alguém que é compelido a matar, tenha um padrão específico que goste de seguir, ou, nesse caso, um número específico que signifique algo para ele. É por isso que o FBI mantém uma base de dados, para que seja possível cruzar métodos e procurar padrões. Talvez você possa procurar algo significativo relacionado ao número onze.

— Não sei se dá para fazer esse tipo de busca. Quer dizer, o foco são *objetos*, facas, navalhas, o que eles fazem; geralmente não quantas vezes o fazem, a não ser que seja bem evidente.

— Você devia consultar a Bíblia. Se existe um significado religioso para o número onze, talvez você seja capaz de descobrir a motivação do assassino. — Ela deu de ombros, como se tivesse terminado, mas acrescentou: — A Páscoa é nesse domingo. Isso também pode fazer parte do padrão.

— Onze apóstolos — disse Will.

Sara lhe lançou outro olhar estranho.

— Você está certo. Judas traiu Cristo. Restaram apenas onze após-tolos. Um décimo segundo o substituiu... Tomé? Não lembro. Aposto que a minha mãe saberia. — Ela deu de ombros outra vez. — Mas é claro, isso tudo pode ser só perda de tempo.

Will sempre acreditou piamente que coincidências levavam a pistas.

— É algo a investigar.

— E quanto à mãe de Felix?

— Ela é apenas uma pessoa desaparecida por enquanto.

— Você encontrou o irmão?

— A polícia está à procura dele. — Will não queria revelar nada mais. Sara trabalhava no Grady, onde policiais entravam e saíam da emergência o dia todo com suspeitos e testemunhas. — Nem temos certeza se ela está ligada ao nosso caso.

— Pelo bem de Felix, espero que não esteja. Não consigo imaginar como deve estar sendo para ele ficar sozinho, largado num abrigo estadual terrível.

— Aqueles lugares não são tão ruins — defendeu Will. Antes de se dar conta do que falava, ele disse a Sara: — Eu cresci sob os cui-dados do estado.

Ela ficou tão surpresa quanto Will, mas obviamente por motivos diferentes.

— Quantos anos você tinha?

— Era criança — respondeu ele, desejando poder engolir as palavras de volta, mas incapaz de parar de falar. — Bebê. Tinha cinco meses.

— E você não foi adotado?

Ele fez que não. Aquilo estava ficando complicado; pior, emba-raçoso.

— Meu marido e eu... — Sara olhava para a frente, perdida em pensamentos. — Nós íamos adotar uma criança. Estávamos na fila de adoção havia algum tempo e... — Ela deu de ombros. — Quando ele foi assassinado, tudo... foi demais para mim.

Will não sabia se deveria se sentir compadecido, mas só conseguia pensar nas vezes em que tinha ido a piqueniques e churrascos para conhecer casais, pensando que iria para casa com seus novos pais. Porém, sempre acabava de volta ao dormitório do abrigo.

Ele ficou mais satisfeito que de costume quando ouviu a buzina aguda do Mini de Faith, que estava parado numa área de estacionamento proibido em frente ao café. Ela desceu do carro sem desligar o motor.

— Amanda nos quer de volta à sede. — Faith ergueu o queixo para Sara, num cumprimento. — Joelyn Zabel antecipou nossa conversa. Vai nos encaixar entre o *Good Morning America* e a CNN. Vamos ter que deixar Betty em casa depois.

Will se esquecera de que estava com a cadela na mão. Ela estava com o nariz enfiado no espaço entre dois botões do colete.

— Eu fico com ela — ofereceu Sara.

— Não posso...

— Vou ficar em casa o dia todo, lavando roupa — argumentou Sara. — Ela vai ficar bem. Passe lá e pegue-a quando sair do trabalho.

— Isso é muito...

Faith estava mais impaciente que o normal.

— Dê o cachorro para ela de uma vez, Will. — Ela voltou para o carro e bateu a porta. Will lançou um olhar de desculpas para Sara.

— Milk Lofts? — perguntou, como se tivesse se esquecido.

Sara pegou Betty. Ele sentiu como os dedos dela estavam frios quando roçaram sua pele.

— Betty? — perguntou ela. Will fez que sim. — Não se preocupe se ficar tarde. Não tenho planos para hoje.

— Obrigado.

Ela sorriu, erguendo Betty como se a cadela fosse uma taça de vinho levantada num brinde. Will atravessou a rua e entrou no carro de Faith, feliz por ninguém ter ajustado o banco do passageiro desde a última vez que ele andara no carro. Assim, pareceria um macaco quando se curvasse para entrar no espaço apertado.

Faith falou sem rodeios ao arrancar.

— O que você estava fazendo com Sara Linton?

— Eu a encontrei por acaso. — Will especulou por que se sentia tão na defensiva, o que logo o levou a pensar em por que Faith estava sendo tão hostil. Supunha que a parceira ainda estivesse irritada pela sua interação com Max Galloway no dia anterior e não sabia o que fazer com isso além de tentar distraí-la.

— Sara levantou uma questão, ou uma teoria, interessante sobre o nosso caso.

Faith se misturou ao trânsito.

— Estou louca para ouvir.

Will podia ver que não estava, mas expôs a teoria de Sara de qualquer forma, destacando o número onze e alguns outros pontos que ela havia abordado.

— A Páscoa é nesse domingo — disse ele. — Isso pode ter alguma coisa a ver com a Bíblia.

Num gesto louvável, Faith pareceu considerar o que ouvia.

— Não sei — disse ela por fim. — Podemos pegar uma Bíblia quando chegarmos à sede, talvez fazer uma busca pelo número onze na internet. Tenho certeza de que há um monte de pirados religiosos com sites por aí.

— Onde na Bíblia tem algo sobre uma costela ser tirada de Adão para fazer Eva?

— No Gênesis.

— Isso é coisa mais antiga, certo? Não é dos livros novos.

— Velho Testamento. É o primeiro livro da Bíblia. Onde tudo começa. — Faith o observou de soslaio, da mesma forma que Sara fizera antes. — Eu sei que você não consegue ler a Bíblia, mas você não frequentava a igreja?

— Eu *consigo* ler a Bíblia — retorquiu Will. Ainda assim, preferia a bisbilhotice de Faith à sua ira, então continuou a falar. — Lembre-se de onde eu cresci. Separação da Igreja e do Estado.

— Ah, não tinha pensado nisso.

Provavelmente porque era uma mentira retumbante. O abrigo não podia sancionar atividades religiosas, mas voluntários de quase todas as igrejas locais iam até lá em vans para levar as crianças à escola dominical. Will foi uma vez, percebeu que era mesmo uma escola, onde era preciso ler as lições, e nunca mais voltou.

— Você nunca foi à igreja: Sério? — pressionou Faith.

Will se calou, pensando que, estupidamente, seguira pelo caminho errado.

Faith reduziu a velocidade e parou num sinal vermelho, murmurando consigo mesma.

— Acho que nunca conheci ninguém que nunca foi à igreja.

— Podemos mudar de assunto?

— Só é estranho.

Will ficou com o olhar perdido na janela, pensando que, num momento ou outro, foi chamado de estranho por todas as pessoas que conhecera na vida. O sinal abriu, e o Mini arrancou. O City Hall East ficava a cinco minutos do parque. Naquela manhã, pareciam horas.

— Mesmo que Sara esteja certa, ela está fazendo a mesma coisa de novo — comentou Faith. — Está tentando se intrometer no nosso caso.

— Ela é legista. Era, pelo menos. Ela ajudou Anna no hospital. É normal que queira saber o que está acontecendo.

— Isso é uma investigação de assassinato, não o Big Brother — rebateu Faith. — Ela sabe onde você mora?

Will não havia pensado nessa possibilidade, mas não era tão paranoico quanto Faith.

— Não vejo como saberia.

— Talvez ela tenha seguido você.

Will riu, mas parou ao perceber que a parceira falava sério.

— Ela mora a dois quarteirões de mim. Só estava correndo com os cachorros no parque.

— Acho tudo isso conveniente demais.

Ele balançou a cabeça, exasperado. Não deixaria que Faith usasse Sara Linton como substituta para os problemas deles.

— Temos que deixar isso para trás, Faith. Sei que você está puta comigo por causa de ontem, mas, nesse interrogatório, precisamos trabalhar como uma equipe.

Ela acelerou quando outro sinal abriu.

— Nós *somos* uma equipe.

Para uma equipe, eles não falaram muito pelo restante do trajeto. Apenas quando já estavam no City Hall East, subindo no elevador, Faith disse alguma coisa.

— Sua gravata está torta.

Will levou a mão ao nó. Sara Linton provavelmente achava que ele era um desleixado.

— Melhorou?

Faith usava o BlackBerry, apesar de não haver sinal no elevador. Ela desviou os olhos do telefone, fez um breve gesto de cabeça para ele e voltou a se concentrar no aparelho.

Will pensava em algo para dizer quando as portas se abrissem. Amanda os aguardava no corredor, conferindo os e-mails como Faith, mas num iPhone. Will se sentia um idiota por estar de mãos abanando, exatamente como se sentira quando Sara apareceu com seus cães, grandes e altivos, e ele mostrou Betty na palma da mão, como um novelo de lã.

Amanda rolava a tela do celular ao ler os e-mails, e sua voz tinha um tom distraído ao conduzi-los pelo corredor até seu escritório.

— Atualizem-me.

Faith percorreu a lista de coisas que não sabiam, que eram muitas, e as que de fato sabiam, que eram pouquíssimas. Enquanto isso, Amanda lia seus e-mails, caminhando e fazendo de conta que ouvia Faith lhe dizer o que, sem dúvida, já havia lido no relatório.

Will não era fã de fazer mais de uma coisa ao mesmo tempo, basicamente porque era como fazer as coisas pela metade. Era humanamente impossível dar atenção total a duas coisas simultaneamente. Para provar que ele estava certo, Amanda tirou os olhos da tela e perguntou:

— O quê?

— Linton acredita que pode haver um viés religioso — repetiu Faith.

Amanda se deteve. Segurou o iPhone ao lado do corpo, dando toda a sua atenção aos dois.

— Por quê?

— Décima primeira costela, onze sacos de lixo, Páscoa no fim de semana.

Amanda voltou a usar o iPhone, falando ao pressionar as teclas no visor.

— O departamento jurídico vai nos ajudar com Joelyn Zabel. Ela trouxe o advogado, então convoquei três dos nossos. Temos que falar com ela como se todos estivessem nos ouvindo, porque tenho certeza de que o quer que dissermos vai chegar aos ouvidos do grande público. — Ela olhou para os dois atentamente. — Deixem que eu fique à frente disso. Façam suas perguntas, mas nada de improvisos.

— Não vamos conseguir nada com Zabel — disse Will. — Só com os advogados, já são quatro pessoas na sala. Conosco, sete, e ela no centro de tudo, sabendo que terá para si os holofotes assim que sair do prédio. Precisamos esfriar um pouco as coisas.

Amanda voltou a olhar para o iPhone.

— E qual é a sua ideia brilhante para fazer isso?

Will não conseguia pensar em uma; tudo que lhe veio à mente foi:

— Talvez possamos falar com ela depois das entrevistas para a televisão, no hotel, sem a imprensa e toda essa atenção.

Amanda não lhe concedeu sequer a cortesia de erguer os olhos.

— Talvez eu ganhe na loteria. Talvez você seja promovido. Está vendo para onde esses "talvez" estão nos levando?

A frustração e a falta de uma boa noite de sono se abateram sobre Will.

— Então por que estamos aqui? Por que você não fala com Zabel e nos deixa continuar a fazer algo mais útil do que dar a ela munição para assinar um contrato com uma editora?

Amanda finalmente ergueu os olhos do iPhone. Ela estendeu o aparelho a Will.

— Estou confusa, agente Trent. Por que não lê isso e me diz o que acha?

Ele sentiu a visão ficar nítida, então houve um apito agudo nos ouvidos. O iPhone pairava como um anzol com a isca bem colocada. Havia palavras na tela. Isso ele conseguia ver. Will sentiu gosto de sangue ao morder a ponta da língua. Ele estendeu a mão para pegar o aparelho, mas, antes que o fizesse, Faith o arrancou da mão de Amanda.

Sua voz soou ríspida quando leu.

— Em geral, onze representa julgamento ou traição na Bíblia... Originalmente, havia onze mandamentos, mas os católicos combinaram os dois primeiros e os protestantes os dois últimos, de modo a arredondar para dez. — Faith rolou a tela. — Os filisteus deram a Dalila mil e cem moedas de prata para trair Sansão. Jesus contou onze parábolas a caminho da morte em Jerusalém.

Faith devolveu o aparelho a Amanda.

— Podemos fazer isso o dia inteiro. No dia 11 de setembro, o voo 11 derrubou as Torres Gêmeas, que, por sua vez, se pareciam com o número 11. A Apollo 11 fez o primeiro pouso na Lua. A Primeira Guerra Mundial terminou no dia 11/11. Você deveria ir ao décimo primeiro círculo do inferno pelo que acabou de fazer com Will.

Amanda sorriu, colocando o iPhone no bolso, e continuou andando pelo corredor.

— Lembrem-se das regras, crianças.

Will não sabia se ela falava das regras que a colocavam no comando ou daquelas que estabelecera com relação à conversa que teriam com Joelyn Zabel. Não houve tempo para refletir, no entanto, já que Amanda passou pela antessala e abriu a porta do seu escritório. Ela fez as apresentações enquanto contornava a mesa e se sentava. O escritório da chefe era maior que qualquer outro do edifício, é claro, quase do tamanho da sala de conferências no andar de Will e Faith.

Joelyn Zabel e um homem que só podia ser seu advogado estavam nas cadeiras de visitante de frente para Amanda. Havia duas cadeiras ao lado da mesa de Amanda, uma para Will e outra para Faith, ele supôs. Os advogados a serviço do GBI estavam em um sofá nos fundos da sala, os três lado a lado, denunciados pelos ternos escuros

e as gravatas discretas. O advogado de Joelyn Zabel vestia um azul-
-tubarão, o que pareceu a Will muito apropriado, já que o sorriso
dele lembrava bem o carnívoro marinho.

— Obrigada por terem vindo — disse Faith, trocando um aperto
de mão com a mulher antes de se sentar.

Joelyn Zabel era uma versão mais encorpada da irmã. Não que
fosse gorda, mas tinha curvas saudáveis no quadril, enquanto o de
Jacquelyn era reto como o de um menino. Will sentiu cheiro de cigarro
ao apertar a mão dela.

— Sinto muito por sua perda — disse.

— Trent — reconheceu ela. — Foi você quem a encontrou.

Will tentou manter contato visual, de modo a não trair a culpa que
ainda roía suas entranhas por não ter encontrado a mulher a tempo.
Tudo no que conseguiu pensar foi em repetir a si mesmo.

— Sinto muito por sua perda.

— É — disparou ela. — Já entendi.

Will se sentou ao lado de Faith, e Amanda bateu as mãos como
uma professora da pré-escola chamando a atenção da turma. Ela
colocou a mão sobre uma pasta de papel pardo, que Will suspeitava
conter uma versão resumida do laudo da necropsia. Pete havia sido
instruído a suprimir a informação sobre os sacos de lixo. Considerando a intimidade da polícia de Rockdale com a imprensa, essa era
uma forma de restringir o acesso a informações confidenciais que
pudessem ser usadas para encurralar futuros suspeitos.

— Sra. Zabel, imagino que tenha tido tempo de examinar o laudo
— começou Amanda.

O advogado respondeu.

— Precisarei de uma cópia para os meus arquivos, Mandy.

Amanda deu um sorriso ainda mais predatório que o do advogado.

— É claro, Chuck.

— Ótimo, então vocês já se conhecem. — Joelyn cruzou os braços, quase encostando os ombros no pescoço. — A senhora quer me
explicar o que diabos estão fazendo para encontrar o assassino da
minha irmã?

O sorriso de Amanda não fraquejou.

— Estamos fazendo tudo o que podemos para...

— E já acharam um suspeito? Quer dizer, puta merda, esse cara é um *animal*.

Amanda não respondeu, o que Faith entendeu como uma deixa.

— Concordamos com você. Quem fez isso é um animal. Por isso precisamos falar com você sobre a sua irmã. Precisamos saber sobre a vida dela. Quem eram seus amigos. Quais eram os seus hábitos.

Joelyn abaixou os olhos por um instante, culpada.

— Eu não tinha muito contato com ela. Estávamos sempre ocupadas. Jackie morava na Flórida.

Faith tentou abrandar o clima.

— Ela morava na baía, certo? Deve ser muito bonito. Bom motivo para fazer uma visita de família nas férias.

— É, seria, mas a vaca nunca me convidou.

O advogado se adiantou e tocou o braço dela num lembrete sutil. Will havia visto Joelyn Zabel em todos os grandes canais, renovando o choro sempre que falava com um novo jornalista sobre a morte trágica da irmã. Não viu uma lágrima sequer escorrer de seus olhos, apesar de ela fazer todos os movimentos de alguém que chora: fungar, esfregar os olhos, balançar o corpo para a frente e para trás. Mas nem isso fazia naquele momento. Ao que parecia, precisava de uma câmera ligada para sentir a dor. Porém, aparentemente, o advogado não permitiria que encarnasse nada além da parente enlutada.

Joelyn fungou, ainda sem lágrimas.

— Eu amava muito a minha irmã. Minha mãe acaba de se mudar para uma casa de repouso. Tem seis meses de vida, se muito, e acontece uma coisa dessas com a filha. A perda de um filho é algo devastador.

Faith tentou manter o clima leve com mais algumas perguntas.

— Você tem filhos?

— Quatro. — Ela parecia orgulhosa.

— Jacquelyn não tinha...

— Nem fodendo. Fez três abortos antes dos trinta. Tinha pavor de ficar gorda. Vocês acreditam nisso? O único motivo que ela teve para mandá-los embora pela descarga foi a porra do peso. Aí vê os quarenta se aproximando e, do nada, quer ser mãe.

Faith ocultou sua surpresa.

— Ela estava tentando engravidar?

— Você não ouviu o que eu falei dos abortos? Pode confirmar. Eu não estou mentindo.

Will acreditava que, sempre que uma pessoa dizia não estar mentindo sobre uma coisa, ela estava mentindo sobre outra. Descobrir a mentira seria a chave para chegar a Joelyn Zabel. Ela não lhe parecia ser uma pessoa das mais altruístas, e queria garantir que seus dez minutos de fama se estendessem pelo maior tempo possível.

— Jackie estava procurando uma barriga de aluguel? — perguntou Faith.

Joelyn pareceu se dar conta do quanto suas palavras eram importantes. Subitamente, tinha a atenção exclusiva de todos. Ela não teve pressa em responder.

— Adoção.

— Privada? Pública?

— Quem vai saber? Jackie tinha muito dinheiro. Estava acostumada a comprar o que queria. — A mulher agarrava os braços da cadeira, e Will percebeu que aquele era um assunto do qual gostava de falar. — Essa é a verdadeira tragédia aqui: não ser capaz de vê-la adotar um retardado rejeitado que, no final das contas, ia acabar roubando o dinheiro dela ou ficando esquizofrênico.

Will sentiu Faith se empertigar ao seu lado. Ele passou a assumir as perguntas.

— Quando foi a última vez que você falou com a sua irmã?

— Cerca de um mês atrás. Ela ficou falando de maternidade, como se soubesse qualquer coisa a respeito. Sobre adotar um moleque na China, na Rússia ou coisa parecida. Você sabe, um desses garotos que acabam virando assassinos. Eles são abusados, simplesmente doentes da cabeça. Nunca batem bem.

— Vemos muito esse tipo de coisa. — Will balançou a cabeça tristemente, como se fosse uma tragédia comum. — Ela estava fazendo algum progresso? Você sabe o nome da agência que ela contratou?

A mulher ficou reticente quando indagada sobre detalhes.

— Jackie não era de se abrir. Sempre foi obcecada por privacidade. — Com a cabeça, ela indicou os advogados do governo, que faziam o possível para se fundirem ao estofado. — Eu sei que esses macaquinhos de circo sentados no sofá não vão deixar você se desculpar, mas você podia ao menos reconhecer que fez uma cagada.

Amanda intercedeu.

— Sra. Zabel, a necropsia mostra...

Joelyn deu de ombros com hostilidade.

— Tudo que aquilo mostra é o que eu já sei: que vocês ficaram à toa, seus cretinos, fazendo *nada* enquanto a minha irmã morria.

— Talvez a senhora não tenha lido o laudo com atenção, Sra. Zabel. — A voz de Amanda soava branda, o tipo de tom reconfortante que usara mais cedo no corredor, antes de humilhar Will. — Sua irmã tirou a própria vida.

— Só porque vocês não fizeram droga nenhuma para ajudar.

— A senhora está ciente de que ela estava cega e surda? — perguntou Amanda.

Pela forma como os olhos de Zabel buscaram o advogado, Will soube que não, na verdade ela não estava ciente daquilo.

Amanda tirou outra pasta da primeira gaveta da mesa. Ela folheou o conteúdo, e Will viu fotos em cores de Jacquelyn Zabel na árvore, no necrotério. Ele achava aquilo especialmente cruel, mesmo para Amanda. Não importava quão horrível Joelyn Zabel fosse, a mulher havia perdido a irmã da pior forma possível. Ele viu Faith se mexer na cadeira e soube que ela pensava o mesmo.

Amanda folheou sem pressa até encontrar a página certa, que parecia estar enterrada entre as piores fotografias. Finalmente, encontrou a passagem relativa ao exame externo do corpo.

— Segundo parágrafo — disse ela.

Joelyn hesitou antes de se sentar na beirada do assento. A mulher tentava ver melhor as fotos, da mesma forma como algumas pessoas reduzem a velocidade para olhar um acidente de carro dos mais trágicos. Por fim, recostou-se na cadeira com o laudo. Will observou seus olhos se moverem de um lado para o outro enquanto lia, então subitamente ficaram imóveis, e ele soube que a mulher não via mais nada.

Ela engoliu em seco. Levantou-se, murmurou um "com licença" e saiu às pressas da sala.

O ar pareceu sair junto com ela. Faith tinha o olhar fixo à frente. Amanda arrumou as fotos numa pilha perfeita, sem a menor pressa.

— Isso não foi legal, Mandy — disse o advogado.

— A vida é dura, Chuck.

Will se levantou.

— Vou esticar as pernas.

Ele saiu da sala antes que alguém pudesse reagir. Caroline, a secretária de Amanda, estava à sua mesa. Will ergueu o queixo, e ela sussurrou:

— No banheiro.

Will seguiu pelo corredor, com as mãos nos bolsos. Parou em frente à porta do banheiro feminino, empurrou a porta com o pé, abrindo-a, e esgueirou a cabeça pela fresta. Joelyn Zabel estava em frente ao espelho. A mulher tinha um cigarro aceso na mão e se assustou quando viu Will.

— Você não pode entrar aqui — disparou, erguendo o punho como se esperasse algum tipo de briga.

— Não é permitido fumar nesse prédio. — Will entrou no banheiro e apoiou as costas na porta fechada, mantendo as mãos nos bolsos.

— O que você está fazendo aqui?

— Queria ter certeza de que você está bem.

Ela deu outra longa tragada no cigarro.

— Invadindo o banheiro feminino? Passou dos limites, tá? Isso é proibido.

Will olhou em volta. Nunca estivera num banheiro feminino antes. Havia um sofá de aparência confortável, um vaso com flores na mesinha ao lado. O ar tinha cheiro de perfume, os porta-papel-toalha estavam cheios e não havia água espalhada pela pia, de modo que ninguém molharia a parte da frente das calças ao lavar as mãos. Não era de se estranhar que as mulheres passassem tanto tempo naquele lugar.

— Oi? — chamou Joelyn. — Homem louco? Saia do banheiro feminino.

— O que você não está me dizendo?

— Eu disse tudo que sei.

Will fez que não.

— Não há câmeras aqui. Não há advogados, plateia. Conte o que você não está me dizendo.

— Cai fora.

Ele sentiu a porta ser levemente pressionada às suas costas e se fechar tão rápido quanto.

— Você não gostava da sua irmã — disse Will.

— Não diga, Sherlock. — A mão tremia quando ela deu outra tragada no cigarro.

— O que ela fez com você?

— Ela era uma vaca.

O mesmo podia ser dito de Joelyn, mas Will guardou aquilo para si mesmo.

— Isso se manifestava de alguma maneira específica no que diz respeito a você ou é apenas uma constatação geral?

Ela o encarou.

— O que diabos isso quer dizer?

— Quer dizer que eu não dou a mínima para o que você vai fazer quando sair daqui. Processar o estado. Não processar o estado. Processar a mim pessoalmente. Não dou a mínima. Quem matou a sua irmã provavelmente está com outra vítima, uma mulher que está sendo torturada e estuprada nesse exato momento, e você ocultar algo de mim equivale a dizer que o que está acontecendo com essa outra mulher é aceitável.

— Não jogue isso nas minhas costas.

— Então me diga o que você está escondendo.

— Eu não estou escondendo nada. — Ela deu as costas para o espelho, secando as lágrimas embaixo dos olhos para não borrar a maquiagem. — Era Jackie quem escondia as coisas.

Will ficou em silêncio.

— Ela sempre foi cheia de segredos, sempre agiu como se fosse melhor que eu.

Ele assentiu, como se entendesse.

— Ela ganhava toda a atenção, todos os caras. — Joelyn balançou a cabeça, voltando-se para Will. Encostou-se na bancada, com a mão ao lado da pia. — Eu ganhava e perdia peso na adolescência. Jackie gostava de me provocar, dizia que eu ia encalhar quando íamos para a praia.

— Você obviamente superou esse problema.

Ela dispensou o elogio, cética.

— Tudo sempre veio muito fácil para ela. Dinheiro, homens, sucesso. As pessoas gostavam dela.

— Não exatamente — discordou Will. — Nenhum dos vizinhos pareceu se importar com o desaparecimento dela. Sequer haviam percebido algo antes de a polícia começar a fazer perguntas. Tenho a impressão de que ficaram aliviados.

— Não acredito em você.

— A vizinha da sua mãe, Candy, também não pareceu ficar muito abalada.

Ela obviamente não estava convencida.

— Não, Jackie dizia que Candy era como um poodle que lambia seus pés, sempre querendo estar por perto.

— Não é verdade — disse Will. — Candy não gostava dela. Eu diria, inclusive, que gostava ainda menos da sua irmã do que você.

Ela terminou o cigarro, foi até um dos reservados, jogou-o no vaso e deu a descarga. Will percebeu que ela processava aquela nova informação sobre a irmã e que gostava do que tinha ouvido. Joelyn voltou até a pia, encostando-se de novo na bancada.

— Ela sempre foi mentirosa. Mentia sobre coisas pequenas, coisas que nem mesmo tinham importância.

— Como o quê?

— Como dizer que ia a uma loja quando ia à biblioteca. Que estava saindo com um cara quando na verdade saía com outro.

— Isso soa um pouco ardiloso.

— E ela era. É a palavra perfeita para Jackie, ardilosa. Ela deixava nossa mãe louca.

— Ela se envolvia em confusões?

Joelyn soltou uma risada.

— Jackie sempre era a preferida do professor, sempre puxava o saco das pessoas certas. Ela manipulava todo mundo.

— Nem todo mundo — destacou Will. — Você disse que ela deixava a sua mãe louca. Sua mãe devia saber o que acontecia.

— E sabia. Gastou a maior nota tentando encontrar ajuda para Jackie. Isso arruinou a porra da minha infância. Tudo sempre era *Jackie*; como ela estava se sentindo, se *ela* estava bem, se *ela* estava feliz. Ninguém se preocupava comigo, se *eu* estava ou não feliz.

— Fale sobre a história da adoção. Que agência ela procurou?

Joelyn olhou para baixo, com um brilho de culpa nos olhos.

Will manteve o tom neutro.

— Eu estou perguntando isso pelo seguinte: se Jackie estava tentando adotar uma criança, nós precisaremos ir à Flórida e encontrar a agência. Se houver uma conexão no exterior, talvez tenhamos de ir à Rússia ou à China para ver se as transações são legítimas. Se Jackie estava tentando contratar uma barriga de aluguel, precisaremos falar com todas as mulheres com quem ela conversou. Teremos de investigar todas as agências lá da Flórida até encontrarmos alguma coisa, qualquer coisa, relacionada à sua irmã, porque ela encontrou uma pessoa muito cruel que a torturou e estuprou por pelo menos uma semana, e se descobrirmos como a sua irmã conheceu o sequestrador, talvez possamos descobrir quem é esse homem. — Will a deixou refletir sobre suas palavras por alguns segundos. — Vamos encontrar alguma conexão com uma agência de adoção, Joelyn?

Ela olhou para as mãos, sem responder. Will contou os azulejos na parede atrás da cabeça da mulher. Estava em trinta e seis quando ela finalmente falou.

— Eu só falei aquilo por falar... aquela coisa de adotar uma criança. Jackie estava falando nisso, mas não iria até o fim. Ela gostava da ideia de ser mãe, mas sabia que nunca seria capaz.

— Você tem certeza?

— É como quando as pessoas conhecem um cão bem treinado, sabe? Elas querem um cachorro, mas querem *aquele* cachorro, não um novo, que precisariam criar e treinar por si mesmas.

— Ela gostava dos seus filhos?

Joelyn pigarreou.

— Ela nunca os conheceu.

Will deu um tempo à mulher.

— Ela foi pega dirigindo embriagada antes de morrer — disse ele.

Joelyn ficou surpresa.

— Sério?

— Ela costumava beber?

Joelyn negou com veemência.

— Jackie não gostava de perder o controle.

— A vizinha, Candy, disse que elas fumaram maconha juntas algumas vezes.

Os lábios da mulher se entreabriram de surpresa. Ela fez que não outra vez.

— Não acredito. Jackie nunca fazia esse tipo de coisa. Ela gostava quando outras pessoas enchiam a cara, perdiam o controle, mas ela mesma nunca fazia isso. Você está falando de uma mulher que tinha o mesmo peso desde os dezesseis anos. O bumbum dela era tão duro que rangia quando ela andava. — Ela pensou mais um pouco na ideia, fez que não outra vez. — Não, não Jackie.

— Por que ela estava limpando a casa da sua mãe? Por que não pagar alguém para fazer o trabalho pesado?

— Ela não confiava em ninguém. Ela sempre tinha o jeito certo de fazer as coisas, e fosse você quem fosse, sempre fazia errado.

Aquilo, ao menos, batia com o que Candy tinha dito. Tudo o mais formava uma imagem completamente diferente, o que fazia sentido, já que Joelyn não era exatamente próxima da irmã.

— O número onze quer dizer alguma coisa para você? — perguntou Will.

Joelyn franziu a testa.

— Droga nenhuma.

— E quanto às palavras "eu não me negarei"?

Ela fez que não outra vez.

— Mas é engraçado... Apesar de ser rica, Jackie se negava coisas o tempo todo.

— Se negava o quê?

— Comida. Álcool. Diversão. — Ela deu um riso triste. — Amigos. Família. Amor. — Seus olhos ficaram marejados, as primeiras lágrimas de verdade que Will vira dela. Ele se afastou da porta e saiu, encontrando Faith à sua espera no corredor.

— Alguma coisa? — perguntou ela.

— Ela mentiu sobre a história da adoção. Pelo menos disse que mentiu.

— Podemos conferir com Candy. — Faith pegou o celular, abriu o flip e começou a digitar o número. — Devíamos ter nos encontrado com Rick Sigler no hospital há dez minutos. Liguei para remarcar para mais tarde, mas ele não atendeu.

— E quanto ao amigo dele, Jake Berman?

— Encarreguei alguns homens disso hoje cedo. Eles vão ligar se o encontrarem.

— Você não acha estranho não conseguirmos localizá-lo?

— Ainda não, mas volte a perguntar isso no fim do dia, caso a gente ainda não tenha conseguido encontrá-lo. — Ela levou o telefone ao ouvido, e Will a escutou deixar uma mensagem de voz para que Candy Smith retornasse a ligação. Faith fechou o aparelho e o segurou com força. Will sentiu um temor crescer dentro de si, perguntando-se o que ela iria dizer em seguida; algo sobre Amanda, uma diatribe sobre Sara Linton ou sobre ele mesmo. Felizmente, era sobre o caso.

— Acho que Pauline McGhee faz parte disso — disse ela.

— Por quê?

— É só uma intuição. Não consigo explicar, mas é coincidência demais.

— McGhee ainda é um caso do Leo. Não está sob nossa jurisdição, não há nenhum motivo para pedirmos a ele uma parte da investigação. — Ainda assim, Will precisava perguntar: — Você acha que consegue convencê-lo?

Faith fez que não.

— Não quero criar problemas para o Leo.

— Ele deve ligar para você, certo? Quando encontrar os pais de Pauline em Michigan?

— Foi o que ele disse que iria fazer.

Os dois entraram no elevador, calados.

— Acho que precisamos ir ao trabalho de Pauline — sugeriu Will.

— Acho que você tem razão.

14

Faith andava de um lado para o outro na recepção da Xac Homage, a empresa de design de nome ridículo em que Pauline McGhee trabalhava. Os escritórios ocupavam o trigésimo andar do Symphony Tower, um arranha-céu de arquitetura esdrúxula na esquina da Peachtree com a Quatorze e que mais parecia um espéculo gigante. Faith estremeceu à imagem, pensando no que havia lido no laudo de Jacquelyn Zabel.

Para fazer frente ao nome pretensioso, a recepção repleta de janelas da Xac Homage era decorada com sofás baixos nos quais só era possível se sentar contraindo todos os músculos das nádegas ou simplesmente se refestelando de um jeito que seria necessário pedir ajuda para se levantar. Faith teria optado por se refestelar se não estivesse usando uma saia que subia toda hora, mesmo que ela não se sentasse como uma puta num videoclipe de rap.

Ela estava com fome, mas não sabia o que comer. Estava ficando sem insulina, mas ainda não tinha certeza se calculava as dosagens direito. Não havia marcado a consulta com a médica indicada por Sara. Os pés estavam inchados, as costas estavam de matar e ela queria bater a cabeça na parede porque não conseguia parar de pensar em Sam Lawson, por mais que tentasse.

E, pela forma como Will a espiava pelo canto de olho, tinha a ligeira suspeita de que se comportava como uma louca.

— Meu Deus — murmurou Faith, pressionando a testa contra o vidro limpo das janelas da recepção. Por que insistia em fazer tanta burrada? Ela não era uma idiota. Ou talvez fosse. Talvez tenha enganado a si mesma todos aqueles anos e, na verdade, fosse uma das pessoas mais idiotas na face da Terra.

Ela olhou para os carros na Peachtree Street, formigas apressadas sobre o asfalto preto. No mês passado, no consultório do dentista, Faith leu numa revista que as mulheres são geneticamente programadas para correr atrás dos homens com quem fazem sexo até pelo menos três semanas depois do evento, já que esse é o tempo que o corpo precisa para descobrir se há ou não uma gestação. Ela riu quando leu aquilo, já que nunca foi do tipo grudento com os homens. Ao menos não depois do pai de Jeremy, que literalmente saiu do estado depois que Faith contou a ele que estava grávida.

No entanto, lá estava ela conferindo o telefone e os e-mails a cada dez minutos, querendo falar com Sam, querendo saber como ele estava e se estava ou não chateado com ela — como se o que havia acontecido tivesse sido culpa dela. E como se Sam tivesse sido um amante tão magnífico que ela não conseguisse se afastar dele. Ela já estava grávida; não podia ser a genética que a levava a agir como uma colegial idiota. Ou talvez fosse. Talvez ela fosse vítima dos próprios hormônios.

Ou talvez não devesse usar o *Ladies Home Journal* como fonte científica.

Faith virou a cabeça, observou Will em frente à porta do elevador. Ele estava ao telefone, segurando o aparelho com as duas mãos para que não se desmantelasse. Não conseguia mais sentir raiva dele. Will se saiu bem com Joelyn Zabel, ela precisava admitir. A abordagem do parceiro no trabalho era diferente da sua, e às vezes funcionava a favor deles, às vezes funcionava contra eles. Faith balançou a cabeça. Não podia perder tempo com aquelas diferenças agora, não quando toda a sua vida estava à beira de um penhasco gigante e o chão não parava de tremer.

Will terminou a ligação e veio na direção dela. Ele olhou para a mesa vazia da secretária. A mulher tinha ido chamar Morgan Hollister havia pelo menos dez minutos. Faith imaginava os dois picando documentos furiosamente, embora fosse mais provável que a mulher, uma loira de farmácia que parecia ter problemas para processar a menor das solicitações, tivesse simplesmente esquecido deles e estivesse ao telefone no banheiro.

— Com quem você estava falando? — perguntou Faith.

— Amanda — disse Will, pegando um punhado de balas na tigela da mesa de centro. — Ela ligou para se desculpar.

Faith riu da piada, e o parceiro fez o mesmo.

Will pegou mais algumas balas e ofereceu a tigela a Faith, que recusou.

— Ela vai convocar outra coletiva de imprensa hoje à tarde. Joelyn Zabel vai retirar o processo contra o estado.

— O que a fez mudar de ideia?

— O advogado chegou à conclusão de que não tinham um caso. Não se preocupe, ela vai estar na capa de alguma revista na semana que vem, e na semana seguinte vai voltar a nos ameaçar com um processo por não termos encontrado o assassino da irmã.

Era a primeira vez que um dos dois verbalizava o verdadeiro medo que sentiam: de que o assassino fosse bom o bastante para escapar impune dos seus crimes.

Will indicou a porta fechada atrás da mesa.

— Você acha que devemos simplesmente entrar?

— Espere mais um minuto. — Ela tentou limpar a marca da testa na janela, manchando ainda mais o vidro. A dinâmica entre os dois de alguma forma havia mudado no caminho até ali, de modo que Will não estava mais preocupado com o fato de Faith estar irritada com ele ou não. Agora era a vez dela de não saber se havia magoado o parceiro.

— Nós estamos bem? — perguntou.

— Claro que estamos bem.

Faith não acreditou nisso, mas não há forma de contestar alguém que insiste que não há um problema, já que a pessoa só continuaria insistindo que está tudo bem até que você sentisse que tudo era coisa da sua cabeça.

— Bem, pelo menos nós sabemos que ser uma vaca é, de fato, uma característica da família Zabel.

— Joelyn não é das piores — disse Will.

— É difícil ser o bom filho.

— O que você quer dizer?

— Se você é o certinho da família, tira boas notas, fica longe de encrenca e tal, enquanto o seu irmão está sempre fazendo besteira e recebendo toda a atenção, você passa a se sentir deixado de lado. Por mais que você se esforce, isso não faz diferença, pois seus pais só se importam com o seu maldito irmão.

Ela deve ter soado amarga, já que Will perguntou:

— Pensei que seu irmão fosse um cara legal.

— E é — disse Faith. — Eu é que era ruim e recebia toda a atenção. — Ela riu. — Eu me lembro de uma vez ele ter perguntado aos meus pais por que não o entregavam logo para adoção.

Will deu um sorriso de canto de boca.

— Todo mundo quer ser adotado.

Ela se lembrou das palavras terríveis de Joelyn Zabel sobre a busca da irmã por um filho.

— O que Joelyn disse...

Ele a interrompeu.

— Por que o advogado não parava de chamar Amanda de Mandy?

— É um diminutivo de Amanda.

Ele assentiu, pensativo, e Faith se perguntou se apelidos eram mais um de seus lapsos. Fazia sentido. É preciso saber como um nome é escrito para ser capaz de abreviá-lo.

— Você sabia que dezesseis por cento de todos os assassinos em série conhecidos foram adotados?

Faith franziu o cenho.

— Não pode ser verdade.

— Joel Rifkin, Kenneth Bianchi, David Berkowitz. Ted Bundy foi adotado pelo padrasto.

— Como você virou de repente um especialista em assassinos em série?

— History Channel — disse Will. — Acredite em mim, é muito útil.

— Como você encontra tempo para assistir a tanta televisão?

— Eu não tenho uma vida social.

Faith voltou a olhar pela janela, pensando em Will com Sara Linton naquela manhã. Pelo relatório que leu sobre Jeffrey Tolliver, podia dizer que o sujeito foi exatamente o tipo de policial que Will não era: mão na massa, proativo, disposto a fazer o que fosse necessário para solucionar um caso. Não que Will também não fosse determinado, mas era mais provável que conseguisse arrancar uma confissão de um suspeito com os olhos do que com os punhos. Instintivamente, Faith sabia que Will não era o tipo de Sara Linton, e foi por isso que se sentiu tão mal por ele naquela manhã, ao ver quanto se sentia desconfortável na companhia da médica.

— Eu não sei o número do apartamento dela.

Pelo jeito, Will também devia estar pensando naquela manhã.

— Sara?

— Ela mora no Milk Lofts, na Berkshire.

— Deve haver uma lista de... — Faith fez uma pausa. — Posso escrever o sobrenome dela para você comparar com os nomes escritos ao lado dos botões do interfone. Não devem ser tantos assim.

Will deu de ombros, obviamente intimidado.

— Podemos consultar na internet.

— Provavelmente não vamos encontrá-la.

A porta se abriu, e a secretária loira falsa estava de volta. Atrás dela, veio um homem extremamente alto, extremamente bronzeado e extremamente bonito que vestia o terno mais elegante que Faith já vira.

— Morgan Hollister — disse ele, estendendo a mão ao atravessar a sala. — Sinto muito por tê-los deixado esperar tanto. Estava numa videoconferência com um cliente em Nova York. Essa coisa com Pauline fez a porca torcer o rabo, como dizem.

Faith não conhecia ninguém que dissesse aquele tipo de coisa, mas perdoou-o ao retribuir o cumprimento. Ele era ao mesmo tempo o homem mais bonito e mais gay que ela já tinha visto. Considerando que estavam em Atlanta, a capital gay do Sul, era um feito e tanto.

— Sou o agente Trent, essa é a agente Mitchell — disse Will, de alguma forma ignorando a forma predatória como Morgan Hollister o encarava.

— Você malha? — perguntou Morgan.

— Pesos, basicamente. Um pouco de supino.

Morgan deu um tapinha em seu braço.

— Forte.

— Agradeço por nos deixar ver as coisas de Pauline — disse Will, apesar de Morgan não ter feito a oferta. — Sei que a polícia já esteve aqui. Espero que não seja muito inconveniente.

— É claro que não. — Morgan colocou a mão no ombro de Will ao acompanhá-lo até a porta. — Estamos arrasados por causa de Paulie. Ela era ótima.

— Ouvimos dizer que era um pouco difícil trabalhar com ela.

Morgan deu uma risadinha, o que Faith entendeu como um código para "típico das mulheres". E ficou satisfeita por ver que na comunidade gay o machismo era tão escancarado quanto no restante da sociedade.

— O nome Jacquelyn Zabel é familiar para você? — perguntou Will.

Morgan fez que não.

— Eu trabalho com todos os clientes. Tenho certeza de que me lembraria de algo, mas posso confirmar no sistema. — Ele assumiu uma expressão triste. — Pobre Paulie. Isso foi um choque para todos nós.

— Encontramos um lar temporário para Felix — disse Will ao homem.

— Felix? — Ele pareceu ficar confuso, depois se lembrou. — Ah, sim, o filho. Tenho certeza de que vai ficar bem. Ele é um soldadinho.

Morgan os conduziu por um longo corredor. Havia cubículos à direita e janelas voltadas para a rodovia interestadual atrás deles. Amostras de materiais e desenhos esquemáticos estavam espalhados sobre as mesas. Faith olhou para as plantas baixas na mesa de reunião, sentindo uma pontada de melancolia.

Quando criança, quis ser arquiteta, um sonho que descarrilou rapidamente aos quatorze anos, quando foi expulsa da escola por estar grávida. Era diferente agora, é claro, mas, naquele tempo, esperava-se que as adolescentes grávidas desaparecessem da face da Terra, e seus nomes jamais voltavam a ser mencionados a não ser que o assunto fosse o garoto que as engravidou e, mesmo assim, como "a vadia que quase arruinou a vida dele ficando grávida".

Morgan parou em frente a uma porta fechada. Nela, estava escrito o nome de Pauline McGhee. Ele pegou uma chave.

— Vocês sempre a deixam trancada? — perguntou Will.

— Paulie deixava. Uma das manias dela.

— Ela tinha muitas *manias*?

— Ela gostava de fazer as coisas do jeito dela. — Morgan deu de ombros. — Eu dava liberdade a ela. Paulie era boa com papelada, em manter os terceirizados na linha. — O sorriso dele murchou. — É claro, tivemos um problema com isso no fim das contas. Ela meteu os pés pelas mãos numa encomenda muito importante. Custou muito dinheiro à firma. Não tenho certeza se continuaria aqui caso isso tudo não tivesse acontecido.

Se Will se perguntava por que Morgan falava de Pauline como se ela estivesse morta, não deixou transparecer. Em vez disso, estendeu a mão para pegar a chave.

— Trancaremos a porta quando terminarmos.

Morgan hesitou. Ele, sem dúvida, acreditava que estaria presente enquanto revistavam o escritório.

— Levo a chave para você quando terminarmos, está bem? — disse Will, e então deu um tapinha no braço de Morgan. — Obrigado, cara. — Will deu as costas ao homem e entrou no escritório. Faith o seguiu e fechou a porta atrás de si.

Ela precisava perguntar.

— Isso não o incomoda?

— Morgan? — Ele deu de ombros. — Ele sabe que eu não estou interessado.

— Ainda assim...

— Havia muitos meninos gays no abrigo. A maioria era muito mais legal que os héteros.

Faith não conseguia imaginar um pai abandonando o filho, muito menos por esse motivo.

— Isso é terrível.

Will obviamente não queria conversar sobre aquilo. Ele olhou para o escritório à sua volta.

— Eu chamaria isso de austero.

Faith tinha de concordar. O escritório de Pauline parecia nunca ter sido ocupado. Não havia uma folha de papel sequer sobre a mesa. As bandejas de entrada e saída estavam vazias. Os livros de design nas prateleiras estavam organizados em ordem alfabética, as lombadas, alinhadas. As revistas estavam de prontidão em caixas coloridas. Até mesmo o monitor parecia estar posicionado em um ângulo preciso de quarenta e cinco graus no canto da mesa. A única coisa de valor sentimental à vista era uma fotografia de Felix num balanço.

— Ele é um soldadinho — disse Will, zombando das palavras de Morgan sobre o filho de Pauline. — Liguei para a assistente social ontem à noite. Felix não está encarando a situação muito bem.

— O que aconteceu?

— Está chorando muito. Não come.

Faith olhou para a fotografia, a felicidade plena nos olhos do menino ao sorrir para a mãe. Ela se lembrou de Jeremy naquela idade. Era tão fofo que ela queria comê-lo como se fosse um doce. Faith tinha acabado de se formar na academia da polícia, e eles haviam se mudado para um apartamento barato próximo à Monroe Drive; a primeira vez que ela ou Jeremy moraram longe de sua mãe. As vidas dos dois se entrelaçaram de uma forma que Faith não imaginava ser possível. O filho era tão parte dela que Faith quase não conseguia suportar deixá-lo na creche. À noite, Jeremy desenhava enquanto ela preenchia os relatórios diários na mesa da cozinha. Cantava com a sua vozinha esganiçada enquanto ela preparava seu jantar e seu almoço do dia seguinte. Às vezes, ele subia na cama e se aninhava no braço dela como um gatinho. Faith nunca se sentira tão importante ou necessária, não até aquele momento e muito menos desde então.

— Faith? — Will dissera algo que ela não havia escutado.

Ela colocou a fotografia de volta na mesa de Pauline antes que começasse a chorar como um bebê.

— O quê?

— Eu disse: quanto você quer apostar que a casa de Jacquelyn Zabel na Flórida é tão arrumada quanto esse lugar?

Faith limpou a garganta, tentando mudar o foco.

— O quarto que ela usou na casa da mãe estava impecável. Achei que havia feito aquilo porque o restante da casa estava uma zona. Você sabe, calmaria na tempestade. Mas talvez ela tivesse mania de arrumação.

— Personalidade Tipo A. — Will contornou a mesa, abriu as gavetas. Faith olhou o que ele achou: lápis de cor lado a lado numa bandeja plástica, blocos de Post-its numa pilha organizada. Ele abriu a gaveta de baixo e encontrou um fichário grande, que pegou e colocou sobre a mesa. Folheou as páginas, e Faith viu plantas de cômodos, amostras de tecidos, recortes de fotografias de móveis.

Faith ligou o computador enquanto Will terminava de revistar as gavetas. Ela estava certa de que não encontrariam nada, mas, estranhamente, tinha a sensação de que aquilo estava ajudando no caso. Estava em sintonia com Will outra vez, sentindo-se mais como sua parceira e menos como sua adversária. Aquilo tinha de ser uma coisa boa.

— Veja isso. — Will havia aberto a última gaveta do lado esquerdo. Estava uma zona, o equivalente a uma gaveta da bagunça numa cozinha. Havia papéis amassados e várias embalagens vazias de batata frita.

— Ao menos sabemos que ela é humana — disse Faith.

— É estranho — disse Will. — Tudo está impecável a não ser esta gaveta.

Faith pegou uma bola de papel e a alisou sobre a mesa. Tinha uma lista, com itens riscados, como se tivessem sido concluídos: supermercado;

arrumar luminária da sala dos Powell; contatar Jordan sobre amostras para o sofá. Ela pegou outra bola de papel e encontrou algo parecido.

— Será que ela amassa as folhas de papel quando termina tudo que tem para fazer? — perguntou Will.

Faith olhou para a lista com os olhos semicerrados, desfocando a vista, tentando ver aquilo como Will devia ver. Ele era tão bom em dissimular sua condição que às vezes Faith até se esquecia de que ele tinha um problema.

Will revistou a estante, tirou uma caixa de revistas de uma das prateleiras do meio.

— O que é isso? — Ele tirou mais uma caixa, então outra. Faith viu o segredo de disco de um cofre. Will tentou a trava, mas sem sorte. Ele correu os dedos pelas laterais. — Está concretado na parede.

— Você quer ir perguntar o código ao seu amigo Morgan?

— Aposto muito dinheiro que ele não sabe.

Faith dispensou a aposta. Como Jacquelyn Zabel, Pauline McGhee parecia gostar de guardar segredos.

— Confira o computador primeiro, depois eu vou procurá-lo — disse Will.

Faith olhou para o monitor. Havia uma janela pedindo uma senha. Will também a viu.

— Tente "Felix".

Ela digitou a palavra e, milagrosamente, funcionou. Ao abrir os e-mails, Faith fez uma anotação mental para trocar a senha "Jeremy" em casa. Faith correu os olhos pelas mensagens, e Will voltou à estante. Encontrou o tipo de correspondência de pessoas que trabalham num escritório, mas nada pessoal que apontasse para um amigo ou confidente. Faith se recostou na cadeira e abriu o navegador, esperando encontrar um serviço de e-mail no histórico. Não havia uma conta do Google ou do Yahoo, mas ela descobriu diversos sites.

Aleatoriamente, clicou em um, e uma página do YouTube apareceu na tela. Ela aumentou o volume enquanto o vídeo carregava. Uma guitarra chiou nos alto-falantes na parte de baixo de um monitor e as palavras *"Estou feliz"* apareceram, seguidas de *"Estou sorrindo"*.

Will estava atrás dela. Faith leu as palavras, que se apagavam aos poucos no fundo preto. *"Estou sentindo." "Estou vivendo." "Estou morrendo."*

A guitarra ficava mais nervosa a cada palavra, e apareceu a fotografia de uma jovem vestindo um uniforme de animadora de torcida. O short estava bem baixo nos quadris, o top mal cobria os seios. Ela era tão magra que Faith podia contar as costelas.

— Jesus — murmurou ela. Outra fotografia ganhou forma na tela, essa de uma garota negra. Estava encolhida numa cama, de costas para a câmera. A pela estava esticada, as vértebras e costelas proeminentes o bastante para que se visse cada osso pressionado contra a pele fina. A escápula se projetava como uma faca.

— Isso é algum tipo de site de ajuda? — perguntou Will. — Dinheiro para Aids?

Faith fez que não enquanto outra fotografia surgia; uma modelo em frente a uma paisagem urbana, seus braços e pernas finos como palitos. Apareceu outra garota; uma mulher, na verdade. Sua clavícula se projetava com dolorosa nitidez. A pele dos ombros parecia papel molhado cobrindo os músculos.

Faith clicou no histórico do navegador. Encontrou outro vídeo. A música era diferente, mas tinha o mesmo tipo de introdução. Ela leu em voz alta. *"Coma para viver. Não viva para comer."* As palavras se apagaram e deram lugar a uma jovem tão magra que era difícil não desviar os olhos. Faith abriu outra página, então outra. *"A única liberdade que resta é a liberdade de privar-se de comida"*, ela leu. *"Magro é bonito. Gordo é feio."* Ela olhou para o alto da tela, a categoria do vídeo.

— *Thinspo*. Nunca ouvi falar.

— Não entendo. Essas jovens parecem estar passando fome, mas têm TVs nos quartos, vestem boas roupas.

Faith clicou em outro link.

— *Thinspiration* — disse ela. — Meu Deus, não acredito nisso. Elas estão emaciadas.

— Há um grupo ou coisa parecida?

Faith voltou a abrir o histórico. Ela correu os olhos pela lista e encontrou mais vídeos, mas nada que parecesse uma sala de bate-papo. Foi até a página seguinte da busca e tirou a sorte grande.

— Atlanta-Pro-Ana-ponto-com. É um site pró-anorexia. — Faith clicou no link, mas tudo que apareceu foi mais uma tela pedindo a senha. Ela tentou "Felix" outra vez, mas não funcionou, então leu as instruções. — Está pedindo uma senha de seis dígitos e Felix tem apenas cinco letras. — Ela digitou várias combinações do nome, falando em voz alta para Will. — Zero-Felix, um-Felix, Felix-zero...

— Quantas letras tem *thinspiration*?

— Letras demais. *Thinspo* tem sete. — Ela tentou essa, sem sucesso.

— Qual é o nome de usuário dela? — perguntou Will.

Faith leu o nome na caixa acima da senha.

— A-T-L thin. — Ela imaginou que soletrar não ajudaria. — É uma abreviação de Atlanta Thin, Magra de Atlanta. — Ela digitou o nome de usuário. — Nada feito. Ah. — Faith deu um chute. — O aniversário de Felix. — Ela abriu o programa de calendário e fez uma busca por "aniversário". Apareceram apenas dois resultados, um de Pauline e outro do filho. — Doze-zero-oito-zero-três. — A tela continuou sem mudanças. — Não, não funcionou.

Will assentiu, coçando o braço distraído.

— Cofres têm senhas de seis dígitos, certo?

— Não custa nada tentar. — Faith esperou, mas Will não saiu do lugar. — Um-dois-zero-oito-zero-três — repetiu ela, sabendo que o parceiro era plenamente capaz de processar números. Ainda assim, ele continuou imóvel, e, por fim, Faith sentiu algo clicar no cérebro. — Ah. Sinto muito.

— Não se desculpe. É culpa minha.

— É minha. — Ela se levantou e foi até o cofre. Girou o disco para a direita, até o doze, então deu duas voltas para a esquerda, parando no oito. O problema de Will não eram os números, mas esquerda e direita.

Faith girou o disco até o último número e ficou levemente decepcionada quando ouviu o *tunc* instantâneo da trava. Foi muito fácil.

Ela abriu o cofre e viu um caderno espiral, do tipo que todo estudante tem, e uma única folha de papel impresso. Correu os olhos pela folha. Era um e-mail que tratava da medição de um elevador para que um sofá coubesse na cabine, algo que Faith nunca havia pensado que precisasse ser feito, apesar de sua primeira geladeira não ter passado pela porta da cozinha.

— Coisa de trabalho — disse ela a Will, pegando o caderno.

Ela o abriu. Os cabelos da nuca se arrepiaram, e Faith suprimiu um tremor quando se deu conta do que via. Uma caligrafia elegante cobria a página, a mesma frase, vezes a fio. Faith passou para a página seguinte, então a próxima. As palavras haviam sido escritas com tanta força em alguns pontos que a caneta rasgou o papel. Ela não era do tipo que acreditava no sobrenatural, mas a raiva que sentiu aflorar do caderno era palpável.

— É a mesma, certo? — Will provavelmente reconheceu o espaçamento das linhas, a mesma frase curta escrita repetidamente, revestindo o caderno como uma forma de arte sádica.

Eu não me negarei... Eu não me negarei... Eu não me negarei...

— A mesma — confirmou Faith. — Isso liga Pauline à caverna, a Jackie Zabel e a Anna.

— Foi escrito a caneta — constatou Will. — As páginas na caverna foram escritas a lápis.

— Mas é a mesma frase. *Eu não me negarei.* Pauline escreveu isso por conta própria, não porque tenha sido forçada. Ninguém a obrigou. Até onde sabemos, ela nunca esteve na caverna. — Faith folheou as páginas, para garantir que eram iguais até o fim do caderno. — Jackie Zabel era magra. Não como as garotas nos vídeos, mas muito magra.

— Joelyn Zabel disse que, quando a irmã morreu, ela pesava o mesmo dos tempos do colégio.

— Você acha que ela sofria de um transtorno alimentar?

— Acho que tinha muitos dos mesmos atributos de Pauline... gosta de estar no controle, gosta de guardar segredos — disse Will. — Pete achou que Jackie estivesse subnutrida, mas talvez ela já estivesse passando fome por conta própria.

— E quanto a Anna? Ela é magra?

— A mesma coisa. Dava para ver a... — Ele levou a mão à clavícula. — Achamos que fosse parte da tortura, fazê-las passar fome. Mas aquelas garotas dos vídeos fazem isso por vontade própria, certo? Aqueles vídeos são como pornografia para anoréxicos.

Faith assentiu, sentindo-se agitada ao estabelecer a próxima relação.

— Talvez elas tenham se conhecido na internet. — Ela voltou à senha da sala de bate-papo Pro-Ana e inseriu o aniversário de Felix em todas as combinações em que conseguiu pensar; excluiu os zeros, colocou-os de volta para formar a data completa, inverteu os números. — Pode ser que Pauline tenha recebido uma senha que não pudesse ser trocada.

— Ou talvez o que exista nessa sala de bate-papo tenha mais valor para ela do que tudo o mais que está no computador e no cofre.

— Há uma relação, Will. Se todas as mulheres tinham transtornos alimentares, nós finalmente temos algo que liga todas elas.

— E uma sala de bate-papo na qual não conseguimos entrar, e uma família que não está exatamente ajudando.

— E quanto ao irmão de Pauline McGhee? Ela disse a Felix que ele era mau. — Faith deixou o computador de lado, voltando a Will toda a sua atenção. — Talvez devêssemos fazer uma visita a Felix e ver se ele se lembra de mais alguma coisa.

Will não parecia convencido.

— Ele tem apenas seis anos, Faith. Está atordoado por ter perdido a mãe. Acho que não vamos conseguir mais nada com ele.

Ambos deram um pulo quando o telefone na mesa tocou. Faith pegou o fone sem pestanejar.

— Escritório de Pauline McGhee.

— Alô. — Morgan Hollister não parecia nem um pouco satisfeito.

— Você encontrou Jacquelyn Zabel nos seus arquivos? — perguntou Faith.

— Infelizmente, não, detetive, mas, olha que engraçado, tenho uma ligação para você na linha dois.

Faith deu de ombros, olhando para Will ao apertar o botão iluminado.

— Faith Mitchell.

Leo Donnelly foi direto ao assunto.

— Não ocorreu a você falar comigo antes de se intrometer no meu caso?

A boca de Faith se encheu de desculpas, mas Leo não lhe deu tempo de exprimi-las.

— Recebi uma ligação do meu chefe, que recebeu uma ligação do veadinho aí, Hollister, perguntando por que o estado estava revirando o escritório de McGhee se eu já tinha conferido tudo hoje de manhã. — Ele arfava. — Meu *chefe*, Faith. Ele quer saber por que eu não consigo fazer o meu trabalho. Você sabe o que isso significa?

— Encontramos uma relação — disse Faith. — Descobrimos uma ligação entre Pauline McGhee e as outras vítimas.

— Fico feliz pra caralho por você, Mitchell. Nesse ínterim, a minha cabeça está a prêmio porque você não se dignou a parar por dois segundos e me dar um toque.

— Leo, me desculpe...

— Guarde suas desculpas — rebateu ele. — Eu devia ficar de bico fechado, mas não sou esse tipo de cara.

— Ficar de bico fechado sobre o quê?

— Temos outra pessoa desaparecida.

Faith sentiu o coração dar um salto.

— Outra mulher desaparecida? — repetiu ela, em consideração a Will. — Ela se encaixa no nosso perfil?

— Trinta e poucos anos, cabelos castanhos, olhos castanhos. Trabalha num banco chique em Buckhead, onde você precisa estar montado na grana só para entrar. Sem amigos. Todo mundo diz que ela é uma vaca.

Faith assentiu para Will. Outra vítima, outro relógio em contagem regressiva.

— Qual é o nome dela? Onde ela mora?

— Olivia Tanner. — Leo disparou o nome e o endereço tão rápido que Faith precisou pedir a ele que repetisse. — Mora em Virginia Highland.

Faith anotou o endereço no dorso da mão.

— Você me deve uma — disse ele.

— Leo, me desculpe mesmo por...

Ele não a deixou terminar.

— Se eu fosse você, Mitchell, eu ficaria esperta. Exceto pela parte do sucesso, você está se parecendo bastante com o perfil dessas vítimas ultimamente.

Faith ouviu um clique suave, o que, de certa forma, era pior do que ouvir o fone sendo batido na sua cara.

Olivia Tanner morava num daqueles bangalôs aparentemente pequenos de Midtown, que da rua pareciam ter cerca de cem metros quadrados, mas que acabavam tendo seis quartos, cinco banheiros e um lavabo, com o preço acima de um milhão de dólares. Depois de ter estado no escritório de Pauline McGhee e visto a personalidade da mulher desaparecida, Faith estudava a casa de Olivia Tanner com outros olhos. O jardim era bonito, mas todas as plantas estavam dispostas em fileiras uniformes. A parte externa da casa era cuidadosamente pintada, com as calhas formando uma linha graciosa ao redor do telhado. Com base no conhecimento de Faith sobre o bairro, o bangalô era provavelmente trinta anos mais velho que sua humilde casa, mas, comparativamente, parecia novo em folha.

— Está bem — disse Will ao telefone. — Obrigado. — Ele encerrou a ligação e se voltou para Faith. — Joelyn Zabel disse que a irmã havia lutado contra a anorexia e a bulimia na época do ensino médio. Ela não tem certeza de como andavam as coisas recentemente, mas podemos apostar que Jackie não havia deixado o problema para trás.

Faith se permitiu algum tempo para absorver a informação.

— Certo — disse por fim.

— É isso. Essa é a ligação entre elas.

— E isso nos leva aonde? — perguntou Faith, desligando o motor.

— Os técnicos não conseguiram acessar o Mac de Jackie Zabel. Pode levar semanas até que descubram a senha do computador de Pauline McGhee. Nem sabemos se ela usava a sala de bate-papo de anorexia para conversar com as outras mulheres ou apenas para passar o tempo na hora do almoço! Não que ela almoçasse. — Ela olhou de novo para a casa de Olivia Tanner. — Quanto você quer apostar que também não vamos conseguir nada aqui?

— Você está se concentrando em Felix, quando precisa pensar em Pauline — alertou Will em voz baixa.

Faith queria dizer que ele estava errado, mas era verdade. Só conseguia pensar em Felix em alguma casa de adoção, se acabando de chorar. Precisava se concentrar nas vítimas, no fato de Jacquelyn Zabel e Anna serem precursoras de Pauline McGhee e Olivia Tanner. Por quanto tempo as duas mulheres seriam capazes de suportar a tortura, a humilhação? Cada minuto que se passava era mais um minuto de sofrimento.

Cada minuto que se passava era mais um minuto em que Felix ficava sem a mãe.

— Nossa forma de ajudar Felix é ajudar Pauline — disse Will.

Faith soltou um longo suspiro.

— Estou começando a ficar irritada de verdade por você me conhecer tão bem.

— Por favor — murmurou Will. — Você é um enigma envolto em um folhado doce. — Ele abriu a porta e desceu do carro. Faith o observou caminhar até a casa com passos determinados.

Faith também desceu e o seguiu.

— Nada de garagem, nada de BMW — observou ela. — Depois da conversa desagradável com Leo, ela havia ligado para o sargento que tinha registrado a ocorrência do desaparecimento de Olivia Tanner. A mulher tinha uma BMW 325 azul, algo que dificilmente saltava aos olhos naquela vizinhança. Tanner era solteira, trabalhava como vice-presidente num banco local, não tinha filhos, e seu único parente vivo era o irmão.

Will tentou a porta da frente. Trancada.

— Por que o irmão está demorando tanto?

Faith conferiu o relógio.

— O avião dele pousou há uma hora. Se o trânsito estiver ruim...

— Ela deixou o resto no ar. O trânsito estava sempre ruim em Atlanta, principalmente nos arredores do aeroporto.

Will se abaixou e procurou por uma chave embaixo do capacho. Quando isso não funcionou, passou a mão por cima do batente da porta e espiou embaixo dos vasos de plantas, mas continuou de mãos abanando.

— Você acha que devemos entrar de uma vez?

Faith reprimiu um comentário sobre a disposição do parceiro para invadir a propriedade alheia. Trabalhavam juntos há tempo suficiente para saber que a frustração podia agir como adrenalina para Will, enquanto nela tinha o efeito de um Valium.

— Vamos dar a ele mais alguns minutos.

— Devíamos chamar um chaveiro para o caso de o irmão não ter a chave.

— Vamos desacelerar um pouco, está bem?

— Você está falando comigo do jeito que fala com as testemunhas.

— Nem ao menos sabemos se Olivia Tanner é uma das nossas vítimas. Ela pode acabar sendo uma loira de farmácia com milhares de amigos e um cachorro.

— No banco disseram que ela nunca faltou um dia de trabalho desde que começou lá.

— Ela pode ter caído da escada. Decidido sumir da cidade. Ido embora com um estranho que conheceu num bar.

Will não respondeu. Ele colocou as mãos nas laterais do rosto e espiou pelas janelas da frente, tentando ver o interior da casa. O policial que atendeu a ocorrência no dia anterior deve ter feito o mesmo, mas Faith deixou que Will perdesse seu tempo enquanto esperavam por Michael Tanner, o irmão de Olivia.

Apesar da raiva, Leo lhes fizera um grande favor ao informar sobre o desaparecimento. O procedimento-padrão era que um detetive fosse designado para o caso. Dependendo do que esse detetive já tivesse em mãos, poderia ter demorado até vinte e quatro horas para que Michael Tanner falasse com alguém que pudesse fazer mais do que preencher a papelada. Então, poderia se passar mais um dia até que o GBI fosse alertado sobre a semelhança do perfil. Leo adiantara esse processo em dois preciosos dias num caso em que desesperadamente se precisava de ajuda. Em agradecimento, eles lhe deram uma rasteira.

Faith sentiu seu BlackBerry vibrar. Ela conferiu os e-mails e, em silêncio, agradeceu a Caroline, a assistente de Amanda.

— Recebi o auto de prisão de Jake Berman pelo incidente no Mall of Georgia.

— O que diz?

Faith viu piscar o ícone de transferência de arquivo.

— O download vai demorar alguns minutos.

Will contornou a casa, espiando em todas as janelas. Faith o seguia, mantendo o BlackBerry à sua frente como uma vara de vedor. Finalmente, a primeira página do relatório carregou, e ela começou a ler.

— *"Em resposta a queixas feitas por clientes do Mall of Georgia..."* — Faith rolou a tela, procurando os trechos relevantes. — *"O suspeito então fez o gesto típico com a mão, indicando que estava interessado em ter uma relação sexual. Respondi assentindo duas vezes, então ele me levou até uma das últimas cabines do banheiro masculino."* — Ela desceu um pouco mais. — *"A esposa e os dois filhos do suspeito, de aproximadamente um e três anos, aguardavam do lado de fora."*

— O nome da esposa é informado?

— Não.

Will subiu os degraus do deque nos fundos da casa de Olivia Tanner. Atlanta ficava na encosta dos Apalaches, o que significava que a cidade era repleta de morros e vales. O bangalô de Olivia Tanner ficava na base de uma encosta íngreme, dando aos vizinhos dos fundos visão total da casa.

— Será que alguém viu alguma coisa? — sugeriu Will.

Faith olhou para a casa dos vizinhos. Era grande, o tipo de mansão cafona que só se vê nos subúrbios. Os dois andares superiores tinham deques espaçosos, e o térreo tinha uma área de estar coberta, com uma lareira de tijolos. Todas as cortinas dos fundos estavam fechadas, exceto por uma nas portas do térreo.

— Parece estar vazia — Faith disse.

— Provavelmente executaram a hipoteca. — Will tentou a porta dos fundos da casa de Olivia Tanner. Estava trancada. — Olivia está desaparecida desde ontem, pelo menos. Se ela for uma das nossas vítimas, isso significa que foi raptada um pouco antes ou logo depois de Pauline. — Ele conferiu as janelas. — É possível que Jake Berman seja o irmão de Pauline McGhee?

— É possível — admitiu Faith. — Pauline alertou Felix de que seu irmão era perigoso. Não o queria perto do filho.

— Devia ter medo dele por algum motivo. Talvez ele seja violento. Talvez o irmão seja o motivo de Pauline ter fugido e mudado de nome. Ela cortou todos os laços com a família ainda muito nova. Devia ter pavor dele.

Faith enumerou as possibilidades.

— Jake Berman estava na cena do crime. Ele desapareceu. Não foi muito cooperativo como testemunha. Não deixou rastro exceto pela prisão por atentado ao pudor.

— Se Berman é um nome adotado pelo irmão de Pauline, já está bem conhecido. Ele foi preso e passou pelo sistema com o nome intacto.

— Se ele mudou de nome há vinte anos, quando Pauline fugiu de casa, isso é uma vida no que diz respeito aos registros públicos. O governo estava apenas começando a inserir informações e casos antigos nos sistemas. Muitos dados antigos nunca passaram por essa transição, principalmente em cidades pequenas. Pense em como foi difícil para Leo localizar os pais de Pauline, e eles fizeram um registro do desaparecimento da filha.

— Qual é a idade de Berman?

Faith voltou ao início do auto de prisão.

— Trinta e sete anos.

Aquilo chamou a atenção de Will.

— Pauline tem trinta e sete anos. Será que eles são gêmeos?

Faith vasculhou sua bolsa e encontrou a cópia em preto e branco da habilitação de Pauline McGhee. Ela tentou lembrar o rosto de Jake Berman, mas então se lembrou de que segurava a ficha dele na outra mão. O BlackBerry ainda estava carregando o arquivo. Ela ergueu o aparelho sobre a cabeça, esperando que o sinal ficasse mais forte.

— Vamos voltar à frente da casa — sugeriu Will. Contornaram-na pelo outro lado, Will conferindo as janelas para se certificar de que não havia nada de suspeito. Quando chegaram à entrada, o download do arquivo finalmente tinha terminado.

Jake Berman usava barba fechada na fotografia da prisão, do tipo descuidada, que os pais dos subúrbios deixavam crescer quando queriam parecer subversivos. Faith mostrou a foto a Will.

— Ele estava barbeado quando falei com ele.

— Felix disse que o homem que levou sua mãe usava bigode.

— Um bigode não cresceria assim tão rápido.

— Podemos conseguir retratos de como Jake ficaria sem barba, de bigode e afins?

— Cabe a Amanda decidir se levamos isso a público ou não.

Divulgar um retrato poderia levar Jake Berman a entrar em pânico e se esconder ainda mais. Se ele for o criminoso, isso também serviria para alertá-lo. Ele poderia decidir matar as testemunhas e fugir do estado; ou pior, do país. Dois mil e quinhentos voos saíam e chegavam do Aeroporto Internacional Hartsfield.

— Ele tem cabelos e olhos castanhos, como Pauline — disse Will.

— Como você também.

— É, ele não parece ser irmão gêmeo de Pauline — admitiu Will, dando de ombros. — Talvez apenas irmão.

Faith estava sendo idiota outra vez. Ela conferiu os aniversários.

— Berman fez aniversário depois de ser preso. Ele nasceu onze meses antes de Pauline.

— Ele estava de terno quando foi preso?

Ela voltou a consultar o arquivo.

— Jeans e suéter. E também quando falei com ele no Grady.

— O auto de prisão informa a profissão dele?

Faith conferiu.

— Desempregado. — Ela leu outros detalhes, balançando a cabeça. — Que auto de prisão desleixado! Não acredito que um policial tenha assinado isso.

— Já fiz esse tipo de coisa. Você pega dez, às vezes quinze caras no mesmo dia. A maioria assume a culpa ou apenas paga a fiança e espera que não dê em nada. Você acaba não precisando ir até o tribunal, já que a última coisa que eles querem é ficar frente a frente com o denunciante.

— Qual é o "gesto típico com a mão" que usam para mostrar que querem fazer sexo? — perguntou Faith, curiosa.

Will fez algo absolutamente obsceno com os dedos, e ela desejou não ter feito a pergunta.

— Deve haver uma razão para Jake Berman estar se escondendo — insistiu ele.

— Quais são as opções? Ou ele deve dinheiro a alguém, ou é irmão de Pauline, ou é o nosso criminoso. Ou as três coisas.

— Ou nenhuma delas — destacou Will. — De qualquer forma, precisamos falar com ele.

— Amanda colocou a equipe inteira na cola dele. Estão fazendo todas as derivações imagináveis do nome, Jake Seward, Jack Seward. Estão tentando McGhee, Jackson, Jakeson. O computador fará as desambiguações.

— Qual é o nome do meio?

— Henry. Então temos Hank, Harry, Hoss...

— Como ele pode ser fichado e, ainda assim, não conseguirmos encontrá-lo?

— Ele não está usando cartões de crédito. Não tem uma conta de celular ou uma hipoteca. Nenhum dos seus últimos endereços conhecidos revelou nada de útil. Não sabemos quem é seu empregador ou onde ele trabalhou no passado.

— Talvez esteja tudo no nome da esposa, o nome que não temos.

— Se o meu marido fosse pego afogando o ganso no banheiro do shopping enquanto eu esperava do lado de fora com as crianças... —

Faith não se deu ao trabalho de concluir o raciocínio. — Ajudaria se o advogado que cuidou desse caso não fosse um completo cretino.

O sujeito se recusava a divulgar quaisquer informações sobre seu cliente e insistia que não sabia como entrar em contato com Jake Berman. Amanda estava cuidando dos mandados para consultar os arquivos, mas mandados sempre levavam tempo; e o deles estava se esgotando.

Um Ford Escape azul parou em frente à casa. O homem que desceu do carro era um exemplo clássico de ansiedade, da testa enrugada à forma como retorcia as mãos em frente à barriga ligeiramente volumosa. Tinha altura mediana, era calvo e com os ombros caídos. Faith pensou que ele devia passar mais de oito horas por dia em frente a um computador.

— Vocês são os policiais com quem falei? — perguntou o homem de supetão. Então, talvez se dando conta de quanto havia sido rude, tentou outra vez. — Desculpem, sou Michael Tanner, irmão de Olivia. Vocês são da polícia?

— Sim, senhor. — Faith pegou sua identificação. Apresentou-se e a Will. — O senhor tem a chave da casa de sua irmã?

Michael parecia preocupado e constrangido ao mesmo tempo, como se aquilo pudesse ser apenas um mal-entendido.

— Não tenho certeza se devemos fazer isso. Olivia dá muito valor à sua privacidade.

Faith e Will se entreolharam. Outra mulher que era boa em estabelecer limites.

— Podemos ligar para um chaveiro se for necessário — ofereceu Will. — É importante que vejamos o interior da casa para o caso de ter acontecido alguma coisa. Olivia pode ter caído ou...

— Eu tenho uma chave. — Michael levou a mão ao bolso e pegou uma única chave num chaveiro de mola. — Ela me mandou pelo correio há três meses. Não sei por quê. Apenas queria que eu a tivesse. Acho que sabia que eu não a usaria. Talvez eu não devesse usá-la.

— O senhor não teria vindo de Houston se não achasse que há algo de errado — disse Will.

Michael ficou pálido, e Faith teve um vislumbre de suas últimas horas: dirigir até o aeroporto, embarcar no avião, alugar um carro, o tempo todo achando que era uma tolice, que a irmã estava bem. E, ao mesmo tempo, sabendo em algum recanto de sua mente que o oposto provavelmente era a verdade.

Michael entregou a chave a Will.

— O policial com quem falei ontem à noite disse que mandou alguém até aqui. — Ele fez uma pausa, como se precisasse que confirmassem que isso havia acontecido. — Tive medo de que não estivessem me levando a sério. Eu sei que Olivia já é uma mulher, mas ela é uma criatura de hábitos. Não se desvia da rotina.

Will destrancou a porta e entrou na casa. Faith ficou com o irmão na entrada.

— Qual é a rotina dela? — perguntou.

Ele fechou os olhos por um momento, como se para colocar os pensamentos em ordem.

— Ela trabalha num banco privado em Buckhead há quase vinte anos. Vai até lá seis dias por semana; todos os dias, exceto às segundas-feiras, quando faz as compras e cuida de outras tarefas: lavanderia, biblioteca, supermercado. Ela chega ao banco às oito da manhã e sai às oito da noite, a não ser quando há imprevistos. O trabalho dela é cuidar das relações com a comunidade. Se há uma festa, um evento beneficente ou algo que o banco patrocine, ela tem de estar lá. Fora isso, está sempre em casa.

— O banco ligou para o senhor?

Ele levou a mão ao pescoço, coçou uma cicatriz vermelha. Faith supôs que era de uma traqueostomia ou de algum outro tipo de cirurgia.

— O banco não tem o meu número. Eu liguei para lá quando não tive notícias de Olivia ontem pela manhã. Liguei para lá quando desembarquei. Eles não têm ideia de onde Olivia está. Ela nunca faltou ao trabalho antes.

— O senhor tem uma fotografia recente da sua irmã?

— Não. — Ele pareceu entender por que Faith queria uma fotografia. — Sinto muito. Olivia odiava ser fotografada. Sempre odiou.

— Tudo bem — tranquilizou-o Faith. — Usaremos a da carteira de habilitação, se for necessário.

Will desceu as escadas. Ele balançou a cabeça, e Faith entrou com o homem na casa. Tentou puxar conversa.

— Essa é uma bela casa.

— Nunca a tinha visto antes — confessou Michael. Ele olhava em volta como Faith, provavelmente pensando a mesma coisa: o lugar mais parecia um museu.

O vestíbulo se estendia até a cozinha, que reluzia com bancadas de mármore branco e armários brancos. As escadas tinham um tapete central branco, e a sala era igualmente espartana; tudo, das paredes à mobília e até o tapete no chão, era de um branco imaculado. Até mesmo as obras de arte nas paredes consistiam de telas brancas emolduradas em branco.

Michael estremeceu.

— É tão frio aqui.

Faith sabia que o homem não falava da temperatura.

Ela conduziu os dois homens até a sala. Havia um sofá e duas poltronas, mas Faith não sabia se se sentava ou continuava de pé. Por fim, sentou-se no sofá, e a almofada era tão dura que o tecido quase não amassou. Will escolheu a poltrona ao seu lado, e Michael se sentou na outra ponta do sofá.

— Vamos começar do começo, Sr. Tanner — disse ela.

— Doutor — corrigiu o homem, então fez uma careta. — Desculpe. Não importa. Por favor, me chamem de Michael.

— Está bem, Michael. — Faith manteve a voz calma, tranquilizadora, sentindo que ele estava à beira do pânico, e começou com perguntas fáceis.

— Você é médico?

— Radiologista.

— Trabalha num hospital?

— O Centro Metodista de Mastologia. — Michael piscou, e Faith percebeu que ele tentava não chorar.

Ela foi direto ao ponto.

— O que o levou a ligar para a polícia ontem?

— Olivia agora me liga todos os dias. Ela não fazia isso antes. Não fomos próximos por muitos anos, então ela foi para a universidade e nós nos afastamos ainda mais. — Michael deu um sorriso cansado. — Tive câncer há dois anos. Na tireoide. — Ele levou a mão à cicatriz no pescoço outra vez. — Se senti um vazio? — Ele falou como se fosse uma pergunta, e Faith assentiu como se entendesse. — Eu só queria estar com a minha família. Queria Olivia de volta na minha vida. Eu sabia que seria nos termos dela, mas estava disposto a fazer esse sacrifício.

— Que termos ela impôs?

— Eu nunca deveria telefonar. Era ela quem ligava para mim.

Faith não soube ao certo o que dizer, e Will assumiu o comando.

— Havia algum padrão específico nas ligações?

Michael começou fazendo que sim, como se estivesse feliz por alguém finalmente entender o motivo de estar preocupado.

— Sim. Ela me ligou todos os dias nos últimos oito meses. Às vezes não falava muito, mas sempre ligava no mesmo horário pela manhã, fizesse chuva ou sol.

— Por que ela não falava muito? — perguntou Will.

Michael olhou para as mãos.

— É difícil para ela. Ela passou por algumas coisas quando éramos mais novos. Não é o tipo de pessoa que ouve a palavra "família" e sorri. — Michael passou os dedos na cicatriz outra vez, e Faith sentiu a tristeza profunda que emanava dele. — Ela não sorri por nada, na verdade.

Will olhou para Faith para confirmar se ele poderia assumir de vez as perguntas. Ela assentiu de leve. Obviamente, Michael Tanner se sentia mais confortável falando com Will. Agora, o trabalho dela era apenas se fundir ao ambiente.

— Sua irmã não era uma pessoa feliz? — perguntou Will.

Michael fez que não lentamente, sua tristeza preenchendo a sala. Will ficou em silêncio por um instante, dando ao homem algum tempo.

— Quem abusou dela?

Faith ficou chocada com a pergunta, mas as lágrimas que escorreram dos olhos de Michael confirmaram que Will tinha acertado na mosca.

— O nosso pai. Um clichê e tanto hoje em dia.

— Quando?

— Nossa mãe morreu quando Olivia tinha oito anos. Acho que começou logo depois disso. Continuou por alguns meses, até que Olivia acabou no médico. Ela estava ferida. O médico reportou o caso, mas meu pai apenas... — As lágrimas vinham sem pudor agora. — Meu pai disse que ela se feriu de propósito. Que ela havia colocado alguma coisa... lá... para se ferir. Para chamar a atenção, porque sentia falta da nossa mãe. — Ele secou as lágrimas com raiva. — O meu pai era juiz. Conhecia todo mundo na polícia, e eles achavam que o conheciam. Ele disse que Olivia estava mentindo, então todo mundo acreditou que ela fosse uma mentirosa... principalmente eu. Por anos não acreditei nela.

— E o que fez você mudar de opinião?

Ele deu um riso sem qualquer humor.

— Lógica. Não fazia sentido ela... ela ser como é, a não ser que algo terrível tivesse acontecido.

Will olhava direto nos olhos do homem.

— O seu pai alguma vez machucou você?

— Não — respondeu ele, rápido demais. — Nada sexual, quero dizer. Ele me punia às vezes. Batia de cinto. Ele podia ser um homem bruto, mas eu acreditava que aquilo era o que os pais faziam. Que era normal. A melhor forma de evitar as surras era ser um bom filho, então eu era um bom filho.

Novamente, Will não teve pressa em fazer a próxima pergunta.

— Como Olivia se punia?

Michael lutou com suas emoções, tentando contê-las, mas foi em vão. Ele finalmente pressionou o polegar e o indicador nos olhos, chorando. Will apenas ficou ali, imóvel. Faith fez o mesmo. Ela sabia, instintivamente, que a pior coisa que poderia fazer naquele momento era consolar Michael Tanner.

Ele usou as costas da mão para enxugar as lágrimas.

— Olivia era bulímica — disse por fim. — Acho que ainda pode ser anoréxica, mas ela me jurou que os vômitos estavam sob controle.

Faith se deu conta de que prendia a respiração. Olivia Tanner tinha um transtorno alimentar, assim como Pauline McGhee e Jackie Zabel.

— Quando isso começou? — perguntou Will.

— Aos dez, onze anos. Não lembro. Sou três anos mais novo. Tudo o que lembro é que era horrível. Ela simplesmente... Ela simplesmente começou a definhar.

Will apenas assentiu, deixando o homem falar.

— Olivia sempre foi obcecada pela própria aparência. Ela era bonita, mas nunca aceitou... — Michael fez uma pausa. — Acho que nosso pai só piorava as coisas. Ele sempre a beliscava, provocando, e dizia que ela precisava se livrar da aparência rechonchuda de criança. Ela não era gorda. Era uma menina normal. Ela era bonita. *Era* bonita. Você sabe o que acontece quando se passa fome dessa forma?

Michael olhava para Faith agora, e ela fez que não.

— Olivia tinha feridas de contato nas costas. Grandes feridas abertas, com o osso abrindo buracos na pele. Ela não conseguia nem se sentar, não conseguia encontrar uma posição confortável. Sentia frio o tempo todo, não conseguia sentir as mãos e os pés. Alguns dias não tinha energia nem para andar até o banheiro. Ela defecava na roupa. — Ele parou, as lembranças claramente voltando com força total. — Ela dormia dez, doze horas por dia. Perdeu cabelo. Tinha tremores incontroláveis. O coração disparava. A pele dela era simplesmente... era repulsiva. Descascava, escamas secas caíam do corpo. E ela acreditava que valia a pena. Achava que isso a deixava bonita.

— Ela foi hospitalizada alguma vez?

Michael riu, como se eles não conseguissem entender quão terrível era a situação.

— Ela entrava e saía do Houston General o tempo todo. Os médicos a colocavam num tubo de alimentação. Ela ganhava peso o bastante para que a deixassem sair do hospital e voltava a vomitar assim que recebia alta. Os rins dela pararam duas vezes. Havia muita preocupação quanto aos danos que ela provocava ao coração. Eu sentia muita raiva dela naqueles tempos. Não conseguia entender por que, por vontade própria, ela fazia algo tão ruim para si mesma. Parecia que... por que alguém passaria fome voluntariamente? Por que alguém faria consigo mesmo... — Ele olhou para a sala à sua volta, para o lar frio que a irmã havia construído para si mesma. — Controle. Ela apenas queria ter controle sobre alguma coisa, e acho que essa coisa era o que entrava em sua boca.

— Ela estava melhor? — perguntou Faith. — Recentemente, quero dizer.

Michael assentiu e deu de ombros ao mesmo tempo.

— Ela melhorou quando se afastou do meu pai. Foi para a faculdade, se formou em administração. Ela se mudou aqui para Atlanta. Acho que a distância ajudou.

— Ela fazia terapia?

— Não.

— Nem um grupo de apoio? Ou talvez uma sala de bate-papo?

Ele fez que não, seguro.

— Olivia não achava que precisasse de ajuda. Ela acreditava que tinha tudo sob controle.

— Ela tinha amigos ou...

— Não. Não tinha ninguém.

— O pai de vocês ainda está vivo?

— Ele morreu há uns dez anos. Foi muito tranquilo. Todo mundo ficou feliz por ele ter morrido dormindo.

— Olivia é uma pessoa religiosa? Ela vai à igreja ou...

— Ela queimaria o Vaticano se conseguisse passar pelos guardas.

— Os nomes Jacquelyn Zabel, Pauline McGhee ou Anna significam alguma coisa para você? — perguntou Will.

Michael fez que não.

— Você ou a sua irmã já estiveram em Michigan?

Ele olhou para os dois, confuso.

— Nunca. Quer dizer, eu não. Olivia passou toda a vida adulta em Atlanta, mas pode ter feito alguma viagem para lá sem que eu soubesse.

— E quanto às palavras "eu não me negarei"? — tentou Will. — Elas significam alguma coisa para você?

— Não. Mas elas são exatamente o oposto do que Olivia faz com a própria vida. Ela nega tudo a si mesma.

— E quanto a *"thinspo"*, ou *"thinspiration"*?

Mais uma vez, ele balançou a cabeça.

— Não.

Faith assumiu.

— E filhos? Olivia tem filhos? Ou quer ter filhos?

— Seria fisicamente impossível — respondeu o homem. — O corpo dela... Os danos que ela infligiu a si mesma... Ela não suportaria uma gravidez.

— Ela poderia adotar.

— Olivia odiava crianças. — A voz de Michael estava tão baixa que Faith mal o ouvia. — Sabia o que poderia acontecer com elas.

Will fez a pergunta que estava na cabeça de Faith.

— Você acha que ela estava fazendo tudo de novo? Passando fome?

— Não. Não como antes, pelo menos. Por isso ela me ligava toda manhã, às seis em ponto, para dizer que estava tudo bem. Às vezes eu atendia o telefone e ela falava comigo; outras vezes, apenas dizia "eu estou bem" e desligava. Acho que era uma tábua de salvação para ela. Assim espero.

— Mas ela não telefonou ontem — disse Faith. — É possível que estivesse irritada com você?

— Não. — Ele enxugou os olhos outra vez. — Ela nunca se irritava comigo. Ela se preocupava comigo. Ela se preocupava comigo o tempo todo.

Will apenas assentiu, então Faith perguntou:

— Por que ela se preocupava?

— Porque ela... — Michael parou, pigarreou algumas vezes.

— Ela o protegia do pai de vocês — disse Will.

Michael assentiu repetidamente, e a sala voltou a ficar em silêncio. Ele parecia reunir coragem.

— Vocês acham que... — Ele se deteve. — Olivia nunca mudaria a rotina dela.

Will o encarou.

— Posso ser bondoso ou posso ser honesto, Dr. Tanner. Existem apenas três possibilidades. Uma é que sua irmã tenha ido embora. As pessoas fazem isso. Você não acreditaria no quanto isso é comum. A outra é que tenha se envolvido num acidente ou esteja ferida...

— Eu liguei para os hospitais.

— A polícia de Atlanta também fez isso. Eles conferiram todos os registros de acidentes e todas as pessoas foram identificadas.

Michael assentiu, talvez porque já soubesse daquilo.

— Qual é a terceira possibilidade? — perguntou em voz baixa.

— Alguém a raptou — respondeu Will. — Alguém que quer fazer mal a ela.

Michael engoliu em seco. Ele olhou para as mãos por um longo tempo antes de finalmente assentir.

— Obrigado pela sua honestidade, detetive.

Will se levantou.

— Tudo bem se dermos uma olhada na casa e nas coisas da sua irmã?

Outra vez, o homem assentiu. Will se voltou para Faith.

— Vou olhar lá em cima. Você verifica as coisas aqui embaixo.

Ele não deu a ela tempo para discutir o plano, e Faith decidiu não argumentar, apesar de Olivia Tanner provavelmente deixar o computador pessoal no segundo andar.

Ela deixou Michael Tanner na sala e foi até a cozinha. A luz entrava pelas janelas, fazendo tudo parecer ainda mais branco. A cozinha era bonita, mas tão estéril quanto o restante da casa. As bancadas estavam completamente vazias, exceto pela televisão mais fina que Faith vira na vida. Até mesmo os cabos estavam escondidos, descendo por um pequeno buraco no mármore com veios finos.

A despensa estava quase vazia. O pouco que havia estava impecavelmente alinhado, com as caixas voltadas para frente, para mostrar as marcas, as latas idem. Havia seis frascos grandes de aspirina, ainda na embalagem. A marca era diferente da encontrada no quarto de

Jackie Zabel, mas ela achou estranho que as duas mulheres tomassem tanta aspirina.

Outro detalhe que não fazia sentido.

Faith deu alguns telefonemas enquanto revistava os armários da cozinha. Com a voz mais baixa possível, pediu para levantarem os antecedentes de Michael Tanner, apenas por garantia. A próxima ligação foi para solicitar que alguns policiais dessem uma geral na vizinhança. Ela pediu os registros do telefone residencial de Olivia Tanner para saber com quem a mulher vinha falando, mas o celular provavelmente estava registrado no nome do banco. Se tivessem sorte, haveria um BlackBerry em algum lugar e conseguiriam ler os e-mails. Talvez houvesse alguém na vida de Olivia, alguém que o irmão não conhecia. Faith balançou a cabeça, sabendo que era um tiro no escuro. A casa era espetacular, mas não parecia habitada. Não havia festas naquele lugar, reuniões no fim de semana. Certamente, nenhum homem morava ali.

Como era a vida de Olivia Tanner? Faith já havia trabalhado em casos de pessoas desaparecidas. O segredo para descobrir o que acontecia com as mulheres — geralmente eram mulheres — era tentar se colocar no lugar delas. Do que gostavam e do que não gostavam? Quem eram seus amigos? O que havia de tão ruim nos seus namorados/maridos/amantes para que decidissem fazer as malas e sumir?

Com Olivia, não havia pistas, nenhuma âncora emocional a que se agarrar. A mulher morava numa casa sem vida, sem uma poltrona confortável para se afundar no fim do dia. Os pratos e as tigelas não tinham arranhões, lascas faltando, nem pareciam ter sido usados. Até mesmo o fundo das canecas de café reluzia. Como Faith podia buscar empatia com uma mulher que vivia numa caixa branca impecável?

Faith voltou aos armários da cozinha e novamente não encontrou nada fora do lugar. Até mesmo o que pensava ser a gaveta da bagunça era arrumada — chaves de fenda numa caixa de plástico, um martelo com a cabeça num novelo de lã. Faith correu o dedo pelo interior do armário, sem encontrar gordura ou poeira. Era preciso reconhecer o valor de uma mulher que limpava os armários da cozinha por dentro e por fora.

Faith abriu a gaveta de baixo e encontrou um envelope grande, mais rígido. Ela o abriu e encontrou algumas páginas lustrosas cortadas com cuidado de revistas. Todas mostravam modelos em estágios variados de seminudez, vendendo perfumes ou relógios de ouro. Aquele não era o tipo de mulher que as pessoas viam de suéter e colar de pérolas limpando a casa sorridentes ou cuidando das crianças. Aquelas modelos exalavam sensualidade, ousadia e, acima de tudo, magreza.

Faith já vira algumas daquelas modelos esqueléticas antes. Ela folheava as páginas da *Cosmopolitan*, da *Vogue* e da *Elle* como qualquer outra pessoa na fila do supermercado, mas ver aquelas mulheres anoréxicas agora, sabendo que Olivia Tanner tinha escolhido aquelas fotografias não porque queria se lembrar de comprar uma sombra ou um gloss de uma marca nova, mas porque considerava aqueles esqueletos algo tangível, fez Faith sentir um embrulho no estômago.

Ela pensou nas palavras de Michael Tanner, na tortura que a irmã se impusera para ser magra. Ela não conseguia entender como Will tinha tanta certeza de que a mulher tentava proteger o irmão. Parecia improvável que um homem que estuprava a filha fosse atrás do filho, mas Faith era policial há tempo demais para acreditar que os criminosos seguiam um padrão lógico. Exceto pela sua gravidez na adolescência, a família Mitchell era basicamente normal. Não havia alcoólatras abusivos ou tios tarados. Quando o assunto era uma infância disfuncional, ela sempre confiava na opinião de Will.

O parceiro nunca confirmara absolutamente nada, mas ela acreditava que Will havia sofrido uma boa dose de abuso na infância. Seu lábio superior tinha obviamente sido cortado e não recebera os cuidados que deveria. A cicatriz tênue que corria pela lateral da mandíbula e sumia colarinho adentro parecia ser antiga, o tipo de coisa que acontece na infância e o acompanha pelo resto da vida. Ela trabalhou com Will nos meses mais quentes do verão e nunca o viu dobrar as mangas da camisa ou mesmo afrouxar a gravata. A pergunta sobre como Olivia Tanner se punia fora especialmente reveladora. Faith costumava pensar que Angie Polaski era uma punição que Will continuamente infligia a si mesmo.

Ela ouviu passos na escada. Will entrou na cozinha, balançando a cabeça.

— Apertei o botão de rediscagem do telefone do quarto. Quem atendeu foi a secretária eletrônica do irmão em Houston.

Havia um livro na mão de Will.

— O que é isso?

Ele entregou a Faith o livro fino, que tinha uma etiqueta de biblioteca na lombada. A capa mostrava uma mulher nua sentada sobre os calcanhares. Ela usava saltos altos, mas a pose era mais artística que sensual, transmitindo a clara mensagem de que aquilo era literatura, não lixo. Portanto, não era o tipo de livro que Faith leria. Ela leu o texto da quarta capa e fez um resumo para Will.

— É sobre uma mulher que é diabética e viciada em metanfetamina e seu pai abusivo.

— Uma história de amor. *Expose?* — Ele deu seu palpite sobre o título.

Chegou perto. Faith percebera que Will geralmente lia as três primeiras letras e adivinhava as demais. Costumava acertar mais que errar, mas palavras estranhas o ludibriavam.

Ela colocou o livro sobre a bancada, com a capa voltada para baixo.

— Você encontrou um computador?

— Nada de computador. Nada de diário. Nada de agenda. — Ele abriu as gavetas e encontrou o controle remoto da televisão. Ligou o aparelho, virou a tela para si. — Essa é a única TV da casa.

— Não há uma no quarto?

— Não. — Will zapeou e encontrou apenas os canais abertos. — Ela não tem TV a cabo. Não há um modem DSL no quadro de distribuição no porão.

— Então ela não tem internet de banda larga — concluiu Faith.

— Talvez use internet discada. Ela pode ter um laptop no trabalho.

— Ou alguém pode ter pegado.

— Ou ela simplesmente não traz trabalho para casa. O irmão diz que ela fica lá o dia inteiro.

Ele desligou a televisão.

— Você encontrou algo aqui embaixo?

— Aspirina — disse Faith, apontando para os frascos na despensa. — O que você quis dizer com aquilo de Olivia proteger Michael?

— É a mesma coisa do que falamos no escritório de Pauline. Os seus pais tinham tempo para o seu irmão quando você se envolvia em problemas?

Faith fez que não, percebendo que fazia todo o sentido. Olivia desviou toda a atenção negativa do irmão para que ele pudesse ter uma vida. Não era de se estranhar que o homem carregasse tanta culpa. Ele era um sobrevivente.

Will olhava pela janela dos fundos, para a casa aparentemente vazia atrás da de Olivia.

— Aquelas cortinas na porta estão me incomodando.

Faith se juntou a ele. Will estava certo. Todas as cortinas das janelas dos fundos estavam fechadas, exceto as cortinas das portas do térreo. Faith levantou a voz.

— Dr. Tanner, vamos sair por um minuto. Não vamos demorar.

— Tudo bem — respondeu o homem.

A voz dele ainda estava trêmula, então Faith acrescentou:

— Não encontramos nada por enquanto. Vamos continuar a busca.

Ela esperou. Não houve resposta.

Will abriu a porta dos fundos, e os dois foram até o deque.

— As roupas dela são todas tamanho trinta e dois. Isso é normal?

— Quem me dera — murmurou Faith, então percebeu o que dissera. — É pequeno, mas não é terrível.

Ela correu os olhos pelo quintal da casa de Olivia Tanner outra vez. Como na maioria das casas da região central, o terreno tinha por volta de mil metros quadrados, com cercas isolando a propriedade e postes de telefone a cada sessenta metros. Faith desceu as escadas do deque atrás de Will. O quintal de Olivia tinha uma cerca de cedro de aparência cara. As ripas eram lisas, e aquelas que as sustentavam estavam voltadas para o lado de fora do terreno.

— Isso parece novo para você? — perguntou ela.

Will fez que não.

— Foi lavado sob pressão. Cedro novo é mais vermelho que isso.

Eles chegaram aos fundos do terreno e pararam. Havia marcas nas tábuas de cedro. Arranhões profundos. Will se agachou.

— Parece que alguém fez isso com os pés, provavelmente tentando pular a cerca.

Faith olhou novamente para cima, em direção ao quintal do vizinho.

— Parece vazia para mim. Você acha que foi tomada pelo banco?

— Só há um jeito de descobrirmos.

Will foi até outro trecho da cerca, ergueu o corpo e estava prestes a pular para o outro lado quando lembrou que Faith estava com ele.

— Você quer esperar por mim aqui? Nós também podemos dar a volta.

— Eu pareço assim tão patética para você?

Ela agarrou o topo da cerca. Faziam aquele tipo de coisa na academia de polícia, mas isso foi há muitos anos, e ela não usava saia. Faith fingiu não perceber quando Will a ajudou por trás, assim como esperava que ele fingisse não ter visto sua calcinha de vovó azul-bebê.

De alguma forma, ela conseguiu passar para o outro lado. Will se certificou de que Faith estava recomposta e saltou a cerca como um ginasta chinês de dez anos.

— Exibido — murmurou ela, já subindo o terreno íngreme que levava até a casa vazia. O térreo tinha uma série de janelas amplas voltadas para o quintal, com portas-balcão nas extremidades. Ao se aproximar, Faith viu que uma das portas estava aberta. O vento soprou mais forte, e um pedaço da cortina branca se agitou para fora com a brisa.

— Não pode ser assim tão fácil — disse Will, obviamente pensando o mesmo que Faith: *o suspeito deles estava escondido ali dentro? Era ali que mantinha suas vítimas?*

Will se aproximou da casa com passos determinados.

— Devo pedir reforço? — perguntou ela.

Will não parecia preocupado. Ele empurrou a porta com o cotovelo e espiou o interior.

— Você escutou esse barulho? — indagou ele, apesar de os dois saberem que não podiam estar ouvindo nada. Legalmente, não podiam entrar na casa de alguém sem um mandado de busca ou ameaça de perigo iminente.

Faith se virou, olhou para a casa de Olivia Tanner. A mulher obviamente não gostava de cortinas ou persianas. De onde estava, Faith tinha visão total da cozinha e do que devia ser o quarto de Olivia.

— É melhor pedirmos um mandado.

Will já havia entrado. Faith praguejou baixinho ao pegar a arma na bolsa. Ela entrou na casa, pisando com cuidado no tapete berbere branco. O térreo estava acabado, provavelmente já havia sido uma sala de entretenimento. Havia uma mesa de sinuca e um bar. Fios escapavam da parede onde devia ter ficado o home theater. Will não estava à vista.

— Idiota — murmurou Faith, dando outro passo, empurrando a porta com as costas. Ela escutou, forçando tanto os ouvidos que quase sentia dor. — Will — sussurrou ela. Não houve resposta, e Faith avançou mais, o coração martelando no peito. Ela se curvou sobre o bar, olhou atrás do balcão e viu uma lata de bebida vazia. Havia um armário às suas costas, a porta parcialmente aberta, e Faith usou o cano da arma para abri-la.

— Está vazio — disse Will, aparecendo na sala e dando-lhe um baita susto.

— O que diabos você está fazendo? — disparou Faith. — Nós não podíamos estar aqui dentro.

Will não parecia assustado.

— Precisamos descobrir quem tem acesso a essa casa. Corretores. Empreiteiros. Qualquer pessoa interessada em comprá-la. — Ele tirou um par de luvas de látex do bolso e conferiu a porta-balcão. — Há marcas de ferramenta aqui. Alguém arrombou a fechadura. — Ele foi até as janelas, que estavam cobertas com persianas baratas de plástico. Uma delas estava dobrada para trás. Will girou a alavanca, deixando entrar a luz natural. Ele se agachou e perscrutou o chão.

Faith colocou a arma de volta na bolsa. Seu coração ainda batia como um tambor.

— Will, você quase me matou de susto. Não entre numa casa desse jeito sem mim.

— Decida o que você quer.

— Como assim? — questionou ela, mas já tinha a resposta antes que a pergunta saísse de sua boca. Will tentava adotar uma postura mais agressiva para agradá-la.

— Olhe. — Ele gesticulou para que Faith se aproximasse. — Pegadas.

Faith viu os contornos avermelhados de um par de sapatos na superfície plana do carpete. Uma das coisas fantásticas de se viver na Geórgia é que o barro vermelho gruda em qualquer superfície, seca ou molhada. Ela olhou pela janela, pela fresta da persiana quebrada. A casa de Olivia estava completamente à mostra.

— Você tinha razão — disse Will. — Ele observa as mulheres. Ele as segue, passa a conhecer suas rotinas, sabe quem são. — Will foi até a parte de trás do balcão do bar, abriu e fechou os armários. — Alguém usou essa lata como cinzeiro.

— Um dos homens da mudança, provavelmente.

Ele abriu o frigobar. Ela ouviu barulho de vidro.

— Doc Peterson's Root Beer — anunciou Will, que provavelmente reconheceu a logo.

— É melhor sairmos daqui antes que a gente contamine ainda mais o lugar.

Felizmente, Will parecia concordar. Ele seguiu Faith até o lado de fora da casa e puxou a porta para deixá-la como a haviam encontrado.

— Isso parece ser diferente — disse ela.

— Diferente como?

— Não sei — admitiu. — Não encontramos nada na casa da mãe de Jackie ou no trabalho de Pauline. Leo revistou a casa dela. Não havia nada lá. Esse homem não deixa pistas, então por que temos um par de pegadas de sapato? Por que a porta foi deixada aberta?

— Ele perdeu as duas primeiras vítimas. Anna e Jackie escaparam. Talvez Olivia Tanner estivesse na fila. Talvez ele tenha precisado se antecipar para substituí-las.

— Quem saberia que essa casa está vazia?

— Qualquer um que estivesse espreitando por aí.

Faith olhou para a casa de Olivia e viu Michael Tanner na porta dos fundos. O pensamento de pular aquela cerca outra vez não era dos mais animadores.

— Eu vou. Você dá a volta — disse Will.

Ela fez que não e desceu o quintal com passos determinados. Pular a cerca de volta seria mais fácil, já que as ripas que a sustentavam estavam daquele lado. Uma longa tábua no meio da cerca servia como degrau, e Faith conseguiu passar para o outro lado com menos ajuda que antes. Will deu um salto e transpôs a cerca se apoiando numa mão.

Michael Tanner estava parado na porta dos fundos da casa da irmã, segurando as mãos enquanto observava-os se aproximar.

— Algo errado?

— Nada que possamos dizer no momento — respondeu Faith. — Vou precisar que você...

O pé de Faith escorregou quando ela pisou no primeiro degrau da escada. Um som cômico parecido com *uuf* saiu de sua boca, mas não houve nada de engraçado na forma como ela caiu. Sua visão ficou desfocada por alguns segundos, a cabeça girando. Em um gesto instintivo, ela levou a mão à barriga, e só conseguiu pensar no que crescia ali dentro.

— Você está bem? — perguntou Will. Estava ajoelhado ao lado dela, com a mão apoiando sua cabeça. Michael Tanner estava do outro lado.

— Respire bem devagar até recuperar o fôlego. — A mão do sujeito desceu por sua coluna, e Faith estava prestes a lhe dar um safanão quando lembrou que ele era médico. — Respire devagar. Inspire. Expire.

Faith tentou fazer como ele mandou. Ela estava ofegante sem nenhum motivo aparente.

— Você está bem? — perguntou Will.

Faith fez que sim, pensando que talvez estivesse.

— Só fiquei sem ar — ela conseguiu dizer. — Me ajude a levantar.

As mãos de Will a apoiaram sob os braços, e ela se deu conta de quanto o parceiro era forte pela facilidade com que a levantou.

— Você tem que parar de cair assim.

— Eu sou uma idiota. — A mão ainda estava sobre a barriga. Faith se forçou a afastá-la. Ficou imóvel, calada, tentando ouvir algo dentro do corpo, tentando sentir uma pontada ou um espasmo que indicasse que algo estava errado. Não sentiu nada, não ouviu nada. Mas será que estava bem?

— O que é isso? — perguntou Will, puxando algo do cabelo dela. Ele segurava um pequeno confete com o polegar e o indicador.

Faith correu os dedos pelos cabelos, olhou para trás. Ela viu pequenos confetes sobre a grama.

— Merda — praguejou Will. — Vi um desses na mochila de Felix. Não são confetes. São de um Taser.

15

Sara não tinha a menor ideia de por que estava no Grady no seu dia de folga. Havia lavado apenas metade da roupa, a cozinha estava meramente funcional e o banheiro encontrava-se num estado tão lamentável que ela sentia vergonha toda vez que pensava nele.

Ainda assim, lá estava ela, de volta ao hospital, subindo as escadas até o décimo sexto andar, para que ninguém a visse enquanto seguia para a UTI.

Ela se sentia culpada por não ter feito um exame mais meticuloso em Anna quando ela deu entrada na emergência. Radiografias, ressonâncias magnéticas, ultrassonografias, tomografias. Quase todos os cirurgiões do hospital haviam posto as mãos na mulher e todos deixaram os sacos de lixo passarem despercebidos. Até mesmo o Centro de Cultura e Prevenção de Doenças havia sido chamado para coletar sangue, e o pessoal saiu de mãos abanando. Anna havia sido torturada, cortada, rasgada; feridas feitas de inúmeras formas que não saravam por causa do plástico dentro do seu corpo. Quando Sara os removeu, o mau cheiro preencheu a sala. A mulher estava começando a apodrecer por dentro. Era surpreendente que não tivesse entrado em choque.

Logicamente, Sara sabia que não era culpa sua, mas, lá no fundo, sentia que havia feito algo de errado. Por toda a manhã, enquanto dobrava as roupas e lavava a louça, sua mente voltava àquela noite em que Anna foi levada ao hospital. Sara se via criando uma realidade alternativa na qual seria capaz de fazer mais do que passar a mulher adiante para o próximo médico. Precisava lembrar a si mesma que, só de tentar esticar o corpo da mulher para tirar radiografias, já lhe provocara dores excruciantes. O trabalho de Sara era estabilizar a mulher para cirurgia, não fazer um exame ginecológico completo.

Mesmo assim, sentia-se culpada.

Sara parou no sexto andar, com um pouco de falta de ar. Talvez nunca tivesse estado tão em forma na vida, mas a esteira e o elíptico da academia dificilmente eram uma boa preparação para a vida real. Em janeiro, prometera a si mesma que correria ao ar livre pelo menos uma vez por semana. A academia perto de casa, com seus televisores, esteiras e ambiente climatizado, negava um dos principais benefícios da corrida: um tempo sozinho consigo mesmo. Claro, é fácil alguém dizer que quer um tempo sozinha consigo mesma, difícil é fazê-lo. Janeiro deu lugar a fevereiro e agora já estavam em abril, mas aquela manhã foi a primeira vez que Sara saiu para correr desde que fez a promessa.

Ela agarrou o corrimão e avançou até o próximo andar. Quando chegou no décimo, as coxas queimavam. No décimo sexto, precisou parar e se curvar para recuperar o fôlego, para que as enfermeiras da UTI não achassem que havia uma mulher louca entre elas.

Sara levou a mão ao bolso para pegar o hidratante labial, então se deteve. Uma onda de pânico encheu seu peito enquanto tateava os outros bolsos. A carta não estava ali. Carregava-a desde sempre, um talismã que tocava toda vez que pensava em Jeffrey. Isso sempre trazia junto a lembrança da mulher odiosa que a escrevera, a pessoa responsável pelo assassinato de Jeffrey. Agora, a carta tinha sumido.

A mente de Sara disparava enquanto ela tentava lembrar onde a havia deixado. Será que a colocara na máquina junto com a roupa suja? O coração foi parar na garganta com aquele pensamento. Ela vasculhou a memória e finalmente lembrou que havia colocado a carta na bancada da cozinha no dia anterior, quando chegara em casa depois da necropsia de Jacquelyn Zabel.

Ela abriu a boca, deixou escapar um sopro de ar. A carta estava em casa. Colocara sobre a lareira naquela manhã, o que parecia um lugar estranho para deixá-la. A aliança de Jeffrey estava ali, ao lado da urna com parte de suas cinzas. As duas coisas não deviam ficar juntas. Onde ela estava com a cabeça?

A porta se abriu, e uma enfermeira entrou no patamar com um maço de cigarros na mão. Sara reconheceu Jill Marino, a enfermeira da UTI que havia tomado conta de Anna na manhã anterior.

— Hoje não é sua folga? — perguntou Jill.

Sara deu de ombros.

— Eu nunca me canso desse lugar. Como ela está?

— A infecção está respondendo aos antibióticos. Boa sacada. Se você não tivesse tirado aqueles sacos, ela já estaria morta a essa altura.

Sara assentiu diante do elogio, pensando que, se os tivesse visto de cara, Anna teria tido muito mais chance de lutar.

— Eles tiraram o respirador lá pelas cinco. — Jill segurou a porta para que Sara passasse. — Já recebemos a tomografia. Tudo parece bem, a não ser pelo dano ao nervo ótico. É permanente. Os ouvidos estão bem, então ela pelo menos ainda consegue escutar. Todo o resto está em ordem. Não há motivo para ela não acordar. — A enfermeira pareceu se dar conta de que a mulher tinha todos os motivos para não acordar, e acrescentou: — Bem, você entendeu o que eu quis dizer.

— Você está de saída?

Jill indicou os cigarros com um olhar de culpa.

— Vou até o terraço arruinar o ar fresco.

— Vai adiantar se eu disser que essas coisas vão te matar?

— Trabalhar aqui é que vai me matar — respondeu a enfermeira, e com isso ela começou a se arrastar pelas escadas.

Dois policiais ainda estavam de guarda no quarto de Anna. Não eram os mesmos do dia anterior, mas os dois também levaram a mão ao quepe ao verem Sara. Um deles até mesmo puxou a cortina para que ela passasse. Ela agradeceu com um sorriso e entrou no quarto. Havia um belo arranjo de flores na mesa encostada à parede. Sara foi até lá e não encontrou nenhum cartão.

Ela se sentou na cadeira e pensou nas flores. Provavelmente algum paciente havia recebido alta do hospital e dado as flores às enfermeiras, para que as distribuíssem como achassem melhor. Pareciam frescas, no entanto, como se tivessem sido colhidas naquela manhã no jardim de alguém. Talvez Faith as tivesse mandado. Sara logo descartou a ideia. Faith Mitchell não lhe parecia ser sentimental. Tampouco inteligente, ao menos não com a sua saúde. Sara havia ligado para o consultório de Delia Wallace naquela manhã. Faith ainda não havia marcado a consulta. E não demoraria a ficar sem insulina. Ela precisaria arriscar outra crise ou procurar Sara.

Ela apoiou os braços na cama de Anna, olhando para o rosto da mulher. Sem o tubo enfiado na garganta, era mais fácil visualizar como ela era antes de tudo aquilo acontecer. As escoriações em seu rosto começavam a cicatrizar, o que significava que estavam com uma aparência pior do que na véspera. A pele tinha uma tonalidade mais saudável agora, mas ela estava inchada, devido ao volume de medicamentos que lhe davam. A subnutrição era tão grave que levaria várias semanas até que os ossos fossem recobertos por uma camada saudável de carne.

Sara segurou a mão da mulher, sentindo sua pele. Ainda estava seca. Ela encontrou um frasco de hidratante numa bolsinha com zíper ao lado das flores. Era o kit que davam no hospital, com os itens que algum comitê administrativo acreditava que os pacientes poderiam precisar: meias antiderrapantes, hidratante labial e um hidratante corporal que tinha um leve cheiro de antisséptico.

Sara espremeu um pouco nas mãos e esfregou-as para aquecer o hidratante antes de segurar a mão frágil de Anna. Conseguia sentir cada um dos ossos dos dedos, os nós como bolas de gude. A pele de Anna estava tão seca que o hidratante desapareceu quase no instante em que Sara o passou, e ela espremia um pouco mais na mão quando Anna se mexeu.

— Anna? — Sara tocou o rosto da mulher de modo firme e reconfortante.

A cabeça dela se moveu apenas ligeiramente. As pessoas em coma não acordam como num passe de mágica. É um processo em geral demorado. Um belo dia simplesmente abriam os olhos. Podiam falar coisas sem sentido, retomando uma conversa iniciada muito tempo antes.

— Anna? — repetiu Sara, tentando manter a voz calma. — Preciso que você acorde agora.

A cabeça voltou a se mexer, um movimento inquestionável na direção de Sara.

— Eu sei que é difícil, querida — disse ela com firmeza —, mas preciso que acorde. — Os olhos de Anna se entreabriram, e Sara se levantou, ficando diretamente na linha de visão, embora soubesse que a mulher não seria capaz de vê-la. — Acorde, Anna. Você está em segurança agora. Ninguém vai te fazer mal.

A boca da mulher se moveu, os lábios tão secos e rachados que a pele se abriu.

— Estou aqui — continuou Sara. — Posso ouvir você, querida. Tente acordar.

A respiração de Anna ficou entrecortada pelo medo. A consciência do que havia acontecido começava a recair sobre a mulher; a agonia que suportara, o fato de que não podia enxergar.

— Você está num hospital. Eu sei que não pode ver, mas pode me ouvir. Você está em segurança. Dois policiais estão na porta desse quarto. Ninguém vai te fazer mal.

A mão de Anna tremia quando ela a estendeu, os dedos roçando no braço de Sara. Sara agarrou a mão da mulher, segurou-a com toda a força que podia sem provocar mais dor.

— Você está em segurança agora — prometeu Sara. — Ninguém mais vai te fazer mal.

Subitamente, os dedos de Anna ganharam firmeza, apertando a mão de Sara com tanta força que ela sentiu uma dor aguda. A mulher havia acordado, estava completamente alerta.

— Onde está o meu filho?

16

Quando se aperta o gatilho de um Taser, dois eletrodos com ganchos são propelidos por nitrogênio comprimido, disparando-os a cerca de cinquenta metros por segundo. Em aparelhos usados por civis, cinco metros de fios condutores isolados descarregam cinquenta mil volts em quem quer que os eletrodos se prendam. Os pulsos elétricos interrompem as funções motora e sensorial, além do sistema nervoso central. Will recebera um disparo de Taser num treinamento. Ele ainda não se lembrava do que havia acontecido antes e depois de a descarga elétrica atingi-lo, apenas que Amanda foi a pessoa que apertou o gatilho e que envergava um sorriso satisfeito quando ele finalmente conseguiu se levantar.

Como as balas de uma arma de fogo, as armas de choque Taser usam cartuchos carregados com os fios e eletrodos. Já que os relatores da Constituição americana não foram capazes de prever a existência desse dispositivo, não há direito inalienável relacionado à posse de um Taser. Algum sujeito iluminado teve a ideia de incluir um anexo às normas de fabricação: todos os cartuchos de Taser devem ser carregados com AFIDS, ou Pontos de Identificação Anticriminoso, que se espalhavam às centenas sempre que um cartucho era disparado. À primeira vista, esses pequenos pontos pareciam confetes. A concepção foi bem pensada: os pequenos pontos eram tantos que seria impossível, para quem dispara a arma, catá-los todos, de modo a cobrir seus rastros. A beleza era que, sob uma lente de aumento, os confetes revelavam um número de série que identificava o cartucho de onde vieram. Uma vez que a Taser International desejava a comunidade legal do seu lado, criou um sistema de rastreamento próprio. Tudo o que se precisava fazer era telefonar para eles com o número de série de um dos pontos e, então, eles informavam o nome e o endereço da pessoa que comprou o cartucho.

Faith aguardava havia menos de três minutos quando a atendente voltou à linha com o nome.

— Merda — sussurrou ela. Então, percebendo que ainda estava ao telefone, acrescentou: — Obrigada. É só isso mesmo. — Ela fechou o celular e abaixou a cabeça para colocar a chave do Mini na ignição. — O cartucho foi comprado por Pauline Seward. O endereço é o da casa vazia atrás da de Olivia Tanner.

— Como os cartuchos foram pagos?

— Com um cartão-presente American Express. Não há nome no cartão, ele não pode ser rastreado. — Ela lhe dirigiu um olhar expressivo. — Os cartuchos foram comprados há dois meses, o que significa que ele estava observando Olivia Tanner pelo menos desde então. E, já que usou o nome de Pauline, devemos presumir que também planejava raptá-la.

— A casa vazia pertence a um banco; não o banco onde Olivia trabalha. — Will havia ligado para o telefone na placa da imobiliária que viram no jardim enquanto Faith falava com a Taser. — Está vazia há quase um ano. Ninguém faz uma visita há seis meses.

Faith se virou para dar ré. Will ergueu a mão num cumprimento a Michael Tanner, que estava sentado no Ford Escapade com as mãos agarradas ao volante.

— Eu não reconheci os pontos de Taser na mochila de Felix — disse Will.

— E por que deveria? Era confete na mochila de uma criança. É preciso ter uma lupa para ler o número de série. Se você quiser culpar alguém, culpe a polícia de Atlanta por não ter percebido isso na cena do crime. A perícia estava lá. Eles devem ter aspirado os tapetes do carro. Mas ainda não processaram nada, porque uma mulher desaparecida não é prioridade.

— O endereço do cartucho teria nos levado à casa vizinha à de Olivia Tanner.

— Olivia Tanner já estava desaparecida quando você viu a mochila de Felix. A polícia de Atlanta periciou a cena do crime — repetiu ela. — Foram eles que fizeram cagada. — O celular de Faith tocou. Ela viu o número na tela e decidiu não atender. Continuou a explicação. — Além do mais, saber que os pontos de Taser na mochila de Felix são do mesmo lote dos pontos encontrados no quintal de Olivia Tanner não nos deu nada de mais. Tudo que isso nos diz é que o nosso criminoso está planejando os raptos há algum tempo e que é bom em cobrir seus rastros. Já sabíamos disso quando nos levantamos da cama hoje de manhã.

Will acreditava que sabiam bem mais que aquilo. Agora, tinham um elo entre as mulheres.

— Ligamos Pauline às outras vítimas. "Eu não me negarei" a relaciona a Anna e Jackie, enquanto os pontos de Taser a ligam a Olivia. — Ele pensou naquilo por alguns segundos, perguntando a si mesmo o que mais tinha deixado passar despercebido.

Faith acompanhava o raciocínio.

— Vamos começar do início. O que nós temos?

— Pauline e Olivia foram raptadas ontem. Ambas foram atingidas pelo mesmo Taser.

— Pauline, Jackie e Olivia têm transtornos alimentares. Estamos supondo que Anna também tenha, certo?

Will deu de ombros. Não era grande coisa, mas ainda era uma incógnita.

— Sim, vamos supor.

— Nenhuma das mulheres tinha amigos que sentiriam sua falta. Jackie tinha a vizinha, Candy, mas Candy não era exatamente próxima. As três são atraentes, magras, têm cabelos e olhos castanhos. As três têm empregos bem-remunerados.

— Todas moravam em Atlanta, exceto Jackie — disse Will, levantando um ponto importante. — Então, como Jackie entrou na mira dele? Ela estava em Atlanta havia uma semana, no máximo, apenas para limpar a casa da mãe.

— Ela também deve ter vindo antes para ajudar a mãe com a mudança para a casa de repouso na Flórida — especulou Faith. — E nós estamos esquecendo a sala de bate-papo. Podem ter se conhecido lá.

— Olivia não tinha computador em casa.

— Ela podia ter um laptop, e ele pode ter sido roubado.

Will coçou o braço, pensando naquela primeira noite na caverna, na enlouquecedora falta de pistas desde então, nos becos sem saída com que sempre se deparavam.

— A sensação é de que tudo começa com Pauline.

— Ela foi a quarta vítima. — Faith considerou a situação. — Ele podia estar guardando o melhor para o final.

— Pauline não foi levada de casa, como supomos que aconteceu com as outras mulheres. Ela foi raptada em plena luz do dia. O filho estava no carro. Sentiram a falta dela no trabalho, por causa de uma reunião importante que ela teria. Ninguém sentiu falta das outras mulheres, exceto de Olivia, e não havia como saber que ela ligava para o irmão todos os dias, a não ser que o nosso criminoso tivesse grampeado o telefone, o que ele obviamente não fez.

— E quanto ao irmão de Pauline? — perguntou Faith. — Sempre acabo voltando ao fato de que ela sentia medo do sujeito, o suficiente para mencioná-lo ao filho. Não encontramos registros dele em lugar algum. Ele pode ter mudado de nome, da mesma forma que Pauline fez aos dezessete anos.

Will listou todos os homens que vieram à tona durante a investigação.

— Henry Coldfield é velho demais e tem problema cardíaco. Rick Sigler morou na Geórgia a vida toda. Jake Berman... quem vai saber?

Faith tamborilou os dedos no volante, imersa em pensamentos.

— Tom Coldfield — disse ela por fim.

— Ele tem por volta da sua idade. Devia ser pré-adolescente quando Pauline fugiu de casa.

— Você está certo — reconheceu Faith. — Além disso, ele não teria passado na avaliação psicológica da Força Aérea.

— Michael Tanner — sugeriu Will. — Ele tem a idade certa.

— Pedi que levantassem a ficha dele. Já teriam ligado se algo estranho aparecesse.

— Morgan Hollister.

— Estão levantando a ficha dele também — disse Faith. — Ele não me pareceu muito abalado por Pauline ter desaparecido.

— Felix disse que o homem que levou sua mãe vestia um terno como o de Morgan.

— Mas Felix não teria, com certeza, reconhecido Morgan?

— Com um bigode falso? — Will balançou a cabeça. — Não sei. Vamos deixá-lo na lista. Podemos falar com ele no fim do dia se não surgir mais nada.

— Ele tem idade para ser o irmão, mas por que Pauline trabalharia com ele então?

— As pessoas fazem coisas idiotas quando estão sendo abusadas — lembrou Will. — Precisamos falar com Leo e ver o que ele conseguiu. Ele estava em contato com a polícia de Michigan, tentando encontrar os pais de Pauline. Ela fugiu de casa. De quem ela fugiu?

— Do irmão — respondeu Faith, trazendo-o de volta ao círculo. O telefone tocou outra vez. Ela esperou que a ligação caísse na caixa de mensagens antes de abrir o aparelho e digitar um número. — Vou ver onde Leo está. Ele provavelmente está em campo.

— Vou ligar para Amanda e dizer que precisamos assumir formalmente o caso de Pauline McGhee — sugeriu Will. Ele abriu o telefone no mesmo instante em que ouviu o som entrecortado de uma chamada. Desde que quebrou, o aparelho vinha fazendo coisas estranhas. Will levou-o ao ouvido.

— Alô?

— Oi. — A voz dela era casual, suave, como mel morno. Na mente de Will, surgiu a imagem do sinal na panturrilha, da forma como sentia o relevo na palma da mão quando a passava subindo pela perna dela. — Você está aí?

Will olhou de relance para Faith, sentindo um suor frio irradiar pelo corpo.

— Sim.

— Quanto tempo!

Ele olhou para Faith outra vez.

— Sim — repetiu. Cerca de oito meses haviam se passado desde que Will chegou em casa do trabalho e notou que a escova de dente de Angie não estava no copo sobre a pia.

— O que você está fazendo? — perguntou ela.

Will engoliu em seco.

— Trabalhando num caso.

— Isso é bom. Achei mesmo que estivesse ocupado.

Faith havia terminado sua ligação. Ela olhava para a pista à frente, mas, se fosse um gato, estaria com a orelha inclinada na direção dele.

— Imagino que esteja ligando por causa da sua amiga — disse ele a Angie.

— Lola tem boas informações.

— Essa não é a minha função — retrucou Will. O GBI não começava casos. Seu papel era encerrá-los.

— Um cafetão transformou uma cobertura num antro de drogados. Eles têm todo tipo de coisa espalhada por lá, como se fosse bala. Fale com Amanda. Ela vai ficar bem no jornal das seis com todas aquelas drogas.

Will tentava se concentrar no que ela dizia. Havia apenas o ronco constante do Mini e o ouvido sempre atento de Faith.

— Você está aí, querido?

— Não estou interessado nisso — respondeu ele.

— Só passe adiante por mim. É a cobertura de um prédio chamado Twenty-One Beeston Place. O nome é igual ao endereço. Beeston, 21.

— Não posso ajudar você com isso.

— Repita para mim, para eu saber que você gravou.

As mãos de Will suavam tanto que ele temia que o telefone fosse escorregar dos seus dedos.

— Twenty-One Beeston Place.

— Fico te devendo uma.

Ele não resistiu.

— Você me deve um milhão. — Mas era tarde demais. Angie já havia desligado. Will manteve o aparelho no ouvido. — Tudo bem, tchau — falou, como se estivesse tendo uma conversa normal com uma pessoa normal. Para piorar ainda mais, o telefone escorregou quando tentou fechá-lo, e o arame finalmente se soltou da fita adesiva. Fios que ele nunca vira antes agora pendiam do aparelho.

Will ouviu a boca de Faith abrir, o som que fez com os lábios.

— Deixe estar — disse ele.

Ela fechou a boca e manteve as mãos firmes no volante ao furar um sinal vermelho.

— Liguei para a central. Leo está na North Avenue. Duplo homicídio.

O carro acelerou, e Faith avançou outro sinal. Will afrouxou a gravata, pensando que estava quente no carro. Os braços voltaram a coçar. Ele se sentia zonzo.

— Vou tentar falar com Amanda para...

— Angie ligou com uma dica. — As palavras jorraram antes que ele pudesse detê-las. Sua mente disparava, pensando numa forma de ficar em silêncio, mas a boca não recebeu o memorando para se calar. — Uma cobertura em Buckhead transformada em reduto de drogas.

— Ah. — Foi só o que Faith conseguiu dizer.

— Uma conhecida de quando trabalhava no Departamento de Combate à Prostituição. Uma prostituta. Lola. Ela quer sair da prisão. Está disposta a entregar os traficantes.

— A dica é boa?

Will só podia dar de ombros.

— Provavelmente.

— Você vai ajudar?

Ele deu de ombros outra vez.

— Angie é ex-policial. Ela não conhece ninguém na Narcóticos?

Will deixou que Faith chegasse à conclusão sozinha. Angie não era exatamente boa em deixar portas abertas. Tendia a abri-las com grande facilidade, mas depois acabava fechando-as com um estrondo.

Faith obviamente chegou à mesma conclusão.

— Posso fazer algumas ligações. Ninguém saberá que você está envolvido.

Ele tentou engolir, mas a boca ainda estava seca demais. Odiava que Angie causasse aquele efeito nele. Odiava ainda mais que Faith admirasse seu sofrimento da primeira fila.

— O que Leo disse? — perguntou ele.

— Ele não está atendendo o telefone, provavelmente porque sabe que sou eu. — Como numa deixa, o telefone de Faith voltou a tocar. Ela conferiu a tela e, mais uma vez, não atendeu. Will acreditava que não tinha o direito de fazer perguntas, considerando que impusera uma moratória nas discussões sobre os próprios telefonemas.

Ele pigarreou algumas vezes para conseguir falar sem parecer um adolescente na puberdade.

— Um Taser exige certa distância. Ele teria usado um aparelho de choque nas mulheres se fosse capaz de chegar perto o bastante delas.

Faith voltou à conversa original.

— O que mais nós temos? — perguntou ela. — Aguardamos os resultados dos exames de DNA de Jacquelyn Zabel. Aguardamos notícias do departamento de tecnologia sobre o laptop de Zabel e o computador do escritório de Pauline. E aguardamos notícias sobre qualquer prova encontrada pela perícia na casa atrás da de Olivia.

Will ouviu um zumbido conhecido, e Faith pegou seu BlackBerry. Ela dirigiu com uma mão no volante enquanto lia.

— Registros telefônicos da linha de Olivia Tanner. — Ela rolou a tela. — Um número todas as manhãs por volta das sete para Houston, Texas.

— Sete horas aqui são seis em Houston — disse Will. — É o único número para o qual ela ligava?

Faith assentiu.

— Por alguns meses. Olivia provavelmente usava o celular para fazer as outras ligações. — Ela colocou o BlackBerry de volta no bolso. — Amanda está providenciando uma autorização judicial para o telefone do banco. Eles foram simpáticos o bastante para cruzar as informações de suas contas com as nossas mulheres desaparecidas, e nada, mas não nos darão acesso ao computador, ao telefone ou ao e-mail de Olivia sem briga. É algo na legislação do sistema bancário. Precisamos entrar naquela sala de bate-papo.

— Só consigo pensar que, se ela participava de um grupo on-line, acessava-o de casa.

— O irmão disse que ela ficava em casa o tempo todo.

— Talvez elas se encontrassem pessoalmente. Como o AA ou um clube de crochê.

— Isso dificilmente é algo que se coloca no quadro de avisos de uma comunidade. "Gosta de passar fome até morrer? Junte-se a nós!"

—·De que outra forma se conheceriam?

— Jackie era corretora, Olivia é uma banqueira que não trabalha com hipotecas, Pauline, designer de interiores, e Anna faz sabe-se lá o quê, provavelmente algo tão lucrativo quanto. — Ela suspirou. — Só pode ser uma sala de bate-papo, Will. De que outra forma elas se conheceriam?

— Por que elas precisariam se conhecer? — rebateu Will. — A única pessoa que elas devem conhecer é o sequestrador. Quem teria contato com mulheres que trabalham em áreas tão diferentes?

— Um zelador, o cara da TV a cabo, um lixeiro, dedetizador...

— Amanda colocou o pessoal do processamento de dados nisso. Se houvesse uma conexão, ela já seria evidente a essa altura.

— Desculpe pela falta de otimismo. Eles já estão nisso há dois dias e não conseguem encontrar nem mesmo Jake Berman. — Faith deu uma guinada e entrou na North Avenue. Duas viaturas da polícia de Atlanta bloqueavam a cena do crime. Eles viram Leo a distância, agitando as mãos loucamente e gritando com um pobre rapaz de uniforme.

O telefone de Faith tocou outra vez. Ela o colocou no bolso ao sair do carro.

— Não estou na lista de melhores amigos do Leo no momento. Talvez você deva falar com ele.

Will concordou que seria melhor, principalmente levando-se em conta o fato de que Leo já estava bastante furioso. Ele ainda gritava com o policial quando eles se aproximaram. A cada duas palavras que o detetive dizia, uma era "porra", e seu rosto estava tão vermelho que Will se perguntou se estaria tendo um infarto.

Um helicóptero, chamado pelos policiais locais de Pássaro do Gueto, sobrevoava o lugar. Estava tão próximo ao solo que Will sentia os ouvidos pulsarem. Leo esperou que se afastasse antes de falar.

— Que porra vocês estão fazendo aqui?

— O caso de pessoa desaparecida que você nos deu — disse Will —, Olivia Tanner. Havia confetes de Taser na cena, que vieram de um cartucho comprado por Pauline Seward.

Leo soltou outro "porra".

— Também encontramos provas no escritório de Pauline McGhee que a ligam à caverna.

A curiosidade de Leo foi mais forte que a irritação.

— Vocês acham que Pauline é o suspeito de vocês?

Will nem ao menos havia considerado essa possibilidade.

— Não, achamos que ela foi raptada pelo mesmo homem que raptou as outras mulheres. Precisamos saber tudo o que pudermos...

— Não há muito o que dizer — interrompeu Leo. — Falei com Michigan hoje de manhã. Deixei para falar com vocês depois, já que a sua parceira tem se ocupado de fazer as pessoas felizes ultimamente.

Faith abriu a boca, mas Will levantou a mão para impedi-la.

— O que você descobriu?

— Falei com um sujeito da velha guarda que trabalha na recepção — disse Leo. — O nome dele é Dick Winters. Está na polícia há trinta anos, e eles o colocaram para atender o telefone. Vocês acreditam nessa porra?

— Ele se lembrava de Pauline?

— É, lembrava. Era uma garota bonita. Parece que o velhote tinha tara por ela.

Naquele momento, Will sequer se importava com a tara de um velho policial por uma adolescente.

— O que aconteceu?

— O cara a prendeu algumas vezes por pequenos furtos em lojas, beber demais e arrumar confusão. Nunca a fichou, apenas a levava para casa e a mandava tomar jeito. Ela era menor, mas, quando fez dezessete anos, ficou mais difícil empurrar as coisas para debaixo do tapete. O dono de uma loja encheu a paciência dele e prestou queixa pelo furto. O velhote visitou a família para ajudar, viu que algo estava errado. Parou de pensar só com o pau e decidiu que era hora de fazer seu trabalho. A garota tinha problemas na escola, problemas em casa. Disse ao cara que estava sendo abusada.

— O conselho tutelar foi chamado?

— Sim, mas a pequena Pauline sumiu antes que conseguissem falar com ela.

— O policial se lembra dos nomes? Dos pais? Qualquer coisa?

Leo fez que não.

— Nada. Só de Pauline Seward. — Ele estalou os dedos. — Disse que tinha um irmão meio lesado, se é que você me entende. Um moleque estranho pra caralho.

— Estranho como?

— Esquisito. Você sabe como é. Dá pra sentir.

Will precisava insistir.

— Mas o policial não se lembra do nome dele?

— Os registros são confidenciais porque ele era menor. Bote a Delegacia da Infância e Adolescência na jogada e lá vem outro obstáculo — disse Leo. — Você vai precisar de uma autorização judicial em Michigan para ler os documentos do caso. Isso foi há vinte anos. O velhote disse que teve um incêndio nos arquivos há dez anos. Pode nem existir nada para ver.

— Exatamente vinte anos? — perguntou Faith.

Leo olhou para ela, contrariado.

— Vinte anos na Páscoa.

Will queria confirmar se havia entendido direito.

— Nesse domingo, domingo de Páscoa, faz exatamente vinte anos que Pauline McGhee, ou Seward, desapareceu?

— Não — disse Leo. — Há vinte anos, a Páscoa foi em março.

— Você pesquisou? — perguntou Faith.

Ele deu de ombros.

— É sempre o primeiro domingo depois da lua cheia seguinte ao equinócio de primavera.

Will precisou de um instante para perceber que Léo falava em inglês. Era como se um gato latisse.

— Você tem certeza?

— Você acha mesmo que eu sou assim tão idiota? — perguntou Leo. — Porra, não responda. O velhote tinha certeza. Pauline botou o pé no mundo em vinte e seis de março. Domingo de Páscoa.

Will tentou fazer as contas, mas Faith foi mais rápida.

— Duas semanas atrás. Mais ou menos o dia em que Anna provavelmente foi raptada, de acordo com Sara. — O telefone dela tocou outra vez. — Jesus — disse Faith entre os dentes, ao conferir a tela para ver quem ligava. Ela abriu o telefone. — O que você quer?

A expressão de Faith mudou de extrema irritação para choque, então incredulidade.

— Meu Deus. — Ela levou a mão ao peito.

Will só conseguia pensar em Jeremy, o filho de Faith.

— Qual é o endereço? — O queixo dela caiu com a surpresa. — Beeston Place.

— É o lugar onde Angie...

— Já estamos indo. — Faith fechou o telefone. — Era Sara. Anna acordou. Ela está falando.

— O que ela falou sobre Beeston Place?

— É onde ela mora... eles moram. Anna tem um filho de seis meses, Will. A última vez que o viu foi na sua cobertura, no Twenty-One Beeston Place.

Will sentou no banco do motorista, chegou-o para trás e arrancou antes que Faith tivesse tempo de fechar a porta. Ele trocava as marchas decidido, acelerando o Mini em todas as curvas, sacolejando sobre as placas de metal que cobriam as pistas em obras. Na Piedmont, subiu o canteiro central e entrou na contramão para desviar de um sinal fechado. Faith estava em silêncio ao seu lado, segurando a alça acima da porta, mas ele via que a parceira trincava os dentes a cada tranco e a cada curva.

— Conte outra vez o que ela disse — pediu Faith.

Will não queria pensar em Angie naquele momento, não queria considerar a possibilidade de ela saber que uma criança estava envolvida, um bebê cuja mãe fora raptada, um recém-nascido que havia sido deixado sozinho numa cobertura transformada em covil de drogas.

— Drogas. Foi tudo que ela disse, que estão usando o apartamento como antro de drogas.

Ela ficou calada quando ele reduziu a marcha e entrou na Peachtree Street. O trânsito estava tranquilo para aquela hora do dia, o que significava que não havia uma fila de carros de meio quilômetro. Will entrou na contramão outra vez, usou o acostamento apertado para desviar de um caminhão de carga. Faith espalmou as mãos sobre o painel quando ele fez uma curva fechada antes de parar cantando os pneus em frente ao Beeston Place Apartments.

O carro balançou quando Will desceu. Ele correu para a entrada. Ouvia as sirenes distantes de viaturas da polícia, uma ambulância. O porteiro estava atrás de um balcão alto, lendo o jornal. Era roliço, seu uniforme pequeno demais para a pança volumosa.

Will tirou a carteira e a abriu no rosto do sujeito, mostrando sua identificação.

— Preciso ir à cobertura.

O porteiro deu um dos sorrisos mais mal-humorados na memória recente de Will.

— Precisa, não é? — Tinha sotaque, russo ou ucraniano.

Faith se juntou a eles, ofegando. Ela semicerrou os olhos para ler o nome no uniforme.

— Sr. Simkov, é importante. Achamos que uma criança pode estar em perigo.

Ele deu de ombros, indiferente.

— Ninguém entra a não ser que esteja na lista, e já que vocês não estão...

Will sentiu algo se quebrar dentro de si. Antes que se desse conta do que estava fazendo, sua mão agarrou Simkov pela nuca e bateu a cabeça do homem contra a bancada de mármore.

— Will! — exclamou Faith, sua voz aguda de surpresa.

— A chave! — exigiu Will, empurrando com mais força a cabeça do porteiro.

— No bolso — conseguiu dizer Simkov, sua boca pressionada com tanta força contra a bancada que os dentes rasparam na superfície.

Will o puxou para mais perto, conferiu os bolsos da frente e encontrou um molho de chaves. Ele as jogou para Faith, então entrou no elevador aberto, os punhos fechados ao lado do corpo.

Faith apertou o botão da cobertura.

— Cristo — sussurrou ela. — Você já provou seu argumento, está bem? Sabe ser um cara durão. Mas agora chega.

— Ele toma conta da entrada. — Will estava tão furioso que mal conseguia formar as palavras. — Sabe de tudo o que acontece nesse prédio. Tem as chaves de todos os apartamentos, inclusive o de Anna.

Ela pareceu perceber que Will não fazia aquilo para se exibir.

— Tudo bem. Você está certo. Mas vamos esfriar um pouco a cabeça, está bem? Não sabemos o que vamos encontrar lá em cima.

Will sentia os tendões dos braços vibrando. As portas do elevador se abriram no último andar. Ele saiu para o corredor e esperou que Faith encontrasse a chave com a etiqueta certa para abrir a porta. Quando a encontrou, colocou a mão sobre a dela, assumindo a situação.

Will dispensou as gentilezas. Ele sacou a arma e arrombou a porta.

— Uh — disse Faith, levando a mão ao nariz.

Will também sentiu o mau cheiro, aquela nauseante mistura adocicada de plástico queimado e algodão-doce.

— Crack — constatou ela, agitando a mão na frente do rosto.

— Olhe. — Ele apontou para o vestíbulo. Confetes amassados haviam secado em um líquido amarelo no chão. Confetes de Taser.

Havia um longo corredor à sua frente, com duas portas de um lado, ambas fechadas. Adiante, ele via a sala. Sofás estavam virados, o estofamento, rasgado. Havia lixo por todo lado. Um homem grande estava deitado de bruços no corredor, tinha os braços abertos, a cabeça voltada para a parede. As mangas da camisa estavam dobradas. Um tubo de borracha para soro estava enrolado no bíceps. A agulha da seringa ainda estava espetada no braço.

Will apontava a Glock à sua frente enquanto andava pelo corredor. Faith pegou sua arma, mas ele sinalizou para que ela esperasse. Will já sentia cheiro de decomposição, mas checou o pulso do corpo de qualquer forma. Havia uma arma aos pés do homem, um revólver Smith and Wesson com cabo dourado personalizado que o fazia parecer o tipo de coisa que se vê na seção de brinquedos de uma loja de 1,99. Will chutou a arma para longe, embora o homem jamais fosse tentar pegá-la.

Will fez um gesto para Faith se aproximar, depois voltou à primeira porta fechada do corredor. Esperou que a parceira estivesse pronta, então abriu a porta. Era um armário, com casacos empilhados no fundo. Will afastou a pilha de roupas com os pés, conferindo se havia algo embaixo delas antes de seguir para a próxima porta. Ele esperou por Faith mais uma vez, e então chutou a porta.

Ambos engasgaram com o fedor. O vaso sanitário transbordava. Havia fezes espalhadas pelas paredes de ônix. Um líquido marrom se acumulava na pia. Will sentiu um arrepio. O cheiro do banheiro o fez lembrar da caverna onde Anna e Jackie foram mantidas.

Ele fechou a porta e indicou a Faith que o seguisse pelo corredor até a sala. Precisaram desviar de cacos de vidro, agulhas, preservativos. Uma camiseta branca embolada no chão estava manchada de sangue. Havia um tênis virado logo ao lado, com o cadarço ainda amarrado.

A cozinha ficava em frente à sala. Will espiou atrás da bancada, para garantir que não havia ninguém ali, enquanto Faith avançava em meio a móveis virados e mais cacos de vidro.

— Está limpo — concluiu ela.

— Aqui também. — Will abriu o armário embaixo da pia, procurando pela lixeira. O saco era branco, como os que encontraram dentro das mulheres. A lixeira estava vazia, a única coisa limpa em todo o apartamento.

— Cocaína — disse Faith, apontando para dois tijolos brancos na mesa de centro. Cachimbos estavam espalhados ao redor. Agulhas, notas fiscais enroladas, lâminas de barbear. — Que zona! Não consigo acreditar que havia pessoas vivendo aqui, nessa bagunça.

Will nunca se surpreendia com a profundidade do poço em que os viciados conseguiam se afundar ou com a destruição que os cercava. Já vira boas casas no subúrbio serem transformadas em antros repugnantes de viciados em metanfetamina em poucos dias.

— Para onde foi todo mundo?

Faith deu de ombros.

— Um corpo não os assustaria a ponto de deixarem para trás essa cocaína toda. — Ela olhou para o morto. — Talvez ele fosse o segurança.

Os dois revistaram juntos o restante do apartamento. Três quartos, um deles de bebê, decorado em tons de azul, e mais dois banheiros. Todos os vasos e pias estavam entupidos. Os lençóis estavam embolados sobre as camas, os colchões virados. Roupas haviam sido arrancadas dos armários. Todos os aparelhos de TV tinham sumido. Um teclado e um mouse repousavam sobre a mesa num dos quartos, mas não havia sinal do computador. Obviamente, quem quer que tenha invadido aquele apartamento tinha levado tudo de valor.

Will colocou a pistola no coldre quando chegou ao corredor. Dois paramédicos e um policial fardado aguardavam na porta. Ele fez sinal para que entrassem.

— Mortinho — decretou um dos paramédicos ao checar os sinais vitais do viciado caído perto do armário de casacos.

— Meu parceiro está falando com o porteiro — disse o policial. Ele usava um tom calculado, dirigia-se a Will. — Parece que caiu. Bateu o olho.

Faith enfiou a arma no coldre.

— O piso é muito escorregadio lá embaixo.

O policial assentiu com cumplicidade.

— Parecia escorregadio.

Will voltou ao quarto do bebê. Correu as mãos pelas roupas penduradas nos cabides pequeninos do armário. Foi até o berço, levantou o colchão.

— Cuidado — alertou Faith. — Pode haver agulhas.

— Ele não rapta as crianças — disse Will, mais para si mesmo que para Faith. — Leva as mulheres, mas deixa as crianças.

— Pauline não foi raptada em casa.

— Pauline é diferente — lembrou ele. — Olivia estava no quintal. Anna, na porta de casa. Você viu os pontos de Taser. Aposto que Jackie Zabel foi raptada na casa da mãe.

— Talvez uma amiga esteja com o bebê de Anna.

Will parou de procurar, surpreso com o desespero na voz de Faith.

— Anna não tem amigos. Nenhuma dessas mulheres tem amigos. É por isso que ele as sequestra.

— Já faz pelo menos uma semana, Will. — A voz de Faith estava trêmula. — Olhe em volta. Esse lugar está uma zona.

— Você quer passar o apartamento para a perícia? — perguntou ele, deixando o resto subentendido: *você quer que outra pessoa encontre o corpo?*

Faith tentou outra abordagem.

— Sara disse que Anna falou que seu sobrenome é Lindsey. Ela é advogada corporativa. Podemos ligar para o escritório dela e...

Gentilmente, Will levantou a tampa da lixeira ao lado do trocador de fraldas. As fraldas eram antigas, mas certamente não eram a fonte dos cheiros mais pungentes do apartamento.

— Will...

Ele foi até o banheiro do quarto e conferiu a lixeira.

— Quero falar com o porteiro.

— Por que você não deixa...

Will saiu do quarto antes que ela terminasse. Ele voltou à sala, olhou debaixo dos sofás, arrancou o estofamento de algumas das poltronas para ver se algo ou alguém estava escondido no interior.

O policial testava a cocaína, satisfeito com o que encontrara.

— Isso é uma apreensão e tanto. Preciso falar com a central.

— Me dê um minuto — pediu Will.

— Quer que fiquemos por aqui? — perguntou um dos paramédicos.

Faith disse "não" ao mesmo tempo que Will disse "sim".

— Não vão a lugar nenhum — ordenou ele.

— Você conhece um socorrista chamado Rick Sigler? — perguntou Faith ao homem.

— Rick? Sim — disse o sujeito, como se estivesse surpreso com a pergunta.

Will se desligou da conversa. Ele voltou ao lavabo, respirando pela boca para não vomitar com o fedor de fezes e urina. Fechou a porta e voltou ao vestíbulo, aos confetes de Taser. Agachou para estudá-los. Tinha certeza de que estavam sob urina seca.

Will se levantou e foi até o corredor, olhando para o apartamento. A cobertura de Anna ocupava todo o último andar do prédio. Não havia outros apartamentos, nenhum vizinho. Ninguém que pudesse ouvi-la gritar ou ver o agressor.

O assassino devia ter esperado em frente à porta, onde Will estava agora. Ele olhou para o corredor, pensando que o homem devia ter subido pelas escadas — ou talvez descido. Havia uma escada de incêndio. O homem podia ter subido até o terraço. Ou talvez o inútil do porteiro tivesse deixado o sequestrador entrar pela porta da frente, até mesmo apertado o botão do elevador para o sujeito. Havia um olho mágico na porta da cobertura de Anna. Ela deve ter conferido quem era antes de abrir. Aquelas mulheres eram cautelosas. Quem ela teria deixado entrar? Um entregador. Um funcionário da manutenção. Ou talvez o porteiro.

Faith vinha em sua direção. Seu rosto estava impassível, mas Will a conhecia bem o bastante para saber o que estava pensando: *está na hora de ir.*

Will olhou outra vez para o corredor. Havia outra porta a meio caminho, na parede oposta ao apartamento.

— Will... — disse Faith, mas ele já seguia para a porta fechada. Abriu-a. Havia uma pequena porta metálica para o fosso de lixo. Caixas empilhadas, recicláveis. Um cesto para vidros, outro para latas. O bebê estava no cesto para plásticos. Os olhos estavam fechados, os lábios entreabertos. A pele estava branca, pálida.

Faith chegou e o segurou pelo braço. Will não conseguia se mexer. O mundo havia parado de girar. Ele se apoiava na maçaneta para que as pernas não cedessem. Um barulho parecido com um lamento baixo saiu da boca de Faith.

O bebê virou a cabeça na direção do som, abrindo lentamente os olhos.

— Meu Deus. — Faith arfou. Ela afastou Will do caminho e caiu de joelhos para pegar a criança. — Vá buscar ajuda! Will, vá buscar ajuda!

Will sentiu o mundo voltar a engrenar.

— Aqui! — gritou para os paramédicos. — Aqui!

Faith segurava o bebê próximo ao peito enquanto procurava por cortes e hematomas.

— Meu querido — sussurrou ela. — Está tudo bem. Estou com você agora. Você está bem.

Will a observou, a forma como acariciava os cabelos da criança, pressionava os lábios na sua testa. Os olhos do bebê estavam semicerrados, os lábios, brancos. Will queria dizer alguma coisa, mas as palavras entalavam na garganta. Ele sentia calor e frio ao mesmo tempo, como se estivesse prestes a cair no choro na frente de todo mundo.

— Estou com você, querido — murmurou Faith, a voz sufocada pela angústia. Lágrimas rolavam pelo seu rosto. Will nunca a vira sendo mãe, ao menos não com um bebê. Foi de cortar o coração ver aquele lado delicado de Faith, a parte dela que se importava tão profundamente com outro ser humano que suas mãos tremiam ao segurar a criança contra o peito.

— Ele não está chorando — sussurrou Faith. — Por que ele não está chorando?

Will finalmente conseguiu falar.

— Ele sabe que ninguém virá. — Will se abaixou, passou a mão na cabeça do menino, amparada no ombro de Faith, tentando não pensar nas horas em que a criança havia passado ali sozinha, se esgoelando, esperando que alguém viesse.

O paramédico ficou boquiaberto, surpreso. Ele chamou o parceiro ao pegar o bebê dos braços de Faith. A fralda estava cheia. A barriga do menino estava distendida; a cabeça pendia para o lado.

— Ele está desidratado. — O paramédico examinou as pupilas em busca de uma reação, levantou os lábios ressequidos para ver a gengiva. — Subnutrido.

— Ele vai ficar bem? — perguntou Will.

O homem balançou a cabeça.

— Não sei. Ele não está nada bem.

— Quanto tempo... — A voz de Faith ficou embargada. — Há quanto ele está aqui?

— Não sei — repetiu o homem. — Um dia. Talvez dois.

— Dois dias? — perguntou Will, certo de que o paramédico estava enganado. — Ele está sem a mãe há pelo menos uma semana, talvez mais.

— Mais de uma semana ele estaria morto. — Gentilmente, o paramédico virou a criança. — Ele está com feridas por ficar deitado no mesmo lugar por muito tempo. — O homem praguejou entre os dentes. — Não sei quanto tempo leva para isso acontecer, mas alguém estava lhe dando água, pelo menos. É impossível sobreviver sem água.

— Talvez a prostituta... — disse Faith.

Ela não concluiu o pensamento, mas Will sabia o que a parceira queria dizer. Lola provavelmente cuidou do bebê depois que Anna foi raptada. Então ela foi presa, e o menino ficou sozinho.

— Se Lola estava cuidando dele, ela precisaria entrar e sair do prédio — comentou Will.

As portas do elevador se abriram. Will viu um segundo policial ao lado de Simkov, o porteiro. Havia um hematoma embaixo do olho do sujeito, e o supercílio havia se cortado ao se chocar no duro balcão de mármore.

— Aquele ali. — O porteiro apontava para Will, triunfante. — Foi ele que me agrediu.

Will cerrou os punhos. Trincou os dentes com tanta força que achou que pudesse quebrá-los.

327

— Você sabia que esse bebê estava aqui em cima?

O riso de escárnio do porteiro estava de volta.

— O que eu poderia saber sobre um bebê? Talvez o cara da noite estivesse... — Ele parou, olhando para a porta aberta da cobertura. — Jesus, Maria, José — murmurou, então disse algo em sua língua estrangeira. — O que eles fizeram aqui em cima?

— Quem? — perguntou Will. — Quem estava aqui em cima?

— Aquele homem está morto? — perguntou Simkov, ainda olhando para a cobertura revirada. — Meu Deus, olhe para esse lugar. O cheiro! — Ele tentou entrar no apartamento, mas o policial o puxou.

Will deu outra chance ao porteiro, pronunciando pausadamente cada palavra.

— Você sabia que esse bebê estava aqui em cima?

Simkov ergueu os ombros, quase até as orelhas.

— Como eu vou saber que merda que os ricos fazem aqui em cima? Eu ganho oito dólares por hora e você ainda quer que eu saiba da vida deles?

— Tem um bebê — disse Will, tão furioso que mal conseguia falar. — Um bebezinho estava morrendo.

— Então tem um bebê. Por que eu me importaria com isso?

A fúria voltou com intensidade total, ofuscante, de modo que apenas quando estava em cima do homem, com o punho socando-o como uma britadeira, Will percebeu o que estava fazendo. E não parou. Ele não queria parar. Pensava naquele bebê deitado na própria merda, no assassino largando-o no lixo para que morresse de fome, na prostituta querendo trocar a informação sobre a criança para livrar a própria cara e em Angie... havia Angie em cima daquela pilha fumegante de excremento, manipulando os cordéis de Will como sempre fazia, fodendo sua cabeça para que ele sentisse que pertencia à pilha de lixo com o restante deles.

— Will! — gritou Faith. Ela estendia as mãos espalmadas como se faz quando se fala com um louco. Will sentiu pontadas de dor nos ombros quando os dois policiais o agarraram por trás. Ele ofegava como um cão raivoso. Suor escorria por seu rosto.

— Tudo bem — disse Faith, ainda estendendo as mãos ao se aproximar. — Vamos nos acalmar. Fique calmo. — Ela pousou as mãos em Will, algo que nunca fizera antes. As mãos de Faith estavam no seu rosto, forçando-o a olhar para ela, e não para Simkov, que se contorcia no chão. — Olhe para mim — ordenou Faith em voz baixa, como se suas palavras fossem algo que apenas os dois pudessem ouvir. — Will, olhe para mim.

Will se forçou a fitá-la. Os olhos dela eram de um azul intenso e estavam arregalados de pânico. — Está tudo bem. O bebê vai ficar bem. Certo? Tudo bem?

Will assentiu, sentindo as mãos dos policiais cederem em seus braços. Faith ainda estava na sua frente, ainda tinha as mãos em seu rosto.

— Você está bem — continuou ela, no mesmo tom que tinha usado para falar com o bebê. — Você vai ficar bem.

Will deu um passo atrás para que Faith o soltasse. Podia dizer que a parceira estava tão aterrorizada quanto o porteiro. Will também estava com medo, medo por ainda querer bater no homem, por saber que, se os policiais não estivessem ali, se fossem apenas ele e Simkov, teria espancado o sujeito até a morte.

Faith manteve os olhos fixos nos de Will por mais alguns instantes. Então, voltou a atenção para a massa ensanguentada no chão.

— Levante, seu merda.

Simkov gemeu, encolheu o corpo.

— Não consigo me mexer.

— Cala a boca. — Ela puxou o braço de Simkov.

— Meu nariz! — gritou o porteiro, tão atordoado que só ficou de pé porque trombou com o ombro na parede. — Ele quebrou o meu nariz!

— Você está bem. — Faith olhou para o corredor. Procurava por câmeras de segurança.

Will fez o mesmo, aliviado por não ver nenhuma.

— Violência policial! — gritou o homem. — Vocês viram. Vocês são minhas testemunhas.

— Você caiu, parceiro — disse um dos policiais atrás de Will. — Esqueceu?

— Eu não caí — insistiu o homem. Sangue escorria do seu nariz e pelos dedos como água de uma esponja.

Um dos paramédicos colocava uma sonda de soro no bebê. Ele não ergueu os olhos ao falar.

— Da próxima vez, é melhor você ter cuidado onde pisa.

E assim, de uma hora para outra, Will se tornou o tipo de policial que nunca quisera ser.

17

As mãos de Faith ainda estavam trêmulas enquanto ela esperava em frente ao quarto de UTI de Anna Lindsey. Os dois policiais que vinham montando guarda na porta conversavam com as enfermeiras atrás do balcão, como se soubessem o que havia acontecido no corredor do prédio de Anna Lindsey e não soubessem bem o que pensar a respeito. Já Will, que estava em frente a Faith, tinha as mãos nos bolsos e fitava o corredor com o olhar ausente. Ela se perguntava se o parceiro estava em choque. Droga, Faith se perguntava se ela própria não estava em choque.

Tanto em sua vida profissional quanto na pessoal, Faith havia sido o foco de muitos homens coléricos, mas nunca testemunhara nada como a violência exibida por Will. Houve um momento naquele corredor do lado de fora da cobertura na Beeston Place em que Faith temeu que Will fosse matar o porteiro. Foi o rosto do parceiro que a chocou: frio, implacável, concentrado apenas em socar o rosto do homem. Como todas as mães do mundo, a de Faith sempre dizia à filha que tivesse cuidado com o que desejava. Faith desejara que Will fosse um pouco mais agressivo. Agora daria tudo para tê-lo de volta como era antes.

— Eles não dirão nada — informou-lhe Faith. — Os policiais, os paramédicos.

— Não importa.

— Você encontrou aquele bebê — lembrou ela. — Quem sabe quanto tempo levaria para alguém...

— Pare.

Um longo *ding* soou quando as portas do elevador se abriram. Amanda saiu trotando. Ela olhou em volta, identificando as pessoas no corredor, provavelmente tentando neutralizar as testemunhas. Faith se preparou para uma saraivada de recriminações, suspensões sumárias, talvez a perda do distintivo dos dois. Mas, em vez disso, Amanda perguntou:

— Vocês dois estão bem?

Faith fez que sim. Will apenas olhava para o chão.

— Fico feliz por ver que você finalmente honrou as calças — disse Amanda a Will. — Você está suspenso sem pagamento pelo resto da semana, mas não pense por um minuto sequer que isso significa que você vai deixar de trabalhar para mim.

A voz de Will pareceu sair arranhando a garganta.

— Sim, senhora.

Amanda caminhou na direção das escadas. Os dois a seguiram, e Faith percebeu que a chefe não tinha nada do seu charme costumeiro, nem de seu autocontrole. Parecia estar tão chocada quanto eles.

— Feche a porta.

Faith viu que suas mãos ainda tremiam quando puxou a maçaneta.

— Charlie está fazendo a perícia no apartamento de Anna Lindsey — disse Amanda, sua voz ecoando pelas escadas. Ela ajustou o tom. — Ele vai ligar se encontrar alguma coisa. Obviamente, você está proibido de falar com o porteiro. — A chefe se referia a Will. — O laudo da perícia deve ficar pronto amanhã de manhã, mas não tenham grandes esperanças, considerando o estado do apartamento. Os peritos não conseguiram acessar os computadores das vítimas. Estão usando todos os softwares de senhas que têm, e o processo pode levar meses. O site de anorexia está hospedado numa empresa de fachada em Friesland, onde quer que fique isso. É no exterior. A empresa se negou a fornecer os dados do registro, mas os peritos conseguiram as estatísticas do site na internet. Eles têm cerca de duzentos novos usuários por mês. É só o que sabemos.

Will continuou calado, então Faith se adiantou.

— E quanto à casa vazia atrás da de Olivia Tanner?

— As pegadas de sapato são de um Nike masculino tamanho 43 vendido em mil e duzentas lojas espalhadas pelo país. Encontramos algumas guimbas de cigarro na lata atrás do balcão do bar. Vamos tentar identificar o DNA, mas não há como dizer de quem é.

— E quanto a Jake Berman? — perguntou Faith.

— O que diabos você acha? — Amanda respirou fundo, como que para se acalmar. — Inserimos um retrato falado e a fotografia que consta na ficha dele na rede estadual. Tenho certeza de que a imprensa vai farejar por aí, mas pedimos que esperassem pelo menos vinte e quatro horas.

A mente de Faith estava cheia de perguntas, mas não conseguia formular nenhuma. Ela estivera na cozinha de Olivia Tanner havia menos de uma hora, e por nada nesse mundo conseguia se lembrar de um detalhe sequer da casa.

Will falou por fim. Sua voz soou tão derrotada quanto sua aparência.

— Você devia me demitir.

— Você não vai escapar assim tão fácil.

— Não estou brincando, Amanda. Você devia me demitir.

— Eu também não estou brincando, seu idiota ignorante. — Ela levou as mãos aos quadris, mais parecida com a chefe de sempre, a Amanda sempre irritada, tão familiar a Faith. — O bebê de Anna Lindsey está em segurança por sua causa. Acho que isso é uma vitória para a equipe.

Ele coçou o braço. Faith viu que a pele dos nós dos dedos estava ferida e sangrava. Ela se lembrou do momento em que segurou o rosto dele, de como desejou que ele ficasse bem, porque não saberia viver em um mundo no qual Will Trent não seria mais o homem com quem ela havia compartilhado sua vida quase todos os dias no último ano.

Os olhares das duas mulheres se cruzaram.

— Nos dê um minuto — pediu Amanda.

Faith abriu a porta e voltou para o corredor. Havia um ruído constante de atividade na UTI, mas nada parecido com a emergência, no térreo. Os policiais estavam de volta aos seus postos na porta de Anna, e seus olhos acompanharam Faith quando ela passou.

— Eles estão na sala de exame três — disse uma enfermeira.

Faith não sabia por que a mulher lhe dera aquela informação, mas foi até a sala de exame, de qualquer forma. E lá encontrou Sara Linton. A médica estava de pé em frente a um berço de plástico. Tinha um bebê nos braços, o bebê de Anna.

— Ele está melhorando — comentou Sara. — Vai levar alguns dias, mas ele vai ficar bem. E o mais importante: acho que estar de volta à mãe ajudará os dois.

Faith não podia ser humana naquele momento, então se forçou a ser uma policial.

— Anna disse mais alguma coisa?

— Não muito. Ela está sentindo muita dor. Aumentaram a morfina, agora que está acordada.

Faith passou a mão nas costas do bebê, sentindo a maciez da pele, os ossinhos da coluna.

— Quanto tempo você acha que ele ficou sozinho?

— O socorrista tinha razão. Eu diria dois dias, no máximo. Caso contrário, teríamos uma situação bem diferente. — Sara colocou o bebê junto ao outro ombro. — Alguém estava dando água a ele. Estava desidratado, mas já vi quadros piores.

— O que você está fazendo aqui? — perguntou Faith. A pergunta saiu de forma inesperada, espontânea. Ela a ouviu e pensou que era uma boa pergunta, boa o bastante para ser repetida. — Por que você está aqui? Por que estava com Anna, para início de conversa?

Sara, gentilmente, colocou o bebê de volta no berço.

— Ela é minha paciente. Vim ver como estava. — Ela embrulhou o bebê num cobertor. — Assim como tentei saber de você hoje de manhã. A recepcionista do consultório de Delia Wallace disse que você não marcou uma consulta.

— Tenho andado ocupada resgatando bebês de montes de lixo.

— Faith, eu não sou uma inimiga. — Sara adotou o tom irritante de alguém que tenta ser razoável. — Não se trata mais só de você. Você tem um filho aí dentro, outra vida, pela qual você é responsável.

— Essa decisão é *minha*.

— O tempo para a sua decisão está se esgotando. Não deixe que seu corpo a tome por você, porque, entre a diabetes e o bebê, a diabetes sempre sairá ganhando.

Faith respirou fundo, mas não ajudou muito. Ela colocou tudo para fora.

— Quer saber, você pode até estar tentando se intrometer no meu caso, mas de jeito nenhum vou deixar você se intrometer na minha vida.

— Como é? — Sara teve a petulância de soar surpresa.

— Você não é mais legista, Sara. Não é casada com um chefe de polícia. Ele está morto. Você o viu explodir em pedacinhos. E não o terá de volta fazendo hora extra no necrotério ou metendo o bedelho numa investigação.

Sara ficou imóvel, boquiaberta, aparentemente incapaz de responder.

Surpreendentemente, Faith irrompeu em lágrimas.

— Meu Deus, eu sinto muito! Isso foi terrível. — Ela levou a mão à boca. — Não acredito que eu disse...

Sara balançou a cabeça, olhando para baixo.

— Eu sinto muito. Meu Deus, sinto muito. Por favor, me desculpe — continuou Faith.

Sara ainda demorou um pouco para responder.

— Acho que Amanda colocou você a par dos detalhes.

— Eu pesquisei no computador. Eu não...

— O agente Trent também leu?

— Não. — Faith fez com que sua voz soasse firme. — Não. Ele disse que não era da conta dele, e ele tem razão. Também não é da minha conta. Eu não devia ter pesquisado. Sinto muito. Sou uma pessoa péssima, péssima mesmo, Sara. Não acredito que disse isso para você.

Sara se curvou, colocou a mão no rosto do bebê.

— Tudo bem.

Faith pensava desesperadamente em algo que pudesse dizer, então passou a recitar todas as coisas terríveis que conseguiu pensar sobre si mesma.

— Escute, eu menti sobre o meu peso. Engordei oito quilos, e não quatro. Como folhados doces no café da manhã, às vezes no jantar, e geralmente com uma Coca Diet. Nunca faço exercícios. Nunca. Só corro para tentar ir ao banheiro e voltar antes que os comerciais terminem, e, juro por Deus, desde que assinei um serviço de *streaming*, nem isso eu faço mais.

Sara ainda estava em silêncio.

— Me desculpe.

Ela mexia no cobertor, apertando as dobras para garantir que o bebê estava embrulhado com firmeza.

— Me desculpe — repetiu Faith, sentindo-se tão mal que achou que fosse vomitar.

Sara ficou imersa em pensamentos. Faith tentava pensar num meio de sair da sala com alguma dignidade quando a médica falou.

— Eu já sabia que eram oito quilos.

Faith sentiu parte da tensão começar a se dissipar. Sabia que não devia abrir a boca, ou colocaria tudo a perder.

— Ninguém nunca fala dele comigo — disse Sara. — Quer dizer, no começo falavam, é claro, mas agora ninguém nem ao menos diz o nome dele. É como se não quisessem me magoar, como se dizer o nome dele pudesse me mandar de volta para... — Ela fez que não. — Jeffrey. Não lembro a última vez que disse isso em voz alta. O nome dele é, era, Jeffrey.

— É um belo nome.

Sara fez que sim, engoliu em seco.

— Eu vi fotografias — admitiu Faith. — Ele era bonito.

Um sorriso se formou nos lábios de Sara.

— Era sim.

— E um bom policial. Dá para dizer, pela forma como escreviam os relatórios.

— Ele era um homem bom.

Faith hesitou, pensando em algo mais para dizer.

Sara se antecipou e fez ela própria uma pergunta.

— E quanto a você?

— Eu?

— O pai.

Em sua mortificação, Faith havia se esquecido de Victor. Ela levou as mãos à barriga.

— Você quer dizer o pai do meu bebê?

Sara se permitiu um sorriso.

— Ele estava à procura de uma mãe, não de uma namorada — disse Faith.

— Bem, esse nunca foi o problema de Jeffrey. Ele era muito bom em cuidar de si mesmo. — Os olhos da médica fitaram o passado. — Ele foi a melhor coisa que aconteceu na minha vida.

— Sara...

Ela abriu as gavetas da mesa e encontrou um glicosímetro.

— Vamos ver como está a sua glicemia.

Dessa vez, Faith estava contrita demais para protestar. Ela estendeu a mão, esperou que a lanceta perfurasse a pele.

Sara continuou a falar enquanto preparava o aparelho.

— Não estou tentando ter o meu marido de volta. Acredite, se fosse tão simples quanto entrar num caso, eu me inscreveria na Academia de Polícia amanhã.

Faith fechou os olhos com força quando a agulha perfurou a pele.

— Quero voltar a ser útil — prosseguiu Sara, sua voz adotando um tom confessional. — Quero sentir que faço mais para ajudar as pessoas do que prescrever pomadas para urticárias que provavelmente passariam sozinhas e dar pontos em criminosos para que voltem às ruas e continuem a atirar uns nos outros.

Faith não havia imaginado que as motivações de Sara pudessem ser tão altruístas. Ela acreditava que era um mau reflexo de si mesma o fato de sempre acreditar que as pessoas encaravam a vida com objetivos egoístas.

— Seu marido parecia ser... perfeito — disse ela.

Sara riu ao passar a tira reagente no dedo de Faith.

— Ele deixava a coquilha pendurada na maçaneta da porta do banheiro, pulou a cerca na primeira vez que nos casamos, o que, por sinal, eu descobri quando cheguei mais cedo do trabalho um belo dia, e ele ficou sabendo que tinha um filho ilegítimo apenas aos quarenta anos. — Ela esperou o aparelho informar o resultado, então mostrou-o para Faith. — O que você acha, suco ou insulina?

— Insulina. A minha acabou no almoço — confessou Faith.

— Imaginei. — Sara pegou o telefone e ligou para uma das enfermeiras. — Você precisa manter isso sob controle.

— Esse caso está...

— Esse caso está em andamento, assim como todos os casos nos quais você trabalhou e todos nos quais vai trabalhar no futuro. Tenho certeza de que o agente Trent pode dispensá-la por algumas horas para que você resolva isso de uma vez.

Faith não tinha certeza se o agente Trent podia dispensar qualquer coisa naquele momento. Sara voltou a se concentrar no bebê.

— O nome dele é Balthazar.

— E eu que achei que havíamos salvado o coitadinho.

Sara foi simpática o bastante para rir, mas, quando falou, estava séria.

— Sou pediatra, Faith. Fui uma das primeiras da minha turma na Universidade Emory e dediquei quase duas décadas da minha vida a ajudar as pessoas, vivas ou mortas. Você pode questionar as minhas motivações pessoais quanto quiser, mas não questione as minhas habilidades médicas.

— Você está certa. — Faith se sentiu ainda mais contrita. — Desculpe. Foi um dia bem difícil.

— Não ajuda quando a sua glicemia está fora de controle. — Houve uma batida. Sara foi até a porta e pegou um punhado de canetas de insulina com a enfermeira. — Você precisa levar isso a sério. — Ela fechou a porta.

— Eu sei que preciso.

— Adiar o problema não vai funcionar. Tire duas horas do seu dia para a consulta com Delia, assim você ficará bem e poderá se concentrar no seu trabalho.

— Eu vou fazer isso.

— Variações de humor e irritação súbita são sintomas da sua doença.

Faith sentiu como se tivesse acabado de ser repreendida pela mãe, mas talvez fosse exatamente o que precisava naquele momento.

— Obrigada.

Sara apoiou as mãos no berço.

— Agora é com você.

— Espere — disse Faith. — Você lida com mulheres jovens, certo?

Sara deu de ombros.

— Costumava lidar mais quando tinha um consultório. Por quê?

— O que você sabe sobre *thinspo*?

— Não muito — admitiu a médica. — Sei que é propaganda pró--anorexia, geralmente na internet.

— Três das nossas vítimas têm uma ligação com isso.

— Anna ainda está muito magra — observou Sara. — Está com insuficiência hepática e renal, mas achei que o quadro havia sido provocado pelo que passou, não por algo que tenha feito a si mesma.

— Ela pode ser anoréxica?

— É possível. Não considerei o transtorno por causa da idade. A anorexia costuma ser associada a adolescentes. Pete mencionou algo sobre isso na necropsia de Jacquelyn Zabel — lembrou Sara. — Ela estava muito magra, mas havia passado fome e sede por duas semanas. Achei que estivesse apenas um pouco abaixo do peso normal quando tudo começou. Sua compleição era delicada. — Sara se curvou e acariciou o rosto de Balthazar. — Anna não poderia ter tido um filho se passasse fome. Não sem sérias complicações.

— Talvez ela tenha mantido a situação sob controle tempo o bastante para ter o bebê — especulou Faith. — Nunca tenho certeza de qual é qual. Anorexia é quando a pessoa vomita?

— Isso é bulimia. Anorexia é recusa alimentar. Às vezes os anoréxicos usam laxantes, mas eles não vomitam. Há evidências crescentes de determinismo genético, uma alteração cromossômica que os predispõe à doença. Geralmente, algum tipo de fator ambiental desencadeia o processo.

— Como abuso na infância?

— Pode ser. Às vezes é *bullying*. Outras, alguma dismorfia corporal. Certas pessoas culpam as revistas e as estrelas de cinema, mas é muito mais complicado que isso. Os meninos também estão começando a sofrer mais com a doença. É extremamente difícil de se tratar, em função do componente psicológico.

Faith pensou nas vítimas.

— Existe algum tipo de personalidade que tenha maior predisposição?

Sara pensou na pergunta antes de responder.

— Só posso dizer que os poucos pacientes com essa doença que eu tratei sentiam prazer extremo em passar fome. É preciso ter uma grande dose de força de vontade para lutar contra o imperativo fisiológico do corpo por comida. Eles podem sentir que tudo mais na vida está fora de controle e que a única coisa que são capazes de manipular é o ato de ingerir ou não comida. Há também a resposta física à fome: vertigem, euforia, às vezes alucinações. Pode dar o dobro do barato que se tem com opiáceos, e a sensação pode ser extremamente viciante.

Faith tentou se lembrar de quantas vezes brincara sobre querer ter força de vontade para ser anoréxica por uma semana.

— O maior problema com o tratamento é que é muito mais aceito socialmente que uma mulher seja magra demais do que obesa — acrescentou Sara.

— Ainda não conheci uma mulher feliz com o próprio peso.

Sara deu um riso irônico.

— A minha irmã é, na verdade.

— Ela é algum tipo de santa?

Faith estava brincando, mas a resposta de Sara a surpreendeu.

— Quase. Ela é missionária. Casou-se com um pastor há alguns anos. Eles ajudam bebês com Aids na África.

— Meu Deus, eu nem a conheço e já a odeio.

— Acredite, ela tem lá os seus defeitos — confidenciou Sara. — Você disse três vítimas. Isso significa que outra mulher foi raptada?

Faith imaginou que o caso Olivia Tanner ainda não havia sido noticiado.

— Sim. Mas não comente com ninguém, se possível.

— Claro.

— Duas delas pareciam tomar muita aspirina. A última, da qual ficamos sabendo hoje, tinha seis frascos tamanho família em casa. Jacquelyn Zabel tinha um frasco grande ao lado da cama.

Sara assentiu, como se algo começasse a fazer sentido.

— É um emético em grandes doses. Isso explica por que o estômago de Zabel estava tão ulcerado. E porque ela ainda sangrava quando Will a encontrou — acrescentou Sara. — Você devia dizer isso a ele. Ele estava chateado por não ter chegado a tempo.

Will tinha muito mais com que se chatear naquele momento. Ainda assim, Faith lembrou:

— Ele precisa do número do seu apartamento.

— Por quê? — Em seguida, Sara respondeu a própria pergunta. — Ah, o cachorro da esposa.

— Isso — disse Faith, pensando que a mentira era o mínimo que podia fazer por Will.

— Doze. Meu nome está do lado do botão do interfone. — Ela colocou as mãos de volta na beirada do berço. — Vou levar esse rapaz para a mãe dele.

Faith abriu a porta, e Sara saiu empurrando o berço. O barulho do corredor zumbiu nos seus ouvidos até que Faith fechasse a porta. Ela sentou no banco em frente à bancada e levantou a saia, procurando um ponto que não estivesse preto ou azul por causa das agulhas. O panfleto sobre diabetes dizia para variar o local das injeções, então Faith olhou para a barriga, onde encontrou uma dobra imaculada de gordura que apertou entre o polegar e o indicador.

Ela segurou a caneta de insulina a alguns centímetros da barriga, mas não a injetou. Em algum lugar atrás de todos aqueles folhados estava um bebezinho com mãozinhas e pezinhos, boca e olhos, respirando o ar que ela respirava, urinando a cada dez minutos quando ela corria para o banheiro. As palavras de Sara a fizeram cair em si, mas segurar Balthazar Lindsey no colo tinha despertado algo que Faith nunca sentira na vida. Por mais que amasse Jeremy, seu nascimento dificilmente foi uma celebração. Quinze anos não era uma idade apropriada para chás de bebê, e até mesmo as enfermeiras a olhavam com pena.

Dessa vez seria diferente. Faith tinha uma idade aceitável para ser mãe. Poderia entrar no shopping com o bebê sem se preocupar se as pessoas achariam que ela era a irmã mais velha do filho. Poderia levá-lo ao pediatra e assinar toda a papelada sem precisar da autorização da mãe. Poderia mandar as professoras à merda nas reuniões de pais e mestres sem pensar que ela mesma acabaria na sala do diretor. Caramba, agora ela podia dirigir.

Poderia fazer tudo certo dessa vez. Poderia ser uma boa mãe do começo ao fim. Bem, talvez não do *começo*. Faith catalogou todas as coisas que fizera com o bebê só naquela semana: ignorou-o, negou sua existência, desmaiou no estacionamento, pensou em aborto, expôs o filho aos germes de Sam Lawson, escorregou numa escada e arriscou a vida dos dois ao tentar evitar que Will batesse a cabeça do porteiro russo no belo e refinado carpete do corredor do Beeston Place.

E estavam ali agora, mãe e filho, na UTI do hospital Grady, e ela estava prestes a enfiar uma agulha em algum lugar próximo à sua cabeça.

A porta se abriu.

— O que diabos você está fazendo? — ralhou Amanda. Ela concluiu por si mesma. — Ah, pelo amor de Deus. Quando você ia me contar?

Faith ajeitou a camisa, pensando que era um pouco tarde para pudores.

— Logo depois de dizer que estou grávida.

Amanda tentou bater a porta, mas a mola aérea não deixou.

— Que droga, Faith! Você não vai chegar a lugar algum com um bebê.

O sangue dela já estava quente.

— Cheguei até aqui com um.

— Você era uma menina que usava farda e ganhava dezesseis mil dólares por ano. Você tem trinta e três anos agora.

— Acho que isso quer dizer que você não vai organizar meu chá de bebê — arriscou Faith.

O olhar de Amanda cortaria vidro.

— A sua mãe já sabe?

— Achei melhor deixar ela curtir as férias.

Amanda bateu a mão espalmada na testa, o que teria sido cômico não fosse o fato de ela ter a vida de Faith em suas mãos.

— Um disléxico retardado com problemas para controlar a raiva e uma diabética gorda e fértil que carece de conhecimentos básicos sobre contraceptivos. — Ela agitou o dedo na cara de Faith. — Espero que goste da combinação, minha jovem, porque agora você está presa a Will Trent para sempre.

Faith tentou ignorar o "gorda", que, honestamente, foi a parte que doeu mais.

— Posso pensar em coisas piores do que ser parceira de Will Trent pelo resto da vida.

— Acho bom você estar bem feliz com o fato de as câmeras de segurança não terem filmado o chilique dele.

— Will é um bom policial, Amanda. Ele não estaria mais trabalhando para você se você não acreditasse nisso.

— Bem... — Ela se calou. — Talvez, quando não coloca os próprios traumas em total evidência.

— Ele está bem?

— Ele vai sobreviver — respondeu Amanda, sem soar muito convencida. — Mandei-o localizar a prostituta, Lola.

— Ela não está presa?

— Houve uma grande apreensão no apartamento: heroína, metanfetaminas, cocaína. Angie Polaski conseguiu livrar a cara de Lola por ser informante. — Amanda deu de ombros. Ela nem sempre conseguia controlar a polícia de Atlanta.

— Você acha uma boa ideia que Will procure Lola, considerando quanto está furioso por aquele bebê ter sido deixado sozinho?

A velha Amanda estava de volta — a chefe que não podia ser questionada.

— Temos duas mulheres desaparecidas e um assassino em série que sabe o que fazer com elas. Precisamos fazer algum avanço nesse caso antes que ele escape das nossas mãos. O tempo está passando, Faith. Ele pode estar espreitando a próxima vítima nesse exato momento.

— Eu deveria ter me encontrado com Rick Sigler hoje. O paramédico que atendeu Anna.

— Mandei alguém até a casa dele há uma hora. A esposa estava lá. Ele negou que conhecesse alguém chamado Jake Berman. O sujeito mal admitiu que estava na estrada aquela noite.

Faith não podia pensar numa forma pior de falar com Sigler.

— Ele é gay. A esposa não sabe.

— Elas nunca sabem — retorquiu Amanda. — De qualquer forma, ele não estava interessado em falar, e não temos o suficiente nesse momento para arrastá-lo até a delegacia.

— Não tenho certeza de que ele seja um suspeito.

— Até onde eu sei, todo mundo é suspeito. Li o laudo da necropsia. Vi o que foi feito com Anna. O nosso criminoso gosta de experimentar. E vai continuar fazendo isso até que coloquemos as mãos nele.

Faith passou as últimas horas movida por adrenalina e sentiu uma nova empolgação com as palavras de Amanda.

— Quer que eu fique de olho em Sigler?

— Leo Donnelly está estacionado, neste momento, do lado de fora da casa dele. Algo me diz que você não quer ficar presa num carro com ele a noite toda.

— Não, senhora — respondeu Faith, e não apenas porque Leo era um fumante compulsivo. Ele provavelmente culparia Faith por colocá-lo na lista negra de Amanda. E teria razão.

— Alguém precisa ir até Michigan para encontrar os registros da família de Pauline Seward. O mandado está sendo expedido, mas aparentemente nada com mais de quinze anos está no sistema. Precisamos encontrar alguém do passado dela, e rápido; os pais, com sorte o irmão, se não for o nosso misterioso Sr. Berman. Por motivos óbvios, não posso mandar Will para ler a papelada.

Faith colocou a caneta de insulina sobre a bancada.

— Eu vou.

— Essa coisa da diabetes está sob controle? — A expressão de Faith deve ter respondido a pergunta. — Vou mandar um dos meus agentes que possa de fato dar conta do trabalho. — Ela agitou a mão, rejeitando quaisquer objeções que Faith pudesse fazer. — Vamos tocar a bola para frente e ver no que dá, está bem?

— Sinto muito por isso. — Faith havia se desculpado mais nos últimos quinze minutos do que em sua vida inteira.

Amanda balançou a cabeça, indicando que não estava disposta a discutir a estupidez da situação.

— O porteiro pediu um advogado. Vamos falar com eles amanhã cedo.

— Você o prendeu?

— Detive. Ele é obviamente estrangeiro. A Lei Patriota nos dá vinte e quatro horas para detê-lo enquanto conferimos o status de imigração. Se tivermos sorte, vamos encontrar algo mais concreto para pressionar o sujeito depois que revirarmos o apartamento dele.

Faith não era do tipo que questionava o curso da justiça.

— E quanto aos vizinhos de Anna? — perguntou Amanda.

— É um prédio tranquilo. O apartamento embaixo da cobertura está vazio há meses. Eles podiam ter detonado uma bomba atômica lá em cima e ninguém ficaria sabendo.

— O morto?

— Traficante. Overdose de heroína.

— O chefe de Anna não sentiu a falta dela?

Faith contou o pouco que conseguira descobrir.

— Ela trabalha num escritório de advocacia. Brandle and Brinks.

— Santo Deus, isso só piora. Você sabe algo sobre o escritório? — Amanda não deu a Faith tempo para responder. — Eles são especializados em processar o estado. Abuso policial, deslizes do serviço social, qualquer coisa que consigam fisgar, então partem para cima e mandam o seu orçamento pro espaço. Já perdi a conta de quantas vezes fizeram isso.

— Eles não estavam abertos a discussão. Não entregarão nenhuma folha dos arquivos de Anna sem um mandado.

— Em outras palavras, estão sendo advogados. — Amanda andava de um lado para o outro. — Você e eu vamos falar com Anna agora, então vamos voltar ao apartamento dela e virar o lugar de cabeça para baixo antes que aquele escritório de advocacia dela se dê conta do que estamos fazendo.

— A que horas será o interrogatório do porteiro?

— Às oito em ponto amanhã. Você acha que consegue encaixar isso na sua agenda movimentadíssima?

— Sim, senhora.

Amanda parecia uma mãe ao balançar a cabeça outra vez e olhar para Faith; frustrada, ligeiramente desgostosa.

— Suponho que o pai também não esteja mais em cena desta vez.

— Estou um pouco velha demais para tentar mudar as coisas.

— Meus parabéns — disse Amanda, abrindo a porta. Teria sido simpático, não fosse pelo "idiota" que murmurou ao sair para o corredor.

Faith só percebeu que prendia a respiração quando a chefe saiu da sala. Seus lábios se abriram num longo suspiro e, pela primeira vez desde o começo daquela história de diabetes, enterrou a agulha na pele logo na primeira tentativa. Não doeu tanto, ou talvez estivesse em tal estado que não era capaz de sentir nada.

Ela olhou para a parede à sua frente, tentando focar novamente na investigação. Faith fechou os olhos, visualizando as fotografias da necropsia de Jacquelyn Zabel, a caverna em que Jacquelyn e Anna Lindsey haviam sido mantidas. Lembrou-se das coisas terríveis que haviam acontecido com as mulheres — a tortura, a dor. E levou a mão à barriga outra vez. A criança que crescia dentro dela era uma menina? Para que mundo Faith a trazia; um lugar onde meninas eram molestadas pelos pais, em que revistas diziam a elas que nunca seriam perfeitas o bastante, onde sádicos podiam arrancar sua vida e a do seu filho num piscar de olhos ou atirá-la num inferno na Terra pelo resto de sua existência?

Um tremor percorreu seu corpo. Faith levantou-se e saiu da sala. Os policiais em frente à porta do quarto de Anna deram passagem a ela. Faith cruzou os braços sobre o peito, sentindo um frio súbito ao entrar no quarto. Anna estava deitada na cama, com Balthazar aninhado no braço ossudo. O ombro da mulher era saliente; o osso forçava a pele, como nas garotas que vira nos vídeos de Pauline McGhee.

— A agente Mitchell acaba de entrar no quarto — anunciou Amanda à mulher. — Ela está tentando encontrar quem fez isso com você.

Os olhos de Anna estavam embaçados, como se tivesse catarata. Ela voltou os olhos, mesmo sem enxergar, na direção da porta. Faith sabia que não havia procedimento-padrão para aquele tipo de situação. Já trabalhara em casos de estupro e abuso antes, mas nada como aquilo. Precisava acreditar que as habilidades variavam de um caso para outro. Você não fica de conversa fiada. Não pergunta como elas estão, já que a resposta é óbvia.

— Sei que esse é um momento difícil — disse Faith. — Temos apenas algumas perguntas para você.

— A Sra. Lindsey estava me contando que havia concluído um caso importante e estava tirando férias de algumas semanas para passar um tempo com o filho — disse Amanda.

— Mais alguém sabia que você ia tirar férias? — perguntou Faith.

— Deixei um bilhete com o porteiro. As pessoas no trabalho sabiam. Minha secretária, meus sócios. Não falo com as pessoas no meu prédio.

Faith sentia que um muro tinha sido erguido ao redor de Anna Lindsey. Havia algo de tão frio na mulher que estabelecer uma conexão parecia impossível. Ela se limitou às perguntas que precisavam de respostas.

— Você pode nos dizer o que aconteceu quando você foi raptada?

Anna passou a língua pelos lábios ressecados, fechou os olhos. Quando falou, sua voz era pouco mais que um sussurro.

— Eu estava no meu apartamento arrumando Balthazar para um passeio no parque. É a última coisa que lembro.

Faith sabia que podia haver perda de memória em ataques com Taser.

— O que você viu quando acordou?

— Nada. Não vi mais nada depois disso.

— Você se lembra de algum som, alguma sensação?

— Não.

— Você reconheceu o agressor?

Anna fez que não.

— Não. Eu não me lembro de nada.

Faith deixou alguns segundos se passarem, tentando controlar a frustração.

— Vou te dar uma lista de nomes. Preciso que me diga se algum soa familiar.

Anna assentiu, então correu a mão pelo lençol até encontrar a boca do filho. O menino passou a chupar o dedo, soltando sons baixos de sucção.

— Pauline McGhee.

Anna fez que não.

— Olivia Tanner.

Outra negativa.

— Jacquelyn, ou Jackie, Zabel.

Ela fez que não.

Faith havia deixado Jackie por último. As duas mulheres haviam estado juntas na caverna. Era a única coisa de que tinham certeza.

— Encontramos uma digital sua na carteira de motorista de Jackie Zabel.

Os lábios ressequidos de Anna voltaram a se abrir.

— Não — disse ela com firmeza. — Eu não a conheço.

Amanda se voltou para Faith, com as sobrancelhas arqueadas. Aquilo era amnésia traumática? Ou alguma outra coisa?

— E quanto a algo chamado *thinspo*?

Anna se retesou.

— Não — disse ela; mais rápido dessa vez, e mais alto.

Faith esperou alguns segundos, dando à mulher tempo para pensar.

— Encontramos alguns cadernos no lugar onde você foi mantida. Tinham as mesmas palavras escritas vezes a fio. "Eu não me negarei." Isso significa alguma coisa para você?

Ela fez que não de novo.

Faith se esforçou para não usar um tom suplicante.

— Você pode nos dizer alguma coisa sobre o agressor? Você sentiu algum cheiro nele, como óleo ou gasolina? Perfume? Sentiu algum pelo facial ou alguma característica física que...

— Não — murmurou Anna, correndo os dedos pelo corpo do filho até encontrar sua mãozinha, que segurou. — Não tenho nada a dizer para vocês. Não me lembro de nenhum detalhe. Nada.

Faith abriu a boca para falar, mas Amanda se antecipou.

— Você está segura aqui, Sra. Lindsey. Temos dois policiais armados na porta do seu quarto desde que foi trazida ao hospital. Ninguém mais vai te fazer mal.

Anna voltou o rosto para o bebê, emitindo sons baixos para confortá-lo.

— Eu não tenho medo de nada.

Faith ficou surpresa com a segurança da mulher. Talvez, ao sobreviver a algo como o que Anna passou, qualquer pessoa acreditasse que seria capaz de suportar qualquer coisa.

— Acreditamos que ele esteja com outras duas mulheres agora — disse Amanda. — Que está fazendo com elas o mesmo que fez com você. Uma das mulheres tem um filho, Sra. Lindsey. O nome dele é Felix. Ele tem seis anos e quer a mãe de volta. Tenho certeza de que, onde quer que esteja, ela está pensando no filho agora mesmo, desejando abraçá-lo.

— Espero que ela seja forte — murmurou Anna, então passou a falar mais alto. — Como já disse muitas vezes, eu não me lembro de nada. Não sei quem fez isso, para onde me levaram nem o porquê. Sei apenas que já acabou, e que vou deixar isso para trás.

Faith sentia que a frustração de Amanda era tão grande quanto a sua.

— Preciso descansar agora — disse Anna.

— Nós podemos esperar — insistiu Faith. — Podemos voltar daqui a algumas horas.

— Não. — O semblante da mulher ficou duro. — Eu sei das minhas obrigações legais. Vou assinar um depoimento, ou fazer um xis, ou o que quer que os cegos façam, mas, se quiserem voltar a falar comigo, podem marcar um horário com a minha secretária quando eu voltar ao trabalho.

— Mas Anna... — tentou Faith.

Ela se voltou para o filho. A cegueira de Anna as bloqueara de sua visão, mas suas ações pareciam bloqueá-las de sua mente.

18

Sara havia finalmente conseguido fazer uma faxina no apartamento. Não se lembrava da última vez que tinha ficado tão bonito — talvez quando o vira pela primeira vez, com o corretor, antes mesmo de se mudar. O Milk Lofts havia sido uma leiteria, abastecida pela vasta área agrícola que no passado cobrira a região leste da cidade. O prédio tinha seis andares e dois apartamentos por andar, separados por um longo corredor com janelas altas nas extremidades. A principal área de estar do apartamento de Sara era o que se chama de conceito aberto, com a cozinha voltada para a enorme sala. Janelões do chão ao teto, que eram terríveis de se manter limpos, ocupavam toda uma parede e proporcionavam uma bela vista do centro da cidade. Havia três quartos nos fundos, todos suítes. Sara, é claro, dormia na suíte principal, mas ninguém jamais havia dormido no quarto de hóspedes. O terceiro, ela usava como escritório e para guardar coisas.

Ela nunca pensara em si mesma como alguém que fosse capaz de morar em um apartamento, mas, quando se mudou para Atlanta, quis que a nova vida fosse o mais diferente possível da antiga. Em vez de escolher um bangalô charmoso numa das ruas arborizadas do centro, Sara optou por um espaço que era um pouco maior que uma caixa vazia. O mercado imobiliário da capital acabava de chegar ao fundo do poço, e ela dispunha de uma quantia absurda para gastar. Tudo estava novo quando Sara se mudou, mas ela reformara o apartamento de cima a baixo mesmo assim. O preço apenas da cozinha seria capaz de alimentar uma família de três pessoas por um ano.

Acrescente a isso os banheiros palacianos e era, francamente, constrangedor que Sara tivesse sido tão pródiga com o talão de cheques.

Em sua vida anterior, ela sempre fora cuidadosa com o dinheiro. Nunca esbanjara com nada, exceto uma nova BMW a cada quatro anos. Depois da morte de Jeffrey, ela recebeu a apólice do seu seguro de vida, a pensão, sua poupança e o dinheiro da venda da casa. Sara deixara tudo no banco, pois sentira que gastar o dinheiro dele seria admitir que ele havia ido embora para sempre. Ela até mesmo considerou recusar a isenção fiscal que recebeu do estado por ser esposa de um policial assassinado, mas o contador fincou o pé, e a luta não valia a pena.

O dinheiro que mandava todo mês para Sylacauga, Alabama, para ajudar a sogra saía do seu próprio bolso, enquanto o dinheiro de Jeffrey rendia a juros modestos no banco local. Sara chegou a pensar em dá-lo ao filho do marido, mas teria sido complicado demais. O filho de Jeffrey não sabia que ele era o seu verdadeiro pai. Ela não podia arruinar a vida dele e, então, entregar uma pequena fortuna a um rapaz que ainda estava na faculdade.

Portanto, o dinheiro de Jeffrey estava parado no banco, assim como a carta sobre a lareira. Sara diante dela, passando a ponta do dedo no canto do envelope, perguntando-se por que não o havia colocado de volta na bolsa ou enfiado no bolso. Em vez disso, durante o frenético surto de limpeza, apenas o levantou para tirar a poeira enquanto limpava o aparador.

Sara viu a aliança de Jeffrey na extremidade oposta. Ainda usava a sua, igual, de ouro branco, mas o anel de formatura do marido, um torrão de ouro com a insígnia da Universidade Auburn entalhada, era mais importante para ela. A pedra azul estava arranhada, e o anel era grande demais para o seu dedo, então o usava numa corrente no pescoço, da mesma forma que os soldados usam plaquetas de identificação. Não o usava para que outras pessoas o vissem. Estava sempre por baixo da camisa, próximo ao coração, para senti-lo o tempo todo.

Ainda assim, ela pegou a aliança de Jeffrey e a beijou antes de colocá-la de volta sobre o aparador. Nos últimos dias, a mente dela de alguma forma havia colocado Jeffrey num lugar diferente. Era como se passasse pelo luto de novo, mas, dessa vez, a distância. Em vez de acordar sentindo-se devastada, como acontecera nos últimos três anos e meio, ela se sentia terrivelmente triste. Triste, por se virar na cama e não tê-lo ali. Triste, porque jamais voltaria a vê-lo sorrir. Triste, porque nunca mais o abraçaria ou o sentiria dentro de si. Mas não completamente destruída. Não como se cada movimento ou pensamento fosse um esforço. Não como se quisesse morrer. Não como se não houvesse luz no fim de tudo aquilo.

E também havia algo mais. Faith Mitchell tinha sido terrível com ela naquele dia, mas Sara sobrevivera. Ela não havia desmoronado ou ficado em frangalhos. Não se desmantelara. Havia segurado as pontas. O engraçado era que, de certa forma, Sara se sentia mais próxima de Jeffrey por causa disso. Sentia-se mais forte, mais como a mulher por quem ele se apaixonara do que como a mulher que desmoronara sem ele. Ela fechou os olhos e quase conseguiu sentir a respiração dele em seu pescoço, os lábios roçando em sua pele com tanta suavidade que um calafrio subia pela sua espinha. Imaginou as mãos dele envolvendo sua cintura, e ficou surpresa quando colocou a mão lá e não sentiu nada além da própria pele.

A campainha tocou, e os cachorros tiveram um sobressalto junto com Sara. Ela fez um som para que se calassem a caminho do interfone, então abriu a porta do térreo para o entregador de pizza. Betty, a cadela de Will Trent, havia sido rapidamente adotada por Billy e Bob, seus dois galgos. Enquanto fazia a faxina mais cedo, os três cachorros se amontoaram no sofá, às vezes levantando os olhos quando Sara entrava na sala, outras vezes dirigindo-lhe olhares de censura quando ela fazia barulho demais. Nem mesmo o aspirador tinha sido capaz de desalojá-los.

Sara abriu a porta para esperar por Armando, que entregava pizza no seu apartamento ao menos duas vezes por semana. O fato de se tratarem pelo primeiro nome era algo que ela fazia de conta ser normal, e costumava dar ao entregador gorjetas generosas para que o sujeito não desse maior importância ao fato de vê-la mais do que aos próprios filhos.

— Tudo joia? — perguntou ele quando pizza e dinheiro trocaram de mãos.

— Tudo ótimo — disse Sara, mas sua cabeça estava ainda no apartamento, ao que fazia antes de a campainha tocar. Havia muito tempo que não se lembrava da sensação de estar com Jeffrey. Ela queria desfrutar daquilo, deitar na cama e deixar que a mente gravitasse de volta para aquele tempo doce.

— A gente se vê, Sara. — Armando se virou para sair, então parou. — Ei, tem um cara estranho lá embaixo.

Ela morava no centro de uma cidade grande, de modo que aquilo não era exatamente incomum.

— Estranho comum ou estranho tipo chame a polícia?

— Eu acho que ele *é* policial. Não parece, mas eu vi o distintivo.

— Obrigada — disse ela. Armando a cumprimentou com um gesto de cabeça e saiu caminhando para o elevador. Sara deixou a caixa da pizza na bancada da cozinha e foi até o outro extremo da sala. Abriu a janela e pôs a cabeça para fora. Como esperava, seis andares abaixo, viu uma silhueta parecida demais com a de Will Trent.

— Ei! — gritou. Ele não respondeu, e Sara o observou andar de um lado para o outro por alguns instantes, perguntando-se se a tinha ouvido. Sara tentou outra vez, aumentando o tom de voz como uma típica mãe dos subúrbios em meio a uma corrida da NASCAR. — *Ei!*

Will finalmente olhou para cima.

— Sexto andar — gritou ela.

Ela o observou entrar no prédio, passando por Armando, que acenou e disse algo sobre vê-la em breve. Sara fechou a janela, rezando para que Will não tivesse escutado o diálogo, ou ao menos tivesse a decência de fingir que não o escutara. Ela correu os olhos pelo apartamento, garantindo que não havia nada horrivelmente fora do lugar. Dois sofás ocupavam o centro da sala, um abarrotado de cachorros, o outro, de almofadas. Ela afofou as almofadas e as jogou de volta num arranjo que esperava ser charmoso.

Graças a duas horas de esfregação, a cozinha reluzia, até mesmo a coifa de cobre acima do fogão, que era fantástica até você se dar conta de que exigia dois produtos de limpeza diferentes. Sara passou pela TV de tela plana na parede e estancou. Havia se esquecido de limpar a tela. Ela puxou a manga da camisa sobre a mão e a limpou do melhor jeito que conseguiu.

Quando abriu a porta, Will saía do elevador. Sara estivera com o sujeito apenas algumas poucas vezes, mas ele parecia péssimo, como se não dormisse há semanas. Ela viu sua mão esquerda, percebeu a pele esfolada de uma maneira que sugeria que seu punho havia se chocado repetidamente contra o rosto de alguém.

Ocasionalmente, Jeffrey chegava em casa com o mesmo tipo de ferimento. Sara sempre perguntava a respeito disso, e ele sempre mentia. De sua parte, ela se forçava a acreditar nas mentiras por não se sentir confortável com a ideia de o marido andar às margens da lei. Queria acreditar que ele era um bom homem de todas as formas. Parte dela queria pensar que Will Trent também era um bom homem, então Sara estava preparada para acreditar em qualquer história que ele inventasse quando fez a pergunta:

— A sua mão está bem?

— Eu bati em um cara. O porteiro do prédio de Anna.

Sara foi pega desprevenida pela sinceridade. Precisou de um segundo para dizer algo.

— Por quê?

Mais uma vez, ele pareceu dizer a verdade.

— Eu simplesmente perdi o controle.

— Você está encrencado com a sua chefe?

— Na verdade, não.

Sara se deu conta de que ele ainda estava no corredor e deu um passo ao lado para que entrasse.

— O bebê teve sorte de você tê-lo encontrado. Não sei se ele aguentaria mais um dia.

— É uma desculpa conveniente. — Will olhou para a sala à sua volta, coçando o braço, distraído. — Nunca bati num suspeito antes. Intimidava-os para que acreditassem que eu poderia fazer isso, mas nunca fiz.

— A minha mãe sempre me disse que há uma linha tênue entre nunca e sempre. — Ele não pareceu entender, então Sara explicou. — Quando se faz algo ruim uma vez, é mais fácil fazê-lo de novo, e de novo, e quando menos se espera você faz essa coisa o tempo todo e isso não incomoda mais a sua consciência.

Will a fitou pelo que pareceu ser um minuto inteiro. Ela deu de ombros.

— Cabe a você. Se você não gosta de atravessar essa linha, não faça isso outra vez. Não deixe que isso se torne mais fácil.

Houve certa surpresa no rosto de Will, então alívio. Em vez de admitir esse último sentimento, ele mudou de assunto.

— Espero que Betty não tenha dado trabalho.

— Ela se comportou bem. Quase não late.

— É — concordou Will. — Não tive a intenção de abandoná-la com você daquela forma.

— Sem problema — tranquilizou-o Sara, mas ela precisava admitir que Faith Mitchell tinha razão quanto às suas motivações naquela manhã. Sara se oferecera para cuidar da cadela porque queria detalhes sobre o caso. Queria contribuir de alguma forma para a investigação. Queria ser útil outra vez.

Will estava lá parado no meio da sala; seu terno de três peças estava amarfanhado, o colete, frouxo na barriga, como se tivesse perdido peso recentemente. Sara nunca vira alguém parecer tão perdido em toda a sua vida.

— Sente-se — disse ela.

Will pareceu indeciso, mas finalmente escolheu o sofá em frente aos cachorros. Ele não se sentava da forma como os homens costumam fazer, com as pernas abertas, os braços estendidos sobre o encosto do sofá. Era um homem grande, mas parecia se esforçar para não ocupar muito espaço.

— Você já jantou? — perguntou Sara.

Will fez que não, e ela colocou a caixa de pizza na mesa de centro. Os cachorros ficaram muito interessados na novidade, então Sara se sentou no outro sofá com eles para mantê-los na linha. Esperou que Will pegasse uma fatia, mas ele apenas ficou ali sentado, com as mãos sobre os joelhos.

— Aquela é a aliança do seu marido? — perguntou ele.

Surpresa, ela se voltou para a aliança, que repousava sobre o tampo de mogno. A carta estava na outra extremidade do aparador, e Sara sentiu uma pontada de preocupação com a possibilidade de Will descobrir o que havia dentro do envelope.

— Desculpe — disse ele. — Não quis me intrometer.

— É dele. — Sara percebeu que girava a aliança igual que trazia no dedo, um ato inconsciente.

— E quanto ao... — Ele levou a mão ao peito.

Sara imitou o movimento, sentindo-se exposta ao tocar o anel de formatura de Jeffrey debaixo da camisa fina.

— É outra coisa — respondeu, sem dar detalhes.

Ele assentiu, ainda olhando em volta.

— Eu fui encontrado numa lata de lixo de cozinha. — As palavras foram abruptas, inesperadas. — Pelo menos é o que dizem os arquivos — explicou ele.

Sara não sabia o que responder, principalmente quando ele riu, como se houvesse contado uma piada cabeluda numa festa de igreja.

— Sinto muito. Não sei por que disse isso. — Ele pegou uma fatia de pizza, amparando o queijo que escorria com a outra mão.

— Tudo bem — disse Sara, colocando a mão na cabeça de Bob quando o galgo tentou aproximar o focinho da mesa de centro. Ela nem ao menos conseguia compreender o que Will estava dizendo. Ele podia muito bem ter contado que havia nascido na lua.

— Quantos anos você tinha?

Ele engoliu antes de responder.

— Cinco meses.

Will deu outra mordida na pizza, e Sara observou os movimentos do seu maxilar enquanto mastigava. A mente dela formou uma imagem de Will Trent aos cinco meses de idade. Ele estaria apenas começando a tentar sentar sozinho e a reconhecer sons.

Ele deu outra mordida, mastigou pensativo.

— A minha mãe me colocou lá.

— Na lata de lixo?

Ele assentiu.

— Alguém invadiu a casa, um homem. Ela sabia que ele iria matá-la, e provavelmente a mim também. Então me escondeu na lata de lixo debaixo da pia, e o sujeito não me encontrou. Acho que eu devia saber ficar quieto. — Ele deu um sorriso de canto de boca. — Hoje, no apartamento de Anna, procurei em todas as lixeiras. O tempo todo pensava no que você me disse hoje de manhã, em como o assassino coloca os sacos de lixo dentro das mulheres para transmitir uma mensagem, que quer dizer ao mundo que elas são lixo, insignificantes.

— Obviamente, a sua mãe tentava protegê-lo. Ela não estava tentando dizer nada.

— É, eu sei.

— Eles pegaram... — A mente de Sara não estava rápida o bastante para fazer perguntas.

— Se pegaram o homem que a matou? — perguntou Will, terminando a frase. Ele voltou a olhar para a sala à sua volta. — Pegaram o homem que matou o seu marido?

Era uma pergunta, mas Will não esperava por uma resposta. O que queria dizer era que não importava, algo que Sara sentira no instante em que lhe disseram que o homem que orquestrou a morte de Jeffrey estava morto.

— Todo policial que ouve a história só se importa com isso. Se pegaram o cara — disse Sara.

— Olho por olho. — Will apontou para a pizza. — Você se importa se...

Ele já havia acabado com metade da pizza.

— Fique à vontade.

— Foi um dia longo.

Sara riu, sabendo que era verdade. Ele riu também.

Ela apontou para a mão de Will.

— Você quer que eu cuide disso?

Ele olhou para as feridas como se acabasse de perceber que algo estava errado.

— O que você pode fazer?

— Você já esperou tempo demais para dar pontos. — Ela se levantou para pegar o kit de primeiros socorros na cozinha. — Posso limpar as feridas. Você precisa tomar algum antibiótico para não infeccionar.

— E raiva?

— Raiva? — Sara prendeu os cabelos com um elástico que encontrou na gaveta da cozinha, então pendurou os óculos de leitura na gola da camisa. — A boca humana é bem suja, mas é muito raro...

— De ratos, quero dizer. Havia alguns ratos na caverna onde Anna e Jackie foram mantidas. — Will coçou o braço direito outra vez, e ela entendeu por que ele vinha fazendo aquilo. — Dá para pegar raiva de ratos, certo?

Sara ficou paralisada, então ergueu a mão para pegar uma tigela de inox no armário.

— Eles morderam você?

— Não, subiram pelos meus braços.

— *Ratos* subiram pelos seus braços.

— Foram só dois. Talvez três.

— Dois ou três *ratos* subiram pelos seus braços?

— É muito tranquilizadora a forma como você fica repetindo tudo que eu digo, só que mais alto.

Ela riu do comentário, mas continuou com as perguntas.

— Eles agiam de forma errática? Tentaram atacar você?

— Não exatamente. Eles só queriam sair. Acho que estavam com tanto medo de mim quanto eu estava deles. — Will deu de ombros. — Bem, um deles ficou lá embaixo. O bicho me encarou, você sabe, tipo ficou de olho no que eu estava fazendo. Mas não se aproximou.

Sara colocou os óculos de leitura e se sentou ao lado de Will.

— Dobre as mangas.

Ele tirou o colete e dobrou a manga esquerda da camisa, apesar de ter coçado o braço direito. Sara não discutiu. Ela olhou para os arranhões no antebraço. Não eram fundos o bastante para sangrar. Ele provavelmente tinha uma lembrança bem pior do que o que de fato acontecera.

— Acho que você vai ficar bem.

— Tem certeza? Talvez seja por isso que fiquei meio louco hoje.

Ela sabia que aquilo não era apenas uma brincadeira.

— Diga a Faith que me ligue se você começar a espumar pela boca.

— Não se surpreenda se tiver notícias minhas amanhã.

Sara ajeitou a tigela de inox no colo, então colocou a mão esquerda dele na tigela.

— Isso pode doer — alertou, despejando água oxigenada nas feridas abertas. Will ficou impassível, e ela viu a falta de reação como uma oportunidade para fazer um trabalho mais meticuloso.

Ela tentou desviar a atenção de Will do que estava fazendo, e sua curiosidade havia sido despertada.

— E quanto ao seu pai?

— Houve circunstâncias atenuantes — foi tudo que ele disse. — Não se preocupe. Os orfanatos não são tão ruins quanto Dickens pode fazer parecer. — Will mudou de assunto. — Você tem uma família grande?

— Só eu e minha irmã mais nova.

— Pete disse que seu pai é encanador.

— Ele é. A minha irmã trabalhou por algum tempo na empresa dele, mas agora é missionária.

— Isso é legal. Vocês duas cuidam das pessoas.

Sara tentou pensar em outra pergunta, algo que o fizesse se abrir, mas nada veio à sua mente. Ela não tinha ideia de como conversar com alguém que não tinha família. Que histórias de tirania entre irmãos ou raiva dos pais ele poderia compartilhar?

Will parecia igualmente sem saber o que dizer, ou talvez apenas escolhesse ficar em silêncio. De qualquer forma, só voltou a falar quando Sara fazia o seu melhor para cobrir as feridas com diversos Band-Aids atravessados sobre os nós dos dedos.

— Você é uma boa médica — elogiou ele.

— Você deveria me ver com farpas.

Will olhou para a mão, flexionou os dedos.

— Você é canhoto.

— Isso é ruim? — perguntou ele.

— Espero que não. — Sara levantou a mão esquerda, que vinha usando para limpar as feridas. — A minha mãe diz que isso significa que você é mais esperto que todo mundo. — Ela começou a arrumar as coisas. — Por falar na minha mãe, conversei com ela sobre o apóstolo que substituiu Judas. O nome dele era Matias. — Sara riu, divertida. — Tenho quase certeza de que, se encontrar alguém com esse nome, você provavelmente terá encontrado o assassino.

Will também riu.

— Vou emitir um alerta.

— Visto pela última vez vestindo túnica e sandálias.

Ele balançou a cabeça, ainda sorrindo.

— Não ria. É a melhor pista que eu tive o dia todo.

— Anna não falou nada?

— Não falo com Faith desde... — Will agitou a mão ferida. — Ela teria ligado se tivesse alguma novidade.

— Ela não é o que eu pensei — disse Sara. — Anna. Eu sei que é algo estranho de se dizer, mas ela é muito indiferente. Insensível.

— Ela passou por muita coisa.

— Entendo o que você quer dizer, porém é mais do que isso. Ou talvez seja o meu ego. Os médicos não estão acostumados a ser tratados como empregados.

— O que ela disse a você?

— Quando levei o bebê até ela, Balthazar... não sei, foi estranho. Eu não esperava uma medalha nem nada, mas achei que Anna fosse ao menos me agradecer. Ela apenas disse que eu podia sair do quarto.

Will desdobrou a manga da camisa.

— Nenhuma dessas mulheres é muito simpática.

— Faith disse que pode haver uma conexão com a anorexia.

— Sim. Não sei muito a respeito. Os anoréxicos geralmente são pessoas horríveis?

— Não, é claro que não. Todo mundo é diferente. Faith me fez a mesma pergunta hoje à tarde. Eu disse que é necessário ter uma personalidade muito determinada para se impor fome desse jeito, mas isso não significa que sejam grosseiras. — Sara pensou no assunto.

— Seu assassino provavelmente não escolheu essas mulheres porque elas são anoréxicas. Ele as escolhe porque são pessoas horríveis.

— Se elas são pessoas horríveis, então ele deve conhecê-las. Deve ter feito contato com elas.

— Você encontrou outras relações além da anorexia?

— Todas são solteiras. Duas têm filhos. Uma odeia crianças. Outra queria um filho, ou talvez não. Banqueira, advogada, corretora de imóveis e designer de interiores.

— Que tipo de advogada?

— Corporativa.

— Ela não trabalha com transferências de imóveis?

Will fez que não.

— A banqueira também não trabalhava com financiamentos de imóveis. Era responsável pelas relações com a comunidade; organizava eventos beneficentes, garantia que o presidente do banco fosse fotografado pelos jornais ao lado de crianças com câncer, esse tipo de coisa.

— Elas não participam de um grupo de apoio?

— Há uma sala de bate-papo, mas não conseguimos acessá-la sem a senha. — Ele esfregou os olhos. — Estamos simplesmente andando em círculos.

— Você parece cansado. Talvez uma boa noite de sono ajude a esclarecer tudo.

— É, é melhor eu ir andando.

Mas ele não se moveu. Ficou ali sentado, olhando para ela.

Sara sentiu os sons desaparecerem da sala, o ar ficar denso, quase difícil de respirar. Tinha uma consciência aguda da pressão provocada na pele pela aliança de ouro no dedo e percebeu que sua coxa estava encostada na dele.

Will foi o primeiro a quebrar o encanto. Ele se virou, levou a mão ao paletó atrás do sofá.

— Preciso encontrar uma prostituta.

Sara teve certeza de que tinha ouvido errado.

— Como é?

Ele riu.

— Uma testemunha chamada Lola. Foi ela que cuidou do bebê e nos deu a informação sobre o apartamento de Anna. Passei a tarde procurando por ela. Acho que agora que já é noite, ela provavelmente saiu da toca.

Sara ficou no sofá, pensando que talvez fosse melhor manter alguma distância entre eles para que Will não tivesse a impressão errada.

— Vou embalar mais algumas fatias de pizza para você.

— Não precisa. — Will foi até o outro sofá e tirou Betty da pilha de cachorros. A cadela se aninhou em seu peito. — Obrigado pela conversa. — Ele fez uma pausa. — Sobre o que eu disse... — Outra pausa. — Talvez seja melhor esquecer aquilo, está bem?

A mente dela buscava algo para dizer que não fosse impróprio, ou pior, um convite.

— É claro. Sem problemas.

Will sorriu outra vez, então foi embora sem esperar que ela abrisse a porta.

Sara afundou no sofá, soltando o ar, perguntando-se o que diabos tinha acabado de acontecer. Ela remoeu a conversa, especulando se enviara a Wil algum sinal, um sinal involuntário. Ou talvez não houvesse nada ali. Talvez estivesse buscando coisas demais na forma como ele havia olhado para ela quando estavam sentados no sofá. Claro, não ajudava o fato de que, três minutos antes de Will chegar, ela estivesse tendo pensamentos picantes com o marido. Ainda assim, Sara voltava à conversa, tentando descobrir o que os levara àquele momento embaraçoso ou se houvera de fato algum momento embaraçoso.

Só quando se lembrou de segurar a mão dele sobre a tigela, de limpar as feridas nos nós dos dedos, ela se deu conta de que Will Trent não usava mais sua aliança.

19

Will se perguntava quantos homens no mundo estariam dirigindo à caça de prostitutas naquele exato momento. Talvez centenas de milhares, se não milhões. Ele olhou para Betty, pensando que provavelmente era o único a fazê-lo com um chihuahua no banco do carona.

Ao menos esperava que fosse.

Will olhou para suas mãos no volante, os Band-Aids que cobriam as feridas. Não se lembrava da última vez que havia se envolvido numa briga séria. Talvez nos tempos do abrigo. Havia um valentão lá que tornara sua vida insuportável. Will aguentou até não poder mais, então Tony Campano acabou com um dente da frente quebrado, como uma abóbora de Halloween.

Ele flexionou os dedos outra vez. Sara fez o possível com os Band-Aids, mas não havia como evitar que caíssem. Will tentou enumerar quantas vezes fora ao médico na infância. Havia uma cicatriz em seu corpo para cada visita, e ele usava as marcas para estimular a memória, lembrando-se do nome de cada pai adotivo simpático o bastante para quebrar um de seus ossos, queimá-lo ou rasgar sua pele.

Perdera a conta de quantos haviam passado por sua vida, ou talvez não conseguisse pensar em mais nada, já que tudo que insistia em vir à sua mente eram imagens do olhar de Sara Linton no momento em que ele a viu na porta de seu apartamento. Will sabia que seus cabelos eram compridos, mas Sara sempre os usava presos. Dessa vez, estavam soltos; cachos macios que desciam como cascata pelos ombros. Ela usava uma calça jeans e uma camisa de algodão de mangas compridas que fazia um ótimo trabalho, revelando tudo o que tinha a seu favor. Estava de meias, os sapatos largados perto da porta. Ela também cheirava bem — não a perfume, mas a limpeza, calor e beleza. Enquanto fazia o curativo em sua mão, ele precisou usar todas as forças que tinha para não se inclinar e cheirar aqueles cabelos.

Will se lembrou de um voyeur que prendera no condado de Butts alguns anos antes. O homem seguia mulheres até o estacionamento de um shopping, então oferecia dinheiro a elas para cheirar seus cabelos. Will ainda se lembrava da matéria na TV, o xerife local visivelmente nervoso em frente às câmeras. A única coisa que o policial conseguiu pensar para dizer ao repórter foi: "Ele tem um problema. Um problema com cabelos".

Will tinha um problema com Sara Linton.

Ele afagou Betty ao esperar o sinal abrir. A chihuahua fez um bom trabalho ao cair nas graças dos cães de Sara, mas Will não era tolo a ponto de acreditar que tinha alguma chance. Ninguém precisava dizer que ele não era o tipo de homem que Sara Linton escolheria. Em primeiro lugar, ela morava num palácio. Will havia reformado sua casa alguns anos antes, então sabia quanto custavam todas as coisas bonitas que não podia bancar. Só os eletrodomésticos da cozinha dela custavam por volta de cinquenta mil dólares, o dobro do que ele gastou na casa toda.

Em segundo lugar, ela era inteligente. Não alardeava isso, mas era médica. Você não vai para a faculdade de medicina se for burro, ou então Will também seria médico. Sara descobriria em dois tempos que ele não conseguia ler, de modo que era um alívio saber que não passaria mais tempo com ela.

Anna estava melhorando, teria alta em breve. O bebê estava bem. Não havia motivo para que Will voltasse a ver Sara Linton, a não ser que por acaso acontecesse de ele estar no Hospital Grady durante o plantão dela.

Ele podia torcer para levar um tiro. Pensou que Amanda fosse fazer exatamente isso quando o levou até as escadas naquela manhã.

Mas a chefe apenas disse: "Esperei um bom tempo para que os seus pentelhos crescessem". Não são exatamente as palavras que alguém poderia esperar de um superior depois de espancar um homem até quase deixá-lo inconsciente. Todo mundo inventava desculpas para ele, todos lhe davam cobertura, e Will parecia ser o único a pensar que o que fez foi errado.

Ele arrancou no sinal, seguindo para uma das regiões mais barras--pesadas da cidade. Estava ficando sem opções para encontrar Lola, uma revelação que o perturbava, e não apenas porque Amanda lhe dissera para não se incomodar em ir para o trabalho no dia seguinte, a não ser que encontrasse a prostituta. Lola tinha de saber sobre o bebê. Ela sem dúvida sabia sobre as drogas e o que havia acontecido na cobertura de Anna Lindsey. Talvez tivesse visto algo mais, algo que não estava disposta a contar porque poderia colocá-la em perigo. Ou talvez simplesmente fosse uma dessas pessoas frias e insensíveis que não dão a mínima para o fato de uma criança estar morrendo lentamente. A notícia de que Will era o tipo de policial que espanca as pessoas já devia estar nas ruas a essa altura. Talvez Lola estivesse com medo dele. Que diabos, houve um momento naquele corredor em que ele teve medo de si mesmo.

Ele se sentia anestesiado quando chegou ao apartamento de Sara, como se o coração não batesse no peito. Pensava em todos os homens que haviam batido nele quando era criança. Em toda a violência que testemunhou. Em toda dor que suportou. E ele era tão mau quanto todos eles por esmurrar o porteiro até praticamente nocauteá-lo.

Parte dele falou com Sara Linton sobre o incidente porque Will queria ver a decepção em seus olhos, saber com apenas um olhar que ela nunca o aprovaria. Em vez disso, o que teve foi... compreensão. Sara reconheceu que ele cometera um erro, mas não pressupôs que isso definia o seu caráter. Que tipo de pessoa fazia isso? Não o tipo de pessoa que Will já conhecera. Não o tipo de mulher que ele fosse capaz de entender.

Sara estava certa sobre a facilidade com que se fazia algo errado pela segunda vez. Will via isso o tempo todo no trabalho: criminosos que se safaram uma vez e decidiram que podiam muito bem lançar os dados e tentar novamente. Talvez fizesse parte da natureza humana forçar esses limites. Um terço dos motoristas pegos dirigindo alcoolizados acabava sendo preso uma segunda vez. Mais da metade dos criminosos presos já havia sido presa antes. Os estupradores tinham uma das mais altas taxas de reincidência do sistema prisional.

Will aprendera havia muito tempo que a única coisa que conseguia controlar em qualquer situação era a si mesmo. Ele não era uma vítima. Não era um prisioneiro do próprio temperamento. Podia escolher ser uma boa pessoa. Sara tinha dito isso. Ela fez parecer fácil.

E então ele forçou aquele momento estranho quando estavam juntos no sofá, olhando para Sara como se fosse um psicopata.

— Idiota. — Will passou a mão pelos olhos, desejando poder passar uma borracha na memória. Não havia sentido pensar em Sara Linton. No fim das contas, isso não levaria a nada.

Will viu um grupo de mulheres à toa na calçada adiante. Estavam vestidas com tipos variados de fantasia: colegiais, strippers, um travesti que parecia muito com a mãe de *Leave it to Beaver*. Will abaixou o vidro do carro, e elas fizeram uma negociação silenciosa, decidindo quem iria até ele. Will dirigia um Porsche 911 que reformara até o último parafuso. A restauração do carro levou quase uma década. Pareceu levar uma década para que as prostitutas decidissem quem era a bola da vez.

Por fim, uma das colegiais se aproximou, movendo os quadris. Ela se curvou na janela, então recuou rapidamente.

— Hã-hã — disse. — Sem chance. Não vou foder um cachorro.

Will estendeu uma nota de vinte dólares.

— Estou procurando por Lola.

Os lábios da mulher se contorceram, e ela pegou o dinheiro tão rápido que Will sentiu o papel queimar as pontas dos dedos.

— É, aquela puta vai foder o seu cachorro. Ela está na Dezoito. Perto da antiga agência dos correios.

— Obrigado.

A garota já rebolava de volta para o grupo.

Will subiu o vidro e deu a volta com o carro. Olhou as garotas pelo retrovisor. A colegial passou a nota de vinte para sua "supervisora", que, por sua vez, a passaria para o cafetão. Will sabia por Angie que as garotas raramente ficavam com algum dinheiro. Os cafetões providenciavam um lugar para morarem, comida, roupas. Tudo que precisavam fazer era arriscar a vida e a saúde todas as noites transando com qualquer um que aparecesse com dinheiro. Era escravidão moderna; o que era irônico, considerando que os cafetões, em sua maioria, eram negros.

Will entrou na Dezoito e reduziu a velocidade até quase parar, encostando atrás de um sedã estacionado sob um poste de luz. O motorista estava ao volante, recostado no banco. Will esperou alguns minutos, e uma cabeça se levantou do colo do sujeito. A porta se abriu e a mulher tentou sair, mas o homem estendeu a mão e a agarrou pelos cabelos.

— Merda — murmurou Will, descendo do carro. Ele trancou a porta com a chave eletrônica enquanto corria até o sedã, e então abriu a porta.

— Que porra é essa? — berrou o homem, ainda segurando a mulher pelos cabelos.

— Oi, amor — disse Lola, estendendo a mão para Will. Ele a agarrou sem pensar, e a prostituta saiu do carro, deixando a peruca na mão do sujeito, que disse um palavrão e a atirou na rua. O carro arrancou tão rápido que a porta bateu sozinha.

— Precisamos conversar — disse Will a Lola.

Ela se curvou para pegar a peruca e, numa cortesia da iluminação pública, Will viu até o útero de Lola.

— Estou tentando ganhar a vida aqui.

— Na próxima vez que você precisar de ajuda... — tentou Will.

— Angie me ajudou, não você. — Ela ajeitou a blusa. — Você viu o jornal? A polícia encontrou tanto pó naquela cobertura que dava pra deixar todo o mundo louco. Sou uma heroína, porra.

— Balthazar vai ficar bem. O bebê.

— Balta o quê? — Ela contraiu o rosto. — Cristo, aquele menino não tinha quase nenhuma chance.

— Você cuidou dele. Ele significa algo para você.

— É, bem... — Lola colocou a peruca na cabeça e tentou ajeitá-la. — Tenho dois filhos, sabe? Tive os dois quando estava em cana. Consegui ficar algum tempo com eles antes que o governo os levasse.

— Os braços dela eram raquíticos, e Will mais uma vez se lembrou dos vídeos *thinspo* que vira no computador de Pauline. Aquelas mulheres passavam fome porque queriam ser magras. Lola passava fome porque não tinha dinheiro para comprar comida.

— Aqui — disse Will, ajeitando a peruca para ela.

— Obrigada. — Lola passou a caminhar de volta ao seu grupo. Havia a mistura habitual de colegiais e putas, mas, em sua maioria, eram mulheres mais velhas. As ruas costumavam ficar piores com o crescer dos números. Em breve, Lola e sua turma estariam na Vinte e Um, uma rua desolada à qual a delegacia local rotineiramente mandava ambulâncias para recolher as mulheres que morriam durante a noite.

— Eu poderia prender você por obstrução de justiça — arriscou Will.

Ela continuou andando.

— Pode ser bom ficar no xadrez. Está ficando frio por aqui à noite.

— Angie sabia sobre o bebê?

Ela parou.

— Só me diga isso, Lola.

Lentamente, ela se virou. Seus olhos buscaram os de Will, não para dar a resposta certa, mas para dar a resposta que ele queria ouvir.

— Não.

— Você está mentindo.

O rosto dela continuou impassível.

— Ele tá mesmo bem? O bebê, quero dizer.

— Ele está com a mãe agora. Acho que vai ficar bem.

Lola remexeu na bolsa até encontrar um maço de cigarros e fósforos. Will esperou que ela acendesse um e desse uma tragada.

— Eu estava numa festa. Um cara que eu conheço, ele disse que tinha um lance num prédio de bacana. O porteiro é firmeza. Deixa todo mundo entrar e sair. Geralmente, é coisa de alta classe. Você sabe, gente que precisa de um lugar por algumas horas, sem perguntas.

Eles vão e curtem a noite, e a faxineira vai lá no dia seguinte. Os ricaços donos dos apartamentos voltam de Palm Beach ou onde quer que seja e não ficam sabendo de nada. — Lola tirou um pedaço de fumo da língua. — Mas alguma coisa aconteceu dessa vez. Simkov, o porteiro, irritou alguém do prédio. Deram a ele um aviso prévio de duas semanas. Então, ele passou a deixar entrar a ralé.

— Como você?

Lola ergueu o queixo.

— Quanto ele cobrava?

— Tem que conversar com os rapazes sobre isso. Eu só fui lá e trepei.

— Que rapazes?

Ela soltou uma longa baforada.

Will deixou passar, sabia que não devia pressionar demais.

— Você conhecia a dona do apartamento?

— Não sei quem é, nunca vi, nunca ouvi falar.

— Então você chegou, Simkov a deixou subir, e o que aconteceu depois?

— No começo, foi tudo bem. A gente costumava ficar num dos apartamentos mais baixos. Mas ali era a cobertura. Muitos dos melhores clientes. Só bagulho de primeira. Pó, um pouco de heroína. O crack apareceu dois dias depois. Então a meta. Aí foi ladeira abaixo.

Will se lembrou do estado deplorável do apartamento.

— E bem rápido.

— É, enfim. Viciados não são famosos pela educação. — Ela riu com a lembrança. — Aconteceram algumas brigas. Umas putas se meteram. Aí os travecos chutaram o pau da barraca e... — Lola deu de ombros, como que dizendo o *que é que você esperava?*

— E quanto ao bebê?

— O menino estava no quarto dele quando fui lá pela primeira vez. Você tem filhos?

Will fez que não.

— Escolha inteligente. Angie não é exatamente do tipo maternal.

Will não se deu ao trabalho de concordar, já que ambos sabiam que aquela era a mais pura verdade.

— O que você fez quando encontrou o bebê? — perguntou ele.

— O apartamento não era um bom lugar para ele. Eu sentia o que estava por vir. O tipo errado de gente estava dando as caras. Simkov deixava qualquer um entrar. Levei o menino para o corredor.

— Para o lixo.

Ela sorriu.

— Ninguém estava preocupado em jogar o lixo fora naquela festa.

— Você o alimentou?

— Sim. Dei o que encontrei nos armários da cozinha, troquei as fraldas. Fiz isso com os meus filhos, sabe? Como eu disse, deixam você ficar com os bebês por um tempo antes de levarem eles embora. Aprendi a dar comida e tudo mais. Eu cuidei bem dele.

— Por que o abandonou? — perguntou Will. — Você foi presa na rua.

— Meu cafetão não sabia... eu estava ali por minha conta, só pra me divertir. Ele me encontrou e me mandou voltar pro trabalho, então eu voltei.

— Como você voltou para tomar conta do bebê?

Ela balançou a mão para cima e para baixo.

— Batia umas pra Simkov. Ele é legal.

— Por que você não disse que havia um bebê nessa história na primeira vez que me ligou?

— Eu achei que poderia cuidar dele quando saísse — admitiu Lola. — Eu estava fazendo um bom trabalho, não estava? Quer dizer, estava cuidando bem dele, dava comida, trocava as fraldinhas. Ele é um menininho doce. Você o viu, não viu? Você sabe que ele é um doce.

Aquele menininho doce estava desidratado e à beira da morte quando Will o encontrou.

— Como você conheceu Simkov?

Ela deu de ombros.

— Otik é um cliente antigo, entende? — Ela gesticulou para a rua. — A gente se conheceu aqui, na Millionaire's Row.

— Eu não diria que ele é exatamente um cavalheiro.

— Ele me fez um favor ao me deixar subir. Faturei uma boa grana. Mantive o menino a salvo. O que mais você quer de mim?

— Angie sabia sobre o bebê?

Ela tossiu, um som que vinha do fundo do peito. Quando cuspiu na calçada, Will sentiu um embrulho no estômago.

— Você vai precisar perguntar a ela.

Lola girou a bolsa sobre o ombro e seguiu de volta para o seu grupo.

Will pegou o celular ao voltar para o carro. Aquela coisa estava nas últimas, mas ele ainda conseguiu fazer a ligação.

— Alô — disse Faith.

Will não queria falar sobre o que tinha acontecido naquela tarde, então não deu nenhuma abertura à parceira.

— Falei com a Lola. — Ele contou o que a prostituta havia lhe dito. — Simkov a chamou para ajudá-la a faturar uma grana extra. Tenho certeza de que tirou o dele.

— Talvez a gente possa usar isso — respondeu Faith. — Amanda quer que eu fale com Simkov amanhã. Vamos ver se a história dele bate.

— O que você conseguiu sobre ele?

— Não muito. Ele mora no prédio, no térreo. O expediente dele na portaria vai das oito às seis, mas houve alguns problemas quanto a isso recentemente.

— Deve ter sido por isso que deram ao sujeito um aviso prévio de duas semanas.

— Ele não tem ficha criminal. O saldo da conta bancária não é dos piores, considerando que não precisa pagar aluguel. — Faith fez uma pausa, e Will a ouviu virar as páginas da caderneta. — Encontramos um pouco de pornografia no apartamento, mas nada escabroso ou com menores. O telefone está limpo.

— Aparentemente, ele deixava qualquer um entrar no prédio pela quantia certa. Anna Lindsey disse algo de útil?

Faith contou sobre a conversa infrutífera com a mulher.

— Não sei por que ela não quer falar. Talvez esteja com medo.

— Talvez ela acredite que, se não pensar nisso, se não falar a respeito, nada tenha acontecido.

— Acho que isso funciona se você tiver a maturidade emocional de uma criança de seis anos.

Will tentou não levar o comentário para o lado pessoal.

— Nós analisamos os registros da portaria — disse Faith. — Um técnico de TV a cabo e alguns entregadores estiveram no prédio. Falei com todos eles e com o sujeito que cuida da manutenção. Não surgiu nada de estranho. Fichas limpas, álibis sólidos.

Will entrou no carro.

— E quanto aos vizinhos?

— Ninguém parece saber de nada, e essas pessoas são ricas demais para falar com a polícia.

Will conhecia o tipo. Eles não queriam se envolver e não queriam o nome nos jornais.

— Algum deles conhecia Anna?

— O mesmo das outras. Quem a conhecia não gostava dela.

— E quanto à perícia?

— Devemos receber o laudo amanhã de manhã.

— E os computadores?

— Nada, e ainda não temos o mandado para o banco, de modo que não temos acesso ao celular, um BlackBerry, ou ao computador que Anna usa no trabalho.

— O nosso criminoso é mais esperto que nós.

— Eu sei — admitiu ela. — Tudo está começando a parecer um beco sem saída.

Fez-se silêncio. Will buscou algo para preenchê-lo, mas Faith foi mais rápida.

— Enfim, Amanda e eu vamos interrogar o porteiro às oito da manhã, depois eu tenho um compromisso que não posso faltar. É em Snellville.

Will não conseguia imaginar o que alguém faria em Snellville.

— Acho que vai demorar uma hora, por aí. Se tivermos sorte, já saberemos o paradeiro de Jake Berman a essa altura. Também precisamos falar com Rick Sigler. Estamos nos esquecendo dele.

— Ele é branco, tem quarenta e poucos anos.

— Amanda disse a mesma coisa. Ela mandou alguém ir falar com Sigler hoje. Ele estava em casa com a esposa.

Will soltou um resmungo.

— Ele negou que esteve no local do acidente?

— Tentou, ao que parece. Nem ao menos admitiu que estava com Jake Berman, o que faz com que pareça cada vez mais um encontro puramente sexual. — Faith suspirou. — Amanda colocou gente na cola de Sigler, mas as informações dele batem. Ele não tem outras identidades, múltiplos endereços, nasceu e foi criado na Geórgia. Estudou do jardim ao ensino médio em Conyers. Não há indícios de que tenha estado em Michigan, muito menos que tenha morado por lá.

— Só estamos atolados nessa coisa do irmão porque Pauline McGhee disse ao filho para ter cuidado com o tio.

— Verdade, mas o que mais temos para investigar? Se a gente der de cara com outro beco sem saída, vamos começar a ter concussões.

Will esperou alguns segundos.

— Que tipo de compromisso?

— É uma coisa pessoal.

— Tudo bem.

Nenhum dos dois parecia ter o que dizer depois daquilo. Por que era tão fácil para Will se abrir com Sara Linton, enquanto mal conseguia ter uma conversa normal com qualquer outra mulher em sua vida, especialmente com sua parceira?

— Falo da minha coisa se você falar da sua — sugeriu Faith.

Ele riu.

— Acho que vamos precisar começar do início. Com o caso, eu quero dizer.

Ela concordou.

— A melhor forma de ver se deixamos algo passar é refazer nossos passos.

— Quando você voltar do seu compromisso, vamos fazer uma visita aos Coldfield, falar com Rick Sigler no trabalho, para ele não surtar na frente da esposa, e então repassaremos todas as testemunhas. Qualquer pessoa que esteja pelo menos remotamente ligada a esse caso. Colegas, pessoas que fizeram serviços de manutenção nas casas, técnicos, qualquer pessoa com quem elas tiveram contato.

— Mal não vai fazer — concordou Faith. Houve outro silêncio, mais uma vez preenchido por ela. — Você está bem?

Will havia estacionado em frente à sua casa. Ele puxou o freio de mão, desejando que um raio caísse do céu e o acertasse na cabeça.

O carro de Angie estava parado em frente à porta da garagem.

— Will?

— Sim — ele conseguiu dizer. — Nos vemos amanhã.

Ele encerrou a ligação e colocou o telefone no bolso. As luzes da sala estavam acesas, mas Angie não se dera ao trabalho de acender a luz da varanda. Will tinha dinheiro no bolso, cartões de crédito. Poderia passar a noite num hotel. Deveria haver um lugar que permitisse cães, ou talvez entrasse com Betty escondida debaixo do paletó.

Betty se sentou no banco e esticou a cabeça. A luz da varanda foi acesa.

Will praguejou entre os dentes ao pegar a cadela. Ele desceu do carro e trancou a porta, então seguiu pelo caminho que levava à garagem. Abriu o portão, soltou Betty na grama e ficou parado do lado de fora da casa por alguns minutos, ruminando. Decidiu que estava sendo um idiota e entrou.

Angie estava no sofá, sentada sobre as pernas. Seus longos cabelos castanhos estavam soltos, como Will gostava, e ela usava um vestido preto justo que realçava cada uma de suas curvas. Sara era bonita, mas Angie era sexy. Sua maquiagem era forte, os lábios de um vermelho vivo. Will se perguntou se ela fizera algum esforço para estar ali. Provavelmente. Angie sempre sentia quando ele estava recuando. Era como um tubarão que fareja sangue na água.

Ela o cumprimentou com as mesmas palavras usadas pela prostituta.

— Oi, amor.

— Oi.

Angie se levantou e espreguiçou como uma gata ao caminhar até ele.

— O dia foi bom? — perguntou, colocando os braços ao redor do pescoço de Will, que virou o rosto. Ela o puxou para si, beijou-o nos lábios.

— Não faça isso — disse ele.

Ela o beijou de novo, já que nunca gostou que lhe dissessem o que fazer.

Will se manteve o mais indiferente possível, e ela finalmente abaixou os braços.

— O que aconteceu com a sua mão?

— Bati em alguém.

Angie riu, como se fosse uma piada.

— Sério?

— É. — Ele apoiou a mão no encosto do sofá. Um dos Band-Aids estava soltando.

— Você bateu em alguém. — Ela falava sério agora. — Alguma testemunha?

— Ninguém que vá falar.

— Bom para você, querido. — Angie estava perto de Will, bem atrás dele. — Aposto que Faith ficou com a calcinha molhada. — Ela correu a mão pelo braço dele, parou no pulso. — Onde está a sua aliança?

— No meu bolso. — Will a tirara antes de subir para o apartamento de Sara. Naquele instante, ele se convencera de que seus dedos estavam inchando e de que a aliança estava ficando apertada.

A mão de Angie entrou no bolso da calça. Will fechou os olhos, sentindo o peso do dia. Não apenas do dia, mas dos últimos oito meses. Angie foi a única mulher que teve na vida, e seu corpo estava solitário. Ansiava tanto por sentir o dela que quase doía.

Os dedos de Angie o tocaram por sobre o tecido fino do bolso. A reação foi imediata e, quando ela murmurou em seu ouvido, Will precisou agarrar o sofá para conseguir ficar de pé.

Ela mordiscou a orelha dele.

— Sentiu a minha falta?

Will engoliu em seco, incapaz de falar quando ela pressionou os seios, o corpo, em suas costas. Ele inclinou a cabeça para trás, e Angie beijou sua nuca, mas não era nela que pensava quando os dedos dela o envolveram. Era em Sara, nos dedos longos e finos da médica cuidando de sua mão no sofá. No cheiro dos seus cabelos, já que se permitiu se curvar por apenas um momento e inalar o mais silenciosamente que conseguiu. Ela cheirava a bondade, compaixão e carinho. Cheirava a tudo que ele sempre quis — tudo que jamais poderia ter.

— Ei. — Angie havia parado. — Para onde você foi?

Com esforço, Will conseguiu fechar o zíper da calça. Ele afastou Angie e foi para o outro lado da sala.

— É aquele período do mês de novo? — perguntou ela.

— Você sabia do bebê?

Ela levou a mão à cintura.

— Que bebê?

— Não me importa qual é a resposta, mas eu quero a verdade. Preciso saber a verdade.

— Você vai bater em mim se eu não disser?

— Eu vou te odiar — respondeu ele, e ambos sabiam que o que ele dizia era a verdade. — Aquele bebê podia ser eu ou você. Que diabos, aquele bebê *era* eu!

— A mamãe o largou na lata de lixo? — O tom era ácido, defensivo.

— Era isso ou vendê-lo em troca de metanfetaminas.

Ela comprimiu os lábios, mas não desviou o olhar.

— *Touché* — disse por fim, já que Diedre Polaski tinha feito exatamente isso com a filha.

Will repetiu a pergunta, a única pergunta que ainda tinha importância.

— Você sabia que havia um bebê naquela cobertura?

— Lola estava cuidando dele.

— O quê?

— Ela não é má. Estava cuidando para que ele ficasse bem. Se não tivesse sido presa...

— Espere um minuto. — Ele ergueu as mãos para que ela se calasse. — Você acha que aquela puta estava cuidando do bebê?

— Ele está bem, não está? Fiz algumas ligações para o Grady. Mãe e filho estão juntos outra vez.

— Você fez algumas ligações? — Will não conseguia acreditar no que estava ouvindo. — Meu Deus, Angie. É um bebê. Estaria morto se tivéssemos esperado apenas um pouco mais.

— Mas vocês não esperaram, e ele não está morto.

— Angie...

— As pessoas sempre cuidam de bebês, Will. Quem cuida de gente como Lola?

— Você está preocupada com uma puta viciada em crack quando há um bebê num monte de lixo literalmente morrendo de fome? — Ele não a deixou responder. — Chega. Para mim, chega.

— O que diabos isso quer dizer?

— Quer dizer que, para mim, está acabado. Significa que o barbante do seu ioiô arrebentou.

— Vá se foder.

— Chega de idas e vindas. Chega de você dormir por aí, de ir embora no meio da noite e então voltar um mês ou um ano depois achando que pode lamber as minhas feridas e que vai ficar tudo bem.

— Você faz com que isso soe tão romântico...

Ele abriu a porta da rua.

— Quero você fora da minha casa e fora da minha vida. — Angie não se mexeu, então Will foi até onde ela estava e passou a empurrá-la para a porta.

— O que você está fazendo? — Ela tentou se desprender dos braços dele, e como Will não a soltava, ela lhe deu uma bofetada. — Tire as mãos de mim, porra.

Ele a levantou e a carregou no ombro, e Angie usou o pé para fechar a porta.

— Saia — disse ele, tentando alcançar a maçaneta enquanto a segurava.

Angie foi policial de rua antes de ser detetive e sabia como derrubá-lo. Chutou a parte de trás do joelho de Will, derrubando-o. Ele não a soltou, puxou-a junto ao chão, e logo os dois lutavam como dois cães raivosos.

— Pare — gritou ela, chutando, socando, usando todas as partes do corpo para provocar dor.

Will rolou Angie de bruços e pressionou-a contra o piso de madeira. Segurou as mãos dela com força para que não lutasse. Sem ao menos pensar, puxou a calcinha com a outra mão, rasgando o tecido. Angie enterrou as unhas nas costas de sua mão quando Will deslizou os dedos para dentro dela.

— Cretino — disse ela entre os dentes, mas estava tão molhada que Will mal conseguia sentir os dedos entrando e saindo. Ele encontrou o ponto certo, e Angie praguejou outra vez, pressionando o rosto contra o chão. Nunca gozava com ele. Era parte do seu jogo de poder. Sempre espremia a alma de Will até a última gota, mas nunca o deixou fazer o mesmo com ela.

— Pare — exigiu ela, mas se mexia no ritmo da mão de Will, retesando o corpo a cada investida. Ele abriu o zíper e entrou nela. Angie tentou evitar, mas ele empurrou com mais força, obrigando-a a se abrir. Ela suspirou e cedeu, deixando que entrasse mais, e então ainda mais. Will a puxou para que ficasse de quatro e passou a estocar o mais rápido que conseguia enquanto usava os dedos para levá-la ao limite. Ela começou a gemer, um som profundo, gutural, que ele nunca ouvira antes. Will estocava, sem se importar se deixava marcas pelo corpo dela, sem se importar se a machucava. Quando Angie finalmente gozou, apertou-o com tanta força que quase doeu estar dentro dela. Seu próprio clímax foi tão intenso que Will acabou desabando em cima dela, arfando, sentindo o corpo inteiro doer.

Ele rolou de costas. Os cabelos de Angie estavam colados em seu rosto. A maquiagem estava borrada. Respirava com tanta dificuldade quanto ele.

— Céus — balbuciou. — Céus. — Ela tentou tocar o rosto de Will, mas ele afastou sua mão com um tapa.

Eles ficaram ali deitados, os dois ofegando no chão, pelo que pareceram horas. Will tentou sentir remorso, ou raiva, mas tudo que sentia era exaustão. Estava farto daquilo, farto da forma como Angie o forçava a extremos. Ele pensou mais uma vez no que Sara havia dito. *Aprenda com os próprios erros.*

Angie Polaski parecia ser o maior erro que Will cometera em sua vida miserável.

— Cristo. — Ela ainda respirava com dificuldade. Rolou de lado, deslizou a mão por baixo da camisa de Will. As mãos dela estavam quentes, suadas contra a pele.

— Quem quer que ela seja — disse Angie —, diga que eu mandei agradecer.

Will fitava o teto, sem querer olhar para ela.

— Trepo com você há vinte e três anos, querido, e você nunca me fodeu assim. — Os dedos de Angie encontraram a depressão embaixo da costela dele, o lugar onde a pele havia ficado enrugada por uma queimadura de cigarro. — Qual é o nome dela?

Will ainda não havia respondido.

— Diga o nome dela — sussurrou Angie.

A garganta de Will doeu quando ele tentou engolir.

— Ninguém.

Angie deu uma risada profunda, irônica.

— Enfermeira ou policial? — Ela riu de novo. — Puta?

Will não disse nada. Tentou bloquear Sara da mente, não a queria em seus pensamentos naquele momento, pois sabia o que estava por vir. Havia marcado um ponto, então Angie precisava marcar dez.

Encolheu-se quando ela encontrou um ponto sensível na cicatriz.

— Ela é normal? — perguntou.

Normal. Usavam aquele termo no orfanato para descrever pessoas que não eram como eles — pessoas com família, com uma vida, pessoas cujos pais não as espancavam ou prostituíam ou tratavam como lixo.

Angie continuava a rodear a cicatriz com a ponta do dedo.

— Ela sabe do seu problema?

Will tentou engolir outra vez. A garganta arranhava. Sentia-se nauseado.

— Sabe que você é burro?

Ele se sentiu aprisionado sob o dedo dela, pela forma como pressionava a cicatriz circular onde o cigarro aceso derretera sua pele.

Quando ele achava que não conseguiria mais suportar, ela parou, colocou a boca perto do seu ouvido, deslizou os dedos por baixo da manga da camisa. Ela encontrou a longa cicatriz que corria pelo braço dele, onde a lâmina de barbear havia aberto a carne.

— Eu me lembro do sangue — disse. — De como a sua mão tremia, de como a lâmina de barbear abriu a pele. Você lembra?

Ele fechou os olhos, deixando as lágrimas escorrerem. É claro que lembrava. Se pensasse bem, ainda conseguia sentir a ponta do metal afiado raspando o osso, pois ele sabia que devia enterrá-la fundo — fundo o bastante para abrir a veia, fundo o bastante para garantir que fosse feito do jeito certo.

— Lembra como eu abracei você? — perguntou, e Will conseguia sentir os braços de Angie, apesar de ela não o estar abraçando agora. A forma como o envolveu, como um cobertor. — Era tanto sangue.

O sangue escorrera pelos braços dela, pelas pernas, para os pés. Ela o abraçara com tanta força que Will não conseguira respirar, e por isso ele a amava tanto. Ela entendia por que ele fazia aquilo, por que precisava parar a loucura à sua volta. Todas as cicatrizes no seu corpo, cada queimadura, cada fratura. Angie as conhecia tão bem quanto a si mesma. Angie guardava todos os segredos de Will em algum lugar dentro de si. Ela os guardava com a própria vida.

Ela *era* a sua vida.

Will engoliu, a boca ainda seca.

— Por quanto tempo?

Angie pousou a mão na barriga dele. Sabia que o tinha de volta, sabia que era apenas uma questão de estalar os dedos.

— Por quanto tempo o que, querido?

— Por quanto tempo você quer que eu te ame?

Ela não respondeu de imediato, e Will estava prestes a repetir a pergunta quando ela finalmente falou.

— Isso não é a letra de uma música country?

Ele se virou para encará-la, buscando em seus olhos algum sinal de bondade que nunca vira.

— Apenas me diga por quanto tempo, para que eu conte os dias, para que eu saiba quando isso finalmente vai acabar.

Angie passou a mão no rosto dele.

— Cinco anos? Dez anos? — A garganta de Will estava se fechando, como se alguém tivesse lhe dado vidro para comer. — Apenas me diga, Angie. Quanto tempo será necessário até que eu possa deixar de te amar?

Ela aproximou o rosto do dele, a boca junto à sua orelha outra vez.

— Nunca.

Angie se levantou num movimento ágil, ajeitou a saia, pegou os sapatos e a calcinha. Ele continuou ali deitado quando ela abriu a porta e saiu sem se dar ao trabalho de olhar para trás. Will não a culpava. Angie nunca olhava para trás. Ela sabia o que havia atrás de si, assim como sempre sabia o que tinha à sua frente.

Will não se levantou quando ouviu os sapatos dela nos degraus da varanda ou o carro dar partida em frente à garagem. Não se levantou quando ouviu Betty arranhar a porta de cachorro, que ele se esquecera de abrir. Não se mexeu para nada. Ficou deitado no chão a noite toda, até que a luz do sol que entrava pelas janelas avisou que era hora de voltar ao trabalho.

DIA 4

20

Pauline estava com fome, mas conseguia suportá-la bem. Entendia as dores no estômago e no intestino, a forma como os espasmos reverberavam em suas entranhas ao se agarrarem a qualquer tipo de nutriente. Conhecia bem a sensação e podia lidar com ela. Mas a sede era diferente. Não havia como contornar a sede. Nunca passara tanto tempo assim sem água. Estava desesperada, disposta a fazer qualquer coisa. Chegou até mesmo a urinar no chão e tentar beber, mas isso só deixou a sede ainda mais desesperadora, de modo que ela acabou de joelhos, uivando como uma loba.

Chega. Não poderia continuar naquele lugar sombrio. Não poderia deixar que ele a abalasse outra vez, que a envolvesse de modo que tudo o que queria fazer era se encolher e ansiar por Felix.

Felix. Ele era a única razão para sair dali, para lutar. Não podia deixar que os filhos da puta lhe tirassem seu bebê.

Ela se deitou de lado, os braços presos à cintura, as pernas estica-das, e ergueu o tronco, forçando o pescoço para conseguir se manter naquela posição. Pauline ficou assim, com os músculos contraídos, suando, a venda áspera contra a pele. As correntes que envolviam seus pulsos se agitaram com o esforço, e antes que conseguisse se impedir, jogou a cabeça para trás, batendo-a contra a parede.

A dor se espalhou por seu pescoço. Ela viu estrelas — literalmente. Caiu de costas, arfando, tentando não hiperventilar, determinada a não desmaiar.

— O que você está fazendo? — perguntou a outra mulher.

Aquela vaca tinha ficado deitada de costas como um cadáver pelas últimas doze horas, alheia, indiferente, e agora fazia perguntas?

— Cale a boca — vociferou Pauline. Não tinha tempo para aquilo. Ela rolou de lado outra vez, alinhou o corpo à parede, aproximou-se mais alguns centímetros. Prendeu a respiração, apertou os olhos e novamente bateu a cabeça na parede.

— Porra! — gritou, a cabeça explodindo de dor. Ela rolou de costas outra vez. Havia sangue em sua testa, que escorria por baixo da venda, entrava nos olhos. Não tinha como passar a mão pelos olhos para tirar o sangue, não tinha como limpá-lo. Sentia como se uma aranha estivesse andando sobre as pálpebras, entranhando-se nos globos oculares.

— Não — disse Pauline ao perceber que começava a ter uma alucinação, com aranhas rastejando por seu rosto, cavando a pele, deixando ovos em seus olhos. — Não!

Ela se sentou num movimento brusco, a cabeça girando pelo movimento súbito. Ofegava outra vez, e apoiou a cabeça nos joelhos, o peito tocando as coxas. Ela tinha que se controlar. Não podia se deixar levar pela sede. Não podia deixar a demência se assentar mais uma vez no cérebro, de modo que perdesse a noção de onde estava.

— O que você está fazendo? — sussurrou a estranha, aterrorizada.

— Me deixe em paz.

— Ele vai ouvir você. Vai descer aqui.

— Ele não vai descer — retorquiu Pauline. Então, para provar o que dizia, gritou. — Desça aqui, seu filho da puta! — Sua garganta estava tão seca que ela começou a tossir, mas, ainda assim, voltou a gritar. — Eu estou tentando escapar! Venha me impedir, seu broxa filho da puta!

Elas aguardaram. Pauline contou os segundos. Não houve passos na escada. Nenhuma luz foi acesa. Nenhuma porta foi aberta.

— Como você sabe? — perguntou a estranha. — Como você sabe o que ele está fazendo?

— Ele está esperando que uma de nós quebre — disse Pauline. — E não serei eu.

A mulher fez outra pergunta, mas Pauline a ignorou, voltando a se alinhar à parede. Ela buscou forças para bater a cabeça contra a parede mais uma vez, mas não conseguiu. Não podia continuar com aquilo. Não agora. Mais tarde. Descansaria alguns minutos e continuaria mais tarde.

Ela rolou de costas, com lágrimas escorrendo pelo rosto. Não abriu a boca, não queria que a mulher soubesse que chorava. A estranha já a ouvira chorar, ouvira Pauline chapinhando na própria urina. O espetáculo havia acabado. Não seriam vendidos mais ingressos.

— Qual é o seu nome? — perguntou a estranha.

— Não é da sua conta — respondeu Pauline. Ela não queria fazer amigos. Queria sair dali de qualquer jeito e, se isso implicasse pisar no cadáver da estranha rumo à liberdade, Pauline o faria. — Apenas cale a boca.

— Diga o que você está fazendo e talvez eu possa ajudar.

— Você não pode me ajudar. Entendeu? — Pauline se virou para ficar de frente para a estranha, apesar de estarem em absoluta escuridão. — Escute. Apenas uma pessoa vai sair daqui viva, e não será você. Está me entendendo? A corda sempre arrebenta para o lado mais fraco, e não serei eu quem vai cair quando isso acabar. Tudo bem?

A estranha ficou em silêncio. Pauline continuou olhando para a escuridão acima, tentando se preparar outra vez para a parede.

A voz da mulher foi quase um sussurro.

— Você é a Magra de Atlanta, não é?

A garganta de Pauline se fechou como se um laço houvesse apertado seu pescoço.

— O quê?

— "A corda sempre arrebenta para o lado mais fraco, e não serei eu quem vai cair" — repetiu ela. — Você diz isso bastante.

Pauline mordeu o lábio.

— Eu sou Mia-Três.

Mia, gíria para bulimia. Pauline reconheceu o *nick*, mas insistiu:

— Não sei do que você está falando.

— Você mostrou aquele e-mail no trabalho? — perguntou Mia.

Pauline abriu a boca, apenas tentou respirar um pouco. Tentou pensar nas outras coisas que tinha dito no grupo pró-anorexia na internet, nos pensamentos desesperados que disparavam por sua mente e de alguma forma acabaram sendo digitados no teclado. Era quase como uma purgação, mas, em vez de limpar o estômago, esvaziava o cérebro. Contar seus pensamentos terríveis a outras pessoas, sabendo que elas também os tinham, de alguma forma tornava a vida mais fácil.

Agora a estranha não era mais uma estranha.

— Você mostrou o e-mail? — repetiu Mia.

Pauline engoliu, apesar de ter apenas poeira na garganta. Ela não acreditava que estava amarrada como um maldito cachorro e que aquela mulher ainda queria falar de trabalho. Trabalho não importava mais. Nada importava mais. O e-mail era de outra vida, uma vida em que Pauline tinha um emprego que queria manter, uma hipoteca, prestações do carro. Elas estavam ali embaixo esperando para serem estupradas, torturadas, assassinadas, e aquela mulher estava preocupada com a porra de um e-mail?

— Eu não liguei para Michael, meu irmão. Talvez ele esteja procurando por mim — disse Mia.

— Ele não vai encontrá-la. Não aqui.

— Onde nós estamos?

— Não sei — respondeu ela; a verdade. — Acordei no porta-malas de um carro. Estava acorrentada. Não sei quanto tempo passei ali. A tampa da mala foi aberta. Eu comecei a gritar, então ele disparou o Taser outra vez. — Pauline fechou os olhos. — Então acordei aqui.

— Eu estava no quintal de casa — contou Mia. — Ouvi alguma coisa. Pensei que talvez fosse um gato... — Ela deixou o resto da frase no ar. — Estava num porta-malas quando acordei. Não sei quanto tempo fui mantida ali. Pareceram dias. Tentei fazer as contas, mas... — Ela caiu num longo silêncio que Pauline não sabia como interpretar. — Você acha que foi assim que ele nos encontrou, na sala de bate-papo?

— Provavelmente — mentiu Pauline. Ela sabia como ele as encontrara, e não tinha sido numa maldita sala de bate-papo. Foi Pauline quem as colocou ali, a boca grande dela as colocou em apuros. Ela não ia dizer a Mia o que sabia. Haveria mais perguntas e, com as perguntas, viriam acusações que ela sabia não ser capaz de suportar.

Não agora. Não quando seu cérebro parecia ter explodido e o sangue que escorria pelos olhos parecia ser as pequenas e peludas patas de um milhão de aranhas.

Pauline buscou ar, tentando não surtar de novo. Ela pensou em Felix e no seu cheiro quando lhe dava banho com o sabonete novo que havia comprado na Colony Square na hora do almoço.

— Ainda está no cofre, certo? — perguntou Mia. — Eles encontrarão o e-mail no cofre e saberão que você pediu ao estofador que medisse o elevador.

— Sua idiota, que importância isso tem? Você não está vendo onde estamos, o que vai acontecer com a gente? E daí se vão encontrar o e-mail? Grande consolo. "Ela está morta, mas tinha razão o tempo todo."

— Mais do que você conseguiu em vida.

Elas dividiram um momento de comiseração. Pauline tentou se lembrar do pouco que sabia a respeito de Mia. A mulher não postava muito na comunidade, mas, quando o fazia, era certeira. Como Pauline e algumas outras participantes, Mia não gostava de chororô nem engolia sapo.

— Ele não pode nos matar de fome — disse Mia. — Consigo aguentar dezenove dias antes de começar a entrar em colapso.

Pauline estava impressionada.

— Eu aguento mais ou menos o mesmo — mentiu. Seu recorde foi doze dias, e então a internaram no hospital e a engordaram como a um peru para o Dia de Ação de Graças.

— A água é o problema — disse Mia.

— É — concordou Pauline. — Quanto tempo você...

— Nunca tentei ficar sem água — interrompeu Mia, terminando a frase. — Não tem nenhuma caloria.

— Quatro dias — disse Pauline. — Li em algum lugar que é possível aguentar apenas quatro dias.

— Nós podemos aguentar mais. — Não era otimismo. Se Mia conseguia suportar dezenove dias sem comer, com certeza conseguiria durar mais do que Pauline sem água.

Esse era o problema. Mia poderia resistir mais que Pauline. Ninguém resistira mais que Pauline antes.

Mia fez a pergunta óbvia.

— Por que ele ainda não fodeu a gente?

Pauline pressionou a cabeça contra o chão frio de concreto e tentou evitar que o pânico crescesse dentro de si. O problema não eram os estupros. Eram as outras coisas, os jogos, as provocações, os truques... os sacos de lixo.

— Ele nos quer fracas — especulou Mia. — Quer ter certeza de que não vamos resistir. — As correntes de Mia chacoalharam quando ela se moveu. Sua voz parecia estar mais próxima, e Pauline supôs que ela havia se virado de lado. — O que você estava fazendo? Antes, eu quero dizer. Por que você estava batendo a cabeça na parede?

— Se eu conseguir abrir um buraco no *drywall*, talvez eu consiga fugir. Segundo as normas, as vigas de madeira devem ficar a quarenta centímetros umas das outras.

— Você tem quarenta centímetros de cintura? — O tom de Mia estava carregado de reverência.

— Não, sua idiota. Posso virar de lado e deslizar para fora.

Mia riu da própria burrice, mas então questionou algo que fez Pauline se sentir tão idiota quanto.

— Por que você não usou os pés?

Ambas ficaram quietas, mas Pauline sentiu algo crescer dentro de si. Ela sentiu uma pontada no estômago e ouviu risadas, verdadeiras gargalhadas enquanto pensava no quanto era idiota.

— Meu Deus. — Mia suspirou. Ela também ria. — Você é muito idiota.

Pauline contorceu o corpo, tentando girar sobre o ombro. Ela alinhou os pés, juntou-os para que as correntes não a atrapalhassem e chutou. O *drywall* cedeu na primeira tentativa.

— Idiota — murmurou, dessa vez para si mesma. Ela girou o corpo para ficar com o rosto voltado para a abertura e passou a usar os dentes para arrancar os pedaços quebrados de gesso. Havia veneno na poeira, mas ela não se importou. Preferia morrer com a cabeça quinze centímetros para fora daquele lugar a ficar presa ali esperando que o filho da puta viesse atrás dela.

— Você conseguiu? — perguntou Mia. — Você quebrou...

— Cale a boca — disse Pauline, mordendo o revestimento de espuma. Ele havia instalado isolamento acústico nas paredes. Era de se esperar. Nada de mais. Ela apenas dava dentadas na espuma e a arrancava pedaço a pedaço, ansiando pela sensação de ar fresco no rosto.

— Merda! — gritou Pauline. Ela virou para que a cintura ficasse alinhada com o buraco. Tateou com os dedos, que mal passavam pela abertura de gesso. Puxou um pouco de espuma, então tocou algo que parecia ser uma tela. Arqueando as costas, ela enfiou as mãos o máximo que conseguiu. Os dedos roçaram o metal entrelaçado. — Droga!

— O que foi?

— Uma tela de arame.

Ele havia revestido as paredes com tela de arame por fora, para que as duas não escapassem.

Pauline virou o corpo outra vez e investiu contra a tela. As solas dos seus pés encontraram resistência sólida. Em vez de a tela ceder, a força contrária a fez deslizar diversos centímetros pelo chão. Ela se arrastou de volta para tentar outra vez, rolou de bruços e plantou as palmas das mãos suadas no cimento. Pauline recuou os pés e chutou com toda a força. Novamente, encontrou resistência sólida e esgueirou-se para longe da parede.

— Meu Deus. — Ela ofegou, girando o corpo para apoiar as costas no chão. Lágrimas vieram, as pequenas pernas de aranhas se entranhando em sua visão. — O que eu vou fazer?

— Você consegue alcançar a tela com as mãos?

— Não — berrou Pauline. A esperança se esvaía a cada respiração. As mãos estavam praticamente imobilizadas pelo cinto. A tela estava presa por trás da viga de madeira. Não havia como alcançá-la.

O corpo de Pauline sacudiu com o choro. Não o via há anos, mas ainda sabia como a mente dele funcionava. O porão era a base de operações, uma prisão cuidadosamente preparada onde ele as levaria à submissão pela fome. Mas isso não era o pior. Haveria uma caverna em algum lugar; um lugar escuro debaixo da terra que ele amorosamente havia cavado com as próprias mãos. O porão as subjugaria. A caverna as destruiria. O filho da puta havia pensado em tudo.

Outra vez.

Mia conseguiu se arrastar para perto. A voz dela estava próxima, quase em cima de Pauline.

— Engula o choro — ordenou ela, afastando Pauline. — Vamos usar a boca.

— O quê?

— É um metal fino, certo? A tela de arame?

— É, mas...

— Se você o dobrar para a frente e para trás, ela vai quebrar.

Pauline fez que não com a cabeça. Aquilo era loucura.

— Só precisamos que uma parte ceda — disse Mia, como se a lógica fosse evidente. — Apenas agarre a tela com a boca e a sacuda para a frente e para trás, para a frente e para trás. Vai acabar quebrando uma hora, então poderemos chutá-la. Ou poderemos simplesmente quebrar cada pedaço com a boca.

— Nós não...

— Não me diga não, sua idiota.

O pé de Mia estava acorrentado, mas ela conseguiu chutar a canela de Pauline.

— Ai! Céus...

— Comece a contar — ordenou Mia, arrastando-se para perto do buraco na parede. — Quando chegar a duzentos, é a sua vez.

Pauline não faria aquilo, de jeito nenhum deixaria que aquela vaca lhe dissesse o que fazer. Então ouviu algo; dentes no metal. Raspando, torcendo. Duzentos segundos. A pele delas rasgaria. Suas gengivas ficariam destruídas. Não tinham nem como saber se aquilo funcionaria.

Pauline se virou, sentou sobre os joelhos.

E começou a contar.

21

Faith nunca havia pensado em si mesma como uma pessoa matinal, mas se acostumara ao hábito de ir cedo para o trabalho quando Jeremy era criança. Era impossível *não* ser uma pessoa matinal quando havia um menino com fome para alimentar, vestir e mandar para o ponto do ônibus até no máximo sete e treze. Não fosse por Jeremy, ela poderia ser uma dessas pessoas da madrugada, do tipo que cai na cama bem depois da meia-noite, mas ela costumava se deitar por volta das dez, mesmo quando Jeremy já era adolescente, dormindo tarde e acordando cedo.

Pelos seus próprios motivos, Will também chegava cedo ao trabalho. Faith viu o Porsche na vaga de sempre ao entrar com o Mini no estacionamento subterrâneo do City Hall East. Ela desligou o motor e então passou a ajustar o banco para sua posição habitual, de modo que pudesse alcançar os pedais sem ser empalada pelo volante. Depois de vários minutos, finalmente encontrou a distância certa e, brevemente, pensou em mandar aparafusar o banco no lugar. Se Will quisesse dirigir o carro dela outra vez, que o fizesse com os joelhos nas orelhas.

Houve uma batida na janela e Faith ergueu os olhos, surpresa. Sam Lawson olhava para ela com um copo de café na mão.

Ela abriu a porta do carro e desceu, sentindo-se como se tivesse engordado dez quilos da noite para o dia. Encontrar algo para vestir naquela manhã havia sido uma tarefa quase impossível. Estava retendo tanto líquido que era possível encher um tanque do Sea World.

Felizmente, sua recaída por Sam Lawson foi uma virose que durou vinte e quatro horas. Não queria ter uma conversa com ele agora, principalmente porque sua mente precisava estar focada no dia que teria pela frente.

— Ei, gata — disse Sam, olhando-a de cima a baixo do jeito predatório de costume.

Faith pegou a bolsa no banco de trás.

— Quanto tempo!

Ele deu de ombros, deixando subentendido que era meramente uma vítima das circunstâncias.

— Aqui — disse, oferecendo a ela o café. — É descafeinado.

Faith havia tentado beber café aquela manhã. O cheiro fez com que ela fosse correndo para o banheiro.

— Desculpe. — Ela ignorou o copo e se afastou de Sam, tentando não ficar enjoada outra vez.

Sam jogou o copo numa lixeira e apertou o passo para alcançá-la.

— Enjoo matinal?

Faith olhou em volta, temendo que alguém os ouvisse.

— Ainda não contei para ninguém, a não ser a minha chefe.

Ela tentou se lembrar de quando se deve contar às pessoas. Era necessário esperar algumas semanas para ter certeza de que o feto havia vingado. Faith deveria estar chegando a esse ponto. Deveria começar a contar para as pessoas em breve. Será que deveria reunir todos, convidar a mãe e Jeremy para jantar e colocar o irmão no viva-voz, ou haveria uma forma de mandar um e-mail coletivo anônimo e talvez viajar para o Caribe por algumas semanas para evitar o bombardeio?

Sam estalou os dedos em frente ao rosto dela.

— Você está aí?

— Mais ou menos. — Faith levou a mão à porta do prédio ao mesmo tempo que Sam, mas deixou que ele a abrisse para ela. — Estou com muita coisa na cabeça.

— Sobre ontem à noite...

— Foi há duas noites, na verdade.

Ele sorriu.

— É, mas não pensei naquilo de verdade até ontem à noite.

Faith suspirou ao apertar o botão do elevador.

— Venha cá. — Sam a puxou para o nicho ao lado do elevador. Havia uma máquina de venda com três fileiras de folhados doces. Faith nem precisava olhar para saber.

Sam ajeitou o cabelo dela atrás da orelha. Faith se afastou. Não estava pronta para intimidade tão cedo pela manhã. Na verdade, não tinha certeza se estava pronta para intimidade. Num gesto automático, ela olhou para cima, para garantir que não estavam sendo filmados por uma câmera de segurança.

— Fui um idiota aquela noite. Desculpe — disse ele.

Ela ouviu as portas do elevador se abrirem, então se fecharem.

— Tudo bem.

— Não, não está tudo bem. — Ele se curvou para beijá-la, mas Faith recuou outra vez.

— Sam, eu estou no trabalho. — Ela não disse tudo o que estava pensando, que estava no meio de um caso em que uma mulher havia sido morta, outra torturada, e duas outras estavam desaparecidas. — Não é hora para isso.

— Nunca é — retrucou ele, algo que costumava dizer havia anos, na época em que os dois saíam. — Quero tentar de novo com você.

— E quanto a Gretchen?

Ele deu de ombros.

— Estou ampliando as minhas possibilidades.

Faith soltou um gemido e o empurrou. Ela voltou ao elevador e apertou o botão, mas Sam não foi embora.

— Estou grávida — disse ela.

— Eu lembro.

— Não quero partir o seu coração, mas o filho não é seu.

— Não importa.

Ela se voltou para encará-lo.

— Você está tentando exorcizar alguns fantasmas porque a sua esposa fez um aborto?

— Estou tentando voltar para a sua vida, Faith. Sei que precisa ser nos seus termos.

Faith rechaçou o elogio desajeitado.

— Acho que um dos nossos problemas, além de você ser um bêbado, eu ser uma policial e a minha mãe achar que você é o Anticristo, era que você não gostava do fato de eu ter um filho.

— Eu tinha ciúme da atenção que você dava a ele.

Na época, Faith o acusara exatamente disso. Ouvi-lo admitir agora quase a deixou sem ar.

— Eu cresci — completou ele.

O elevador abriu. Faith se certificou de que estava vazio, então segurou a porta aberta com a mão.

— Não posso ter essa conversa agora. Preciso trabalhar.

Ela entrou e liberou as portas do elevador.

— Jake Berman mora no condado de Coweta.

Faith quase perdeu a mão ao segurar as portas.

— O quê?

Ele tirou a caderneta do bolso e passou a escrever enquanto falava.

— Consegui localizar o camarada pela igreja dele. Ele é diácono e professor da escola dominical. Eles têm um ótimo site com uma foto dele. Cordeiros e arco-íris. É evangélica.

O cérebro de Faith não conseguia processar a informação.

— Por que você o procurou?

— Queria ver se conseguia ser melhor que você nessa.

Faith não gostava do rumo que aquilo estava tomando. Ela tentou neutralizar a situação.

— Escute, Sam, não sabemos se o cara é um criminoso.

— Acho que você nunca esteve no banheiro masculino do Mall of Georgia.

— Sam...

— Eu não falei com ele — interrompeu. — Só queria ver se conseguia localizar o cara, pois ninguém mais teve sucesso nisso. Cansei do pessoal de Rockdale apertando meu saco. Gosto muito mais quando você faz isso.

Faith também deixou aquele comentário passar.

— Me dê a manhã para falar com ele.

— Já disse, não estou atrás de uma matéria. — Ele sorriu, mostrando todos os dentes.

Ela estreitou os olhos.

— Eu queria ver se era capaz de fazer o seu trabalho — continuou Sam, destacando uma folha de papel. Entregou-a para ela. — Moleza.

Faith pegou o endereço antes que ele mudasse de ideia. Sam sustentou o seu olhar enquanto as portas se fechavam, então Faith se viu encarando o próprio reflexo nas portas metálicas. Já suava; supôs que aquilo poderia passar como uma aura luminosa de gestante. Seus cabelos começavam a ficar com frizz, porque, apesar de ainda ser abril, as temperaturas começavam a subir.

Ela olhou para o endereço que Sam lhe dera. Havia um coração desenhado em volta de tudo, o que era irritante e amável. Ela não acreditava muito que Sam não buscasse uma matéria com Jake Berman. Talvez o *Atlanta Beacon* estivesse trabalhando discretamente numa matéria exclusiva sobre fiéis casados que soltavam a franga e encontravam mulheres estupradas e torturadas no meio da estrada.

Será que Berman era o irmão de Pauline? Agora que tinha o endereço dele, Faith não tinha tanta certeza assim. Qual era a chance de Jake Berman ter marcado um encontro com Rick Sigler e os dois apenas por acaso estarem na estrada na mesma hora em que o carro dos Coldfield atropelou Anna Lindsey?

As portas se abriram, e Faith saiu no seu andar. Nenhuma das luzes do corredor estava acesa, e ela foi apertando os interruptores ao caminhar até a sala de Will. Não havia luz na fresta da porta, mas ela bateu de qualquer forma, sabendo que ele estava no prédio, pois vira o carro no estacionamento.

— Sim?

Ela abriu a porta. Will estava sentado à sua mesa com as mãos entrelaçadas sobre a barriga. As luzes estavam apagadas.

— Está tudo bem? — perguntou ela.

Ele não respondeu.

— E aí?

Faith fechou a porta e abriu a cadeira dobrável. Olhou as costas da mão de Will e viu que novos arranhões haviam sido acrescentados aos cortes que ele tinha ganhado ao esmurrar o rosto de Simkov. Ela não mencionou aquilo, preferiu se ater ao caso.

— Consegui o endereço de Jake Berman. Ele mora em Coweta. Isso fica a uns quarenta e cinco minutos daqui, certo?

— Se o trânsito estiver bom. — Ele estendeu a mão para pegar o endereço.

Faith leu em voz alta.

— Lester Drive, 1935.

Ele ainda estava com a mão estendida. Por algum motivo, a única coisa que Faith conseguia fazer era olhar para os dedos dele.

— Eu não sou idiota, Faith. Consigo ler uma porra de um endereço — disparou Will.

O tom foi ríspido o bastante para arrepiar os pelos da nuca de Faith. Will raramente falava palavrão, e ela nunca o ouvira dizer "porra" antes.

— Qual é o problema? — perguntou ela.

— Problema nenhum. Só preciso do endereço. Não posso estar no interrogatório de Simkov. Vou encontrar Berman, e nós nos encontramos aqui depois do seu compromisso. — Ele agitou a mão. — Agora me dê o endereço.

Ela cruzou os braços. Morreria antes de dar a ele aquela folha de papel.

— Não sei qual é o seu problema, mas acho bom você parar de agir dessa forma e falar comigo antes que a gente tenha um problema sério.

— Faith, eu só tenho dois testículos. Se quiser um deles, você vai precisar falar com Amanda ou Angie.

Angie. Com aquela única palavra, toda a agressividade pareceu se esvair dele. Faith se recostou na cadeira, os braços ainda cruzados, estudando o parceiro. Will olhava pela janela, e ela via a cicatriz tênue que corria pela lateral do seu rosto. Ela queria saber como aquilo havia acontecido, como a pele do maxilar dele fora aberta. Porém, a cicatriz era apenas mais uma coisa da qual não falavam.

Faith colocou o papel sobre a mesa e deslizou o endereço para ele. Will deu uma espiada de canto de olho.

— Tem um coração aí.

— Sam o desenhou.

Will dobrou o papel e o colocou no bolso do colete.

— Vocês têm se encontrado?

Faith não gostava das palavras "sexo sem compromisso", então apenas deu de ombros.

— É complicado.

Ele assentiu — o mesmo gesto que sempre usava quando havia algo pessoal que não seria discutido.

Faith estava farta daquilo. O que aconteceria dali a um mês, quando a barriga começasse a crescer? O que aconteceria dali a um ano, quando desmaiasse no trabalho por haver calculado mal a insulina? Ela conseguia ver Will inventando desculpas para o seu ganho de peso ou simplesmente ajudando-a a se levantar e dizendo que ela devia ter cuidado onde pisava. Ele era excelente em fazer de conta que a casa não estava pegando fogo, mesmo quando corria em busca de água para apagar as chamas.

Ela ergueu as mãos em um gesto de rendição.

— Eu estou grávida.

As sobrancelhas de Will se arquearam.

— Victor é o pai. Também estou diabética. Foi por isso que desmaiei no estacionamento.

Ele parecia estar chocado demais para falar.

— Devia ter contado a você antes. Esse é o meu compromisso secreto em Snellville. Tenho uma consulta, para a médica me ajudar com essa coisa da diabetes.

— Sara não pode ser a sua médica?

— Ela me indicou uma especialista.

— Uma especialista significa que é sério.

— É um desafio. A diabetes dificulta as coisas. Mas é controlável. Pelo menos foi o que Sara disse — precisou acrescentar.

— Quer que eu vá com você à consulta?

Faith teve um vislumbre de Will sentado na sala de espera do consultório de Delia Wallace com sua bolsa no colo.

— Não, obrigada. Preciso fazer isso sozinha.

— E Victor...

— Victor não sabe. Ninguém sabe, exceto você e Amanda, e eu só contei a ela porque ela me viu injetando insulina.

— Você tem que se aplicar injeções?

— Sim.

Ela quase conseguia ver a mente dele trabalhando, as perguntas que ele queria fazer, mas que não sabia como formular.

— Se você quiser outra parceira...

— Por que eu iria querer outra parceira?

— Porque isso é um problema, Will. Não sei qual é a extensão da doença, mas a minha glicemia varia muito, eu fico emotiva, quero arrancar a sua cabeça com os dentes ou sinto que vou cair no choro, e não sei como vou fazer o meu trabalho lidando com isso.

— Você vai dar um jeito — disse ele, sempre sensato. — Eu dei um jeito. No meu problema, quero dizer.

Ele era bastante adaptável. Quando alguma coisa ruim acontecia, não importava quanto fosse terrível, Will simplesmente assentia e seguia em frente. Faith acreditava que era algo que ele havia aprendido no orfanato. Ou talvez Angie Polaski tivesse infundido isso nele. Como um kit de sobrevivência, era louvável. Como a base de um relacionamento, era irritante demais.

E não havia absolutamente nada que Faith pudesse fazer a esse respeito.

Will se aprumou na cadeira. Lançou mão do truque de sempre: fazer uma piada para aliviar a tensão.

— Se eu tiver direito a voto, prefiro que você arranque a minha cabeça com os dentes a cair no choro.

— Eu também.

— Preciso me desculpar. — Subitamente, ele estava sério outra vez. — Pelo que fiz com Simkov. Nunca bati em ninguém daquele jeito. Nunca. — Ele a olhou nos olhos. — Prometo que não vai acontecer de novo.

— Obrigada. — Foi só o que Faith conseguiu dizer. É claro que não concordava com o que Will havia feito, mas era difícil berrar recriminações quando ele tão evidentemente já se odiava por sua atitude.

Foi a vez de Faith de aliviar o clima.

— Vamos evitar essa coisa de policial bom/policial mau por algum tempo.

— É, policial imbecil/policial megera funciona muito melhor para nós. — Ele levou a mão ao bolso do colete e devolveu a ela o endereço de Jake Berman. — É bom ligarmos para Coweta e pedir a eles que sondem Berman. Só para garantir que ele é o cara certo.

As engrenagens do cérebro de Faith levaram algum tempo para girar numa nova direção. Ela olhou para a caligrafia em letras maiúsculas de Sam, o coração ridículo ao redor do endereço.

— Não sei como Sam conseguiu localizar o cara em cinco minutos quando toda a nossa divisão de processamento de dados não conseguiu localizá-lo em dois dias.

Faith pegou o celular. Ela não queria se dar ao trabalho de usar os canais apropriados, então ligou para Caroline, a assistente de Amanda. A mulher praticamente morava no prédio, e atendeu ao primeiro toque. Faith lhe deu o endereço de Jake Berman e pediu a ela que solicitasse uma averiguação a um agente de campo do condado de Coweta. Queria apenas verificar se aquele era o Jake Berman que procuravam.

— Você quer que tragam o sujeito? — perguntou Caroline.

Faith pensou a respeito, então chegou à conclusão de que não queria tomar a decisão sozinha.

— Você quer que eles tragam Berman? — perguntou a Will.

Ele deu de ombros, mas respondeu.

— Nós queremos afugentar o cara?

— Um policial batendo à porta afugenta as pessoas, de qualquer modo.

Will deu de ombros outra vez.

— Peça a ele que tente verificar a identidade de Berman à distância. Se ele for o nosso cara, vamos até lá e o pegamos. Dê o número do meu celular ao agente. Poderemos ir até lá depois que você falar com Simkov.

Faith passou os detalhes para Caroline. Ela encerrou a ligação e Will virou o monitor na sua direção.

— Recebi esse e-mail de Amanda.

Faith puxou o mouse e o teclado. Ela mudou as configurações de cor, para que suas retinas não entrassem em combustão instantânea, então clicou duas vezes no arquivo e passou a resumi-lo para Will enquanto lia.

— Os técnicos não conseguiram acessar nenhum dos computadores. Eles disseram que é impossível acessar a sala de bate-papo de anorexia sem uma senha, tem algum tipo de criptografia de ponta. Os mandados para o banco de Olivia Tanner devem ser expedidos essa tarde, então poderemos ter acesso ao telefone e aos arquivos dela. — Ela rolou a tela. — Humm. — Leu em silêncio, então contou a Will. — Certo. Bem, isso pode ser algo a ser usado com o porteiro. A porta de incêndio no andar da cobertura tinha uma digital parcial na maçaneta, um polegar direito.

Will sabia que Faith passara a maior parte da tarde do dia anterior vasculhando o prédio de Anna Lindsey.

— Como é o acesso às escadas?

— Pelo saguão ou pelo terraço — disse ela, lendo o próximo trecho. — A escada de incêndio nos fundos do prédio tinha outra digital, que bate com a da porta. Estão mandando as duas para a Polícia Estadual de Michigan, para ver se estão no sistema. Se o irmão de Pauline tiver ficha criminal, deve aparecer. Se conseguirmos um nome, já será meio caminho andado.

— Devíamos verificar as multas por estacionamento em local proibido na área. Não é permitido estacionar em nenhuma rua de Buckhead. E os guardas são rápidos no gatilho.

— Boa ideia — disse Faith, abrindo seu e-mail para enviar a solicitação. — Vou ampliar para multas por estacionamento em local proibido na área e nos arredores de todos os últimos paradeiros das nossas vítimas.

— O Filho de Sam foi pego por causa de uma multa por estacionamento em local proibido.

Faith martelava as teclas.

— Você precisa parar de assistir a tanta televisão.

— Não há muito mais o que fazer à noite.

Ela deu uma espiada nas mãos dele, nos novos arranhões.

— Como ele tirou Anna Lindsey do prédio? — perguntou Will.

— Ele não poderia jogar a mulher por cima do ombro e descer a escada de incêndio.

Faith enviou o e-mail antes de responder.

— A porta que leva às escadas tem um alarme. Ele teria disparado se alguém a tivesse aberto. Será que ele a levou pelo elevador até o saguão?

— Isso é algo para se perguntar a Simkov.

— O porteiro não fica lá vinte e quatro horas — lembrou Faith. — O assassino pode ter esperado Simkov sair do serviço e então usado o elevador para descer com o corpo. Simkov devia ficar de olho nas coisas depois do expediente, mas não era dos mais dedicados ao trabalho.

— Não há outro porteiro no prédio?

— Eles estão procurando alguém para substituí-lo há seis meses. Aparentemente, é difícil encontrar alguém que queira ficar à toa atrás de uma mesa oito horas por dia; era por isso que aturavam tanta coisa de Simkov. Ele estava disposto a trabalhar dois turnos.

— E quanto às fitas das câmeras de segurança?

— São regravadas a cada quarenta e oito horas — disse Faith. — Exceto pelas de ontem, que parecem ter desaparecido. — Amanda garantiu que a fita com as imagens de Will esmurrando Simkov fosse destruída.

O rosto de Will ficou vermelho pela culpa, mas, ainda assim, ele prosseguiu.

— Alguma coisa no apartamento de Simkov?

— Viramos o lugar de cabeça para baixo. Ele tem um Monte Carlo velho que vaza óleo e não havia nenhum recibo de *self storage*.

— De jeito nenhum ele poderia ser o irmão de Pauline.

— Estivemos tão focados nisso que não vimos mais nada.

— Certo, então vamos tirar o irmão da equação. O que sabemos sobre Simkov?

— Ele não é inteligente. Quer dizer, não é um imbecil, mas o assassino escolhe as mulheres que quer subjugar. Não estou dizendo que o nosso suspeito seja um gênio, mas é um caçador. Simkov é um babaca patético que esconde pornografia debaixo do colchão e deixa putas entrarem em apartamentos vazios em troca de um boquete.

— Você nunca acreditou em perfis antes.

— Você tem razão, mas não estamos tendo sorte com nada mais. Vamos falar sobre o nosso homem — disse Faith, algo que Will geralmente sugeria. — Quem é o nosso assassino?

— Alguém inteligente — admitiu Will. — Ele provavelmente trabalha para uma mulher dominadora, ou tem uma mulher dominadora em sua vida.

— Isso vale para praticamente todos os homens do planeta hoje em dia.

— Nem me diga.

Faith sorriu, levando o comentário na esportiva.

— Que tipo de emprego ele tem?

— Algo que lhe permita existir sem ser notado. Ele tem horários flexíveis. Observar essas mulheres, estudar seus hábitos, exige bastante tempo. Precisa ter um trabalho que lhe permita ir e vir como convém.

— Vamos fazer a mesma pergunta chata e idiota mais uma vez: e quanto às mulheres? O que elas têm em comum?

— A história da anorexia/bulimia.

— A sala de bate-papo. — Faith refutou aquilo logo em seguida: — Mas é claro, nem mesmo o FBI conseguiu descobrir em nome de quem o site está registrado. Ninguém foi capaz de descobrir a senha de Pauline. Como o nosso homem poderia fazer isso?

— Será que ele mesmo criou o site para espreitar as vítimas?

— Como ele poderia descobrir suas verdadeiras identidades? Todo mundo é alto, magro e loiro na internet. E geralmente é tarado.

Will girava a aliança outra vez, olhando pela janela. Faith não conseguiu deixar de olhar os arranhões nas costas da mão dele. No jargão forense, chamariam aquelas marcas de feridas defensivas. Will tinha ficado atrás de alguém que enfiara as unhas em sua pele.

— Como foram as coisas com Sara ontem à noite? — perguntou ela.

Will deu de ombros.

— Eu só peguei Betty. Acho que ela gosta dos cachorros de Sara. Ela tem dois galgos.

— Eu os vi ontem de manhã.

— Ah, é verdade.

— Sara é legal — disse Faith. — Gosto muito dela.

Will fez que sim.

— Você devia convidá-la para sair — continuou ela.

Ele riu, fazendo que não com a cabeça ao mesmo tempo.

— Acho que não.

— Por causa da Angie?

Ele parou de girar a aliança.

— Mulheres como Sara Linton... — Ela viu nos olhos de Will um lampejo de algo que não conseguiu assimilar. Faith esperava que ele desse de ombros e mudasse de assunto, mas Will continuou a falar.

— Faith, não há uma parte de mim que não esteja destruída. — A voz parecia entalada na garganta, saía com dificuldade. — Não estou falando apenas do que você pode ver. Há outras coisas. Coisas ruins. — Ele fez que não outra vez, um gesto tenso, mais para si mesmo que para Faith. Esperou alguns instantes para voltar a falar.

— Angie sabe quem eu sou. Alguém como Sara... — Mais uma vez, o resto da frase ficou no ar. — Se você gosta mesmo de Sara Linton, não queira que ela me conheça.

— Will. — Só o que Faith conseguiu pensar em dizer foi o nome dele.

Ele deu um riso forçado.

— Vamos parar de falar nessas coisas antes que um de nós comece a produzir leite. — Will pegou o celular. — Já são quase oito horas. Amanda deve estar esperando você na sala de interrogatório.

— Você não vai assistir?

— Vou fazer algumas ligações para Michigan e encher o saco deles até que verifiquem as digitais que encontramos no prédio de Anna. Por que você não me liga quando terminar a sua consulta? Se Sam tiver encontrado o Jake Berman certo, podemos ir falar com ele juntos.

Faith havia se esquecido da consulta.

— Se ele for o Jake Berman certo, devíamos trazê-lo imediatamente.

— Ligo para você se for o caso. Senão, vá para a sua consulta e recomeçamos do zero, como planejamos.

— Os Coldfield, Rick Sigler, o irmão de Olivia Tanner — enumerou ela.

— Isso deve nos manter ocupados.

— Sabe o que está me incomodando? — Will fez que não, e ela continuou. — Ainda não recebemos o fax do condado de Rockdale. — Ela ergueu as mãos, sabendo que Rockdale era um assunto delicado. — Se vamos recomeçar do zero, precisamos fazer exatamente isso, pegar o registro da ocorrência feito pelo primeiro policial a chegar ao local do acidente e analisar cada detalhe ponto a ponto. Eu sei que Galloway disse que o sujeito está pescando em Montana, mas, se o registro for bom, precisaremos falar com ele.

— O que você está procurando?

— Não sei. Mas me incomoda o fato de Galloway não ter mandado o fax.

— Ele não é dos mais organizados.

— Não, mas segurou tudo até agora por algum motivo. Você mesmo disse isso. As pessoas não fazem coisas idiotas sem uma explicação lógica.

— Vou ligar para o distrito e ver se a secretária pode cuidar disso sem envolver Galloway.

— Você também devia pedir a alguém que dê uma olhada nesses arranhões na sua mão.

Will abaixou os olhos e observou as costas da mão.

— Acho que você já olhou para eles o suficiente.

Exceto quando falara com Anna Lindsey no hospital no dia anterior, Faith nunca havia trabalhado diretamente com Amanda num caso. Em qualquer interação entre elas, sempre havia uma mesa separando-as.

Amanda de um lado, com as mãos juntas à sua frente, como uma diretora de escola com ar reprovador, e Faith se mexendo na cadeira enquanto apresentava o seu relatório. Por causa disso, ela tendia a esquecer que Amanda havia galgado os degraus de sua carreira numa época em que mulheres de farda eram relegadas a buscar café e datilografar relatórios. Não podiam nem ao menos portar armas, já que a alta cúpula acreditava que, entre atirar num criminoso e não quebrar uma unha, a segunda opção prevaleceria.

Amanda foi a primeira policial a fazer com que repensassem essa teoria. Estava no banco sacando o salário quando um assaltante decidiu fazer uma retirada. Uma das caixas entrou em pânico, e o sujeito passou a agredi-la a coronhadas. Amanda deu-lhe um tiro no coração, o que chamavam de K-5, em referência ao círculo correspondente nos alvos do estande de tiro. Certa vez, ela disse a Faith que depois foi fazer as unhas.

Otik Simkov, o porteiro do prédio de Anna, teria se beneficiado se conhecesse essa história. Ou não. O ogrinho tinha um ar de arrogância, apesar de estar enfiado num macacão laranja pequeno demais e sandálias que haviam sido usadas por mil detentos antes dele. Seu rosto estava roxo e inchado, mas, ainda assim, ele mantinha uma postura altiva, com o peito estufado. Quando Faith entrou na sala de interrogatório, ele lhe dirigiu um olhar de apreciação, o mesmo que um fazendeiro dirigiria a uma vaca.

Cal Finney, o advogado de Simkov, olhou ostensivamente para o relógio. Faith já o vira na televisão muitas vezes; os comerciais de Finney tinham seu próprio jingle irritante. Ele era tão bonito ao vivo quanto na TV. O relógio que usava poderia pagar a faculdade de Jeremy.

— Desculpe pelo atraso. — Faith se dirigia a Amanda, ciente de que a chefe era a única pessoa que importava. Ela se sentou de frente para Finney, notando o olhar de aversão de Simkov, que a encarava sem fazer questão de disfarçar. Aquele não era um homem que aprendera a respeitar as mulheres. Talvez Amanda mudasse isso.

— Obrigada por falar conosco, Sr. Simkov — começou Amanda. Ela ainda usava um tom agradável, mas Faith já estivera em outras reuniões com a chefe e sabia que Simkov estava em apuros. Ela estava com as mãos pousadas sobre uma pasta de arquivo. Se experiência era algo em que se pudesse confiar, ela abriria aquela pasta em algum momento, escancarando os portões do inferno. — Temos apenas algumas perguntas para o senhor, relativas a...

— Vai se foder, dona — disparou Simkov. — Fale com o meu advogado.

— Dra. Wagner — disse Finney. — Tenho certeza de que a senhora está ciente de que entramos com uma ação contra o estado hoje de manhã por violência policial. — O advogado abriu sua pasta e tirou uma pilha de papéis, que largou sobre a mesa com uma pancada oca.

Faith sentiu o rosto corar, mas Amanda não pareceu intimidada.

— Compreendo, Sr. Finney, mas o seu cliente irá enfrentar uma acusação de obstrução de justiça num caso especialmente hediondo. Durante o expediente dele, uma das moradoras do prédio em que ele trabalha foi raptada. Ela foi estuprada e torturada. Por pouco, conseguiu escapar com vida. Tenho certeza de que acompanhou a cobertura nos noticiários. O filho dela foi deixado no apartamento, quase morreu, também durante o expediente do Sr. Simkov. A vítima jamais recuperará a visão. O senhor deve entender por que estamos um tanto frustrados com o fato de o seu cliente ter sido tão pouco esclarecedor sobre o que, exatamente, acontecia no prédio dele.

— Eu não sei de nada — insistiu Simkov, num sotaque tão carregado que Faith esperava que a qualquer momento ele começasse a revelar algum plano da KGB. — Me tire daqui — disse ele ao advogado. — Por que eu estou preso? Logo vou ser um homem rico.

Finney ignorou o cliente e se dirigiu a Amanda.

— Quanto tempo vamos demorar aqui?

— Não muito. — O sorriso dela sugeria o contrário.

Finney não se deixou enganar.

— Vocês têm dez minutos. Limitem suas perguntas ao caso de Anna Lindsey — disse o advogado. — Sua cooperação será vista com bons olhos em sua ação civil — disse ele ao cliente.

Como era de se esperar, o homem foi convencido pela perspectiva de faturar.

— Tá. Tudo bem. Quais são as perguntas?

— Diga-me, Sr. Simkov, há quanto tempo o senhor está no nosso país?

Simkov deu um olhar de canto de olho para o advogado, que assentiu, concordando que respondesse.

— Vinte e sete anos.

— O senhor fala inglês muito bem. O senhor se descreveria como fluente ou devo chamar um intérprete para que fique mais à vontade?

— Meu inglês é perfeito. — Ele estufou o peito. — Leio livros e jornais americanos o tempo todo.

— O senhor é da Tchecoslováquia — disse Amanda. — Correto?

— Eu sou tcheco — respondeu Simkov, provavelmente porque o país dele não existia mais. — Por que você está me fazendo essas perguntas? Eu estou processando vocês. Vocês deviam responder as minhas perguntas.

— É preciso ser cidadão americano para processar o governo.

— O Sr. Simkov é um residente legal — interveio Finney.

— Vocês pegaram o meu Green Card — acrescentou Simkov. — Estava na minha carteira. Eu vi.

— Certamente viu. — Amanda abriu a pasta, e Faith sentiu o coração dar um salto. — Obrigada, poupou meu tempo. — Ela colocou os óculos e leu uma folha que tirou da pasta. — "Os Green Cards emitidos entre 1979 e 1989, que não possuem data de validade, devem ser substituídos em até 120 dias a partir deste aviso. Os residentes legais devem submeter um Formulário de Substituição de Cartão de Residente Permanente, formulário I-90, de forma a substituir os seus atuais Green Cards, ou sua condição de residentes permanentes será cancelada." — Ela colocou a folha de papel sobre a mesa. — Isso soa familiar para o senhor, Sr. Simkov?

Finney estendeu a mão.

— Deixe-me ver isso.

Amanda entregou o aviso ao advogado.

— Sr. Simkov, infelizmente o Serviço de Imigração e Naturalização não tem registro de o senhor ter submetido um formulário I-90 para renovar a sua condição de residente legal neste país.

— Conversa fiada — rebateu Simkov, mas seus olhos nervosamente buscaram o advogado.

Amanda entregou a Finney outra folha.

— É uma fotocópia do Green Card do Sr. Simkov. Você perceberá que não há data de validade. Ele violou os termos de sua condição. Infelizmente, precisaremos entregá-lo à Imigração. — Ela deu um sorriso doce. — Também recebi uma ligação do Departamento de Segurança hoje de manhã. Não fazia ideia de que armas de fabricação tcheca estavam indo parar nas mãos de terroristas. Sr. Simkov, se não me engano, o senhor era metalúrgico antes de vir para os Estados Unidos, não é verdade?

— Eu era ferreiro — retorquiu ele. — Colocava ferraduras em cavalos.

— Ainda assim, o senhor tem conhecimento especializado em trabalho com metal.

Finney praguejou entre os dentes.

— Vocês são inacreditáveis. Sabiam disso?

Amanda estava recostada na cadeira.

— Não me lembro dos seus comerciais, Sr. Finney. O senhor é especialista em leis de imigração? — Ela soltou um assobio animado, uma imitação no tom perfeito do jingle usado nos comerciais de TV de Finney.

— Vocês acham que vão se safar de um espancamento com um detalhe jurídico? Olhe para este homem. — Finney apontou para o cliente, e Faith não teve como não concordar com o advogado. O nariz de Simkov estava torto para o lado onde a cartilagem havia sido quebrada. O olho direito estava tão inchado que a pálpebra não abria mais do que uma fenda. Até mesmo a orelha do porteiro estava ferida; uma fileira de pontos atravessava o lobo onde o punho de Will havia cortado a carne.

— O seu agente acabou com ele, e você acha que está tudo bem? — disse Finney. Ele não esperava uma resposta. — Otik Simkov fugiu de um regime comunista e veio para este país para recomeçar sua vida do zero. Você acha que o que está fazendo com ele agora é condizente com o espírito da Constituição?

Amanda tinha uma resposta para tudo.

— A Constituição é para pessoas inocentes.

Finney fechou sua pasta.

— Vou convocar uma coletiva de imprensa.

— Eu ficaria mais do que feliz em informar a eles como o Sr. Simkov fez uma prostituta chupá-lo antes de deixar a mulher subir para alimentar um bebê de seis meses à beira da morte. — Amanda se curvou sobre a mesa. — Diga-me, Sr. Simkov, o senhor dava a ela alguns minutos a mais com a criança se ela engolisse...?

Finney precisou de um segundo para organizar os pensamentos.

— Não estou negando que este homem é um cretino, mas até mesmo os cretinos têm direitos.

Amanda deu um sorriso gélido para Simkov.

— Apenas se eles forem cidadãos americanos.

— Inacreditável, Amanda. — Finney parecia estar genuinamente repugnado. — Tudo isso vai voltar para você algum dia. Você sabe disso, não sabe?

Amanda competia com Simkov para ver quem encarava o outro por mais tempo, bloqueando tudo o mais na sala.

Finney voltou sua atenção para Faith.

— Policial Mitchell, a senhora concorda com isso? A senhora concorda com o fato de seu parceiro ter espancado uma testemunha?

Faith de modo algum concordava com aquilo, mas aquele não era um momento para hesitar.

— É agente especial, na verdade. Policial é como se chama quem faz as rondas nas ruas.

— Isso é ótimo. Atlanta é a nova baía de Guantánamo. — Ele se voltou para Simkov. — Otik, não deixe que o intimidem. Você tem direitos.

Simkov ainda encarava Amanda, como se acreditasse que seria capaz de dobrá-la de alguma forma. Seus olhos se moviam de um lado para o outro, avaliando a resistência dela. Por fim, assentiu com a cabeça num movimento brusco.

— Está bem, vou retirar o meu processo. Faça essa outra coisa sumir.

Finney não queria ouvir aquilo.

— Como seu advogado, aconselho você a...

— Você não é mais o advogado dele — interrompeu Amanda. — Não é verdade, Sr. Simkov?

— Correto — concordou. Ele cruzou os braços, com os olhos fixos à sua frente.

Finney murmurou outro impropério.

— Isso não acabou.

— Acredito que sim — disse Amanda. Ela pegou a pilha de papel com o processo contra o estado.

Finney a insultou outra vez e, como se não bastasse, dirigiu também algumas ofensas a Faith. Em seguida, saiu da sala.

Amanda atirou o processo na lixeira. Faith ouviu o ruído das folhas atravessando o ar. Estava feliz que Will não estivesse ali, já que, enquanto a sua consciência a incomodava, a do parceiro quase o matava. Finney tinha razão. Will estava se safando de um espancamento por causa de um mero detalhe jurídico. Se não estivesse presente no corredor na véspera, Faith talvez se sentisse de outra forma naquele momento.

Ela evocou a imagem de Balthazar Lindsey na lixeira de produtos recicláveis na cobertura da mãe, e tudo que veio à sua mente foram desculpas para o comportamento de Will.

— Então — disse Amanda. — Devemos presumir que existe honra entre criminosos, Sr. Simkov?

Simkov assentiu, admirado.

— Você é uma mulher muito dura.

Amanda pareceu ficar satisfeita com o comentário, e Faith percebeu quanto a chefe estava empolgada por estar de volta a uma sala de interrogatório. Ela provavelmente morria de tédio participando de reuniões e analisando orçamentos e planilhas o dia todo. Não era de se estranhar que aterrorizar Will fosse seu único hobby.

— Fale sobre o esquema que você tinha nos apartamentos — ordenou ela.

O porteiro deu de ombros num gesto de indiferença, as palmas das mãos voltadas para cima.

— Esses ricos estão sempre viajando. Às vezes, eu alugo o espaço para alguém. Eles vão lá. Fazem um pouco de... — Simkov fez um gesto sugestivo com as mãos. — Otik ganha um pouco de dinheiro. A faxineira vai no dia seguinte. Todo mundo fica feliz.

Amanda assentiu, como se fosse um arranjo perfeitamente compreensível.

— O que aconteceu no apartamento de Anna Lindsey?

— Eu pensei, por que não faturar algum antes de ir embora? Aquele idiota do Sr. Regus do 9A, ele sabia que alguma coisa estava acontecendo. Ele não fuma. Voltou de uma das viagens de negócios e tinha uma queimadura de cigarro no carpete. Eu vi, era pequenininha. Uma coisinha de nada. Mas Regus criou confusão.

— E eles o demitiram.

— Aviso prévio de duas semanas, boas referências. — Ele deu de ombros outra vez. — Já tenho outro trabalho engatilhado. Umas casas perto do Phipps Plaza. Vigilância vinte e quatro horas. É um lugar bem classudo. Eu e esse outro cara vamos nos revezar. Ele fica lá durante o dia. Eu fico com as noites.

— Quando você notou que Anna Lindsey estava desaparecida?

— Sempre às sete horas, ela desce com o bebê. E aí um dia ela não apareceu. Conferi a minha caixa de mensagens, onde os moradores deixam coisas pra mim, quase sempre reclamações; não conseguem abrir a janela, a TV não funciona, coisas que não fazem parte do meu trabalho, certo? Enfim, tinha um bilhete da Sra. Lindsey dizendo que estava de férias por duas semanas. Achei que devia ter viajado. Geralmente, eles me dizem pra onde vão, mas talvez ela achasse que, como eu não ia estar lá quando voltasse, não ia fazer diferença.

Aquilo batia com o que Anna Lindsey dissera.

— É assim que ela costuma se comunicar com você, por meio de bilhetes? — perguntou Amanda.

Ele assentiu.

— Ela não gosta de mim. Diz que eu sou preguiçoso. — Os lábios dele se contorceram num gesto de aversão. — Fez o prédio comprar um uniforme pra mim, para eu ficar parecendo um macaco. Fez eu dizer "sim, senhora" e "não, senhora" para ela, como se eu fosse uma criança.

Aquilo parecia ser o tipo de coisa condizente com o perfil das vítimas.

— Como você sabia que ela não estava mais no apartamento? — perguntou Faith.

— Eu não a vi descer. Geralmente, ela vai pra academia, vai fazer compras, leva o bebê pra passear. Quer ajuda pra entrar e sair com o carrinho de bebê do elevador. — Ele deu de ombros. — Aí eu pensei, "ela deve ter viajado".

— Então você concluiu que a Sra. Lindsey estaria fora por duas semanas, o que coincidia perfeitamente com o fim do seu aviso prévio — disse Amanda.

— Isso mesmo — concordou ele.

— Para quem você ligou?

— Um cafetão. O cara morto. — Pela primeira vez, Simkov pareceu perder um pouco da arrogância. — Ele não é dos piores. Chamam o homem de Freddy. Não sei o nome verdadeiro, mas ele sempre foi honesto comigo. Não era como uns outros aí. Eu digo duas horas, ele fica duas horas. Ele pagava a faxineira. É isso. Tem uns outros caras que são folgados. Tentam negociar, não vão embora na hora certa. Mas não deixo barato. Não ligo pra eles quando tem um apartamento disponível. Freddy filmou um videoclipe lá em cima uma vez. Fiquei esperando ver na TV, mas nada. Talvez não tenha conseguido um agente. Música é um negócio duro.

— A festa no apartamento de Anna Lindsey saiu do controle. — Amanda afirmou o óbvio.

— É, saiu do controle — concordou Simkov. — Freddy é um cara legal. Eu não vou lá em cima ver como estão as coisas. Toda vez que eu entro no elevador, alguém diz "Ah, Sr. Simkov, o senhor pode ver tal coisa no meu apartamento?", "Pode regar as minhas plantas?", "Pode levar o meu cachorro pra passear?". Não é meu trabalho, mas eles emboscam você, o que você pode dizer? Vai se foder? Não, você não pode fazer isso. Então eu fico na minha mesa e digo que não posso fazer nada porque o meu trabalho é ficar na portaria, não passear com os cachorrinhos deles. Certo?

— Aquele apartamento estava um caos — disse Amanda. — É difícil de acreditar que tenha ficado tão ruim em uma semana.

Ele deu de ombros.

— Essas pessoas. Elas não têm respeito por nada. Cagam no canto como cachorros. Eu? Eu não fico surpreso. Eles são uns animais, fazem qualquer coisa pra enfiar a droga no braço.

— E o bebê? — perguntou Amanda.

— A puta, Lola. Achei que ela estava indo lá em cima fazer programa. Freddy estava lá. Lola tem uma queda por ele. Eu não sabia que ele estava morto. Ou que tinham virado o apartamento da Sra. Lindsey de cabeça pra baixo. Obviamente.

— Com que frequência Lola subia?

— Eu não contava. Umas duas vezes por dia. Eu sei que ela usa umas coisas de vez em quando. — Ele esfregou a mão debaixo do nariz, fungando, o gesto universal para cheirar cocaína. — Ela não é tão ruim. Uma boa mulher que afundou na lama por circunstâncias ruins.

Simkov não parecia perceber que ele era uma dessas circunstâncias ruins.

— Você viu algo de incomum no prédio nas duas últimas semanas? — perguntou Faith.

Ele mal olhou para ela, dirigiu-se a Amanda.

— Por que essa moça está me fazendo perguntas?

Faith já havia sido desdenhada antes, mas sabia que aquele sujeito precisava de rédea curta.

— Você quer que eu chame o meu parceiro para falar com você?

Ele fungou, como se a ideia de outra surra fosse irrelevante, mas respondeu a pergunta de Faith.

— O que você quer dizer com incomum? Aquilo é Buckhead. Tem coisas incomuns por todo lado.

A cobertura de Anna Lindsey provavelmente custara três milhões de dólares. Aquela mulher estava longe de viver no gueto.

— Você viu estranhos circulando por lá? — insistiu Faith.

Ele agitou a mão com desdém.

— Tem estranho pra todo lado. Isso aqui é uma cidade grande.

Faith pensou no assassino. Ele precisava ter acesso ao prédio para atirar em Anna com o Taser e tirá-la do apartamento. Simkov obviamente não facilitaria as coisas, então ela tentou blefar.

— Você sabe do que eu estou falando, Otik. Não me venha com conversa fiada ou tomarei providências para que o meu parceiro volte a moldar essa sua cara feia.

Ele deu de ombros outra vez, mas havia algo de diferente no gesto. Faith esperou, e o porteiro por fim abriu a boca.

— Às vezes eu vou fumar nos fundos do prédio.

A escada de incêndio que levava ao terraço ficava nos fundos do prédio.

— O que você viu?

— Um carro — disse ele. — Prata, quatro portas.

Faith tentou se manter calma. Tanto os Coldfield quanto a família do Tennessee haviam visto um sedã branco se afastar em alta velocidade do local do acidente. Anoitecia. Talvez tenham tomado o carro prata por branco.

— Você anotou a placa?

Ele fez que não.

— Eu vi que a escada que dá acesso à saída de emergência estava desengatada. Subi até o terraço.

— Pela escada?

— Pelo elevador. Não consigo subir naquela escada. São vinte e três andares. Tenho um problema no joelho.

— O que você viu no terraço?

— Tinha uma lata lá. Alguém a usou como cinzeiro. Estava cheia de pontas de cigarro.

— Onde estava?

— No parapeito do terraço. Bem ao lado da escada.

— O que você fez com a lata?

— Chutei ela lá de cima. — Ele deu de ombros do seu jeito característico. — Vi a lata cair no chão. Explodiu como... — Simkov juntou as mãos, então separou-as num movimento rápido. — Uma coisa espetacular.

Faith estivera nos fundos do prédio, havia vasculhado a área de cima a baixo.

— Não encontramos nenhuma ponta de cigarro ou lata nos fundos do prédio.

— É o que eu estou dizendo. No dia seguinte, tinha sumido. Alguém limpou.

— E o carro prata?

— Tinha sumido também.

— Você tem certeza de que não viu nenhum homem suspeito circulando por perto do prédio?

Ele bufou.

— Não, dona. Eu já disse. Só a *root beer*.

— Que *root beer*?

— A lata. Era de Doc Peterson's Root Beer.

Do mesmo tipo que haviam encontrado na casa vizinha à de Olivia Tanner.

22

Ao dirigir até a casa de Jake Berman no condado de Coweta, Will debatia consigo mesmo o nível de fúria que Faith sentiria ao descobrir que ele a enganara. Não tinha certeza do que a deixaria com mais raiva: a mentira deslavada que contara ao telefone, que Sam havia encontrado o Jake Berman errado, ou o fato de que ia até lá sozinho para falar com o sujeito. Ela de jeito nenhum teria ido à consulta se Will tivesse dito que o verdadeiro Jake Berman estava vivo e bem e morava na Lester Drive. Ela teria insistido em ir junto, e Will não conseguiria inventar uma desculpa boa o bastante para que ela não fosse, a não ser que estava grávida, diabética e já tinha coisas suficientes com que se preocupar sem ter de correr o risco de interrogar uma testemunha que podia muito bem ser um suspeito.

Teria tudo corrido às mil maravilhas com Faith. Como uma bola de chumbo sobre o Mississippi.

Will pediu a Caroline, a assistente de Amanda, que cruzasse o nome Jake Berman com o endereço na Lester Drive. Com aquele detalhe vital, levantaram informações sobre Berman sem maiores dificuldades. A hipoteca estava no nome da esposa, assim como todos os cartões de crédito e as contas de TV a cabo e outros serviços. Lydia Berman era professora. Jake Berman já havia sacado todas as parcelas do seguro-desemprego e ainda estava desempregado. Havia declarado falência dezoito meses atrás, livrando-se de cerca de meio milhão de dólares em dívidas. O motivo por trás da dificuldade em encontrá-lo era tão simples quanto o desejo de evitar os credores. Considerando que fora preso há alguns meses por atentado ao pudor, fazia sentido que Jake Berman quisesse manter discrição.

Por outro lado, tudo também faria sentido se Berman fosse o suspeito deles.

O Porsche não era confortável para longas distâncias, e as costas de Will doíam quando ele chegou à Lester Drive. O trânsito estava pior que o habitual, um trator virado na interestadual deixou tudo parado por quase uma hora. Will não queria ficar sozinho com seus pensamentos. Já tinha ouvido todas as rádios quando entrou no condado de Coweta.

Will parou ao lado de um Chevy Caprice sem identificação da polícia na entrada da Lester Drive. Um cortador de grama se projetava do porta-malas aberto. O homem ao volante vestia um macacão e usava uma grossa corrente de ouro no pescoço. Will reconheceu Nick Shelton, o agente de campo regional do Distrito 23.

— Tudo certo? — perguntou Nick, abaixando o *bluegrass* que bombava no rádio. Will já o encontrara algumas vezes. Ele era tão do interior que o pescoço reluzia vermelho, mas era um investigador confiável e sabia como fazer o seu trabalho.

— Berman ainda está em casa? — perguntou Will.

— A não ser que tenha saído de fininho pelos fundos — respondeu Nick. — Não se preocupe. Ele me pareceu ser do tipo preguiçoso.

— Você falou com ele?

— Eu me fiz passar por jardineiro à procura de trabalho. — Nick lhe estendeu um cartão de visita. — Eu falei que seriam cem pratas por mês, e ele disse que podia cuidar do maldito gramado dele, muito obrigado. — Ele deu uma risada. — Isso vindo de um cara que ainda estava de pijama às dez da manhã.

Will olhou o cartão, viu o desenho com um cortador de grama e algumas flores.

— Legal — disse.

— O número de telefone falso é útil com as donas de casa. — Nick riu outra vez. — Dei uma olhada no bom e velho Jakey enquanto ele me dava uma aula de como ter preços competitivos. Ele é definitivamente o cara que estão procurando.

— Você entrou na casa?

— Ele não foi tão idiota assim. Quer que eu fique por aqui? — perguntou Nick.

Will avaliou a situação, o fato de que, se tivesse lhe dado a chance, Faith teria toda a razão: não entre numa situação desconhecida sem alguém para dar cobertura.

— Se você não se importar. Só fique por aqui e cuide para que não explodam a minha cabeça.

Os dois riram um pouco mais alto do que exigia a piada, provavelmente porque, na verdade, Will não estava brincando.

Ele subiu o vidro da janela e seguiu a rua. Para facilitar as coisas, Caroline havia ligado para Berman antes que Will deixasse o escritório. Ela se passara por operadora da empresa de TV a cabo. Berman garantiu que estaria em casa para receber o técnico, que faria um *upgrade* geral, de modo a evitar que o serviço fosse interrompido. Havia muitos truques para garantir que alguém estivesse em casa. O ardil da TV a cabo era o melhor. As pessoas ficam sem muitas coisas, mas são capazes de deixar a vida em suspenso por dias para esperar o técnico.

Will conferiu os números na caixa do correio, garantindo que fossem os mesmos do bilhete que Sam dera a Faith. Numa cortesia da MapQuest, que imprimia grandes setas nas suas orientações, e de algumas paradas em lojas de conveniência, Will conseguira dirigir pela zona rural errando o caminho só algumas vezes.

Ainda assim, conferiu os números no papel e na caixa de correio três vezes antes de descer do carro. Ele viu o coração desenhado por Sam ao redor do endereço e se perguntou por que um homem que não era o pai do filho de Faith faria uma coisa daquelas. Will só estivera com o repórter uma vez, mas não gostava dele. Victor era OK. Falou com ele ao telefone algumas vezes e se sentou ao seu lado numa cerimônia de premiação incrivelmente tediosa à qual Amanda insistira que sua equipe comparecesse, principalmente para garantir que alguém aplaudisse quando seu nome fosse chamado. Victor quis conversar sobre esportes, mas não futebol americano ou beisebol, os dois únicos esportes que atraíam a atenção de Will. Hóquei era para ianques e futebol para europeus. Ele não sabia por que Victor acabara se interessando por ambos, mas rendiam uma conversa bem maçante. Não sabia o que Faith tinha visto no cara, mas Will ficara satisfeito alguns meses atrás, quando passara a perceber que o carro de Victor não estava mais estacionado em frente à casa dela quando ia pegá-la em dias de julgamento.

Mas é claro, quem era Will para julgar os relacionamentos alheios? Seu corpo todo ainda doía do encontro com Angie na noite passada. Não era uma dor boa — era o tipo de dor que faz você querer cair na cama e dormir por uma semana. Ele sabia por experiência própria que não importava, pois, assim que começasse a dar um passo de cada vez, a reconstruir um arremedo de vida, Angie retornaria e ele estaria de volta ao mesmo lugar. Era o padrão de sua vida. Nada jamais mudaria isso.

A casa dos Berman era uma construção de madeira térrea disposta num amplo terreno. O lugar parecia habitado, mas não de uma forma salutar. A grama estava crescida, e ervas daninhas se emaranhavam nos canteiros de flores. O Camry verde estacionado do lado de fora estava imundo. Os pneus estavam enlameados, e a carroceria estava coberta por uma camada de sujeira que parecia estar ali há um bom tempo. Havia duas cadeirinhas de bebê no banco de trás e o obrigatório Cheerios colado no para-brisa. Duas plaquetas amarelas estavam presas ao vidro lateral, provavelmente com os dizeres *Bebê a Bordo*. Will colocou a mão no capô. O motor estava frio. Ele conferiu as horas no celular. Quase dez horas. Faith provavelmente já estaria no médico àquela altura.

Will bateu à porta e esperou. Voltou a pensar em Faith, em como ficaria furiosa, principalmente se ele estivesse prestes a ficar frente a frente com o assassino. Mas, pelo jeito, parecia que não ficaria frente a frente com ninguém. Ninguém atendeu a porta. Will bateu outra vez. Como isso não funcionou, recuou alguns passos e olhou para as janelas. Todas as cortinas estavam abertas. Algumas luzes estavam acesas. Talvez Berman estivesse no banho. Ou talvez tivesse plena consciência de que a polícia tentava falar com ele. O disfarce de jardineiro caipira de Nick era impressionante, mas ele estava parado no começo da rua havia cerca de uma hora. Em uma vizinhança tão pequena, os telefones provavelmente não tinham parado de tocar.

Will tentou a porta da frente, mas estava trancada. Ele rodeou a casa, olhando pelas janelas. Havia uma luz acesa no fim do corredor. Estava prestes a olhar pela janela seguinte quando ouviu um barulho no interior, como uma porta sendo fechada com força. Ele levou a mão à arma na cintura, sentindo os pelos da nuca se eriçarem. Algo não estava certo, e ele tinha plena consciência de que Nick Shelton estava sentado dentro do carro escutando rádio naquele momento.

Ouviu o som inconfundível de uma janela sendo fechada. Will correu até os fundos da casa a tempo de ver um homem disparar pelo quintal. Jake Berman vestia a calça do pijama e estava sem camisa, mas havia calçado os tênis. Ele olhou sobre o ombro ao passar correndo por um balanço novo rumo à cerca telada que separava a propriedade da do vizinho.

— Merda — murmurou Will, e começou a correr atrás do homem. Will era um bom corredor, mas Berman era rápido, suas pernas, um borrão.

— Polícia! — gritou Will, calculando tão mal a altura da cerca que bateu o pé. Ele caiu no chão e se levantou o mais rápido que conseguiu. Viu Berman entrar numa área gramada lateral, passar por outra casa e correr em direção à rua. Will fez o mesmo, se aproveitando do ângulo, encurtando a distância ao perseguir Berman pela rua.

Houve um chiado de pneus, e o Caprice de Nick Shelton parou atravessado na rua. Berman desviou do carro e bateu a mão no capô ao disparar rumo a outro quintal.

— Droga! — praguejou Will. — Polícia! Pare!

Berman continuou correndo, mas era um velocista, não um maratonista. Se Will era bom em alguma coisa, era resistência. Ele começava a pegar embalo quando Jake Berman reduziu o passo e então parou para tentar abrir o portão de madeira do quintal de um vizinho. Ele olhou sobre o ombro, viu Will, arrancou outra vez. Mas Berman perdia o fôlego e, pela lentidão com que suas pernas se moviam, Will percebeu que estava prestes a desistir. Ainda assim, Will não se arriscaria. Quando chegou perto o bastante, ele saltou e derrubou Berman com uma pancada que deixou os dois sem ar.

— Seu merda! — gritou Nick Shelton, chutando Berman nas costelas.

Considerando o incidente com o porteiro do prédio de Anna no dia anterior, Will acreditava que teria sido mais gentil na abordagem, mas o coração batia tão rápido no peito que ele se sentia nauseado. Pior, a adrenalina bombeava todo tipo de pensamento ruim em seu cérebro.

Nick chutou Berman outra vez.

— Nunca fuja da lei, seu filho da puta.

— Eu não sabia que vocês eram policiais...

— Cale a boca. — Will passou a colocar as algemas nele, mas Berman se debateu, tentando se desvencilhar. Nick recuou o pé para chutá-lo outra vez, mas Will enterrou o joelho nas costas do homem com tanta força que sentiu as costelas dobrarem. — Pare.

— Eu não fiz nada!

— Foi por isso que você correu?

— Eu ia sair para correr — gritou ele. — Sempre corro essa hora do dia.

— De pijama? — perguntou Nick.

— Vá se foder.

— Mentir para a polícia é crime. — Will se levantou, puxando Berman junto com ele. — Cinco anos de reclusão. Eles têm banheiros masculinos à vontade na prisão.

Berman empalideceu. Algumas vizinhas se aglomeravam ali. Não pareciam felizes nem, Will percebeu, especialmente solidárias.

— Está tudo bem — disse-lhes Berman. — Foi só um mal-entendido.

— Um mal-entendido desse cretino, que acha que pode correr da polícia — disse Nick.

Will não estava preocupado com as aparências. Ele puxou as mãos algemadas de Berman para cima, fazendo com que se curvasse para a frente ao seguirem em direção à rua.

— Meu advogado vai ficar sabendo disso.

— Não se esqueça de contar a ele que você fugiu correndo como uma colegial assustada — disse Nick.

Will empurrava Berman pela rua, mantendo as mãos dele ligeiramente erguidas atrás do corpo, para que o homem precisasse andar cambaleando.

— Você se importa em informar à central? — perguntou ele a Nick.

— Você quer a cavalaria?

— Quero um carro de polícia parando em frente à casa dele com direito a luzes e sirene para que todo mundo na vizinhança saiba que algo está acontecendo lá.

Nick bateu continência e trotou em direção a seu carro.

— Você está cometendo um erro — disse Berman.

— Seu erro foi fugir da cena de um crime.

— O quê? — Ele se virou, com uma expressão de surpresa genuína. — Que crime?

— Rota 316.

Ele ainda aparentava estar confuso.

— Isso tudo é por causa daquilo?

Ou o sujeito fazia uma atuação digna de um Oscar ou realmente não estava entendendo.

— Você testemunhou um acidente de carro na 316 há quatro dias. Uma mulher foi atropelada. Você falou com a minha parceira.

— Eu não deixei aquela moça sozinha. A ambulância estava lá. Eu disse tudo que sabia àquela policial no hospital.

— Você deu endereço e telefone falsos.

— Eu só... — Ele olhou em volta, e Will se perguntou se tentaria fugir outra vez. — Me tire daqui — pediu Berman. — Me leve para a delegacia de uma vez, tá bom? Me leve para a delegacia, me deixe dar o meu telefonema e nós vamos resolver isso tudo.

Will virou Berman, mantendo a mão no ombro dele para o caso de o sujeito decidir tentar a sorte de novo. A cada passo, sentia que ficava mais e mais irritado. Já Berman parecia cada vez mais um arremedo patético e ardiloso de um ser humano. Eles haviam perdido dois dias procurando por aquele cretino, e então o idiota fez Will persegui-lo por metade do bairro.

Berman se virou.

— Por que você não tira essas algemas para eu...

Will o virou para a frente com tanta força que precisou segurar o sujeito para que ele não caísse de cara no chão. A vizinha mais próxima estava na porta de casa, observando-os. Como as outras mulheres, não parecia estar exatamente contrariada por ver o homem passar ali algemado.

— Elas odeiam você porque é gay? Ou porque se aproveita da sua esposa?

Berman se virou outra vez.

— Que merda que você ganha me...

Will o virou novamente com tanta força que dessa vez ele também se desequilibrou.

— São dez da manhã e você ainda está de pijama. — Ele conduzia Berman pela grama alta do jardim da casa. — Você não tem um cortador de grama?

— Não podemos bancar um jardineiro.

— Onde estão os seus filhos?

— Na creche. — Ele tentou se virar de novo. — O que você tem a ver com isso?

Will o forçou a virar para a frente outra vez, obrigando-o a percorrer o caminho até a casa. Odiava o sujeito por muitos motivos; o fato de ele ter esposa e filhos que provavelmente se importavam com ele e não ser capaz de nem ao menos cortar a grama e lavar o carro para a família era apenas um deles.

— Para onde você está me levando? — exigiu Berman. — Eu disse para me levar para a delegacia.

Will ficou calado, empurrando-o para a casa, erguendo os braços do homem sempre que ele reduzia o passo ou tentava se virar.

— Se,eu estou preso, você precisa me levar para a delegacia.

Eles caminharam até os fundos da casa, Berman protestando o caminho todo. Ele era um homem acostumado a ser ouvido. Ser ignorado parecia irritá-lo ainda mais do que ser empurrado, de modo que Will continuou calado enquanto o empurrava até o quintal.

Will tentou a porta dos fundos, mas estava trancada. Ele olhou para Berman, cujo olhar presunçoso pareceu sugerir que acreditava ter conseguido uma vantagem. A janela pela qual o sujeito saíra de casa estava apenas fechada. Will a levantou, fazendo ranger as molas baratas.

— Não se preocupe — disse Berman. — Eu espero você.

Will se perguntou onde estaria Nick Shelton. Provavelmente em frente à casa, pensando que fazia um grande favor a Will ao lhe dar algum tempo sozinho com o suspeito.

— Certo — murmurou ele, então abriu uma das algemas e prendeu Berman à churrasqueira. Ergueu o corpo e entrou com agilidade pela janela aberta. Will se viu na cozinha, decorada com gansos: gansos na faixa de papel de parede, gansos nos panos de prato, gansos no tapete debaixo da mesa.

Ele olhou pela janela atrás de si. Berman estava lá, ajeitando a calça do pijama, como se a experimentasse na Macy's.

Will fez uma inspeção rápida na casa, encontrando apenas o que já esperava: um quarto de criança com beliche, a suíte do casal, cozinha, sala e um escritório com um livro nas prateleiras. Não conseguiu ler o título, mas reconheceu a foto de Donald Trump na capa e concluiu que devia ser algo do tipo "fique rico rápido". Obviamente, Jake Berman não seguiu os conselhos do cara. Bem, considerando que havia perdido o emprego e declarado falência, talvez tivesse seguido, sim.

Não havia porão, e a garagem estava vazia, exceto por três caixas que pareciam guardar os itens do antigo escritório de Jake Berman: um grampeador, um bom jogo de mesa, um monte de papéis com planilhas e gráficos. Will abriu a porta de correr de vidro do quintal e encontrou Berman sentado ao lado da churrasqueira, com o braço pendendo acima da cabeça.

— Você não tem direito de revistar a minha casa.

— Você fugiu daqui. Esse é o único motivo de que preciso.

Berman pareceu engolir a explicação, que soou razoável até mesmo aos ouvidos de Will, apesar de ele saber que aquilo era completamente ilegal.

Will arrastou uma cadeira e se sentou. O ar ainda estava frio, e o suor que empapou sua camisa ao correr atrás de Berman começava a secar, gelado.

— Isso não é justo — disse Berman. — Quero o número do seu distintivo, o seu nome e...

— As informações verdadeiras ou quer que eu invente alguma coisa, como você fez?

Ele teve o bom senso de não responder.

— Por que você correu, Jake? Para onde estava indo de pijama?

— Não cheguei a pensar nisso — resmungou ele. — Só não quero lidar com isso agora. Já tenho problemas demais.

— Você tem duas opções: ou me diz o que aconteceu naquela noite ou eu o levo preso de pijama. — Para deixar clara a ameaça, Will acrescentou: — E não estou falando do Country Club de Coweta. Vou levar você direto para a Penitenciária de Atlanta, e não vou deixar você trocar de roupa. — Ele apontou para o peitoral de Berman, que subia e descia de pânico e raiva. O sujeito obviamente dedicava algum tempo ao corpo. Estava em boa forma, tinha o abdome definido, ombros largos e musculosos. — Você vai ver que todas aquelas flexões na academia não foram perda de tempo.

— Então é isso? Você é algum idiota homofóbico?

— Não dou a mínima para quem você chupa no banheiro. — Era verdade, mas Will usava um tom que sugeria o contrário. Todo mundo tem um ponto fraco, e o de Berman era a sua orientação sexual. Naquele momento, o ponto fraco de Will era que aquele cretino algemado à Grillmaster 2000 traía a mulher e esperava que ela engolisse tudo calada e fosse uma boa esposa. A ironia da situação não lhe passou despercebida. — O pessoal da penitenciária adora quando chega carne nova.

— Vá se foder.

— Ah, eles vão foder. Eles vão foder você em lugares onde você não imaginava ser possível.

— Vá pro inferno.

Will deixou que ele ruminasse os pensamentos por alguns segundos, tentando colocar as próprias emoções sob controle. Concentrou-se no tempo que desperdiçaram procurando por aquele idiota patético quando poderiam estar investigando pistas de verdade. Ele fez uma lista para Berman.

— Resistência à prisão, mentir para a polícia, fazer a polícia desperdiçar tempo, obstrução de uma investigação. Você pode pegar dez anos, Jake, e isso se o juiz for com a sua cara, o que duvido muito, considerando que você tem antecedentes e se comporta como um cretino arrogante.

Berman pareceu finalmente se dar conta de que estava em apuros.

— Eu tenho filhos. — Havia um tom de súplica em sua voz. — Meus filhos.

— É, eu li sobre eles no seu auto de prisão em flagrante no Mall of Georgia.

Berman abaixou a cabeça, olhou para o piso de concreto.

— O que você quer?

— Eu quero a verdade.

— Não sei mais qual é a verdade.

Ele obviamente sentia pena de si mesmo outra vez. Will queria dar um chute na cara dele, mas sabia que não conseguiria nada com isso.

— Você precisa entender que eu não sou o seu terapeuta, Jake. Não dou a mínima para as suas crises de consciência, se você tem filhos, se você trai a sua esposa...

— Eu a amo! — disse ele, pela primeira vez demonstrando uma emoção que não fosse autopiedade. — Amo a minha esposa.

Will afrouxou a pressão, tentando manter os nervos sob controle. Podia sentir raiva ou conseguir informações. Apenas uma dessas alternativas era o motivo de estar ali.

— Eu era alguém — disse Berman. — Tinha um emprego. Ia para o trabalho todos os dias. — Ele olhou para a casa. — Eu morava numa boa casa. Tinha uma Mercedes.

— Você era engenheiro? — perguntou Will, mas já sabia que sim pelas declarações de imposto de renda levantadas por Caroline.

— Edifícios. O mercado sofreu um grande abalo. Eu tive a sorte de conseguir sair com a roupa do corpo.

— Foi por isso que você colocou tudo no nome da sua esposa?

Ele assentiu, lentamente.

— Eu estava arruinado. Mudamos de Montgomery para cá há um ano. Deveria ser um recomeço, mas... — Ele deu de ombros, como se fosse inútil continuar.

Will achava mesmo que o sotaque do sujeito era um pouco mais carregado que a média.

— Então você é do Alabama?

— Conheci a minha esposa lá. Nós dois estudamos na ASU. — Ele se referia à Universidade Estadual do Alabama. — Lydia se formou em Letras. Era mais um hobby até eu perder o meu emprego. Agora, ela dá aula na escola e eu fico com as crianças o dia todo. — Ele olhou para o balanço, as cadeirinhas se agitando ao vento. — Eu viajava bastante. Era quando eu satisfazia meus desejos. Eu viajava, fazia o que tinha de fazer e então voltava para casa e ficava com a minha esposa, ia para a igreja, e foi assim que funcionou por quase dez anos.

— Você foi preso há seis meses.

— Eu disse a Lydia que foi um engano. Todas aquelas bichas de Atlanta circulando pelo shopping, tentando caçar um hétero. A polícia estava de olho. Eles acharam que eu era gay porque... Não sei o que disse a ela. Porque eu tinha um corte de cabelo bonito. Ela queria acreditar em mim, então acreditou.

Will achava que um dia seria absolvido por sua simpatia pender mais para o cônjuge que era traído e enganado.

— Diga o que aconteceu na 316.

— Nós vimos o acidente, as pessoas na estrada. Eu devia ter ajudado mais. O outro cara... Nem sei o nome dele. Ele era paramédico. Tentou ajudar a mulher que foi atropelada. Eu só fiquei ali, no meio da estrada, tentando pensar numa mentira para contar à minha esposa. Acho que ela não acreditaria em mim se acontecesse de novo, não importava o que eu inventasse.

— Como você o conheceu?

— Eu estava no bar assistindo a um jogo. Vi quando ele entrou no cinema. Era um cara bonito, sozinho. Eu sabia por que ele estava ali. — Berman soltou um longo suspiro. — Eu o segui até o banheiro. Decidimos ir a algum lugar para termos mais privacidade.

Jake Berman não era nenhum principiante, e Will não perguntou por que ele havia dirigido quarenta minutos para assistir a um jogo num bar. Coweta podia ser rural, mas Will passara por pelo menos três bares depois que deixara a interestadual, e sem dúvida havia outros no centro.

— Você deve saber que é perigoso entrar no carro de um estranho dessa forma — alertou Will.

— Acho que estava me sentindo sozinho. Queria estar com alguém. Você sabe, ser eu mesmo com alguém. Ele disse que podíamos ir no carro dele, talvez encontrar um lugar na mata para ficarmos juntos mais do que apenas alguns minutos no banheiro. — Ele soltou um riso irônico. — O cheiro de urina não é nenhum afrodisíaco para mim, acredite ou não. — Ele olhou Will nos olhos. — Você fica enojado ouvindo esse tipo de coisa?

— Não — respondeu Will com sinceridade. Já ouvira inúmeras testemunhas contarem histórias sobre encontros irrelevantes e sexo casual. Realmente não importava se fosse um homem ou mulher ou ambos. As emoções eram semelhantes, e o objetivo de Will era sempre o mesmo: conseguir as informações necessárias para elucidar um caso.

Jake obviamente sabia que Will não lhe diria mais nada.

— Estávamos na estrada, e o cara com quem eu estava...

— Rick.

— Rick. Certo. — A expressão no rosto de Berman sugeriu que ele preferia não saber o nome. — Rick estava dirigindo. Estava com a calça desabotoada. — Jake corou outra vez. — Ele me empurrou. Disse que tinha alguma coisa na estrada. Começou a reduzir, e eu vi o que parecia ser um acidente feio. — Berman fez uma pausa, medindo as palavras, sua culpa. — Disse a ele que fosse embora, mas ele disse que era paramédico, que não podia abandonar o local de um acidente. Acho que é algum tipo de código de honra ou coisa parecida. — Ele fez outra pausa, e Will supôs que se esforçava para lembrar o que havia acontecido.

— Não tenha pressa — disse Will.

Jake assentiu, refletiu por alguns segundos.

— Rick desceu do carro, e eu fiquei ali sentado. Havia um casal de idosos no meio da estrada. O homem tinha as mãos no peito. Continuei sentado no carro, olhando, como se tudo aquilo fosse um filme. A senhora usou o celular, acho que para chamar uma ambulância. Foi estranho, porque ela mantinha a mão na boca, assim. — Ele colocou a mão em concha sobre a boca, da forma como Judith Coldfield fazia ao sorrir. — Era como se contasse um segredo, mas não havia ninguém por perto para ouvir, então... — Ele deu de ombros.

— Você desceu do carro?

— Sim. Acabei saindo da inércia. Ouvi a ambulância chegando. Fui até o senhor. Acho que o nome dele era... Henry? — Will assentiu.

— É, Henry. Ele estava mal. Acho que os dois estavam em choque. As mãos de Judith tremiam de forma descontrolada. O outro cara, Rick, cuidava da mulher nua. Não vi muita coisa dela. Era difícil de ver, sabe? Era difícil olhar para ela, quero dizer. Lembro que, quando o filho deles chegou, o cara não conseguia tirar os olhos da mulher, tipo "meu Deus".

— Espere um minuto — interrompeu Will. — O filho de Judith Coldfield esteve no local do acidente?

— Sim.

Will voltou à conversa com os Coldfield, perguntando-se por que Tom deixara de fora um detalhe tão importante. Houve muitas oportunidades para que falasse, mesmo com a mãe dominadora na sala.

— A que horas o filho chegou?

— Uns cinco minutos antes da ambulância.

Will se sentia ridículo repetindo tudo que Berman dizia, mas precisava que ficasse bem claro.

— Tom Coldfield chegou ao local do acidente antes da ambulância?

— Ele chegou antes da polícia. Os policiais só apareceram depois que as ambulâncias foram embora. Não tinha ninguém lá. Foi brutal. Ficamos tipo uns vinte minutos com aquela moça morrendo no meio da estrada e ninguém aparecia para ajudar.

Will sentiu que uma peça do quebra-cabeças se encaixava — não a que precisavam para o caso, mas a que explicava por que Max

Galloway havia sido tão abertamente hostil quanto a compartilhar informações. O detetive devia saber que a ambulância levara a vítima *antes* de a polícia chegar. Faith tinha razão o tempo todo. Havia um motivo para Rockdale não mandar o fax com o relatório do primeiro policial a chegar ao local, e o motivo era que, com isso, eles se eximiam de culpa. A demora da polícia era o tipo de coisa com que as emissoras de TV locais faziam a festa. Aquela foi a gota d'água para Will. Ele caçaria o distintivo de Max Galloway até o fim do dia. Não havia como dizer se mais pistas haviam sido ocultadas ou, pior, comprometidas.

— Ei — disse Berman. — Você quer ouvir isso ou não?

Will se deu conta de que ficara imerso demais nos próprios pensamentos. Ele fez um gesto para que Berman continuasse.

— Então Tom Coldfield apareceu — disse Will. — E depois chegaram as ambulâncias?

— Só uma, a princípio. Eles levaram primeiro a mulher, a que foi atropelada. Henry disse que esperaria, porque queria ir com a esposa e não havia lugar para os três na ambulância. Houve uma discussão a respeito, mas Rick disse "vamos, vamos de uma vez", porque sabia que a mulher não estava nada bem. Ele me deu as chaves do carro e entrou na ambulância para continuar a atender a mulher.

— Quanto tempo levou para chegar a segunda ambulância?

— Uns dez, talvez quinze minutos.

Will fez as contas. Quase quarenta e cinco minutos haviam se passado, e a polícia ainda não havia aparecido.

— E depois?

— Eles levaram Henry e Judith. O filho seguiu a ambulância, e eu fiquei sozinho na estrada.

— A polícia ainda não havia chegado?

— Ouvi as sirenes logo depois que a última ambulância foi embora. O carro estava lá, o dos Coldfield. A cena de um crime, certo? — Ele voltou a olhar para o balanço no quintal, como se conseguisse ver seus filhos brincando ao sol. — Pensei em voltar com o carro de Rick até o cinema. Eles não me reconheceriam, certo? Quer dizer, vocês não teriam como me identificar se eu não tivesse ido até o hospital e dado o meu nome.

Will deu de ombros, mas era verdade. Se Jake Berman não tivesse dado seu nome verdadeiro, Will não estaria ali naquele momento.

— Então eu entrei no carro e segui para o cinema — continuou Jake.

— Na direção contrária à das viaturas?

— Elas estavam vindo pela pista oposta.

— O que o fez mudar de ideia?

Ele deu de ombros, e seus olhos ficaram marejados.

— Estava cansado de fugir, acho. Fugir de... tudo. — Ele levou a mão livre aos olhos. — Rick me disse que a levariam para o Grady, então eu peguei a interestadual e fui para lá.

A coragem dele aparentemente minguou logo depois, mas Will deixou aquilo passar.

— O velho está bem? — perguntou Berman.

— Está, sim.

— Ouvi no jornal que a mulher está bem.

— Está se recuperando. Mas o que aconteceu com ela vai acompanhá-la pelo resto da vida. Ela não será capaz de fugir disso.

Berman enxugou os olhos com as costas da mão.

— Uma lição e tanto para mim, certo? — A autopiedade estava de volta. — Não que você se importe, não é?

— Quer saber o que não gosto em você?

— Por favor, fique à vontade.

— Você está traindo a sua esposa. Não me importa com quem, isso é traição. Se quiser estar com outra pessoa, então esteja com essa pessoa, mas deixe a sua esposa livre. Deixe que ela tenha uma vida. Deixe que tenha alguém que a ame de verdade, que a entenda e queira estar com ela.

O homem fez que não com a cabeça, abatido.

— Você não entende.

Will acreditava que Jake Berman estava além de lições de vida. Ele se levantou da mesa e soltou as algemas da churrasqueira.

— Cuidado quando entrar no carro de estranhos.

— Parei com isso. Sério. Nunca mais.

Ele falou com tanta convicção que Will quase acreditou.

Will precisou esperar até sair do bairro de Jake Berman para que o celular tivesse sinal suficiente para fazer uma ligação. Mesmo assim, o serviço estava instável, e foi preciso parar no acostamento para conseguir completar a ligação. Ele discou o número do celular de Faith e ouviu tocar. A ligação caiu na caixa postal, e ele encerrou a chamada. Will conferiu o relógio. Dez e quinze. A parceira provavelmente ainda estava no médico, em Snellville.

Tom Coldfield não havia mencionado que estivera na cena do crime — mais uma pessoa que mentira para eles. Will estava ficando farto de mentiras. Ele pegou o celular e ligou para o auxílio à lista. Transferiram a ligação para a torre de controle do Aeroporto Charlie Brown, onde outra pessoa disse que Tom tinha feito uma pausa para o cigarro. Will estava prestes a deixar um recado quando a mulher se ofereceu para dar o número do celular de Coldfield. Alguns minutos depois, ele ouvia Tom Coldfield falando alto, sua voz sobreposta ao som de um motor a jato.

— Que bom que você ligou, agente Trent. — A voz do sujeito era quase um grito. — Deixei uma mensagem com a sua parceira mais cedo, mas não tive retorno.

Will colocou um dedo no ouvido, como se isso pudesse ajudar a reduzir o barulho de um avião decolando do outro lado da cidade.

— Você se lembrou de alguma coisa?

— Ah, não — disse Tom. O rugido arrefeceu, e a voz do sujeito voltou ao normal. — Os meus velhos e eu estávamos conversando ontem à noite, nos perguntamos como anda a investigação.

Houve uma rajada ensurdecedora de motores a jato. Will esperou, pensando que aquilo era insano.

— A que horas você sai do trabalho?

— Daqui a uns dez minutos, depois vou pegar os meus filhos na casa da minha mãe.

Will pensou que mataria dois coelhos com uma cajadada só.

— Você pode se encontrar comigo na casa dos seus pais?

Tom esperou outro avião passar.

— Claro. Não devo demorar mais que quarenta e cinco minutos para chegar lá. Algum problema?

Will olhou para o relógio no painel do carro.

— Nos vemos em quarenta e cinco minutos.

Ele encerrou a ligação antes que Tom pudesse fazer mais perguntas. Infelizmente, também a encerrou antes que pudesse pegar o endereço dos Coldfield. Não devia ser muito difícil encontrar o bairro dos aposentados. A Clairmont Road atravessava o condado de DeKalb de um extremo ao outro, mas os idosos se concentravam em apenas uma área, nos arredores do Hospital dos Veteranos de Atlanta. Will engatou o carro, voltou à estrada e seguiu para a interestadual.

Enquanto dirigia, ele refletiu se deveria ligar para Amanda e contar que Max Galloway havia passado a perna neles outra vez, mas a chefe perguntaria onde Faith estava, e Will não queria lembrá-la de que a parceira estava enfrentando problemas médicos. Amanda odiava fraquezas de qualquer tipo e era implacável quando se tratava do distúrbio dele. Não havia como dizer que tipo de abuso Faith sofreria por ser diabética. Will não lhe daria mais munição.

Ele podia, é claro, ligar para Caroline, que, por sua vez, repassaria a informação para Amanda. Aninhou o telefone na mão, rezando para que ele não desmontasse ao discar o número da assistente de Amanda.

Caroline fazia bom uso do identificador de chamadas.

— Oi, Will.

— Você pode me fazer mais um favor?

— Claro.

— Judith Coldfield ligou para o 911, e duas ambulâncias chegaram ao local do atropelamento antes da Polícia de Rockdale.

— Isso não está certo.

— Não — concordou Will. Não estava. O fato de Max Galloway ter mentido significava que, em vez de falar com um policial capacitado sobre o que havia registrado na cena, Will precisaria confiar nos

Coldfield para reconstruir o que haviam visto. — Preciso que você monte a cronologia. Tenho certeza de que Amanda vai querer saber por que eles demoraram tanto.

— Você sabe que eu vou ligar para Rockdale para confirmar o tempo de resposta à chamada, não sabe? — disse Caroline.

— Tente os registros telefônicos do celular de Judith Coldfield. — Se Will os pegasse na mentira, seria outra arma à disposição de Amanda. — Você tem o número dela?

— 404...

— Espere um pouco — disse Will, pensando que seria útil ter o número de Judith. Ele segurou o volante com as pontas dos dedos ao tirar o gravador digital que sempre levava no bolso e ligou o aparelho. — Pode falar.

Caroline disse o número do celular de Judith Coldfield. Will desligou o gravador e colocou o telefone de volta ao ouvido para agradecer a ela. Costumava usar um sistema para registrar as informações pessoais de testemunhas e suspeitos, mas Faith foi ficando gradualmente a cargo de tudo relacionado à papelada, de modo que Will ficava perdido sem a parceira. Precisaria corrigir isso no próximo caso. Não gostava da ideia de ser tão dependente dela — principalmente agora que estava grávida. Ela provavelmente ficaria afastada por pelo menos uma semana quando o bebê nascesse.

Ele tentou o celular de Judith, mas caiu na caixa postal. Deixou uma mensagem, então ligou para Faith e deixou outra, dizendo que estava a caminho da casa dos Coldfield. Com sorte, ela retornaria a ligação e lhe daria o endereço do casal na Clairmont Road. Ele não queria ligar para Caroline outra vez, já que ela se perguntaria por que um agente não tinha aquilo tudo anotado em algum lugar. Além disso, o celular havia começado a estalar quando o levava ao ouvido. Precisaria fazer algo para consertá-lo o quanto antes. Com cuidado, Will colocou o aparelho no banco do carona. Agora, apenas um fio e um pedaço de fita adesiva em rápida degradação mantinham as peças no lugar.

Will abaixou o volume do rádio ao entrar na cidade. Em vez de pegar o caminho que passava pelo centro, entrou na I-85. O trânsito no retorno para a Clairmont estava pior que o habitual, então ele pegou o caminho mais longo, margeando o Aeroporto Peachtree--Dekalb, atravessando bairros que abrigavam culturas tão distintas que nem mesmo Faith conseguiria ler os letreiros de algumas lojas.

Depois de enfrentar mais trânsito, finalmente estava na área certa. Ele parou no primeiro condomínio fechado próximo ao Hospital dos Veteranos, sabendo que a melhor forma de fazer aquilo era a metódica. O segurança no portão foi educado, mas os Coldfield não estavam na lista de moradores. O próximo lugar rendeu o mesmo resultado negativo, mas, quando Will chegou ao terceiro condomínio, o mais atraente de todos, a sorte sorriu para ele.

— Henry e Judith — disse o funcionário do portão com um sorriso, como se fossem velhos amigos. — Acho que Hank saiu, mas Judith deve estar em casa.

Will esperou o segurança fazer a ligação antes de deixá-lo entrar. Olhou em volta, para a área bem-cuidada, sentindo uma pontada de inveja. Will não tinha filhos nem família. A aposentadoria era algo que o preocupava, e ele fazia um pé-de-meia desde o primeiro contracheque. Não gostava de correr riscos, de modo que não havia perdido muito no mercado de ações. Títulos públicos eram o destino da maior parte do seu dinheiro suado. Ele tinha pavor de acabar como um velho solitário num triste asilo estadual. Os Coldfield tinham o tipo de aposentadoria com que Will sempre sonhara — um segurança simpático no portão, jardins bem-cuidados, um clube no qual pudesse jogar cartas ou *shuffleboard*.

Mas é claro, sabendo como as coisas funcionavam, Angie acabaria tendo uma doença terminal terrível e duraria o bastante para sugar todo o dinheiro da sua aposentadoria antes de morrer.

— Pode entrar, meu jovem! — O segurança sorriu, mostrando os dentes brancos retos por baixo do bigodão grisalho. — Entre à esquerda logo depois do portão, então à esquerda de novo, depois à direita e estará na Taylor Drive. A casa deles é a 1693.

— Obrigado — disse Will, entendendo apenas o nome da rua e os números. O homem fez um gesto indicando o sentido que Will deveria seguir primeiro, então ele passou pelo portão e fez a curva. Depois, era esperar pelo melhor.

— Merda — murmurou Will, respeitando o limite de quinze quilômetros por hora ao circular o grande lago no centro do condomínio. As casas eram bangalôs térreos, todas parecidas: telhas de ardósia desgastadas, garagens para um carro e uma variedade de patos e coelhinhos de concreto nos gramados bem-cuidados.

Havia idosos caminhando e, quando acenavam para ele, Will acenava de volta, pensando em dar a impressão de que sabia para onde estava indo. O que não era o caso. Ele parou o carro ao lado de uma mulher idosa vestida numa jaqueta corta-vento lilás. A mulher tinha bastões de esqui nas mãos, como se praticasse esqui nórdico.

— Bom dia — cumprimentou Will. — Estou procurando a Taylor Drive, número 1693.

— Ah, Henry e Judith! — exclamou a esquiadora. — Você é o filho deles?

Ele fez que não.

— Não, senhora. — Will não queria alarmar ninguém. — Sou apenas um amigo.

— Esse carro é muito bonito.

— Obrigado, senhora.

— Aposto que não consigo entrar aí. E, mesmo que conseguisse entrar, eu não conseguiria sair!

Ele riu com a mulher para ser educado, riscando aquele condomínio da lista de lugares onde gostaria de viver depois que se aposentasse.

— Você trabalha com Judith no abrigo de sem-teto?

Will não era tão questionado desde o treinamento de interrogatório do GBI.

— Sim, senhora — mentiu.

— Comprei isso aqui no pequeno brechó deles — disse a mulher, indicando a jaqueta corta-vento. — Parece novinho em folha, não é?

— É lindo — assegurou Will, apesar de a cor não ser nem um pouco parecida com a que se encontraria na natureza.

— Diga a Judith que eu tenho mais algumas miudezas para doar, se ela quiser mandar o caminhão. — A idosa dirigiu-lhe um olhar carregado de sabedoria. — Na minha idade, cheguei à conclusão de que não preciso de muita coisa.

— Sim, senhora.

— Bem... — A mulher assentiu, satisfeita. — Siga em frente e entre à direita. — Will viu para que lado ela curvou a mão. — Então a Taylor Drive fica à esquerda.

— Obrigado. — Ele engatou a marcha, mas a mulher o deteve.

— Você sabe, na próxima vez pode ser mais fácil se, depois do portão, você pegar a esquerda, então a primeira à esquerda, depois...

— Obrigado — repetiu Will, saindo com o carro. Seu cérebro explodiria se falasse com outra pessoa naquele lugar. Ele seguia devagar com o Porsche, esperando que estivesse na direção certa. O telefone tocou, e Will quase chorou de alívio quando viu que era Faith.

Com cuidado, pegou o aparelho quebrado e o segurou no ouvido.

— Como foi a consulta?

— Bem. Escute, acabei de falar com Tom Coldfield...

— Sobre se encontrar com ele? Eu também.

— Jake Berman vai precisar esperar.

Will sentiu um aperto no peito.

— Eu já falei com Jake Berman.

Ela ficou calada; calada demais.

— Faith, me desculpe. Eu achei que seria melhor se eu... — Will não sabia como terminar a frase. O celular escorregou de seus dedos, e a ligação ficou carregada de estática. Ele esperou o chiado ceder antes de repetir: — Me desculpe.

Faith levou um tempo dolorosamente longo para dar o seu golpe fatal. Quando por fim falou, seu tom estava embargado, como se as palavras tivessem ficado presas na garganta.

— Eu não trato você de modo diferente por causa do seu problema.

Ela não tinha razão, na verdade, mas Will sabia que não era o momento certo para discutir aquilo.

— Berman me disse que Tom Coldfield esteve na cena do crime. — Faith não estava gritando com ele, então Will prosseguiu. — Acho que Judith ligou para ele porque Henry estava tendo um infarto.

Tom seguiu a ambulância até o hospital em seu carro. A polícia só apareceu quando todo mundo já tinha ido embora.

Ela parecia estar decidindo entre gritar com Will e ser uma policial. Como de costume, o lado policial saiu vencendo.

— Por isso Galloway nos enrolou tanto. Ele estava acobertando a polícia de Rockdale. — Faith passou para o próximo problema. — E Tom Coldfield não nos disse que esteve no local.

Will esperou passar outro surto de estática.

— Eu sei.

— Ele tem trinta e poucos anos, quase a minha idade. O irmão de Pauline era mais velho, certo?

Will queria falar daquilo pessoalmente, não no seu telefone quebrado.

— Onde você está?

— Estou quase em frente à casa dos Coldfield.

— Que bom — disse ele, surpreso por ela ter chegado tão rápido.

— Estou bem perto. Chego lá em dois minutos.

Will encerrou a ligação e colocou o telefone no banco do carona. Outro fio havia se soltado do flip do aparelho. Esse era vermelho, o que não era um bom sinal. Ele olhou pelo retrovisor. A esquiadora vinha em sua direção. E vinha rápido, então Will acelerou para vinte e cinco quilômetros por hora para deixar a mulher para trás.

As placas das ruas eram maiores que o habitual, as letras de um branco imaculado contra o fundo preto, o que era uma combinação terrível para Will. Ele entrou na primeira rua, sem se dar ao trabalho de tentar ler a primeira letra na placa. O Mini de Faith saltaria aos olhos como um farol em meio aos Cadillacs e Buicks, os preferidos dos aposentados.

Will chegou ao fim da rua, mas não havia sinal do Mini. Entrou na rua seguinte e por pouco não atropelou a esquiadora. A mulher fez um gesto com a mão, indicando que descesse a janela.

Ele envergou um sorriso simpático.

— Sim, senhora?

— Bem ali — disse ela, apontando para a casa da esquina. Aquele modelo em especial tinha um jóquei de jardim no gramado, seu rosto branco recentemente pintado. Duas grandes caixas de papelão com anotações em tinta preta repousavam ao lado da caixa do correio. — Acho que você não vai conseguir levar aquelas caixas nesse seu carrinho.

— Não, senhora.

— Judith disse que o filho ia trazer o caminhão hoje mais tarde.

— Ela olhou para o céu. — É bom que não demore.

— Tenho certeza de que não vai demorar — disse Will à esquiadora. Dessa vez, a mulher não parecia muito disposta a alongar a conversa. Ela acenou ao retomar a caminhada rua abaixo.

Will olhou para as caixas em frente à casa de Judith e Henry Coldfield, lembrando-se do lixo que Jacquelyn Zabel havia deixado do lado de fora da casa da mãe. Mas as caixas de papelão e os sacos de lixo pretos deixados na calçada por Jackie não eram lixo. Charlie Reed tinha dito que mandara um caminhão do Exército de Salvação embora pouco antes de Will e Faith chegarem. Ele quis dizer especificamente o Exército de Salvação ou usou apenas um nome genérico, da mesma forma que as pessoas chamam curativos de Band-Aid ou fotocópias de Xerox?

O tempo todo eles procuraram por uma ligação física entre as mulheres, algo que as conectasse. Será que Will acabava de tropeçar nessa ligação?

A porta da casa se abriu, e Judith saiu com uma caixa grande nas mãos, medindo os passos com cuidado para não tropeçar ao descer os dois degraus da varanda. Will saiu do carro e se adiantou até ela, pegando a caixa antes que a deixasse cair.

— Obrigada — disse ela. Estava ofegante, com o rosto corado. — Estou tentando colocar essas coisas aqui fora a manhã toda, e Henry não ajudou nem um pouco. — Ela foi até a calçada. — Deixe ali, ao lado das outras. Tom deve passar aqui mais tarde para pegá-las.

Will colocou a caixa de papelão na calçada.

— Há quanto tempo a senhora é voluntária no abrigo?

— Hã... — Ela pareceu pensar a respeito ao caminhar de volta para a casa. — Não sei. Desde que nos mudamos para cá. Acho que já se vão dois anos. Meu Deus, como o tempo voa!

— Faith e eu vimos um panfleto quando fomos ao abrigo. Tinha uma lista de empresas patrocinadoras.

— Eles querem algo em troca do dinheiro. Não são caridosos porque é a coisa certa a se fazer. Funciona como relações públicas para eles.

— Havia a logomarca de um banco no que vimos. — Ele ainda conseguia ver a imagem do cervo no rodapé do panfleto.

— Ah, sim. Buckhead Holdings. Eles doam a maior parte do dinheiro, o que, cá entre nós, não é nem de perto o suficiente.

Will sentiu uma gota de suor rolar pelas costas. Olivia Tanner era diretora de relações com a comunidade do Buckhead Holdings.

— E quanto a um escritório de advocacia? — perguntou ele. — Alguém faz trabalho *pro bono* para o abrigo?

Judith abriu a porta.

— Duas firmas nos ajudam. Somos um abrigo para mulheres, você sabe. Muitas delas precisam de ajuda para preencher a papelada do divórcio, de medidas protetivas. Algumas têm problemas com a lei. É tudo muito triste.

— Brandle and Brinks? — perguntou Will, dando o nome do escritório de advocacia de Anna Lindsey.

— Sim — disse Judith, sorrindo. — Eles nos ajudam bastante.

— A senhora conhece uma mulher chamada Anna Lindsey?

Ela fez que não ao entrar na casa.

— Ela ficou no abrigo? Tenho vergonha de dizer que são tantas que muitas vezes não tenho tempo para conversar com cada uma delas.

Will a acompanhou, olhando em volta. A planta da casa era exatamente como se imaginava da rua. Havia uma ampla sala com vista para uma varanda fechada e o lago. A cozinha ficava na lateral da casa, onde também ficava a garagem, e os quartos ocupavam o outro lado. Todas as portas no corredor estavam fechadas. O espantoso era que parecia que um ovo de Páscoa tinha explodido ali dentro. Havia artigos de decoração temáticos por todo lado, com coelhinhos vestindo macacões em tons pastel em todas as superfícies disponíveis. Cestos com ovos de plástico aninhados em grama verde sedosa estavam espalhados pelo chão.

— Páscoa — disse Will.

Judith sorriu.

— É a minha segunda época preferida do ano.

Will afrouxou a gravata, sentindo que começava a suar.

— Por quê?

— A Ressurreição. O renascimento do nosso Senhor. A purificação de todos os nossos pecados. O perdão é um presente poderoso, transformador. Vejo isso no abrigo todos os dias. Aquelas pobres mulheres. Elas querem redenção. Não se dão conta de que é algo que não pode ser dado. O perdão deve ser conquistado.

— E todas conquistam?

— Considerando o seu trabalho, acho que você sabe a resposta melhor do que eu.

— Algumas mulheres não são dignas?

Ela parou de sorrir.

— As pessoas gostam de pensar que deixamos os tempos bíblicos para trás, mas ainda vivemos numa sociedade em que as mulheres são descartadas, não é verdade?

— Como lixo?

— Isso é um pouco duro demais, mas nós fazemos as nossas escolhas.

Will sentiu uma gota de suor rolar pelas costas.

— A senhora sempre gostou muito da Páscoa?

Judith ajeitou a gravata-borboleta de um dos coelhos.

— Acho que, em parte, é porque Henry tinha folga do trabalho apenas na Páscoa e no Natal. Sempre foi uma época muito especial para nós. Você não adora ficar com a sua família?

— Henry está em casa? — perguntou Will.

— Não. — Ela girou o relógio no pulso. — Ele está sempre atrasado. Perde a noção do tempo com muita facilidade. Marcamos de ir ao centro comunitário depois que Tom pegasse as crianças.

— Henry trabalha no abrigo?

— Ah, não. — Ela deu uma risadinha ao entrar na cozinha. — Henry está ocupado demais aproveitando a aposentadoria. Tom, sim, nos ajuda. Ele reclama, mas é um bom rapaz.

Will se lembrou de que Tom tentava consertar um cortador de grama quando o encontraram na loja de usados.

— Ele trabalha mais na loja?

— Por Deus, não, ele odeia trabalhar na loja.

— O que ele faz, então?

Judith pegou uma esponja e limpou a bancada.

— Um pouco de tudo.

— Como o quê?

Ela parou de limpar.

— Se uma mulher precisa de ajuda jurídica, ele entra em contato com um dos advogados, se uma das crianças faz sujeira, ele pega o esfregão. — Ela sorriu, orgulhosa. — Eu disse, Tom é um bom rapaz.

— Parece que sim. O que mais ele faz?

— Ah, uma coisinha aqui, outra ali. — Judith fez uma pausa, pensando. — Ele coordena as doações. É muito bom ao telefone. Se ele acha que está falando com alguém que pode doar um pouco mais, ele vai pessoalmente pegar as coisas com o caminhão, e nove em cada dez vezes, ainda volta com um bom cheque. Acho que ele gosta de sair e falar com as pessoas. A única coisa que faz no aeroporto é olhar para pontos numa tela o dia todo. Você quer um pouco de água com gelo? Limonada?

— Não, obrigado — respondeu Will. — E Jacquelyn Zabel? A senhora já ouviu esse nome antes?

— Não me é estranho, mas não sei por quê. É um nome bem incomum.

— E Pauline McGhee? Ou talvez Pauline Seward?

Ela sorriu, colocando a mão sobre a boca.

— Não.

Will se forçou a ir mais devagar. A primeira regra de um policial em um interrogatório é ficar calmo, já que é difícil perceber se alguém está tenso quando você próprio está tenso. Judith havia ficado imóvel quando ele fez a última pergunta, então a repetiu.

— Pauline McGhee ou Pauline Seward?

Ela negou com a cabeça.

— Não.

— Com que frequência Tom faz retiradas de doações?

A voz de Judith adotou um tom falsamente animado.

— Não tenho certeza, sabe? Meu calendário está por aqui em algum lugar. Eu geralmente marco as datas. — Ela abriu uma das gavetas da cozinha e passou a procurar. Estava visivelmente nervosa, e Will sabia que havia aberto a gaveta para ter outra coisa para fazer que não olhar em seus olhos. Ela continuou a tagarelar. — Tom é muito generoso quando se trata de doar o tempo dele. Ele é muito envolvido com o grupo de jovens da igreja. A família toda faz trabalho voluntário num sopão uma vez por mês.

Will não deixou que ela se desviasse do assunto.

— Ele sai sozinho quando vai pegar as doações?

— A não ser que haja um sofá ou alguma coisa grande. — Ela fechou a gaveta e abriu outra. — Não sei onde foi parar o meu calendário. Todos aqueles anos querendo o meu marido em casa, e agora ele me deixa louca guardando as coisas no lugar errado.

Will olhou pela janela da frente, perguntando-se por que Faith estaria demorando tanto.

— As crianças estão aqui?

Ela abriu outra gaveta.

— Estão tirando um cochilo.

— Tom disse que se encontraria comigo aqui. Por que ele não nos disse que esteve no local onde Anna Lindsey foi atropelada pelo carro de vocês?

— O quê? — Ela pareceu ficar momentaneamente confusa, mas respondeu. — Bem, eu liguei para Tom e o chamei para ver Henry. Achei que ele estivesse tendo um infarto, que Tom gostaria de estar lá, que...

— Mas Tom não nos disse que esteve lá — repetiu Will. — E vocês também não.

— Eu não... — Ela agitou a mão, descartando o comentário. — Ele quis estar com o pai.

— Essas mulheres que foram raptadas eram pessoas cautelosas. Elas não abririam a porta para qualquer um. Precisaria ser alguém em quem confiassem. Alguém que elas estivessem esperando.

Ela parou de procurar pelo calendário. Seu rosto deixava seus pensamentos transparecerem, nítidos como uma fotografia: ela sabia que algo estava terrivelmente errado.

— Onde está o seu filho, Sra. Coldfield? — perguntou Will.

Lágrimas marejaram os olhos da mulher.

— Por que você está fazendo todas essas perguntas sobre Tom?

— Ele deveria se encontrar comigo aqui.

— Tom disse que precisava ir para casa. Não estou entendendo... — A voz dela era quase um sussurro.

Will se deu conta de algo naquele instante, algo que Faith dissera ao telefone. Ela já havia falado com Tom Coldfield. O motivo de ela ainda não estar ali era que Tom a havia mandado para a casa errada.

Will adotou um tom gravemente sério.

— Sra. Coldfield, eu preciso saber onde Tom está neste momento.

Ela levou a mão à boca, lágrimas rolavam por seu rosto.

Havia um telefone na parede. Will tirou o fone do gancho e passou a discar o número do celular de Faith, mas seu dedo não chegou ao último número. Houve uma dor lancinante em suas costas, o pior espasmo muscular que sentiu na vida. Ele levou a mão ao ombro, seus dedos buscando um nó, mas tudo que sentiu foi metal, frio e afiado. Will abaixou os olhos e viu a ponta ensanguentada do que só podia ser uma faca muito grande se projetando do seu peito.

23

Faith esperava em frente à casa de Thomas Coldfield. Tinha o celular ao ouvido, escutava o telefone de Will chamar. Ele disse que estava a dois minutos dali, mas haviam se passado dez. A chamada caiu na caixa postal. Provavelmente, Will estava perdido, dirigindo em círculos, procurando pelo carro dela, já que era cabeça-dura demais para pedir ajuda. Se estivesse num estado de espírito melhor, Faith teria saído para procurar por ele, mas tinha medo do que diria ao parceiro se ficasse sozinha com ele.

Sempre que pensava na mentira de Will, no fato de ele falar com Jake Berman pelas suas costas, ela precisava agarrar o volante para não fazer um buraco no painel do carro com um soco. Não podiam continuar daquele jeito, com Faith sendo um fardo. Se ele achava que ela não era capaz de encarar as ruas, então não havia mais motivo para trabalharem juntos. Ela aturava muitas das esquisitices de Will, mas precisava ter a confiança dele ou aquilo jamais funcionaria. Não que ele não tivesse também os próprios fardos. Como, por exemplo, não saber a diferença entre coisas tão absurdamente simples como esquerda e direita.

Faith conferiu as horas outra vez. Daria a Will mais cinco minutos antes de entrar na casa.

A médica não lhe dera boas notícias, como Faith estupidamente esperava. No minuto em que marcara a consulta com Delia Wallace, sua saúde havia melhorado de forma dramática. Ela não tinha acordado suando frio naquela manhã. Sua glicemia estava alta, mas não nas alturas. Ela sentia que estava mentalmente alerta, focada. E então Delia Wallace mandara tudo pelo espaço.

Sara havia pedido algum exame no hospital que mostrava o padrão da glicemia de Faith nas últimas semanas. O resultado não era bom. Ela precisaria ir a um nutricionista. A Dra. Wallace havia dito que ela teria de planejar cada refeição, cada lanche e cada momento da sua vida — e a morte poderia vir prematuramente de qualquer forma, já que sua glicemia oscilava de forma tão absurda que a médica lhe dissera que a melhor coisa que podia fazer era tirar duas semanas de folga do trabalho e se concentrar em aprender os cuidados que um diabético deve ter.

Ela adorava quando os médicos diziam coisas desse tipo, como se tirar uma licença de duas semanas fosse algo possível de se conseguir num estalar de dedos. Faith poderia ir para o Havaí ou para Fiji. Poderia ligar para Oprah Winfrey e pedir o nome do seu chef particular.

Felizmente, havia também boas notícias. Faith viu o seu bebê. Bem, não exatamente *viu* — a criança era pouco mais que um ponto, mas ela ouviu as batidas do seu coração, assistiu ao ultrassom e viu o delicado subir e descer do pontinho dentro de si, e, apesar de Delia Wallace ter insistido que ainda era cedo para coisas do tipo, Faith jurava que havia visto uma mãozinha.

Ela discou o número do celular de Will outra vez. A ligação caiu na caixa postal de imediato, e Faith se perguntou se o aparelho havia finalmente entregado os pontos. Por que o parceiro não comprava outro telefone era algo que ela não conseguia entender. Talvez tivesse algum tipo de ligação emocional com aquela coisa.

De qualquer forma, ele a estava atrasando. Faith abriu a porta e desceu do carro. Tom Coldfield morava a apenas dez minutos de onde os pais haviam se envolvido no fatídico acidente. A casa ficava no meio do nada, com o vizinho mais próximo a uma caminhada considerável de distância. A casa em si tinha o estilo quadradão da moderna arquitetura dos subúrbios. Faith preferia a sua casa no campo, com piso de madeira antigo e paredes com forro falso de madeira no quarto de casal.

Todo ano, sempre que recebia a restituição do imposto de renda, ela dizia a si mesma que faria algo a respeito do forro, e todo ano, num passe de mágica, Jeremy sempre precisava de algo na mesma época em que o cheque chegava. Uma vez, Faith achou que fosse escapar, mas o patife quebrou o braço tentando provar aos amigos que era capaz de pular com o skate do telhado da casa para um colchão que acharam no mato.

Ela levou a mão à barriga. O forro continuaria no lugar até que ela morresse.

Faith procurava o distintivo na bolsa ao caminhar até a porta da casa. Usava saltos altos e um de seus vestidos mais bonitos, já que, naquela manhã, por algum motivo, considerou importante parecer respeitável para Delia Wallace — uma afetação tola, já que Faith passou a consulta inteira vestindo uma fina camisola de papel.

Ela se virou, olhando para a rua vazia. Nenhum sinal do parceiro ainda. Não conseguia entender por que ele estava demorando tanto. Tom dissera ao telefone que já tinha dado a Will as orientações para chegar à sua casa. Mesmo levando em conta a história de esquerda/direita, Will se virava bem. Já deveria ter chegado àquela altura. Além do mais, deveria estar atendendo ao telefone. Talvez Angie tivesse ligado outra vez. Levando em consideração o que sentia por Will naquele momento, Faith esperava que a esposa dele tivesse sido tão agradável quanto de costume.

Faith tocou a campainha e esperou tempo demais para atenderem a porta, considerando que passara quase quinze minutos estacionada em frente à casa.

— Oi. — A mulher que atendeu a porta era magra e angulosa, mas de forma alguma bonita. Ela sorriu para Faith de um jeito estranho, forçado. Seus cabelos loiros caíam escorridos sobre a testa, mostrando as raízes escuras. Tinha a aparência descuidada que se adquire quando se tem filhos pequenos.

— Sou a agente especial Faith Mitchell — disse ela, mostrando o distintivo.

— Darla Coldfield. — A voz da mulher era um desses sussurros ofegantes que sugerem delicadeza. Ela ajeitou a gola da blusa roxa que usava. Faith viu que estava puída, com fios soltos no lugar onde a costura havia se rompido.

— Tom disse que se encontraria aqui comigo.

— Ele deve chegar a qualquer minuto. — A mulher pareceu se dar conta de que bloqueava a passagem, pôs-se de lado. — Entre, por favor.

Faith entrou no vestíbulo, que tinha piso em ladrilho preto e branco. Ela viu que o mesmo piso havia sido usado até os fundos da casa, na cozinha e na sala. Até mesmo a sala de jantar e o escritório, que ficavam ao lado da porta, tinham piso ladrilhado.

Ainda assim, soltou aquele som automático que sugeria que a mulher tinha uma bela casa, então ouviu o eco dos próprios passos acompanhá-la até a sala. A decoração era mais masculina do que Faith esperava. Havia um sofá de couro marrom e uma poltrona combinando. O tapete era preto, e não se via um grão de poeira ou um fiapo sequer. Não havia brinquedos por ali, o que era estranho, já que os Coldfield tinham dois filhos. Talvez não pudessem brincar na sala. Faith se perguntou como passariam o tempo. Aquela parte da casa era quente e desconfortável, apesar de estar frio do lado de fora. Faith sentia que estava prestes a suar. A luz do sol entrava pelas janelas, mas todas as luzes estavam acesas.

— Você aceita um chá? — perguntou Darla.

Faith olhava para o relógio outra vez, pensando em Will.

— Claro.

— Com açúcar? Sem açúcar?

A resposta de Faith não foi tão automática quanto deveria.

— Sem açúcar. Vocês moram aqui há muito tempo?

— Oito anos.

O lugar parecia ser tão habitado quanto um depósito vazio.

— Vocês têm dois filhos?

— Um menino e uma menina. — Ela sorriu, desconfortável. — Você tem um parceiro?

A pergunta soou estranha, tendo em vista a conversa.

— Tenho um filho.

Ela sorriu, levando a mão à boca. Provavelmente havia incorporado o gesto da sogra.

— Não, eu quis dizer alguém com quem você trabalha.

— Sim. — Faith olhou para as fotos de família no aparador da lareira. Eram da mesma série de fotos que Judith Coldfield havia mostrado a eles no abrigo. — Será que você poderia ligar para Tom e saber por que ele está demorando?

O sorriso fraquejou.

— Ah, não. Eu não quero incomodá-lo.

— É um assunto de polícia, então realmente preciso que o incomode.

Darla comprimiu os lábios. Faith não conseguiu ler seu rosto. Ela era quase inexpressiva.

— O meu marido não gosta que o apressem.

— E eu não gosto que me façam esperar.

Darla deu o mesmo sorriso débil de antes.

— Vou pegar o seu chá.

A mulher se virou na direção da cozinha.

— Você se incomoda se eu usar o seu banheiro?

Ela se virou outra vez, com as mãos enlaçadas sobre o peito. Seu rosto continuava inexpressivo.

— No fim do corredor, à direita.

— Obrigada.

Faith seguiu as instruções, seus saltos batendo como um tambor no piso ao passar pela despensa e pelo que devia ser a porta do porão. Tinha uma sensação estranha a respeito de Darla Coldfield, mas não conseguia entender ao certo o porquê. Talvez fosse o seu ódio instintivo por mulheres que se submetem aos maridos.

Já no banheiro, foi direto até a pia, onde jogou água fria no rosto. As luzes eram tão intensas ali quanto no restante da casa, e Faith desligou os interruptores, mas nada aconteceu. Ela ligou e desligou os interruptores outra vez, e as luzes continuavam acesas. Olhou para cima. Cada uma das lâmpadas era provavelmente de cem watts.

Faith piscou várias vezes, pensando que olhar diretamente para uma lâmpada acesa não era a coisa mais inteligente que tinha feito na vida. Segurou a maçaneta do armário de toalhas para manter o equilíbrio enquanto esperava a sensação passar. Talvez pudesse esperar por Will ali, não no sofá bebendo chá com Darla Coldfield, esforçando-se para jogar conversa fora. O banheiro era bonito, apesar da decoração minimalista. Tinha planta em L, com um armário de toalhas posicionado no canto. Faith suspeitava que a lavanderia ficava do outro lado da parede. Ela ouvia o zumbido suave de uma máquina de secar.

Bisbilhoteira como sempre, Faith abriu a porta do armário. As dobradiças soltaram um rangido baixo, e ela ficou parada, esperando que Darla Coldfield entrasse e a repreendesse por ser mal-educada. Como isso não aconteceu, Faith espiou o interior. O espaço era mais fundo do que imaginara, mas as prateleiras eram estreitas — tinham pilhas de toalhas bem dobradas e um jogo de cama com carros de corrida, que provavelmente pertencia às crianças.

Onde estavam as crianças? Talvez brincando no quintal. Faith fechou a porta do armário e olhou pela pequena janela. O quintal estava vazio — não havia nem ao menos um balanço ou uma casa na árvore. Talvez as crianças tirassem uma soneca antes da visita da vovó e do vovô. Ela nunca deixava Jeremy dormir antes de uma visita dos pais. Queria que os dois dessem uma boa canseira no neto para que ele dormisse até a manhã seguinte.

Faith soltou um gemido cansado ao se sentar no vaso ao lado da pia. Ainda se sentia um pouco tonta, provavelmente por causa do calor. Ou talvez fosse a glicemia. Estava alta durante a consulta.

Ela colocou a bolsa no colo e passou a procurar o glicosímetro. Havia um cartaz com diferentes modelos no consultório da médica. Geralmente eram baratos ou gratuitos, já que o dinheiro de verdade vinha das tiras reagentes que todos usavam. Cada fabricante tinha um modelo diferente, de modo que, depois que você escolhia um glicosímetro, estava fisgado para sempre. A não ser que deixasse o seu cair no chão do banheiro e ele quebrasse.

— Merda — murmurou Faith, abaixando-se para pegar o apare-lho, que havia escorregado da sua mão e quicado pelo chão até parar perto da parede, soltando um ruído baixo e sonoro.

Faith pegou o glicosímetro, se perguntando que tipo de dano teria sofrido. O mostrador ainda trazia um zero, à espera de uma tira. Ela sacudiu o aparelho e segurou-o ao ouvido, esperando que ele fizesse o mesmo ruído. Depois se abaixou, tentando reproduzir o movimento que levou o glicosímetro a fazer aquele barulho. O som veio de novo, dessa vez mais parecido com algo que se ouviria num parque infantil, alto e frenético.

E não vinha do glicosímetro.

Seria um gato? Algum animal preso nos dutos do aquecedor? O gerbilo de Jeremy havia morrido na secadora de roupas num Natal, e Faith vendeu a máquina para um vizinho, para não precisar lidar com a carnificina. Mas o que quer que estivesse ali estava vivo, e obviamente pretendia se manter assim. Ela se abaixou uma terceira vez, perto da grade do aquecedor, na parte de baixo da parede, atrás do vaso.

O ruído parecia mais claro agora, mas ainda abafado. Faith ficou de joelhos, pressionou a orelha contra a grade. Pensou em todos os animais que poderiam produzir aquele tipo de som. Soava quase como palavras.

Socorro.

Não era um animal. Era uma mulher pedindo ajuda.

Faith enfiou a mão na bolsa e tirou a bolsinha de veludo onde guardava sua Glock quando não a carregava na cintura. Suas mãos suavam.

Houve uma batida súbita e alta à porta; Darla.

— Você está bem, agente Mitchell?

— Estou bem — mentiu Faith, tentando manter a voz normal. Ela encontrou o celular, tentou ignorar o tremor nas mãos. — Tom já chegou?

— Sim. — A mulher ficou em silêncio. Apenas aquela palavra pairava no ar.

— Darla? — Não houve resposta. — Darla, o meu parceiro está a caminho. Ele vai chegar a qualquer momento. — O coração de Faith batia tão rápido que seu peito doía. — Darla?

Houve outra batida à porta, dessa vez mais vigorosa. Faith largou o telefone e empunhou a arma com as duas mãos, pronta para atirar em quem quer que entrasse no banheiro. A Glock não tinha uma trava de segurança convencional. A única forma de dispará-la era apertar o gatilho até o fim. Faith apontava para o centro da porta, preparada para apertar aquele gatilho com toda a força que tivesse.

Nada. Ninguém entrou pela porta. A maçaneta não girou. Rapidamente, ela olhou para baixo, à procura do celular. Estava atrás do vaso. Manteve a pistola apontada para a porta ao se abaixar, estender a mão e pegar o aparelho.

A porta continuava fechada.

As mãos de Faith suavam tanto que seus dedos escorregavam nas teclas. Ela soltou um palavrão entre os dentes quando digitou errado o número. Tentava outra vez quando ouviu a porta do armário se abrir com um rangido às suas costas.

Ela se virou e apontou a arma para o peito de Darla. Faith registrou tudo ao mesmo tempo — a porta falsa no fundo do armário, a máquina de lavar roupa do outro lado, o Taser nas mãos da mulher.

Faith se esquivou para o lado, sem se importar em mirar ao apertar o gatilho. Os ganchos do Taser passaram perto e bateram na parede os finos fios metálicos reluzindo sob a luz forte.

Darla ficou parada, com o Taser descarregado na mão. Um pedaço de reboco havia sido arrancado acima do ombro da mulher.

— Não se mexa — alertou Faith, com a pistola apontada para o peito de Darla ao tatear em busca da maçaneta. — Estou falando sério. Não se mexa.

— Eu sinto muito — sussurrou a mulher.

— Onde está Tom? — Como ela não respondeu, Faith berrou: — Onde está Tom, porra?

Darla apenas fazia que não com a cabeça.

Faith abriu a porta, ainda apontando a pistola para Darla ao recuar para fora do banheiro.

— Sinto muito — repetiu a mulher.

Dois braços fortes agarraram Faith por trás — um homem, seu corpo rígido, sua força palpável. Só podia ser Tom. Ele a ergueu e, sem pensar, Faith apertou o gatilho da Glock outra vez, disparando para o teto. Darla ainda estava dentro do armário, e Faith apertou o gatilho com apenas um propósito dessa vez: queria acertar na mulher uma bala que, mais tarde, a perícia verificasse ser de sua pistola. Ela errou, e Darla desapareceu, fechando a porta.

Faith disparou de novo e de novo enquanto Tom a puxava para o corredor. Sua mão apertava o pulso dela como um torno, a dor tão aguda que ela teve certeza de que ossos haviam quebrado. Faith agarrou a pistola pelo máximo de tempo que conseguiu, mas não era páreo para ele. Quando soltou a arma, passou a chutar com toda a força que tinha e, com a outra mão, tentava se agarrar a qualquer coisa — a borda da porta, a parede, a maçaneta da porta do porão. Cada músculo do seu corpo gritava de dor.

— Lute — vociferou Tom, com os lábios tão próximos do ouvido de Faith que ela sentiu como se o homem estivesse dentro da sua cabeça. Sentia o corpo dele reagir à luta, o prazer que extraía do seu medo.

Faith sentiu uma onda de fúria fortalecer sua determinação. Anna Lindsey. Jacquelyn Zabel. Pauline McGhee. Olivia Tanner. Ela não seria mais uma vítima daquele homem. Não acabaria no necrotério. Não abandonaria o filho. Não perderia o bebê.

Ela se contorceu e arranhou o rosto de Tom, enterrou as unhas nos seus olhos. Usava todas as partes do corpo — as mãos, os pés, os dentes — para lutar. Ela não se entregaria. Mataria aquele homem com as próprias mãos se fosse preciso.

— Me tire daqui! — gritou alguém do porão. Aquilo foi uma surpresa. Por uma fração de segundo, Faith parou de lutar. Tom também parou. A porta sacudiu. — Me tire daqui, porra!

Faith caiu em si. Voltou a chutar, debater-se, fazer tudo que podia para se libertar. Tom a segurou com mais força, braços poderosos ao redor do corpo dela. Quem quer que estivesse atrás da porta do porão a esmurrava, tentando arrombá-la. Faith abriu a boca e gritou o mais alto que conseguiu.

— Socorro! Socorro!

— Atire! — gritou Tom.

Darla estava parada no fim do corredor. Tinha o Taser recarregado nas mãos. Faith viu sua Glock aos pés da mulher.

— Atire! — ordenou Tom, sua voz quase inaudível, soterrada pelas batidas na porta. — Atire nela!

Faith não conseguia pensar em nada além do filho que carregava, nos dedinhos, nas pulsações que faziam subir e descer o peito delicado do seu bebê. Ela cedeu completamente, relaxou todos os músculos. Tom não esperava que ela desistisse e cambaleou ao receber todo o peso do seu corpo. Os dois caíram no chão. Faith rastejou pelo piso, tentando pegar a arma, mas ele a puxou de volta como se tivesse fisgado um peixe.

A porta foi arrombada, e pedaços de madeira voaram pelo ar. Uma mulher irrompeu para o corredor, gritando obscenidades. Tinha as mãos presas à cintura, os pés acorrentados, mas se moveu com uma precisão quase cirúrgica ao se lançar contra Tom.

Faith aproveitou a distração e pegou a Glock, se virou e apontou para os corpos que se debatiam no chão.

— Filho da puta! — guinchou Pauline McGhee. Ela estava ajoelhada sobre o peito de Tom, curvada sobre o homem. Tinha as mãos firmemente presas a um cinto na cintura, mas conseguiu envolver o pescoço dele com os dedos. — Morra! — gritou, cuspindo esguichos de sangue. Tinha os lábios cortados, os olhos enlouquecidos. Ela forçava todo o seu peso no pescoço de Tom.

— Pare — conseguiu dizer Faith, a respiração ofegante. Ela sentiu uma dor aguda, lancinante, na barriga, como se algo tivesse se rasgando. Apesar disso, manteve a arma apontada para o peito de Pauline. O pente da Glock estava pelo menos pela metade; usaria a pistola se fosse preciso. — Saia de cima dele — ordenou.

Tom tentou se desvencilhar, afastar as mãos de Pauline. Ela o apertou com mais força, girando os joelhos, colocando completamente seu peso sobre o pescoço dele.

— Mate-o — implorou Darla. Ela estava encolhida ao lado da porta do banheiro, o Taser no chão ao seu lado. — Por favor... mate-o.

— Pare — ordenou Faith a Pauline, forçando a mão a não tremer ao empunhar a arma.

— Deixe que ela o mate — suplicou Darla. — Por favor, deixe que ela o mate.

Faith gemeu ao fazer força para se levantar. Colocou a arma na cabeça de Pauline, usou o tom de voz mais firme e forte que conseguiu.

— Pare agora mesmo ou eu vou apertar essa porra desse gatilho, Deus me perdoe.

Pauline olhou para cima. As duas se fitaram, e Faith esforçou-se para demonstrar determinação, mesmo que só quisesse cair de joelhos e rezar para que a vida dentro dela continuasse a existir.

— Solte-o agora — ordenou Faith.

Pauline não teve pressa em obedecer, como se esperasse que um segundo a mais de pressão desse conta do recado. Ela sentou no chão, as mãos ainda contraídas. Tom rolou para o lado, tossindo tão forte que tinha espasmos pelo corpo todo.

— Chamem uma ambulância — disse Faith, mas ninguém parecia se mover. A mente dela disparava. A visão estava borrada. Precisava ligar para Amanda. Ela precisava encontrar Will. Onde ele estava? Por que não estava ali?

— O que você tem? — perguntou Pauline, olhando para Faith de um jeito estranho.

A cabeça de Faith girava. Ela se encostou à parede, tentando não desmaiar. Sentiu algo molhado entre as pernas. Veio outra pontada na barriga, quase como uma contração.

— Chamem uma ambulância — repetiu.

— Lixo... — murmurou Tom Coldfield. — Vocês não passam de lixo.

— Cale a boca — disse Pauline.

— "Ponha esta mulher para fora daqui e tranque a porta" — disse Tom com rispidez.

— Cale a boca — repetiu Pauline entre os dentes trincados.

Um som gutural saiu da garganta de Tom. Ele ria.

— Oh, Absalão, eu me ergui.

Com esforço, Pauline ficou de joelhos.

— Você vai direto para o inferno, seu doente de merda.

— Não — alertou Faith, levantando a arma outra vez. — Pegue um telefone. — Ela olhou sobre o ombro para Darla. — Pegue o meu telefone no banheiro.

Faith virou a cabeça quando Pauline se curvou sobre Tom.

— Não — repetiu Faith.

Pauline deu um sorriso grotesco de abóbora de Halloween para Tom Coldfield. Em vez de voltar a apertar a garganta dele, ela cuspiu no seu rosto.

— A Geórgia tem pena de morte, seu filho da puta. Por que você acha que eu me mudei para cá?

— Espere — disse Faith, perplexa. — Você o conhece?

Ódio puro brilhava nos olhos da mulher.

— É claro que eu o conheço, sua imbecil. Ele é meu irmão.

24

Will estava deitado de lado no chão da cozinha de Judith Coldfield, vendo-a chorar com o rosto enterrado nas mãos. O nariz dele coçava, e era engraçado ele se incomodar com isso, considerando o fato de que havia uma faca de cozinha enterrada nas costas. Pelo menos ele achava que fosse uma faca de cozinha. Toda vez que virava a cabeça para olhar, a dor era tão forte que ele sentia que começava a desmaiar.

Não sangrava muito. A verdadeira ameaça era o movimento da faca, o risco de ela se afastar da veia ou da artéria que represava e deixar que o sangue fluísse de verdade. Só o fato de pensar na mecânica daquilo, na lâmina de metal pressionada entre músculos e tendões, fazia a cabeça dele girar. Suor empapava seu corpo, e ele começava a sentir calafrios. Estranhamente, manter o pescoço levantado era a parte mais difícil. Os músculos estavam tão tensos que sua cabeça latejava a cada pulsação. Se relaxasse um segundo sequer, a dor no peito trazia gosto de vômito à boca. Will nunca se dera conta de quantas partes do seu corpo estavam relacionadas ao ombro.

— Ele é um bom rapaz — disse Judith, com a voz abafada pelas mãos. — Você não sabe o quanto ele é bom.

— Diga. Diga por que você acha que ele é bom.

O pedido a surpreendeu. Ela finalmente olhou para Will, parecendo compreender que ele de fato corria risco de morrer.

— Você está sentindo dor?

— Está doendo bastante — admitiu ele. — Preciso ligar para a minha parceira. Preciso saber se ela está bem.

— Tom nunca faria mal a ela.

O fato de a mulher se sentir compelida a fazer aquele comentário espalhou um medo gélido por Will. Faith era uma boa policial. Era capaz cuidar de si mesma, mas algumas vezes não. Ela havia desmaiado alguns dias atrás, simplesmente desmoronara no chão do estacionamento do fórum. E se desmaiasse outra vez? E se desmaiasse e, quando finalmente voltasse a si, abrisse os olhos para ver outra caverna, outra câmara de tortura escavada por Tom Coldfield?

Judith enxugou os olhos com as costas da mão.

— Eu não sei o que fazer...

Will achava que ela não queria sugestões.

— Pauline Seward deixou Ann Arbor, Michigan, há vinte anos. Ela tinha dezessete anos.

Judith desviou o olhar.

Ele correu um risco calculado.

— Os registros diziam que Pauline fugiu de casa porque o irmão abusava dela.

— Isso não é verdade. Pauline era... Ela inventou aquilo.

— Eu li a ocorrência — mentiu Will. — Vi o que ele fez com ela.

— Ele não fez nada — insistiu Judith. — Pauline fez aquelas coisas a si mesma.

— Pauline provocou ferimentos em si mesma?

— Sim. Inventava histórias. Desde que nasceu, sempre estava arrumando confusão.

Will devia ter desconfiado.

— Pauline é sua filha.

Judith fez que sim, obviamente enojada com o fato.

— Que tipo de confusão ela arrumava?

— Ela não comia. Ficava passando fome. Nós a levamos a vários médicos. Gastamos cada centavo que tínhamos tentando ajudá-la, e ela retribuiu indo à polícia e dizendo coisas terríveis sobre Tom. Coisas terríveis, terríveis.

— Que ele a feria?

Judith hesitou, então assentiu de forma quase imperceptível.

— Tom sempre teve uma natureza doce. Pauline era muito... — Ela balançou a cabeça, incapaz de encontrar as palavras. — Ela inventou coisas sobre ele. Coisas terríveis. Eu sabia que não podia ser verdade. — Judith insistia em voltar ao mesmo ponto. — Mesmo quando era pequena, ela contava mentiras. Sempre procurava formas de ferir as pessoas. De ferir Tom.

— O nome verdadeiro dele não é Tom, é?

Ela olhava para algo acima do ombro de Will, provavelmente o cabo da faca.

— Tom é o nome do meio. O primeiro é...

— Matthias? — especulou Will. Ela fez que sim outra vez, e apenas por um momento Will se permitiu pensar em Sara Linton. Ela brincou quando fez o comentário, mas tinha razão. *Encontre um cara chamado Matias, e você terá o seu assassino.*

— Depois da traição de Judas, os apóstolos tiveram de decidir quem os ajudaria a contar a história da ressurreição de Cristo. — Ela finalmente sustentou o olhar de Will. — E escolheram Matias. Ele era um homem santo. Um verdadeiro discípulo de Nosso Senhor.

Will piscou para tirar o suor dos olhos.

— Todas as mulheres que estão desaparecidas ou mortas têm alguma ligação com o seu abrigo — explicou ele a Judith. — Jackie doou as coisas da mãe. O banco de Olivia Tanner patrocinava as suas atividades com a comunidade. O escritório de advocacia de Anna Lindsey fazia trabalho *pro bono*. Tom deve ter conhecido todas elas no abrigo.

— Você não sabe disso.

— Então me fale outra ligação possível.

Os olhos de Judith estudaram os dele, indo de um lado para o outro, e Will podia ver o desespero em seu rosto.

— Pauline — sugeriu Judith. — Ela pode ser...

— Pauline está desaparecida, Sra. Coldfield. Ela foi raptada num estacionamento há dois dias. O filho dela, de seis anos, foi deixado no carro.

— Ela tem um filho? — Judith ficou boquiaberta, em choque. — Pauline tem um filho?

— Felix. Seu neto.

Ela levou a mão ao peito.

— Os médicos disseram que ela não... Eu não entendo. Como ela pôde ter um filho? Disseram que ela jamais poderia ficar grávida... — Judith continuava balançando a cabeça, perplexa.

— Sua filha tinha um transtorno alimentar?

— Buscamos ajuda para ela, mas no final das contas... — Judith fez que não, como se fosse inútil. — Tom a provocava sobre o peso dela, mas todo irmão caçula provoca a irmã mais velha. Ele nunca quis fazer mal a Pauline. Nunca quis... — Ela parou, segurando um choro estrangulado. Houve uma rachadura em sua fachada de certeza quando se permitiu considerar a possibilidade de o filho ser o monstro que Will descrevia. Mas ela se recuperou rapidamente, fazendo que não. — Eu não acredito em você. Tom jamais faria mal a ninguém.

O corpo de Will começou a tremer. Ele ainda não estava perdendo muito sangue, mas sua mente era incapaz de ignorar a dor por mais tempo. Era só a cabeça pender ou ele tirar o suor dos olhos que a dor irrompia como o fogo do inferno. A escuridão insistia em chamá-lo, o doce alívio de se entregar. Ele deixou os olhos se fecharem por alguns segundos, então alguns mais. Will despertou num sobressalto, gemendo com a dor lancinante.

— Você precisa de ajuda. Eu devia buscar ajuda — disse Judith, mas não fez menção de sair do lugar. O telefone começou a tocar outra vez, e ela simplesmente olhou para o aparelho na parede.

— Fale sobre a caverna.

— Eu não sei de nada disso.

— Seu filho gosta de cavar buracos?

— Meu filho gosta de ir à igreja. Ele ama a família. Ama ajudar as pessoas.

— Fale sobre o número onze.

— O que é que tem?

— Tom parece ter atração por esse número. É por causa do nome dele?

— Ele simplesmente gosta desse número.

— Judas traiu Jesus. Havia onze apóstolos antes da chegada de Matias.

— Eu conheço muito bem a Bíblia.

— Pauline a traiu? Você estava incompleta antes da vinda do seu filho?

— Isso não significa nada para mim.

— Tom é obcecado pelo número onze. Ele arrancou a décima primeira costela de Anna Lindsey. Enfiou onze sacos de lixo no útero dela.

— Pare! — gritou Judith. — Eu não quero ouvir mais nada.

— Ele deu choques nelas. Ele as torturou e estuprou.

— Ele estava tentando salvá-las! — gritou a mulher.

As palavras ecoaram na cozinha apertada como o tinido de uma bola de fliperama acertando metal.

Judith cobriu a boca com a mão, horrorizada.

— Você sabia de tudo — disse Will.

— Eu não sabia de nada.

— Você deve ter visto no noticiário. Os nomes de algumas das mulheres foram divulgados. Você deve tê-los reconhecido do seu trabalho no abrigo. Viu Anna Lindsey na estrada depois que Henry a atropelou. Ligou para Tom para que ele desse um jeito nela, mas havia gente demais.

— Não.

— Judith, você sabe...

— Eu sei que conheço o meu filho — insistiu ela. — Se ele estava com aquelas mulheres, era apenas porque tentava ajudá-las.

— Judith...

Ela se levantou, e Will viu que estava com raiva.

— Não vou mais ouvir você mentir sobre o meu filho. Eu o amamentei quando ele era bebê. Embalei-o nos braços... — Judith reproduziu o gesto. — Segurei-o contra o peito e prometi que o protegeria.

— E você não fez isso com Pauline?

O rosto dela ficou impassível.

— Se Tom não chegar logo, vou precisar cuidar de você eu mesma. — Judith tirou uma faca do cepo de madeira. — Não me importo de ficar presa pelo resto da minha vida. Não deixarei você destruir o meu filho.

— Tem certeza de que consegue fazer isso? Esfaquear uma pessoa pelas costas não é igual a fazer isso olhando nos olhos dela.

— Não vou deixar você fazer mal a ele. — Ela empunhou a faca de um jeito estranho, com as duas mãos. — Não vou deixar.

— Largue a faca.

— O que faz você pensar que pode me dizer o que fazer?

— Minha chefe está atrás de você, com uma arma apontada para a sua cabeça.

Ela arfou, e o som ficou preso na garganta quando se virou e viu Amanda do outro lado da janela. Num gesto súbito, ela levantou a faca e se lançou contra Will. A janela explodiu. Judith caiu no chão na frente dele, ainda com a faca na mão. Um círculo de sangue perfeito se formou nas costas da camisa dela.

Ele ouviu a porta ser arrombada. Pessoas entraram correndo, sapatos pesados no chão, ordens sendo gritadas. Will não aguentava mais. Relaxou o pescoço, e a dor se espalhou pelo seu corpo. Os saltos altos de Amanda entraram no seu campo de visão. Ela se ajoelhou à sua frente. Sua boca se movia, mas Will não ouvia o que ela estava dizendo. Ele queria perguntar sobre Faith, sobre o bebê, mas era fácil demais se render à escuridão.

3 DIAS DEPOIS

25

Era difícil olhar para Pauline McGhee, mesmo que ela estivesse com o filho no colo. A boca da mulher havia sido despedaçada pela tela de metal que ela rasgara com os dentes, de modo que balbuciava ao tentar falar, os lábios contraídos. Pequenos pontos mantinham a carne no lugar, algo que parecia saído de *Frankenstein*. E sim, era difícil sentir compaixão pela mulher.

— Não sei o que posso dizer. Não via a minha família há vinte anos.

Will se ajeitou em sua cadeira ao lado de Faith. Tinha o braço numa tipoia, firme junto ao peito, e visivelmente sentia dor, mas insistiu em estar presente no interrogatório. Faith não podia culpá-lo por querer respostas. Infelizmente, estava ficando evidente que não as conseguiriam com Pauline.

— Tom morou em dezesseis cidades nos últimos trinta anos — disse Will. — Encontramos casos em doze delas, mulheres que foram raptadas e nunca voltaram. Sempre em pares. Duas mulheres de cada vez.

— Eu sei o que é um par, porra.

Will abriu a boca para falar, mas Faith apertou seu joelho por baixo da mesa. As táticas de sempre não estavam funcionando. Pauline McGhee era uma sobrevivente, disposta a passar por cima de qualquer coisa ou qualquer um para salvar a própria pele. Ela deixou Olivia Tanner inconsciente aos pontapés para garantir que fosse a primeira a escapar do porão. Teria estrangulado o próprio irmão até a morte se Faith não a tivesse impedido. Não era o tipo de pessoa que baixaria a guarda por meio da empatia.

Faith resolveu arriscar.

— Pauline, chega de papo furado. Você sabe que pode sair dessa sala quando quiser. Ainda está aqui por algum motivo.

A mulher ferida olhou para Felix, afagou os cabelos do menino. Por apenas um instante, Pauline McGhee quase pareceu humana. Algo no filho a transformava, e Faith subitamente entendeu que a armadura exterior era uma defesa contra o mundo no qual apenas Felix podia penetrar. O menino havia dormido nos braços dela assim que a mãe se sentara à mesa. Insistia em levar o dedo à boca, e Pauline o retirou algumas vezes antes de desistir. Faith entendia por que ela não queria o filho longe do seu campo de visão, mas aquele dificilmente era o tipo de lugar para onde se pensa em levar uma criança.

— Você ia mesmo atirar em mim? — perguntou Pauline.

— O quê? — perguntou Faith, apesar de saber exatamente do que ela estava falando.

— No corredor. Eu o teria matado. Eu queria matá-lo.

— Eu sou uma policial. Meu trabalho é proteger a vida.

— *Aquela* vida? — perguntou Pauline, incrédula. — Você sabe o que aquele maldito fez. — Ela levantou o queixo na direção de Will. — Escute o seu parceiro. Meu irmão matou pelo menos doze mulheres. Você acha mesmo que ele merece um julgamento? — Ela pressionou os lábios na cabeça de Felix. — Você devia ter me deixado matá-lo. Acabar com ele como um cachorro.

Faith não respondeu, basicamente porque não havia nada a dizer. Tom Coldfield não falava nada. Ele não se vangloriava dos seus crimes nem se oferecia para dizer onde os corpos estavam enterrados em troca da própria vida. Estava determinado a ir para a prisão, provavelmente para o corredor da morte. Havia pedido apenas pão, água e sua Bíblia, um livro com tantas anotações rabiscadas nas margens que as palavras eram quase ilegíveis.

Ainda assim, Faith se revirara na cama nas últimas noites, revivendo aqueles poucos segundos no corredor. Às vezes deixava Pauline matar o irmão. Às vezes acabava atirando nela. Nenhum desses cenários lhe trazia consolo, e ela se resignou em compreender que aquelas emoções eram do tipo que apenas o tempo podia curar. O processo de seguir em frente era auxiliado pelo fato de o caso não ser mais responsabilidade de Faith e Will. Uma vez que os crimes de Matthias Thomas Coldfield haviam atravessado fronteiras estaduais, ele agora era problema do FBI. Faith teve permissão para interrogar Pauline apenas porque os federais acreditavam que as mulheres tinham algum tipo de vínculo. Eles estavam muito enganados.

Ou talvez não.

— Com quanto tempo você está? — perguntou Pauline.

— Dez semanas — respondeu Faith. Ela estava beirando a insanidade quando os paramédicos chegaram à casa de Tom Coldfield. Pensava apenas no seu bebê, se ele estava ou não a salvo. Mesmo quando ouviu os batimentos cardíacos no monitor fetal, Faith continuou a chorar, implorando que a levassem para o hospital. Tinha certeza de que estavam enganados, de que algo terrível havia acontecido. Estranhamente, a única pessoa que conseguiu convencê-la do contrário foi Sara Linton.

Por outro lado, agora toda a família sabia que estava grávida, graças às enfermeiras do Grady, que se referiam a Faith como a "policial grávida histérica" durante sua estada na emergência.

Pauline afagou os cabelos de Felix.

— Fiquei tão gorda quando estava grávida dele... Era nojento.

— É difícil — admitiu Faith. — Mas vale a pena.

— Acho que sim. — Ela passou os lábios dilacerados na cabeça do filho. — Ele é a única coisa boa em mim.

Faith costumava dizer o mesmo a respeito de Jeremy, mas agora que conhecia Pauline McGhee, via quanta sorte tinha. Faith tinha a mãe, que a amava apesar de todos os seus defeitos. Tinha Zeke, apesar de ele ter se mudado para a Alemanha para ficar longe dela. Tinha Will e, bem ou mal, tinha Amanda. Pauline não tinha ninguém, apenas um menininho que precisava dela desesperadamente.

— Quando tive Felix, pensei nela — disse Pauline. — Judith. Como podia me odiar tanto? — Ela olhou para Faith, à espera de uma resposta.

— Não sei — disse Faith. — Não consigo imaginar como alguém pode odiar um filho. Qualquer criança, na verdade.

— Bem, algumas crianças são um pé no saco, mas a sua própria filha...

Pauline ficou calada outra vez, por tanto tempo que Faith se perguntou se estariam de volta à estaca zero.

Will quebrou o silêncio.

— Precisamos saber por que tudo isso aconteceu, Pauline. Eu preciso saber.

Ela olhava pela janela, segurando o filho próximo ao coração. Falou tão baixo que Faith precisou se esforçar para ouvir.

— Meu tio me estuprava.

Faith e Will ficaram em silêncio, dando um tempo à mulher.

— Eu tinha três anos de idade, então quatro, e, quando eu tinha quase cinco, finalmente contei à minha avó o que estava acontecendo. Achei que aquela vaca fosse me salvar, mas ela agiu como se eu fosse a filha do capeta. — Os lábios dela se contorceram numa expressão amarga de escárnio. — Minha mãe acreditou neles, não em mim. Escolheu o lado deles. Como sempre.

— O que aconteceu?

— Nós nos mudamos. Sempre nos mudávamos quando as coisas ficavam complicadas. Meu pai pedia transferência no trabalho, nós vendíamos a casa e começávamos tudo de novo. Cidade diferente, escola diferente, a mesma situação de merda.

— Quando as coisas ficaram ruins com Tom? — perguntou Will.

— Eu tinha quinze anos. — Pauline deu de ombros outra vez. — Eu tinha uma amiga, Alexandra McGhee; foi daí que tirei o meu sobrenome, quando o troquei. Nós moramos dois anos no Oregon antes de nos mudarmos para Ann Arbor. Foi quando as coisas começaram de verdade com Tom, quando tudo desandou. — Sua entonação havia mudado para uma narrativa desprovida de emoção, como se Pauline estivesse falando sobre algo trivial que tinha ouvido de outra pessoa, não revelando os momentos mais terríveis de sua vida. — Ele era obcecado por mim. Tipo, apaixonado. Ele me seguia, cheirava as minhas roupas, tentava tocar o meu cabelo e...

Faith tentou esconder sua repulsa, mas sentiu um embrulho no estômago com as imagens evocadas pelas palavras da mulher.

— Do nada, Alex parou de aparecer lá em casa — disse Pauline. — Nós éramos melhores amigas. Eu queria saber se tinha dito ou feito alguma coisa... — A voz dela virou quase um sussurro. — Tom a estava agredindo. Não sabia como, pelo menos no começo. Mas logo descobri.

— O que aconteceu?

— Ela estava escrevendo uma frase em todos os lugares, vezes a fio. Nos livros, nas solas dos sapatos, na mão.

— *Eu não me negarei* — presumiu Will.

Pauline fez que sim.

— Era um exercício que um dos médicos do hospital havia me recomendado. Eu devia escrever a frase, me convencer a não comer como uma louca e depois vomitar, como se escrever uma porra de uma frase um zilhão de vezes fosse resolver tudo.

— Você sabia que Tom estava forçando Alex a escrever a frase?

— Ela se parecia comigo — admitiu Pauline. — Por isso Tom gostava tanto dela. Ela era uma substituta; a mesma cor de cabelo, a mesma altura, quase o mesmo peso, mas ela parecia ser mais gorda que eu.

As mesmas características que atraíram Tom em todas as suas vítimas recentes: as mulheres se pareciam com a sua irmã.

— Perguntei a ele sobre aquilo, por que ele fazia Alex escrever a frase — prosseguiu Pauline. — Quer dizer, eu estava puta, certo? Gritei com ele, e ele simplesmente me bateu. Não tipo um tapa, mas um soco. E, quando eu caí, ele passou a me espancar.

— O que aconteceu depois? — perguntou Faith.

Pauline olhou pela janela, inexpressiva, como se estivesse sozinha na sala.

— Alex e eu estávamos na mata. Íamos até lá para fumar depois da escola. Naquele dia que Tom me espancou, eu a encontrei lá. No começo, ela não disse nada, mas depois desmoronou. Finalmente me contou que Tom a estava levando para o porão da nossa casa e fazendo coisas com ela. Coisas ruins. — Pauline fechou os olhos. — Alex suportava aquilo porque Tom disse que, se ela contasse a alguém, ia passar a fazer aquelas coisas comigo. Ela estava me protegendo.

Pauline fitou Faith com uma intensidade perturbadora.

— Alex e eu tentamos decidir o que fazer. Eu disse que era inútil contar aos meus pais, que não ia dar em nada. Então, decidimos ir à polícia. Tinha um policial que eu conhecia. Só que eu acho que Tom nos seguiu até a mata. Ele sempre nos observava. Escondeu uma babá eletrônica no meu quarto. Ele nos escutava e... — Pauline deu de ombros, e Faith conseguia muito bem imaginar o que ele fazia enquanto ouvia a irmã e a amiga. — Enfim... Tom nos encontrou na mata. Ele bateu em mim por trás, na cabeça, com uma pedra. Não sei o que fez com Alex. Não a vi por algum tempo. Acho que Tom estava com ela, tentando destruí-la. Essa era a parte mais difícil. Ela estava morta? Ele a estava espancando? Torturando? Ou talvez a tivesse deixado ir embora, e Alex não diria nada a ninguém porque tinha medo dele. — Pauline engoliu em seco. — Mas não era isso.

— O que era?

— Tom estava com ela no porão outra vez. Preparando-a para as coisas ruins de verdade.

— Ninguém a ouviu lá embaixo?

Pauline fez que não.

— Papai estava viajando a trabalho, e mamãe... — Ela fez que não outra vez. Faith estava convencida de que nunca teriam certeza se Judith Coldfield sabia do sadismo do filho. — Não sei quanto tempo aquilo durou, mas, no final das contas, Alex acabou no mesmo lugar que eu.

— Onde?

— Debaixo da terra. Era escuro. Estávamos vendadas. Ele botava algodão nos nossos ouvidos, mas ainda conseguíamos escutar uma à outra. Estávamos amarradas. Mas... sabíamos que estávamos debaixo da terra. Tem um gosto, certo? Um gosto úmido e de terra na boca. Tom tinha cavado uma caverna. Deve ter levado semanas. Ele sempre gostou de planejar tudo, controlar cada mínimo detalhe.

— Tom passou o tempo todo com vocês depois disso?

— Não a princípio. Acho que ele ainda estava tentando arrumar um álibi. Ele simplesmente nos deixou lá por alguns dias. Amarradas, para que não pudéssemos nos mexer, não pudéssemos enxergar, mal conseguíamos ouvir qualquer coisa. Nós gritamos no começo, mas... — Ela balançou a cabeça, como se pudesse, com o gesto, afastar as lembranças. — Ele nos levou água, mas não comida. Acho que uma semana se passou. Eu estava bem, já havia passado mais tempo que aquilo sem comer. Mas Alex... Ela ficou destruída. Chorava o tempo todo, implorava que eu fizesse algo para ajudá-la. Então Tom vinha, e eu implorava a ele que a calasse, que fizesse isso para eu não precisar ouvi-la. — Pauline ficou em silêncio outra vez, perdida em suas recordações. — Então um dia algo mudou. Ele começou com a gente.

— O que ele fez?

— Só falou, no começo. Ele tinha fixação por umas coisas bíblicas, umas histórias que a minha mãe botou na cabeça dele sobre ser o substituto de Judas, que traiu Jesus. Ela sempre falava que eu a havia traído, que me carregou na barriga para ser uma boa filha, mas que eu fiquei podre, que fiz a família dela odiá-la com as minhas mentiras.

Faith citou a última coisa que ouviu da boca de Tom Coldfield.

— Ah, Absalão, eu me ergui.

Pauline teve um calafrio, como se as palavras tivessem atravessado seu corpo.

— É da Bíblia. Amnon estuprou a própria irmã e, quando terminou, expulsou-a por ser uma prostituta. — Os lábios feridos de Pauline se curvaram num meio-sorriso. — Absalão era irmão de Amnon, e o matou por ter estuprado a irmã. — Ela deu um riso amargo. — Pena que não tive outro irmão.

— Tom sempre foi obcecado por religião?

— Não uma religião normal. Não era normal. Ele distorcia a Bíblia para que se encaixasse em qualquer coisa que quisesse fazer. Por isso mantinha Alex e eu debaixo da terra, para termos uma chance de renascer, como Jesus. — Ela olhou para Faith. — Louco, não é? Ele falava por horas sobre como éramos ruins, dizia que iria nos redimir. Às vezes nos tocava, mas eu não conseguia ver... — Pauline teve outro calafrio, que fez seu corpo todo estremecer. Felix se mexeu, e ela acariciou o filho, que voltou a dormir.

Faith sentia o coração batendo forte no peito. Lembrava da própria luta que tivera com Tom, a sensação do hálito quente do homem em seu ouvido quando ele disse "lute".

— O que Tom fez com você e Alex depois disso? — perguntou Will.

— O que você acha que ele fez? — perguntou Pauline com sarcasmo. — Ele não sabia o que estava fazendo, mas sabia que gostava quando nos feria. — Pauline engoliu em seco, com os olhos marejados. — Foi a nossa primeira vez, de nós duas. Tínhamos apenas quinze anos. As garotas não dormiam por aí naquela época. Não éramos anjos nem nada, mas também não éramos vadias.

— Ele fez mais alguma coisa?

— Ele nos fez passar fome. Não como o que fez com as outras mulheres, mas foi bem ruim.

— E os sacos de lixo?

Ela assentiu uma única vez, um movimento tenso.

— Éramos lixo para ele. Não passávamos de lixo.

Tom dissera aquilo no corredor.

— Ninguém deu falta de você ou de Alex enquanto Tom as mantinha na caverna?

— Acharam que a gente tinha fugido. Garotas fazem isso, certo? Elas fogem de casa e, se os pais dizem que as garotas são más, que mentem o tempo todo e não são dignas de confiança, isso não é nada de mais, certo? — Ela não deixou que eles respondessem. — Aposto que Tom ficou de pau duro ao mentir para os policiais, dizendo que não fazia ideia de onde estávamos.

— Que idade Tom tinha quando tudo isso aconteceu?

— Ele é três anos mais novo que eu.

— Doze — disse Will.

— Não — corrigiu Pauline. — Ele ainda não tinha feito aniversário. Tinha apenas onze anos. Fez doze anos um mês depois. Mamãe fez uma festa. O monstrinho foi solto sob fiança e ela organizou uma festa de aniversário para ele.

— Como vocês saíram da caverna?

— Ele nos soltou. Disse que ia nos matar se contássemos a alguém, mas Alex contou aos pais, e eles acreditaram nela. — Pauline deu um sorriso e fungou. — Como não iam acreditar, porra?

— O que aconteceu com Tom?

— Ele foi preso. A polícia telefonou, e mamãe o levou à delegacia. Não foram lá pegá-lo. Simplesmente telefonaram e disseram para levá-

-lo à delegacia. — Pauline fez uma pausa para se recompor. — Tom passou por uma avaliação psiquiátrica. Houve toda aquela conversa de mandá-lo para uma penitenciária para adultos, mas ele era apenas uma criança, e os psicólogos insistiram que ele precisava de ajuda. Tom conseguia parecer mais novo quando queria, bem mais novo do que de fato era. Aturdido, como se não entendesse por que as pessoas falavam todas aquelas coisas ruins a seu respeito.

— O que a justiça decidiu?

— Ele foi diagnosticado com alguma coisa. Não sei. Psicopatia, provavelmente.

— Nós temos os registros da Força Aérea. Você sabia que ele serviu? — disse Faith, e Pauline fez que não. — Seis anos. Pediu dispensa para não enfrentar uma corte marcial.

— O que isso quer dizer?

— Lendo nas entrelinhas, acho que a Força Aérea não queria ou não sabia como tratar o distúrbio de Tom, então ofereceu uma dispensa honrosa e ele aceitou. — Os registros militares de Tom Coldfield estavam escritos no tipo de jargão específico que apenas um veterano calejado era capaz de decifrar. Como médico, Zeke, o irmão de Faith, reconhecera todas as pistas. O último prego no caixão foi o fato de Tom não ter sido convocado para servir no Iraque, nem mesmo no auge da guerra, quando o volume de alistamento caiu para quase zero.

— O que aconteceu com Tom no Oregon? — perguntou Will.

Pauline respondeu num tom contido.

— Ele deveria ter ficado internado no hospital estadual, mas mamãe falou com o juiz, disse que tínhamos família no Leste e podíamos interná-lo num hospital por lá, para que Tom ficasse perto das pessoas que o amavam. O juiz disse que tudo bem. Acho que ficaram felizes por se livrarem de nós. Bem parecido com a Força Aérea, não é? O que os olhos não veem, o coração não sente.

— Sua mãe o colocou em tratamento?

— Até parece. — Ela riu. — Minha mãe fez a mesma merda, tudo de novo. Ela dizia que eu e Alex estávamos mentindo, que fugimos e fomos atacadas por um estranho, que tentávamos botar a culpa em Tom porque o odiávamos e queríamos que as pessoas sentissem pena de nós.

Faith sentiu um embrulho no estômago, perguntando-se como uma mãe podia ser tão cega diante do sofrimento da filha.

— Foi então que vocês mudaram de nome, para Coldfield? — perguntou Will.

— Mudamos para Seward depois do que aconteceu com Tom. Não foi fácil. Havia contas bancárias, todo tipo de documento para preencher. Meu pai começou a fazer perguntas. Ele não estava feliz, porque de fato precisava *fazer* alguma coisa, entendeu? Ir ao fórum, conseguir cópias de certidões de nascimento, preencher formulários. Eles estavam mudando tudo para Seward quando eu fugi de casa. Acho que, quando deixaram Michigan, mudaram novamente para Coldfield. Não pensem que o governo do Oregon estava de olho em Tom. Para eles, o caso estava encerrado.

— Você teve alguma notícia de Alex McGhee?

— Ela se matou. — Pauline usou um tom de voz tão gélido que um calafrio percorreu a espinha de Faith. — Acho que ela não conseguiu suportar. Algumas mulheres são assim.

— Você tem certeza de que o seu pai não sabia o que estava acontecendo? — perguntou Will.

— Ele não queria saber — disse Pauline, mas não havia como confirmar. Henry Coldfield sofreu um infarto fulminante quando soube o que havia acontecido com a esposa e o filho. Ele morreu a caminho do hospital.

Will continuou a pressionar.

— Seu pai nunca percebeu...

— Ele viajava o tempo todo. Passava semanas fora, às vezes um mês inteiro. E, mesmo quando estava em casa, não estava em casa de verdade. Ia pilotar o avião, caçar, jogar golfe, fazia qualquer merda que desse na telha. — O tom de Pauline ficava mais irritado a cada palavra. — Eles tinham um tipo de acordo, sabe? Ela mantinha a casa funcionando, não pedia a ajuda dele para nada, e ele fazia o que bem entendesse, contanto que entregasse o salário na mão dela e não fizesse perguntas. Vidão, hein?

— Seu pai alguma vez machucou você?

— Não. Ele nunca estava em casa para me machucar. Nós o víamos no Natal e na Páscoa. E era isso.

— Por que na Páscoa?

— Não sei. Sempre foi especial para a minha mãe. Ela pintava ovos, pendurava bandeirolas e por aí vai. Contava a Tom a história do seu nascimento, como ele era especial, como quis tanto ter um filho, como ele completou a vida dela.

— Foi por isso que você escolheu fugir na Páscoa?

— Eu fugi porque Tom estava cavando outro buraco no quintal.

Faith deu à mulher um momento para organizar os pensamentos.

— Isso foi em Ann Arbor?

Pauline assentiu com um olhar distante.

— Eu não o reconheci, sabe?

— Quando ele a raptou?

— Aconteceu tão rápido. Eu estava tão feliz por ver Felix. Pensei que o tivesse perdido. E então o meu cérebro começou a fazer a conexão de que era Tom ali na minha frente, mas já era tarde demais.

— Você o reconheceu?

— Eu o *senti*. Não sei explicar. Apenas senti com cada parte do meu corpo que era ele. — Pauline fechou os olhos por alguns segundos. — Quando acordei no porão, ainda conseguia senti-lo. Não sei o que ele fez comigo enquanto eu estava desmaiada. Não sei o que ele fez.

Faith suprimiu um tremor diante daquele pensamento.

— Como ele a encontrou?

— Acho que ele sempre soube onde eu estava. Ele é bom em rastrear as pessoas, observá-las, estudar seus hábitos. Acho que não dificultei muito as coisas, usando o nome de Alex. — Ela deu uma risada amarga. — Tom ligou para o meu trabalho um ano e meio atrás. Vocês acreditam nisso? Qual era a probabilidade de eu atender a um telefonema e ser Tom do outro lado da linha?

— Você sabia que era ele?

— Porra nenhuma! Eu teria pegado Felix e fugido.

— O que ele queria quando ligou?

— Eu já disse. Foi um telefonema para prospectar novos doadores. — Ela balançou a cabeça, sem conseguir acreditar. — Ele me falou do abrigo, que aceitavam doações e davam recibos em branco. Nós temos um monte de clientes ricos, e eles doam os móveis para a caridade em troca de abatimento fiscal. Faz com que se sintam melhor por se livrarem de uma sala de cinquenta mil dólares e comprarem outra de oitenta mil.

Faith não conseguia nem compreender os números.

— Então você decidiu indicar o abrigo para os seus clientes?

— Eu estava puta com o Exército de Salvação. Eles dizem que vão buscar as doações em um período, como entre dez e meio-dia. Quem pode esperar por isso? Meus clientes são milionários. Eles não podem ficar esperando a manhã toda para um sem-teto aparecer. Tom disse que o abrigo marcava um horário fixo e que eles eram pontuais. E eram mesmo. Eram simpáticos e limpos, o que, acredite em mim, é muita coisa. Eu os indiquei a todo mundo. — Pauline se deu conta do que acabava de dizer. — Eu os indiquei a todo mundo.

— Inclusive às mulheres do grupo na internet?

Ela ficou em silêncio.

Faith lhe disse o que haviam descoberto nos dois últimos dias.

— O escritório de Anna Lindsey passou a dar auxílio jurídico ao abrigo há seis meses. O banco de Olivia Tanner se tornou um grande doador no ano passado. Jackie Zabel ligou para o abrigo para pegarem as coisas na casa da mãe. Todas ficaram sabendo a respeito do abrigo em algum lugar.

— Eu não... Eu não sabia.

Ainda não haviam conseguido acessar a sala de bate-papo. O site era sofisticado demais, e decifrar as senhas não era mais uma prioridade para o FBI, uma vez que o homem deles já estava preso. No entanto, Faith precisava de uma confirmação. Precisava ouvir de Pauline.

— Você postou sobre o abrigo, não foi?

Pauline ainda não respondia.

— Me diga — disse Faith, e, por algum motivo, o pedido funcionou.

— Sim. Eu postei.

Faith não percebeu que prendia a respiração. Ela soltou o ar lentamente.

— Como Tom soube que todas elas tinham transtornos alimentares?

Pauline ergueu os olhos. Um pouco da cor havia voltado ao seu rosto.

— Como vocês souberam?

Faith pensou na pergunta. Eles souberam porque investigaram a vida das mulheres, tão metodicamente quanto Tom Coldfield. Ele as seguiu, espionou seus momentos mais íntimos. E nenhuma delas suspeitou de nada.

— A outra mulher está bem? — perguntou Pauline. — A que estava comigo?

— Sim. — Olivia Tanner estava bem o bastante para se recusar a falar com a polícia.

— Ela é durona.

— Você também é — disse Faith. — Falar com ela pode ajudar.

— Eu não preciso de ajuda.

Faith não se deu ao trabalho de argumentar.

— Eu sabia que Tom acabaria me encontrando — prosseguiu Pauline. — Eu me preparei. Sabia que conseguiria ficar sem comida. Sabia que resistiria. Quando éramos eu e Alex, ele era mais cruel com quem gritasse mais alto, com quem definhasse primeiro — explicou. — Eu garanti que não fosse eu. Foi assim que me salvei.

— Seu pai nunca perguntou à sua mãe por que ela queria trocar o nome da família e se mudar? — perguntou Will.

— Ela disse que queria dar à Tom um recomeço, dar a todos nós um recomeço. — Pauline deu uma risada amarga e dirigiu suas palavras a Faith. — São sempre os meninos, não é? As mães e os seus filhos. Fodam-se as filhas. São os filhos que elas amam de verdade.

Faith levou as mãos à barriga. O gesto havia se tornado um hábito nos últimos dias. O tempo todo, ela acreditava que o filho que carregava era um menino; outro Jeremy que faria desenhos e cantaria para ela. Outro menininho que estufaria o peito ao dizer aos amigos que a mãe era policial. Outro adolescente que respeitaria as mulheres. Outro adulto que saberia pela mãe solteira quanto era difícil ser do sexo frágil.

Agora, Faith rezava para ter uma menina. Todas as mulheres que conhecera naquele caso haviam encontrado uma forma de odiar a si mesmas bem antes que Tom Coldfield colocasse as mãos nelas. Estavam acostumadas a privar o corpo de tudo, de alimento e ternura a algo tão vital quanto o amor. Faith queria mostrar à filha um caminho diferente. Ela queria criar uma menina que tivesse a chance de amar a si mesma. Queria ver essa menina se tornar uma mulher forte, que sabe o seu valor no mundo. E não queria que nenhum dos seus filhos jamais conhecesse alguém tão amargo e atormentado quanto Pauline McGhee.

— Judith está no hospital — comentou Will. — A bala passou perto, mas não acertou o coração.

As narinas da mulher se dilataram. Seus olhos se encheram de lágrimas, e Faith se perguntou se ainda havia uma parte dela, não importava quão pequena, que quisesse estabelecer algum tipo de vínculo com a mãe.

— Posso levar você para ver Judith, se quiser — ofereceu Faith.

Pauline deu uma risada de escárnio, limpou as lágrimas com raiva.

— Nem pense nisso. Ela nunca cuidou de mim. Por nada neste mundo eu vou cuidar dela. — Pauline ajeitou o filho nos braços. — Preciso levá-lo para casa.

— Se você pudesse só... — tentou Will.

— Só o quê?

Ele não tinha uma resposta. Pauline se levantou e foi até a porta, tentando segurar Felix ao levar a mão à maçaneta.

— O FBI provavelmente vai entrar em contato com você — avisou Faith.

— O FBI pode se danar. — Ela conseguiu abrir a porta. — E vocês também.

Faith a observou seguir pelo corredor e ajeitar Felix nos braços ao virar na direção dos elevadores.

— Meu Deus — disse em voz baixa. — É difícil sentir pena dela.

— Você fez a coisa certa — observou Will.

Faith se viu no corredor da casa de Tom Coldfield outra vez, com a arma apontada para a cabeça de Pauline, Tom se debatendo no chão. Eles não eram treinados para deixar um suspeito fora de combate. Eram treinados para disparar uma rápida sucessão de tiros no peito.

A não ser que você fosse Amanda Wagner. Nesse caso, você faria um único disparo que provocaria dano suficiente para derrubá-los, mas não para matá-los.

— Se precisasse fazer aquilo outra vez, você deixaria Pauline matar Tom? — perguntou Will.

— Não sei — confessou Faith. — Eu estava no piloto automático. Só fiz o que fui treinada para fazer.

— Considerando o que Pauline passou... — começou Will, então fez uma pausa. — Ela não é muito simpática.

— Ela é uma idiota insensível.

— Estou surpreso por não ter me apaixonado por ela.

Faith riu. Ela vira Angie no hospital quando Will voltou da cirurgia.

— Como vai a Sra. Trent?

— Ela está garantindo que meu seguro de vida seja pago. — Will pegou o telefone. — Eu disse que estaria de volta às três.

Faith não fez nenhum comentário sobre o telefone novo ou o semblante temeroso do parceiro. Ela supunha que Angie Polaski estava de volta à vida de Will. Faith simplesmente precisaria se acostumar com ela, da mesma forma que se atura uma nora irritante ou a filha antipática e desinibida do patrão.

Will arrastou a cadeira.

— Acho que eu vou indo.

— Quer que eu te dê uma carona até em casa?

— Eu vou andando.

Ele morava a poucos quarteirões de distância, mas passara por uma cirurgia havia menos de setenta e duas horas. Faith abriu a boca para protestar, mas Will a impediu.

— Você é uma boa policial, Faith, e fico feliz por você ser a minha parceira.

Havia poucas coisas que ele pudesse dizer que a espantariam mais do que aquilo.

— Sério?

Will se curvou e beijou a cabeça dela. E falou, antes que ela pudesse reagir:

— Se algum dia você vir a Angie em cima de mim daquele jeito, não precisa nem adverti-la, está bem? Só aperte o gatilho.

Epílogo

Sara recuou quando levaram a maca do paciente para fora da sala de trauma. O homem havia batido de frente com um motociclista que acreditava que sinais vermelhos eram apenas para os carros. O motociclista morreu, mas ele tinha uma boa chance, graças ao fato de estar usando o cinto de segurança. Sara não se cansava de se surpreender com o número de pacientes da emergência do Grady que achavam os cintos de segurança desnecessários. E vira outros tantos no necrotério, nos seus tempos de legista do condado de Grant.

Mary entrou na sala para limpar a bagunça para o próximo paciente.

— Mandou bem — disse a enfermeira.

Sara sentiu que sorria. O Grady recebia apenas os piores dos piores. Ela não ouvia aquilo com muita frequência.

— Como vai aquela policial grávida histérica? Mitchell?

— Faith — disse Sara. — Bem, eu acho. — Ela não falava com Faith desde que a policial fora levada de helicóptero ao hospital duas semanas antes. Sempre que pensava em pegar o telefone para saber como ela estava, algo a detinha. Faith, por sua vez, também não havia ligado. Provavelmente estava envergonhada por Sara tê-la visto num momento tão delicado. Para uma mulher que não tinha certeza se ficaria ou não com o bebê, Faith Mitchell havia chorado como uma criança quando pensou que o havia perdido.

— Seu plantão não acabou? — perguntou Mary.

Sara olhou para o relógio. Seu plantão terminara havia vinte minutos.

— Você precisa de ajuda? — Ela indicou os vários detritos que jogara no chão minutos antes, enquanto trabalhava para salvar a vida do paciente.

— Vá embora — ordenou Mary. — Você ficou aqui a noite toda.

— Você também — lembrou Sara, mas não precisavam lhe dizer duas vezes para ir embora.

Sara seguiu pelo corredor rumo à sala dos médicos, pondo-se de lado quando algumas macas passaram zunindo por ela. Pacientes estavam empilhados como sardinhas outra vez, e ela passou por baixo do balcão do posto de enfermagem para pegar um atalho e evitá-los. Sobre a mesa, havia uma TV ligada na CNN; ela viu que o caso Tom Coldfield ainda era notícia.

Aquele caso era grande, e Sara achava incrível que mais pessoas não tivessem se apresentado para contar sua versão dos fatos. Ela não esperava que Anna Lindsey fosse se expor por dinheiro, mas o fato de as duas mulheres sobreviventes serem igualmente reservadas era surpreendente nessa era de entrevistas exclusivas e contratos para filmes. Pelo que vira nos telejornais, Sara acreditava que havia mais coisas do que o GBI divulgara, mas era difícil encontrar qualquer um disposto a contar a verdade.

Ela certamente não podia ser acusada de não ter tentado. Faith estava incapaz de dizer qualquer coisa quando deu entrada na emergência, mas Will Trent passou a noite no hospital, em observação. A faca de cozinha não cortou nenhuma artéria importante, mas os tendões eram outra história. Ele teria à sua frente meses de fisioterapia antes de recuperar todos os movimentos. Apesar disso, Sara foi até o quarto dele na manhã seguinte com a flagrante intenção de conseguir informações. Will agiu de modo diferente com ela, e insistia em puxar o lençol até o queixo numa atitude estranhamente pudica, como se Sara nunca tivesse visto o peito de um homem antes.

A esposa de Will apareceu alguns minutos depois, e Sara instantaneamente soube que o momento embaraçoso que teve com ele no sofá de casa foi puramente fruto da sua imaginação. Angie Trent era linda e sexy, com aquela aura perigosa que leva os homens a cometer loucuras. Ao seu lado, Sara se sentiu apenas um pouco menos interessante que o papel de parede do hospital. Ela inventou uma desculpa e saiu o mais rapidamente que os bons modos permitiram.

Homens que gostam de mulheres como Angie Trent não gostam de mulheres como Sara.

Ela ficou aliviada pela revelação, embora ligeiramente decepcionada. Foi bom pensar que um homem a achava atraente. Não que fosse fazer algo a respeito. Sara jamais seria capaz de entregar seu coração a outro ser humano da forma como fizera com Jeffrey. Não que ela fosse incapaz de amar; ela simplesmente era incapaz de se entregar de novo daquela forma.

— Oi. — Krakauer saía da sala quando ela entrava. — Está de saída?

— Sim — disse Sara, mas o médico já estava no fim do corredor, com o olhar fixo à sua frente, tentando ignorar os pacientes que o chamavam.

Ela foi até o armário e girou o segredo no cadeado. Pegou a bolsa e a colocou no banco atrás dela. O zíper estava aberto. Ela viu a beirada do envelope entre a carteira e as chaves de casa.

A Carta. A explicação. A desculpa. O pedido de absolvição. A transferência de culpa.

O que a mulher que, sozinha, havia causado a morte de Jeffrey poderia ter a dizer?

Sara pegou o envelope. Esfregou-o entre os dedos. Não havia mais ninguém na sala. Ela estava sozinha com seus pensamentos. Sozinha com a diatribe. Os devaneios. As justificativas juvenis.

O que podia ser dito? Lena Adams trabalhava para Jeffrey. Era detetive da polícia do condado de Grant. Ele protegeu Lena, livrou-a de problemas e consertou seus erros por quase dez anos. Em troca, ela colocou a vida dele em risco, envolveu-o com o tipo de homem que mata por esporte. Lena não plantou a bomba, nem mesmo sabia a respeito dela. Nenhum tribunal a condenaria por suas ações, mas Sara sabia — sabia do fundo do seu ser — que Lena era responsável pela morte de Jeffrey. Foi Lena quem o fez se envolver com aqueles mercenários sem coração. Foi Lena quem o colocou no caminho dos homens que o mataram. Como sempre, Jeffrey a estava protegendo, e isso o matou.

E, por isso, Lena era tão culpada quanto o homem que plantou a bomba. Mais culpada até, na opinião de Sara, porque Sara sabia que a consciência dela estava limpa àquela altura. Ela sabia que não havia acusações que pudessem ser feitas, que nenhuma punição recairia sobre ela. Lena não teria as suas impressões digitais coletadas nem seria humilhada quando a fotografassem e revistassem. Não seria trancada numa solitária porque os detentos iam querer matar uma policial. Não sentiria a agulha no braço. Não olharia para a área de observação da câmara de morte da penitenciária estadual nem veria Sara sentada ali, esperando que Lena Adams finalmente morresse por seus crimes.

Ela se safou de um assassinato a sangue frio, e nunca seria punida por isso.

Sara rasgou o canto do envelope e correu o polegar pela margem, rompendo o selo. A carta havia sido escrita em papel pautado amarelo, cada uma das três páginas estava numerada. A tinta era azul, provavelmente de uma caneta esferográfica.

Jeffrey dava preferência a blocos de papel pautado amarelo. A maioria dos policiais dá. Eles mantêm pilhas deles sempre à mão e sempre pegam um bloco novo quando um suspeito está pronto para fazer uma confissão. Deslizam o bloco até o outro lado da mesa, destampam uma caneta nova e observam as palavras fluírem da caneta para o papel, a confissão transformando o suspeito em criminoso.

Os júris gostam de confissões escritas em papel pautado amarelo. É algo familiar para eles, menos formal que uma confissão digitada, apesar de sempre haver uma cópia da confissão digitada, por uma questão de segurança. Sara se perguntava se em algum lugar haveria uma transcrição das letras maiúsculas que ocupavam as páginas agora em suas mãos. Porque, tão certo quanto Sara estava na sala dos médicos do Hospital Grady, aquela carta encerrava uma confissão.

Mas faria alguma diferença? As palavras de Lena mudariam alguma coisa? Elas trariam Jeffrey de volta? Devolveriam a Sara sua antiga vida — a vida à qual pertencia?

Depois de três anos e meio, Sara sabia que não. Nada traria aquilo de volta, nem súplicas, nem pílulas, nem punições. Nenhuma lista jamais traria um momento de volta. Nenhuma lembrança jamais recriaria aquele estado de plenitude. Haveria apenas o vazio, o buraco na vida de Sara que um dia foi preenchido pelo único homem no mundo que ela seria capaz de amar.

Em suma, não importava o que Lena tivesse a dizer, isso nunca traria a Sara qualquer paz. Talvez saber disso facilitasse as coisas.

Sara se sentou no banco e leu a carta.

Agradecimentos

Antes de mais nada, gostaria de agradecer aos meus leitores do fundo do meu coração por seu apoio contínuo. Senti o peso da responsabilidade de escrever a história de Sara, e espero que todos vocês tenham achado que valeu a pena.

No meio editorial, os suspeitos de sempre merecem meus agradecimentos: as Kates (M e E, respectivamente), Victoria Sanders e todo mundo da Random House nos Estados Unidos, no Reino Unido e na Alemanha. Um reconhecimento especial vai para os meus amigos da Busy Bee. Gostaria de agradecer a vocês em holandês, mas as únicas palavras que sei em holandês são palavrões. *Schijten!*

O Georgia Bureau of Investigation foi muito simpático ao permitir que eu fosse aos bastidores das investigações com alguns de seus agentes especiais e peritos. Cara, que trabalho o de vocês! Diretor Vernon Keenan, John Bankhead, Jerrie Grass, a agente especial-assistente Jesse Maddox, agente especial Wes Horner, agente especial David Norman e outros não nomeados aqui — obrigada a todos por seu tempo e sua paciência, especialmente quando eu fazia as perguntas mais sem sentido.

Sara continua a se beneficiar dos muitos anos de medicina do Dr. David Harper. Trish Hawkins e Debbie Teague foram mais uma vez providenciais ao colocarem obstáculos para Will — e ao me ajudarem a encontrar meios de contorná-los. Don Taylor, você é um crítico e um amigo sincero.

Agradeço ao meu pai, que me deu sopa de legumes quando eu estava grogue demais para escrever algo com sentido por causa dos remédios de gripe, e à D. A., que pediu pizza quando os meus dedos estavam cansados demais para digitar.

Ah, e mais uma vez, eu tomei liberdades com estradas e lugares. Por exemplo, a minha Rota 316 em Conyers não é a Rodovia 316, que atravessa Dacula. É ficção, pessoal!

Este livro foi composto na tipologia Sabon
LT Std em corpo 11/15, e impresso em papel
off-white no Sistema Digital Instant Duplex da
Divisão Gráfica da Distribuidora Record.